LES SOLDATS
PERDUS

61, rue de Maubeuge, 75009 Paris
Tél., Fax : 01 42 85 05 58
e-mail : info@indoeditions.com
site : www.indoeditions.com

Directeur de Collection : Cyril Bondroit

ISBN 978-2-914086-24-0

IMPRIMÉ EN FRANCE

ANAPI

LES SOLDATS PERDUS

Prisonniers en Indochine
1945 - 1954

Mémoires

INDO ÉDITIONS

AVANT-PROPOS

Perdus, ils le furent une première fois, quand ils apprirent que certains Français les appelaient des " *soldats perdus* ", perpétrant une " *sale guerre* ", une guerre que l'armée, obéissant aux ordres du gouvernement, les avait envoyés faire au bout du monde.

Ils le furent aussi après des combats acharnés où ils furent portés disparus, perdus dans l'inconnu pendant des mois, des années, à jamais pour beaucoup.

Ils le furent encore quand certains revinrent, décharnés et hébétés, l'esprit perdu, après une captivité où ils avaient échappé à la mort de justesse.

Ils le furent enfin, pour eux-mêmes et pour une société qui les ignora, les suspecta, les méprisa, en réalisant qu'ils ne retrouveraient jamais ce qu'ils avaient perdu, ni pour eux qui en souffrirent toute leur vie, ni pour les leurs, ni pour les autres.

André SAINT-GEORGES

PRÉAMBULE

Ce livre rassemble des témoignages rédigés par les anciens prisonniers d'Indochine, ceux de l'armée japonaise et ceux du Vietminh.

Ces derniers ont raconté les vécus de captivités inhumaines, dont l'horreur reste ignorée de la plupart des Français.

Mais ce livre n'a pas pour objet d'entretenir la haine ni de la ranimer. Cette haine pourrait exister, paraître justifiée. Elle est dépassée, elle a été surmontée par les premiers qui auraient pu la nourrir : les victimes de ces atroces tragédies.

Alors, pourquoi ? Pourquoi éditer un tel livre ?

Les soldats français prisonniers en Indochine ont connu un sort barbare, qui a fait mourir 59,89 % d'entre eux dans les camps du Vietminh. Tous ceux qui voudraient faire croire le contraire se heurteront toujours à ce mur sanglant, irréfutable.

Les rescapés avaient si cruellement souffert qu'ils ont été atteints au fond d'eux-mêmes ; leur vie entière en a été marquée. Ceux qui sont restés là-bas sont morts dans les pires conditions, au long des pistes et dans les camps. Certains cadavres ont été abandonnés dans la forêt vierge, d'autres hâtivement recouverts d'une mince couche de terre dans des lieux où nul ne les retrouvera jamais.

Or, ce drame, soixante ans après, reste méconnu et c'est un second drame pour tous les survivants.

Il faut comprendre qu'ils ressentent comme un devoir envers ceux dont les corps pourrissent anonymement, à jamais perdus dans la jungle, les corps de ceux qui étaient leurs frères d'armes et de souffrance, le cri qu'ils doivent lancer pour apprendre enfin au monde leur disparition et leurs souffrances, pour les sauver de l'oubli.

Leurs témoignages, qui font apparaître un affreux passé, ce sont, pour les anciens prisonniers d'Indochine, ce que sont les ruines des camps de concentration pour les victimes de la barbarie nazie.

Ce sont leurs ruines à eux, qu'il leur faut préserver afin que les Français découvrent enfin que tant de leurs soldats sont morts dans ces camps de prisonniers après avoir subi un véritable martyre, afin qu'on connaisse le massacre et qu'on s'en souvienne pour en prévenir le retour.

Et ceux-là qui, miraculeusement, sont sortis vivants de l'enfer, ont montré qu'ils ont su surmonter le souvenir de ces abominations en reconstruisant une cathédrale et en bâtissant des écoles dans le pays où ils ont tant souffert, pour y aider les enfants à recevoir le plus précieux des biens : l'éducation.

Ils vont continuer dans cette voie. Les droits d'auteurs de ce livre seront intégralement utilisés pour financer la construction d'autres établissements d'enseignement au Vietnam.

Ils se sentent le droit de demander aux lecteurs de ce livre de faire comme eux, d'œuvrer pour que la fraternité puisse un jour rassembler tous les peuples.

Eux n'ont rien oublié. Ils n'ont rien pardonné.

Ils ont dépassé.

Il faut peut-être vivre ce qu'ils ont vécu pour être capable de le faire.

André SAINT-GEORGES

PRÉFACE

L'ANAPI – Association Nationale des Anciens Prisonniers, Internés et Déportés d'Indochine – a été créée en 1985. Ses principaux objectifs sont : développer la solidarité et mieux faire connaître les souffrances et les conditions d'internement endurées.

Plusieurs livres et témoignages avaient déjà été publiés avant la création de l'ANAPI sur la captivité dans les camps japonais ou Vietminh. Cependant, de nombreux membres de l'ANAPI ont éprouvé le besoin d'écrire une tranche de cette vie. En 1997, un " *Comité de lecture* " a été institué à l'ANAPI. André Saint-Georges, Vice-président de l'association, en assure la présidence. En 2003, celui-ci a été l'initiateur, le grand coordonnateur et réalisateur du livre " *L'ANAPI – Notre histoire – 1985-2003* ". [1]

En mai 2004, il a suggéré que l'ANAPI édite un livre rassemblant nombre de ces témoignages, afin que cette période de notre histoire et les souffrances de ces soldats perdus soient enfin connues, même et surtout après cinquante ans d'oubli ou d'ignorance pour l'immense majorité des Français. Il a proposé d'en être le maître d'ouvrage, ce qu'il a réalisé en un temps record.

André Saint-Georges a remarquablement exprimé, dans le préambule, les raisons profondes de ce " *devoir de mémoire* " envers tous ceux qui sont morts en captivité en Indochine. J'ajouterai un motif supplémentaire en tant que président de l'ANAPI : le devoir de vérité.

En effet, de même que depuis un quart de siècle, des " *négationnistes*" remettent en cause l'existence des chambres à gaz et des camps nazis, on peut entendre ou lire qu'en Indochine, grâce

1 - ANAPI, notre histoire, 1985 - 2003. Atlante Éditions. 2004.

à la politique de clémence et d'humanité, les prisonniers français ont été très bien traités et soignés. Et on le prouve avec des lettres et des écrits de soldats et d'officiers prisonniers. Effectivement ces écrits sont authentiques. Mais à quel prix ! Il suffit de penser à des films comme " *L'Aveu* " et " *Z* " ou à des livres comme " *Le Docteur Jivago*", " *Une journée d'Ivan Denissovitch* ", " *L'Archipel du goulag* ", pour réfléchir à la valeur de certaines " *preuves* ". Pour ces prisonniers, il s'agissait tout simplement de leur survie au sens littéralement physiologique de ce terme lorsqu'ils signaient un manifeste, ou de prouver à leurs familles qu'ils étaient en vie lorsqu'ils écrivaient une lettre en soutenant qu'ils étaient bien traités et en bonne santé. Les témoignages de notre livre sont criants, poignants de vérité.

Et pourtant, une partie de notre cœur est toujours en Indochine, auprès des Vietnamiens, des Laotiens, des Cambodgiens. Comme de nombreuses autres associations, l'ANAPI a mené plusieurs actions sociales au Vietnam. En particulier, le colonel Bonfils, Vice-président, a été le maître d'œuvre de la construction de six écoles, bientôt sept, au Vietnam. C'est dire combien notre solidarité reste vivante et se manifeste par des actions concrètes. De plus, les droits d'auteur de ce livre seront exclusivement affectés à la construction d'autres établissements scolaires.

Je tiens à remercier, avec une humanité et une sincérité profondes, tous les auteurs de ces témoignages authentiques et André Saint-Georges, sans qui ce livre n'aurait jamais existé. Grâce à eux, devoir de mémoire, devoir de vérité et désir de solidarité peuvent être sublimés dans une dynamique et un élan de compréhension et de respect mutuels.

Contrôleur général des armées (C.R.) Jacques Bonnetête

Président national de l'ANAPI

INTRODUCTION

Le 19 mars 1945, les soldats japonais qui occupaient l'Indochine depuis 1940 se lancèrent à l'assaut des troupes françaises.

Après des combats aussi violents que barbares, écourtés par la disproportion des forces en présence, les Français faits prisonniers furent détenus au mépris des lois de la guerre. Le bagne de Hoa Binh fut le plus meurtrier. En avril 1945, les bombes atomiques en sauvèrent les derniers survivants d'une mort aussi certaine qu'imminente.

De 1946 à 1954, le Vietminh captura des milliers de militaires français. À partir de 1950, ces derniers furent gardés dans d'innombrables camps.

Les soldats, les caporaux et les sergents furent regroupés pour subir une captivité se mesurant le plus souvent en mois. Ce sont eux qui connurent les pertes les plus sévères. L'absence de médecins français, la cruauté des conditions de détention et les difficultés rencontrées pour la mise en place d'une solidarité capable de résister à l'oppression en furent les causes principales.

La plupart des adjudants, les officiers et les médecins furent rassemblés au Camp n° 1. L'action diaboliquement orchestrée pour briser leur volonté et leur dignité fut sans pitié. Ils surent mieux y résister, et mieux surmonter la rigueur de conditions matérielles, nettement moins dramatiques que celles des camps de troupe. Mais ils ne furent libérés, pour la plupart d'entre eux, qu'en 1954, et certains restèrent captifs pendant huit ans.

Après leur libération, les anciens prisonniers des Japonais et du Vietminh se murèrent dans le silence, pour bien des raisons que dévoile la lecture de ce livre.

La création de l'Association nationale des anciens prisonniers, déportés et internés d'Indochine, en 1985, allait peu à peu les délivrer de la dernière peur qui les étouffait.

Soixante-quinze d'entre eux ont alors écrit des témoignages, qui peuvent être consultés dans trois centres nationaux de la mémoire historique : Ministère de la Défense, Fort de Vincennes et Fonds privés des archives départementales du Rhône.

Ce livre présente vingt-sept de ces témoignages.

André Saint-Georges

" Si on échoue dans l'évocation de l'horreur... c'est que l'horreur on l'a inventée, après coup, en revivant ses souvenirs. "

SAINT-EXUPÉRY

CAI BAT ET CAI PHEN

Yves de Sesmaisons

" *À la mémoire de mes si nombreux compagnons qui ne sont pas revenus, je dédie ces souvenirs du temps des morts, où tous nous étions nus.* "

LA CAPTURE

Nuit du 17 janvier 1951

" *Comment as-tu été fait prisonnier?* ", me demandent souvent des camarades, avec parfois un ton réprobateur car, pour un soldat, c'est un opprobre.

Qu'on veuille bien m'excuser d'écrire à la première personne. Il m'est difficile de procéder autrement puisque j'ai été, heureusement, le seul témoin sinon le seul acteur des événements qui vont suivre.

Aussitôt après mon retour de captivité, tant que ma mémoire était fraîche, j'ai écrit un recueil de souvenirs intitulé " *Cai bat et cai phen* ". Je m'en suis inspiré pour écrire ces lignes. Mais l'intensité des émotions vécues, des souffrances endurées et des angoisses ressenties, amplifiées par mon extrême solitude, donne à ces souvenirs le ton d'un récit hors du temps dont il me semble n'avoir été qu'un témoin, et peut-être même pas un acteur.

Mais il ne m'est pas possible d'aller plus avant sans évoquer pieusement le souvenir de tous mes camarades du GMNA (Groupe mobile nord-africain) et du 10e Groupe de Chasseurs Parachutistes. Officiers, sous-officiers et tirailleurs tombés à Vinh Yen, particulièrement à la cote 210 ou disparus par la suite, sans assurer de mon respect fidèle les chefs qui alors nous conduisirent au combat : le chef de bataillon Usureau, le commandant Voinot et le capitaine Martini, dont j'étais l'adjoint à la 3e compagnie où je commandais la 1re section.

Si, bien longtemps après, je fus, comme beaucoup, élève à l'École de guerre, à cette époque, simple chef de section, je n'étais, suivant le mot du général Bigeard, qu'à " l'École de la guerre ". Aussi n'ai-je pu avoir une vue globale de la bataille, me limitant à ce que je pus embrasser de mon poste de combat. Toutefois, par la suite, le Service historique de l'armée de Terre, en la personne du général Guinard, son directeur, m'autorisa à accéder aux cartons, éclairant ainsi ma lanterne. J'en avais d'ailleurs besoin, suivant le mot du chirurgien viet qui m'opéra et me dit en écoutant le récit de ma capture : " *Vous auriez dû dire comme le maréchal de Soubise :* " *Qu'on me baille une lanterne, que je voie où sont mes soldats.* "... "

L'après-midi du 16 janvier, vers 15 heures, nous recevons l'ordre de nous installer défensivement au sud de la côte 210, au lieu-dit " Xuan Quang ". Tout à coup au loin, vers le Nord-Est, débouchant des contreforts du Tam Dao, des colonnes d'infanterie vietminh s'avancent vers nous, impeccablement déployées en formation d'approche non couverte, véritable fourmilière, des milliers de petites silhouettes noires se découpant sur la rizière. Toutes jumelles braquées, nous observons avec inquiétude ce nouvel épisode de la bataille qui, pour nous, dure depuis hier matin lorsque, débouchant de Huong Canh, nous avions contre-attaqué sous les ordres du commandant Voinot et repris la voie ferrée à la baïonnette.

Aussitôt, au détachement léger d'observation du 64e Régiment d'artillerie du Maroc, le lieutenant Lemary dit " *bras de fer* ", connu pour la précision de ses tirs, fait donner les canons de 105. Ils frappent au bon endroit mais aucun tir n'arrête la progression des Viets qui, comme à la manœuvre, insensibles aux pertes, disparaissent dans la rizière à l'arrivée des salves, pour repartir aussitôt après l'explosion des obus. Quels soldats ! Je saurai par la suite qu'il s'agissait de la fameuse Brigade 308, en vietnamien : Daï Doan Ba Tiam Ninh Tam. Seul avec les Viets pendant quatre mois, je dus en effet apprendre des rudiments de vietnamien.

Nous nous installons fébrilement en point d'appui, creusant avec tout ce qui nous tombe sous la main. La chasse mitraille jusqu'à la tombée de la nuit et les balles traceuses ricochent devant nous, zébrant l'obscurité naissante de leur sillage lumineux en remontant vers le ciel. Le dernier avion parti s'installe un silence pesant, troublé de façon intermittente par le coassement sinistre des crapauds-buffles et le grésillement énervant des moustiques. La nuit est là, désormais oppressante, et nous savons qu'autour de nous, sans un bruit, s'installent les Viets, ces redoutables fantassins.

Alors me reviennent à l'esprit les images et les sons du film " *Aventure en Birmanie* ", où était rendue de façon saisissante l'ambiance étouffante de la jungle, où tout concourt à provoquer chez le combattant européen des hallucinations terrifiantes : cris d'oiseaux, coassements, appels des singes, lucioles !

Tout à coup, l'attaque se déclenche : rafales d'armes automatiques, balles traceuses qui rasent nos positions, obus de mortiers de 81 qui tombent un peu partout. Le major Foucher, un très beau soldat, est tué d'une balle de mitrailleuse lourde, le crâne éclaté, laissant sa section sans chef. Nous demandons les tirs d'arrêt au plus près, en particulier le tir " *Chrysanthème* ", que nous appelons de tous nos vœux. Enfin les obus de 105 explosent tout près de nous, et nous tenons sous ce premier choc qui nous a fait déjà beaucoup de mal. Mon ordonnance, le tirailleur Bougrine-ou-Seddik, fidèle et solide à mes côtés depuis le départ du Maroc en 49, est emmené dans la nuit, un œil arraché ; ce sera ma perte. Grièvement blessé, le capitaine Martini est évacué vers 0 heure 30. Dès lors, restant le seul officier valide, je prends le commandement de la compagnie.

Enfin un calme relatif s'établit. Si nous pouvions tenir jusqu'au jour, nous serions sauvés, car alors nous aurons l'aviation de chasse. Le sergent-chef Larbi vient me dire que l'on creuse près de sa Section. Les Viets doivent se terrer, c'est mauvais signe ; bruits de pelles et de pioches dans la pénombre. Naïveté de la jeunesse : j'ai encore un solide optimisme et, la fatigue aidant car c'est la troisième nuit sans sommeil, je vais même me rouler dans ma couverture.

Lorsque le tir reprend plus au nord, mon réflexe égoïste : " *À chacun son tour* " est aussitôt puni et contredit par les faits.

En effet, un feu intense se rallume contre notre position, que je dois défendre désormais seul avec les quelques cadres restants : l'adjudant-chef Sergent, un remarquable sous-officier qui m'avait tant appris de mon métier au Maroc, le sergent-chef Rossignol, le sergent-chef Larbi, le chef Ali, mon adjoint, un très solide " *bou l'ahia*", tué plus tard au Tonkin, et le sergent Pelate. Aidé par eux, je me démène pour maintenir chacun à son poste. Mais de nombreux tirailleurs sont blessés, les uns après les autres. Le feu des mortiers devient intenable, quoique l'agrément du 81, si j'ose dire, c'est qu'on en entend très bien le départ et surtout le chuintement à l'arrivée. Ainsi peut-on s'en protéger à temps s'il n'en tombe pas trop à la fois. Le feu des mitrailleuses viet, en batterie au bas de la pente, redouble ; leurs traçantes s'entrecroisent dans un véritable feu d'artifice à notre hauteur. Nos munitions s'épuisent. Près de moi, le sergent Pelate, ancien bouvier, robuste angevin, calme comme à l'exercice, tenant son tube de 81 entre les jambes, envoie à ma demande ses derniers obus presque à la verticale !

Vers 2 heures 30, je me trouve dans un secteur où l'adjudant-chef Sergent m'aide à maintenir les groupes de combat à leurs emplacements, en dépit du feu intense. Je m'avance vers la position tenue par ce qui restait de ma section, sur la face sud du piton et me retourne vers lui pour lui dire que, leurs trompettes venant de sonner, un son aigre et terrifiant, les Viets vont incessamment donner l'assaut.

Déjà, dans la pénombre, nous distinguons les premières silhouettes viet qui s'avancent à bonne portée de nos armes. Mais, féru d'Alfred de Vigny et m'inspirant du si bel épisode de " *La canne de jonc* ", je me refuse à les " *allumer* " à bout portant, me consacrant à la conduite des derniers tirs et aux liaisons radios.

À ce moment une explosion se produit derrière moi, probablement un obus de 81, et je reçois dans le dos un éclat dont le choc me projette en avant. J'ai à peine le temps de crier à Sergent : " *Je suis touché* ". Avant que j'aie pu essayer de me relever, un deuxième engin explose tout près et me blesse à la tête et au visage, me mettant carrément " *knock-out* ".

Je réalise cependant qu'un troisième engin explose presque aussitôt à proximité, me criblant d'éclats la jambe et le pied droits et y provoquant une douleur fulgurante, comme s'ils étaient traversés par mille fers rouges. En fait, procédant de façon classique en arrivant sur la position, la vague d'assaut avait inondé celle-ci de grenades à manche chinoises pour nous neutraliser jusqu'au dernier moment. Je le compris par la suite, lorsque plus de deux mois après, les médecins viet extirpèrent de ma jambe des morceaux de mon treillis et des éclats de fonte et de bois.

Cette fois-ci, je m'attends au coup de grâce. Il ne se produit pas.

En effet, à ce moment, les Viets sont autour de moi, poussant des cris sinistres. Abasourdi par le choc et perdu dans l'obscurité, je mets un certain temps à réaliser que la compagnie, ployant sous le nombre, s'est repliée, et que les Viets ont réussi leur assaut et pris le piton qu'elle occupait. Déjà maîtres du terrain, ils fouillent les blessés et les morts. Que faire désormais sinon ne plus bouger. Une rafale est si vite partie. Je ne puis plus attendre aucun secours ni entreprendre aucune action, étant au milieu d'eux, totalement isolé, à leur merci, prisonnier !

Situation redoutable dont pourtant je n'avais jamais accepté l'idée, connaissant leur réputation. Mais nécessité fait loi, et après tout que faire d'autre : n'ai-je pas exécuté la mission jusqu'à la limite du possible, trop longtemps peut-être. Mais jamais il ne m'est venu à l'esprit de provoquer un ordre de repli. C'était inconcevable, puisque nous devions tenir ce piton.

Bientôt un *bo doï* me tâte et me fouille, puis un autre me prend ma carabine US. Je suis désarmé. Quelle peine ! Enfin il m'assène un coup de crosse sur la nuque et disparaît ; quelle chance que ce n'ait pas été un coup de baïonnette. Mes tribulations s'arrêteront là, pour l'instant du moins.

Je fais toujours le mort. Évanoui, groggy, je ne sais.

Plus tard un officier s'approche et m'interroge poliment en français, me demandant mon grade. Dès lors, je ne serai plus que le " *quan aï phap* " (lieutenant français). Est-ce candeur ou culot de ma part ? Je lui demande aussitôt, sans vergogne, de m'envoyer un infirmier car je crains une hémorragie.

En effet, pour mesurer les dégâts, je n'avais eu jusqu'à l'instant d'autre moyen que d'écarter les lambeaux de mon treillis et de tâter les plaies qui m'apparaissaient gluantes et visqueuses comme de la viande crue. Ce contact me répugnant, je n'avais eu le cœur de poursuivre plus avant mes investigations. Stupéfaction ! L'infirmier arrive assez vite et, avec beaucoup de douceur, découpe mon soulier plein de sang, dégageant mon pied déjà enflé et panse sommairement mes multiples plaies. J'étais incapable de le faire moi-même, ayant donné, quelques instants avant, mon pansement individuel à un de mes tirailleurs blessé.

Il me confie alors à un partisan qui vient de déserter de la première compagnie et le charge de me porter car, me dit-il presque en s'excusant, " *Tous mes brancards sont occupés* ". Les feux de camions venant de Vinh Yen éclairent la campagne à l'ouest. Je suppose qu'ils amènent des renforts; trop tard! Ce serait si bon d'être avec eux. Combien j'ai rêvé alors du confort d'une ambulance.

Mais la nuit touche à sa fin. Après avoir fouillé notre position, les Viets se replient. Je dois grimper sur le dos du partisan qui, vite fatigué, me force à marcher à cloche-pied. Après tout, à ses yeux, je ne suis qu'un " *thu binh* " (prisonnier), " *phap* " (français) qui plus est. Cela me fatigue trop; aussi j'essaie de marcher normalement, malgré la souffrance provoquée par l'enflure de ma jambe blessée et de mon pied nu et sanguinolent. De longues colonnes d'infanterie nous dépassent en silence. Nous sommes bientôt seuls sur la piste caillouteuse avec deux *bo doï*. Le supplice commence. Très assoiffé, comme tous les blessés, je bois peu à peu le contenu de mon bidon; quel secours, ces quelques gorgées d'eau! La route n'en finit pas et mes forces déclinent rapidement. Je m'assois, puis repars sous la menace des " *Maolen* " (vite). Bientôt, n'en pouvant plus, je m'étends à bout de force, de tristesse et de honte. " *Maolen* ", coups de pieds; un jeune *bo doï* me braque sa *Thompson* sur le ventre. Rien ne me fera bouger désormais car je suis un animal " *forcé* ". Je me dis donc: " *In cha Allah* ". Je me doute que mes gardiens ont reçu l'ordre de me conduire à l'interrogatoire. J'avale mes dernières gorgées d'eau. Découragés, les *bo doï* passent un fusil dans ma ceinture et veulent me porter ainsi. Celle-ci se casse; je tombe à terre. Le jour se lève, cela met fin à ce calvaire. En effet, voyant alors mon visage inondé de sang et ma bouche tordue et très enflée par suite de ma blessure à la mâchoire, ils croient, je pense, que je vais mourir. C'est ma chance!

À cet égard, souvent les blessures à la tête saignent beaucoup, sans être forcément graves. D'ailleurs, avec humour et, pourquoi ne pas le dire, bienveillance, le chirurgien viet qui me soignera plus tard à l'hôpital refusera de m'extraire l'éclat enkysté dans l'os maxillaire, arguant du risque de me défigurer et ainsi de m'empêcher de trouver femme. Il me conseillera d'attendre d'être entre les mains de ses " *collègues* " français mieux équipés que lui. Ce qui fut fait.

Mes gardiens prennent alors une couverture, m'y roulent et en attachent les deux extrémités à un long bambou, me transformant en simple ballot. Désormais, je me laisse aller au balancement de leur pas et du " *Maolen* ", et je ne serai plus jamais sciemment maltraité. Nous croisons de longues colonnes que mes porteurs m'empêchent de regarder car il y a beaucoup de morts et de blessés emballés comme moi dans des couvertures.

Il fait jour depuis longtemps lorsque nous arrivons à un poste de commandement et j'ai dû dormir ou m'évanouir, car un officier m'y rendra montre et stylo que je croyais avoir conservés sur moi. Il est alors 11 heures. On me dépose comme un colis dans un buisson et on me couvre de branchages, car un avion d'observation rôde dans les parages. Je m'endors à nouveau, je rêve et je divague probablement en raison de la montée de la fièvre, ennemie de tous les blessés.

Ensuite auront lieu l'interrogatoire, puis de nouveau un interminable transport, toujours dans ma couverture. Finalement, le 18 janvier au soir seulement, je rejoindrai enfin un camp provisoire. Là, je retrouverai des camarades capturés comme moi à Vinh Yen et je recevrai ma première boule de riz après quarante-huit heures de jeûne. Quant aux pansements initiaux, je les garderai un mois jusqu'à ce que l'odeur soit telle qu'un " *can bo* " (commissaire politique) m'envoie dans un hôpital à la demande de mes camarades en partance, eux, pour le Camp n° 1.

LA CAPTIVITÉ

La captivité, telle que je l'ai connue au cours d'une expérience semble-t-il peu commune si j'en crois les témoignages des officiers rescapés des camps viet, se divise pour moi en trois phases : l'hôpital, les prisons, la libération.

L'HÔPITAL

J'eus le privilège, très rare à l'époque, d'être soigné de mes blessures dans un hôpital. J'ai subi tout d'abord un interrogatoire. Ayant peur de parler sous la torture, je dis à l'officier qui m'interroge – casque léger américain à étoile rouge, lunettes " *Amor* ", français impeccable : " *Mon devoir d'officier m'interdit de parler* ". Et lui de répondre avec la douceur et le ton monocorde propre aux Vietnamiens : " *Moi, je peux vous laisser mourir sans soins* ". Alors moi, tellement las : " *Faites ce que vous voulez, je fais confiance à votre humanité* ". Interrogatoire court et sans violence. Simple lieutenant, j'ignore d'ailleurs à peu près tout de l'ordre de bataille et je mens de mon mieux, donnant de faux numéros d'unité ou avouant mon ignorance. Mon air pitoyable – sang coagulé sur les cheveux, les joues et le cou – attire l'indulgence et abrège l'interrogatoire. L'officier de renseignement m'offre même à boire. À ma stupéfaction, sur un geste de lui sort d'un buisson un Viet armé d'un superbe *Foca* trois étoiles qui me photographie. On me recouvre à nouveau avec des branchages et, sous le ciel gris et le crachin, je dors enfin. J'en ai grand besoin après les veilles et les fatigues des trois derniers jours et nuits de combat.

Le temps passe et je m'inquiète de ne pas recevoir de piqûre antitétanique car le délai est de douze heures. J'ignorais que celle faite lors de ma blessure de mai 1950 à Nam Dinh m'immunisait pour dix ans ; heureusement d'ailleurs, puisque malgré la promesse de me conduire à un poste de secours, je ne rejoindrai l'hôpital que trois semaines plus tard, et l'on ne m'y fera jamais la dite piqûre.

Des coolies me portent à nouveau à travers collines et rizières, me posant brusquement sous le feuillage dès qu'approche le *Morane* (avion d'observation). Ah ! ce bon vieux " *Criquet* ", s'il pouvait me secourir. Mais que puis-je en espérer sinon une rafale de 105 ou un mitraillage de la Chasse. Nous croisons des femmes qui me toisent d'un air haineux et triomphant. Je ne suis qu'un gibier capturé, qu'on regarde avec curiosité : " *Quan aï Phap* " (Lieutenant français) disent mes porteurs à tout venant.

À la nuit, on me dépose sous la brousse dans un chemin creux. Un médecin viet me regarde vaguement, sans plus. Des *bo doï* allument un grand feu, et l'un d'eux m'apporte une boule de riz que j'essaie de manger sans succès car ma lèvre inférieure blessée est très enflée et douloureuse. Je réalise que je suis avec les coolies. Dans la nuit, nous repartons à travers la forêt. Arrêts fréquents. Nous croisons de nombreuses colonnes et bivouacs. Toute la Division 308 est là.

Nous arrivons enfin à un village de paillotes que je prends pour l'hôpital. Mirage, illusion, nous repartons. Nouvel arrêt. On me pose par terre. C'est ma troisième nuit sans toiture, mais j'ai confiance. D'ailleurs Dieu ne refuse jamais à l'homme la pierre pour poser sa tête. On me donne une *cai bat* (bol) de riz.

La pluie me réveille au jour. Autour, une forêt aux arbres immenses. Je vois vaquer des Algériens et des Marocains. Seraient-ce des déserteurs ? Non, ce sont des prisonniers. L'un d'eux s'approche ;

je l'appelle à l'aide. Il se nomme Abderhamane et va chercher du secours. Il mourra à mes côtés quelques mois plus tard. Deux officiers, déjà hirsutes, le capitaine Bouvet et le lieutenant Bapst, qui tenteront de s'évader, viennent prendre ma civière et me portent sous le seul abri, celui des sentinelles. Le capitaine Bouvet mourra en captivité. Je suis au camp provisoire. Enfin, je retrouve des camarades d'infortune. Le soir, le médecin-lieutenant Noirot, qui lui aussi tentera de s'évader, me prodigue les meilleurs soins possibles avec les moyens du bord, c'est-à-dire rien : lavage des plaies au permanganate et extraction d'un éclat avec une lame de rasoir. C'est intenable ! Il pleut. Quatrième nuit dans la forêt, l'humidité, le froid, la faim et la fièvre.

19 janvier au soir. Branle-bas : un convoi est formé, destination inconnue. Cinquième nuit à la belle étoile, ou plutôt sous le crachin et l'eau qui dégouline de la forêt. Inutile de comptabiliser ces nuits, il y en aura tant désormais. Je reçois quelques comprimés de sulfamide que je partage avec le sous-lieutenant Michel ; il a eu le bras gauche traversé par une balle. Deux paras m'emportent sur une civière. Le convoi s'ébranle et je réalise le supplice que je vais causer à mes camarades chargés de la brancarder. Ils ne me manifesteront jamais la moindre rancœur.

Cinq nuits durant la colonne fera route vers l'est, en file indienne éclairée par des torches de bambous, mes porteurs se relayant souvent. Pluie et crachin éternels. Nous sommes trempés et, lors des pauses, nous faisons des feux pour tenter de nous sécher. Pistes interminables, rivières franchies à gué ou sur des ponts branlants. Évasion de quatre paras. Le troisième jour, nous sommes séparés des hommes de troupe. Misère de la pluie dont je ne peux me protéger, balancement et grincement de ma civière, ahanements de mes malheureux porteurs. L'humidité a depuis longtemps réduit en bouillie, dans ma poche, les comprimés de sulfamide.

Enfin, nous arrivons à une petite ferme dans la région de Kep : installation rapide et précaire, mais un peu de paille tout de même. Nous sommes 37 dans une petite pièce, et nous nous reposons enfin à l'abri de l'humidité. Nous sommes autorisés à écrire, sur du papier bambou, des lettres à nos familles ; elles arriveront remises à la Croix-Rouge française lors de l'échange des grands blessés. J'ai retrouvé la mienne. Que de pieux mensonges sur notre état physique et moral, mais que faire d'autre : il y avait la censure d'abord et la nécessité ensuite de ne pas inquiéter nos parents.

Vers le 4 février, nous sommes transférés dans une grotte où la population vient nous voir. Michel et moi recevons chacun un pansement individuel. C'est bien peu, presque trois semaines après nos blessures. Le médecin-lieutenant Noirot, notre providence, en tire le meilleur parti.

Le 12 février, nous sommes autorisés à nous laver pour la première fois, sans savon, à la rivière. Quel événement ! Nous sommes prisonniers depuis 25 jours déjà. Miracle, les poux n'ont pas encore fait leur apparition. Nous ne perdons rien pour attendre. Nous recevons aussi chacun un comprimé de quinacrine comme récompense à notre attention pendant le premier cours politique d'un " *can bo* " (commissaire politique) du grade de commandant. Il demande, en me montrant du doigt, ce que fait ce blessé couché par terre. Mes camarades lui expliquent et lui font valoir l'anomalie de la situation, non conforme à la politique de clémence.

Cette clémence du président Ho Chi Minh, qui reviendra sans cesse dans les discours des *can bo* ! Il annonce d'ailleurs le prochain départ du convoi pour la Haute-Région (il s'agira en fait d'un transfert vers le Camp n° 1) et l'impossibilité de s'encombrer d'un blessé. Cela me sauvera !

Le lendemain soir, quatre coolies escortés d'une sentinelle arrivent pour m'emporter sur une civière. Je fais mes adieux à mes camarades à la nuit tombante. Je ne reverrai certains des survivants que trente ans plus tard. Avant mon départ, notre camarade, le lieutenant marocain Abd-el-Aziz, me donne un pantalon de toile pour remplacer mon pauvre treillis déchiré, plein de poudre et de sang coagulé. Générosité immense en de telles circonstances. Jamais je n'oublierai ce geste. Je le reverrai un jour à Paris, dans la suite du Roi Hassan II, et je lui témoignerai à nouveau ma reconnaissance. Bel exemple de camaraderie militaire.

Une fois encore, seul dans la forêt, sous la pluie et le vent, ballotté sur mon brancard au rythme des pas des porteurs, je sens que je m'enfonce désormais vers l'inconnu et ne puis que murmurer : " *In cha Allah!* " (À la grâce de Dieu). Beaucoup des camarades que je laisse mourront dans les camps de la région de Cao Bang, mais que dire sinon : " *Mektub* " (C'était écrit).

HÔPITAL DE CAMPAGNE DE BO HA
(14 février – 3 juin)

Au petit jour, nous traversons un village incendié et longeons d'énormes blocs calcaires rassemblés dans une sorte de baie d'Along terrestre : grandiose paysage. L'un d'eux abrite une immense grotte habitée. La sentinelle y pénètre pour faire les formalités " *d'entrée* ". C'est l'hôpital qu'on me promet et dont je rêve depuis un mois bientôt. Un infirmier s'approche, m'aide à me lever et me conduit boitillant dans la grotte où je découvre une vaste salle pleine de lits en bambou et de malades. On me conduit au lit numéro 3. Curieux, tous les regards se tournent vers moi hirsute, barbu, loqueteux et sale ; un vrai clochard. On me donne un peu d'eau tiède. Je me lave avec mon mouchoir percé par les éclats qui l'ont traversé pour entrer dans ma cuisse un mois plus tôt. Enfin, on me conduit à la salle de pansements pour changer ceux que j'ai depuis dix jours, et certains même trois semaines. Ils sont ignobles. On me fait une fiche ; en face de la mention grade est inscrit le mot : " *Quan Binh* " (prisonnier).

Dès lors commence, monotone, un long séjour de quatre mois, où je partagerai généralement la vie des *bo doï*: nourriture, soins, distractions, sans jamais voir un Européen. Toutefois, je parlerai souvent français avec les médecins et les infirmiers, tous formés à Hanoï ou parfois à Paris. L'un d'eux, pour me distraire, me prêtera le seul livre français en sa possession : " *L'imitation de Jésus-Christ* ", que j'aurai ainsi l'occasion de lire et de méditer longuement. Plus tard, on me prêtera " *La Doctrine de Karl Marx* " – quelle indigestion ! – et de très beaux romans russes traduits en français.

L'hôpital est une vraie cour des miracles, où je rencontrerai des anges et des démons, des manchots, des aveugles, des grands brûlés par le *napalm*, des borgnes, des haineux sachant me dire uniquement : " *Couper cabèche* ", des hommes bons et charitables. Comment oublier les tracasseries de l'étudiant Ho, les bontés de son camarade Loch, le sourire de l'infirmière Co, l'affabilité du chirurgien Dong. Certains de ces hommes et de ces femmes pratiquaient une vie communautaire intégrale où la charité, l'entraide et le dévouement rappelaient les gestes des premiers chrétiens, sacrifiant tout au bien-être des blessés, qui s'étaient eux-mêmes sacrifiés à la cause de l'indépendance du Vietnam.

Les semaines passent et mes plaies s'infectent. En effet, faute de radio, il n'a pas été possible d'y déceler les corps étrangers (éclats de bois des grenades à manche chinoises, morceaux de fonte des obus de 81, lambeaux de mon treillis). Dès lors, je serai opéré deux fois, mais les cicatrices n'en finiront plus de se refermer, " *bourgeonnant* " indéfiniment, faute de nitrate d'argent. Les médecins couperont alors ces bourgeons aux ciseaux, avec pour tout anesthésique une exhortation au courage, faisant gicler le sang. Il faudra recommencer l'opération plusieurs fois pour cicatriser enfin ces plaies.

Avec le temps arrivent aussi les poux. C'est une nouvelle épreuve que je redoutais. Elle me vaudra un petit drame. Saisi de cruelles démangeaisons, j'en découvre vite la cause, mais la honte me pousse à me cacher pour les tuer. Aussi, profitant d'une récréation, je m'éloigne des vues et arrive à une cabane où je peux détruire à l'aise ces hôtes indésirables. J'y suis vite rejoint par un étudiant furieux qui me ramène " *dare-dare* " à mon lit. Chez les Viets le moindre incident tourne au drame. Scandale, la cabane était la morgue de l'hôpital. J'essaie de m'expliquer et je découvre alors que les poux sont les inséparables compagnons de tous les Vietnamiens, qui d'ailleurs les mangent pour s'immuniser contre le typhus. Dès lors, je ne m'en déferai plus jamais et ne me cacherai plus pour les tuer ; car ils proliféreront sans cesse, surtout lorsque je serai à bout de forces.

La monotonie des jours, la solitude extrême où je me trouve, sont rompues par les petits événements journaliers : le canon qui tonne au sud vers Thaï Dao, un passage de la Chasse ou du *Morane*, un *hell-cat* abattu à proximité dans une immense fumée. Je songe au pilote, mon camarade, et j'envie les aviateurs qui ne peuvent connaître nos souffrances de fantassins. Pour eux, c'est la vie ou la mort, pas la capture avec son cortège de misères. J'entends parler des combats : Hung Bi, Mao Ké, Dong Trieu.

Puis, vers le milieu du mois de mai revient la saison des pluies torrentielles transformant les rizières en nappes de boue, puis en lacs immenses ramenant les moustiques. Il me faut évoluer avec mon pied et ma jambe bandés et à peine cicatrisés dans cinquante centimètres d'eau sale. Alors les crises de paludisme arrivent, m'écrasant de fièvre, faute de médicaments. Je passe souvent mes jours et mes nuits terrassé par un sommeil peuplé d'interminables cauchemars et d'hallucinations, dus à cette fièvre qui me brûle.

Dans cet état, le 3 juin, j'apprends que je quitterai ce jour-là l'hôpital. Je rassemble mes hardes, on me fait cadeau d'une natte, de deux chemises et de deux comprimés de quinacrine. Un étudiant me conduit alors à pied au poste de gendarmerie où je m'endors terrassé par la fièvre jusqu'au soir, couché par terre, comme un coolie. Je suis inquiet à l'idée d'avoir à faire une longue route pieds nus. Je me sens encore plus démuni, encore plus pauvre et nu du fait de ces pieds sales, meurtris par les blessures et sans chaussures.

Mais au fond pourquoi m'inquiéter du lendemain. Dieu éprouve-t-il jamais l'homme au-dessus de ses forces ? J'ignore que je viens de vivre le " *paradis* " de ma captivité, en comparaison des jours sombres qui m'attendent dans les trois prisons où je vais échouer successivement au cours d'une errance qui va durer deux mois.

MES PRISONS

De l'hôpital à la prison de Bac Giang

Je passe ma première nuit sur le lit d'un gendarme, sous sa moustiquaire ; fièvre et cauchemars. Dès le lendemain il faut prendre la route sous un soleil de feu – nous sommes en juin – avec cette fièvre de cheval. Le chef de poste me donne 1 000 piastres (dongs). Tout au long de la route, je serai l'objet de gestes de charité. Ce peuple a du cœur !

Le soir, après vingt-cinq kilomètres, nous traversons la Route Coloniale n° 1 à trente-cinq kilomètres au nord de Phu Lang Thuong et on me loge dans un nouveau camp de gendarmerie. Je dors par terre enroulé dans mon poncho, harcelé par les moustiques ou étouffé par la toile si je veux m'en protéger, cycle infernal. Toujours la fièvre et les cauchemars. Marches et contre-marches, visiblement ces pauvres gendarmes ne savent pas quoi faire de moi. Je finis par aboutir à nouveau au poste de gendarmerie de l'hôpital d'où je suis parti plusieurs jours avant. J'enrage de ces fatigues inutiles. Prudent, un gendarme me fait passer la nuit avec lui, sur son lit et dans sa moustiquaire, pour mieux me surveiller.

Le lendemain, départ vers l'ouest. La fièvre est tombée grâce à un peu de quinacrine. Tout au long de la route des gens m'interrogent : " *Que savez-vous de Bernard ?* " en parlant de la mort de Bernard de Lattre. Le crachin détrempe la route et je glisse à chaque pas. Nous traversons Bo Ha. Un cycliste lourdement chargé me dépasse et me hèle : " *Bonjour Sesmaisons* ". Je reconnais le bon docteur Dong et lui rends son salut, heureux de ce geste amical dans cet univers hostile. Peinant sur ses pédales, il disparaît dans le crachin.

Nouvelles marches, nouveaux postes, nouveaux contrôles, toujours des haltes dans des " *bureaux* ", des tampons rouges sur mon dossier. Je change souvent de gardien ; on me promet sans cesse le bout du voyage. Cependant, il faut encore marcher, coucher n'importe où, manger quand on peut. J'aboutis enfin à la prison de Bac Giang où je suis incarcéré dans une cellule étroite avec des détenus vietnamiens hommes et femmes. Régime sévère : deux sorties par jour pour l'appel, les " *besoins* " et la " *toilette* ". Aux rassemblements, tous les détenus sont accroupis en colonnes par cinq, à la vietnamienne. Je veux refuser ; on se moque de moi ; j'obtempère. Ma voisine de cellule, récemment accouchée mais séparée de son bébé, les seins gonflés de lait, m'emprunte mon quart pour le recueillir. Comme nous, elle a faim et soif ; de la sorte, elle peut s'alimenter.

Les poux nous dévorent. Mes compagnes de cellules se les attrapent réciproquement et les mangent. Il faut que j'aie l'estomac vraiment vide pour ne pas vomir. Il l'est en effet car les vivres de la prison sont épuisés. Pourquoi m'a-t-on enfermé seul avec ces femmes ? Je ne sais. Je dors à côté d'elles qui se moquent de ma barbe et me traitent de " *gamous* " (buffle). Les poux et les punaises qui grouillent, l'estomac qui tiraille, les moustiques qui me torturent le soir venu, la morale aussi, tout m'incite à tourner ailleurs mes pensées. De plus, avec leur pudibonderie affichée, les Viets auraient tôt fait de me fusiller en cas de geste déplacé, m'accusant d'avoir " *tenté de violer une honnête et laborieuse femme vietnamienne* ".

Nouvel interrogatoire mené cette fois par un eurasien au français impeccable. Il me convoque plusieurs fois pour, dit-il, " *me sortir de l'ambiance cabanon* " et, m'offrant du thé, me promet mon envoi dans un camp de prisonniers.

Quelques jours plus tard, je pars en compagnie de trois détenus vietnamiens portant le riz pour le voyage, " *très dangereux* ", me dit-on. Pour cela nous sommes attachés ensemble avec une corde. Je quitte cette prison sous bonne escorte pour une destination inconnue. Bientôt nous prenons la route de Thai Nguyen. Alors que nous sommes proches de la zone française, la topographie et le son du canon me le prouvent, je songe que c'est le moment ou jamais de tenter l'évasion. Ensuite il sera trop tard car nous allons nous enfoncer vers le nord. Toutefois, combien précaire est ma situation ! Mes blessures, particulièrement au pied, à peine cicatrisées, la faim qui me tenaille depuis le séjour dans cette prison, mes pieds nus enflés et meurtris, l'épuisement qui me gagne à la suite de ces cinq premiers mois de captivité, l'absence de réserve de vivres, la surveillance étroite réduisent mes chances à néant. Et d'ailleurs comment, avec mon long nez et mes habits en loques, traverser cette foule de coolies, *bo doï*, miliciens et sampaniers, sans me faire repérer ? C'est ma dernière chance. Pourtant, la mort dans l'âme, je me sens condamné à renoncer à ce projet. Tellement affaibli par la suite, plus jamais je n'aurai l'occasion de le réaliser, et je serai alors de plus en plus éloigné de la " *zone française* ".

Le voyage dure trois jours et je partage la vie, la piètre pitance, et pour la nuit le bat-flanc de mes compagnons vietnamiens, au demeurant toujours plus mal traités que moi. Thai Nguyen traversé sous une pluie battante, nous remontons la Route Coloniale n° 3 vers Bac Kan pendant trente kilomètres environ. C'est peu pour un tirailleur ; c'est énorme pour un " *thu binh* " (prisonnier) affamé. Enfin, nous quittons la route ravinée et caillouteuse, aux silex acérés, et nous arrivons à un camp entouré d'une double palissade de bambous pointus et tranchants. On y accède par un joli pont franchissant une rivière grossie par la pluie. Nouvelles formalités. Mon cœur bat à l'idée que peut-être, cette fois, je vais revoir des Français !

LE PÉNITENCIER DE THAI NGUYEN

(22 juin – 6 août 1951)

Déception, je ne rencontre que des détenus vietnamiens ! On me fouille et on me confisque ma fourchette qui pourrait, me dit-on, " *me servir à couper la palissade pour m'évader* ". Remballant mes hardes trempées, je suis dirigé vers le " *dortoir* ", immense paillote dans laquelle s'alignent, de chaque côté, des bat-flanc en " *cai phen* " (lattes de bambou entrelacées). Je pose mes affaires et je me dirige vers le réfectoire où je retrouve enfin un petit groupe d'Européens, hâves, le teint jaune et cireux, sales, amaigris, avec des cheveux et des barbes hirsutes. Des clochards ! Je leur fais part de mon étonnement. Et moi qui n'ai pas vu un compatriote depuis quatre mois et n'ai pas de miroir, je ne réalise pas que je suis dans le même état. Aussi, avec amitié et humour, ils se contentent de me rétorquer : " *Dites donc, mon Lieutenant, vous ne vous êtes pas regardé* ".

Pour moi, leur compagnie est une joie immense. Pas un seul n'est officier mais toute différence est abolie. Je découvre les sergents

Guillaumont et Degrasse, le caporal-chef Bouziat, qui mourra peu après, le légionnaire Bosch, le tirailleur Bouchaïb, le goumier Saïd, le chef Mohamed, et d'autres. Au total 18 camarades, dont 7 mourront d'épuisement dans le mois qui suit. Je vais connaître là les pires moments de ma captivité, partageant avec eux les conditions effroyables, non pas de la mort lente, mais de l'extermination rapide. Cette prison était en effet un établissement de haute surveillance, à la différence des camps où étaient internés les prisonniers militaires français et que je connus par la suite. Entourée d'une double enceinte de bambous épineux et acérés, flanquée de miradors où se tenaient en permanence des sentinelles susceptibles d'ouvrir le feu à tout instant, elle avait un régime carcéral des plus sévères. Elle était réservée aux éléments " *difficiles et récalcitrants* ", en particulier aux prisonniers évadés et repris, qu'on y amenait pour y purger une peine et probablement pour les exterminer, puisque l'issue du séjour était en général, dans un délai assez bref, la mort par épuisement, malnutrition, maladies tropicales et la faim !

En effet, les conditions de vie y étaient effroyables : absence totale d'hygiène corporelle et alimentaire, nourriture complètement avitaminée et très insuffisante car limitée à une faible ration journalière de riz à l'eau puis, quand celui-ci manqua, à du maïs mal cuit et non assaisonné. Carence complète d'assistance médicale et, par-là même, de médicaments préventifs, en particulier contre le paludisme, et curatifs, spécialement contre la dysenterie ; impossibilité de se laver faute de savon et de se raser faute de rasoirs. Aussi l'état sanitaire y était-il désastreux et la mortalité très élevée car les maladies pullulaient : paludisme, dysenterie, béribéri, furonculose, cachexie, typhus amené par les poux, ictères, hépatites amibiennes, avitaminose provoquant le scorbut. J'ai compté sept morts sur dix-neuf détenus européens ou africains entre le 22 juin et le 6 août 1951.

De plus, le régime carcéral était très sévère : travail obligatoire, peine de cellule, ou condamnations aux menottes à la moindre faute. Brimades continuelles, en particulier du fait des " *caïs* " (petits cadres) vietnamiens, détenus comme nous et d'autant plus durs qu'à l'instar des " *kapos* " des camps nazis, ils cherchaient à se " *racheter* " et qu'ils donnaient libre cours à leur racisme à notre égard. Promiscuité totale avec les 90 détenus vietnamiens, droits communs ou politiques, je n'ai pu le savoir. Les conditions climatiques de la pleine saison chaude aggravaient encore cette situation.

À ce régime, nul ne pouvait tenir très longtemps et les forces des plus faibles déclinent rapidement. Ainsi meurent successivement : le caporal-chef Bouziat, deux Algériens, un sergent-chef marocain, un ancien évadé. Nous ne pouvons aller les enterrer puisqu'il nous est interdit de sortir de l'enceinte de bambous, en dehors des rares séances d'épouillage à la rivière appelées pompeusement " *toilette* ".

Moi-même je vivote, fiévreux, incapable d'effort, frappé d'inappétence. Je reste assis des journées entières, prostré, accablé de sommeil, envahi par les poux qui fourmillent dès qu'on s'affaiblit. Le béribéri fait son apparition. Symptôme d'une grave avitaminose, il se traduit par une enflure des membres inférieurs qui prennent la consistance du mastic et sur lesquels toutes les empreintes demeurent indéfiniment. Or, les rares médicaments doivent être payés par échange de nourriture. Aussi ne pouvons-nous nous offrir ce luxe.

Le 13 juillet arrivent trois jeunes soldats, Pouzet, Poncet, Menu, prisonniers depuis quelques jours, venant de Phu Lang Thuong. Ils sont encore en pleine forme. Je leur prodigue quelques conseils. Ils ne m'écoutent pas. Aussi déclinent-ils rapidement. Pouzet s'éteint le 5 août ; il a tenu vingt-deux jours. Menu meurt sur la route le 9 août. Poncet s'éteindra au camp 15 courant octobre.

À ce rythme, le cimetière se remplissait rapidement, ce qui faisait de la place sur le bat-flanc où nous avions été initialement très serrés.

Seule lueur dans cette ambiance morbide, la femme détenue qui tenait la " *cantine* ", à laquelle nous n'avions presque pas accès faute d'argent, avait une petite fille de trois ans mignonne à ravir, mais gâtée et capricieuse. Elle déambulait parmi nous. C'était notre rayon de soleil, ainsi que deux petits chevreaux qui gambadaient dans la cour.

Nous étions un îlot blanc dans cette masse des 90 détenus vietnamiens.

Après le décès de Bouziat et celui des autres camarades, je suis amené à constater que l'effrayante mortalité (39 % des présents en un mois), découle d'un processus d'extermination. Il est conduit à l'égard de tous les récalcitrants qu'on amène dans ce camp, en particulier les évadés repris et les déserteurs punis. J'envisage qu'au rythme actuel tous ceux qui étaient présents à mon arrivée, fin juin, auront rejoint le cimetière avant le début d'octobre. Il ne s'agit donc plus de mort lente mais d'extermination rapide. Conscient de mon devoir envers mes camarades, car je suis le plus élevé en grade, je décide d'envoyer une pétition au chef de la sécurité Vietminh par la voie hiérarchique, ce qui est conforme à l'esprit démocratique dont on nous parle sans cesse. La lettre décrit l'état sanitaire de mes compagnons, énumère les morts, fait remarquer que nous, prisonniers de guerre, sommes incarcérés avec des détenus vietnamiens, fait valoir que la situation s'apparente à celle des camps de la mort nazis que nous aurions crus bannis de la République démocratique du Vietnam et qui, semble-t-il, n'est pas conforme à la politique de clémence prescrite par le président Ho Chi Minh à notre égard. La lettre partit. Je ne fus pas puni. La Providence nous exauça. Huit jours plus tard, l'ordre arriva de diriger au plus vite tous les détenus européens et nord-africains vers le " *camp* " de Tuyen Quang.

On attendit la mort du chef Mohamed et on fixa le départ au 6 août. Pouzet mourut le 5 au soir. Pour Guillaumont, Bouchaïb et moi, un problème difficile se posait : aurions-nous la force de partir et de parcourir, pieds nus évidemment, les quatre-vingt-dix kilomètres du voyage ? Toutefois l'espoir renaissait, car le bruit d'une prochaine libération des survivants circulait.

EN ROUTE POUR LA PRISON DE TUYEN QUANG ET LE CAMP 15

(6 au 15 août)

Entraînée par les quelques prisonniers valides, la colonne de malades et de moribonds s'ébranle. Présentés " *à la visite* " à la française, tous seraient à hospitaliser d'urgence pour paludisme, dysenterie, cachexie, béribéri, hépatite, etc... Les Viets n'en ont cure. Ils ne maltraitent pas en général, ils se contentent de ne pas traiter du tout, laissant leurs prisonniers mourir de misère physiologique dans une totale indifférence. Je leur ai dit souvent par la suite : " *À quoi vous servent tous ces cadavres ?* ".

Nous sommes une dizaine : Bosch, Rhamani, Kébir, Poncet, Menu, Guillaumont qui titube, Bouchaïb, Saïd, Abdou, Degrasse l'Eurasien fidèle à la France, et moi-même. Il fait une chaleur lourde et moite. Le chef de convoi, un Eurasien, parle très bien le français, ce qui nous facilite les choses.

Orages, pluies torrentielles nous trempent et font glisser nos pieds nus. Nous suivons une petite route qui file vers le nord-ouest. Nous couchons dans une maison commune près d'un pont où le trafic piétonnier est intense. Nouvelle étape, pluie, chaleur, estomacs vides, oreilles qui bourdonnent, marches et contre-marches. Nous abandonnons Menu, mourant, à un poste de gendarmerie. Le voyage continue : nuits dans les villages, toilette, chasse aux poux à la mare, feux pour nous sécher. Franchissements de rivière sur des ponts de singe, des radeaux, ou par des gués profonds où le courant risque de nous emporter. Traversées de bourbiers immondes où fourmillent les sangsues qui se collent à nos jambes nues, contre-marches quand nos guides se trompent ; il faut alors refaire en sens inverse les kilomètres parcourus si péniblement. Routes coupées en " *dents de piano* " qui nous forcent à zigzaguer, ce qui augmente la longueur du chemin alors que nos pieds meurtris ne nous permettent même plus 50 mètres de déplacement inutile.

Enfin, nous arrivons à Binh Ca sur la Rivière Claire. Nous y embarquons le soir dans un sampan qui nous conduira avec d'autres colis et des animaux domestiques à Tuyen Quang. Nous y achevons la nuit dans une pagode, où une vieille bonzesse met à notre disposition sa " *salle des fêtes* ".

Le 13 août, nous sommes incarcérés dans la prison située au pied de ce qui fut la citadelle – à nouveau la promiscuité avec des détenus vietnamiens – mais nous y découvrons aussi des " *otages* " européens pris en 46. On nous met une seule cheville au carcan le soir. Faveur spéciale…

15 août, les cloches de l'église sonnent. C'est le seul édifice restant dans la ville qui a été rasé systématiquement, comme d'autres d'ailleurs, à titre de vestige du colonialisme. Je songe au frère de ma grand-mère, missionnaire et curé de cette paroisse trente ans durant, enterré là. Discours du chef de la prison qui nous décrit de façon idyllique le camp que nous allons rejoindre. Il nous annonce que nous y recevrons une formation politique en vue d'une future libération.

Nous partons par une chaleur torride. Ayant un abcès sous le talon droit, je dois marcher sur la pointe du pied. Je le crèverai plus tard avec une écharde de bambou. Le cerveau vide, nous n'avons plus qu'une idée : " *arriver* ". Nous parcourons ainsi, par à-coups, une trentaine de kilomètres environ, ponctués d'arrêts fréquents, nous couchant à chaque pause, cherchant l'ombre et l'eau potable, chacun marchant pour soi, concentré pour utiliser ce qu'il lui reste de ressort. C'est la pire journée de ma captivité.

Nous quittons enfin la route d'Ha Giang et nous retrouvons la terre molle des rizières et le sable fin d'un arroyo – délice de l'eau fraîche sous l'ombrage – pour aboutir à une pagode où nous trouvons des légionnaires déserteurs. Vraiment, c'est kafkaïen ! Tout est donc toujours mirage et vaines promesses. Je m'affale sur l'herbe. Bientôt, on vient chercher mes camarades de route. Je vois leurs dos minables d'hommes épuisés grimpant le sentier qui conduit au camp, caché là-haut sur la colline, dans la brousse.

La réalité sera tout autre que celle décrite à Tuyen Quang. Le Camp 15 se compose de quelques paillotes miséreuses, dispersées dans la végétation qui les camoufle aux vues aériennes. Nous y découvrirons une cour des miracles : prisonniers de toutes races et nationalités, véritables clochards loqueteux et amaigris, errant le regard vide, et bien sûr l'inévitable cimetière qu'on agrandit sans cesse. Mais pour l'instant, je reste seul avec les trois déserteurs du convoi. Il est seize heures, l'épreuve est finie, nous sommes arrivés. Il y a plus de deux mois que j'ai quitté l'hôpital. Le soleil sèche lentement mes habits trempés de sueur. Je bois avidement l'eau de riz que m'offre un légionnaire italien : il s'appelle Pierra.

LA LIBÉRATION

LE LAVAGE DE CERVEAU

Nous sommes au camp 15 le 15 août 1951, en principe au bout du voyage. Nous y resterons jusqu'au 20 octobre. Quelques paillotes miséreuse le composent ; l'une abrite les Nord-africains, l'autre les Sénégalais et les Européens, une troisième les légionnaires déserteurs assez nombreux. Il y a aussi le " *théâtre* ", " *l'infirmerie* " (en fait la morgue), la cuisine, la maison du chef de camp, la " *caserne* " des *bo doï* (nos gardes-chiourmes), le tout disséminé sous les arbres entourant la " *place* " où ont lieu rassemblements et feux de camps. Car c'est un des aspects de notre vie : tous les soirs, une fois la nuit tombée (en raison du danger aérien), il faut participer aux " *veillées* ", sorte de meetings inspirés des chantiers de jeunesse et du scoutisme. Les Viets sont restés très marqués par la formation reçue au temps de Vichy, et même un de leurs chants reprend l'air de " *Maréchal nous voilà* ".

La population carcérale comprend trois cents prisonniers ou déserteurs venant de tous les horizons, races et nationalités ; le corps expéditionnaire fait penser à " *l'Armée des trente-six nations* " de Napoléon. L'état sanitaire est déplorable, hormis pour ce qui concerne les Africains habitués à vivre sous un tel climat. C'est un camp de troupe comprenant, en plus des simples soldats, quelques sous-officiers mais aucun officier, moi mis à part.

Le chef en est un lieutenant. Il s'appelle Ben. Fils d'un Mandarin de Hué parlant notre langue sans faute ni accent, imprégné de notre culture, il a épousé une Française connue parmi les otages pris en décembre 1946. Conscient de mon délabrement physique, il me donne un emploi reposant, me chargeant des loisirs, de l'alphabétisation, des fêtes et des veillées, et m'affecte à la baraque des déserteurs pour me donner un statut particulier. Mais très vite j'ai la joie de rejoindre le bat-flanc des Européens dont le patriarche âgé de trente ans, appelé le " *vieux* ", est un brigadier-chef qui mourra peu après. Le 19, Ramani, notre ancien compagnon de route, meurt comme Bouziat au milieu de ses vomissements et de ses excréments. En dépit de sa gale infectée, quelques " *heureux* " se partagent avec entrain ses dépouilles crasseuses et souillées.

Pour la fête du 2 septembre, anniversaire de la proclamation de l'Indépendance par Ho Chi Minh, je suis chargé de préparer une veillée récréative. Tous m'aident de bon cœur. À l'image du colonel Nickolson construisant le pont de la rivière Kwaï, je profite de l'occasion pour redonner un peu de cohésion à ces groupes épars et rivaux. La population est conviée. La fête est réussie. J'y fais mon premier discours politique, encadré et relayé par un Nord-africain et un Africain. Le chef de province et le délégué du gouvernement aux prisonniers de guerre sont là. Je m'entretiens longuement avec lui, car l'approche de l'hiver nous préoccupe. Je lui demande de prendre des mesures en faveur de tous mes compagnons de détention, tellement privés de nourriture, médicaments et vêtements. Il me fait des promesses qui ne seront pas tenues.

Telle une bête forcée, après cette fête qui a demandé de gros efforts, le camp se laisse aller, devient inerte. Je ne peux le remobiliser pour la prochaine, le 30 octobre, anniversaire de l'indépendance de la Chine Rouge. Chez les Viets, il y a continuellement des commémorations semblables à fêter. Je continue toutefois à " *faire l'école* " à un auditoire de plus en plus clairsemé.

Comme mes camarades, je m'essouffle et voici un nouveau mal : je suis envahi par une gale purulente qui me couvre de croûtes infectées.

De plus, je suis atteint d'une violente dysenterie, et le béribéri revient à nouveau. Les jambes ankylosées, je peux à peine me déplacer, me forçant cependant à aller à l'" *infirmerie* " rendre visite à mes camarades qui s'éteignent successivement pour les assister dans leur agonie. Faute de quoi on les laisse mourir comme des chiens.

Faisant fi des reproches ultérieurs probables de la Sécurité militaire, analysant cette situation catastrophique et voulant tirer parti des possibilités offertes par les perspectives d'une éventuelle libération, je me résous à prendre la tête du comité " *Paix et rapatriement* ". Les Européens sont réticents ; Sénégalais et Nord-africains me suivent d'un seul bloc. Ai-je tort ou raison ? Seuls mes pairs, *thu binh* comme moi, peuvent en juger.

Ainsi passe, interminable, le mois de septembre. La dégradation rapide de l'état sanitaire m'amène à aller trouver le chef de camp et à le supplier de faire quelque chose, au moins pour les plus malades dont je lui donne la liste. Tous d'ailleurs seront morts avant le 25 octobre. Je fais appel à la conscience des responsabilités qu'il porte à l'égard de la communauté internationale. Je lui demande de les placer sur un radeau et de les faire descendre par la rivière Claire jusqu'à Viet Tri. Il se déclare impuissant. Nous perdons alors huit camarades en quinze jours. Seuls les Africains ont encore la force de creuser les tombes désormais. Je préside aux sépultures, récitant de mémoire quelques prières, faisant ensevelir les Nord-africains à la manière musulmane, remerciant les Africains de leur aide. Je me demande maintenant quand va venir mon tour, mais je refuse obstinément d'entrer à l'" *infirmerie* ", véritable dépôt de morituri dont on ne ressort qu'en direction du cimetière. À bout, Guy me fait appeler. En pleurant il me dit : " *Mon Lieutenant, je suis foutu, je vais crever ici.* " Je le réconforte. Il meurt deux jours après. Son voisin agonise. L'" *infirmier* " m'annonce : " *Il est comme mort, les fourmis rouges lui mangent déjà les yeux et l'intérieur du nez. Pourtant, il respire encore !* ". Les fourmis rouges, comme les charognards, signes annonciateurs que la vie s'en va : les premières à la curée ! À Coëtquidan, on m'avait appris bien des choses, mais rien concernant mes activités au Camp 15. Je dois donc tout inventer de mes rôles : fossoyeur, aumônier ou imam, assistance aux mourants, leader politique, instituteur, délégué du personnel, etc…

Par touches brèves, je vais essayer de faire comprendre le machiavélique processus du lavage de cerveau. D'abord, la désinformation totale (seules filtrent les nouvelles que les Viets ont décidé de nous donner) nous place dans un absolu isolement. Ensuite, l'impression d'abandon : l'idée germe en nous que notre gouvernement, notre commandement, notre Croix-Rouge même, nous ont laissés tomber. Puis vient l'effondrement physique : le climat, les privations, les fatigues, les maladies ont fait leur œuvre, nous sommes à bout de souffle. De là découle, beaucoup plus grave encore, l'affaissement moral, le découragement. Nous sentons que nos jours sont comptés. À chaque décès, nous discutons entre nous du nom du prochain camarade chancelant, dont le tour est venu de rejoindre le cimetière. Cela semble cynique ; pour nous, c'est naturel. Dès lors quelle issue ?

L'évasion ? Impossible, c'est évident ! Le renoncement ? Notre instinct vital nous l'interdit ; nous avons vingt-trois ans en moyenne, aussi n'allons-nous pas nous laisser crever ici comme des chiens. Mais alors quoi ? Notre *can bo* (commissaire politique), lui, tient la solution. Depuis des semaines, le bruit court d'une libération éventuelle pour Noël. Mirage ou réalité, nous ne savons. C'est la branche tendue à l'homme qui se noie. Qui ne la saisirait ? Mais, en contrepartie, il va falloir être assidu aux cours politiques, car seuls ceux qui seront dignes de cette faveur – en très petit nombre, chuchote-t-on, mûrs pour devenir des soldats de la paix – seront libérés. Le moment est venu d'adhérer au comité " *Paix et rapatriement* ". Mes camarades m'élisent à sa tête. Mon jeu est d'autant plus simple qu'unique officier de ce camp, j'ai des chances infimes d'être libéré.

Et la vie continue. Corvées, séances d'endoctrinement, veillées où l'on grelotte. Une chouette, attirée par la lumière du feu, s'écrase au milieu de nous. Elle est tuée aussitôt. Palabres et disputes pour savoir qui va la manger. Cuite sur les braises, elle est dévorée sans attendre. Un B 26 (bombardier léger) est abattu à proximité. Mécanicien en machine à écrire, mon camarade Bouvet est désigné pour aller y démonter les mitrailleuses. Le prenant pour le pilote, la population veut le lyncher. Les sentinelles le protègent de justesse. Très contagieuse, la gale se propage comme une traînée de poudre. Un malheureux serpent se faufile parmi nous. Assommé, il est avalé aussitôt !

Un gros détachement de prisonniers venant de Lang Son nous rejoint. Il faut se serrer pour leur faire de la place. Ce sont, paraît-il, de futurs libérés. Ragots et bobards fusent de toutes parts, happés par nos esprits avides de nouvelles. Ces captifs sont ici simplement en transit, dans l'attente du transfert vers un autre camp. J'apprends que je vais devoir partir avec eux. Je suis catastrophé de quitter tant de bons compagnons dont j'étais devenu " *tacitement* " le chef. Tacitement, dis-je, car ici tout grade est aboli, et la seule appellation autorisée est le mot " *camarade* ". Mais presque tous, en secret, mangent la consigne. Française, l'épouse du lieutenant Ben rejoint son mari, ainsi que Camille, comme elle prise en otage en 1946, quarteronne et militante convaincue restée volontairement chez les Viets. Elles s'occuperont désormais des malades, pratiquement sans moyens.

Les préparatifs du voyage vers un nouveau cantonnement s'accélèrent, mais le départ est sans cesse remis. Le *can bo*, Thu, nous décrit celui-là comme un " *camp magnifique* " (belles baraques, boulangerie, etc...) proche des lignes françaises. Enfin, le 20 octobre, la colonne est formée et le signal donné. L'espoir au cœur, nous quittons le camp 15 où tant des nôtres peuplent le cimetière.

VERS LE CAMP 113

Divisés en deux longues colonnes, couverts de feuillage et marchant à grande distance les uns des autres en raison du danger aérien, nous avançons courageusement en chantonnant, croyant encore aux belles promesses. Vraiment notre naïveté est sans limite. Nous rejoignons la Route Coloniale n° 2. Une borne à moitié effacée. Stupéfaction, elle indique : " *Ha Giang. 150 kilomètres* ". Nous refusons la criante vérité " *Cette borne a été retournée* ", disons-nous incrédules ! Mais, cruelles, les suivantes indiquent inexorablement : " *Ha Giang 149... 148... 147* ", et de l'autre côté : " *Hanoï 99... 100... 101* ". Nous ne voulons nous rendre à l'évidence, et pourtant le doute est impossible. Nous remontons vers la Chine ; on nous a menti. Désormais les chants cessent. Mornes et abattus, nous avançons comme des automates. Je ne puis aider les plus fatigués, car je dois moi-même me concentrer pour arriver à progresser.

Nous marchons ainsi plusieurs jours, par petites étapes du fait de notre faiblesse. Nous nous arrêtons dans les villages où nous devons, le soir, quoiqu'exténués, monter des veillées récréatives et politiques à l'intention de la population. Toujours des kilomètres " *élastiques* "*!* Lancinante revient sans cesse la question posée aux sentinelles : " *Banio Kesso* "? (combien de kilomètres) : réponse évasive, et la marche dure des heures encore. Enfin, voici l'étape pour la nuit. Le lendemain, ça recommence, avec le mirage de ce fameux " *camp de luxe* " au bout du chemin et de nos peines. Pour une fois, nous n'abandonnons pas de mourants sur la route.

Enfin un soir, au crépuscule, nous y sommes! Affreuse surprise: nous suivons un sentier qui grimpe sur une colline et là, sous la forêt, envahies par les herbes et les lianes, leurs toits de latanier pourris, trois paillotes immenses et branlantes nous apparaissent. L'une d'elles s'effondrera dans un épouvantable fracas quelques jours après. C'est ça, le camp magnifique. Faut-il que nos esprits soient déréglés pour que tant de mensonges et de vaines promesses ne soient pas encore venus à bout de notre crédulité. Mais à qui jeter la pierre? En Asie, les systèmes de pensée ne sont pas cartésiens. La vérité n'existe pas. Le camp de luxe, c'est à nous de le construire. Pour refaire nos forces, on nous attribue ce soir un " *supplément* " de nourriture: un poulet pour cent. Nous devons être au début de novembre. Il fait froid.

LES CAMPS 113 ET 25

(Début novembre – 15 janvier)

Ces deux cantonnements, séparés par 1 500 mètres de brousse, formeront un ensemble identique aux précédents quand nous les aurons construits et aménagés: grandes paillotes, vaste place avec estrade destinée aux meetings et veillées autour du feu, jardins personnels des détenus, latrines, et inévitablement pour chacun d'eux, le cimetière qui fait partie désormais de notre environnement familier, tout proche, pour éviter les fatigues inutiles car on y va souvent. M. Tiung est notre nouveau chef : jeune, timide, affable, impénétrable comme tous les Asiatiques. Il veut transformer ce bidonville en un ensemble modèle et impose à cette fin un labeur forcené aux plus valides.

La vie routinière reprend: travail, repas où l'on se bouscule pour le " *rab* " car c'est la survie, veillées, cours politiques. Une fois encore, un comité de camp est élu comptant des représentants de toutes les races et nationalités, qui à leur tour votent et me désignent comme " *président-secrétaire* ". Chez les marxistes, le chef est toujours " *secrétaire* " d'un organisme au nom pompeux.

Un après-midi gris et triste arrive un fort détachement d'Européens rescapés du désastre de Nghia Lo. Ils viennent de Yen Bay, aussi les appelons-nous les " *Yen Bayais* ". Suivant l'habitude, ils sont mis en quarantaine. Seuls les membres du comité peuvent les approcher. Chargé de les accueillir, je m'avance en boitant, la barbe hirsute et les pieds souillés de boue, et les salue : " *Bonjour camarades !* " Ils sont stupéfaits. Je les renseigne sur notre vie. Ils me considèrent sans aménité, me prenant pour un traître. C'est normal : ils ont encore des souliers, de solides tenues camouflées, des muscles, et aucun des leurs n'a jusqu'ici rejoint le cimetière ; ça ne tardera pas, malheureusement.

Ils sont tous parachutistes. Parmi eux, trois officiers, mes bazars de Saint-Cyr (l'un d'eux mourra bientôt) et un sergent-chef d'une extrême gentillesse ; il s'appelle Hervé de Parscau et nous devenons amis. Nous leur faisons de la place et ils s'intègrent à notre groupe disparate, divisé en trois sections : service intérieur, constructions et jardinage. Grâce à du soufre et de la graisse de porc donnés par Mme Ben, je peux faire une pommade et soigner ma gale qui régresse. Ainsi, je n'ai plus honte de l'horreur que j'inspirais autour de moi, du fait de l'odeur et du risque de contagion.

Le soir à l'appel du gong, il faut quitter les baraques pour assister aux veillées interminables où l'on grelotte. Nous savons tous que ce sacrifice n'est pas inutile, car c'est là que se fait la formation politique, prélude à une éventuelle libération. On y discute de tout : origines de l'homme, féodalisme, capitalisme, socialisme et surtout, objectif suprême des sociétés, communisme scientifique moderne, dans cet esprit primaire si cher aux Viets. On y accueille les nouveaux venus, on y statue sur le cas des fautifs. Je préside et je fais des discours. Ces soirées m'épuisent ; j'essaie de les abréger car mes camarades ont froid et sommeil, comme moi.

Les jugements sont particulièrement délicats, car en dernier ressort c'est au comité et à son président, c'est-à-dire à moi, de prononcer la " *sentence* " en sauvant les apparences à l'égard des Viets, toujours présents, et en ménageant les délinquants dont les mobiles sont évidents (vol de nourriture, tentative d'évasion, etc...). La moindre peine un peu sévère risque en effet de les conduire rapidement au cimetière. Il s'agit donc de leur survie.

François, qui déclinait, meurt un soir brutalement sur le bat-flanc, après s'être fait engueuler par la chambrée qu'il dérangeait de son râle de mourant. On le laisse là pour la nuit. Son voisin prend sa couverture et s'endort à côté du cadavre, comme si de rien n'était.

Des habits grossiers sont confectionnés pour ceux qui doivent rejoindre les lignes françaises. Mille tuyaux crevés circulent à ce sujet, surtout depuis l'arrivée, le premier décembre, d'un fort détachement provenant du Camp 15 accompagné par le lieutenant Ben : cent Sénégalais, trente Nord-africains et trois Européens désignés par un vote de leurs camarades. S'agirait-il de futurs libérés ? M. Tiung aurait dit un jour, après avoir ingurgité moult rasades de choum (alcool de riz) – fait curieux pour un marxiste incorruptible – qu'un convoi partirait en sampan pour Noël. C'est plausible, car tous les cours d'eau de la région convergent vers Viet Tri, premier poste français. Je " *tâte* " Ben ; il demeure impénétrable.

Le 13 décembre, grandiose fête du mouloud (du mouton) : prières musulmanes, meeting, guirlandes couvertes de slogans, tam-tam, réjouissances, envoi des couleurs, vietminh évidemment, chant en chœur de l'Internationale. Dans mon discours, j'exalte Mahomet, prophète de paix !

Le lendemain, je reçois l'ordre de préparer la fête de Noël. Je mets sur pied un comité et nous décidons de faire une manifestation collective à laquelle participeront les catholiques, protestants, musulmans, animistes et bouddhistes.

Le 18 décembre, coup de théâtre ! Une veillée extraordinaire est organisée par la Direction, sans préavis, à l'appel du gong. Présence obligatoire pour tous, y compris les malades. Dans un silence tendu, le *can bo* nous lit une note émanant du gouvernement : " *Par effet de la bonté du président Ho Chi Minh, un convoi de libérés sera formé pour Noël* (applaudissements), *constitué par élection d'après des chiffres qui représentent un savant dosage entre toutes les catégories. Vous procéderez ces jours-ci aux votes et désignerez deux camarades en plus du nombre prévu* ". Suivait un additif : " *Les officiers feront partie d'un convoi ultérieur* ". Chacun savait ce que cela voulait dire, moi surtout qui me sentais désormais " *en alerte à quelques semaines* ". Tous refroidis, nous savons que ce scrutin devra évidemment correspondre aux vues de la Direction, et que les jeux sont faits à l'avance.

Le lendemain 19 décembre, *meeting* et jeûne " *volontaire* " en mémoire des Vietnamiens morts pour la patrie le jour de l'insurrection du 19 décembre 1946, puis confession générale au cours de laquelle chacun doit avouer par écrit ses " *crimes de guerre* ". Je suis chargé du ramassage des " *devoirs* " et de leur " *correction* ". À la veillée suivante, je dois lire les meilleures " *copies* " et nous proclamons les " *héros* " de cette compétition. Que faire d'autre? La survie des libérables est à ce prix.

Le 22, nous procédons aux élections d'après les listes préparées à l'avance. C'est une parodie. Un prisonnier fait l'appel de ceux qu'on doit libérer et les autres votent à main levée, jusqu'à ce que le nombre prévu soit atteint. Comment et pourquoi porter son suffrage contre un camarade que l'on condamnerait ainsi à mort? Chargé de l'élection des " *Yen Bayais* ", j'obtiens de la Direction un vote secret beaucoup plus juste. Dès lors, les heureux élus reçoivent un traitement particulier: ils sont trois cents environ. Un Sénégalais m'annonce confidentiellement que ses compagnons et lui ont fait une pétition pour que je sois rapatrié avec eux.

Le 23, un gros détachement de libérés du Camp 14 nous rejoint. La fête de Noël se passe comme celle du mouloud: amélioration de l'ordinaire, saynètes, compétitions sportives, cadeaux misérables, discours: un libéré proclame sa reconnaissance, moi je témoigne des sentiments de ceux qui restent, tous prêts au combat pour la paix. Mais, fait curieux, au cours du meeting plusieurs prisonniers choisis pour partir demandent à demeurer parmi nous pour nous aider à parfaire notre rééducation. J'apprendrai plus tard comment ces " *volontaires* " avaient été désignés.

Le 26, nous qui restons sommes séparés des partants et recevons l'ordre de regagner le petit camp. Lamentable troupeau sans espoir, nous y arrivons le soir. Aussitôt a lieu une sévère reprise en main. Je ne suis plus secrétaire du comité. Les Viets s'étaient donc bien servis de moi, mais qu'importe; j'ai œuvré pour la cause de tous ceux qui vont quitter cet enfer. Mais, du coup, je décroche. J'en ai assez fait. Je suis épuisé et reste couché malgré les menaces des sentinelles, soigné sans moyens mais avec dévouement par mes camarades. Très essoufflé au moindre effort, je pense que le béribéri a eu raison de mon cœur qui commence à lâcher. Jandin meurt. Nous l'enterrons. Des libérés viennent nous voir. Cela nous est pénible et nous souhaitons qu'ils partent au plus tôt.

Ils nous font part de leur étonnement, car même pour eux la discipline se durcit et ils ont reçu l'ordre de préparer une fête pour le 1er janvier. Elle a lieu, et des nouveaux comités sont élus. Ceux qui restent me choisissent comme président du leur. En leur nom, je dois aller présenter nos vœux à la Direction.

Quelques jours après, le lieutenant Ben me prescrit de préparer ma succession. Je pense que je vais donc être transféré dans un autre lieu d'internement. Je m'affole à cette idée car je suis trop faible pour prendre la route. Toutefois, je passe mes consignes.

Sentant ma fin proche, je donne l'adresse de mes parents à deux rapatriables, leur confiant un message d'affection et leur demandant de les préparer à l'idée que je serai mort avant six mois. Avec le recul du temps, ceci me rappelle une des " *Lettres de Stalingrad* ". J'avoue que je défaille devant la réalité cruelle de ce testament oral. Hervé de Parscau, car il est un des messagers que j'ai choisis, m'encourage très amicalement. L'émotion m'étouffe ; la gorge serrée, je le quitte. Et je rentre au petit camp, l'âme en paix, me soumettant à la volonté de Dieu. Mais j'ai été vraiment faible ce jour-là.

Un nouveau convoi de malades arrive de Lang Son. Le 7, les officiers, au nombre de 4 depuis l'arrivée des *Yen Bayais*, sont convoqués à la Direction où l'on nous accuse d'être loin de posséder la " *maturité* " nécessaire pour servir la cause de la paix.

Le 8, en me réveillant, j'ai le pressentiment que je ne reverrai jamais la France, ni le Maroc dont j'avais tant apprécié la lumière. Je suis convoqué chez le chef de camp. Après les circonlocutions d'usage, il m'annonce que je vais être libéré. J'en conclus que la pétition des Sénégalais a été prise en considération. C'est vraiment la douche écossaise. Asiatisé désormais, je ne laisse plus transparaître mes sentiments ; je me contente d'en prendre acte et de le remercier, imperturbable.

Le lendemain, je fais mes adieux à tous ces amis qui restent, leur faisant cadeau de mes pauvres biens (quart, ficelles, chiffons) et je suis autorisé à passer chez le " *barbier* " polonais, ce dont j'ai grand besoin n'ayant pu me raser depuis des mois.

Désormais, tous mes ressorts sont brisés et je décline rapidement. Je ne pèse plus que quarante kilos pour 1,76 m. Vais-je donc mourir sur le seuil de la liberté, si près du convoi dont le départ est sans cesse remis à plus tard. Je tends toute ma volonté pour tenir jusqu'à l'hôpital d'Hanoï mais comment faire, je suis incapable d'y aller à pied. Mes compagnons me remontent le moral et me promettent qu'ils ne m'abandonneront pas, et me porteront s'il le faut.

Le 14, plus de doute c'est pour bientôt. Le 15, je reçois une tenue propre : pantalon et chemise teints au *ku nho* marron, quel luxe !

L'heure du rassemblement arrive. Je fais mes adieux à M. Tiung et à mes camarades. On me désigne un buffle rose en guise de monture. On me hisse sur son dos car je suis trop faible pour faire un tel effort. J'essaie de m'accrocher aux rares poils de son garrot. Il fait un écart. Je tombe. J'ai toujours été un piètre cavalier. Je tente de remonter sans succès. Palabres ! Le chef de convoi arrive, voit la situation, appelle les brancardiers. Deux Sénégalais s'approchent, portant une civière de lianes ; on me couche dessus. Ils l'installent sur leurs épaules. La colonne s'ébranle.

Désormais, je me laisse aller au balancement de leurs pas. Sans une plainte, témoignant d'une camaraderie admirable, ils me porteront dix jours durant, jusqu'au poste français où nous serons relâchés sur la Route Coloniale n° 3. Je leur dois une immense reconnaissance.

Le voyage empruntera un itinéraire long de 150 kilomètres, passant par Tuyeng Quang et Thaï Nguyen. Il sera l'occasion de nombreux meetings avec la population et donnera lieu, suivant l'habitude, à la punition d'un libéré qui, ayant commis une " *faute* ", sera renvoyé au camp, c'est-à-dire pratiquement condamné à mort, après une parodie de jugement.

Épuisé, presque moribond, je serai soutenu par quelques piqûres destinées à me remonter le cœur pour me maintenir en vie jusqu'aux lignes françaises, mais je ne serai plus en mesure de participer aux activités du convoi.

Parti sur un brancard, revenu sur une civière, serais-je un paresseux, ou plutôt un véritable miraculé ? Allah est grand !

ÉPILOGUE

Les Viets nous relâchent une nuit. Au petit jour, nous nous dirigeons vers le poste de Phu Lo. À la vue du drapeau tricolore qui s'élève le long du mât dans le matin calme, nous pleurons d'émotion. Il symbolise la fin de notre calvaire, la patrie retrouvée !

La Coloniale nous réserve un accueil inoubliable.

Dans l'ambulance qui m'emmène à Hanoï, sur une route où ont disparu les touches de piano – quel changement depuis l'arrivée de de Lattre – je réalise que l'épreuve se termine. Toutefois, dans l'état de faiblesse où je me trouve, celui de mon frère à son retour de Buchenwald, vais-je survivre ? Mais je songe surtout à ces nombreux cimetières qui jalonnent mon itinéraire, et dans l'un desquels je devrais me trouver, aux côtés de mes camarades décédés d'épuisement.

***

LE CAMP N° 1

Jacques JAUBERT

L'attaque est fixée à 4 heures du matin. Les blessés resteront sur place avec deux médecins. Le passage entre les falaises du défilé étant très étroit, les compagnies attaqueront en ligne l'une après l'autre. Les parachutistes de la Légion Étrangère attaqueront en tête, nous les suivrons, puis ce sera le tour des Goumiers.

À l'heure dite, les paras s'élancent dans un feu d'enfer, d'armes automatiques et de grenades. Les légionnaires tombent comme des mouches, mais chaque compagnie gagne un peu de terrain.

Les Marocains, qui comprennent la dureté du combat, entonnent la *Chahada*, la prière des morts, chant rauque qui prend aux tripes au milieu de ce déferlement de feu.

Et nous attaquons à notre tour. Le sol est jonché de cadavres et de blessés, dont les cris de douleur résonnent encore dans ma tête. De leur côté, les Marocains se mettent à hurler de rage, frisant la folie meurtrière.

Le défilé est passé, les Viets tirent toujours mais avec moins d'intensité. Les compagnies qui sont derrière arrivent à leur tour et cette masse hurlante va de l'avant jusqu'à ce que nous nous apercevions, avec les lueurs du jour, que nous sommes au bord d'une falaise qui plonge dans un ravin très boisé. Sur les hauteurs, de l'autre côté du ravin, la colonne Charton se regroupe.

Chacun essaie de descendre comme il peut, en s'accrochant aux lianes, aux branches, qui parfois cassent en entraînant deux ou trois hommes qui vont s'écraser au fond du ravin. C'est à ce moment que je vois le lieutenant des Transmissions du bataillon, assis sur un petit rebord rocheux, avaler consciencieusement le code secret radio.

Enfin, nous arrivons en bas pour nous apercevoir que, s'il y a beaucoup de monde, il n'y a plus une seule unité constituée. Nous sommes devenus un troupeau, certains ont perdu leur arme, tous sont terriblement marqués parce que nous venons de vivre. Les officiers essaient de regrouper les soldats appartenant aux mêmes unités pour remonter la pente, et aller retrouver la colonne Charton qui nous attend au sommet.

Pendant que nous remontons, les Viets nous tirent comme des lapins, car le terrain est assez découvert, et il y a de nombreuses pertes. Je rencontre le médecin du bataillon ; il a un éclat dans le genou. Il ne peut plus marcher, j'essaie de le réconforter car on ne peut envisager un " *brancardage* ". On sent trop venir le " *chacun pour soi* ". Il me demande de lui laisser son pistolet et de continuer. Je ne l'ai jamais revu.

Je rencontre aussi mon camarade de promotion, le lieutenant de La Rochefoucauld, légèrement blessé mais il peut marcher. Nous nous souhaitons bonne chance. Lui aussi a disparu dans la tourmente. Personne n'a su comment.

Enfin, ceux de la colonne Charton nous voient arriver mais, au lieu des solides unités de renfort qu'ils espéraient, c'est une foule d'hommes en armes ou sans arme, affamés, apeurés, qu'il va être difficile de réorganiser. Cette jonction n'est pas faite pour relever le moral des uns et des autres.

Tous nos efforts de regroupement sont très difficiles, car les combats continuent sur l'axe de marche. Un parachutage de vivres et de munitions a lieu, mais la plupart des colis tombent chez les Viets.

Le désarroi et le découragement s'ajoutant à la faim, la soif et l'extrême fatigue, atteignent bien des hommes. Un ordre insolite nous parvient, c'était sans doute le seul possible : " *Par petits paquets, débrouillez-vous pour rejoindre That Khé* ". C'était le 7 octobre. Que de choses s'étaient passées, en une semaine !

Mon " *petit paquet* " se forme presque tout seul, car on a repéré mes galons d'officier, ma carte et ma boussole. J'ai une petite troupe hétéroclite de tirailleurs, goumiers, légionnaires ; nous partons vers le sud.

Certains de ces " *paquets* " tomberont tout de suite sur les Viets et il y aura des tués, comme le commandant Labataille, et des prisonniers, en particulier les colonels Charton et Le Page.

J'ai la chance de pouvoir me glisser au fond de la vallée où nous découvrons une petite rivière de trois à quatre mètres de large, à l'eau claire, ce qui nous permet enfin de boire et de boire, tellement cette soif est pénible. Nous nous fichons éperdument des sages recommandations de ne jamais boire de l'eau non traitée ou non bouillie. Tant pis pour les amibes. Par contre, après avoir bien bu, nous découvrons à quelques mètres de là des cadavres bien gonflés qui baignent dans l'eau, mais le plaisir que nous avons eu d'étancher notre soif l'emporte sur ce spectacle peu ragoûtant.

Nous ignorons que, sur les hauteurs qui nous séparent de la RC 4, le 3e Bataillon Colonial de Commandos Parachutistes, qui a été parachuté sur That Khé, occupe la crête en recueil de tous ceux qui errent dans la nature. Nous nous apercevons très vite qu'il est pratiquement impossible de progresser de jour, car il y a des Viets partout. Dans ces conditions, nous nous cacherons le jour, en mâchouillant, pour tromper la faim, le cœur un peu gélatineux des petits bananiers sauvages. Dès la nuit tombée, nous nous mettrons en marche, mais il est bien difficile de progresser sans bruit dans cette forêt épaisse. Aussi nous avançons très lentement, et les Viets ne décèleront pas mon petit groupe.

L'aviation, qui a dû repérer un rassemblement viet dans l'étroite vallée où nous essayons de progresser, et tout près de l'endroit où nous sommes cachés, vient mitrailler abondamment la zone. Certainement avec succès, car nous entendons beaucoup de cris et de hurlements divers. Ce n'est pas le moment d'être découverts par les Viets, nous passerions un mauvais quart d'heure. Mais tout se passe bien et nous ne sommes pas inquiétés.

Après sept jours de marche harassante, nous avons parcouru une bonne dizaine de kilomètres. Nous sommes épuisés et affamés. Notre vallée s'élargit et nous arrivons dans la plaine de That Khé, que nous devinons au loin. Nous allons enfin pouvoir manger, nous laver, dormir.

Nous apercevons la route, la RC 4 que nous avons empruntée il y a une quinzaine de jours pour monter vers Dong Khé. Il y a une certaine animation sur cette route, mais notre joie est vite réprimée car il y a des détails bizarres dans cette animation.

J'observe mieux à la jumelle. Les petits postes de surveillance autour de That Khé sont toujours là, mais il n'y a aucun drapeau tricolore. Nous sommes effondrés en constatant que ce sont les Viets qui sont là, et que That Khé a certainement été évacué sans nous attendre.

Un rapide conciliabule pour constater que le prochain poste important est au moins à 30 kilomètres, qu'il y a un fleuve assez large à traverser et que rien ne dit que ce poste n'est pas évacué lui aussi. Dans l'état de fatigue où nous sommes, le ventre vide depuis une semaine, il est malheureusement hors de question de pouvoir continuer.

Je décide de nous rendre à l'ennemi, mais auparavant je fais démonter toutes les armes, disperser les pièces dans la nature, ainsi que nos munitions, briser les jumelles, etc...

Puis nous nous redressons et nous descendons droit devant nous. Très rapidement, les Viets arrivent : nous sommes prisonniers. C'était le 14 octobre 1950.

LA CAPTIVITÉ

" Prisonnier ", le déshonneur du soldat vaincu ! Il n'y a pas de quoi être fier ! De toutes les situations que j'avais imaginées pour ma vie militaire, jamais je n'avais envisagé d'en être réduit à m'en remettre au bon vouloir de mes adversaires. Je pense aux soldats français en 1940, aux Allemands que nous avons capturés en 44-45. Finalement, tous les prisonniers se ressemblent : le regard un peu perdu, le visage mangé par la barbe. L'uniforme débarrassé de ses armes et équipements paraît soudain trop grand, informe ; tristes guenilles déchirées et boueuses.

Combien de temps allons-nous rester dans cette situation ? Comment seront prévenues nos familles ? Toutes ces idées, tout ce désespoir, tout s'entrechoque dans notre tête et on ne peut plus penser à quoi que ce soit de sensé.

Nous sommes finalement trop abrutis de fatigue, trop affamés, trop sales, trop désespérés pour philosopher. Les soldats viet nous accueillent bien, mais les officiers sont immédiatement séparés de la troupe. Nous sommes à une trentaine de mètres les uns des autres, nous ne pouvons plus nous parler. Les Viets nous apportent du riz et, pour les officiers, il y a aussi du cochon grillé. La technique communiste se met en route : il faut montrer à la troupe, qui nous est trop attachée, que même prisonniers les officiers sont des privilégiés.

Néanmoins, les Viets nous expriment leur mécontentement en constatant que nous n'avons aucune arme avec nous. Nous leur racontons que nous en avons perdu beaucoup dans notre marche et que, de toutes façons, nous ne voulions plus nous en servir.

Après nous être restaurés, les Viets emmènent le petit groupe d'officiers – nous sommes trois – et nous perdons de vue nos hommes que nous ne reverrons plus. Nous allons vers That Khé, et nous nous arrêtons peu après, dans un petit groupe de maisons ; nous sommes enfermés dans l'une d'elles.

Un Viet qui paraît être un gradé, mais ils n'ont aucun signe extérieur de grade, vient relever nos identités et nous interroger sommairement. Il récupère nos portefeuilles, mais aussi nos montres, alliances, chevalières, chaînettes, etc... Tout cela, nous ne le reverrons jamais. Nous sommes en fin d'après-midi, et nous avons tellement besoin de sommeil que nous nous déchaussons, pour la première fois depuis quinze jours. Étendus à même le sol en terre battue, nous nous endormons aussitôt comme des souches.

Le lendemain matin au réveil, non seulement il n'y a pas de café chaud mais nous avons une très mauvaise surprise : nos chaussures et nos chaussettes ont disparu. Les Viets ne nous fournissent aucune explication. Il faut donc se résigner à rester pieds nus pour la durée de la captivité, que nous pensons être courte car l'anéantissement de nos huit bataillons (1 500 tués, 3 000 prisonniers) porte un coup très dur au Corps Expéditionnaire. Nous croyons, un peu bêtement, que le combat ne pourra pas continuer. Nous nous trompons, et nous attendrons quatre ans, toujours nu-pieds.

Dans la matinée, nous partons vers le nord et vers l'inconnu. Nous remontons la RC 4, une fois de plus, vers le col de Lung Phaï, avec une certaine émotion. Bien que nous n'ayons rien à porter, pas la moindre couverture ou toile de tente, notre apprentissage de la marche pieds nus sur les petits cailloux pointus de la route est particulièrement pénible. Notre plante des pieds est bien fragile et sensible, elle se " *blindera* " petit à petit par une belle épaisseur de corne.

En attendant nous sautillons de façon un peu grotesque, en visant les touffes d'herbes ou les pierres plates, mais rapidement nous avons les pieds en sang avec de la terre et des petits cailloux qui s'agglutinent dans les plaies. Nous envions les chaussures des soldats viets, sorte de nu-pieds dont la semelle est taillée dans de vieux pneus et les lanières de maintien dans les chambres à air. Mais nous n'en aurons jamais.

Arrivés au col, nous sommes regroupés dans une rizière sèche. Nous y retrouvons d'autres officiers et, après une distribution de riz, nous allons y passer la nuit à la belle étoile. Cette seconde nuit de captivité sera agrémentée par un bel orage que nous ne pouvons que subir sans broncher, trempés jusqu'aux os et grelottants de froid.

Le lendemain nous repartons, notre colonne est maintenant plus importante. Un peu avant Dong Khé, nous quittons la RC 4, pour prendre sur notre droite une piste étroite au milieu des calcaires. Les Viets nous assurent que nous allons vers un camp spécialement aménagé pour nous avec un hôpital. Nous sommes un peu sceptiques, mais nous conservons un petit espoir.

Nous continuons ainsi et, en deux ou trois étapes, nous arrivons enfin dans un petit village misérable. D'autres officiers, ainsi que des adjudants et des adjudants-chefs, sont déjà là; d'autres nous rejoindrons petit à petit. Nous serons rapidement 80 à 90; nous sommes arrivés au " *camp* ".

Les Viets nous répartissent, à raison d'une dizaine environ dans chaque maison. Ces maisons sont sur pilotis et ne comportent en fait qu'une seule pièce, avec le foyer au centre. Il n'y a pas de cheminée; la fumée s'échappe en passant entre les branches de palmier qui constituent la toiture. Quant au sol, il est fait de bambous aplatis.

Au sous-sol, sous nos pieds, plutôt au rez-de-chaussée, il y a les buffles, les cochons et la volaille, pataugeant dans une fange invraisemblable noirâtre et nauséabonde, attirant toutes les bestioles possibles et imaginables: maringouins, moustiques, vermines, etc... C'est dans ce sous-sol que nous serons enfermés à la moindre peccadille, comme punition, ce que nous appellerons " *aller aux buffles* ".

Pendant que nous sommes là, les occupants habituels de la maison sont serrés dans un coin derrière une mince cloison en bambous. Nous changerons de village tous les deux ou trois mois.

Devant la porte d'entrée, il y a une sorte de terrasse en bambous à laquelle on accède depuis le sol par une échelle, après s'être soigneusement lavé les pieds pour éviter de rentrer de la boue dans la maison. Pour cela, il y a une sorte d'auge creusée dans un tronc d'arbre ; on y puise de l'eau avec une louche en bambou.

Le bambou est vraiment partout, et nous apprendrons vite à nous en servir dans tous les domaines : construire une baraque, réaliser toutes sortes d'objets de la vie courante, construire une adduction d'eau, faire du feu, nous nourrir avec les " *pousses* ", etc...

La vie au camp est dure et triste. Les Viets ont isolé les deux colonels Charton et Le Page, qui ne peuvent même pas se parler entre eux. Il y a également un médecin-colonel de Lang Son qui n'aurait jamais dû se trouver là, mais qui avait souhaité accompagner la colonne Le Page.

Un jour, au rassemblement, je ne sais plus à quelle occasion, nous demandons l'application de la convention de Genève pour les prisonniers de guerre. Les Viets sont furieux, car ils estiment que nous ne sommes pas des prisonniers de guerre, mais que nous sommes les " *instruments aveugles* " du colonialisme et du capitalisme, que nous devons nous estimer heureux de ne pas avoir été fusillés pour nos crimes et que, de toutes façons, seul le président Ho Chi Minh, dans sa bonté infinie, pourra faire quelque chose pour nous, si nous lui demandons la clémence du peuple vietnamien.

Il y a là, en germe, tout le processus du lavage de cerveau que nous allons subir. Notre première réaction est que nous nous considérons bien comme des prisonniers de guerre et que nous ne voulons rien demander. Nous allons le payer cher, et nous mettrons un an à comprendre que nous allons tous " *crever* " les uns après les autres, car " *nous ne valons même pas le prix d'une cartouche pour nous abattre, le pays se chargera de nous* ".

Tout s'enclenche alors : interdiction de s'appeler par les grades, coups et bastonnades à la moindre incartade avec séjour " *aux buffles* ", pas le moindre médicament, pas de sel, ni de viande, ni de légumes. Tout juste un peu de riz de mauvaise qualité, plein de déchets de toutes sortes, avec lequel pour les déplacements nous fabriquons la fameuse boule.

Nous apprenons que trois officiers ont été fusillés pour tentative d'évasion, dont le commandant de Cointet et mon camarade de promotion Emptoz-Lacote. Un autre camarade, le lieutenant parachutiste Chevret, spécialiste radio, volontaire pour " *aider* " les Viets mais en fait pour essayer de prendre contact avec Hanoï, est découvert et fusillé.

L'ambiance est très lourde et le moral n'est pas très élevé au seuil de la saison froide. Nous sommes toujours dans la même tenue de combat avec laquelle nous avons été pris, sans aucun rechange, toujours sans chaussures et sans la moindre couverture.

Faute de place, nous dormons sur le côté, très serrés les uns contre les autres, en " *chien de fusil* ". Les hanches sont à rude épreuve sur le sol de bambou, et nous devons changer de côté tous ensemble " *au commandement* ". Nous apprendrons vite à confectionner de grandes nattes en paille de riz attachée avec des lianes. Le soir, une fois couchés, nous déroulons cette natte sur nous et c'est un " *confort* " appréciable qui nous empêche de grelotter toute la nuit. Je m'aperçois que mon voisinage est recherché : il paraît que je dégage une chaleur très appréciée par mes deux voisins.

Il y a bien sûr pas mal de camarades blessés plus ou moins sérieusement, que nous soignons comme nous pouvons, c'est-à-dire avec uniquement de l'eau bouillie et des pans de chemise comme pansement. Ils s'en sortiront tous, comme Morin avec une balle dans l'aine ressortie par la fesse, Cornuault avec une balle dans le mollet qui ressortira toute seule deux ans après, Picard avec une balle dans l'estomac, Richard avec le bras à moitié arraché au moment de sa capture et " *amputé* " par un Viet avec son canif, et bien d'autres.

Sans linge de rechange et sans le moindre morceau de savon, nous serons vite couverts de poux, ce qui nous offrira tous les jours une saine distraction pour nous épouiller.

Sans aucun médicament préventif ou curatif, nos organismes de plus en plus affaiblis vont attraper toutes les maladies locales. Elles seront la cause de bien des morts : la dysenterie amibienne (nous l'avons tous), le béribéri (il s'étend lentement mais sûrement), le typhus des broussailles (donné par une tique), la spirochétose (donnée par l'urine des rats qui pullulent). À cela s'ajoutent les bestioles qui commencent à proliférer dans nos intestins (ascaris, anguillules, trichocéphales, ankylostomes, lambliases, etc...) et celles qui grouillent partout dans la nature à commencer par les sangsues des broussailles qui, avec les moustiques, relèguent loin derrière les autres bêtes dites " *sauvages et sanguinaires* ", comme le tigre. Le tigre nous permettra de manger un peu de viande de temps à autre en récupérant la carcasse d'un buffle ou d'un cochon à demi dévorée, qu'il a ensuite abandonnée. Les serpents sont nombreux, mais ils ont aussi peur de nous que nous d'eux. Par contre, quand on pourra en tuer un à coups de bâton, nous aurons un excellent repas de viande.

Les camarades commencent à mourir de plus en plus. Quand ils déclinent trop, nous les transportons vers " *l'infirmerie* ", qui n'est en fait qu'un mouroir que nous appelons " *la morgue* ". C'est une mauvaise cabane à l'extérieur du village, car les habitants ne veulent pas qu'un prisonnier meure dans leur maison, ce qui leur jetterait un mauvais sort. Le mourant passe donc à la morgue ses dernières heures avec un ou deux bons copains qui l'aident à passer " *de l'autre côté* ", et qui chassent les rats et les fourmis qui s'attaquent déjà à lui, pendant que les vers qui lui remplissent les intestins ressortent par tous les orifices. C'est très, très pénible.

Heureusement pour eux, la mort ne se fait pas trop attendre. Nous les dépouillons de leurs vêtements, qui nous serviront, nous les enroulons dans une mauvaise natte et ils sont enterrés dans une tombe rapidement creusée.

Ce rituel se reproduit trop souvent, et le plus difficile à supporter est de se rendre compte que, très certainement, nous y passerons tous les uns après les autres. Nous avons calculé que nous tiendrons au maximum un an, et qu'à l'automne 1951 il ne devrait plus rester grand monde.

Pour ma part, pendant l'été 1951, je ne tiens plus debout, je suis vidé par la dysenterie, je n'ai plus de force et je m'évanouis bien trop souvent. Pour moi, le séjour au village de Ban Viet est un calvaire. Nous changeons de camp, ou plutôt de village, tous les deux ou trois mois. Chaque village est baptisé d'un nom pour le classer plus facilement dans notre mémoire: le camp du grand-père, de l'île d'amour, des pavots, du tigre.

Fin avril 1951, nous sommes au camp des pavots, dans une vallée qui, au printemps, permettrait aux touristes de s'extasier devant la beauté des champs de pavots multicolores. Les habitants recueillent la sève, qui va permettre de fabriquer l'opium en la faisant cuire et recuire dans des coupelles de cuivre.

Début mai, le 4, trois camarades tentent une évasion. C'est le premier sursaut de rage devant notre avenir bien noir. Ils n'iront pas bien loin et seront repris. La couleur de notre peau, notre taille, notre système pileux et notre faiblesse physique ne nous permettront jamais d'aller jusqu'au bout.

Le chef de camp de l'époque, un véritable tyran surnommé " *Tom Mix* ", décide le déménagement du camp le 5 mai. Il nous réunit, nous fait un grand discours, que pour ma part j'écoute très distraitement car je suis trop fatigué. Mais je suis repéré, appelé hors des rangs et, devant tous mes camarades, le chef de camp agite dangereusement son revolver sous mon nez en me traitant de tous les noms. Puis il appelle un soldat viet, un grand costaud que nous avions surnommé " *le Gorille* ", qui commence à me taper sur la tête de toutes ses forces jusqu'à ce que je m'écroule. Je suis complètement groggy et mes oreilles saignent. Pour me " *réveiller* ", le chef de camp me fait porter un sac de 20 kg de soja pendant la marche de déménagement. Je ne sais pas comment j'ai tenu le coup pendant les 20 kilomètres qu'il a fallu faire, titubant de fatigue et de rage.

Cette date du 5 mai m'a curieusement remis en mémoire un poème italien " *Il cinque Maggio* ", écrit à l'occasion de la mort de Napoléon 1er. Et tout en marchant, je me suis récité ce poème que je connaissais par cœur en italien " *Ei fu…* ". Sans doute cette réminiscence de ma période de lycéen m'a calmé, m'a aidé, m'a permis d'être ailleurs, de me dédoubler en quelque sorte, de ne plus sentir les douleurs de mes pieds, de mes épaules, de mes oreilles et d'arriver au nouveau village où je me suis évanoui.

Cette aventure n'avait pas amélioré mon état général, et c'est une des raisons qui ont fait que l'été 1951 a été pour moi très pénible. Quant à mes oreilles, une sorte de pus nauséabond suintera pendant toute la captivité. À la libération, j'apprendrai que l'oreille interne étant touchée des deux côtés, je ne pourrai rien faire d'autre que constater l'augmentation progressive d'une surdité toujours très difficile à vivre avec mon entourage.

Nous refusions toujours de nous engager dans la voie " *conseillée* ", et surtout de signer les déclarations, les " *manifestes* " que les Viets nous proposaient à l'occasion de toutes sortes d'événements. Un de nos camarades, le capitaine Cazaux commandant le 3e Bataillon de Parachutistes Coloniaux, figure emblématique de la résistance aux pressions des Viets, meurt début octobre 1951. Avant de mourir, il nous fait passer son dernier message : " *Arrêtez de faire les imbéciles, vous allez tous y passer. En France, à part nos familles, personne ne pense à nous. Alors, pour ne plus crever : Signez ! Signez ! Et après la libération n'acceptez d'être jugés que par vos pairs, si jamais on vous reprochait quoi que ce soit* ".

Après ce message, nous avons commencé à signer les manifestes, dans un bel élan " *d'enthousiasme* " et à l'unanimité. Alors nous avons vu la nourriture s'améliorer, un peu de sel, quelques légumes, voire un canard pour tout le camp, haché menu au coupe-coupe du bec aux pattes, avec les os, les tripes, et distribué à chacun sous forme d'une cuillerée à café.

Quelques médicaments ont fait leur apparition, nous n'avons plus été battus ou maltraités, le chef de camp a changé et il n'y a plus eu de morts. Les Viets nous ont fait créer un " *Comité pour la paix et le rapatriement* ", en jouant sur l'ambiguïté des mots, en particulier " *rapatriement* " que nous comprenions égoïstement comme le nôtre, tandis que les Viets pensaient tout simplement au rapatriement du corps expéditionnaire français. Néanmoins, nous avions désigné pour ce comité un secrétaire, Beucler, qui avait toute l'onction, la diplomatie et l'inépuisable sourire qui convenaient.

C'est ainsi que le comité répartissait les corvées en ménageant les plus faibles, rédigeait les " *manifestes* ", aplanissait les difficultés avec le chef de camp. Certains pourraient alors penser que c'était devenu la belle vie. Tout de même pas, loin de là, mais c'était moins pesant, et cette semi-liberté dans une nature hostile qui nous gardait mieux que toutes les sentinelles, barbelés et miradors, nous convenait assez, en attendant mieux. Sur le plan physique, nous nous étions adaptés, mais c'était un équilibre fragile : il a tout juste tenu les deux années qu'il a fallu encore attendre.

Nous manquions de tout, non seulement de médicaments mais de tous les objets nécessaires pour la vie courante. Les Viets finiront quand même par nous distribuer une tenue locale, sorte de pyjama marron, qui nous a permis de quitter notre tenue de combat en loque, de l'ébouillanter et de voir les poux enfin disparaître. Le savon était totalement inconnu ; aussi nous faisions notre toilette avec de la cendre, qui a un pouvoir abrasif certain. Le spectacle de dizaines de prisonniers nus dans la rivière, se frottant mutuellement le dos avec de la cendre, devait être assez surprenant.

Nous avions récupéré de ci de là des vieilles lames de coupe-coupe ; nous les avons réemmanchées et aiguisées sur des galets. Nous courions en forêt pour ramasser le bois pour les cuisines, couper les bambous pour nos constructions, trouver des compléments de nourriture possibles (pousses de bambous, pamplemousses sauvages, piments, etc...) sans compter tous les chapardages que l'on pouvait faire chez les paysans ; ils nous supportaient " *sur ordre* ", en général avec une certaine indifférence, mais parfois avec une petite gentillesse en catimini. Les femmes nous fuyaient comme la peste, et nous avions la certitude d'être fusillés en cas d'incartade ; mais notre état de faiblesse ne nous incitait pas à jouer les séducteurs.

Les mois passent. De temps en temps, de nouveaux prisonniers arrivent isolés ou en petits groupes : aviateur abattu, chef de poste isolé. La perte du pays Thaï, en 1952, nous amène une trentaine de prisonniers supplémentaires.

Nous avions déjà des médecins. Avec les prisonniers venant du pays Thaï, nous avons deux aumôniers. Nous récupérons aussi Moreau, administrateur des colonies, capturé à Vinh le 19 décembre 1946 au moment du déclenchement du soulèvement viet. Moreau totalisera huit ans de captivité et finira sa carrière comme ambassadeur de France. Il aura connu des années très dures et très solitaires, dont un an dans une petite cage en bambou après une tentative d'évasion. Nous l'avons d'un commun accord exempté de toutes les corvées, et il mènera une vie très réglée avec gymnastique le matin, travaux manuels dans la journée pour tresser de très beaux petits paniers. Le soir, autour du feu, il nous passionnera en nous racontant tous les livres de H. de Monfreid, comme s'il les avait appris par cœur. Un autre phénomène était Yotte, un fou de cinéma, qui nous organisait des " *séances* ", autour du feu, en nous racontant avec une vérité prenante et les intonations voulues toutes sortes de films, parmi les centaines qu'il avait vus et remarquablement enregistrés.

La vie, toujours dure, devint mieux organisée. Le matin, les différents travaux et corvées de bois, de riz, de bambous. Seules les corvées de riz, qu'il faut aller chercher dans des dépôts, prennent parfois deux jours. L'après-midi est réservée aux réunions politiques où l'on nous explique avec le plus grand sérieux, avec des arguments bien sommaires et très primaires, la supériorité de l'Union Soviétique et de ses alliés (le camp de la paix) sur tous les pays capitalistes, impérialistes, dont bien sûr les USA et la France, le camp de la guerre.

Dans le vide intellectuel où nous nous trouvions, ces conférences auraient pu être intéressantes, et dangereuses, si elles avaient été faites par des Viets d'un bon niveau car, de notre côté, nous n'avions pas la moindre formation sur le marxisme, le capitalisme, etc... Nous étions anticommunistes, plus par tradition que par raison. Mais peut-être que les Viets n'avaient pas d'intervenants de bon niveau pour s'occuper de nous, nous avons dû nous contenter d'un catéchisme de bas étage. Cela nous permettait de rêver et de somnoler, pendant qu'au moins un camarade par maison écoutait pour pouvoir rédiger ensuite " *les interrogations écrites* " collectives.

J'ai parlé de " *rêve* ". Il y en a beaucoup et de toutes sortes, comme sans doute chez tous les prisonniers de la terre. Les uns rêvaient à leur famille, leur femme, leurs enfants. Beaucoup rêvaient à la vie civilisée, et c'était un rêve collectif et à haute voix : livres à lire, musées à visiter, musique. Il y avait aussi les rêves de la voiture que l'on pourrait s'offrir avec le rappel de la solde ; les nouveaux arrivés nous parlaient des derniers modèles. Enfin tous, sans exception, nous rêvions de bons repas et c'étaient des discussions sans fin avec des échanges de bonnes adresses de restaurants, des recettes de cuisine régionale. Qu'est-ce qu'on a pu saliver en rêve, avant de retrouver notre riz quotidien.

Il y avait aussi ceux qui donnaient des cours de langues étrangères : anglais, italien et surtout russe. C'est ainsi que, par la suite, un de mes camarades a pu être attaché militaire à Moscou et faire une belle carrière dans les services de renseignements du SDECE.

Rapidement, nous avons ressenti le besoin de noter tout ce que nous disions entre nous. Nous avons confectionné des petits carnets avec le très mauvais papier bambou local, sur lequel nous écrivions au porte-plume toutes sortes de choses, qui peuvent paraître maintenant un peu naïves : titres de livres ou de disques, adresses d'hôtels et restaurants, pensées ou poèmes classiques ou écrits par l'un de nous, vocabulaire étranger, mini-journal. Ce petit carnet, nous le conservions précieusement et j'ai toujours le mien dans une pochette que j'avais fabriquée avec un morceau de ma tenue de combat de 1950. Cela représentait notre " *trésor* ".

C'est toujours le même rythme de changement de village tous les deux ou trois mois. Fin août 1952, nous quittons la zone à l'est de Cao Bang, le long de la frontière de Chine, où nous croupissons depuis bientôt deux ans et nous partons plein sud. Nous repassons à That Khé et nous finissons par arriver dans la région de Pho Binh Gia, soit environ 120 kilomètres plus loin. Nous n'avons jamais été aussi près du " *delta* " tenu par notre armée. Un espoir fou de libération peut-être proche nous saisit. Mais après quelques jours, nous entendons au loin une violente canonnade. Aussitôt, nous faisons demi-tour et nous repartons plein nord à toute vitesse. Nous traversons une nouvelle fois That Khé puis nous filons sur Cao Bang, et de là plein ouest par Nguyen Binh, le col de Léa, à 1 500 mètres, pour redescendre dans la vallée de Song Gam, affluent de la rivière Claire. Nous nous installons dans un village qui deviendra " *le camp du Tigre* " ; nous avons fait 400 kilomètres de pistes souvent très dures et nous sommes en décembre 1952. Nous constatons que ceux qui ne sont pas morts la première année ont maintenant une sorte d'accoutumance, et un endurcissement qui nous étonne. Cet endurcissement est autant physique (nous ne sentons plus nos pieds nus) que pratique par la connaissance du pays et de la nature (nous avons tous adopté le balancier de bambou pour porter les charges et nous nous sommes mis à trottiner comme les gens d'ici, pour mettre en phase l'élasticité du balancier et le rythme du trottinement). Mais surtout nous nous sommes endurcis moralement et psychiquement. Nous avons vu et connu trop d'horreurs, et nous sommes persuadés qu'il ne faut surtout pas se lamenter et pleurer sur notre sort, car c'est le meilleur moyen de sombrer dans le désespoir et de ne pas faire long feu sur cette terre. Nous vivons au jour le jour, en nous adaptant au mieux, et nous sommes convaincus que nous nous en sortirons. Maintenant que nous sommes rodés et organisés, à peine arrivé chacun défriche quelques mètres carrés près de la baraque et nous semons quelques graines de tabac qui, en moins de trois mois, vont nous donner de beaux plants, et de belles feuilles que l'on fera sécher dans le village suivant. Puis on roulera de belles carottes de tabac qui seront hachées menues au coupe-coupe au fur et à mesure des besoins. Certains arriveront à fabriquer de superbes cigares, à faire pâlir d'envie les Cubains. Nous avions la chance d'avoir un camarade dont les parents agriculteurs étaient producteurs de tabac ; il a été notre conseiller avisé dans ce domaine.

Mais le problème majeur était celui du papier pour rouler les cigarettes. Nous avions déjà utilisé tout un missel, sauf la prière des morts. Quant à " *l'Humanité* ", dont quelques numéros nous arrivaient avec huit mois de retard, elle disparaissait mystérieusement. Nous avions essayé les bandelettes de papier rouge décorant l'autel des ancêtres existant dans chaque maison, mais c'était encore plus désagréable que le papier journal, d'abord au goût, et la couleur rouge se déposait sur la peau du visage, ce qui accusait l'auteur du vol sacrilège.

Nous découvrirons ou redécouvrirons tous la pipe qui sera le moyen idéal. Quelques camarades particulièrement adroits feront des merveilles, taillées dans les bois très durs de la forêt avec des couteaux fabriqués à partir de la lame d'acier faisant ressort dans la semelle des bottes de saut des parachutistes. Le tuyau de pipe sera taillé à son tour dans de la corne de buffle, et le système de filtre à nicotine réalisé à partir de fil d'aluminium trouvé au bord d'une route, chauffé et tordu en spirale. Il ne restait plus alors qu'à vernir le bois de la pipe en utilisant... les tortillons de graisse qui sortent en pressant les ailes du nez.

Ce besoin de fumer nous a tous atteints, c'était une sorte d'antidote à la vie que nous menions. Au début, avant de récupérer des graines à planter, nous cherchions dans les tas d'ordures des tiges de tabac et on en faisait des copeaux. Mais sans nous en rendre compte nous fumions un tabac très fort, nous nous en apercevrons le jour de la libération en fumant la première cigarette " *civilisée* " qui nous apparaîtra totalement insipide.

Pour l'anecdote, la nicotine récupérée dans le filtre à nicotine sera pour nous un excellent médicament pour soigner les multiples champignons qui s'installaient entre nos doigts de pieds à cause de la boue et de l'humidité. De toutes ces belles pipes, bien peu sont revenues avec leur propriétaire. Pour ma part, je ne me souviens absolument pas où j'ai perdu la mienne.

Ces mêmes camarades adroits de leurs mains vont tailler des jeux d'échecs, et ce jeu deviendra un grand passe-temps avec des compétitions acharnées.

Nous trouver dans la vallée d'un affluent de la rivière Claire, elle-même affluent du fleuve Rouge qui passe à Hanoï, va réveiller beaucoup de rêves d'évasions. Le problème est apparemment simple : il n'y a qu'à se laisser aller au fil de l'eau. Mais il faut des radeaux (c'est maintenant facile à réaliser pour nous), des réserves de vivres (plus difficile, mais pas impossible), une équipe soudée (il est hors de question de partir seul, l'idéal est un groupe de trois). Cela s'avérera beaucoup plus difficile à mettre en œuvre qu'à dire.

Beaucoup n'arriveront pas, pour des raisons diverses et des impondérables, à réunir toutes les conditions et devront abandonner ce rêve. Quelques uns, trois groupes de trois, se lanceront dans cette folle aventure et, malheureusement pour eux, ils seront tous repris après deux ou trois jours. En fait, il y avait beaucoup de rapides dangereux et, après avoir trempé dans l'eau des journées entières, cela devenait vite physiquement insupportable. Enfin, la couleur de notre peau était un handicap insurmontable, d'autant plus que, dès l'alerte donnée, des centaines de civils, d'enfants et de soldats surveillaient la rivière, qui était la seule voie possible. Il ne leur restait plus qu'à cueillir les fugitifs abrutis de fatigue, de froid et de faim.

Nous avions l'impression d'être dans une assez bonne forme. En fait, nous nous maintenions dans un équilibre très fragile, et nous n'avions aucune résistance réelle pour affronter de telles fatigues pendant plusieurs jours. Mais ceux qui ont pu faire ces tentatives ont été très enviés, car il fallait marquer le coup.

Les évadés repris rejoignent le camp au bout de quelques jours et sont enfermés " *aux buffles* ", les sous-sols infects des maisons. Ils y resteront plus ou moins longtemps, jusqu'à ce qu'ils soient admis à venir faire leur " *autocritique* " devant tout le camp réuni. Ils se repentent alors avec le plus grand sérieux de n'avoir pas su reconnaître " *l'immense bonté du peuple vietnamien et de son président vénéré Ho Chi Minh* ".

L'autocritique n'était pas uniquement réservée aux fautes graves des tentatives d'évasion, mais à toutes les fautes ou attitudes supposées fautives. C'est ainsi que le colonel Charton, lors d'un déplacement pénible sous la pluie, perdant sans arrêt l'équilibre sur les étroites diguettes transformées en savonnette, n'avait cessé de jurer de façon très militaire : " *Pays de c...* ", " *P... de pays* ". La sentinelle qui le suivait comme une ombre avait rendu compte à l'arrivée des injures proférées contre le Vietnam et son peuple. Charton avait dû faire son autocritique, et il avait savamment expliqué qu'il n'en voulait qu'à la topographie et au climat, mais certainement pas à la population du Vietnam " si bonne et civile " (si vile). De même, le capitaine Labignette avait dû faire son autocritique pour avoir ramené des fagots de bois trop petits. Il nous avait expliqué, l'air très contrit, que quand il était jeune il ramassait de très gros fagots avec ses parents dans le bois de Boulogne (il habitait Neuilly) et qu'il n'avait pas été honnête envers le " *bon peuple du Vietnam* ".

Il était souvent difficile pour nous de conserver notre sérieux devant toutes ces " *autocritiques sincères* ", remplies de jeux de mots et d'humour froid.

De toutes façons, après l'autocritique, c'était à nous, à la " *masse* ", d'absoudre le fautif, si nous reconnaissions sa grande sincérité, par de bruyantes exclamations. Quelle mascarade! Mais il fallait en passer par là pour que la vie reprenne son cours.

Un jour, dans le courant de l'année 1953, le chef de camp nous annonce avec un grand sourire que l'on va nous vacciner avec un remède merveilleux arrivant de chez nos grands frères d'Union Soviétique. Ce vaccin universel protège de tout; " *même du phylloxera?* " demande un camarade anxieux, " *bien sûr* " répond le chef de camp, outré que l'on puisse penser que ce vaccin ne protégeait pas de toutes les maladies possibles.

Nos médecins sont tout de même un peu dubitatifs et demandent à voir les flacons. Leur doute augmente quand ils constatent que les étiquettes, en russe, ont été grattées, sans doute parce qu'un de nos camarades connaissait cette langue, et ils nous font part de leurs craintes.

Le comité et les médecins négocient avec le chef de camp pour que, dans un premier temps, seuls ceux en " *meilleure forme* " soient vaccinés. Si tout se passe bien, les autres seront vaccinés à leur tour. La liste de ce premier groupe est établie, j'en fais partie. Le jour prévu, nous présentons notre dos à nos médecins, qui ont obtenu l'autorisation et le privilège de procéder aux vaccinations. Il n'y a qu'une seringue et deux ou trois aiguilles, qu'il faut faire bouillir sans arrêt.

Quelques jours après l'injection, tous les " *heureux privilégiés* " du premier tour ressentent des douleurs, avec une forte rougeur autour de la piqûre. Tout cela se met à enfler pour former un énorme abcès de la taille d'une assiette. Que faire? Bien évidemment, nous n'avons aucun antibiotique et nous ignorons toujours ce qui nous a été inoculé.

Les médecins en arrivent à la conclusion qu'il faut ouvrir pour vider les abcès. Mais avec quoi et comment? Il n'y a rien.

Heureusement, notre " *coiffeur* ", le capitaine Raval, possédait un rasoir coupe-choux, avec lequel il nous rasait une fois par mois. Le rasoir va donc servir de bistouri.

Après chaque intervention, il sera aiguisé sur un ceinturon, et il faudra le faire bouillir pour le stériliser.

Parmi nous, le plus atteint par ces abcès est le capitaine de Braquillanges, dont tout le dos n'est qu'un seul et énorme abcès. Le tour de passage est établi, le patient s'allonge sur une sorte de table d'opération faite en bambous, il s'accroche et serre les dents, tandis qu'un rapide coup de rasoir ouvre l'abcès et libère toute la sanie qu'il contenait, recueillie dans un demi-bambou qui fait office de " *haricot* ".

Après, il ne reste plus qu'à plaquer sur la plaie un morceau de tissu trempé dans l'eau bouillie, et prier Dieu que tout aille bien.

Dans l'ensemble, les suites se passeront bien et il n'y aura pas de complications graves, sauf pour Braquillanges qui restera longtemps mal en point. Les Viets, dans leur grande bonté, nous donneront une banane à chacun pour nous remonter et reprendre des forces. On n'entendra plus parler du vaccin pour la deuxième vague, qui n'en menait pas large en voyant dans quel état se trouvaient les " *plus solides* ".

Au début de l'année 1954 rien ne nous permet de penser que notre libération sera prochaine. Nous partons nous installer dans une large vallée où, pour la première fois, après quelques jours chez l'habitant dans les conditions habituelles, les Viets nous font construire nos baraques, à l'écart du village, de l'autre côté de la rivière.

Nous ne sommes pas mécontents et là encore nous nous organisons rapidement, ce qui surprend toujours beaucoup les Viets. Il y a les " *architectes* ", les " *coupeurs de bambous* ", les " *monteurs* ", etc...

Je suis " *coupeur* ", car cette opération me permet de partir toute la journée en forêt avec mon coupe-coupe et ma boule de riz. Je choisis mes bambous mâles ou femelles selon les besoins de la construction, je les coupe, les descends jusqu'à la rivière où je confectionne un radeau avec des lianes, et je rentre au camp à la perche. Nous sommes tous devenus très calés pour vivre en forêt et utiliser au maximum toutes ses ressources qui sont nombreuses. Le seul petit problème est, après être rentré, de bien s'inspecter partout pour faire la chasse aux sangsues des broussailles qui sont vraiment désagréables bien qu'indolores. En temps normal, ces bestioles vivent sur les broussailles à un mètre du sol. Elles sont pratiquement invisibles car elles font moins de 2 centimètres de longueur et 1 millimètre d'épaisseur. Au passage d'une proie, elles se détendent comme un ressort pour sauter dessus. Puis elles pompent tranquillement le sang et grossissent démesurément pour devenir grandes et grosses comme le petit doigt. Avant d'être prisonniers, nous avions constaté qu'elles se glissaient par les œillets des lacets de chaussures, puis se glissaient entre les mailles des chaussettes et s'installaient confortablement sur nos pieds. À l'étape, il fallait se déchausser pour découvrir le spectacle sanguinolent. Quand elles sont repues, elles lâchent prise pour digérer. Sinon, il ne faut jamais tirer dessus car on enlève un morceau de chair et, comme les sangsues sécrètent un anticoagulant, cela n'en finit plus de saigner. Alors on employait les méthodes du pays : soit un peu de sel, qu'elles n'aiment vraiment pas mais nous n'en avions pas beaucoup, soit les brûler avec une cigarette, soit enfin passer très rapidement une fine lamelle de bambou entre la gueule et notre peau (c'est le principe employé pour ramasser les arapèdes sur les rochers). Chaque " *morsure* " de sangsue a laissé sur nos jambes de petites taches blanches, j'en ai encore.

Ce qu'il y a de curieux, c'est qu'après avoir terminé nos baraques, les Viets nous en font construire d'autres pouvant contenir au total 150 à 200 personnes. Pour qui ? Nous avions été intrigués du départ dans les villages de tous les hommes valides pour une destination inconnue, puis nous apprenons qu'il y a une grande bataille. Mais où ? Les discussions, les suppositions et les bobards vont bon train jusqu'au jour où les Viets nous annoncent leur victoire après la reddition de Dien Bien Phu, le 7 mai.

C'est la stupeur chez nous, et une profonde tristesse mêlée d'appréhension, car nous imaginons sans peine que là-bas se trouvaient les meilleures troupes : paras, légion, tirailleurs, et que cette défaite dont nous ignorons encore les détails est un coup très dur, beaucoup plus dur que notre affaire de 1950. Nous comprenons alors pourquoi les Viets nous font construire ces baraques supplémentaires. Ils avaient prévu. Maintenant ils nous font accélérer le rythme, ce qui veut dire qu'il y a certainement beaucoup de prisonniers et qu'ils sont en route pour nous rejoindre. C'est ainsi qu'un jour, revenant vers le camp avec mon radeau de bambous, j'aperçois dans la rizière une longue colonne de soldats aux uniformes en loques, barbus, exténués. Eux aussi m'aperçoivent avec deux ou trois de mes camarades. Un peu surpris de nous voir torse nu, bronzés, apparemment en meilleure forme qu'eux, même si nous sommes très amaigris, ils nous crient " *Il y a longtemps que vous êtes là ?* " et nous répondons " *Quatre ans !* ". Cette réponse les a ahuris, pour ne pas dire abasourdis. Nous comprenons vite qu'ils sont dans l'état où nous étions il y a

" *déjà* " quatre ans et si, au moment de notre capture, d'anciens prisonniers nous avaient dit la même réponse, notre moral en aurait pris un coup.

Les nouveaux arrivés ne sont que des lieutenants et des capitaines, car les Viets ont mis à part les officiers supérieurs, comme le colonel de Castries, les colonels Bigeard, Langlais, etc... Ces nouveaux sont logés au village avec interdiction absolue de nous parler. Le village est à environ trois cents mètres ; la rivière nous sépare. Un soir, nous entendons soudain une clarinette jouer du jazz. Nous sommes médusés et nous avons les larmes aux yeux. Nous apprendrons rapidement qu'un lieutenant, Thullaux, a laissé un œil à Dien Bien Phu, mais qu'il a précieusement conservé sa clarinette. Quelques temps après, quand nous serons tous réunis, nous le mettrons souvent à contribution et Sidney Bechet ne s'est jamais douté qu'il avait provoqué autant d'émotion et eu autant de succès dans ce coin perdu du Haut Tonkin.

C'est à l'occasion du 14 juillet 1954 que les Viets décident la réunion des anciens et des nouveaux, au cours du " *meeting* ". Nous étions habitués. Pour chaque fête un peu révolutionnaire : 1er mai, 14 juillet, Révolution d'Octobre, fête des femmes, etc... il y avait une réunion avec banderoles appelée " *meeting* ". Deux ou trois prisonniers " *volontaires* " faisaient un beau discours de circonstances. En fait, nous nous entendions entre nous pour que chacun y passe à son tour, étant donné que nous connaissions par cœur ce qu'il fallait dire, en quels termes (genre : " *Les vipères lubriques du Pentagone* ", impérialisme, colonialisme etc...). Après ces discours, très applaudis par l'assistance, le chef de camp prenait la parole et c'était l'apothéose. Nous entonnions alors " *l'Internationale* " comme un seul homme, avec le poing tendu. C'était à celui qui hurlait le plus fort. L'ennui, c'est que pour le 14 juillet 1954, nous avons fait le même cinéma, devenu une routine, devant les camarades de Dien Bien Phu, que nous n'avions pas eu le temps de prévenir.

Non seulement ils ont été sidérés de nous entendre, mais ils étaient persuadés que nous n'étions qu'un ramassis de traîtres, de déserteurs, de vendus. Heureusement, nous avons pu leur expliquer ensuite par où nous avions dû passer, en particulier au cours de cette terrible année 1951, et que c'était le prix à payer pour être toujours en vie, pour avoir pu nous organiser et accueillir les nouveaux arrivés dans les meilleures conditions possibles. Ils ont tous parfaitement compris.

Très rapidement, le chef de camp, trop content, nous informe qu'à Genève l'accord de cessez-le-feu est intervenu le 21 juillet, que les Français vont évacuer le Tonkin, que le Vietnam sera coupé en deux parties au 17e parallèle et qu'enfin nous allons être prochainement libérés. Nous sommes entre la joie de notre libération tant attendue et l'amertume de la défaite, que nous pressentions devoir arriver depuis longtemps.

Quelques jours après, le camp se met en marche et je suis désigné comme responsable d'un groupe d'une cinquantaine de camarades. Nous allons en plusieurs étapes vers la vallée de la rivière Claire. Un soir, nous nous arrêtons pour la nuit sur l'emplacement abandonné d'un ancien camp de troupe. Nous avons sous les yeux un spectacle effroyable, avec des tombes partout, dans tous les sens, et une saleté indescriptible. Nous ne comprenons pas pourquoi les Viets ont accepté ou voulu nous montrer ce spectacle qui les accuse, et nous faire dormir au milieu de ce charnier. Nous débouchons enfin sur la Route Coloniale n° 2 où nous attend un convoi de camions de fabrication russe, des *Molotova*, pour nous transporter jusqu'à Tuyeng Quang, à une quinzaine de kilomètres au sud.

Avant de monter dans les camions, on nous distribue des chaussures du genre tennis, un pantalon, une chemise et un beau casque viet en feuilles de latanier. Mais nous n'avons vraiment pas envie de rire de cette situation ridicule. Nous sommes vite à Tuyeng Quang, haut lieu de la conquête de l'Indochine, soixante-dix ans auparavant, par nos grands anciens. Tous les prisonniers, provenant de différents camps, sont regroupés ici sur un vaste terrain avec des baraques et, pendant que nous attendons, les cinéastes soviétiques nous filment abondamment.

Quelques jours après, je suis désigné avec un petit groupe de six ou sept camarades dont Beucler et Grué. Nous embarquons, sous le regard étonné et envieux des autres, dans un *Molotova* et nous partons pour Viet Tri à 50 kilomètres, sur le Fleuve Rouge, point d'échange des prisonniers.

À Viet Tri, nous sommes correctement installés dans une baraque construite à notre intention, avec des lits individuels (en bambous) et… une moustiquaire. En outre, nous avons chacun un soldat viet, non pas pour nous surveiller mais pour répondre à nos demandes : apporter du thé, de l'eau pour la toilette, vérifier notre confort. En somme, après tout ce que nous avons passé, nous voilà maintenant avec une ordonnance, comme chez les horribles colonialistes.

La libération effective semble tarder et quelques jours passent, qui nous semblent bien longs. Les Viets nous expliquent que ce retard est dû aux autorités françaises, qui mettent de la mauvaise volonté pour libérer les officiers vietminh. Quant à moi, je tombe brusquement malade. Je ne sais pas de quoi, mais j'ai une forte fièvre et je suis complètement lessivé. Est-ce un coup de pompe, ou bien la " *mécanique* " qui commence à en avoir assez de tenir le coup? J'ignore, mais je suis mal en point, et je n'ai pas du tout envie de mourir si près du but. C'est aussi un certain affolement chez les Viets : ce n'est pas le moment qu'un officier risque d'y passer, alors qu'à quelques dizaines de mètres siège la commission franco-vietnamienne qui supervise les libérations.

Les médecins viet viennent me voir, m'auscultent. On me fait des piqûres, mais je ne sais toujours pas de quoi, on m'apporte des fruits, c'est presque la belle vie. Je me remets assez rapidement pour être " *présentable* " et on vient nous annoncer qu'un général viet nous invite à déjeuner le lendemain, le 28 août 1954. Quand nous arrivons, nous découvrons une table mise presque à l'européenne et on nous sert un bon repas avec un beefsteak-frites pendant que la conversation roule sur la France, l'amitié entre les peuples.

Après le café, la chorale de la division vient nous charmer, avec quelques chansons et entre autre " *J'irai revoir ma Normandie* ", ce qui à ce moment-là ne m'a pas beaucoup touché.

Après cet intermède, c'est la ruée des Viets avec leurs inséparables petits carnets pour nous demander des autographes et des pensées profondes du genre " *Vive l'amitié des peuples, Vive la Paix !* ". Nous écrivons tout ce qu'ils veulent. Quand le calme revient, un Viet vient appeler deux d'entre nous, dont Beucler, et leur annonce qu'ils vont être libérés. Ils nous quittent tout heureux, et ceux qui restent sont très déçus. Nous questionnons alors les Viets pour savoir quand arrivera notre tour. Ils nous répondent avec leur traditionnel sourire qu'ils ne savent pas, mais qu'il faut faire confiance à la bonté du peuple vietnamien et de son guide vénéré, le président Ho Chi Minh.

En fait, un quart d'heure après, le même Viet revient avec une nouvelle liste de deux noms, dont le mien. Il faut rester calme, aller en vitesse récupérer notre maigre baluchon. Nous sommes dirigés vers le fleuve Rouge où nous attendent, au milieu des banderoles viet, des barges de débarquement car il y a eu des inondations et les camions ne peuvent passer. Nous approchons du bateau ; nous avons l'impression de vivre une situation irréelle, tout se brouille un peu. On distingue des matelots, des infirmières, des gens qui nous tapent sur l'épaule. On nous offre des cigarettes, qui sont étrangement fades.

Le bateau s'ébranle et, lorsque nous sommes au milieu du fleuve, nous lançons nos casques viet à l'eau. Puis nous nous asseyons, silencieux, le paysage ne nous intéresse vraiment pas. Le cœur bat la chamade et il faut reprendre son calme. Nous allons en avoir besoin. En effet, à l'arrivée à Hanoï, au débarcadère, nous sommes dirigés vers un général qui nous paraît immense (le général Cogny était effectivement très grand) qui nous embrasse et nous pousse un peu plus loin, où une compagnie de tirailleurs Marocains est alignée. Nous sommes seuls à passer devant le front des troupes, pendant qu'une musique militaire joue. Je ne sais pas comment nous avons fait, Navarre et moi, pour franchir ces cent cinquante mètres, en titubant les yeux brouillés de larmes. Dans cette compagnie, il y avait deux de mes camarades de promotion, Marcet et Chabannes, qui se dépêcheront ensuite de venir me voir à l'hôpital, et m'apporter un livre de photos sur la Provence qui est toujours dans ma bibliothèque.

Ce passage, extraordinaire pour nous, devant le front des troupes a été une attention qui nous a profondément touchés. À l'extrémité de la compagnie qui nous rend les honneurs, il y a une ambulance qui nous attend, heureusement car nous n'aurions pas pu faire un mètre de plus. Nous sommes pris en main par des médecins et des infirmières, certainement charmantes mais nous n'avons rien vu, et l'ambulance file vers l'hôpital militaire Lanessan.

NOUS SOMMES LIBRES !...

***

LA CAPTIVITÉ APRÈS DIEN BIEN PHU

Yves Chabrier

J'étais sergent à Dien Bien Pu, à la 2e compagnie du 1er Bataillon Parachutiste Colonial. Dans les premiers jours du mois de mai 1954, la compagnie a reçu pour mission de participer à la défense d'une des dernières positions qui soutenaient le Point d'appui : la colline " Éliane II ". Las d'attaquer sans succès ce morceau de boue sanglante où s'étaient succédées leurs meilleures unités, les Viets ont décidé de creuser une sape pour faire sauter la position. C'était la nuit du 6 au 7 mai. Après l'explosion, il restait quatre hommes valides dans mon groupe de combat, tous ensevelis en partie dans l'éboulis de nos tranchées. Assommé par une pluie de grenades, assailli de toutes parts par les Viets, je me suis retrouvé ficelé depuis les épaules jusqu'à la taille, le bras gauche pris au corps. C'est ainsi que j'ai fait mon entrée dans le monde des " *tolards* ".

La bataille continuait, Dien Bien Pu ne devait tomber qu'au matin de ce 7 mai. La complainte " *Di len* " (avance vite), qui devait scander toute ma vie de prisonnier, a commencé dans cet étroit boyau boueux d'Éliane II. Nous avons été regroupés en une cordée d'une dizaine de prisonniers dont certains étaient blessés, tous ficelés un bras pris au corps, avec environ un mètre de corde entre nous. Nous marcherons jusqu'aux limites sud de l'ensemble défensif.

Nous resterons ainsi ficelés plusieurs jours, durant lesquels nous tournons autour du camp retranché, changeant souvent d'escorte. Parfois, nos gardiens sont des vétérans de l'Armée Populaire, généralement courtois mais contraints au silence absolu par les commissaires politiques. D'autres fois, ce sont des " *Du Quich* " (supplétifs) rendus agressifs par la frousse et maladroitement dangereux avec leurs armes.

Nous retournerons à proximité de Dien Bien Pu où nous serons détachés pour brancarder des grands blessés, à la recherche d'un soi-disant hôpital. Certains blessés meurent sur le brancard. Nous faisons souvent, en sens inverse, le trajet que nous venons de parcourir, sans jamais trouver d'hôpital.

En réalité nous tournons en rond, dans un grouillement continu composé d'unités viet, de convois d'armes lourdes tractées par des camions *Molotova*, le tout mélangé à des groupes de prisonniers, dans le but évident d'empêcher toute intervention de l'aviation.

Finalement, nous rejoignons un important rassemblement de prisonniers réunis autour de grands feux. Nous sommes enfin libres de nos mouvements et pouvons communiquer entre nous.

Au lever du jour, grand discours d'un important personnage ; juché sur une estrade de fortune, il possède un porte-voix qui rend à peu près incompréhensible sa déclamation. Je devine vaguement que la France nous abandonne, et que nous devons retourner à Dien Bien Pu pour secourir nos camarades blessés et enterrer nos morts. Suit une harangue sur la grande clémence du président Ho Chi Minh qui a accordé la grâce de nos vies et le rachat de nos fautes. Dans une courte pause de notre régénérateur de conscience, une voix puissante s'élève : " *Et les conventions de Genève, qu'en faites-vous ?* ". Je situe le questionneur, il est couvert de pansements et s'appuie sur une canne.

Notre bafouilleur se fâche, postillonne et affirme que les conventions de Genève sont une invention des colonialistes à la solde de l'impérialisme américain. Il donne des ordres en vietnamien et le courageux interlocuteur est jeté à terre, ligoté et bâillonné. Comme son entourage a crié : " *Bravo mon Capitaine* ", nous avons droit à un cours pour nous expliquer qu'il est désormais interdit d'utiliser les appellations de nos anciens grades car nous devons commencer dès lors notre éducation démocratique.

Pendant ce temps un avion DC 3 parachute des colis marqués de la croix rouge sur ce qui fut le camp retranché de Dien Bien Pu, dont nous ne sommes éloignés que de quelques kilomètres.

Je ne me souviens plus combien de temps nous sommes restés dans ce centre de rassemblement. Nous n'y avons reçu ni soins ni nourriture. La gangrène a fait son apparition parmi certains blessés. Leurs plaies dégageaient une odeur de chair en décomposition, tandis que leurs membres gonflés se marbraient de zébrures verdâtres. Nous étions toujours parqués en plein air, sous la pluie.

Après l'évacuation du gros des forces viet de Dien Bien Pu, nous avons noté un semblant d'organisation; c'était la formation des convois. Après avoir mis à part nos compagnons d'arme vietnamiens pour je ne sais quelle raison, les Viets ont fait le tri des autres prisonniers :

– d'une part " *Les fauteurs de guerre* ", qui s'échelonnaient entre les grades d'adjudant à colonel;

– d'autre part " *Les fils des braves travailleurs de France bernés par une politique mensongère* ". Comme sergent, j'appartiens à cette dernière catégorie et j'apprends que je dois la vie à la grande clémence du président Ho. Je vais devoir confesser et expier mes fautes avant d'apprendre la vraie démocratie, car je suis probablement récupérable. Ensuite, je serai renvoyé auprès de ma maman qui sera fière de moi. C'est sur ces bonnes paroles que je rejoins le troisième convoi avec lequel je vais faire la longue marche à pied qui va nous mener de Dien Bien Pu à Thanh Hoa, sur plus de 800 kilomètres et durant 42 jours, dont 37 sous la pluie.

Dans ce troisième convoi, nous avons formé des clans pour nous épauler et tenter de survivre. Nous sommes quatre parachutistes du 1er BPC, dont un Eurasien qui connaît parfaitement les coutumes du pays et en parle la langue. Il nous sera d'un grand secours.

Il n'y a plus de grands blessés. Ils sont morts de la gangrène ou finissent de mourir au bord d'une piste où les Viets nous les ont fait abandonner " *pour attendre médecin* ". Nous n'entendrons plus jamais parler d'eux. Par contre, la maladie a pris le relais : dysenterie, paludisme, typhus de brousse s'abattent sur nos carcasses épuisées. On recommence à porter les malades, qui deviennent des mourants que l'on nous force à abandonner " *Pour camp hôpital* ". De ceux-là aussi nous n'entendrons plus parler. Dans notre équipe, nous allons perdre un bon camarade. Rongé par la dysenterie, il ne reprendra pas la piste.

L'itinéraire suivi est difficile à reconstituer car, le plus souvent, nous empruntons des axes stratégiques viet inconnus. En gros, nous nous dirigeons vers Tuan Giao que nous évitons par le sud pour obliquer vers Na San, Hoa Binh et la province du Thanh Hoa. Les étapes sont irrégulières; parfois nous marchons 10 à 12 heures d'affilée, d'autres fois nous parcourons seulement quelques kilomètres, presque toujours de nuit, sur des pistes sommaires et pieds nus pour la plupart d'entre nous.

Pendant le trajet, ce ne sont pas vraiment des cours d'éducation politique auxquels nous sommes soumis mais c'est plutôt une mise en condition. Nous sommes astreints à une succession de brimades et d'humiliations de toutes sortes. Pour ma part, j'ai vu disparaître mes chaussures, confisquées pour tentative d'évasion. En réalité, je m'étais éloigné au cours d'une pause pour réfléchir. D'ailleurs, à quoi bon s'évader pour l'instant puisque l'itinéraire suivi nous rapproche de la liberté.

Au cours de ces 42 jours de marche, le problème principal consiste à essayer de faire cuire le peu de riz que nous devons aller chercher parfois fort loin après la pause quotidienne. Nous avons bien perçu au départ des chaudrons de cuivre destinés à une cuisson collective mais, suprême délicatesse des Viets, ils sont tous percés au fond. Nous devrons cependant les traîner à tour de rôle durant tout le trajet. Il faut donc improviser. Les casques lourds, les boîtes à conserve, les quarts font office de casserole. Il faut allumer des feux sans bois sec, sans papier, le plus souvent sous la pluie. Ces feux autorisés en fin d'étape doivent être éteints aux premières lueurs du jour pour ne pas signaler notre position aux avions. Ceci n'empêche pas qu'une nuit où le temps est exceptionnellement beau, un avion B 26 retour de mission nous mitraille en trois passages. Heureusement, il ne lui restait sans doute plus de bombes. Il n'y a pas eu de victimes. Le jour, nous nous enfonçons dans les fourrés pour tenter de dormir et subir les bonimenteurs politiques.

Parmi les événements marquants de cette longue marche, il y a le jour où des avions DC 3 marqués de la croix rouge ont parachuté sur une clairière proche du convoi des colis eux-mêmes marqués de la croix rouge. Un espoir immense nous a gagnés. Hélas, les Viets sont devenus hystériques. Baïonnette au canon, ils nous font disparaître dans les fourrés. Un caporal parachutiste est attaché à un arbre et fusillé. Le soir, le commissaire politique qui semble être le chef des geôliers nous fait un long discours sur un ton aimablement protecteur. Il nous dit à peu près ceci : " *Le traître qui a été exécuté avait tenté d'entrer en relation avec les avions ennemis. La France, qui ne veut plus entendre parler des prisonniers, a envoyé sous couvert de la Croix-Rouge des vivres empoisonnés pour vous exterminer. Heureusement, l'armée populaire du Vietnam veille et a déjoué cette tentative. Tous les colis ont été détruits. Nous vous rendrons bien vivants à vos mamans* ". Et là-dessus, il rit largement montrant ses belles dents en or.

Après ça, le moral est très bas. Jusqu'où peuvent aller ces fous dans leur raisonnement fanatique et leurs mensonges ?

Un autre jour, un " *Du Quich* " de l'escorte qui joue avec ses grenades en fait exploser une. Il est déchiqueté. Notre ami Lazza, un colosse, moniteur parachutiste, est sérieusement blessé à la poitrine.

Il y a aussi le franchissement d'un col que l'aviation a copieusement arrosé de bombes dont certaines, à retardement, explosent selon un programme visant à interdire le plus longtemps possible le passage. Les Viets voudraient bien nous faire passer au pas de charge mais nous traînons indéfiniment, nous attardant autour des équipes de travailleurs chargées de balancer les bombes à retardement dans le ravin. Qu'avons-nous à perdre ? Chaque jour voit s'amenuiser notre colonne par l'épuisement et la maladie. Le risque est bien compensé par la satisfaction de voir nos geôliers, verts de frousse, perdre la face. Ce ne sont pas ceux-là qui combattaient à Dien Bien Pu !

Quand le convoi traverse un village, que ce soit de jour ou de nuit, un détachement de l'escorte part en avant pour rassembler les habitants. Massés de chaque côté de la piste, ils doivent nous insulter, nous couvrir de crachats et d'ordures tandis que les autres Viets de l'escorte font mollement semblant de nous protéger. Un jour où les villageois sont particulièrement agressifs, un gamin se rue sur moi, hurle comme un possédé, me donne quelques légères bourrades et me glisse un objet dans la main. C'est un petit paquet, enveloppé dans une page de cahier d'écolier, qui contient une grosse pincée de tabac. Nous avons fumé ce tabac roulé dans le papier d'écolier. J'ai pensé aux brigades d'acclamations spontanées des pays frères.

Au fil des jours, le convoi s'étire de plus en plus. Ceux qui ont constitué des équipes solides résistent mieux et s'entraident. Au bout d'un mois, l'effectif a fondu de moitié. Les morts et mourants sont restés sans sépulture au bord de la piste. Pour les survivants, la marche continue : " *Di len! Di len!* " Nous sommes sales et déguenillés, affaiblis par la maladie et le manque de nourriture. Les regards sont fixes dans des visages mangés de barbe où grouillent les poux. Silhouettes décharnées courbées sur un bâton, procession de vieillards où les plus jeunes se reconnaissent à leur barbe naissante. Les Viets nous annoncent l'arrivée prochaine dans un camp confortable avec soins médicaux, nourriture, courrier.

Nous arriverons 202 au camp 75, pauvre village où nous serons parqués en deux endroits. Pas le moindre médicament, pas d'autre nourriture qu'un peu de riz, et sans arrêt les cours politiques, les mensonges, la démoralisation diaboliquement organisée. 97 d'entre nous vont encore mourir durant la captivité dans ce camp, qui n'a pourtant duré que 60 à 70 jours. Le record a été de 11 décès dans la même journée.

C'étaient pourtant des soldats mais ils n'ont même pas de tombe, ensevelis par les prisonniers encore valides à même la terre dans un simple trou peu profond. Les Viets ont exigé que les corps soient disséminés sur une grande plaine, avec obligation de niveler la terre et interdiction d'un marquage quelconque de l'emplacement.

Leurs camps de prisonniers ont déshonoré leur victoire.

***

UN MARIN AU CAMP A

Ignace TAFANELLI

Engagé à seize ans à l'école des apprentis mécaniciens de la flotte à Toulon, j'embarque à dix-huit ans sur le porte-avions " *Lafayette* ". Je m'y fais de nombreux amis.

Du 5e dépôt de Toulon, nous sommes transférés à Marseille en vue de notre embarquement pour l'Indochine.

Le jour du départ arrive. Nous avons droit, de la part de quelques Marseillais, à des insultes et des gestes peu courtois. J'embarque sur le paquebot " *Florida* " qui effectue son dernier voyage. Ensuite, il finira à la casse.

Sur le quai, les familles assistent à notre départ. Nous larguons les amarres. La vie s'organise à bord ; nous repérons notre " *cabine* ", à fond de cale. Pas de lumière, seuls les blocs de secours nous éclairent. Pas de couverture, nous couchons tout habillés. La lumière est rallumée quelques jours après notre départ, les couvertures sont distribuées à l'arrivée à Port-Saïd. Là, il commence à faire très chaud.

Je suis affecté à un poste isolé situé près de Phat Diem, à l'embouchure du fleuve Song Day.

Ce poste est commandé par l'enseigne de vaisseau Gagneux. Il a sous ses ordres une trentaine de marins français et vietnamiens, et une compagnie de supplétifs encadrée par un gendarme. Nous possédons un LCM et trois engins d'assaut.

J'embarque comme mécanicien sur l'un de ces derniers. L'équipage se compose de cinq hommes, du quartier-maître Jean Le Meur, patron de l'engin, de trois marins vietnamiens et moi-même. Nous effectuons souvent des patrouilles de jour comme de nuit sur le fleuve Day, de la mer jusqu'à Nim Binh ou Nam Dinh.

Le mardi 2 février 1954, nous prenons notre déjeuner à bord quand le " *Pacha* " (le commandant du poste) nous transmet un message. Les deux engins d'assaut sont affectés au groupe opérationnel " *Pertuisane* ". Appareillage immédiat.

Nous devons effectuer le dragage du fleuve en tête du convoi, à la recherche des mines ; ceci nous oblige à passer très près de la berge, à vitesse réduite.

Au début de l'après-midi, nous arrivons à la hauteur du village de Luong Dien. La jungle se fait plus dense. Nous sommes accueillis par un tir nourri : un bataillon vietminh est en embuscade.

Dès le début de l'attaque, mon engin, *bazouké*, prend feu. Le quartier-maître Lemeur se trouve à la barre, à l'arrière. Bien vite entouré de flammes, il saute à l'eau et se laisse entraîner par le courant. Il est pris un peu plus loin par les " *zou kit* " (résistants civils vietminh), qui l'ont sauvagement torturé avant de le tuer.

L'engin s'échoue sur la berge à l'opposé du village. De ce côté, la végétation est plus clairsemée, et la présence ennemie semble moins importante.

J'organise notre défense, dans l'espoir de tenir jusqu'à la tombée de la nuit pour ensuite rejoindre le poste à la nage. Ce n'est qu'un beau rêve.

On échange coup pour coup. Le feu se propage à bord et nos réserves de munitions explosent. Il nous faut quitter l'engin. Deux marins vietnamiens et moi sautons à terre avec un fusil-mitrailleur et une caisse de chargeurs. Nous sommes en contrebas de la digue des Viets, en bonne position de tir.

Après avoir épuisé nos dernières cartouches, nous sommes contraints de nous rendre. Il ne reste plus qu'un marin vietnamien, gravement blessé, et moi-même, sérieusement brûlé au visage et aux mains. À ce moment, je pense à ma famille. Tous mes êtres chers défilent dans ma tête, j'imagine ma dernière heure arrivée.

Nous voici attachés tous les deux, poussés par les Viets qui, sous le feu nourri de " *La Pertuisane* ", se replient.

Après avoir subi les tirs ennemis, nous sommes sous le feu des nôtres. Un peu plus tard, deux chasseurs de l'aéronavale font leur apparition, nous mitraillent, puis effectuent plusieurs passages en bombardant.

En fin d'après-midi, la compagnie de " *supplétifs* " de Phat Diem se lance à la poursuite des Viets. Je vois mes frères d'armes tout proches, je ralentis ma marche ; le soldat qui m'escorte manœuvre la culasse de son arme et me met en joue. Je n'ai pas le choix ; je cours avec les Viets, et très vite.

Le feu cesse vers 19 heures. Pour un baptême du feu, ce fut un baptême.

Le marin vietnamien blessé, ne pouvant plus suivre, est abandonné. Me voilà seul prisonnier. Un officier parlant bien le français m'explique qu'ils nous attendaient depuis la veille. Nous, nous n'avons été prévenus seulement qu'à midi de notre opération. Comment sont-ils si bien renseignés ?

Nous marchons toute la nuit. Au lever du jour, nous faisons halte dans un village. Les Viets revêtent leurs uniformes verts de soldats, soignent leurs blessés. Leurs pertes sont certainement importantes car certains d'entre eux portent plusieurs armes en bandoulière. Nous nous reposons dans ce village pour la fête du nouvel an vietnamien, " *le Têt* ".

Les villageois nous rendent visite, félicitent les leurs et regardent le petit Français avec curiosité. Une Vietnamienne m'offre un gâteau de riz gluant, enveloppé dans une feuille de bananier. Ce geste me touche, et il faut m'habituer à cette nouvelle nourriture.

La grande marche commence pour rejoindre le camp. En moyenne, nous parcourons 25 à 30 kilomètres par jour, parfois escortés par un groupe de soldats, parfois par un seul civil, selon les régions.

Le soir, nous passons la nuit dans un village, hébergés chez l'habitant. Les villageois nous attendent car ils ont été prévenus qu'un Français est prisonnier. Je dois faire un petit discours qui est traduit à la population, me présenter, et expliquer la façon dont je fus fait prisonnier, sans oublier les détails du bateau en feu.

Quelquefois, je rencontre une population sympathique aimant les Français, sans doute dans des régions catholiques.

Un soir, très fatigué, j'avais du mal à supporter tous ces gens ; un homme me demande de le suivre, après avoir obtenu l'autorisation de mes gardes, chez lui. Il me présente toute sa famille. Il connaissait la France pour y avoir fait la guerre 1939-1945 et lui-même, comme instituteur du village, parle bien notre langue. Quel bonheur de me retrouver dans cette ambiance familiale. Il m'invite à partager leur repas et nous bavardons longuement.

J'ai le souvenir de cet accueil chaleureux, si présent dans mon cœur que j'y suis encore sensible. Cette marque de sympathie m'aidera souvent à supporter les épreuves qui m'attendaient.

D'autres personnes sont hostiles à ma présence : quelques bousculades, des crachats, des cailloux, des cris de haine. Je les comprends ; ils doivent souffrir de cette guerre, et la propagande communiste fait son effet sur cette population très pauvre.

Après une nuit couché à même le sol, avec pour tous vêtements ma chemise et mon pantalon complètement détrempés par la pluie de la journée, nous repartons à travers les rizières. Je traverse des régions bien différentes, sans vraiment les apprécier.

Dans la vie, en général, on garde les bons souvenirs en essayant d'estomper les mauvais. Ainsi je pense à ce brave paysan qui, un jour où le soleil tapait dur, est venu à ma rencontre en courant pour m'offrir un vieux casque colonial. Celui-ci me rendit un grand service, et j'ai gardé ce casque jusqu'à ma libération. Une pensée de reconnaissance envers tous ces braves gens.

À la longue, mes brûlures aux mains se sont infectées par manque de soins. Une Vietnamienne à l'air revêche, après m'avoir insulté, me soigne. Elle fait bouillir de l'eau et, avec un morceau de bambou, elle fait couler l'eau encore chaude sur mes brûlures. Elle frotte énergiquement pour enlever les croûtes et le pus ; elle passe ensuite un peu de mercurochrome sur mes plaies mises à vif. Ces instants furent plus que douloureux, mais la cicatrisation rapide en fut une bonne récompense.

De très bonne heure, alors que je venais de passer la nuit dans un village d'une dizaine de paillotes, un homme à vélo arrive, très excité. Je comprends bien vite son affolement ; une opération militaire française est en cours. Bien vite disparaissent les portraits de " *l'oncle Ho* ", de Mao, le drapeau rouge à l'étoile jaune ; le tout est bien emballé. Les objets ne pouvant être transportés sont jetés au fond de la mare.

Comme j'aimerais rester sur place pour attendre mes compatriotes, mais je dois fuir le village, poussé par les Viets. Je suis toujours leur prisonnier.

Tout en courant à petites foulées, j'entends le bruit des canons qui se rapproche. Deux jours plus tard, nous sommes de retour dans ce même village. Rien n'a changé, les habitations sont intactes. Seules les traces laissées par les chars me rappellent le passage des Français. Mon moral en prend un coup! Heureusement, mes jeunes années reprennent le dessus.

La vie continue. Nouvel interrogatoire. C'est un officier brutal, dont les yeux reflètent toute la hargne, qui me pose des questions:

— *De quelle Dynasseau faites-vous partie?*

— *Du poste côtier de la marine, à Phat Diem.*

Cette réponse le rend rouge de colère, et il menace de me torturer pour me faire parler. Pourtant, c'était la vérité. Je ne l'ai plus revu, sans regret.

Après mes 25 à 30 kilomètres traditionnels, on m'enferme un soir dans une pagode. Je suis couché sur un bat-flanc. Dans la nuit noire je distingue, pas très loin de moi, une forme allongée recouverte d'un drap. Je suis fatigué, je m'endors sans plus réfléchir. Au lever du jour, je découvre que la forme en question est un cadavre. Un Vietnamien d'un certain âge. J'ai passé la nuit en sa compagnie.

De jour comme de nuit, je suis entouré par une compagnie de soldats viet, bien équipés, bien armés. Il arrive que des villageois se mêlent à nous. Aujourd'hui, un homme âgé, avec une barbichette blanche comme celle de leur président Ho, vient me tenir compagnie. Un discours incompréhensible pour moi, mais les gestes qui l'accompagnent me font vite réaliser à qui j'ai à faire: un homosexuel...

Un garde m'avertit que, cette nuit, nous passerons près d'un poste français et qu'il vaudrait mieux pour moi que je me tienne bien. Au moindre faux-pas, je serai abattu.

Et la nuit vient, noire, silencieuse. Il m'est bien difficile de suivre l'homme qui trotte devant moi. Je trébuche, je sens le canon de l'arme de celui qui me suit. Brusquement, la colonne s'immobilise; les hommes parlent entre eux, nous faisons demi-tour. Nous nous couchons dans les hautes herbes. Il est peut-être une heure; les projecteurs du poste français balayent les alentours. Dans les rayons, je distingue les barbelés. Être si près d'eux, et ne pouvoir m'évader. Rien ne se passe et nous repartons.

Est-ce que ma destination est encore éloignée? Ceux qui m'escortent me rassurent. Bientôt nous arriverons au camp où se trouvent de nombreux prisonniers français. À la pensée de retrouver mes frères d'armes et, peut-être, de m'évader avec certains, l'espoir me redonne quelques forces. Ce jour est bien long à venir car auparavant, nous faisons un arrêt dans une prison de détenus politiques, un camp de concentration. Des miradors permettent de surveiller ces prisonniers, entravés par des fers aux pieds.

Je dois dormir dans une cellule, parmi une dizaine d'hommes enchaînés. Pas un seul ne parle français.

En pleine nuit retentissent des coups de sifflet, puis des gardes viennent et nous sortent sans ménagement de la cellule : simple contrôle. À l'aube, nous sortons, cellule par cellule ; on nous dirige vers les " *feuillées* ", mitraillettes pointées vers nous.

Au milieu d'une cour où des paniers de riz sont installés, nous mangeons avec nos mains repoussantes. Ils nous réduisent vraiment à l'état bestial. Je rencontre un Français. Je lui parle, mais sa raison s'est échappée. Était-ce un marin du commando François pris à Nim Binh ? C'est ce que j'ai compris.

Cette étape parmi les fous et le régime de rigueur qui m'est infligé me traumatisent fortement. C'est une préparation à ma rééducation politique.

Cet itinéraire organisé passe par de belles régions, avec un accueil plus ou moins agréable. J'arrive enfin au camp A de la 3e interzone, dans la région du Thanh Hoa.

Il est environ midi lorsque je fais mon entrée, accompagné de deux gardes. Je suis anxieux. Que vais-je découvrir après tant d'horreur ?

Je découvre mes frères d'armes, squelettes vivants au teint jaune, barbus, vêtements usagés, pieds nus.

Nouvel interrogatoire. C'est un cadre politique qui me questionne : âge, situation de famille, grade, motifs de mon engagement.

Durant cette marche forcée, j'ai réalisé que mes dix-huit ans me donnaient un certain avantage. À leurs yeux, je ne suis pas encore un " *méchant colonialiste* ", et je reste par conséquent récupérable. Là encore, je réalise qu'il faut fournir des réponses qui, je l'espère, joueront en ma faveur.

Je lui dis donc que, si je me suis engagé, c'est pour apprendre un métier, celui de mécanicien. La France manque d'écoles professionnelles. Je suis le dernier d'une famille de huit enfants. Ma mère est décédée depuis plusieurs années et mon père, cantonnier, a beaucoup de mal à subvenir aux besoins de sa famille. Mes frères et sœurs aînés ont une situation modeste. Je ne parle pas de mon frère Jean, qui lui aussi combat en Indochine. Je crois qu'il vaut mieux ruser que de jouer au plus malin.

Le cadre me propose d'aller travailler en Chine comme motoriste. Je dois bien mesurer mes mots : " *Si j'accepte, je serai considéré comme déserteur et, dans ce cas, je ne pourrai plus revoir mon pays et ma chère famille* ". Toutes mes réponses ont-elles été satisfaisantes ?

Le chef de l'équipe de prisonniers à laquelle je suis affecté s'appelle Lopez. C'est un légionnaire d'origine espagnole. Je suis le seul marin, entouré par des soldats de l'armée de terre, tous plus gradés, plus âgés, ayant plus d'expérience que moi. Je crois que je suis bien accepté dans cette équipe. Un premier conseil que l'on me donne dès les premiers jours : " *Tu penses à une évasion, mais personne ne réussit* ". La couleur de notre peau, la jungle, l'éloignement des lignes françaises sont nos gardiens. C'est pour cela que le camp n'est pas fermé.

J'en ai la confirmation : Bonnafous, Planeille, Martin s'évadent et sont repris. Le sergent Barbier vient de mourir. Une réunion de groupe est organisée durant laquelle Lopez cherche quelques volontaires. Mon regard s'attarde sur ces camarades malades dont les forces s'épuisent. Je me porte volontaire, je suis encore en meilleure forme qu'eux.

Ce dimanche est bien ancré dans ma mémoire, triste, oppressant. Le corps du défunt est dans l'infirmerie. Il est enveloppé dans une natte d'où dépassent la tête et les pieds. Son visage est encore marqué par la souffrance, mais sa barbe rousse et ses yeux clairs, encore ouverts, adoucissent un peu ses traits. Sous la surveillance de deux *bo doï*, nous transportons le cadavre vers un endroit aménagé en cimetière.

Sur notre passage, beaucoup de monticules de terre, sans noms, sans croix, sont dispersés. Nous cherchons un emplacement encore libre et, avec des outils de fortune, nous creusons un trou d'un mètre de profondeur. Tout en enlevant la terre, je prie pour son âme. Au retour, je suis le dernier à sortir de ce lieu de tristesse. Je m'arrête et je fais un signe de croix pour Barbier.

Le matin à cinq heures, un garde frappe avec énergie sur un gong pour nous réveiller. Je pars avec les hommes les plus valides vers la cabane pour prendre l'outillage de jardin. Nous cultivons quelques plantations : tabac, tomates, et quelques légumes de là-bas.

À huit heures, nous prenons notre premier repas de la journée. On nous distribue du riz cuit à l'eau non salée, souvent accompagné d'un bouillon de liserons d'eau, parfois de quelques crevettes séchées ou de manioc. Quelques forces nous reviennent et nous repartons par petits groupes vers d'autres travaux.

Nous transportons de l'eau dans de grands bambous pour alimenter les cuisines.

Nous sommes de corvée de riz pour notre alimentation. Nous coupons aussi des arbres et des bambous, ainsi que de hautes herbes, pour construire nos paillotes. Le mot " *corvée* " est exclu. Nous travaillons, c'est tout.

Le soir arrive enfin ; nous sommes épuisés. Le deuxième et dernier repas nous est donné. C'est le même que celui du matin, et ceci est répété chaque jour.

Autour d'un feu, nous nous réunissons et discutons des événements de la journée. Nous analysons l'équipe en faisant un tour d'ensemble, les malades, ceux dont le moral défaille, les valides, de moins en moins nombreux, pour effectuer les travaux du lendemain.

Le dimanche est un jour de répit, mais il ne s'agit pas, après être allé chercher du bois assez loin pour alimenter les feux de la cuisine, de revenir avec un fagot jugé trop léger, car il faut alors faire demi-tour pour un autre voyage. Ensuite, c'est le repos.

Nous pouvons lire " *l'Humanité* ", journal vieux de plusieurs mois. Il ne nous est que prêté. Nous ne nous avisons pas de le découper en petits morceaux pour rouler des cigarettes. Pourtant, le papier est bien rare.

Nous prenons un bain dans la rivière. Cela est agréable, mais nous n'avons pas de savon. Nous lavons notre linge en le tapant sur des pierres pour en faire sortir la saleté.

Puis la soirée arrive. Elle se passe autour du feu de camp. Ce feu qui nous tient compagnie sert à allumer les cigarettes. Certains chauffent leur gale parfois mal placée, ce qui soulage la démangeaison. D'autres encore font la chasse aux poux. Quelques-uns évoquent leur famille, donnent la recette de leurs plats préférés. Cela nous fait rêver à notre France quelques instants. Nous entonnons alors : " *Montagnes Pyrénées* ", ou " *Le chemin du retour* ". " *Ne pleure pas Jeannette* " est interdite : on y parle de prince, de baron !

Un soir, en soulevant un tronc d'arbre pour me réchauffer auprès du feu, un serpent d'environ un mètre surgit. Depuis combien de temps écoute-t-il notre conversation ? Nous le tuons et l'offrons à nos amis sénégalais, qui sauront mieux l'apprécier que nous.

Les jours passent, monotones, fatigants. Des nouveaux arrivent. L'équipe s'agrandit encore et il est décidé de la diviser. Il faut désigner un chef pour cette nouvelle équipe. Je suis choisi par mes camarades. Quelle promotion !

Le chef d'équipe a pour rôle en fin de soirée, autour de ce feu témoin de nos misères, d'organiser la relation des faits et gestes négatifs ou positifs des camarades. On désigne le meilleur travailleur de la semaine. Une " *prime* ", ration supplémentaire de tabac, lui est remise par un cadre politique, avec félicitations, devant tous ses camarades.

On nous apprend même à faire notre autocritique. Les observations sont communiquées le lendemain aux autorités du camp par le chef d'équipe.

Ce rôle encombrant ne l'avantage en rien, au contraire, il doit être l'exemple de son équipe : solidaire, travailleur et optimiste.

Nous transportons de l'eau pour la cuisine dans des bambous. Ceux-ci sont creusés au préalable en prélevant les nœuds avec délicatesse, sauf celui qui formera le fond. Ainsi creux, nous les remplissons d'eau. Chacun, son bambou de deux mètres cinquante environ sur l'épaule, déambule les sentes vers les réserves d'eau.

Au milieu de la cour, dans un grand bidon de deux cents litres, bout en permanence de l'eau avec des feuilles de goyave. Elle devient ainsi potable et propre à notre consommation.

Le riz, plat de chaque repas, ne nous est pas livré. Il faut aller le chercher. Pour cela, il faut des " *volontaires* " désignés. Le choix se porte souvent sur moi et quelques autres, les plus valides. Nous emportons avec nous notre deuxième pantalon. Nous cueillons sur des haies de petits piments verts qui agrémentent notre riz un peu fade.

Nous arrivons au dépôt après plusieurs heures de marche. C'est là que nous sert notre deuxième pantalon. Nous ligotons le bas des jambes avec des lianes ou un vieux lacet. Cela forme ainsi deux sacs que nous remplissons de riz. Puis nous mettons une jambe sur chaque épaule et prenons le chemin du retour.

Il arrive parfois que certains attrapent alors la fièvre et deviennent trop faibles pour supporter leur chargement. Le riz est alors réparti parmi les plus vaillants. D'autres soutiennent les malades afin qu'ils puissent regagner le camp. La marche est longue, de plus en plus pénible. La nuit, nous allumons des bambous secs et, avec nos cris, nous éloignons les tigres. Pour une fois, nous apprécions le retour au camp.

Ce camp est construit par nous-mêmes, mais ce sont nos amis sénégalais, experts dans ce genre de constructions, qui érigent les paillotes. Ils sont plus en forme que nous car ils supportent mieux ce climat, qui est un peu le leur, et la nourriture.

Nous, nous fournissons les matériaux. Pour cela, il faut des arbres pour les charpentes et des bambous, en grand nombre.

Une fois de plus il faut aller assez loin pour en trouver, à une quinzaine de kilomètres de piste à buffles. Celle-ci est peu praticable, boueuse, glissante. Nous devons grimper à travers une végétation très dense tout en faisant de grands bruits pour éloigner les serpents.

Nous coupons les bambous et nous redescendons avec notre fardeau. Les glissades sur les fesses sont dangereuses. Il y a parfois des blessés. Nous rentrons bien fatigués.

Les troncs d'arbres de moyenne grosseur servent de charpentes et de piliers. Les gros bambous sont utilisés aussi pour la charpente. Les autres, plus fins, sont écrasés, entrelacés et recouverts de grandes herbes. Ainsi montés, ces panneaux constituent le toit.

Passent les jours. Pour certains, épuisés, vidés de vie, c'est le dernier. D'autres arrivent, les remplacent. C'est ainsi qu'un jour, dans un groupe, un prisonnier se distingue des autres ; chemise presque blanche, pantalon tergal et pieds nus ; ses souliers vernis lui ont été volés par un Viet. Des envies bourgeoises sommeillent-elles au fond de lui ? Son nom ? Claude Denavit. Il travaillait dans une plantation d'hévéas. Il est donc prisonnier civil ; il a eu la malchance de tomber dans une embuscade. Il a les mêmes corvées que nous. Avec courage et simplicité, il s'intègre bien parmi nous.

Il y a aussi un métis, Jacques Gillard. Il était garde des voies ferrées ; c'est donc lui aussi un prisonnier civil. Il n'est guère apprécié des Viets qui, pour le dévaloriser à nos yeux, l'accablent d'une histoire sordide : il aurait tué un des leurs pour lui manger le foie. Nous ne les avons pas crus.

Dans la première quinzaine de mars, nous sommes instamment " *invités* " à célébrer l'anniversaire de la mort de Staline. Un grand rassemblement de tous les prisonniers, cadres politiques, gardes, se forme. Un catafalque est dressé. Les drapeaux russes, chinois, vietminh flottent à côté des portraits de Staline, Mao et Ho. L'histoire de la révolution russe nous est racontée avec éloges. Puis nous devons nous recueillir pour célébrer la mémoire de cet homme. On nous ordonne de nous mettre debout, au garde-à-vous.

Mon voisin lors de cette réunion, le commandant Okay, se disant Corse, refuse d'exécuter l'ordre. Un cadre politique, très en colère, le secoue et lui donne l'ordre de se lever. Le commandant répond avec fierté : " *Jamais je ne me mettrai au garde-à-vous devant le drapeau communiste* ". Est-ce raisonnable ? Notre compagnon est dirigé vers le camp disciplinaire n° 5. Nous ne l'avons plus revu.

Ce *meeting* se termine par l'Internationale chantée en chœur.

Les journées s'écoulent, malgré nos occupations laborieuses. Le climat nous fatigue. Le riz nous dégoûte, et beaucoup le rejettent. La gale, la bourbouille recouvrent nos corps et de terribles démangeaisons nous font souffrir. La dysenterie, le paludisme font rage. Par manque de soins, de médicaments, beaucoup de nos camarades disparaissent. Notre infirmier sénégalais Dolo est bien gentil, mais que peut-il faire ? Il n'a que du permanganate pour soigner tous nos maux.

Un matin, c'est le 6 avril 1954, jour de mon anniversaire. J'ai dix-neuf ans ! La journée est comme les autres ; il faut à tout prix garder le moral. Je continue à sourire malgré ma tristesse. Aurai-je vingt ans ? Mes forces diminuent...

J'écris plusieurs fois à ma famille, mais une seule lettre parviendra à mon père. Elle est datée du 9 mai et il la recevra fin septembre, deux mois après ma libération. Elle a bien " *voyagé* " car elle est passée par les pays de l'Est. En dernier lieu, elle fut postée à Prague le 10 septembre.

Voici quelques extraits de son contenu :

" ... *Dernièrement, j'ai eu un peu de paludisme, mais aussitôt on m'a donné des cachets et le lendemain, j'étais en pleine forme. On me soigne bien.*

... *Souhaitons de tout cœur que cette guerre injuste finisse vite. Unissez-vous au peuple français qui lutte pour la paix.* "

Elle a dû plaire au cadre politique puisqu'elle est partie et qu'elle est arrivée à destination.

Un grand merci à la Croix-Rouge Française. Notre camp n'a reçu ni visite, ni médicaments, ni colis, ni lettres de nos familles de cet organisme. Plus tard, nous apprendrons que cette même " *Croix-Rouge* " rendait régulièrement visite aux camps de soldats vietminh prisonniers. Elle critiquait vivement la détention de ces hommes qui, soi-disant, étaient mal traités. Qu'aurait-elle pu dire de nous ? Quant aux lettres que ma famille m'a envoyées, elles m'ont été remises à ma libération.

La fête du travail arrive. Pour ce samedi 1er mai, le repas est amélioré. Nous avons du riz au gras et un petit carré de viande. C'est le premier que je mange. Le Vendredi Saint, il y en a eu un, mais je ne l'ai pas mangé et un autre en a profité.

L'après-midi se passe en faisant des jeux, mais à caractère de propagande. On interprète une pièce où un pauvre paysan vietnamien est exploité par un vilain colon français. D'autres scènes présentent un patron exigeant et un ouvrier se mettant en grève. C'est bien de la naïveté de leur part ; en France, le droit de grève est reconnu. Le soir, la journée se termine par un *meeting*.

Le mardi 18 mai, un groupe de 92 hommes arrive. Nous vivons ensemble nos misères et ainsi se tisseront de bons et mauvais souvenirs.

Nous attendons des nouvelles extérieures ; elles nous parviennent, mais elles sont lamentables : Dien Bien Phu est tombé. La guerre finira-t-elle avant notre extermination ?

Le lendemain 19 mai, anniversaire du président Ho. Cela devient une habitude : pour chaque occasion officielle, nous avons droit à un *meeting* politique.

Le plat traditionnel de riz est un peu gras, et accompagné d'un morceau de porc. C'est bon, la viande est rare, et de ce fait très appréciée. Les morceaux sont inégaux, alors ils sont tirés au sort.

Celui qui a la chance de récupérer un os peut le sucer pendant des heures. C'est peut-être un cochon noir, ou un bœuf, aussi squelettiques que nous !

Au cours d'une corvée, nos amis sénégalais ont tué un gros python. Il est d'une belle taille et leur repas du soir est bien amélioré.

Depuis quelques temps, nous nourrissons un grand projet : faire du pain avec de la farine de riz. Nous mettons notre idée à exécution. Un de nous, boulanger de profession, veut bien essayer.

Nous devons tout d'abord construire un four. Avec de la terre argileuse, nous fabriquons des blocs que nous montons les uns sur les autres pour former notre four. La pâte est faite avec du riz pilé, de l'eau et un levain : un peu de farine et d'eau, en attente depuis plusieurs jours. Entouré de nombreux curieux, notre camarade enfourne ses premiers pains. Après un temps suffisant pour la cuisson, le pain ressort. Nos yeux avides s'écarquillent. Ce n'est qu'une galette plate, mais surtout dure comme de la pierre. Le levain n'a pas fait lever la pâte. Notre rêve d'un pain bien de chez nous, doré et croustillant, s'évanouit. Nous avons tenté l'expérience, et même les Viets nous avaient encouragés pour cette démarche.

Il faut continuer à manger le riz, qui nous dégoûte.

Nous aurions pu reprendre quelques forces, celles-ci nous abandonnent. Les plaies infectées, les fièvres : certains perdent la raison. Un malade couché sous un bat-flanc de bambous délire : il raconte qu'il voyage sur le paquebot " *Pasteur* ", faisant route vers Marseille.

Ceux qui passent par l'infirmerie, en fait un mouroir, ont fini de souffrir. Beaucoup sont restés là-bas, enterrés sous une terre autre que celle de leur pays.

Malgré toute cette détresse, il faut encore tenir. Nous avons constaté que les six premiers mois sont les plus durs car l'adaptation au climat, la nourriture, le paludisme, les fièvres des forêts et la dysenterie sont les principaux ennemis du moment. C'est ainsi que, même malade, je suis parti en corvée. Il vaut encore mieux travailler car on bouge. Si nous restons couchés nous pensons trop et le moral baisse rapidement, sans volonté de survivre. La fin arrive vite.

Un jour, j'apprends le décès du gendarme Leclenche. Il est parti faire sa toilette et, sur le chemin du retour, il est tombé mort. Tous deux, nous avions fait de nombreuses corvées ensemble. Notre entente était très bonne, sa compagnie m'était agréable. J'ai beaucoup de peine.

Nos " *amis viet* " décident de prendre soin de nous en soignant notre gale. Un remède et un seul : le soufre !

En file, nous passons devant l'infirmier. Celui-ci trempe un bambou enveloppé d'un chiffon dans le soufre et en badigeonne nos plaies. Nous repartons en courant comme des fous tant les brûlures sont insupportables.

Un autre jour, nous avons droit à une vaccination. Il y a une seule seringue pour des dizaines d'hommes. Une piqûre dans le ventre, mais contre quoi ? Je ne le sais pas.

Il faut croire que tous ces bons traitements ne suffisent pas à certains. Durant ce mois de mai, de plus en plus torride, la mortalité augmente considérablement : quarante hommes disparaissent.

À plusieurs, nous remarquons que le camarade Hebrard et son copain, (dont j'ai oublié le nom), mettent de côté du riz prélevé sur leur ration. Ils en font des boules et les grillent dans la braise. Une idée germe dans leur tête.

Un beau matin, il y a deux manquants. Hélas, ils sont vite récupérés pas très loin du camp. Cet échec les démoralise. Épuisés, ils rejoignent l'infirmerie et y passent leurs derniers instants. Là encore l'avertissement reçu à mon arrivée s'avère bien exact : l'évasion est impossible !

Nous avons plusieurs meetings de rééducation à des heures différentes de la journée. À l'intérieur du camp, on nous a regroupés selon nos origines de peau, de culture. Il y a les cabanes des Africains, Noirs, Marocains, Algériens et celles des Blancs : légionnaires de tous pays, métis et Français.

Au fond d'eux-mêmes, ne sont-ils pas un peu racistes, malgré leur idéologie ? Ces réunions se passent devant ou à l'intérieur de la cabane sénégalaise. Devant, l'espace est assez grand, leur paillote peut abriter plus de personnes.

Nous, Français, sommes seuls. La propagande n'est pas la même pour tous. Les Africains du nord et du centre doivent lutter pour leur future indépendance, combattre les méchants colonialistes français et américains.

Nous, naïfs Français, nous devons devenir des " *combattants* " de la paix et nous allier avec les communistes français.

En plus de ces bons conseils, nous avons des nouvelles du front. Les " *glorieux combattants vietnamiens* " remportent de nombreuses victoires et l'armée française subit beaucoup de défaites. On nous parle de cette conférence de Genève, un grand espoir pour nous. La paix à venir nous regonfle le moral. Nous devons tenir bon.

On nous fait aussi l'éloge de tous les pays communistes, sans oublier l'URSS. Dans cette nation prospère, il y a beaucoup de crèches. Les vaches sont nombreuses et tellement bien nourries qu'elles produisent plus de lait qu'ailleurs. En un mot, c'est le paradis.

Nous signons des pétitions mentionnant : " *Ne plus faire la guerre à ce brave peuple vietnamien* ". Celles-ci sont envoyées au corps expéditionnaire français. Au fond de nous, nous pensons transmettre ce message : " *Prisonniers, mais vivants* ", et qu'il parvienne à nos familles. Loin de nous l'idée de vouloir convaincre nos frères d'armes.

Ces meetings débutent par l'Internationale, mais surtout se terminent par le chant " *Sur le chemin du retour* ", repris en chœur avec beaucoup plus d'enthousiasme que l'Internationale.

Au cours d'un rassemblement de ce genre, deux chasseurs de l'armée française survolent le camp à très basse altitude. Nous sommes à l'intérieur de la paillote. Certains, pris de panique, sortent en courant. On nous donne l'ordre de rester et de ne pas bouger.

Le soir, nous fabulons autour de cet événement : les deux avions auraient battu des ailes en signe de salut. Ils ont repéré notre camp, nous aurons rapidement un parachutage de vivres et de médicaments. Pourquoi pas une opération militaire pour nous libérer ?

Un jour, quelques hommes se lavent au bord de la rivière. Deux chasseurs passent et mitraillent. Il y a un blessé. Il semble que ce soit un Africain.

Le jeudi 8 juillet, une dernière partie du camp part pour un autre lieu. Notre colonne n'est pas très importante. Nous marchons durant deux longues et pénibles journées pour découvrir un nouveau " *paradis* ". C'est une plantation de café qui n'est plus exploitée. Des paillotes améliorées, construites en briques rouges ; ce sont les méchants colons qui ont encore fait cela.

Le travail est le même. Une journée ressemble à une autre et s'ajoute à celles déjà passées. Le temps n'arrange rien. Il fait de plus en plus chaud. Les malades et les décès ne cessent d'augmenter.

Il est treize heures lorsque, le samedi 10 juillet, on me transmet une nouvelle formidable. Je ferai partie du premier convoi de libérés. Je suis habillé de neuf et le soir même nous partons. Nous nous dirigeons vers Samson.

Ce voyage s'effectue en sampan sur un fleuve, et à pied sur des pistes.

Nous sommes à deux kilomètres de la ville et l'ordre tombe, comme un coup de massue, de retourner au camp. Ce contretemps serait dû à la marine nationale française qui n'a pas assez de bateaux pour nous embarquer. Doit-on croire à cette mauvaise plaisanterie ? Mais ce mardi 13 juillet nous est néfaste.

Le lendemain, fête nationale chez nous, en France. Un accès de paludisme me coupe les jambes et pourtant, avec 15 kg de riz sur le dos, nous revenons vers le camp. Est-ce là une de leurs méthodes d'extermination vicieuse, et en même temps discrète ?

La fièvre continue, je ne peux plus rien avaler. Ce 15 juillet, je prie ardemment afin que Dieu me vienne en aide. J'ai été si près de la liberté. Je pense à ce qui m'attend là-bas, dans ce camp de la mort. Est-ce possible ?

Nous passons trois jours dans un même village, sans rien faire ; que c'est bon. Nous couchons dans une pagode, sur des briques humides. Ce n'est pas vraiment le confort. Le mardi nous nous remettons en marche. Je n'ai plus de forces, alors Belmotard m'épaule de son mieux.

Le mercredi 21 juillet, à bout de forces, le moral en dessous de zéro, nous sommes encore dans ce camp. Le sixième mois de captivité a commencé. Ce ne furent que souffrances. Combien de temps me reste-t-il à vivre ?

Ce 21 juillet, l'armistice est signé à Genève. Nous ne serons informés de cette grande nouvelle que bien plus tard.

Je suis de nouveau sur la liste des libérables. Le samedi 24 juillet, avec une autre poussée de fièvre, je quitte le camp de briques rouges. Des civils, villageois de la région, me transportent, allongé sur un brancard en bambou.

Mes porteurs marchent pendant deux jours et nous atteignons un village. Là, nous faisons halte durant trois journées. Nous mangeons un peu mieux. Une séance de cinéma nous est proposée, et c'est là que nous apprenons que l'armistice a été signé à Genève. Après ce séjour, notre périple se poursuit en sampan. La chaleur écrasante nous accable, nous oppresse.

Le jeudi 29 juillet 1954 est un jour magique, car nous arrivons à Samson. L'accueil est chaleureux. Des tentes sont dressées pour nous recevoir. Des infirmières empressées sont prévenantes. Elles portent toutes le brassard de la Croix Rouge. Il aurait été encore plus profitable de nous rendre visite dans le camp.

Un repas, un vrai repas chinois, nous est servi, excellent. Depuis longtemps j'avais perdu le goût de toutes ces saveurs d'Extrême-Orient. Je suis sur un petit nuage rose, béat, le sourire se redessine. Ce n'est pas un rêve ! Le cauchemar est maintenant derrière.

Nos gardes communistes pensent à leur propagande et profitent de cet instant euphorique pour filmer. Un cameraman russe tourne un film souvenir. Ils pourront, avec ce court-métrage, fournir la " *preuve* " que leurs prisonniers étaient bien traités.

Mais rien n'égalera le vendredi 30 juillet 1954.

Les unes derrière les autres, les infirmières en pleurs nous soutiennent pour marcher jusqu'au bateau de la marine. Douce comédie... Mes larmes, les miennes, sont sincères ; c'est ma liberté retrouvée qui me les fait verser. J'ai la gorge nouée, La Liberté... C'est bon, c'est merveilleux. C'est géant, comme dira un jour mon fils.

Il est 14 heures 30. Les derniers pas dans cette région où nous sommes considérés comme des ennemis sont franchis. J'embarque sur un bateau français, la joie m'oppresse. Je me présente comme marin et je suis conduit sur la passerelle où le commandant me reçoit avec chaleur. Un message est immédiatement transmis à la marine afin d'annoncer ma libération à ma famille.

Nous naviguons toute une nuit, nous arrivons à Haïphong et je suis dirigé vers l'hôpital *Lieutenant Ciais* le samedi 31 juillet. Avec toute la gentillesse des personnes qui s'occupent de nous, l'envie de vivre revient vite. En six mois, j'ai laissé, dans cette captivité, un tiers de mon poids, soit vingt kilos. Mais d'autres malades trop affaiblis meurent malgré tous les soins. Ils n'auront eu que la joie d'être libres.

Maintenant que tout s'est apaisé, je me demande parfois si réellement nos " *éducateurs* " politiques désiraient que nous devenions de " *bons citoyens communistes* ". L'extermination à petit feu a été plus efficace que leur endoctrinement.

Pourtant, une grande partie de ce peuple nous aimait bien. Pourquoi ne pas avoir choisi la paix ?

***

CAMP 70

Guy LELAISE

Voilà, c'est raté. Notre échappée du point d'appui *Isabelle* à Dien Bien Phu, au soir du 7 mai 1954, pour essayer de rejoindre le Laos, a échoué. Il ne nous reste plus qu'à rejoindre nos blessés, que nous avions abandonnés au Vietminh. Machinalement, nous rejoignons nos emplacements, ou du moins ce qu'il en reste. Nous avons ordre de détruire nos armes légères. Les armes lourdes avaient été détruites avant d'effectuer la percée vers le sud. Je suis au bord d'une tranchée, à écouter le silence, un silence pesant depuis quelques heures. Le premier silence depuis environ sept semaines. La garnison centrale (*Claudine*) est tombée en fin d'après-midi. Seul, un avion haut dans le ciel. Il ne reste qu'à attendre ; sans arme, attendre quoi ? Je n'ose y penser. Que vont-ils faire de nous ? Car c'est sûr maintenant, nous ne pouvons plus que laisser venir les Viets. Vont-ils nous faire prisonniers ?

Je pense à ma femme, à mon garçon qui ne me connaîtra probablement pas. Toute la famille y passe. J'ai pourtant de la chance. Hormis quelques égratignures, pas de blessure. Il fait nuit et les heures s'égrènent. Des bruits de voix se font entendre : du vietnamien. Quelques tirs d'armes légères, mais pas à proximité. Vers deux heures du matin, les voilà qui arrivent. Je ne suis pas fier et bizarrement je me sens très seul, comme si j'avais déjà perdu tous mes camarades frères d'armes. Ça y est, ils sont deux ou trois à me tenir en joue et m'obligent à lever les mains. Je suis aussitôt dévalisé de mes piastres ainsi que de ma lampe électrique. Je n'ai pas le temps de prendre quoi que ce soit qui pourrait m'être utile, si ce n'est un emballage plastique de pile de radio. Je dois filer à l'extérieur d'*Isabelle*, vers l'est. Pourquoi n'ai-je pas préparé un peu d'effets personnels ?

Nous nous retrouvons des dizaines, et encore des dizaines. Nous arrivons aux abords de la forêt dans une clairière. Au petit jour, nous sommes des centaines. Nouvelle fouille ; apparemment sont surtout recherchées les armes et les piastres. Je réussis à conserver mon portefeuille et ma montre.

Des groupes sont formés après un tri. Mon convoi est constitué d'Européens, hommes de troupe et sous-officiers jusqu'au grade de sergent-chef. Une grande partie des hommes de troupe sont des légionnaires. Je peux rejoindre le sergent de ma compagnie. Nous sommes dirigés vers le nord à travers la jungle. Que de pistes ! Nous marchons la journée avec des haltes fréquentes. Seuls quelques-uns ont un peu de nourriture mais, pour l'ensemble, rien à manger. Je me pose la question : comment faire savoir à mon épouse que je suis prisonnier ? Rien, aucun moyen de liaison. Nous sommes séparés du reste du monde. Le lendemain seulement, nous aurons droit à une petite boule de riz.

D'autres convois nous ont rejoints et j'ai l'impression que, sur la piste, la colonne est sans fin. À un moment, nous croisons un groupe arrêté ; je reconnais nos Thaïs, séparés de nous dès le premier tri, et plus particulièrement ceux de ma section. Deux d'entre eux, qui m'avaient confié leurs quelques piastres, me les réclament à juste titre. Malheureusement je ne peux les leur rendre et je leur en donne les raisons. Je n'oublierai jamais leur réaction devant mon dénuement, en me donnant quelques aliments. Pourtant, notre échec aurait dû les conduire à prendre leurs distances, et ils risquaient gros à converser avec un Européen. Jamais je ne les ai revus.

Au cours des jours suivants, le Vietminh nous impose des marches le matin très tôt, le soir, ou la nuit. Les distances parcourues sont faibles. Pas le droit de parler ni de s'arrêter. Les gardes sont peu nombreux, mais jeunes, agressifs, arrogants et aboyeurs. Les menaces avec armes braquées sont fréquentes. Ils changent souvent. Notre égocentrisme en prend un sacré coup.

Nous sommes toujours dans la jungle à proximité du camp retranché et j'ai l'occasion d'apercevoir des pièces d'artillerie d'un bon calibre, genre 105, mais aussi des pièces antiaériennes type bi-tubes Beaufort. Le déplacement de ces armes mobilise des dizaines et des dizaines d'hommes. Par ci, par là, des camions. *Molotova* mais jamais de vrais convois.

Après plusieurs jours de marche, j'arrive à me situer un peu. Il ne fait pas de doute que nous sommes sur la route provinciale en direction de Tuan Giao.

Le ravitaillement s'organise un peu et, dans sa grande clémence, l'oncle Ho nous accorde 350 grammes de riz par jour. Rien d'autre, pas même du sel. Nous devons faire cuire ce riz au minimum afin qu'il ne "*perde pas ses vitamines*", avec le moins d'eau possible, et ce, soit le matin au lever du jour, ou le soir au coucher, afin que les feux ou les fumées ne soient pas visibles par notre aviation. Le problème de l'eau ne se pose pas, mais celui du feu est un véritable défi : tout est mouillé et les allumettes sont rares. Ces désagréments dureront jusqu'au camp. Malgré la ration de riz, sans sel, sans viande et sans légume la faim commence à se faire sentir. Mon camarade est en manque de tabac et son moral s'en ressent.

Nous parcourons environ 10 à 20 kilomètres par jour. S'enfuir de la colonne serait un jeu d'enfant, mais pour aller où. La route est souvent défoncée, pilonnée qu'elle a été par l'aviation. Très fréquemment, des caches pour camions sont aménagées et bien camouflées.

Un jour, nous croisons un convoi de ravitaillement qui monte vers Dien Bien Phu : des centaines de vélos, au cadre renforcé (un bambou en renforcement du tube supérieur horizontal), le guidon prolongé sur le côté gauche d'environ 60 cm par un autre bambou, et chargés de sacs en travers du cadre. À voir l'effort du coolie, 100 kg au moins sont ainsi transportés. Pas un mot ; on est trop attentif aux incursions aériennes. J'ai compris ce jour-là qu'une bicyclette pouvait être une arme logistique efficace.

Je pense que nous allons vers Tuan Giao sur la Route Provinciale 41. Si c'est le cas, environ cent kilomètres ont été parcourus. La route devient sinueuse et montante ; la température baisse : nous attaquons très probablement le col des Méos. Là-haut, un remue-ménage sans pareil. L'aviation a bombardé le col, probablement depuis peu. Des milliers de coolies refont le passage à l'aide d'outils sommaires. Les gravats sont déplacés en utilisant des paniers à balanciers. Des guetteurs scrutent le ciel et écoutent. Hallucinant.

Un après-midi, alors que nous sommes au repos sur une colline plantée de taillis, un bruit de moteur, c'est un B 26. Il nous survole à basse altitude. L'ensemble des prisonniers agite les bras. Nous a-t-il vus ? Je ne me souviens pas d'un battement d'ailes. Aussitôt, notre imagination va bon train : nous allons être identifiés et ravitaillés, nous allons être suivis, et qui sait ? Cet avion fut le premier, mais aussi le dernier que nous ayons vu. L'espoir d'un moment s'évanouit et la fatigue, la faim, le désespoir nous accablent à nouveau. Au cours des jours suivants, des bruits courent : les traînards seraient exécutés. Pourtant, il y a de plus en plus de prisonniers qui ont du mal à suivre. Mon camarade est dans ce cas ; il faut le stimuler et l'aider. Le tabac lui manque vraiment et il en est à fumer des feuilles d'armoise.

Nous arrivons à Thuan Chau. À partir de là, je connais cette route puisqu'à mon arrivée en Indochine, j'ai été muté à Son La.

Dans les jours qui suivirent, vers le 23 mai, nous passons à Son La. 230 à 250 kilomètres ont été parcourus. À vrai dire, je n'ai pas reconnu grand chose, mais je connaissais la piste en direction de Ta Bu sur la rivière Noire : environ 25 kilomètres. Puis, passage à Na Sam avec, à l'ouest, la " *canine* ", piton rocheux bien connu des anciens de la garnison.

Plus au sud, je reconnus le point de départ de la piste vers le Laos. C'était là, et nulle part ailleurs, que je pouvais m'évader. J'avais suivi cette piste à plusieurs reprises et je savais qu'à une quinzaine de kilomètres un hôpital provisoire viet était installé, au bord d'un cours d'eau. Manque de courage, abandon de mon camarade qui, en aucun cas, ne pouvait me suivre, peut-être déjà cette grande fatigue, pas de nourriture : j'ai renoncé. Il faut dire que j'étais encore hanté par un squelette, dans un uniforme de soldat du corps expéditionnaire français, en travers de la piste. À part l'eau, il n'y avait aucune nourriture possible pour un Européen. Je ne connaissais que les pousses de bambou, les manguiers, tellement hauts qu'il était impossible de cueillir les fruits, les " *jack* ", genre de grosses pastèques accrochées aux arbres dont l'intérieur ressemble à de la confiture rouge. Quant à la viande, je ne me voyais pas capturer et faire cuire un python ou d'autres bestioles sauvages. C'en était donc fini de l'espoir, pourtant si vivace, de filer. Parmi les prisonniers qui ont essayé de fuir, bon nombre furent repris. Après les brutalités (mains ligotées dans le dos, marche forcée, absence de nourriture, coups de pieds et de crosse de fusil), la punition morale n'était pas moindre : ils devaient s'accuser de tous les maux de la terre devant leurs camarades, et subissaient une sorte de jugement leur laissant craindre une condamnation suprême.

Vers Conoï, alors que je marchais, je me suis senti littéralement aspiré et emmené dans une paillote thaï à l'insu des gardes. Là, j'ai été nourri et j'ai pu me reposer un peu. Ma bienfaitrice était une femme thaï prenant de très gros risques en m'hébergeant, la peine de mort sans aucun doute. Elle m'avait reconnu et m'expliqua que, jadis, je lui avais rendu service en la transportant. Je ne pus l'exposer plus longtemps et repris ma place dans le convoi.

Notre état physique et moral ne s'arrangeait guère. D'autre part, les vêtements, surtout les chaussures, commencèrent à donner des signes de fatigue. Outre les kilomètres s'ajoutant les uns aux autres, il pleuvait très fréquemment. Je pouvais me louer d'avoir pris, au moment où je fus fait prisonnier, la housse en plastique qui me servait d'imperméable. Placée sur mes épaules, elle m'évitait d'avoir froid et d'avoir le dos mouillé.

Compte tenu du nombre de prisonniers éprouvant des difficultés à suivre, les gardes décidèrent qu'il y aurait un convoi, dit " *de malades* ", qui marcherait moins vite. Mon ami avait de plus en plus de mal à suivre et, chaque jour, l'aide que nous lui apportions devenait vraiment pénible. Souvent, il fallait le porter et nous n'étions que deux. D'un commun accord, il fut décidé qu'il attendrait le convoi " *de malades* ". Je ne pensais, pas à ce moment, que jamais je ne le reverrais.

Entre Conoï et Yen Chau, je reconnais une piste vers Ta Khoa, sur la Rivière Noire ; mais je suis trop faible pour risquer une évasion solitaire.

Chaque jour, il faut repartir. La marche devient un cauchemar. Certaines fois, nous ne pouvons même pas faire cuire notre riz car tout est mouillé. Nous restons l'estomac vide. Les soins corporels, toilette, rasage, lavage des vêtements, ont disparu ; rien de tout cela si ce n'est la douche sous la pluie. La dysenterie et le paludisme commencent à toucher sérieusement certains d'entre nous.

Voilà Moc Chau, reconnaissable par sa plaine et sa petite colline. Nous devons être le 3 juin. Un peu plus au sud, nous quittons la route provinciale 41 pour prendre une piste plein sud. Pour moi, c'est maintenant l'inconnu.

Au cours d'une halte dans un village, je réussis à échanger ma montre contre quelques nourritures. À peine le premier morceau avalé, et malgré les précautions prises, je fus démasqué. Attrapé par les gardes, ligoté, invectivé, le reste des biscuits confisqué, je fus attaché à un arbre durant presque toute la journée, jusqu'au départ. Je dus subir les sarcasmes et surtout les crachats à la figure, voire quelques pierres, de la population, enfants compris. Suppôt de l'impérialisme, osant m'octroyer la nourriture du peuple affamé, on me fit comprendre que si je n'étais pas fusillé, c'était grâce à la clémence… de qui vous savez.

Au cours d'une séance de propagande, la condamnation à mort d'un vieux villageois qui avait osé couper une jeune pousse de bambou pour la manger, privant ainsi le " *peuple* " d'un outil de travail, nous fut communiquée.

Nous arrivâmes aux abords d'une rivière assez importante et je me rappelai qu'il s'agissait du Song Ma. Cette rivière est parallèle à la rivière Noire mais plus au sud ouest, la Route Provinciale 41 étant située entre les deux.

La traversée se fait en pirogue. Il ne fait pas de doute que nous allons vers le sud. Le paysage est moins montagneux. Nous devons arriver en moyenne région.

La colonne est bien moins longue qu'au début, comme si nous avions perdu une partie des prisonniers. Je pense que le Song Ma est la dernière rivière que nous ayons traversée.

Nous arrivons dans le delta. Vers l'est, à perte de vue, une zone inondée ; à l'ouest, à quelques kilomètres, un peu de relief. Les gardes nous installent enfin dans une vieille pagode, au bord d'un arroyo.

Nous sommes arrivés à destination : c'est le Camp 70. Pas de barbelés ; un chef de camp, un commissaire politique, quelques gardes. Il semble que nous soyons les premiers occupants. Les abords immédiats et la région sont inondés ; seules les diguettes permettent de se déplacer en dehors de la piste principale.

L'effectif est d'environ 250 prisonniers. Nous avons marché pendant 41 jours depuis le 7 mai. Nous sommes donc, sauf erreur, le 17 juin. La distance probable parcourue est un minimum de 650 kilomètres mais plus probablement 700. La moyenne journalière est d'environ 16 kilomètres.

Nous nous installons tant bien que mal. Nous sommes une quinzaine dans une aile de la pagode. Une natte nous est donnée : ce sera notre couche directement sur le sol empierré mais ça, nous y sommes habitués. Les gardes nous imposent de désigner des chefs de groupes, ainsi que des cuisiniers et des infirmiers. Il faut creuser les feuillées. Une infirmerie s'ouvre en annexe de la pagode.

Les jours suivants, pas d'arrivées et je pense à mon ami. Où peut-il bien être ?

L'évasion de ce camp semble d'une grande facilité : il y a peu de gardes. En y regardant de plus près, ce n'est pas évident : d'abord, choisir son heure, au plus tard après le dernier appel, donc le soir après la séance. Mais il fait nuit et il faut marcher, voire courir, sur des diguettes vers le nord est, à perte de vue : 20, 30, 40 kilomètres ? Ensuite pas de vivre d'avance. De jour, un Européen sur une diguette se repère à deux kilomètres à la ronde. Bref, c'est trop dur et d'ailleurs, je n'aurai jamais connaissance d'évasion.

L'infirmerie est vite pleine mais les volontaires infirmiers, pas forcément qualifiés, épuisés comme nous tous mais pleins de bonne volonté, ne peuvent rien faire : pas de médicaments, pas de pansements, pas de matériel. Très vite, leur rôle sera plutôt d'accompagner les mourants dans leurs derniers moments.

Les cuisiniers font ce qu'ils peuvent : environ 400 grammes de riz rouge (riz à grain court, gluant et mal décortiqué) par personne et par jour, un peu de sel, rarement des légumes et, quand il y en a, c'est un genre de liseron d'eau, et 1,5 kg de porc pour l'ensemble. Ces porcs, bizarrement, n'ont que de la couenne. Ramené à l'échelon individuel, cela représente environ un centimètre cube par jour. Ce ravitaillement ne vient pas seul : il faut organiser des corvées pour aller quérir parfois assez loin le riz, la viande ou les légumes (5-10 kilomètres) ou le bois (10-15 kilomètres).

Les corvées de bois sont de loin les plus éprouvantes. D'une part, la distance assez grande, car il faut rejoindre la moyenne région pour trouver du bois ; d'autre part, ce matériau sur nos épaules décharnées est lourd et blessant.

Nous sommes épuisés et malades. Nous aspirons à du repos après les corvées journalières mais le soir, au moment où nous aimerions nous coucher, il faut se réunir, et la séance commence avec le commissaire politique : rééducation sur les bienfaits du communisme, sur l'indulgence du président Ho Chi Minh vis-à-vis des impérialistes que nous sommes, sur notre autocritique de la journée et nos repentirs. Tout y passe si bien que, chaque soir, nous sommes retenus jusqu'à minuit au moins. À plusieurs reprises, un

Européen attaché à leur cause prendra la parole avec le commissaire. Sa voix ne laisse pas de doute sur sa nationalité : française, mais il est impossible de savoir son identité.

Ce harcèlement doctrinaire se répète chaque jour avec plus ou moins de nuances ; parfois une fête populaire, après une victoire du Vietminh, à laquelle nous devons participer. Un soir, nous avons droit à du papier et un crayon : l'autorisation d'écrire à notre famille nous est donnée. Quelle joie ! Ce courrier doit transiter par l'URSS. Une fois de plus, c'est un piège, pour nous sonder sur notre réceptivité de la cause, peut-être aussi pour avoir une idée plus précise de notre identité. Mais le summum vint un jour où l'on nous distribua plusieurs exemplaires d'un journal de presse français : il fallut les lire et ensuite, sur interrogation du commissaire, en faire l'apologie. Ce journal, " *l'Humanité* ", datait de quelques semaines. À la lecture de ce quotidien, la stupeur fut unanime ; en effet, ce torchon relatait des événements de la guerre d'Indochine et avait pour cible le corps expéditionnaire français considéré comme ennemi, en mentionnant des défaites et les pertes subies par notre armée.

Il ne semble pas que la doctrine dispensée s'incruste dans les cerveaux, bien au contraire ; mais la suspicion s'installe quand même, au point que la méfiance règne entre nous. Les discussions se font rares. Les fouilles sont fréquentes : nous devons sortir avec toutes nos affaires, et le tout est contrôlé, recontrôlé, ainsi que l'habitat. Et cela dure, dure un temps infini. Le détenteur d'un quelconque objet " *prohibé* " doit recommencer à zéro sa rééducation. Le rôle du chef de groupe, chargé de la liaison entre le chef de camp et nous, n'est pas rose. Il est toujours accusé par ses camarades d'être à la solde des Viets. Et voilà qu'un jour je fus désigné : cette " *promotion* " dura quelques semaines avec, à mon égard, les mêmes griefs de la part des copains.

Le moral n'est pas bon. Nous sommes tous malades, et malheur à celui qui ne peut plus manger de riz. Les signes ne trompent pas : jaunissement, manque d'appétit, gonflement des jointures, puis du corps, fièvre, délire, et courses à n'en plus finir vers les tinettes. Le béribéri, le paludisme, la dysenterie et d'autres maladies font des ravages. Souvent les malades vont, quand ils peuvent encore bouger, se " *réfugier* " dans l'arroyo, malgré nos mises en garde. Ils trouvent là un peu de fraîcheur, et aussi un certain " *confort* " de ne plus avoir à courir. Le départ pour l'infirmerie, retardé au maximum, signifie la mort en quelques jours. Les visites aux admis sont rares, à cause des risques de contagion que chacun craint. Les " *valides* " creusent des trous très peu profonds car tout effort est épuisant. L'enterrement se fait très simplement ; il n'y a pas d'aumônier. Je ne suis même pas sûr qu'une comptabilité des décès existe, que ce soit par les Vietminh ou par notre communauté. Nous sommes pires que des chiens, et la mort du voisin nous laisse presqu'indifférents.

Notre cerveau travaille au ralenti, et les seuls liens avec notre famille sont les photos rescapées de la pluie, de la boue, ou de nos geôliers. Parfois, nous rêvons d'un bon repas. Le sandwich jambon beurre ou fromage beurre fait l'unanimité, ainsi que le *steak* frites.

Les jours s'écoulent. Un petit coin de bonheur malgré tout pour celui qui sait écouter car, sur le toit de la pagode, quelques couples de tourterelles roucoulent fréquemment.

Au cours d'une corvée de bois, une courte halte me fit m'arrêter à côté d'une culture dans laquelle un ananas, encore vert, me tend les bras. Aussitôt, et avec la plus grande discrétion – je sais ce qu'il en coûte de se faire prendre – je le cueille et je le mets dans ma poche. Le problème survint dans la pagode car, malgré son manque de maturité, son odeur éveilla l'alentour. Il fallait que je me rende à l'évidence : le partage s'imposa entre la quinzaine que nous étions, bien avant qu'il soit mûr.

Une autre fois, de corvée de riz, je me suis retrouvé avec un balancier en bambou et ses deux paniers. Au retour, la charge aidant, n'ayant pas su contrôler sa fréquence de balancement en marchant sur une diguette, je dégringolai, entraînant environ 20 kg de riz dans la rizière. Après les insultes, je dus ramasser tout le riz. Inutile de préciser que ce jour-là, j'ai fait " *maigre* " et, à la séance du soir, j'étais l'accusé contre qui tout se déchaîne.

Une lubie de notre chef de camp : l'hygiène corporelle. Nous étions d'accord, mais avec quoi : l'eau stagnante est nauséabonde, pas de savon, pas de rasoir et les vêtements " *lavés* " sont à remettre mouillés. Autre idée farfelue, attraper les mouches. Nous héritons de tapettes, et celui qui réussit à présenter 50 mouches voit sa ration de riz augmenter. Il faut aussi parler des rats, nombreux ; je ne serais pas étonné d'apprendre que certains d'entre nous en aient consommés.

Vint le jour où le commissaire parla des accords de Genève. Chaque soir, il répète que ces accords n'ont pu être signés à cause de nos dirigeants impérialistes. Mais les jours succèdent aux jours et il ne s'en passe pas un sans décès, avec une moyenne quotidienne de trois.

Enfin la bonne, la très bonne nouvelle : l'annonce de la signature du cessez-le-feu prenant effet au 20 juillet. C'est la liesse et nous pensons qu'enfin le cauchemar peut avoir une issue : la libération. Mais il faudra vite déchanter car rien de nouveau n'intervient.

Encore des jours et des jours, pour enfin entendre parler d'un éventuel échange de prisonniers.

Jusque-là mon état de santé s'était maintenu, mais j'avais de plus en plus de peine à avaler mon riz. Bien que stimulé par les camarades, il fallut se rendre à l'évidence ; le désir de vivre disparaissait. La lutte devenait trop difficile, et la révolte disparaissait. La famille n'était plus que du papier ; les sentiments qui font que nous sommes des humains disparaissaient.

Heureusement, les Viets commencent à nous parler de libération. Au cours des séances, le commissaire politique accuse en permanence les autorités françaises d'obstruction au bon déroulement des échanges. Personne n'est dupe.

Et puis l'ordinaire s'améliore, plus de porc, environ 5 kg, et de légumes. Et de l'habillement : une tenue de Viet, un casque en latanier. J'arrivai à survivre. Le commissaire politique nous prend presque pour ses amis ? Un comble ! Les gardes deviennent plus arrangeants.

Enfin, le jour du départ du camp. Combien de morts resteront là à tout jamais ? Plus de cent, c'est sûr, peut-être 150 ? Combien de rescapés ? Une centaine tout au plus. Au moins 50 % de nos camarades sont enterrés ici. Les plus vulnérables ont été les plus jeunes, peut-être par manque de maturité, et les plus âgés, physiquement épuisés.

Après une marche pénible d'à peine vingt kilomètres – heureusement car nous n'étions plus en état de faire davantage – on nous fit embarquer dans des pirogues à moteur, sur la Nam Sam, en direction de l'est. Puis acheminement en camion et arrivée aux abords de Sam Son dans le Thanh Hoa. Ce lieu de regroupement devait être le dernier. C'est ici que je fis connaissance d'un prisonnier pas ordinaire : à ses dires, il était aux mains des Viets depuis six ans. Civil, il avait été désigné pour piloter un avion en Indochine et s'était fait descendre.

Deux à trois jours furent nécessaires pour que la libération eût lieu. J'avais l'impression que jamais je ne tiendrais jusqu'à ce moment-là. Selon nos geôliers, les autorités françaises créaient constamment des difficultés lors des échanges.

Enfin, ce fut mon tour de franchir un passage entre deux palissades en bambou. Un comptage et, quelques mètres plus loin, changement de camp, d'univers. J'ai bien cru que ce moment n'arriverait jamais. Nous sommes le 31 août 1954 dans l'après-midi. Ma joie est immense, certains voudraient balancer leurs chapeaux en latanier si généreusement offerts à quelques jours de la libération, mais les autorités françaises les en dissuadent, car les Viets sont à l'affût de tout pour interrompre les échanges.

À la visite médicale, on enregistra mon poids : 49 kg. Mon mètre soixante-dix-sept s'était réduit de deux centimètres. Je ne me rappelais plus les noms ni les dates. Mon cerveau s'était comme vidé. Ma captivité aura duré 3 mois et 26 jours.

Je suis convaincu que la doctrine dispensée chaque jour, pratiquement de force, n'a troublé que très peu de prisonniers.

Je me pose souvent la question du devenir des tombes de tous nos camarades ensevelis dans ces camps perdus.

***

VOILÀ...

Jean CARPENTIER

Voilà mon témoignage.

Ce récit sans fioritures raconte l'essentiel des épreuves que j'ai vécues. Il pourra peut-être faire taire ceux qui affirment que les camps de prisonniers du Vietminh n'étaient pas si terribles.

Le rédiger m'a fait replonger dans des souvenirs que je voulais oublier à tout prix.

Mais finalement, cela m'a aidé ; en m'obligeant à écrire certaines choses, il me semble les avoir un peu effacées, et ça m'a fait du bien.

ADIEU CÉSAR 6

Je servais dans l'aéronavale, à bord d'un quadrimoteur *Privateer*.

8 mai 1954. Dien Bien Phu était tombé officiellement la veille, le 7 mai vers 17 heures. Mais un poste, Isabelle, avait résisté jusqu'à 3 heures du matin avant de tomber. Nous avions tous de la peine pour les gars de Dien Bien Phu ; qu'allaient-ils devenir ? Nous étions inquiets en nous demandant ce que les Viets allaient faire d'eux, après tant de courage et de sacrifices.

Quand nous avions terminé nos bombardements, au plus près des postes, en reprenant le cap de retour vers Haïphong, je regardais jusqu'à ne plus voir Dien Bien Phu en essayant d'imaginer la vie des gars, leur angoisse. Depuis une bonne quinzaine de jours, l'inquiétude était réelle, les nouvelles étaient mauvaises. Et ce matin du 8 mai, c'était fini. D'autres épreuves allaient commencer pour eux mais au moins, il n'y aurait plus ce danger de blessures et de morts, du moins le croyions-nous! Des groupes s'étaient formés pour en parler.

Ayant un gros rhume, je décidai d'aller à l'infirmerie pour ne pas risquer une otite en décollant. Je demandai à un gars de me remplacer en cas de décollage, je ne me souviens plus qui, et avec le vélo de la flottille, je pris la direction de l'infirmerie. Avant de passer devant un bâtiment qui m'aurait caché le parking de la flottille, je me retournai et je vis les gars courir vers les avions. J'y retournai rapidement pour apprendre que deux équipages devaient décoller, dont le nôtre, pour effectuer une coupure de route à Tuan Giao près de Dien Bien Phu.

La veille, en rentrant de vol de nuit, j'ai oublié de fermer la trappe supérieure et, comme il a plu, les deux parachutes du poste arrière sont mouillés. Kéromnes me les passe et je vais les changer dans un avion qui ne décolle pas, détail qui allait être très important par la suite.

Nous décollons en vol de groupe avec, sur l'autre *Privateer*, l'enseigne de vaisseau Boulier comme chef de bord. Ce jour-là, notre nom en phonie, pour communiquer avec les différents contrôles aériens, était CÉSAR 6. Arrivé sur zone, nous effectuons la coupure de route, mais une bombe reste dans notre soute. L'autre avion prend le cap de retour pendant que nous nous présentons pour larguer manuellement cette dernière bombe. Kéromnes va dans la soute pour effectuer la manœuvre. L'un de nous signale des camions sur la route; l'enseigne de vaisseau Monguillon, chef de bord, ordonne l'armement des postes de combat. Sachant que Stéphan préfère la tourelle de nez, je me dirige vers l'arrière pour armer la tourelle de queue. Nous nous croisons sur la passerelle de la soute à bombe en échangeant une accolade, la dernière, je ne le reverrai plus. Les *blisters* (tourelles situées de part et d'autre de l'avion derrière les plans) gauche et droite sont déjà armés, le gauche par Kéromnes, le droit par Lecrosse. C'est la première fois que j'utilise la tourelle de queue; je dois cette faveur à Kéromnes qui est mon patron armurier. Monguillon, aidé par le navigateur Le Coz, manœuvre pour nous ramener vers les camions. La tourelle avant puis les *blisters* commencent à tirer et, à mon tour, quand je vois les camions, j'ouvre le feu. Chaque tourelle est armée de deux mitrailleuses 12,7.

Soudain, je vois assez loin derrière des tirs de DCA puis d'autres plus près. Je m'apprête à le signaler quand j'entends dans le casque Le Coz disant: " *Chef de bord, vous pouvez dégager sur la droite.*

D'accord, je vais essayer ". Cet échange d'une sécheresse inhabituelle chez ces deux gars me surprend. Je continue à tirer sur de légères fumées qui peuvent être des départs de tirs. L'avion a un soubresaut, je sors précipitamment pour voir si ce n'est pas la tourelle qui se décroche. Rassuré, je remonte dans la tourelle et, avant de refermer les portes, je vois Lecrosse sortant de son *blister* avec un air qui m'a paru un peu inquiet. J'ai mis ça sur le compte des tirs que nous venions de subir, et peut-être une panne dans son *blister*.

J'ai pris la décision de reprendre mon poste parce qu'en dessous, ça continuait à tirer. J'ai repris le tir, des étincelles, des flammèches passaient sur le côté de ma tourelle, c'était la première fois que j'étais à ce poste et je croyais que c'était dû aux tourelles qui tiraient. J'ai eu un incident de tir sur une mitrailleuse et, tout en continuant à tirer avec l'autre, j'ai voulu le signaler à Monguillon, mais il n'y avait plus de contact radio. Soudain, plusieurs secousses déséquilibrent l'avion, j'ouvre précipitamment mes portes coulissantes et une fumée épaisse envahit ma tourelle. Dans ma précipitation, j'oublie la seule façon de sortir d'où je suis : se hisser par les bras pour dégager les jambes, et je me laisse tomber en arrière. C'est à ce moment que d'autres explosions se produisent, projetant une multitude d'éclats. La partie supérieure de ma tourelle explose. Je me redresse et je sors péniblement, la fumée m'asphyxie. Je me dirige vers l'endroit où se trouvent les parachutes, j'enjambe la trappe photo qui est ouverte. Lacrosse ouvre la porte qui communique avec le poste avant par la soute à bombes ; c'est un énorme chalumeau.

La table au-dessus de laquelle se trouve le dernier parachute commence à brûler. La fumée est de plus en plus épaisse, je commence à ne plus savoir ce que je fais. J'arrive enfin à décrocher le parachute de la paroi et à l'accrocher sur mon harnais, je me dirige vers la trappe photo. J'ai un moment l'intention d'accrocher Lacrosse avec moi avec la sangle de sécurité qui sert à nous attacher quand nous prenons des photos mais j'y renonce vite, trop vite peut-être, mesurant le peu de chance de réussite avec si peu de temps, et l'urgence de la situation. Après un court moment d'hésitation, je plonge la tête la première et c'est le choc de l'ouverture, le silence qui surprend après le bruit des moteurs en survitesse.

Devant moi, l'avion continue en semi piqué. Tout le plan droit est en flamme. Quelques secondes après, il se décroche et tombe en tournoyant avec ses deux moteurs. L'avion continue sa trajectoire et s'écrase presque aussitôt sur le flanc d'une colline. Une épaisse fumée noire s'élève, les munitions explosent, des flammèches m'entourent mais ne touchent pas mon parachute. Derrière moi, je vois deux autres parachutes, assez loin mais pas très loin l'un de l'autre et, dans le prolongement, une piste, qui sera identifiée comme pouvant être celle de Na Sam. La descente me paraît longue, je vois dix à quinze Viets courant dans la direction où je dois tomber. Je ne réalise pas très bien ce qui m'arrive, la fumée m'a comme anesthésié ; je sens le cochon brûlé. J'ai le visage et les mains brûlants, j'ai pris un gros coup de chaleur.

J'essaie de diriger mon parachute dans la direction opposée à celle des Viets mais, en tirant trop et mal sur les cordes, je provoque une chute libre ; je préfère laisser faire. J'essaie de voir l'avion, mais il est tombé dans les arbres et il est caché par l'épaisse fumée. Je vois une ouverture dans les arbres, j'essaie de diriger ma chute vers elle mais je reste accroché en haut d'un grand arbre. Je me dépêche de me dégager avant l'arrivée des Viets. Je me laisse tomber dans un sous-bois, épais à cet endroit, et je cours du côté opposé aux cris qui se rapprochent. Je débouche dans une grande clairière. Je m'arrête net : une femme avec un balancier sur l'épaule vient vers moi. Elle réalise soudain et, laissant tomber ce qu'elle porte, elle se sauve en criant. Je franchis rapidement cette clairière, remonte la pente en face et ne m'arrête qu'à bout de souffle. Je ne savais vers où aller, j'étais comme un animal ayant une meute aux trousses. Des signaux sonores, faits avec des bambous, retentissent un peu partout.

Je me dirigeai dans la direction où on n'entendait pas de signaux. Au bout d'un certain temps, deux ou trois heures peut-être, ces signaux sont devenus plus lointains. J'étais peut-être sorti du cercle de recherche ; j'avais soif, très soif. J'étais découragé. Plusieurs fois, j'avais vu des avions dont un *Privateer* ; je m'étais précipité vers l'endroit le plus dégagé en faisant des signes, sachant pourtant qu'il n'y avait aucune chance pour qu'ils me voient ; mais, dans cette situation, la moindre lueur d'espoir est à saisir. Je me suis assis contre un arbre pour essayer de mettre de l'ordre dans mes idées. Dès que j'eus vraiment réalisé ce qui m'arrivait, je compris que je n'avais aucune illusion à me faire quant à mon sort.

Qu'étaient devenus les deux autres dont j'avais vu les parachutes ? Quant à ceux qui n'avaient pas pu sauter, il n'y avait malheureusement plus d'espoir, la seule certitude est que ça s'était passé très vite.

J'étais plongé dans mes pensées, pas très gaies, quand j'ai entendu des voix pas tellement loin qui se rapprochaient très vite. Je me suis figé, retenant mon souffle et j'ai aperçu une vingtaine de Viets mi-marchant, mi-courant sur une piste qui se trouvait à environ cinq mètres et que je n'avais pas vue. Je me suis écarté de cette piste et, à moitié courbé, tellement la végétation était dense, j'avançais sans savoir où j'allais, mais je cherchais surtout à descendre pour trouver un point d'eau. J'avais une tenue Marine gris souris, la combinaison de vol et les bottes. Tout était trempé, je dégoulinais de sueur. Jusqu'ici, j'avais pu par miracle leur échapper en évitant les pistes et, si j'avais pu m'éloigner de quelques kilomètres, il était possible qu'ils ne trouvent plus ma trace, à moins que je n'aie tourné en rond. Si j'avais pu rejoindre cette piste d'aviation… D'avion, même en altitude, on voit un gars au milieu d'une piste, mais je ne savais vraiment pas où j'étais.

Essayant de ne pas faire de bruit, j'avançais prudemment. J'arrivai sur un point haut et en bas, à quelques centaines de mètres, je vis ce que je crus d'abord être un mirage. En contrebas, dans un espace découvert assez vaste se trouvait un plan d'eau. Oubliant la prudence, je dévalai, je volai vers l'eau. Je me jetai sur la petite digue et, me servant de mes mains, je bus… Je bus jusqu'à plus soif. Enfin, ma soif étanchée, je réalisai que l'eau était très boueuse ; mais c'est la meilleure eau que j'aie jamais bu… !

À quelques mètres se baignait un buffle et juste en face, de l'autre côté de ce point d'eau, à vingt mètres environ, une jeune femme vietnamienne, que je n'avais pas vue, lavait son linge tranquillement. Comment ne m'avait-elle pas vu arriver en courant, me jeter sur la digue pour boire alors que je n'avais rien fait pour ne pas me faire remarquer. Je ne comprenais pas. Je restai immobile. Je n'osais pas bouger ; elle frottait son linge en me regardant sans me voir. Une autre femme arriva avec des seaux au bout d'un balancier. Elle remplit un seau en me regardant sans me voir, elle non plus. Elles plaisantaient entre elles. Puis la nouvelle venue, m'apercevant, jeta son seau et se sauva en criant. L'autre resta quelques secondes immobile, me vit enfin et se sauva également en criant. Je bus rapidement quelques gorgées d'eau boueuse, mais tellement bonne, et me précipitai vers la colline pour m'éloigner. En me retournant, je vis un village à cinq cents mètres environ. Je m'éloignai le plus vite possible parce que j'allais avoir des chasseurs à mes trousses.

Je n'avais qu'une préoccupation, maintenant que je n'avais plus soif, ne pas être pris. Mais vers où me diriger? Si je trouvais un cours d'eau, même petit, il me guiderait vers un plus grand et vers la mer. J'ai su plus tard, en discutant avec des gars au camp, que cela aurait été une erreur, beaucoup de villages étant construits sur leurs berges.

J'entendis encore quelques avions mais je n'arrivais pas à les voir tant la jungle était épaisse. J'arrivai sur un sentier étroit. J'en avais assez de marcher courbé, je décidai de l'emprunter un moment pour progresser un peu plus rapidement. Je n'imaginais pas un dénouement heureux. Un poste français, mais c'était exclu, si près de Dien Bien Phu ; ou encore un Vietnamien pro-français, pourquoi pas. Ces deux hypothèses étant peu probables, il ne restait que le miracle.

J'avais enlevé mes bottes pour faire moins de bruit. Tout était calme, la nuit commençait à tomber. Le tam-tam avec les bambous avait cessé. Il n'y avait que des oiseaux criards ; c'était un peu lugubre. J'arrivai à l'entrée d'une clairière étroite que le chemin traversait en longueur. Cette clairière faisait vingt à trente mètres de long. Je m'engageai ; rien ne bougeait.

Soudain, arrivés de l'autre côté, trois Viets se dressent devant moi, un seul avec un fusil qui me met en joue, les deux autres avec des coupe-coupe. Je me retourne pour essayer de fuir, par réflexe, mais la clairière est encerclée par une dizaine de Viets avec des coupe-coupe. Je me retourne vers l'homme au fusil ; il me dit qu'il ne me sera fait aucun mal si je ne tente rien. Un Viet rampe vers moi, il me fouille en me tâtant pour voir si je n'ai pas d'arme. Les autres s'avancent, ils me passent un câble électrique autour du cou avant de nouer chaque bout aux deux bras, le câble suffisamment tendu de façon à m'étrangler au moindre mouvement.

Le Viet au fusil – c'est le seul qui ait une arme – marche à côté de moi. Il me dit qu'il regrette de ne pas être seul parce qu'il m'aurait raccompagné chez les Français ; il ajoute que je n'ai rien à craindre depuis la politique de clémence d'Ho Chi Minh. Il me demande de ne pas paraître content de ce qu'il me dit. Les autres ne parlent ni ne comprennent le français, mais il y a sans doute des mouchards parmi eux. Il me dit d'ailleurs tout ça sur un ton sévère. Nous sommes arrivés dans le village où j'ai pu boire tant que j'en avais envie. L'accueil des villageois est teint de curiosité, sans aucun signe hostile.

L'appréhension, l'angoisse du début faisaient place de plus en plus à une certaine détente, à un soulagement ; mes craintes s'envolaient. Une fille m'a tendu un bambou plein d'eau, une autre la moitié d'un épi de maïs. Nous avons repris le chemin avec d'autres Viets qui étaient bien armés. Avant de quitter le Viet au fusil, je le regardai longuement sans rien laisser paraître, mais le remerciai intérieurement très fortement pour son comportement qui avait apaisé mon angoisse.

Sur le chemin, à chaque fois que nous croisions des Vietnamiens, mes accompagnateurs donnaient des explications me concernant, mais je n'ai jamais remarqué d'animosité envers moi, seulement de la curiosité.

La nuit était tombée quand nous sommes arrivés dans un autre village où j'ai été pris en main par quatre Viets formés en deux équipes et parlant parfaitement le français. Ils étaient en uniforme vert, casque avec étoile. Ce sont eux qui allaient me questionner cinq jours et cinq nuits sans interruption, avec quelques joyeusetés.

LA QUESTION

Beaucoup de questions très diverses me furent posées : affectation, fonction à bord, date et lieu de naissance ainsi que ceux de mes parents, de mon frère ; envergure, vitesse et armement de l'avion ; noms des membres de l'équipage etc…

Ils voulaient absolument me faire dire qu'il y avait des Américains dans l'avion, et me montrèrent une liste de noms américains. Ils me demandèrent de cocher ceux des GI qu'ils croyaient être dans l'avion. Pour ce qui concerne ce dernier, je donnai des nombres fantaisistes, connaissant l'importance de ces renseignements pour le réglage des tirs de la DCA.

Les enquêteurs se relayaient deux par deux, sans interruption, prenant note des réponses. Le dimanche matin, quand le jour s'est levé, j'avais du mal à rester éveillé et ça ne faisait que commencer. Mon pied était douloureux ; j'avais reçu un éclat dans l'orteil, qui soulevait une partie de l'ongle.

La journée du dimanche fut marquée par la prise d'un bain dans un cours d'eau proche, surveillé par quelques gardiens. Je fis traîner le plaisir du bain et j'essayai de ne pas penser à la façon dont tout ceci allait se terminer. Mais l'imagination s'égarait et des frissons me venaient à ces pensées. J'envisageais, en me rhabillant, que si je me sauvais, ils m'abattraient et ce serait fini, sans souffrance. Mais l'instinct de survie triompha. Dien Bien Phu étant tombé, ils changeraient peut-être de méthode.

Le dimanche soir, deux " *méchants* " ont pris le relais, et tout de suite le ton a été différent. Ils prirent connaissance des notes relevées par l'équipe précédente et remarquèrent des réponses différentes. J'avais peine à tenir mes yeux ouverts. Derrière moi, deux gardiens, avec chacun deux bouquets de bambous écrasés, me frappaient de façon irrégulière pour me tenir éveillé. Ils m'assénaient des coups sur la tête. Ce n'était pas douloureux, mais ça claquait dans la tête comme un coup de feu. C'est bientôt devenu insupportable. Je sentais que je perdais la raison ; je n'arrivais pas à contrôler un tremblement nerveux. Les questions étaient toujours les mêmes, ils insistaient surtout sur une liste d'Américains qu'ils prétendaient être dans l'avion. Je m'énervais en affirmant le contraire.

Vers le milieu de la nuit, ils ont eu l'idée de " *soigner* " mon pied. Ils m'ont fait asseoir sur une table carrée. J'ai posé mon pied sur un banc. Avec une pince plate, l'un d'eux m'a soulevé l'ongle et je ressentis une douleur très vive. Comme je ne me laissais pas faire, ils m'ont fait allonger sur la table qui était trop petite, ce qui fait que j'avais les jambes d'un côté, le torse et la tête de l'autre, dans le vide. Enfin, ils m'ont attaché les jambes de part et d'autre sur les pieds de table, et le torse sur la table. Ainsi immobilisé, ils ont joué au chirurgien. Ce n'était vraiment pas drôle. J'ai eu, je crois, deux pertes de connaissance. De plus, la tête étant dans le vide, je m'étouffais. J'ai craché un peu de sang, provenant sans doute de la gorge qui était congestionnée par l'effort fait pour soutenir la tête dans le vide. Ça a duré longtemps à mon avis. J'ai vu se lever le jour ce lundi matin avec soulagement. La nuit, le lieu était éclairé par des lampes à pétrole et des bambous enflammés, qui donnaient aux choses un côté sinistre et angoissant.

Je pensais qu'après cette épreuve je pourrais avoir un peu de repos mais, à peine détaché, les questions ont repris avec deux des " *gentils* " qui prenaient la suite, sans les frappeurs aux bambous, avec des questions toujours aussi nombreuses et variées. Je n'aime plus les questions depuis lors. J'étais épuisé. Je crois que c'est ce lundi après midi que sont revenus les deux

" *méchants* " avec un autre que je n'avais pas encore vu. Le nouveau venu était très nerveux. Il parlait beaucoup à haute voix.

Ils m'ont conduit derrière la baraque, à l'air libre, puis m'ont attaché entièrement nu sur une chaise en fer. Il y avait un appareil que j'ai identifié comme une génératrice. Personne n'était d'accord quant à l'utilisation de l'appareil. Finalement, ils se sont entendus pour essayer de fixer une pince sur un de mes testicules, l'autre je ne sais où. Comme il n'y avait plus de ressort sur les pinces, ils ont utilisé un système " *tourne à gauche* ", c'est-à-dire qu'avec un fil électrique entouré autour de la pince, ils ont fait un œil et, avec une tige en fer, ils ont fait tourner l'ensemble pour que la pince serre le testicule ; ce dernier devenait de plus en plus douloureux. Soudain, sous la pression, le testicule s'est échappé, provoquant une très forte douleur. Cette douleur fulgurante a été le seul moment désagréable de l'opération. Après discussion avec les autres, le manipulateur a recommencé à serrer jusqu'à ce que les dents de la pince perforent la peau, sans provoquer grande douleur d'ailleurs ; à peine s'écoula un peu de sang.

Ils étaient inexpérimentés et la haine, chez le plus hargneux, avait disparu. Ils ont manœuvré les manivelles de la génératrice qui n'a provoqué que de légères secousses dans les parties, mais d'autres plus importantes dans la colonne vertébrale. Ce n'était rien, pourtant, à côté de ce que je m'attendais à subir, à part ce testicule qui chauffait beaucoup. Le lendemain, j'avais l'aine bleu-noir. Ce traumatisme " *par erreur* " m'a beaucoup gêné pendant la route. J'avais les parties très enflées et douloureuses. Et, au camp, cette souffrance s'ajouta à la faim, au paludisme, à la dysenterie, au béribéri. Ça me rendait hargneux, et quelquefois injuste avec mes camarades.

J'ai vécu également un moment très pénible quand, la quatrième nuit, sans doute pour briser ma résistance, ils m'ont attaché toute la nuit sous une *ka nha* (une paillote), à genoux, le dos contre un bambou, avec un buffle et des volailles, en me livrant aux piqûres cruelles des maringouins. Ce fut une nuit épouvantable, horrible, inoubliable.

LES MARAGOUINS

J'étais resté sans dormir depuis le début, excepté cependant durant un trop court instant. J'étais toujours debout, devant la table derrière laquelle se trouvait le questionneur. Il me posait presque toujours les mêmes questions, avec de temps en temps de nouvelles questions qui paraissaient anodines. J'avais beaucoup de mal à me tenir éveillé, et les coups de bambous écrasés que les gardes m'assénaient sur la tête à intervalles irréguliers me rendaient fou. À un moment, n'en pouvant plus, à bout de résistance, je me suis précipité vers le questionneur en lui criant : " *Je m'en fiche de vos questions, je m'en fiche* ". J'ai dû répéter ça plusieurs fois. Je ne trouvais rien d'autre à dire ; j'étais devenu fou. Si je n'avais pas été attaché, les coups seraient partis. Les gardiens me sont tombés dessus à coups de crosse, provoquant une plaie à la tête qui saignait beaucoup et une autre, au niveau des reins, sur la colonne vertébrale. Pour arrêter l'écoulement du sang, ils m'ont fait allonger sur le ventre par terre et m'ont appliqué de la terre glaise qui en séchant a arrêté les hémorragies. Là, j'ai dormi une demi-heure, une heure… Mais que le réveil a été pénible !

À la fin du jour, ils m'ont emmené sous une paillote sur pilotis. Il y avait un buffle et des poules. Ils m'attachèrent à genoux adossé à un gros bambou, n'ayant que mon slip, poignet droit lié à la cheville gauche, et poignet gauche lié à la cheville droite. Je compris rapidement pourquoi. Cette façon d'être attaché m'obligeait à rester à genoux ; je ne pouvais pas m'asseoir. La véritable épreuve a commencé quand la nuit était complètement tombée. D'abord quelques piqûres comparables à des piqûres d'abeille. Puis en très peu de temps, une multitude de ces insectes qui paraissaient petits se sont précipités sur mon corps, il y en avait tellement que j'étais obligé de souffler pour ne pas en aspirer par le nez. Au début, je pensais que c'était des puces. Après, je pensais à des moustiques mais les piqûres étaient bien plus douloureuses. J'ai appris par la suite qu'il s'agissait de maringouins. J'ai compris pourquoi le Viet qui me gardait s'était mis une petite moustiquaire sur le casque qui lui recouvrait le visage. Il se gardait bien d'approcher, m'éclairant de temps en temps de loin avec une lampe torche. Je gémissais sans arrêt ; j'insultais même le gardien pour provoquer une réaction de sa part, n'importe laquelle pour mettre fin à cette véritable torture. J'avoue que je me suis mis à pleurer puis j'ai prié, implorant qu'on me vienne en aide ; je mélangeais les prières et ça m'aidait à supporter.

Les habitants qui dormaient dans la paillote au-dessus, sans doute dérangés par le vacarme que je faisais, ont quitté leur logement pour aller dormir plus loin. Quand je les ai vus descendre l'échelle avec leur flambeau, je croyais qu'ils venaient me libérer, mais non. Je me sentais devenir fou, je tapais ma tête sur le bambou sur lequel j'étais attaché pour m'étourdir un peu. Je me demandais combien d'heures, de minutes, de secondes il me restait à supporter cette épreuve. Je me disais : " *Quand le jour se lèvera, comme je serai heureux* ". Au milieu de mon désespoir, j'ai senti quelque chose qui me touchait le dos. Ça ne pouvait pas être pire que ces bestioles. C'était une main qui me barbouillait le torse, le dos, les bras de boue. J'avais arrêté de gémir, mais une bourrade m'a fait comprendre de continuer pour ne pas alerter le gardien. Comme c'était bon cette boue étalée et effectivement, les piqûres ont été moins nombreuses. J'en pleurais de bonheur. C'est dans un état comateux que j'ai vu le jour se lever. Un Viet est venu me détacher. Ils m'ont traîné à l'extérieur ; je n'arrivais pas à me déplier, j'avais mal partout mais quel bonheur, ce début de journée tant rêvé. Ils m'ont jeté quelques seaux d'eau pour m'éclaircir un peu. Les gens du village étaient là ; parmi eux, une jeune fille me regardait. C'était peut-être elle, cette nuit ? C'était décidément un beau jour. Malgré la fatigue l'espoir revenait.

Les Viets m'emmènent à un cours d'eau pour me décrasser, j'en ai grand besoin ! Je suis couvert de boursouflures de la tête aux pieds. Après encore quelques heures de questions, concernant surtout les Américains, ils m'attachent pour quitter le village. Nous passons devant les habitants ; je ne remarque aucune animosité, de la curiosité bienveillante plutôt.

Après une marche assez pénible, j'avance comme un automate. Nous arrivons le soir à un endroit où se trouve une baraque longue et étroite. Ils me font entrer par un bout de cette baraque, séparé du reste par une cloison légère. Je me laisse tomber sur un banc devant une table, derrière laquelle se trouve ce que je pense être un Chinois, aux yeux bleu acier derrière des lunettes aux verres très épais. Son regard perçant n'est ni amical ni agressif, absolument neutre. Nous nous toisons de longues minutes en silence, nous ne nous quittons pas des yeux ; la fatigue a fait place à l'angoisse. De l'autre côté de la cloison, j'entends des bruits d'outils, mon imagination galope. Un Viet âgé entre, il s'adresse à moi : " *Vous ici pour rendre compte* ". Il parle très mal le français et c'est ce que je comprends. Là, j'avoue que j'ai eu très peur.

Des jeunes filles s'agglutinent à la porte et plaisantent en me regardant, elles ont les dents noires, un turban sur la tête, et sont habillées en noir. Elles contournent la baraque et, quand elles repassent devant la porte, je remarque avec soulagement qu'elles portent des pelles et des pioches. C'était donc ça, les bruits d'outils. Je n'en peux plus, j'ai très sommeil. J'ai beaucoup de mal à me tenir éveillé quand un groupe de Viets arrive, et l'un d'eux me dit : " *L'autre rescapé devait venir pour vous rencontrer et partir avec vous, mais ce n'est pas possible* ". Un éclair : " *Rendre compte, rencontre* ". Je ne trouve pas les mots pour traduire l'angoisse que j'ai éprouvée, elle devait se voir, comme le soulagement quand j'ai pu comprendre le mot " *rencontre* ".

Nous avons rejoint un village et les éternelles questions ont repris jusqu'au petit jour. Dans la matinée, toujours escorté de quatre gardiens, nous avons fait environ une heure de marche pour nous retrouver au pied d'une petite montagne. Par un petit sentier, nous l'avons gravie ; vers la partie basse se trouvaient quelques tentes camouflées, assez grandes. Ils m'ont fait entrer dans l'une d'elles où il y avait plusieurs soldats viet en uniforme. J'entendais à l'extérieur des gars qui creusaient avec de petites pioches, mon imagination galopait à nouveau. Mais l'accueil des Viets dans la tente chassait un peu mon angoisse. Ils parlaient tous très bien le français et, cette fois, les questions qu'ils me posaient ne concernaient pas leur service de renseignement. Certains me racontaient leur séjour en France ; ils en gardaient un excellent souvenir. Ils ont dû se rendre compte de mon état d'épuisement. Enfin s'asseoir, quel luxe ! Du riz, des légumes verts sans viande, comme eux.

Deux gardiens m'ont emmené à une petite chute d'eau qui tombait de la montagne. J'en ai profité pour laver la tenue marine que j'avais sous ma combinaison de vol. En revenant à la tente, il me semblait que j'avais des picotements partout, j'étais épuisé. Ils m'ont indiqué un coin de la tente avec une couverture pour dormir. Seul, un Viet, qui paraissait être le chef, est resté avec moi et, bien en évidence, deux gardiens à l'entrée. L'étui du revolver du Viet était ouvert. Je pensais : " *Une, deux, trois balles, et la dernière pour moi* ".

J'avais vu, en allant à la chute d'eau, que les trous étaient creusés pour faire monter des fils (radios ou électriques) au sommet. Alors, je me suis endormi et j'ai dormi, dormi, je ne sais combien de temps. C'est le bavardage des Viets dans la tente qui m'a réveillé, ils parlaient pourtant à voix basse. En me réveillant, je me suis aperçu avec gêne que j'avais uriné en dormant. Il est vrai qu'après cinq nuits et cinq jours sans dormir, et tout ce stress, cette angoisse amplifiée par la fatigue et les questionneurs...

Je pense que c'est le huitième jour que j'ai retrouvé Jean Kéromnes; avec tristesse en pensant à Monguillon, Royssat, Bouissou, Stephan, Hoog, Lacrosse, Le Coz, nos camarades restés dans l'avion...

Nous avons vécu avec une compagnie de Viets réguliers pendant quelques jours et ensuite pris la route avec les gars qui venaient de Dien Bien Phu. Eux étaient très marqués par ce qu'ils venaient de vivre. Ils avaient le regard vide, nous regardaient sans nous voir, avaient peine à avancer.

Les disputes étaient fréquentes. Elles étaient dues à l'extrême fatigue. Il y eut de nombreux morts pendant cette marche. Je m'étais un peu remis de mes mauvais jours du début et, avec Kéromnès, nous essayions de calmer les conflits.

En plus de notre charge de riz, il nous arrivait d'en prendre une autre à un gars qui nous paraissait épuisé. Mais au fil des nuits (la marche ne se faisait que de nuit) nos forces déclinaient et la survie nous imposait de nous ménager, nous forçant à l'indifférence aux misères des autres, à contrecœur. Il y a des situations où tout se nivelle par la médiocrité du comportement. C'est là où le remords s'installe pour toujours. Il faut avoir vécu ça pour savoir.

LE DISCOURS

Au début du mois de juillet 1954, le chef de camp organisa des réunions journalières pour les chefs d'équipe. Elles avaient pour but la répartition des corvées par équipe, mais surtout le compte-rendu de la progression dans les esprits des effets des conférences politiques qu'il faisait tous les deux jours, de deux heures chacune environ.

Ces " *injections* ", faites en douceur, avaient sur nous des effets pervers. Nous étions tous malades : dysenterie, paludisme, béribéri, à cause d'une sous-alimentation sévère. Nous n'avions pas, comme les officiers, une structure à opposer aux affirmations insidieuses. Au fil des " *conférences* ", en plein soleil mais lui était sous un abri, il déballait une salade soigneusement assaisonnée contre notre pays, anti-colonialiste bien sûr, anti-capitaliste, anti-patrons, anti-tout ce qui n'était pas communiste. Il avait essayé de nous faire chanter l'Internationale et clamer des slogans à la gloire d'Ho Chi Minh.

Mais, malgré l'anesthésie des deux heures de conférence, il avait toujours essuyé un fiasco complet. En réalité, nous nous en moquions complètement. Pendant ces trop longues et pénibles heures de " *lessivage de cerveau* ", nos pensées étaient pleines de gros plats de frites, de bœuf-mode, de gâteaux au moka à plusieurs étages, de souvenirs de nos familles. Nous essayions d'imaginer ce que faisaient les uns et les autres.

J'avais l'habitude de m'asseoir à côté d'un gars qui pleurait presque continuellement, silencieusement ; mais, curieusement, il souriait en même temps. Un jour, je posai ma main sur son bras, comme une question ; il me fit signe que ça allait et, à la fin de la conférence, il m'expliqua qu'il pleurait de bonheur : dans ces moments-là, il était avec sa famille, ses enfants. C'était un vieux d'au moins trente-cinq ans. Il était dans une autre équipe de Français. J'aimais l'écouter parce qu'il racontait à la perfection les menus du dimanche en famille, ce qui me faisait saliver copieusement. Je m'y voyais...

Au cours d'une de ces réunions, le 10 juillet 1954, le chef de camp nous informa qu'un déplacement était prévu, à deux jours de marche, à l'occasion du 14 juillet, afin de participer à une fête pour la paix dans le monde. Les volontaires pourraient y aller.

Malgré ma fièvre permanente, mes pieds et mes chevilles enflés par le béribéri et la fatigue, je tenais à faire partie du voyage dans l'espoir d'une libération. En effet, peu avant étaient arrivés dans mon équipe deux gars qui venaient du Camp 113, Guenegan et un autre. Ils étaient prisonniers depuis dix-huit mois ; ils paraissaient brisés, indifférents. Bien que parlant peu, ils nous ont dit que parfois, au Camp 113, les Viets demandaient des volontaires pour une corvée pénible, et ceux qui acceptaient étaient libérés. Un fol espoir de libération m'a poussé à me mettre sur la liste des partants, contre l'avis du chef de camp au vu de mon état. Le peu de volonté qui me restait m'a poussé à forcer la décision et à faire ce qu'il fallait pour paraître en bonne forme. Pour faire tomber la fièvre, je suis allé à la rivière qui longeait le camp. Je me suis laissé tremper complètement dans l'eau toute la nuit. Je ne me souviens pas avoir dormi mais, le lendemain matin, je ne sentais plus la fièvre et j'étais prêt à partir ; pas très en forme bien sûr, mais l'espoir d'une possible libération atténuait considérablement les effets des problèmes de santé.

Je n'avais pas encore la dysenterie amibienne à cette date, ce qui était important parce qu'elle affaiblissait énormément.

Connaissant l'importance vitale d'être à la cuisine, je me suis porté volontaire pour la durée du déplacement. Nous étions six et, par équipe de deux, nous portions un bidon de deux cents litres qui servait à cuire le riz. Dans ce bidon, il y avait des sacs vides et quelques ustensiles. Nous nous relayions toutes les heures. Je faisais équipe avec Jean-Michel ; je n'ai jamais connu son nom, il n'était pas de mon équipe. Son décès m'a profondément marqué. C'était le dernier jour avant d'arriver au camp de regroupement. Nous avions marché toute la journée, et nous formions la dernière équipe de portage. Nous étions très fatigués, nous avions mal partout ; nous nous accrochions pour finir le parcours, c'était très pénible. Les Viets nous indiquent un endroit qui devait être le terminus pour ce jour-là. Jean-Michel et moi laissons tomber le bidon et nous affalons par terre, totalement épuisés. Très vite, nous nous endormons. Les Viets réveillent tout le monde un peu après, je ne saurais dire combien de temps mais nous dormions profondément : " *le lieu qui nous est réservé pour dormir est plus loin, à cinq cents mètres,* " disent-ils. Nous avons beaucoup de mal à nous lever. À ce moment se pose le problème du relais pour porter le bidon, si près du but. Si nous laissons une autre équipe prendre la suite, nous perdons quatre kilomètres de portage et, dans notre état, ça compte. Je consulte Jean-Michel ; il est de mon avis : il est de notre intérêt de terminer le parcours. Les gars se lèvent en rouspétant. Tout le monde est fatigué. Nous faire reprendre la route en plein premier sommeil nous révolte. Les Viets commencent à s'énerver.

Avec Jean-Michel, nous soulevons le bidon, il nous paraît lourd, trop lourd. Nous arrivons à mettre le bâton sur nos épaules et commençons à avancer ; des gars nous doublent. L'un de nous deux a trébuché, je crois que c'est moi. Jean-Michel, déséquilibré, est tombé à genoux et moi, je me suis affalé de tout mon long. Je ne pouvais plus me relever, une grande douleur dans la poitrine m'étouffait. Les Viets nous poussaient avec la crosse de leur mitraillette (ils ne nous frappaient pas) pour nous faire relever. Jean-Michel est mort presque immédiatement, comme me l'ont expliqué les camarades qui m'ont traîné jusqu'où nous devions dormir. Le lendemain, au réveil, j'ai réalisé ce qui s'était passé. Je culpabilisais. Je voulais me convaincre que l'idée de finir le parcours n'était pas de moi, que celui qui avait trébuché le premier n'était pas moi. Aujourd'hui encore, j'éprouve des remords, ces remords qui vrillent la raison et que, dans mes moments d'isolement, je n'arrive pas à évacuer.

Un mort parmi tant d'autres, puisqu'il y a eu 340 morts sur 400 en trois mois, sans compter ceux qui sont morts après la libération. Mais avec Jean-Michel, en quelques jours, nous avions parlé de nos familles, échangé des souvenirs; ce n'était plus le mort anonyme de l'équipe d'à côté, et il en avait tant vu à Dien Bien Phu, comme tous ceux qui m'entouraient d'ailleurs. Certains avaient même fait la RC 4, Na Sam, et même la Corée. Ils avaient tous fait preuve d'un courage extraordinaire, et même si je n'étais pas toujours d'accord avec leurs récits, j'avais et j'ai toujours beaucoup d'estime pour eux.

Le 13 juillet 1954, jour de mon anniversaire: j'avais vingt-trois ans. Nous étions arrivés dans un camp de transit déjà installé. La journée a été consacrée au repos. J'avais perdu ma place à la cuisine, et surtout Jean-Michel.

Le lendemain matin 14 juillet, notre chef de camp est venu nous voir. Il nous a annoncé une grande cérémonie à l'occasion de notre fête nationale et il nous a dit une chose importante: chaque équipe qui désignera un de ses membres pour faire une déclaration devant ses camarades aura droit à un menu très amélioré avec riz à volonté, patates douces, viande etc... Et si c'était vrai! Nous avons tous quitté notre air indifférent. Diable, manger à notre faim, une fois seulement. Nous ne doutions pas un instant de sa bonne foi. Notre équipe s'est animée, et tout le monde voulait savoir non pas ce qu'il y aurait à dire, on s'en moquait, mais quand aurait lieu ce repas. Le chef de camp paraissait déçu par notre comportement, qu'il ne pouvait pas comprendre puisque lui n'avait pas faim. Je craignais qu'il ne s'en aille, et avec lui ce repas tant souhaité. Je consultai rapidement mes voisins les plus proches, incitant ceux qui étaient rasés (nous avions tous la barbe) à se décider. Avec ma manie de faire ce que les autres rechignent à faire en cas de nécessité, et surtout ne voulant pas voir le chef de camp rompre sa promesse d'un bon repas pour le proposer à une autre équipe, j'avoue que je n'ai pensé qu'à sauver ma peau. Comme j'étais chef d'équipe, je préférais l'amélioration d'un repas pour mon équipe aux regrets que j'aurais eus en voyant les autres manger à leur faim. Je levai donc la main avant qu'il ne s'en aille, en voyant déjà les " *cai bat* " pleines de riz. Pendant que je trouvais de quoi me raser, des camarades allaient avec le chef de camp pour écrire ce que je devais dire. Nous étions tous heureux à l'idée du bon repas qui nous attendait et tout était prétexte à plaisanterie; c'était un peu fou!

Les camarades sont revenus avec le papier et, à la lecture de cette déclaration, j'ai eu un mouvement de recul : je devais demander la mort de Georges " BIDOL " (Bidault) et de quelques autres dont je ne me souviens plus les noms. J'ai regardé chacun des camarades qui m'entouraient ; ils attendaient ma décision, voyant que je n'étais pas d'accord. J'ai posé le papier par terre. " *Je ne dirai jamais ça* ". Je leur déconseillai de le faire mais je les laissai libres. Après discussion – il y avait quand même le repas amélioré en jeu – ils sont allés revoir le chef de camp, ont ramené une seconde mouture et, après encore quelques modifications, j'ai accepté.

Le moment venu, nous avons été réunis en cercle avec les équipes de plusieurs camps qui avaient fait le déplacement. Il y avait des Sénégalais, des Nord-africains et, surprise, un cameraman : il s'agissait de Karmen, un cinéaste russe. Je croyais parler devant des camarades, ce que j'avais à dire étant alors sans importance ; mais devant une caméra, les choses prenaient une autre dimension. Peu importe, seul le repas amélioré comptait. J'étais si peu convaincu qu'il a fallu refaire la prise plusieurs fois.

J'ai eu la surprise, beaucoup plus tard, de me voir à la télévision au cours d'une émission sur l'Indochine que j'enregistrais. J'aurais aimé qu'il y ait eu le son. J'ai gardé le discours (quatre ou cinq lignes), écrit par le chef de camp. Mais l'important est que la promesse a été tenue par les Viets, et au-delà de nos espérances : nous avons eu deux jours complets de repas améliorés. Nous n'en croyions pas nos yeux, mais nous étions presque rassasiés. Nous étions heureux, la vie était belle, tout le monde souriait à tout le monde. L'avenir nous paraissait plein d'espoir ; cette fois, c'est sûr, on s'en sortirait.

Je pense que c'est le lendemain que les Viets ont réuni les équipes des camps pour nous faire défiler devant le cinéaste Karmen. Nous formions une longue colonne sur six ou huit rangs. C'est l'image qui paraît sur la couverture de plusieurs revues.

Le retour vers le Camp 42 s'est effectué dans de meilleures conditions, aux environs du 17 juillet. J'avais fait un mauvais calcul en croyant à une libération anticipée, et j'avais laissé un ami, Jean-Michel, le seul mort de l'expédition.

Quelques jours après notre retour, les prisonniers revenant des corvées extérieures nous racontèrent avec beaucoup de fébrilité que des arcs de triomphe en bambou, décorés de fleurs, étaient construits sur les chemins qu'ils empruntaient et que les Vietnamiens, joyeux, leur disaient que l'armistice était signé. Un immense espoir nous envahissait, nous n'osions y croire. C'est à cette période que j'ai eu les premiers signes de la dysenterie amibienne, et je savais à travers l'expérience de la mort des gars de l'équipe que le délai moyen de survie était de quinze à vingt jours après les premiers symptômes. L'espoir faisait place à l'angoisse. Si l'armistice était signé et que la libération se fasse dans le mois suivant, ça nous menait aux environs du 1er septembre; je ne tiendrais pas jusque là.

Le bienfait des deux jours de repas amélioré s'effondrait avec le moral. Tant qu'on n'a pas été en situation de mort prochaine, on ne peut pas savoir ce qu'on peut ressentir dans ces moments-là.

D'AUTRES ÉPREUVES

Au mois de juillet 1954, après la distribution du premier bol de riz, j'avais pris l'habitude de mettre ma " *cai bat* " de riz de côté, et je fumais un mégot de tabac ou je le chiquais, en tenant le plus longtemps possible pour me rapprocher un peu de la prochaine distribution. Je tenais environ une demi-heure avant de déguster chaque grain, longuement.

Un jour, j'avais fait cela et je m'étais un peu éloigné à l'autre bout de la baraque pour parler avec des camarades. Quand je suis revenu à ma place pour prendre ma " *cai bat* " de riz, elle avait disparu. Je regardais partout, je croyais à une blague, je l'espérais. Je demandai aux camarades: personne n'avait rien vu. Je regardai dessus, dessous, partout. Je voulais encore croire à une blague, je me promettais de punir le farceur. Plus le désespoir me gagnait, plus je remerciais par avance celui qui mettrait fin à cette très mauvaise farce; j'en arrivai à supplier de mettre fin à mon angoisse. Hélas, ce n'était pas une plaisanterie et les heures, les minutes allaient être longues jusqu'à la prochaine distribution.

Démoralisé, je rejoignis un endroit situé à environ cinq cents mètres du camp que je nommais le point " T ", comme tombeau. Là où j'avais commencé à creuser mon " trou ". Quand il y avait une tombe à creuser, les Viets nous confiaient des pelles et des pioches. Avant de les rendre, je me rendais à cet endroit que j'avais choisi au milieu des bambous, là où, à certaines heures, un rayon de soleil arrivait à percer les feuillages. Peu à peu j'avais creusé un trou qui, ce jour-là, avait environ un mètre de profondeur. Je me rendais très souvent à cet endroit pour rêver un peu. J'imaginais que j'étais affecté à Cuers ; je partais en permission avec une moto, les sacoches remplies de gâteaux-moka, un thermos de café au lait et, très souvent, je m'arrêtais sur le bord de la route en prenant mon temps. Je mettais une serviette par terre, je sortais un gros moka d'un carton, je le découpais avec lenteur. Je salivais copieusement et je reprenais la route pour m'arrêter un peu plus loin.

Je faisais des tas de rêves de ce genre, ayant tous rapport avec la nourriture et, ce jour-là, une fois de plus, je me suis traîné à mon point " T ". J'étais résigné, je n'avais plus envie de lutter. Le salaud qui m'avait volé ma boule de riz n'aurait même pas ma mort sur la conscience. C'était chacun pour soi, pour ceux qui n'avaient pas accès à la nourriture. Certains gars de mon équipe m'avaient fait remarquer la différence de comportement entre ceux qui vivaient sur leurs réserves physiques et les autres : nous, nous nous déplacions lentement, à l'économie.

Ce jour maudit, à mon point " T ", je méditais sur mon inconscience pour avoir quitté ma boule de riz des yeux, ce qui risquait d'avoir une conséquence fatale pour moi. Je réfléchissais intensément à une solution possible. Je savais qu'il restait des plaques de riz grillé à la cuisine. En écartant ou en cassant la cloison, il devait être possible d'en extraire un peu pour m'aider à attendre la deuxième distribution. J'eus un éclair : Jean Kéromnes, l'autre rescapé de l'équipage, était à la cuisine. Il était venu un jour me voir, ce qui m'avait évidemment fait très plaisir, d'autant plus qu'il avait les poches bourrées de plaques de riz. J'étais au milieu d'une dizaine de gars, parlant de nourriture bien sûr, et quand Jean avait déballé ses plaques de riz, je les avais distribuées à peu près équitablement aux gars qui étaient autour de moi, ne gardant à regret que la plus petite part pour moi.

Une deuxième fois, Jean m'avait fait venir à la cuisine. Il m'avait donné tout ce que je pouvais prendre. Les poches pleines, je m'étais précipité à mon point " T ", pour enfin donner de la consistance à mes rêves. Pendant longtemps, j'ai dégusté et enfin ce jour-là, grâce à lui, je n'ai plus eu faim le reste de la journée. Ce qui restait, je l'ai ramené à l'équipe pour le distribuer au hasard parce que le riz ne tenait pas la journée sans surir.

Une troisième fois, Jean Kéromnes m'avait encore fait venir à la cuisine. J'avais de nouveau rempli mes poches, heureux, heureux.

Mais une très mauvaise surprise, m'attendait dehors : un légionnaire yougoslave, chef d'une équipe, m'interpella : " *Carpentier, qu'est-ce que tu as dans les poches ?* ". Je restai cloué, figé sur place, ne sachant que faire. Un peu honteux, je retournai à la cuisine. Jean avait tout vu et entendu : il n'y aurait pas d'autres fois.

En sortant, je suis allé voir le légionnaire. Je ne pus m'empêcher de l'insulter. S'il avait été un peu plus malin, il m'aurait accosté calmement et nous aurions partagé ce butin inestimable ; et ceci peut-être plusieurs fois. J'étais furieux et je l'ai planté là. Je pense qu'il venait de comprendre sa maladresse, mais il était trop tard.

Évidemment, ma source alimentaire fut supprimée après ce " couac ". Mais, ce jour-là, je pensais qu'il pouvait, qu'il devait m'aider, par exemple en me sortant un peu de riz ; il y avait urgence. Un fol espoir me fit quitter mon point " T " pour rejoindre le camp. Je savais qu'après la distribution du riz aux équipes, l'ordre était rétabli à la cuisine et le ménage fait, puis les gars quittaient la cuisine. Après ce qui s'était passé, je ne pouvais pas aller à la cuisine pour y voir Jean. Je suis donc allé l'attendre sur le chemin qu'il devait prendre en quittant la cuisine. J'attendis plein d'espoir, la faim me tenaillait. Je me sentais fiévreux, j'avais mal partout mais je savais, je pensais, j'espérais que bientôt la faim allait cesser, enfin peut-être. Le temps m'a paru long ; je doutais. Enfin il sort. Je me redresse, il s'approche, il est à vingt mètres. Il m'a vu, j'en suis sûr, il faut que j'arrive à le convaincre, je n'en peux plus. Me voyant en détresse, hagard, il me demande ce qui m'arrive. Je lui raconte brièvement ce qui s'est passé, la disparition de ma boule de riz, mon désespoir, ma faim et ma faiblesse extrême. Il m'a semblé qu'il réfléchissait longuement, trop longuement à mon gré. Il me dit d'aller l'attendre un peu à l'écart du camp. Je suis impatient, je n'en peux plus, je sens mes dernières forces m'abandonner, je me laisse tomber contre un bambou. Cette fois, c'est fini.

Je pense que Jean avait dû être mortifié par l'intervention du Yougoslave et qu'il devait prendre de grandes précautions pour ne plus se trouver dans la même situation.

Enfin arrivé, il s'est fait aider pour me ramener à l'équipe. Il avait pu me rapporter un morceau de plaque de riz grillé que j'ai dégusté avec lenteur. J'ai dû avoir une forte fièvre. Jean Ségalen est venu me voir également, c'était un marin infirmier qui était affecté à Dien Bien Phu. Il me réconforta ; nous avons parlé longuement, contrairement à son habitude; il me parla de lui, de sa vie, de sa famille. Je repris un peu goût à la vie. Jean Ségalen était un gars un peu taciturne, parlant peu et, quand je lui ai annoncé que j'avais la dysenterie amibienne, il m'a simplement dit de l'attendre. Quelques minutes après, il est revenu avec des gélules de sulfamide. Il m'a tiré d'un très mauvais pas ce jour-là.

J'attends avec impatience la deuxième boule de riz mais, comme d'habitude, je suis allé chercher la " *tite soupe* ", réservée à trois malades de l'équipe et servie à l'infirmerie avant la boule de riz normale. Cette petite soupe est constituée de mélasse, avec parfois une banane. Je revins donc à l'équipe avec mes trois " *cai bat* " de mélasse et, en chemin, la faim me tenaillant, j'aspirai un peu de mélasse, et puis encore un peu, je n'arrivai pas à me raisonner; j'avais honte mais je vidai presque complètement une ration. J'ai réalisé brusquement ce que je venais de faire. Je rallongeai le parcours pour réfléchir et, à court d'idée, complètement bloqué, j'arrivai à l'équipe. J'ai donné les deux " *cai bat* " auxquelles je n'avais pas touché et j'arrivai devant Robert Ribardière, ne sachant que dire. À ce moment se produisit l'impensable, l'inespéré, le miracle. Ribardière se redressa légèrement – comme il était maigre – et me dit : " *Je n'ai plus envie de ma mélasse ; si tu veux, tu la prends et tu me donneras un peu de riz de ta ration tout à l'heure* ". Je restai sans voix; je n'osai pas y croire. Bien sûr que j'étais d'accord ! Je lui ai donné, ce jour-là bien sûr mais aussi les jours suivants, un peu de riz à chaque repas, pour me racheter.

C'est quelques jours après que j'ai connu une expérience peu ragoûtante mais que je ressentais comme vitale. Après la dégustation de la boule de riz, j'ai eu envie de vomir. Je me suis écarté de l'équipe et j'ai rendu dans ma " *cai bat* ". Un peu après, quand je me suis senti mieux, j'ai dégusté cette " *pâtée prédigérée* " qui, cette fois, est restée en place. Cette expérience s'est renouvelée une autre fois, mais ce n'était pas un régal. Seul le résultat comptait : ne pas perdre une seule boule de riz, pour survivre.

Vers la fin juillet 1954, j'ai pu " *bénéficier* " d'une série de piqûres d'émétine pour combattre la dysenterie amibienne. Mais, au lieu d'avoir une piqûre par cinq kilos de poids (je devais faire à ce moment 45 kg) ce qui aurait fait dix piqûres environ, j'en ai eu deux par jour pendant onze jours, soit vingt-deux piqûres. De plus, c'était un produit local, non purifié. Je pense que ça a contribué à balancer pas mal de neurones par-dessus bord.

Un fait que je me reproche, c'est d'avoir trop tenu compte de ce que m'indiquait ma liste de corvées. Bien sûr j'y allais très souvent, et également un noyau de volontaires quasi permanent qui avaient compris l'importance du mouvement pour ne pas se laisser aller et aboutir à l'infirmerie-mouroir. Mais pour d'autres, il fallait pousser une gueulante pour qu'ils ne restent pas toujours allongés.

C'était le cas, entre autres, d'un gars très sympathique mais qui, au moment des corvées, était toujours usé. Ses croix sur ma liste, indiquant les corvées qu'il avait effectuées, même les moins fatigantes, étaient très peu nombreuses ; alors que pour d'autres gars, j'avais dû ajouter des listes annexes.

Un après-midi, à l'heure des corvées, je n'ai rien voulu savoir des protestations de ce gars qui préférait rester couché. C'était huit jours environ avant qu'on quitte le camp pour être libéré, je l'ai un peu rudoyé et il est allé chercher son paquet de bambous (la plus petite corvée). Je pouvais ajouter une croix en face de son nom ; mais je n'avais pas à être fier.

Ce gars est mort pendant le trajet qui l'emmenait vers la libération sur le radeau. Remords...

L'HORREUR

Une autre terrible épreuve s'est produite, début août 1954. Cette épreuve m'a profondément marqué. En accord avec le reste de l'équipe, nous étions trois à nous occuper du creusement des tombes. En compensation, nous ne faisions pas d'autres corvées, ce qui arrangeait tout le monde. Il y avait un légionnaire, un " vieux " de plus de quarante ans, et un parachutiste d'une trentaine d'années.

Il n'y avait pas de morts tous les jours mais creuser la terre alors que nous étions faibles, malades, fiévreux, dysentériques était quand même très pénible. Au début, les Viets restaient avec nous jusqu'au recouvrement pour s'assurer que nous creusions assez profondément. Par la suite, ils nous laissaient avec les pelles et les pioches, ce qui me permettait, avant de rendre les outils, de creuser petit à petit mon trou... avec cependant l'espoir de ne jamais l'utiliser. J'avais fait voir mon point " T " aux deux autres, qui m'avaient promis au cas où...

Après quelques trous, nous avions décidé de ne creuser qu'à un mètre, de mettre deux corps par trou et, en attendant le deuxième corps, nous mettions un " *cai phen* " (bambou tressé) sur le trou, recouvert d'un peu de terre. Nous économisions ainsi beaucoup de peine et de fatigue. Mais il y eut quelques jours de pluie et les corps sont remontés légèrement ; une forte odeur s'est répandue. Les Viets s'en sont vite aperçus et, comme j'étais le chef de l'équipe, j'ai eu droit à un sermon très sévère et j'ai été mis dans l'obligation de " *réparer* ". C'était vraiment l'horreur parce qu'il fallait creuser environ huit ou dix trous, cette fois à 1,80 m, puis déterrer les corps pour les remettre dans ces trous. Je me sentais responsable parce que j'étais à l'origine de cette très mauvaise idée. Nous avons découpé un de nos pantalons pour en faire des masques pour l'odeur, mais c'était inutile. Certains corps étaient en terre depuis un mois environ, c'était l'horreur.

Mes deux camarades étaient plus aguerris que moi, je n'avais que vingt-trois ans et je n'avais pas leur expérience de la guerre. Si la moustiquaire qui servait de linceul était encore solide, nous traînions le corps jusqu'au nouveau trou ; sinon nous mettions les morceaux ou les membres sur des " *cai phen* " pour les traîner. Je ne pouvais pas m'occuper des têtes. Cela m'était impossible. C'était un véritable cauchemar le jour, et la nuit pendant le sommeil. Mes deux camarades, bien que plus solides, m'ont confié qu'eux aussi faisaient des cauchemars la nuit. Cette détresse et l'angoisse de cette mort palpable, il faut les avoir connues pour savoir.

Je m'épuisais en creusant pour en terminer au plus vite, me sentant responsable et coupable de cette bêtise.

Un jour, j'ai eu l'idée, pour éviter le transport des corps, de creuser un trou à vingt ou trente centimètres d'une tombe à transférer. Je pelletais le dernier. J'étais au fond du trou quand le corps qui se trouvait dans le trou d'à côté, à hauteur de mes épaules, a " *dégouliné* " lentement comme une coulée de lave. Je n'ai pas eu le réflexe de sortir du trou rapidement. J'étais cloué sur place par ce qui me tombait dessus, cette bouillie de terre, de chair, d'asticots. Mes deux camarades m'ont tendu un bambou pour me tirer de là, sans me toucher. Cette odeur ! Je me suis précipité vers le cours d'eau en bas du camp, mais j'ai gardé cette odeur sur moi jusqu'à la libération. Et après, me semble-t-il. Un gars m'a échangé sa timbale de savon à barbe contre du tabac. Tout le savon à barbe y est passé mais il me semblait que j'empestais toujours autant, bien que les camarades m'affirmaient le contraire.

Cette épreuve, succédant aux autres, m'avait entièrement vidé ; mes moyens physiques étaient devenus insignifiants. Je ne percevais aucune lueur d'espoir, le paysage était d'une tristesse infinie, en noir et noir. J'étais partagé entre le désir de m'en sortir, de quitter ce mouroir pour rejoindre le monde des vivants à coup sûr, et l'envie de me laisser " *couler* " pour ne plus avoir faim, ne plus sentir mes boyaux se tordre, ne plus espérer sans espoir, ne plus lutter, en finir.

Cette expérience de la mort au quotidien marque l'esprit et l'âme d'une façon indélébile, et cette succession d'épreuves rend sensible à la pitié, à la bienveillance, mais exclut toute indulgence pour certaines " *petitesses* ".

C'est pénible à vivre.

Voilà.

LÀ-HAUT

J'écris ce complément avec l'espoir de faire comprendre que certains détails ont pu provoquer de véritables traumatismes. Les premiers transferts de corps auraient dû nous apporter une certaine accoutumance mais chaque tombe apportait son lot d'épreuves qui nous amenaient au bord de la folie. Il me revient en mémoire une succession de faits. Je veux en parler pour " *extirper* " mes souvenirs. Pour la première opération, nous avons choisi la tombe la plus récente, où il y avait deux corps pour savoir ce qui nous attendait. Avec le parachutiste, nous avons découvert les corps en retirant, à l'aide de nos pelles et de nos pioches, la terre qui les recouvrait, et le légionnaire a achevé de les dégager afin que nous les sortions du trou. J'appréhendais de regarder, mais j'ai vu que ces corps étaient encore en assez bon état. Nous les avons sortis avec les moustiquaires et nous les avons traînés jusqu'à leur nouvelle tombe plus profonde. Nous étions soulagés par cette opération et nous avons convaincu les gardes viet de mettre deux autres corps dans ce trou. Dans cette attente, nous l'avons recouvert d'un bambou tressé avec un peu de terre.

Le lendemain matin, nous avons choisi une autre tombe au hasard. Je n'avais plus l'appréhension de la veille, mais mes deux camarades m'ont dit qu'il fallait s'attendre au pire pour les tombes les plus anciennes. Effectivement, pour ce deuxième trou, j'ai découpé le bas de mon pantalon pour nous confectionner des masques à cause de l'odeur, mais c'était totalement inefficace. C'est à un des trous suivants que nous avons eu des difficultés pour dégager et sortir les corps; la décomposition était très avancée.

Les Viets qui nous surveillaient de loin, dos au vent, sont allés chercher deux masques, ceux qu'ils avaient à Dien Bien Phu. Ces masques étaient plus efficaces que nos bas de pantalon, mais l'odeur était si forte... Ils nous ont donné deux fourches courtes à dents larges et pointues. Ces fourches nous ont été d'une grande utilité, non seulement pour extraire les corps mais également pour creuser les trous. Elles étaient plus maniables que les pioches.

La première fois que nous avons utilisé les fourches, je m'étais mis avec le légionnaire pour effectuer l'extraction du corps de part et d'autre du trou. Je n'étais pas très sûr de moi, mais lui non plus. J'ai attendu de voir comment il s'y prenait. Il a essayé à plusieurs reprises, sans doute avec beaucoup de réticence parce qu'il n'arrivait pas à faire rentrer la fourche dans le corps au niveau des côtes. Il a alors pris quelque chose, un caillou ou autre chose, pour taper sur le manche et la fourche est alors rentrée complètement. Je ne me sentais pas pouvoir le faire; j'étais désemparé mais il fallait faire face et je me disais que la première fois étant passée, ça irait sans doute mieux après. Il a compris que, ce jour-là, je ne pourrais pas le faire; il est donc venu à ma place et la fourche, cette fois, est entrée facilement. Nous avons soulevé le corps et l'avons déposé sur un *cai phen* pour le traîner.

Pour le deuxième corps, le parachutiste a pris ma place; je n'en pouvais plus. Je n'étais pas endurci comme eux, mais ils m'ont avoué qu'eux aussi vivaient très mal ces moments. Quelquefois, un gars connaissant nos difficultés venait nous aider, uniquement pour creuser les trous; c'était déjà beaucoup. Mais il repartait avant le transfert des corps. Un Allemand est venu deux jours de suite. Il nous a bien aidés, mais il partait avant le transfert des corps. Il est vrai que nous étions dans l'ambiance et n'avions plus à assimiler l'odeur, la vue, l'émotion, la nausée.

Les gardes viet qui voyaient ce que nous faisions ressentaient notre désespoir. Ils nous ont procuré d'autres masques et surtout, voyant les difficultés que nous avions pour sortir les corps, nous ont procuré deux binettes solides à dents larges pour extraire plus facilement les squelettes. Nous finissions à la pelle dans des bassines.

Au fil des jours, nous ne réagissions plus à rien. Nous restions ensemble sans parler. Tous les jours, les Viets nous apportaient quelques morceaux de plaques de riz grillé et des cigarettes. Une certaine complicité s'était faite entre eux et nous. Quand nous nous reposions un peu, ils venaient s'asseoir à côté de nous. Le parachutiste, qui semblait assez bien parler le vietnamien, servait d'interprète.

L'idée de ne pas enterrer les corps plus profond étant de moi, je me dépensais sans compter, ayant peur que mes deux camarades n'abandonnent. Sans eux, je ne voyais pas de solution ; aussi, je servais de locomotive, mais une bien fragile locomotive. Ils avaient conscience de mes limites. Je commençais, mais ce sont eux qui bien souvent terminaient.

Une des dernières tombes a été particulièrement éprouvante. La seule, dans laquelle il y avait trois corps. Le dernier corps était comme collé au fond, nous n'arrivions pas à le soulever à nous trois. La pluie et le reste avaient soudé le corps sur le fond. Le légionnaire a abandonné le premier. Il s'est éloigné de quelques mètres pour s'appuyer sur un bambou ; il a craqué, il sanglotait. J'étais inquiet, j'avais peur que le parachutiste craque à son tour. J'étais désemparé. Il planait comme un vent de folie. J'étais écartelé entre l'obligation de faire, de terminer et l'envie très forte d'arrêter, quelles que soient les conséquences. C'est un engagement que nous avions pris (suppression des corvées contre creusement de tombes) mais la dérive, par ma faute, faisait que la tâche paraissait insurmontable et devenait horrible.

Je me suis retrouvé au camp sans me rendre compte que j'avais abandonné mes camarades, là-haut. Je n'avais pas assisté à la distribution de riz comme je le faisais habituellement. Je n'étais pas passé par la rivière pour me laver et tenter d'atténuer l'odeur que nous dégagions. Mes deux camarades sont redescendus après moi. Nous ne nous sommes pas parlé ; juste un toucher de main, un bras autour du cou, une main sur l'épaule. Nous n'avions pas besoin de parler. Nous savions qu'il serait difficile de remonter là-haut. Nos yeux fous ne traduisaient que notre désespoir, notre détresse profonde.

Je m'allongeai en prenant la décision de ne plus aller " *là-haut* " (le cimetière était le point le plus haut du camp). J'imaginais que ma mère me prenait dans ses bras et me berçait doucement ; elle me caressait le visage. Comme après une tempête, une tornade, tout est devenu calme. Je me suis endormi pour me réveiller, le lendemain matin, décidé à continuer cette macabre épreuve. Le plus dur était d'arriver au point où nous en étions. Nous avions pu nous habituer au spectacle des premiers corps et, pire encore, des suivants déformés par la vermine. Quant à l'odeur, nous en étions tellement imprégnés qu'elle ne nous dérangeait plus. Si d'autres nous relevaient, il leur faudrait franchir toutes ces étapes que nous avions déjà parcourues en éliminant les répulsions. Nous avions franchi la moitié de ce qui était quand même une incroyable épreuve. Le pire pour moi restait les têtes quand elles ne tenaient plus au corps ; mes camarades le savaient, ils s'en occupaient.

Pendant certaines manipulations de corps, il se produisait quelquefois des bruits par en haut ou par en bas. Ça nous faisait sourire tristement. C'est justement ce jour-là, en arrivant " *là-haut* ", que j'ai eu cette idée de creuser un trou à côté de la tombe à transférer. Mes camarades ont trouvé l'idée bonne mais, quand le trou a été creusé, le problème restait entier ; il fallait sortir le corps collé au fond. Un camarade a eu l'idée de creuser un canal rejoignant les deux trous. L'ensemble des deux idées nous a fortement facilité l'épreuve par la suite jusqu'au jour où, creusant trop près, la tombe à transférer m'est tombée dessus comme je l'ai déjà raconté.

Enfin, le dernier jour est arrivé. Nous avions hâte de terminer. Malgré la dizaine de tombes et les dix-huit corps manipulés, nous n'étions pas parvenus à nous habituer à l'horreur. Nous avons très mal vécu cette série d'épreuves. Ces morts n'étaient pas des inconnus pour nous, et nous pouvions nous imaginer à leur place si la libération tardait.

Rien ne pourrait plus jamais être comme avant, nous en avions conscience. Ces jours que nous venions de vivre nous avaient anéantis, brisés. Enfin, nous avons quitté le Camp 42 pour un camp de regroupement en vue de la libération. Dans ce camp, quand il nous arrivait de nous rencontrer, nous ne nous parlions pas ; nous prenions une main que nous ne voulions pas lâcher, et nos regards étaient plus que des mots. En chacun d'entre nous, il y avait des images que nous n'arriverons jamais à évacuer. Nous avions pris des dizaines d'années en quelques jours ; chacun d'entre nous voulait garder son propre fardeau.

Nous échangions quelques friandises que nous avions pu nous procurer dans le commerce local, et nous nous séparions toujours sans parler avec un sourire entendu mais triste, triste.

Ça aussi, j'avais besoin de l'écrire et ça va mieux. Vraiment mieux, grâce aussi à Josette. J'espère qu'eux aussi ont rencontré une Josette.

LA LIBÉRATION

Le 24 juillet 1954, nous savions par des camarades revenant de corvée extérieure que quelque chose avait été signé : armistice, paix ? Peu importe l'appellation si ça menait à la libération. Le chef de camp, pendant quelques jours, ne nous dit rien à ce propos.

Les réunions d'endoctrinement avaient lieu tous les jours avec des slogans plus percutants, des questions impliquant des réponses nous engageant davantage. Les chefs d'équipe devaient être le reflet des gars de leur groupe. Le jeu consistait à lui faire croire que nous étions dignes d'être libérés pour porter la " *bonne parole* " sans basculer dans la trahison. S'il ne nous jugeait pas digne d'être libérés, personne ne viendrait nous chercher dans ce coin perdu. De plus, la plupart d'entre nous, complètement décharnés, avait piteuse allure. Ils n'oseraient peut-être pas nous libérer dans cet état.

Comment le convaincre que cela n'avait pas d'importance. Je passais facilement de l'enthousiasme au désespoir le plus noir. À l'équipe, nous nous réunissions pour en parler, et ça nous faisait du bien parce que les optimistes finissaient toujours par trouver des arguments dans le sens désiré.

Quelques jours plus tard, le chef de camp nous annonça officiellement que l'armistice était signé. Il a donné, à chaque chef d'équipe, une feuille sur laquelle il y avait la liste des gars en nous demandant de mettre une croix en face de ceux qui devaient être libérés en premier. J'ai bien coché les noms de ceux qui me paraissaient le plus mal en point et, à la porte de sa baraque, je confesse que j'ai fait une croix en face de mon nom. Ce sentiment de culpabilité, j'ai voulu l'effacer immédiatement mais, en barrant cette croix de la honte, elle me paraissait encore plus grosse. Je me sentais indigne, misérable. Ce sentiment n'a pas totalement disparu, c'est un problème entre moi et moi.

Quelques jours après, le chef de camp nous prévient que le départ pour la libération aura lieu le lendemain matin. Les plus faibles seront transportés par radeaux ; les moins faibles partiront par la route, à pied. Curieusement, il n'y a pas eu de manifestations de joie.

Des gars continuaient à mourir et, inconsciemment, nous économisions le peu de forces qui nous restait. Je ne me souviens plus du temps mis pour arriver au camp de regroupement à Viet Tri.

Il y régnait une ambiance de kermesse. Des civils y avaient installé des échoppes où nous pouvions acheter des bananes et des friandises. Des gars de Dien Bien Phu avaient pu garder des piastres légales qu'ils pouvaient échanger contre des piastres Vietminh. J'ai vendu ma combinaison de vol, j'ai pu acheter ces choses qui nous faisaient tant envie, que j'ai partagées avec Jean Kéromnes et Jean Ségalen.

Notre court séjour dans ce camp de regroupement a été désastreux pour beaucoup d'entre nous. La nourriture était suffisante, mais constituée de lard et de mélasse très sucrée accentuant encore la dysenterie chez ceux qui l'avaient.

J'étais tellement faible que la libération, peut-être proche, me laissait indifférent. Le soutien de Jean Kéromnes, de Ségalen et de Boni m'a été d'un grand secours. Enfin, le 18 août 1954, le chef de camp a fait l'appel des premiers libérés qui se sont dirigés vers un ponton à un kilomètre de là, où les attendaient des bateaux français. Quand j'ai vu le premier groupe partir, je me suis tourné vers Ribadière, Ledogar et ceux qui restaient; là, mon indifférence s'est transformée en angoisse. Ceux qui venaient de partir étaient ceux qui avaient bonne apparence; alors que nous, qui restions, étions en piteux état physique. Et si les Viets décidaient de nous garder pour nous retaper, pour soigner leur propagande! Quand les moyens physiques sont insignifiants, le moral suit la courbe, et le tout était très bas.

Les Viets ont su jusqu'au bout nous amener à nous révolter contre les nôtres. Quand enfin ils nous ont réunis sur le ponton, ils nous ont remis à chacun un paquet de cigarettes et un petit insigne: une colombe de la paix. Un bateau croisait au large sans accoster, nous ne comprenions pas pourquoi. Nous étions fébriles et tremblants sur nos jambes. Des Viets jouaient du violon en chantant. Après une longue attente, un responsable viet est venu nous dire que les nôtres ne voulaient plus de nous parce que nous avions démérité. Si près de la libération, nous étions prêts à tout croire, à tout condamner. Je ne trouve pas de mots assez forts pour expliquer notre état d'esprit: révolte, découragement, résignation. Quelques-uns d'entre nous crient des injures vers les marins qui, en vérité, ne pouvaient pas accoster à cause du courant trop fort. Je me laisse tomber par terre, quelques autres font comme moi, les Viets veulent nous faire relever mais personne ne bouge, et quand les Viets nous reprennent les cigarettes qui représentaient notre billet d'embarquement, c'est l'accablement. La déception est cruelle, le moral de tout le monde en a pris un sérieux coup. Beaucoup ne survivraient pas à une nouvelle nuit chez les Viets. Les Viets nous font revenir vers l'arrière. Deux gars sont morts à ce moment : un sur le quai, nous l'avons ramené avec nous au camp, et l'autre sur le trajet du retour. Des prisonniers, aidés par les Viets, les ont enterrés. C'est le désespoir qui les a tués.

Nous sommes tous déprimés. Tout à l'heure, nous les voyions bien les marins sur le bateau. Nous leur faisions signe, mais ils ne répondaient pas ou alors mollement nous semblait-il. C'était peut-être vrai qu'on ne voulait plus de nous. En ce qui me concerne, je suis totalement à la dérive. La fièvre a fait place à la joie d'être libéré. Je me laisse vraiment aller dans tous les sens. Je baisse pantalon à deux pas de la baraque, et je revois les gars qui faisaient ça avant de mourir. Comme eux, je m'en fiche totalement. Personne ne parle. Nous ne nous regardons pas, nous ne voulons pas voir plus de détresse qu'en nous-mêmes…

Longtemps, très longtemps après, en fin d'après-midi, un Viet revient du quai : " *Rassemblement maolen* ". L'espoir revient au galop. Estompée la fièvre, oubliée la dysenterie ; enfin presque… La redistribution des cigarettes met des ailes à tout le monde. Nous passons de l'état de moribonds à un état débordant d'enthousiasme en quelques minutes. Nous arrivons au débarcadère plus rapidement que nous ne sommes partis, deux heures auparavant. Un bateau est amarré, la porte abaissée. Des Viets jouent du violon et chantent. D'autres nous serrent la main avant notre embarquement.

Nous montons à bord, lentement, très lentement, de peur d'épuiser les dernières, toutes dernières forces qui nous restent. Un gars très faible est installé sur une civière. Une jeune infirmière lui soulève la tête pour l'aider à boire, et il meurt brusquement. Un autre s'est affaissé en montant à bord ; les marins l'aident à aller au fond. Il mourra avant d'arriver à Hanoï, si près du but. L'un de nous aura cette réflexion : eux, au moins, sont morts du bon côté.

Nous arrivons très tard à Hanoï, il fait nuit. Une réception nous accueille : visite médicale rapide, poignée de main du général Cogny à chacun d'entre nous. Un capitaine de corvette est venu pour les marins mais, comme je suis le seul, il me propose d'aller avec un aviateur libéré lui aussi : Tessier. En arrivant au mess de l'aviation, accueil chaleureux, amical, il doit être environ vingt-trois heures. Les gars nous entourent, nous questionnent mais moi je n'en peux plus, je suis très fatigué et je réalise seulement à ce moment que nous sommes libres ! Le cuisinier nous prépare notre rêve : un *beefsteak* énorme et des frites. Je m'oblige à manger un peu de viande malgré ma répugnance. Puis enfin nous allons nous coucher : matelas, draps, le luxe. Au milieu de la nuit, je délire, des gars en blouse blanche m'entourent avec des seringues, je perds conscience. Le lendemain, j'ai appris que l'excès de nourriture, après une dénutrition sévère, pouvait être grave. J'ai passé quelques jours avec mon camarade aviateur dans cette base dont je ne me rappelle pas le nom. L'aviation a été formidable : pour résoudre le problème d'horaires, ils nous ont tout simplement confié la clé de la " *cambuse* ", où se trouvaient les fruits, le lait concentré etc...

Quelques jours après, j'ai été questionné par deux membres de la sûreté navale, pas très aimables. Je sentais peut-être encore le cadavre ! Quand je leur ai dit que j'avais fait un petit discours devant mes camarades pour avoir un repas amélioré... " *Hum, pour si peu, vous avez fait ça !* ". Ils ne pouvaient pas comprendre.

Après un séjour à Dalat, j'ai été transféré à Saïgon jusqu'à mon retour en France, début novembre 1954. Mais j'étais très faible. Je ne pouvais comparer mon état de santé avec d'autres puisque j'étais seul, mais ça devait être pareil pour les autres. J'ai été reçu magnifiquement par les camarades de la flottille à la base, mais quelque chose s'était brisé en moi. J'accrochais un sourire sur mon visage, mais j'étais ailleurs. Je n'arrivais pas à oublier. C'était, et c'est toujours, très pénible pour moi et mon entourage. C'est d'ailleurs pareil pour la plupart d'entre nous. Je n'arrive pas à me hisser ou m'abaisser au niveau des gens dits normaux. Ça arrive quelquefois et, comme si quelque chose m'attirait, je reprends mon niveau, excepté cependant avec ceux qui ont " *connu* ". J'étais tellement " *hors circuit* " que je n'ai même pas eu l'idée d'aller voir le commandant et les officiers de la flottille. J'ai pris conscience de cette erreur quand Kéromnes, longtemps après, m'a raconté sa réception à la flottille. Dans l'état où j'étais, il aurait fallu me prendre par la main ou le bras, et me dire ce que je devais faire. J'aimerais croire qu'ils l'ont compris et ne m'en ont pas voulu.

Début novembre, je quittais Saïgon par avion avec une certaine nostalgie. Arrivée à Marseille, puis Amiens où je retrouvais mes parents et mon frère avec émotion, mais toujours cette multitude de problèmes dont je ne voulais et ne pouvais parler à personne.

Voilà.

LES CONSÉQUENCES DE LA QUESTION

Après la libération j'ai connu des situations humiliantes, incompréhensibles, révoltantes. Après Viet Tri, on m'envoya en repos à Haïphong, puis à Dalat, enfin à Saïgon en attendant de rejoindre la France. À cause des pluies, les cours d'eau étaient devenus trop rapides. Les bateaux chargés de nous embarquer à Viet Tri n'avaient pu aborder que très tard et nous sommes arrivés de nuit dans une infirmerie française. Le bilan médical a été rapide, et forcément incomplet. Quand j'ai évoqué mon problème de testicule, on m'a conseillé de me rendre dans un hôpital dès que possible.

C'est à Saïgon que j'ai fait la connaissance d'une Vietnamienne. J'étais encore très faible mais, à vingt-trois ans, les hormones sont exigeantes. Je souffrais toujours de ce testicule et un eczéma avait envahi les parties génitales. Je soulageais le mal avec du synthol. J'hésitai à me dévêtir tant j'étais maigre. Quand j'ai enlevé ma chemise, j'ai vu l'effroi et la pitié dans les yeux de la jeune fille.

Au moment de la " *conclusion* ", j'ai ressenti une forte douleur dans le bas ventre, surtout dans les testicules, et un peu de sang s'est écoulé. Je regardai, abasourdi, hébété. La jeune fille me reprocha de ne pas lui avoir dit que j'étais malade. Je la rassurai du mieux possible, et je partis aussitôt à l'hôpital militaire en pousse-pousse. C'est là que j'ai connu ma première humiliation. C'était l'heure de la sieste. Un quartier-maître infirmier m'a reçu. Je lui ai expliqué ce qui venait de m'arriver. Il est allé voir le médecin de garde, qui faisait la sieste dans la pièce à côté. De très mauvaise humeur, il lui a répondu : " *Il n'a qu'à mettre une serviette* ". L'infirmier s'est tourné vers moi en écartant les bras : " *Voilà!* ". Je n'avais ni le moral, ni la force de convaincre, d'expliquer. Une révolte impuissante m'envahissait, elle me poussait à haïr ce comportement. Les mines viet commençaient à sauter, et ce n'était pas de ma faute.

Je retournai vers la jeune fille qui me conduisit chez un médecin vietnamien. Elle m'accompagna dans son cabinet pour savoir quelle maladie j'avais et, à eux, j'expliquai ce qui m'était arrivé.

Contrairement aux autres, ils m'ont écouté avec beaucoup d'attention et de compassion. Ce médecin m'a donné quelques onguents qui m'ont un peu soulagé. La jeune fille, rassurée, m'a ramené chez elle où elle m'a gardé jusqu'à mon départ en France. Elle a été d'une gentillesse extrême, mais je n'ai plus tenté d'expérience sexuelle.

La seconde expérience, qui s'est bien terminée, s'est produite à Amiens où je passais mes permissions. J'avais fait la connaissance de trois anciens combattants d'Indochine et nous nous entendions à merveille. La fiancée de l'un d'eux avait des amies. Bientôt, nous avons formé quatre couples et nous sortions régulièrement. Les deux autres ont rapidement conclu ; moi, j'appréhendais et j'inventais des tas de prétextes. C'est devenu rapidement louche et, petit à petit, j'ai été exclu de la bande jusqu'au jour où, passant devant le bar qui était notre lieu de rendez-vous habituel, deux de notre bande étaient à la terrasse.

J'ai vu qu'ils faisaient un effort pour m'inviter ; ça m'a fait de la peine. Comme il faisait chaud, j'ai enlevé ma gabardine et ils ont découvert mes décorations, qu'ils n'avaient jamais vues. Pour répondre à leurs questions, je leur ai appris que l'avion sur lequel je me trouvais avait été abattu le jour de la chute de Dien Bien Phu, que six membres de l'équipage étaient morts dans l'avion, qu'un autre avait été tué en arrivant au sol, que j'étais l'un des deux rescapés, que, sur les 400 gars du convoi 42, seulement 60 avaient été libérés, et que 340 étaient donc morts en 3 mois. Je leur ai raconté l'interrogatoire, les conséquences du traumatisme, de la torture du testicule notamment. Je ne leur avais jamais dit tout ça, et un voile semblait s'être déchiré. Une réunion devait avoir lieu le soir même chez les parents de l'un d'eux. Ayant été mis à l'écart depuis quelques temps, je fus très heureux d'accepter leur invitation. En plus des connaissances habituelles, il y avait une pharmacienne qui a été déterminante pour mon avenir.

La soirée a été magnifique. Je n'étais plus " *l'anormal sans raison* ". Très rapidement, la pharmacienne et la fiancée d'un autre camarade, qui était infirmière, m'ont obtenu un rendez-vous auprès d'un professeur de l'hôpital d'Amiens. Je lui ai raconté brièvement mon histoire ; il m'a ausculté, et il a contacté un de ses confrères à Lille par téléphone. Puis il m'a donné quelques conseils, et d'autres à la pharmacienne qui a contribué à ma rééducation dans ce domaine. Je devais m'astreindre à une " *mise en condition* " progressive pendant vingt minutes environ avant " *la conclusion* ". Si je dérogeais à ce

" *processus* ", la douleur fulgurante me rappelait à l'ordre, avec quelquefois un léger écoulement de sang, et ensuite un long temps d'appréhension.

Arrivé à Toulon, en rentrant de permission, je me suis présenté à l'hôpital Sainte Anne et là, ne voulant pas dire à l'entrée les raisons de la visite, j'ai été dirigé vers un médecin qui, après avoir écouté distraitement les motifs de cette visite – je le sentais agacé, il se curait le nez – m'a conseillé de m'abstenir… Je suis parti sans dire un mot, écœuré, de plus en plus persuadé que les Viets avaient raison quand ils nous disaient, pendant leurs conférences politiques aux fins de lavage de cerveau, que nos ennemis, ce n'étaient pas eux, les Viets, mais qu'ils se trouvaient dans notre pays, chez nous.

Quand j'ai fait la connaissance de Josette en juin 1955, à Trans, en Provence, j'ai tout de suite été attiré par sa douceur, sa voix chaude, sa façon de regarder avec tendresse. J'étais sous le charme, je me sentais irrésistiblement attiré, mais ce problème me minait. Je décidai de me taire, égoïstement. Je voulais ignorer mon problème. J'avais tenté quelques expériences. Si je tenais un temps minimum de vingt minutes environ, un peu de liquide séminal s'écoulait, quelquefois avec un peu de sang, et sans douleur, mais si je ne respectais pas le temps de " *mise en condition* ", c'était douloureux et, début 56, plus rien ne s'écoulait. Je ne savais à qui en parler et je n'avais d'ailleurs envie d'en parler à personne. Les expériences passées m'avaient décidé à garder le silence. Plus le temps passait et plus je m'attachais à Josette. Elle m'apportait tout ce qui m'apaisait, me faisait oublier, me rendait heureux. Ça n'a pas changé depuis et il s'est même ajouté une tendresse infinie. Mais ce problème, je ne pouvais pas ne pas lui en parler. Il faudrait bien un jour le faire.

Le hasard, les événements ont précipité les choses. J'ai été désigné pour faire un cours de moniteur de Link Trainer à Agadir le 10 mai 1956, pour deux mois environ et, la veille de mon départ, nous nous sommes retrouvés à Valescure comme d'habitude. Je nous ai mis dos à dos pour ne pas affronter son doux regard. Je lui ai demandé si elle aimerait vivre toujours avec moi. Je me souviens qu'elle m'a répondu en me serrant fort les mains. Après un silence, je lui ai dit qu'il y avait une condition qu'il fallait absolument respecter : quand j'aurai fini de parler, il fallait qu'elle ne donne pas sa réponse et qu'elle rentre aussitôt de son côté, moi du mien. Ayant obtenu sa promesse, je lui demandai si elle souhaitait avoir des enfants : " *Oh oui, bien sûr* ".

Le plus dur restait à faire. Je lui ai dit tout simplement qu'après quelques mauvais traitements des Viets, j'étais devenu stérile. Malgré la promesse, elle a tenu à me donner sa réponse immédiatement et nous nous sommes enlacés tendrement. Cependant mon départ le lendemain, pour deux mois, nous obligeait à la réflexion et la réponse de Josette, qu'elle me confirmait presque tous les jours dans ses lettres, a été celle que j'espérais de tout mon cœur. Elle acceptait de ne pas avoir d'enfant.

Nous avons fait notre deuil d'une vie de famille comme tout le monde, mais l'amour réciproque n'en a été que plus fort. Nous n'en avons jamais dit un mot à personne. Voici trois ans environ, j'en ai parlé à un chirurgien avant une opération qui devait approcher un peu le secteur sensible et à un autre, il y a quelques mois, pour les mêmes raisons.

Voilà.

Néanmoins, un ou des enfants ont manqué à notre bonheur.

***

CAMP 113

Georges GRIMALDI

Écrire mes souvenirs de captivité. Si c'est un devoir, alors par devoir je le fais. Mais qui va comprendre mes souffrances ? Mes camarades de misère, qui les ont vécues comme moi. Ceux de l'ANAPI et plus particulièrement ceux du Camp 113. Les autres, je ne le crois pas. Mais il faut laisser des traces de ce que nous avons fait, de ce que nous avons subi, enduré, encaissé, pour la France, pour la liberté et la démocratie.

Je me suis engagé pour trois ans à Toulon en novembre 1950. À cette date, je n'avais que 19 ans.

Cinq mois après mon engagement, je débarquais à Haïphong. De là, j'ai été dirigé vers la 3e Compagnie du 27e Bataillon de Tirailleurs Sénégalais au nord d'Hanoï, dans le secteur de Phuc Yen, sur la Route Coloniale n° 2. Mon premier poste a été Noï Baï, qui était tenu par deux sections de tirailleurs sénégalais et une section de supplétifs. J'ai été affecté à l'encadrement des supplétifs, faisant fonction de caporal. J'étais très content ; pour moi, c'était une promotion importante, il me semblait être valorisé. Nous étions de toutes les sorties, alors que les Sénégalais étaient plutôt désignés pour la défense statique du poste. Nous faisions les ouvertures de route, les embuscades de nuit, les patrouilles dans les villages le jour. Noï Baï était un grand village catholique. De temps en temps, le poste était harcelé. Notre mission était surtout la recherche de renseignements. Nous étions en contact direct avec la population. J'ai passé six mois dans ce poste. Puis, avec les supplétifs, je suis parti cinq kilomètres plus au nord, où d'autres postes allaient se construire. Nous devions assurer la protection des travaux. Ce nouveau poste s'appelait Dac Taï ; il faisait partie d'une ligne de points d'appuis. Il s'en construisait un à peu près tous les quatre ou cinq kilomètres, à des endroits stratégiques. Là aussi, le contact avec la population et la recherche de renseignements étaient facilités par l'emploi des partisans. Ma section était commandée par le sergent Jouaneth ; j'étais son adjoint. Embuscades et patrouilles étaient tous les jours au menu. Cela portait ses fruits. J'avais déjà une citation et je fus nommé caporal pour les armes que j'avais récupérées.

Le 28 août 1952, au cours d'une liaison entre deux postes, seul Européen avec une vingtaine de partisans, je suis tombé dans une embuscade. Il y a eu des morts, de nombreux blessés dont moi-même, et cinq partisans prisonniers. Des Viets, il y en avait partout. Je crois qu'ils préparaient l'attaque du poste pour la nuit suivante, car pour être si près du poste, bien camouflés, en plein jour, ils avaient dû arriver la nuit précédente.

Fait prisonnier, j'ai été attaché. Les partisans sous les ordres des Viets m'ont traîné dans un village voisin. Deux de mes partisans ont été tués de suite dans ce village, je ne les ai revus que morts. Mon pied me faisait horriblement souffrir ; j'avais également une blessure à la poitrine. J'étais entravé, les mains liées, caché dans un souterrain, dans le noir. Je suis resté là deux jours. Puis une nuit, au prix de terribles efforts, les Viets m'ont fait gravir le Tam Dao, une grande colline dans la zone interdite. Je n'avais plus le moral car l'armée régulière viet m'avait laissé entre les mains de civils.

J'étais connu par la population autour du poste de Dac Taï. Et j'assurais l'encadrement des partisans, ce n'était pas une bonne référence pour moi. J'ai subi toutes sortes de brimades. J'ai été séparé de mes partisans, puis j'ai été emmené vers Thai Nguyen. Je suis resté une dizaine de jours, seul, avec mes gardiens civils. La blessure de mon pied se cicatrisait assez bien sans aucun soin. Puis, un détachement de l'armée régulière est arrivé, une cinquantaine d'hommes environ. J'ai été interrogé par un commissaire politique qui possédait tous les renseignements sur moi et sur le sergent Jouaneth. J'ai été traité de colonialiste et de tortionnaire. À la fin de l'interrogatoire, il m'a dit que je méritais d'être fusillé, mais que la politique de clémence du président Ho Chi Minh ne le permettait pas. J'étais un suceur de sang du peuple vietnamien. J'ai été interrogé plusieurs fois. Ce détachement m'a emmené vers le nord. À chaque étape, j'avais droit à un interrogatoire, avec toujours les mêmes redites. Cependant, j'étais un peu plus rassuré sur mon sort.

LE CAMP 14

Le détachement est parti, et c'est escorté de trois gardes que je suis arrivé au Camp 14. Là aussi, j'ai subi un interrogatoire par le chef de camp et le commissaire politique. Ce chef de camp m'a appris qu'en France on avait un héros, et qu'il se nommait " Henry Martin ". Dans ce camp, j'ai trouvé les anciens de Vinh. Il y avait l'administrateur Moreau, le commandant Brudges, qui avait été pris à Hué. Il y avait le lieutenant Richard qui n'avait qu'un bras, Radice, Devise, qui était infirmier et d'autres dont je ne me rappelle plus les noms. Ils arrivaient du Centre Annam pour être libérés au Tonkin.

Dans la journée, je faisais toutes sortes de travaux, corvées de riz, de bois. Le soir, chacun racontait une histoire. Souvent, Moreau nous racontait de mémoire tout un livre ; un peu de lumière dans notre vie de misérables, affamés, en guenilles.

L'état de santé était déplorable. Avec le temps, une nourriture très déficiente, très mal équilibrée, et l'absence de soins ont commencé à nous torturer. Les troubles digestifs, la dysenterie, le paludisme, le scorbut, le béribéri, la gale, l'avitaminose se sont multipliés. Sans protection, nous étions assaillis constamment par les moustiques, les mouches, les poux, et toutes sortes de parasites. À tout cela, il faut ajouter la torture morale, avec les tentatives d'endoctrinement. Je couchais à côté de Devise, il a été mon premier éducateur. Il me conseillait sur ce qu'il fallait faire ou ne pas faire, dire ou ne pas dire. Puis, un matin il y a eu la lecture d'une liste de libérables.

LE CAMP 113

Aussitôt, nous avons été séparés. Ceux qui restaient étaient dirigés vers le nord. Radice, Devise et moi n'étions pas libérés, et nous partions pour construire le Camp 113. À chaque étape, d'autres prisonniers venaient grossir les rangs. Nous sommes arrivés à destination. Il y avait là un petit mamelon, des rizières et un petit cours d'eau à environ 300 mètres. Ce lieu sinistre se trouvait dans le bassin de la rivière Claire, au lieu-dit Lang Kieu, près de Lang Lac. C'est en décembre 1952 et janvier 1953 que fut construit le Camp 113, le mouroir.

Quelques temps après la construction de ce camp, j'ai vu arriver mon camarade Marchetti. Nous étions dès lors deux Corses au camp. Marchetti, marié et trois fois père de famille, était plus âgé que moi d'une dizaine d'années ; il avait déjà fait la guerre 1939-1945. Les responsabilités familiales n'étant pas les mêmes, son moral était au plus bas. Moi, je tenais le coup. Mon passé opérationnel dans la région étant connu, je ne pensais même pas être libéré un jour, à moins que la guerre ne se termine. Mais qui osait espérer une chose pareille en 1952-1953 ? Je m'étais forgé une volonté de vaincre, de ne pas me laisser abattre, de survivre. J'avais été habitué à la dure dès ma plus tendre enfance. Pendant ma jeunesse, je marchais pieds nus, même pour aller à l'école, été comme hiver.

La blessure de mon pied était presque guérie et je m'en réjouissais. C'est dans une clairière que j'ai vu pour la première fois le sinistre Boudarel, et c'est là qu'il nous a fait son premier cours politique. La grande campagne en pays Thaï du dernier trimestre 1952 avait vu la disparition de plusieurs bataillons. Les prisonniers arrivaient dans les camps à une cadence rapide, avec beaucoup de blessés dans un état déplorable. Les journées étaient réservées à l'achèvement de la construction du camp et à d'autres corvées ; les soirées aux cours politiques orchestrés par Boudarel. Les conditions étaient requises pour l'endoctrinement. Nous étions tous en très mauvais état physique, et privés de tout.

Les conditions climatiques développaient des germes redoutables. Les Européens ne pouvaient survivre sans médicaments préventifs. La perte de la dignité humaine suivit. L'homme était cassé ; on pouvait le refaire en lui bourrant le crâne. Il se passait au mouroir des scènes atroces. Certaines, vécues par nos camarades blessés, on ne peut ni les raconter, ni les écrire, fusse dans un document comme celui-ci. C'est indescriptible. J'étais toujours volontaire pour les corvées, cela me faisait sortir du camp. On voyait autre chose que des moribonds pour lesquels nous ne pouvions rien faire. Avec une équipe, nous avons travaillé à la rizerie ; le travail consistait à piler le riz et à le vanner. Nous volions le son pour faire des galettes, nous mangions le riz cru. Souvent, avec moi, il y avait Hirman, Famechon et Lacroix. Deux autres Corses étaient arrivés au camp. Cortégiani, qui n'a pas survécu à la maladie, et Andrei, qui a été libéré mais que je n'ai jamais revu. Un jour, j'avais réussi à voler une épingle à nourrice à une femme qui travaillait avec nous. Avrin en avait fait un hameçon, ce qui m'a permis de manger du poisson une fois pendant ma captivité.

Le soir, il fallait faire des réunions par équipes lorsqu'il n'y avait pas de réunion générale. Il fallait faire son autocritique de la journée.

La plupart du temps, on s'accusait chacun à son tour de quelque chose qu'on n'avait pas fait.

À Pâques 1953 un avion nous a survolés. Dès l'alerte donnée, tous les prisonniers se mirent à l'abri dans les fourrés. Puis, dans le ciel, nous avons vu s'ouvrir des parachutes avec des colis. La joie remplissait nos cœurs ; enfin quelqu'un pensait encore à nous. Nous espérions avoir des médicaments, des vitamines, des vivres. Mais la joie fut de courte durée. Une corvée alla récupérer les colis sous bonne escorte et les colis furent stockés dans la paillote de l'intendance. Nos geôliers nous ont rassemblés, et j'ai encore en mémoire les paroles du chef de camp : " *L'avion a violé l'espace aérien vietnamien. Nous considérons donc ce parachutage comme une prise de guerre au même titre que la récupération d'une arme au front* ". Boudarel a repris cet argument à son compte. Le grand espoir pour les malades graves s'envolait.

Le camp 113 était un vrai mouroir. Les décès étaient parfois de sept à huit dans une journée. Les cadavres étaient enterrés superficiellement, personne n'ayant la force de creuser assez profondément. À côté de l'infirmerie, il y avait une baraque. C'est là que l'on déposait les mourants. De la rizerie, nous les entendions gémir toute la journée. Un malade qui descendait à l'infirmerie ne remontait plus. Un prisonnier garde-malade y allait le matin et nous annonçait les noms des morts. La plupart du temps, ceux-ci étaient déjà attaqués dans leur chair par les rats, qui pullulaient, et les fourmis rouges. Un officier qui n'avait qu'un bras a essayé d'organiser d'une manière plus décente le dernier voyage de nos camarades. Il fabriquait des croix, faisait arranger les tombes un peu mieux. Cet officier s'appelait Tommasi. Un jour, les Viets ont demandé des volontaires pour aller travailler sur les routes. J'ai été volontaire avec Hirman, car l'ambiance du camp de la mort n'était pas le bon remède pour le moral. La mort de Cortégiani avait affecté énormément Marchetti qui, un matin au réveil, l'avait trouvé à ses côtés raide et froid. Il a fallu secouer Marchetti pour le maintenir en surface.

Sur les routes, on échappait à Boudarel. Nous avons participé à la construction d'un pont. Il était temps que je sorte du camp, car une dysenterie et quelques crises de paludisme m'avaient beaucoup affaibli. Cependant, j'avais toujours le moral. Ce qui m'a permis de remonter constamment Marchetti, qui avait tendance à sombrer facilement.

C'est au cours d'un déplacement du chantier vers le camp qu'un soir, au repas, nous avons eu du riz, comme à l'ordinaire, et un poulet pour plus de 80 prisonniers. Avec Planche, nous avons fait le partage. Pendant ma captivité, j'ai mangé un peu de tout : du rat de rizière, du serpent, de la peau de buffle, du riz cru, du maïs pilé et moisi, des tripes de poulet récupérées au bord de la rivière où les avaient laissées les villageois, du son de riz cru. Il fallait bien se nourrir.

Les cours politiques avançaient. Il fallait faire son autocritique devant toute l'assemblée générale. Souvent, Boudarel nous faisait désigner ceux qui méritaient d'être libérés. C'était du sadisme. Je me suis jeté à l'eau, je me suis accusé de toutes sortes d'actes que je n'avais jamais commis ; j'avais compris qu'il fallait jouer le jeu. Pendant toute mon autocritique, Boudarel ne m'a pas quitté des yeux. De temps en temps, il prenait des notes, juste un mot ou deux. De toute manière, je n'avais rien à perdre, autant aller jusqu'au bout. J'ai même dit que je ne méritais pas la politique de clémence du président Ho Chi Minh. Dans le camp, il fallait faire attention aux mouchards, à ceux qui louvoyaient avec Boudarel. Marchetti doit s'en rappeler pour avoir fait l'objet de certaines délations. Nous couchions sur des bat-flanc à une quarantaine de centimètres du sol. Ces bat-flanc étaient remplis de punaises. Le soir, avant de se coucher, l'un d'entre nous passait une torche enflammée pour en brûler quelques-unes. J'ai gardé longtemps sur la peau des fesses les marques de ces bestioles. Les poux du corps étaient aussi de la partie, on s'épouillait pendant les ablutions quotidiennes. Autres parasites, mais cette fois intestinaux, les ascaris, des vers longs d'une vingtaine de centimètres qui nous brûlaient l'estomac. J'ai vu des camarades en vomir. Enfin, les morpions ; on en avait partout, jusqu'aux sourcils, et rien pour les faire disparaître.

J'ai subi deux sortes de brimades. Une physique, lorsque j'ai été pris, j'en porte encore les marques. L'autre plus grave à mes yeux, elle est morale. Comment un Français, un professeur, pouvait-il nous faire souffrir autant, nous voyant si affaiblis par toutes sortes de privations, dans des conditions si misérables. Comment pouvait-il rester impassible devant nos morts, nos grands malades sans soins, nos souffrances. Tout cela est affreux. Ce triste personnage reste pour moi un homme abject et méprisable. Je crois que dans ses yeux bleus était écrit : " *Crevez, je suis du bon côté* ". Lorsque le matin les chefs d'équipe rendaient compte des présents, des malades couchés, c'est lui qui envoyait les *bo doï* sortir les malheureux malades des baraques pour qu'ils assistent à ses cours sur le régime communiste. Combien de morts a-t-il sur la conscience?

Fin 1953, la liste des libérables est lue au rassemblement. J'en étais ; je n'y croyais pas du tout. Mon bluff avait porté ses fruits. Je restais impatient, car il y en a eu qui, la veille d'être libérés, faisaient demi-tour. Marchetti, Hirman, Lacroix étaient du même convoi. Nous voilà partis pour faire le chemin inverse en direction des postes français, distants d'environ 300 kilomètres. Compte tenu de l'état de faiblesse, il fallait compter 30 jours de marche. Il fallait porter les malades. Les brancards étaient très sommaires. Ils étaient constitués par des couvertures liées aux quatre coins. Un bambou passait en dessous des liens de la couverture, le malade se glissait dedans, et deux prisonniers squelettiques, pieds nus, portaient cette charge au-delà de leurs forces. Marchetti était malade, il avait du mal à suivre ; il avait de la fièvre et du béribéri. Il déprimait de plus en plus. Un soir qu'il était au plus mal, alors que nous étions couchés côte à côte, il m'a demandé de lui couper une mèche de cheveux pour la remettre à sa femme ; il me l'avait déjà demandé à plusieurs reprises lorsqu'on était encore au camp. Voyant qu'il ne pouvait pas s'endormir, j'ai coupé la mèche de cheveux mais, dès le lendemain matin, je lui ai remise en lui disant qu'il allait la lui remettre lui-même. À force de le tirer et le pousser, il a réussi à faire la dernière étape. J'ai été libéré le 3 janvier 1954. J'étais libre mais je n'étais plus le même ; j'avais changé en tout. Avoir si longtemps frôlé la mort, avoir subi la captivité pendant dix-huit mois et dans quelles conditions, tout cela avait contribué à me forger un autre caractère. Longtemps, les cauchemars et les sueurs froides ont hanté mes nuits. Ce que nous avons subi est affreux, mais avoir été oubliés, c'est autre chose.

À la libération, l'intendance nous a retenu la prime d'alimentation, comme si nous avions pris nos repas dans une popote ou à l'ordinaire. À ma libération, je pesais 37 kg pour 1,70 m et j'avais 23 ans. Pendant mon congé, j'ai dû être hospitalisé à l'hôpital militaire de Bastia pendant un mois ; les crises de paludisme se succédaient et j'étais très fatigué. La captivité on la cachait, on en parlait le moins possible. Nous étions des suspects.

***

LE CAMP LA

Robert GALLET

Mars 1953. Après leur échec à Na San, les divisions vietminh convergent vers le Nord-Laos, avec comme premier objectif la plaine des Jarres, pour assurer ensuite leur mainmise sur le pays qui vient d'accéder à l'indépendance.

Quelques Pathet Lao les accompagnent dans leurs fourgons ; ils sont censés avoir appelé le Vietnam à leur secours. À aucun moment, leur présence ne sera constatée sur le terrain, et tout au long de la captivité, on tentera de nous faire admettre que nous avons été battus par les Pathet Lao.

Sans vergogne, certains journaux, comme l'Humanité, n'hésiteront pas à écrire : le Pathet Lao taille en pièces plusieurs bataillons dans la région de Sam Neua. Cette petite localité, difficilement défendable en raison du terrain, jungle et ceinture de pitons, est organisée défensivement avec un effectif global de 1 700 hommes. L'artillerie est totalement absente.

Si le repli militaire est ordonné, les militaires laotiens devront abandonner les leurs aux représailles. Le regroupement des unités doit s'effectuer dans la plaine des Jarres. Le terrain à parcourir est très difficile, avec des sommets à 2 000 mètres couverts de jungle. Un certain nombre de jours de marche est à envisager.

Dans un premier temps, l'impression de vouloir défendre Sam Neua est donnée aux bataillons viet d'avant-garde. J'ai reçu mission d'établir avec ma section un point d'appui défensif à Muong Peun. C'est un petit village de quelques cases, situé sur le trajet que doit emprunter la colonne de Sam Neua. La population nous est très favorable et participe activement aux travaux de défense.

Avec un retard certain, le décrochage de Sam Neua s'effectue lentement, le 12 avril 1953, alors que les unités vietminh progressent très rapidement. On enregistre un certain nombre de désertions dans le Bataillon Laotien, de recrutement local. C'était prévisible mais, dans leur grande majorité, ces chasseurs vont rejoindre les maquis Méos, très actifs dans ce secteur.

Le 14 avril au matin, c'est l'attaque, à Ban Anong. Le Bataillon de Parachutistes Laotiens d'arrière-garde est disloqué totalement. En fin de matinée, le colonel Maleplate me confie la mission retardatrice et la récupération des isolés, car mes hommes ne sont pas encore trop paniqués. Les débris de cette colonne complètement désemparée continuent leur repli dans la jungle, avec les unités vietminh sur les talons.

Deux jours plus tard, le 16 avril, c'est l'anéantissement final dans la montée du col de Houa Muong. 220 rescapés rejoindront la plaine des Jarres dans les semaines qui suivirent. Les unités organisées n'existent plus. Nous sommes devenus des combattants individuels avec la capture comme perspective.

La majeure partie de l'effectif européen est capturée le 14 avril. Pour les autres, ce sera échelonné, en fonction des circonstances, jusqu'à la fin du mois. Il n'y a pas d'évacuation sanitaire pour les blessés. Les plus graves vont mourir dans la brousse abandonnés de tous ; quant aux légers, ce sera la longue marche.

Le 21 avril 1953 fut mon premier jour de captivité, avec pour compagnon le médecin lieutenant Grosdidier, qui venait de faire une tentative de suicide en s'ouvrant les veines. Pour l'instant, les Viets à qui nous avons a faire ne font pas preuve d'hostilité à notre égard. Le feu de l'action est passé, et les commissaires politiques ne sont pas entrés en action. Ils nous ont annoncé que nous allions rejoindre les autres prisonniers plus au nord.

Nous sommes sales, barbus, les vêtements déchirés et complètement abattus. Nous croisons une colonne de coolies qui nous balancent en pleine figure la pointe de leur balancier quand ils le peuvent. Les sentinelles interviennent sans arrêt pour que cela cesse et nous font connaître les raisons de leur colère : ils venaient de se faire mitrailler par des avions de chasse.

Après deux jours de marche, nous tombons dans un petit campement bien camouflé. Nous allons faire la connaissance de notre premier commissaire politique. Il hurle plus qu'il ne parle. " *Vous êtes des exploiteurs. Le Laos est aux Laotiens* ". Nous avons bien envie de répondre que ce pays n'est pas aux Vietnamiens non plus mais, dans notre intérêt, nous resterons muets.

Il nous crie : " *La vie de château est terminée pour vous. Jusqu'ici, vous n'étiez bon qu'à donner votre signature pour toucher la solde* ". En même temps, geste à l'appui, il brandissait un stylo ; il en avait une collection très apparente au revers de sa poche. Nous constaterons plus tard que c'était le signe de la fonction, avec la petite musette bourrée de documents.

Un autre prisonnier était couché, c'était un lieutenant laotien. Il eut juste le temps de nous dire qu'il était un des neveux du roi du Laos. Le commissaire, l'apercevant au début du dialogue, le fit entrer rapidement sous une tente ; nous ne l'avons jamais revu. Nous ne rencontrerons plus aucun officier ni sous-officier laotien. Par contre, les hommes de troupe furent relâchés après un bref lavage de cerveau.

Nous nous apprêtions à passer la nuit au bord du sentier, sur un plan à peu près horizontal, lorsque le commissaire politique s'en aperçoit et nous fait déplacer vers un emplacement en pente abrupte.

Simulacre de départ dans la nuit, avec un pistolet-mitrailleur dans le dos, et demi-tour au bout de quelques kilomètres. Nous sommes rejoints par trois autres Européens, et nous reprenons la piste en direction de Sam Neua pour retrouver le gros des prisonniers.

Avec un peu d'avance sur nous, le commissaire partait pour conditionner ceux que nous allions rencontrer et les inciter à nous insulter. Au cours de notre longue marche, nous retrouverons en permanence cette tactique du commissaire, allant de l'avant pour préparer l'exhibition du cheptel prisonnier.

Nous repassons dans les villages qui dépendaient de mon secteur. Les habitants s'étaient réfugiés dans la brousse. Ceux qui n'avaient pu le faire étaient rassemblés pour écouter les slogans du commissaire : " *Vos maîtres d'hier seront vos esclaves de demain* ".

Il cherche à connaître les sévices que nous aurions pu leur faire subir. Les opportunistes de dernière heure ne se manifestent pas, et je vois quelques regards compatissants parmi mes ex-administrés.

Nous récupérerons un autre prisonnier blessé du poste de Houa Muong, le sergent-chef Douteau. Il nous quittera pour une destination inconnue. Après quelques jours de marche, les retardataires que nous sommes rejoignons les autres aux environs de Sam Neua.

Nous faisons le point. Toutes unités confondues, nous sommes 51, dont la répartition est la suivante : 12 officiers, 20 sous-officiers et 19 hommes du rang. C'est peu, par rapport à l'effectif de départ.

Nuit du 29 au 30 avril : marche du troupeau vers un lieu de rassemblement pour une exhibition de " *colonialistes* ". Délires verbaux du commissaire politique devant une population totalement indifférente, applaudissements aux signaux donnés. Parfois, ça dérape et ne correspond pas : ruée des *bo doï* de service pour signifier que ce n'était pas à ce moment-là qu'il fallait applaudir.

30 avril : une patrouille de B26, ayant repéré une activité insolite au sol, persiste à tourner en rond au-dessus de nos têtes et lâche son *napalm* sur la contre-pente.

Nous devons, paraît-il, entamer une longue marche vers des camps idylliques situés très au nord. Le commissaire politique décide de nous faire faire des exercices d'assouplissement en prévision de cette marche. Nous ne saurons jamais s'il était sincère dans sa démarche, ou s'il tenait à nous ridiculiser. Ces mouvements d'ensemble ont eu lieu juste après la distribution du riz. Nous devions poser nos *cai bats* (gamelle en bambou) devant nous. Cette version asiatique de la danse devant le buffet nous fit sourire ; nous en avions besoin.

Nous commençons cette longue marche de jour, mais surtout de nuit, qui s'achèvera vers la mi-juin. Ces 900 kilomètres seront parcourus en 45 jours avec un point de chute se situant approximativement entre Ha Giang et Cao Bang. Les groupes seront constitués, tous grades confondus, avant le départ.

Au bout de quelques centaines de kilomètres, les pataugas sont hors d'usage et il faut se résigner à marcher pieds nus. On finit par s'en accommoder parfaitement, mais quelques-uns en souffriront cruellement et vivront un véritable calvaire. La relève de la garde d'escorte s'effectuera tous les 200 kilomètres environ.

Le 19 mai 1953, nous croisons un convoi de 36 Marocains capturés dans un autre combat. Ils vont partager notre pitance ! Repos pour une journée dédiée à l'anniversaire d'Ho Chi Minh. Le commissaire politique insistera sur la politique de clémence de l'oncle Ho, car nous sommes des criminels de guerre passibles de la peine de mort ; mais malgré cela nous aurons du poulet au menu. De peur d'être considéré comme peu crédible, je ne dirai pas en combien de parts ce poulet fut découpé. Pour faciliter le partage de ce volatile, les rations de midi et du soir furent regroupées en une seule. Mais nous avons mangé incontestablement du poulet ce 19 mai 1953. Les quelques rescapés de cette épopée ne peuvent pas l'oublier.

Fidèle à sa tactique, le commissaire politique qui nous escorte part toujours en avant pour distiller la haine à notre égard ; sans grand succès, ce sera notre réconfort. Nous sommes pitoyables. Certains sont tellement épuisés qu'ils s'appuient sur des morceaux de bambou pour avancer. Des gamins, qui nous lancent des pierres, reçoivent des taloches de leurs parents.

Nous faisons parfois des rencontres insolites sur la piste. Tam-tam en tête, une procession d'enfants, hurlante, transportent une cage en bambous dans laquelle est recroquevillé un homme. Une de nos sentinelles nous dit : " *c'est un propriétaire foncier* ".

Nous croisons également des Méos enchaînés. Au vu de leurs regards, nous sommes fixés sur le sort qui les attend. Nous traversons des rivières, petites et grandes, escaladons des montagnes. Les limites de la résistance de l'être humain atteignent des proportions inimaginables quand les circonstances l'imposent. Une journée sera particulièrement mouvementée dans un col couvert d'herbe à éléphant.

Une piste pour véhicule y serpente, sans doute une portion de la piste Ho Chi Minh. Un petit bosquet sert de relais camouflé pour les camions *Molotova*. Après avoir fait déplacer des blocs de rocher qui obstruent la piste, le commissaire politique décide une pause de quelques heures dans ce bois. Un quart d'heure plus tard, une bombe éclate. Il s'agit de bombes à retardement lancées par l'aviation pour neutraliser le secteur.

À intervalles irréguliers, une dizaine de bombes éclatent dans l'après-midi. Nous recherchons vainement les points de chute dans ce bosquet, mais la végétation est trop épaisse ; nous ne pouvons qu'attendre l'explosion suivante et nous abandonnons la zone sans regret. Nous avons quitté le Laos depuis longtemps. Certains s'imaginent que la destination finale sera un camp traditionnel. Toutes sortes de rumeurs circulent.

En fait, nous sommes très au nord, à l'est de la Rivière Claire. Le commissaire politique nous annonce la fin de la marche pour le lendemain.

Nous sommes à la mi-juin et nous arrivons à proximité d'un ancien camp envahi par la brousse. Des petits tumulus matérialisent des emplacements de tombes. Nous logerons provisoirement dans une grande case thaï. Les habitants sont priés de déguerpir par les *bo doï*.

LE CAMP LA

En cours de route, nous avons récupéré quelques autres prisonniers du nord-Laos. Un nouveau commissaire politique, formé en Chine, fait son apparition. Il est particulièrement arrogant ; il est secondé par un surveillant général et une équipe de *bo doï*.

Après nous avoir donné le nom de baptême du camp, il déclare vouloir s'attaquer fermement à notre " *évolution* ". Il faut tuer le vieil homme qui est en nous.

Un petit amphi est construit avec de gros bambous femelles fixés sur des fourches. Une autre bâtisse, très à l'écart, est montée et baptisée pompeusement infirmerie. En fait, ce sera la morgue, car à part deux ou trois exceptions, personne n'en reviendra ; des malades sont enlevés discrètement et ramenés parmi les valides les premiers temps, mais cette charité s'estompera rapidement. Merci à Bourgain et Rio !

Un garde-malade est désigné pour assister les mourants. Un infirmier viet supervise, mais il n'a pas de médicaments, à part la musette de fonction. Notre médecin lieutenant Grosdidier est prié fermement de ne pas se mêler des soins, puisque l'armée vietnamienne y pourvoit.

Sous la houlette du commissaire politique, nous allons plonger rapidement sur des thèmes à développer : exploitation de l'homme par l'homme, dictature du prolétariat, réforme agraire, etc…

Les mots en isme n'ont plus de secret pour nous. Premier devoir écrit : le camp de la paix (socialiste) et le camp de la guerre (occident capitaliste). Quelques esprit commencent déjà à fayoter en ces occasions mais se font traiter de menteurs par le commissaire : ils ne pensent pas ce qu'ils disent. Par contre, ceux qui ont livré le fond de leur pensée réactionnaire sont félicités de leur sincérité, qui prouve cependant à quel point le chemin sera long pour obtenir leur évolution. Le commissaire déclare s'en charger.

L'Internationale doit être chantée à chaque rassemblement. La jeune garde figure également au programme ainsi que : " *Plaine, ma plaine* ".

Les échanges verbaux étaient de ce modèle :

Le prisonnier : *Les Français ont tout de même construit des routes.*

Le commissaire : *Mais c'était pour mieux nous asservir.*

Le prisonnier : *Et le pont Paul Doumer ?*

Le commissaire : *Si nous avions eu notre indépendance, ce n'est pas un pont Doumer que nous aurions mais trente.*

Le commissaire : *Avez-vous mangé des ailerons de requins*

Le prisonnier : *Non.*

Le commissaire : *Donc vous ne savez pas si c'est bon ou mauvais.*

Le prisonnier : *Non, je ne le sais pas.*

Le commissaire : *Donc, vous ne pouvez pas dire que le socialisme n'est pas bon puisque vous n'y avez pas goûté.*

Ceux qui avaient jeté leurs dernières forces pour tenir jusqu'à l'arrivée commencent à donner des signes préoccupants. Ce n'est pas la poignée de riz journalière qui sera susceptible de leur redonner des forces pour lutter. Certains ne peuvent plus avaler le riz malgré des astuces : boulette aplatie et placée sur la braise. Un véritable cérémonial s'instaure pour partager le riz, et parfois quelques minuscules liserons d'eau. Les groupes constitués réunissant une dizaine de prisonniers, les gamelles en bois sont alignées par terre. Un prisonnier tourne le dos pour ne pas voir la position des ustensiles. Dans une gamelle plus grande, les dix petits tas de la pitance sont disposés par le préposé au partage. Il place son index en face d'un tas et attend un chiffre annoncé dans le désordre, de 1 à 10, pour placer le riz dans la gamelle correspondante. L'opération est suivie avec intérêt par toutes les parties prenantes.

Autre système utilisé, moins élaboré : dix parts sont faites par le préposé. Il se fera assister d'un ou deux camarades à qui il demandera :

" *À votre avis, équitable ou non?* "

L'inspection des tas est faite sous des angles différents et donne lieu à des rectifications de quelques grammes; impérativement, le responsable du partage se servira le dernier.

Il s'est constitué des groupes avec des titres ronflants qui ne veulent rien dire:

– groupe hygiène (il n'y avait pas de savon),

– groupe de comité de la paix entre les peuples, etc...

L'autocritique se met en place pour les soirées. Nous en profitons pour échanger des recettes de cuisine qui nous font saliver, et se changent en accusations mutuelles lorsque le commissaire rôde à proximité.

Notre " *évolution* " ne se fait pas assez vite à son gré afin qu'à l'occasion d'un événement quelconque, une libération soit envisageable pour quelques-uns. Nous serons le seul camp qui ne bénéficiera pas de libérés avant la fin de la guerre. La raison était fort simple. Les Vietminhs ont toujours nié leur intervention au Laos. Nous étions la preuve du contraire, et des témoins gênants que l'on a intérêt à faire disparaître, ce qui ne va pas tarder.

Si nous nous référons à la liste des décès, en se rapportant aux 51 qui étaient au départ de Sam Neua: juin: 1, juillet: 7, août: 6, septembre: 3, octobre: 8, soit 25 décès au total, c'est-à-dire 50 % en six mois.

Le premier mort sera enterré en présence de quelques camarades. Nous y avons mis les formes. Le corps sera entouré d'une claie de bambou. Ensuite, compte tenu de la cadence, ce sera dans l'indifférence générale, à la sauvette, car nous attendions notre tour. Nous récupérions les vêtements lorsqu'ils étaient en meilleur état que les nôtres. De nos jours, nous enterrons parfois les animaux de compagnie dans une poche en plastique. Là, ce n'était pas le cas, nous n'avions rien pour leur protéger le visage de la pelletée de terre. Faute de bras valides, certains sont ensevelis à faible profondeur. Notre délateur n° 1, le lieutenant C., le sera en toute connaissance de cause. Les félins du secteur parachèveront notre travail.

L'indifférence au sort de chacun s'installe. On ne peut plus s'apitoyer. Il sera dit à un prisonnier particulièrement maigre, qui n'avait qu'une chemise pour vêtement: " *Mais mon pauvre vieux, dépêche-toi de crever, car quand on te regarde, tu nous sapes complètement le moral* ". Nous le chassions dès qu'il s'approchait de nous, (c'était Derlique).

Les morts sont accusés par le commissaire politique d'être responsables de leur décès : " *Vous vous laissez tous aller, vous n'avez pas la volonté de survivre. Malgré cela, et pour vous prouver notre politique de clémence, nous allons rechercher pour vous une zone plus salubre pour les Européens. Mais pour cela, nous allons vous demander un effort supplémentaire. Quelques-uns risquent de ne pas se remettre du déplacement, mais ce sera pour sauver les autres, et il faudra brancarder tous vos camarades malades.* "

Nous marcherons pendant huit jours. Le capitaine Kreher ne survivra pas aux chutes de son brancard ; les porteurs étaient épuisés. Cinq nouveaux morts pour le mois de novembre, soit au total 30 sur 51.

Quelques anecdotes :

- Coupigny, un caporal, avait décidé de se faire passer pour fou. Au rassemblement du matin, il insultait copieusement les Viets, sortait des rangs et s'en allait tranquillement dans la forêt sous le regard amusé des sentinelles. Il semblait que les fous fassent l'objet de beaucoup de compassion de leur part. Notre caporal faisait la tournée des villages, mendiait aliments et tabac. Il réintégrait à la nuit tombante. Il devint réellement fou et mourut le 1er décembre 1953.

- Djilloul était un déserteur marocain de l'armée française. Il avait, paraît-il, manqué de respect à une femme vietnamienne. En punition, il avait été transféré chez nous. Participant à une corvée de riz, il avait derrière lui un petit *bo doï* d'un mètre cinquante qui aboyait sans cesse " *maolen, maolen* ", *(vite, vite).* Cela durait depuis un certain nombre de kilomètres. Soudain le Marocain, qui mesurait près de deux mètres, s'arrête, pose sa charge de riz, prend le fusil de la sentinelle, le passe à la bretelle, jette le sac sur l'épaule et nous reprenons la piste. Notre sentinelle, toute penaude et désarmée, suivait. Nous commencions à nous poser des questions sur ce qui se passerait à l'arrivée au camp. À quelques centaines de mètres du camp, Djilloul s'arrête et redonne son arme au *bo doï*, qui ne se vantera pas de la chose.

- Une carotte de tabac avait été volée dans la case du commissaire. Branle-bas de combat pour retrouver le coupable ; l'affaire commençait à prendre des proportions considérables. C'est alors que le père Martin, missionnaire capturé à Sam Neua, ira se dénoncer comme étant le coupable. Ensuite, chaque méfait constaté était revendiqué par le père, jusqu'au jour où le commissaire mit le holà à ses aveux.

Ce religieux fut un homme extraordinaire. Nous lui devons tous une infinie reconnaissance, jamais les survivants ne pourront l'oublier.

- Le sergent Cœur était un Eurasien qui nous traduisait ce que les Viets disaient entre eux. Un jour il se plaignit au pseudo-infirmier viet de ne je sais quelle maladie. Celui-ci lui confectionna une décoction de tisane aux vers de terre. Il fallut plusieurs hommes pour maîtriser Cœur et lui faire avaler la potion.

- Le sergent Colombani, Corse bien connu de nous tous, avait découvert un nid de souris. Comme elles étaient de la taille d'une crevette, il décida de mener à bien leur élevage pour les déguster plus tard. Il fabriqua leur prison dans un morceau de bambou femelle, avec deux nœuds pour fermeture et un trou pour glisser l'herbe de leur nourriture. Une corvée de riz éloigna le sergent pour quelques jours. À son retour, un connaisseur en mal de protéines s'était servi. Tout ce qui était vivant et se déplaçait à notre portée était l'objet de beaucoup de sollicitude.

- Un Marocain trouve la mort en avalant une vipère à peine cuite tellement il était pressé de la manger. Il meurt étouffé.

- Le paludisme faisant des ravages, le commissaire politique lança la campagne de la chasse aux moustiques. Des torches en bambou furent confectionnées. Sous la direction du chef surveillant, une véritable danse autour des baraques est organisée à la nuit tombante, pendant une heure chaque jour. Un bâton dans une main pour frapper les cloisons extérieures, dans l'autre la torche enflammée qui doit caresser les parois, pas trop près pour ne pas mettre le feu, et en même temps nous devions pousser des hurlements. Qu'aurait pensé un spectateur non averti devant cette mascarade d'ombres chinoises vociférantes? Cette gesticulation va durer plusieurs semaines.

- Une tomate a été chapardée dans un village et le coupable trouvé, ce sera prétexte pour un meeting. Une estrade est dressée, les prisonniers sont rassemblés et le coupable, le sergent Descombes, monte sur l'estrade. Le commissaire hurle : " *Vous avez volé le peuple vietnamien qui fait preuve de beaucoup de clémence à votre égard, alors que vous n'êtes que des criminels de guerre* ". Se tournant vers le groupe de Marocains, il les encourage à vilipender le coupable par des cris. Il obtient légère satisfaction et s'adresse ensuite au groupe des Français : silence le plus complet. Le commissaire explose : " *Français, vous êtes tous des voleurs* ". Il encourage de nouveau les Marocains à huer le coupable.

Fin 1953, les officiers arrivés après l'affaire de Sam Neua forment un groupe, ainsi que les Marocains et les légionnaires ; le camp commence à s'étoffer. Faute de médicaments, les blessés graves sont décédés depuis longtemps. Certains ont connu une mort atroce. Le sergent Soltiziak, atteint de nombreux furoncles sur tout le corps, ne pouvait ni se coucher, ni s'asseoir ; il est mort debout en s'accrochant à un poteau.

Le caporal Muller est mort, la vessie bloquée par un calcul, avec des douleurs épouvantables car il ne pouvait plus uriner. Le médecin lieutenant Grosdidier avait complètement perdu la tête. Avant de mourir, le capitaine Lucas avait des jambes énormes, à cause du béribéri. La gangrène s'installa. Des paquets d'asticots, qui dévoraient les membres, tombaient à terre. Quelques médicaments classiques auraient sauvé bien des vies humaines.

Nous avions faim en permanence. Qui n'a pas rêvé d'un plat de pommes de terre que l'on s'apprête à déguster ; hélas, à ce moment précis, le rêve était interrompu, impossible de lui donner une suite, cela ne marchait pas. Un ancien prisonnier de guerre des Allemands évoquera avec nostalgie l'époque où il était saturé de pommes de terre.

Mois de décembre 1953 : 10 morts, soit 40 décès sur 51 par rapport à l'effectif du départ. Bourgain et moi certifierons sur l'honneur les dates des décès à notre libération.

Les critères essentiels de survie furent les suivants : l'âge, le début ou la fin du séjour, la robustesse de la constitution, l'emploi tenu (sédentaire ou de terrain), l'état sanitaire au moment de la capture, la situation de famille. L'absence totale de courrier fut difficile à supporter par les mariés, alors que les célibataires étaient plus insouciants. Mais il fallait faire preuve d'une volonté certaine.

Les disparus sont remplacés par des éléments nouveaux. Les chances de survie seront plus grandes pendant les huit derniers mois de captivité.

Il y eut au départ une volonté délibérée d'élimination totale de la toute première vague de prisonniers du nord Laos, ainsi que le prouve la répartition mensuelle des décès.

Possédant un morceau de crayon minuscule, j'ai noté, dès le début et jusqu'à la fin, les décès se rapportant aux 51. Les 12 officiers rassemblés le 30 avril 1953 dans la cuvette de Sam Neua sont morts. Décès du dernier, l'aumônier capitaine Jarry, le 25 décembre 1953.

Une pomme de terre grosse comme une petite mandarine marquera le jour de Noël 1953.

Un prétexte fut invoqué pour changer de camp et repartir à zéro dans un autre secteur. Des paysans se plaignaient que parfois leur moulin à décortiquer le paddy recevait de la visite, c'était vrai. Le problème était de pouvoir faire cuire ces quelques graines chapardées dans la discrétion. Nous changerons de nouveau à deux reprises de secteur. Un nouveau camp sera construit car l'effectif s'est sérieusement renforcé (colonne Crèvecœur). Un paquet de tabac récompensera le prisonnier qui, d'après les *bo doï*, sera considéré comme le plus ardent au travail.

Les légionnaires se dépensèrent au-delà des limites pour se voir souffler la prime : un prisonnier, qui ne faisait des efforts que lorsqu'il se sentait observé, rafla la mise qu'il échangea par la suite contre dix rations du soir avec un légionnaire italien, (que l'on me pardonne pour ce troc). Le capitaine Guilleminot, fait prisonnier à Dien Bien Phu, ayant fait une tentative d'évasion, terminera sa captivité avec nous.

Au cours d'un rassemblement, le commissaire politique triomphant annonça la chute de Dien Bien Phu. Un d'entre nous chuchota : c'est une victoire à la Pyrrhus. Ce propos fut rapporté au chef de camp qui entra dans une véritable fureur et nous fit rassembler pour une immense séance d'autocritique. Nous avions baptisé ce chef de camp le Cobra, ou le Naja suivant les circonstances.

Nous eûmes aussi un énergumène comme responsable. Il s'agissait de Toto Baroud, il avait le pistolet au côté en permanence. Le 14 juillet 1954, il s'acharna en plein rassemblement sur un légionnaire pour je ne sais quel motif. La colère gronda et il quitta rapidement ses fonctions.

Dans le dernier camp, je faisais équipe avec le capitaine Guilleminot pour actionner le pilon de décorticage du riz. Nous devions appuyer en cadence avec le pied sur un levier ; ce dernier soulevait une tête de bois qui retombait dans l'auge contenant le paddy. Après maintes vérifications, nous pouvions assurer que 800 pressions du pied étaient nécessaires pour mener chaque opération à son terme.

LA LIBÉRATION

Nous récupérons le lieutenant Richard pour la marche de la libération. Les prisonniers très malades effectueront une partie du parcours en radeau. Le point de chute final sera Tuyen Quang.

À cent mètres de la Commission internationale perception d'une paire de baskets, alors que nous marchons pieds nus depuis dix-sept mois, d'une chemise, d'un pantalon et d'un chapeau.

À mi-chemin, un orchestre de *bo doï* joue : " *J'irai revoir ma Normandie* " et nous offre le thé. En présence de la Commission, des infirmières viet s'empressent pour s'enquérir de notre état de santé.

Au petit portillon qui nous sépare des Français, le commissaire politique nous embrasse, les uns après les autres, au passage. Nous en éprouvons une grande gêne. La mascarade se termine. Mais que doivent penser de nous ceux qui nous réceptionnent, en face ?

Les Français qui nous récupèrent nous déclarent : " *Nous ne comptions plus sur vous, vous êtes parmi les derniers* ".

***

L'ENFANT PRISONNIER

Patrick L*E* M*INOR*

Les faits ici décrits se situent dans un contexte historique et géographique qu'il convient tout d'abord de rappeler rapidement.

En 1950, alors que la guerre d'Indochine bascule vers un devenir qui conduira la France à se désengager du Vietnam, deux enfants sont pris en otage par le Vietminh au Cambodge.

Ils vivront, jusqu'en mars 1951, huit mois de captivité chez les Viets et les Khmers Issarak qui combattaient alors les troupes françaises dans les provinces de Kratié et de Kompong Cham.

À l'époque, le Cambodge était réputé paisible. On disait de ce pays qu'il était celui de la douceur de vivre, et les cas de capture d'Européens y furent très rares. Il n'a d'ailleurs, à notre connaissance, jamais existé de camp de prisonniers français sur ce territoire. C'est pourtant dans cette région et à cette période que se constituèrent les premiers grands camps et les caches d'armes des futurs sanctuaires vietcong sur lesquels les États Unis enverront leurs B 55 en 1970. Ces camps et caches d'armes serviront aussi plus tard aux Khmers Rouges, qui laisseront dans cette région d'incroyables charniers.

Le mouvement Khmer Issarak (le mot Issara vient du pali et signifie " Le maître ") mérite quelques explications. Jusqu'en 1949, le Parti Communiste Indochinois, créé en 1930 sous l'égide d'Ho Chi Minh, n'avait que très peu d'adhérents au Cambodge. Ceux qui le fréquentèrent furent surtout les ouvriers vietnamiens des plantations de caoutchouc. Cela n'était pourtant pas négligeable. La plantation de Chup était alors la plus grosse exploitation d'hévéas d'Extrême-Orient. Elle employait plus de dix mille saigneurs qui venaient essentiellement du Tonkin. Dans les années quarante, à l'époque de la " Révolte des Ombrelles ", ce mouvement comprenait des groupes nationalistes, anti-communistes et anti-vietnamiens, comme ceux de Son Ngoc Thanh. Pourtant un communiste Khmer Krom (cochinchinois) y participa. Il devint, en 1950, le chef officiel des Issaraks sous le nom de Son Ngoc Minh. Ce n'était alors qu'un embryon d'organisation révolutionnaire, infiltré, couvé, aidé, encadré, organisé et en réalité manipulé par le Vietminh omniprésent dans ses rangs, ses instances et sa hiérarchie. Un Vietminh qui pensait à l'avenir et exportait déjà le communisme, cette doctrine venue d'Europe, au pays des bonzes et de Boudha.

Après les accords de Genève, le mouvement Issarak fit scission en deux groupes. Les Issaraks khmers d'une part et les Issaraks pro-vietnamiens d'autre part. Ces derniers se réfugièrent à Hanoï. Ils reviendront au Cambodge dans les années 1970 pour participer aux activités des Khmers Rouges. C'est ainsi que les Khmers Issarak formèrent l'humus sous lequel germèrent des Pol Pot, des Jeng Sary, des Khieu Samphan et autre Heng Samrin.

Mon père était alors directeur d'une plantation d'hévéas proche de la frontière du Vietnam, du nom de Krek. Cette plantation dépendait de la Compagnie du Cambodge ainsi que celle de Chup qui constituait, par sa surface plantée d'un seul tenant en hévéas, la plus grosse plantation de caoutchouc du monde. Située en pleine cuvette khmère, dans la plaine des Quatre-Bras, aux confins orientaux de cette plaine, là où le Mékong dessine des coudes à angle droit, les plateaux de terres rouges de Chup et de Krek-Mimot étaient reliés par une route digue bordée par l'eau grise des rizières, où barbotaient des petits garçons bruns et nus, juchés sur le dos des buffles. Ces deux plantations étaient distantes d'environ trente kilomètres. Il y avait bien des postes militaires sur les exploitations importantes d'hévéas, mais leurs effectifs et leurs moyens étaient très réduits. Peu de planteurs pensaient à se déplacer avec une arme.

LES CIRCONSTANCES DE LA CAPTURE

Des vacances scolaires sur les Plantations.

En fait, nous ne passions sur les plantations que le temps des vacances scolaires. Depuis notre retour de France, après la guerre de 1940, nous séjournions mes sœurs et moi à Dalat. Mes sœurs étaient pensionnaires au Couvent des Oiseaux, et moi dans un collège des Frères des Écoles Chrétiennes. Dalat était alors une station climatique d'altitude située sur un plateau de la chaîne annamique, à quelque 300 kilomètres de Saïgon ; l'air y était léger et sentait la résine de pin. Ville de calme, dans l'œil du cyclone des événements qui embrasaient l'Indochine, Dalat connaissait l'atmosphère paisible d'une ville d'eau perdue hors du temps. Les élèves, pour la plupart pensionnaires, qui fréquentaient l'école des Frères étaient issus de familles européennes ou vietnamiennes aisées. Ils y recevaient une éducation religieuse catholique traditionnelle dans un cadre de vie axé sur des activités sportives de plein air.

Que savions-nous des Viets ? J'éliminerai tout d'abord le cas des Issaraks dont j'ignorais tout de l'existence avant ma captivité. Quelle idée un enfant de planteur pouvait-il se faire des Viets ? Sur les plantations, nous vivions dans une sorte de cocon doré posé dans un écrin de verdure de toute beauté. Nous avions tout : entourés d'une domesticité attentive, nous vivions dans de confortables maisons où nous ne manquions de rien. C'est ainsi que pendant longtemps j'ai connu le Vietnam, où je suis né et où j'ai été élevé par une Chinoise, comme à travers la vitre arrière teintée d'une *Buick*, que l'on ferme quand un " *nha qué* " (paysan) s'approche trop près ou que l'air sent l'odeur du " *nuoc mam* ". C'était cela, un fils de " *colonial* " : un enfant gâté, souvent insupportable, à qui l'on pardonne beaucoup. C'était aussi un enfant qui, intuitivement, sentait le danger qui l'entourait. Il n'en parlait jamais, ou très peu. Il savait aussi se montrer courageux, comme tous les enfants, sans même s'en rendre compte.

Certes, il y avait la guerre. Je la voyais à travers une arme posée sur une table, un sac de grenades traînant près d'un lit, un jeune lieutenant venant prendre un verre chez mes parents, la poussière rouge des convois. Il y avait aussi le reflet du ciel et des nuages de la mousson sur l'eau des rizières. Il y avait à Krek, le soir, lorsque les premières étoiles s'allumaient dans le ciel, des armes qui grondaient toutes proches, vers le poste militaire frontalier du Vietnam. Mais il y avait aussi, lorsque les armes se taisaient, le cerf du parc qui bramait.

L'ATTAQUE DU CERCLE DES PLANTEURS

L'attaque eut lieu lors d'une réception au Cercle de la plantation de Chup dans la nuit du 12 au 13 août 1950. Ses causes, les Viets sachant pertinemment qu'il y aurait au Cercle des femmes et des enfants, doivent être recherchées dans deux directions.

D'une part, depuis quelques temps les coolies de la plantation de Chup étaient travaillés par la propagande viet. Des syndicats avaient été créés dans des villages de la plantation, et il y avait eu des grèves et des désertions.

Inquiète de la tournure que prenait ce mouvement menaçant l'ordre public, la Sûreté de Kompong-Cham estima de son devoir d'intervenir. Malheureusement, cette opération de maintien de l'ordre dégénéra. Dans un village, des supplétifs khmers, jugeant qu'ils étaient menacés, tirèrent dans la foule. Il y eut des morts et les Viets décidèrent une action de représailles.

D'autre part, l'état-major viet entendait créer un climat d'insécurité dans cette région de manière à étendre les zones de combat pour mieux disperser les forces du corps expéditionnaire.

Enfin, à l'égard d'une population khmère plutôt indifférente, si ce n'est hostile, il était indispensable qu'un coup de main spectaculaire, transformé par la propagande en victoire, soit rapidement déclenché pour asseoir la présence viet dans la région et conforter son emprise sur les Issaraks.

Ce jour-là, il y avait bien parmi les planteurs et leurs invités des personnes aguerries qui avaient, au Vietnam, essuyé plus d'un coup de feu mais qui, faute de moyens, ne purent éviter l'assaut des Viets.

L'attaque débuta vers 22 heures par des tirs rapprochés alors que nous assistions à la présentation d'un film sous le préau du Cercle qui jouxtait la piscine. Le Cercle n'était alors éclairé que par le faisceau lumineux du projecteur. J'étais assis au premier rang. L'écran soudain vacilla. De la zone d'ombre du bout de la piscine, je vis partir une série d'éclairs rouges qui claquèrent dans l'air moite. Tout se tut un instant, puis ce fut l'enfer qui montait crescendo, dans un vacarme de détonations sèches, comme une marée en furie poussée par le tir nourri et croisé des fusils mitrailleurs, relayé par les rafales de mitraillettes entrecoupées de tirs de fusils.

La surprise fut totale. Un mouvement spontané poussa les adultes des premiers rangs vers la cuisine qui était la seule pièce protégée par des cloisons de briques. D'instinct, j'ai suivi le flot des jambes qui s'engouffrait dans cette pièce et je me suis retrouvé, sans trop savoir comment, à plat ventre sous l'évier. Je n'ai éprouvé aucun sentiment de peur pendant tous ces instants. Cela avait été trop rapide.

Les fusils mitrailleurs continuaient à cracher et les balles ricochaient, comme des rafales d'une pluie métallique, en faisant un bruit de grêle sur les tôles du toit du Cercle.

Je fus alors pris d'une sorte de peur paralysante qui me clouait au sol. Face à ce déluge de fer, je me sentais impuissant, incapable d'en maîtriser l'issue. Combien de temps cela dura-t-il ? Je ne saurais le dire. Quelqu'un se dirigea dans l'obscurité vers les volets pour les fermer. Deux autres hommes, debout près de l'autre fenêtre, mitraillette à la main, attendaient qu'une rafale parte des hévéas pour riposter dans la direction d'où venaient ces coups de feu.

Ma peur avait disparu, l'instant d'une accalmie. Le Cercle était plus silencieux et l'on entendait les pleurs étouffés d'un bébé, ou le chuchotement d'une femme recherchant son enfant. Quelqu'un proféra un juron. Il y eut un bruit de fauteuil renversé, des coups sourds comme ceux d'une bagarre à coup de poings près de la cuisine. Un homme disait n'avoir plus de munitions.

Un lourd silence fut suivi d'un bruit de démarreur et d'un violent coup d'accélérateur de voiture. Les tirs reprirent. Les rafales des fusils mitrailleurs vinrent à nouveau ricocher sur la tôle du toit du Cercle. Puis, il n'y eut plus rien que le silence.

Je me levai. J'étais couvert de sang et pourtant je ne sentais rien. Cela d'ailleurs ne m'importait pas. Je traversai la cuisine et me dirigeai vers les cabines de la piscine. De là, je gagnai la route en courant. Le terrain était en pente et je glissai sur le gazon.

J'arrivai à quatre pattes dans le caniveau de la route.

Il faisait très sombre. Mes oreilles bourdonnaient encore du vacarme des détonations. J'avais une idée fixe : traverser la route pour gagner les hévéas. Là, je serais en sécurité. J'y attendrais l'arrivée des renforts militaires. Une ombre fit mouvement de l'autre côté de la route. Je vis le canon d'un fusil braqué dans ma direction. Je restai immobile, comme pétrifié.

Il y eut un instant qui dura une éternité. L'ombre se redressa. C'était un Viet. Il parlait le français comme un domestique : " *Toi y'en a pistolet?* ".

Je ne lui ai pas répondu. Cette question a dû à l'époque me paraître absurde. Curieusement, je fus presque rassuré d'entendre cette voix me dire ensuite " *Toi y'en a pas faire l'imbécile. Toi y'en a suivre moi au Cercle* ".

Il régnait sous le préau du Cercle que les Viets venaient de prendre d'assaut un désordre tel que peut en produire un violent typhon. Un planteur gisait, étendu sur le dos près du projecteur. Il baignait dans une mare de sang. Un autre corps bouchait l'entrée de la bibliothèque. On entendait les râles des blessés. J'étais abasourdi, comme grisé. La notion du temps m'échappait. Je cherchais d'où pouvait provenir le sang qui marquait ma chemise. Je ne ressentais qu'une petite raideur au genou.

Près de moi, quelqu'un disait au Viet qui lui intimait l'ordre de le suivre : " *Je suis médecin. Laissez-moi faire mon travail, il y a des blessés qui ont besoin de soins* ". C'était le médecin-lieutenant Pannetier. Je ne le connaissais pas alors. Sa femme était près de lui. Il s'en suivit un conciliabule auquel participèrent d'autres Viets. L'un d'entre eux, qui tenait un pistolet à la main, intervint d'une voix sèche, autoritaire mais polie. Il dit dans un français sans accent : " *Désolé Docteur, mais nous avons aussi des blessés graves qui doivent être soignés. Il faut nous suivre. Vous êtes notre prisonnier.* " Il ajouta : " *Nous quittons le Cercle. Tout le monde doit nous suivre* ". Puis il donna un ordre en vietnamien.

Nous sommes passés par la cuisine et j'ai pu constater des traces de sang près de l'évier. Quelqu'un avait dû être touché près de moi pendant l'attaque. Ceci devait expliquer le sang qui marquait ma chemise. Le docteur me précédait. Sa femme me prit la main et nous quittâmes le Cercle. Sur la route, un dernier coup de feu claqua. Je me souviens m'être retourné à ce moment-là. Une faible lumière perçait le halo de fumée blanche qui entourait le Cercle. Une forte odeur de poudre se dégageait dans l'air. Puis je n'ai plus vu que la voûte des hévéas qui nous entouraient. Notre marche vers le camp commençait.

LA MARCHE VERS LE CAMP

Après l'attaque, nous avons marché des heures sous les hévéas. Nous constituions une chaîne pour ne pas nous perdre. Un Viet tenait la main du docteur qui tenait celle de son épouse qui me tenait la main. Mon unique sandale (je ne sais pas où ni comment j'avais perdu l'autre) ne me préservait pas des horribles brûlures des fourmis qui s'acharnaient à me piquer les pieds. La farandole infernale que nous formions se mouvait dans la nuit de blocs en blocs d'hévéas sans que je sache où elle nous conduisait. De temps à autre elle s'arrêtait pour une courte halte, et le Viet de tête allumait une torche électrique, sortait une carte de son sac et, avec une boussole, faisait le point. Puis on repartait vers l'inconnu au bout de la nuit. Celle-ci se fit soudain moins épaisse et nous quittâmes les hévéas pour prendre une piste sablonneuse qui longeait un marécage. Nous étions en lisière de la plantation.

La chaîne fut rompue et la farandole infernale aussi. Les Viets nous firent marcher devant eux. C'est alors que je m'aperçus que nous n'étions pas trois prisonniers, mais quatre. En effet, un autre adulte était avec nous. C'était un cadre de la plantation de Chup : M. de Soza. Il y eut entre lui et le docteur Pannetier un conciliabule. M. de Soza disait qu'il connaissait bien l'endroit où nous étions. Il fut alors envisagé une évasion en nous glissant dans les hautes herbes du marécage. Alors que le docteur et M. de Soza discutaient, un Viet nous dépassa en trottinant. Il portait ma sœur Françoise sur ses épaules. Elle dormait. Nous étions maintenant cinq prisonniers et il fut décidé qu'il n'y aurait pas d'évasion. Les Viets devaient craindre une embuscade car ils observaient attentivement le sable de la piste où se dessinaient des traces fraîches de pas. Ils nous obligèrent à forcer l'allure de la marche. Je me mouvais comme un automate, saoulé par la fatigue.

Le terrain devint plus humide. On entendit le cri répété du hibou. C'était les sentinelles viet qui s'appelaient. Nous marchions dans l'eau qui m'arrivait maintenant aux genoux. Nous étions entourés d'une forêt de joncs.

Il y eut une courte halte à un endroit sans joncs. Trois sampans flottaient près de la berge. Les Viets nous poussèrent dans l'un d'eux. J'y retrouvai Françoise. Je m'enroulai au fond de la barque dans la couverture qu'on me tendit et m'endormis d'un profond sommeil.

LE MÉKONG

Le lendemain, lorsque je me réveillai, nous naviguions sur une eau limoneuse entre les îlots de forêt inondée que la crue du Mékong avait épargnés à cette époque des hautes eaux. L'embarcation dans laquelle nous nous trouvions était relevée à l'arrière par une petite plateforme. Un sampanier cambodgien s'y tenait debout et l'unique rame qu'il servait des deux mains jouait le rôle de gouvernail. Le courant faisait le reste. Ses gestes, très lents, allaient de gauche à droite dans un mouvement de balancier. Les prisonniers tenaient le centre du sampan. Trois Viets, assis les jambes croisées, leurs armes posées près de leurs genoux, occupaient l'arrière de la barque. Deux autres se tenaient à l'avant dans la même attitude. Le léger clapotis de l'eau qui coulait contre la coque était parfois troublé par les cris des macaques provenant des cimes des arbres. La présence des armes dans le sampan me remémora l'attaque. Les Viets nous regardaient, silencieux. Au loin, un pêcheur en sampot, debout dans sa fine pirogue, lançait son épervier.

L'ambiance calme du paysage chassa presque mon angoisse. Un petit sampan glissa lentement à la hauteur de notre embarcation. Il transportait un blessé. " L'infirmier " qui accompagnait le blessé interrogea en français le docteur sur les soins à lui donner. Le docteur lui demanda de relever la couverture qui enveloppait le Viet blessé, puis il examina le contenu de la trousse de soins que lui passa l'infirmier. Il fit un signe d'impuissance et dit : " *Avec une telle blessure au ventre, il n'y a rien à faire…* "

Les reflets du soleil sur l'eau devenaient aveuglants et la chaleur était torride sur ce désert d'eau boueuse qui donnait soif. Le sampan quitta les zones inondées pour gagner lentement le lit du Mékong. Soudain, au détour d'un îlot de verdure, le fleuve étala ses eaux troubles sur une largeur de plus d'un kilomètre. Il faisait un immense coude à cet endroit. La rive d'en face était formée de collines couvertes d'hévéas soigneusement disposés par blocs. Doucement pentées à l'horizon, elles tombaient en falaises abruptes au pied du fleuve. " *La plantation de Prekkak* " dit un Viet en désignant l'autre rive du canon de sa mitraillette. On distinguait très nettement la maison de direction. Une voiture stationnait devant la véranda. Des bureaux, près de l'usine, sortaient de temps en temps des employés. Un observateur attentif eut repéré sans peine, même à l'œil nu, ce sampan sans toit navigant lentement avec des passagers européens voisinant avec des Vietnamiens armés jusqu'aux dents.

Le sampan quitta à nouveau le lit du fleuve pour gagner un arroyo qui débordait de toute part. Les Viets détachèrent de leur taille une ceinture de toile noire en forme de boudin. Elle contenait du riz en pâte. Ils en firent des boules pour les manger. Les prisonniers eurent leur ration. Le soleil commença à descendre vers l'eau. L'embarcation qui transportait le blessé se rapprocha à nouveau de nous. Au centre de l'embarcation, près de l'infirmier, le corps de l'homme gisait mort, enroulé dans une couverture qui lui couvrait le visage ; le cadavre suivait le mouvement ondulatoire de la barque.

L'obscurité nous entourait lorsque nous vîmes les masses sombres des paillotes d'un village qui flottait sur l'eau. Notre sampan accosta à l'entrée d'une maison cloisonnée de lattes de bambous tressés. À la présence, dans la pièce principale, d'un comptoir perdu au milieu de mystérieux produits de la pharmacopée chinoise je devinais qu'il s'agissait de la boutique d'un commerçant chinois. Ses hôtes semblaient l'avoir désertée. J'allais m'asseoir sur le bat-flanc dans une pièce où nous avaient poussés nos gardiens, lorsque parvint de l'extérieur une rumeur grandissante portée, dans l'ombre de la nuit, par l'eau du fleuve. Une flottille bourrée de soldats viet en armes naviguait vers le village au rythme cadencé du chant de marche d'un régiment du Nambô. Un petit sampan se détacha du lot et glissa silencieusement jusqu'à la boutique du Chinois. Deux hommes en descendirent. Ils étaient vêtus d'un uniforme taillé en toile verte. Un pistolet longeait leur hanche droite. L'un était vietnamien. Je reconnus l'homme qui, au Cercle de Chup, avait dit au docteur Pannetier : "*Vous êtes notre prisonnier* ". Il se présenta comme le commandant militaire viet de la région. L'autre était un cambodgien qui nous dit être " *le colonel responsable pour le gouvernement populaire Khmer Issarak des opérations civiles et militaires de la région de Kompong Cham* ". Nous avons passé notre seconde nuit de captivité dans cette cité flottante végétale.

Le lendemain, alors qu'il faisait jour, nous avons quitté le village lacustre. Vers midi, nous naviguions entre les îlots de verdure inondés du Mékong. On nous distribua à nouveau une boule de riz. Au milieu de l'après-midi, notre sampan accosta aux pilotis d'une paillote entourée de touffes denses de bambous. Les gardiens nous firent pénétrer dans l'unique pièce sombre et le commandant viet nous y rejoignit. Il eut une conversation à mi-voix avec le docteur Pannetier. Lorsqu'elle s'acheva, le commandant viet annonça que nous allions être séparés. Mme Pannetier, Françoise et moi serions libérés le soir même. Le docteur et l'assistant de Chup resteraient détenus. Je me souviens que le commandant viet s'adressa alors à Mme Pannetier pour lui préciser : " *Il faut que vous partiez avec les enfants dès maintenant, car il y a une longue route à faire avant d'atteindre le lieu de votre libération* ". Puis il donna un ordre en vietnamien à l'un des gardiens. Mme Pannetier refusa cette séparation et son mari dut la convaincre. Ce fut certainement pour eux un moment très pénible. Mme Pannetier, Françoise et moi embarquâmes dans un sampan dont la coque était à demi recouverte d'une nacelle arrondie faite de feuilles de latanier. De l'entrée de la paillote, plantée comme un échassier au bord de l'eau grise, le docteur et l'assistant nous firent un signe d'adieu. Nous ne les avons revus qu'après notre libération.

SEULS AVEC LES VIETS À 11 ANS ET 7 ANS

Dans le sampan, à l'ombre, la fraîcheur était agréable. Les deux gardiens qui nous accompagnaient n'étaient pas armés. Le rameur cambodgien nous offrit du lait de coco. Pour la première fois depuis l'attaque, je me sentais plus détendu. Nous allions être libérés et j'en étais heureux. Mme Pannetier paraissait inquiète.

La coque du sampan racla un fond sablonneux et l'embarcation s'immobilisa. Il nous fallut encore un bon quart d'heure de marche dans l'eau avant d'atteindre la terre ferme.

Alors que nous marchions clopin-clopant sur le sable chaud de la piste qui brûlait nos picds nus, Mme Pannetier s'arrêta soudain en me communiquant la peur que trahissait son visage. Elle interpella les gardiens en les traitant de lâches. Ceux-ci furent tout d'abord surpris. Je crois qu'ils ne comprenaient pas le français, ou mal. L'un d'eux, d'un ton sec, nous ordonna d'avancer. Nous avons repris la marche. Mme Pannetier tenait la main de Françoise. Au bout d'une heure, nous avons quitté une zone d'herbes hautes pour nous enfoncer dans la pénombre d'une forêt-galerie.

Nous avancions lentement comme des automates grisés de fatigue. Nous débouchâmes dans une vaste clairière entourée par des fromagers géants. Elle était occupée par un petit village cambodgien que protégeait cette cathédrale végétale. Les maisons étaient toutes perchées sur de hauts pilotis et couvertes de chaumes de palmes. La nuit tomba comme une pierre et, à l'aide de lampes torches, les gardiens nous firent grimper sur la véranda de l'une des chaumières qui me sembla être la plus grande du village.

L'agitation du village me réveilla. Il faisait déjà grand jour. Les gosses du village formaient un arc de cercle autour de l'accès à la pièce où nous venions de passer la nuit. Ils avaient la peau très brune et épiaient nos moindres gestes. L'arrivée du commandant viet les dispersa. Il annonça à Mme Pannetier qu'elle serait libérée le soir même chez un missionnaire catholique de la région. Lorsqu'elle lui dit : " *Et les enfants ?* ". Il répondit : " *Les enfants seront aussi libérés, mais le commissaire politique veut les voir et nous allons les conduire à notre quartier général. Ce n'est qu'une simple formalité qui ne durera que quelques jours. Ils seront ensuite rendus à leurs parents.* "

Je me souviens que Mme Pannetier protesta contre cette nouvelle séparation. Le Commandant viet lui répondit sèchement qu'il avait reçu des ordres.

Sur la place du village, au-dessous de nous, des groupes de soldats vietminh bien armés manœuvraient. Vers midi, un Cambodgien nous monta la traditionnelle boule de riz avec un peu de viande rebouillie, mais encore dure, d'éléphant. Je me suis senti mal, comme écrasé par une maturité soudaine. La perspective du départ de Mme Pannetier, la dernière adulte de notre groupe de prisonniers, me laissait seul avec ma sœur qui n'avait que sept ans. Je me retrouvais sans appui, même précaire, face à un milieu inconnu et hostile. J'avais le sentiment encore diffus, mais qui se précisait d'instant en instant, d'une lourde responsabilité qui s'abattait sur moi alors que la vie et mon jeune âge ne m'y avaient pas préparé. Face aux Vietminhs, je devais désormais assurer, s'il le fallait en rusant, la protection de Françoise et ma propre dignité.

C'est alors que j'ai réalisé pleinement ma condition de prisonnier-otage, ainsi que les dangers et les incertitudes qu'elle comportait. C'est là que, enfant, je suis devenu sans transition adulte tout en conservant les apparences de mon âge. Ce fut une épreuve brutale et terrible. J'ai longtemps pleuré. Cela m'a calmé et, les yeux rouges, j'ai demandé au gardien qui rêvait accroupi à la vietnamienne au pied de l'échelle de la maison à voir le Commandant viet. Puis, j'ai dit à Mme Pannetier que j'allais lui demander de libérer Françoise avec elle. Elle m'a demandé si j'étais bien décidé à rester seul avec eux. J'ai répondu que oui. Le Commandant viet parut embarrassé par ma requête. Manifestement, il hésita lorsque je lui dis que je ne voyais pas la nécessité de garder deux otages d'une même famille. Mme Pannetier insista sur le fait que ma sœur était très jeune. Rien n'y fit. Il prétexta que l'envoi d'un messager vers le grand camp pour obtenir de nouvelles instructions prendrait trop de temps et qu'il devait exécuter l'ordre tel qu'il l'avait reçu.

En milieu d'après-midi, un gardien vint chercher Mme Pannetier. Elle nous embrassa et nous souhaita courage. Je me souviens encore de son sourire triste lorsqu'elle disparut dans la jungle vers la liberté. C'était une jeune femme à la fois douce et énergique qui eut le cran de mettre en cause sa propre libération pour que nous ne soyons pas séparés alors que, de l'autre côté du rideau de bambous, un bébé attendait ses soins maternels.

Au cinquième jour de notre captivité, nous entamâmes une longue marche vers le camp viet. À mes pieds, une trentaine de soldats Viets attendaient devant la maison du village. Nous quittâmes le village par un étroit sentier. Plus nous avancions et plus la végétation devenait dense. Françoise et moi marchions en milieu de colonne. Comme nous ne suivions que très difficilement, le commandant viet donna l'ordre de ralentir l'allure. Vers le milieu de la matinée, nous fîmes une courte halte. Lorsque l'ordre fut donné de reprendre la marche, un Viet porta ma sœur.

Je marchais comme un automate et ne sentais plus mes jambes. Il fallut traverser des cours d'eau boueux à la nage. Une boule de riz, comme d'habitude, fut l'unique repas de la journée. La nuit tropicale allait tomber lorsque notre colonne arriva en vue d'un petit village cambodgien, dont les huttes sur pilotis se dégageaient sur un horizon de rizières au milieu de cocotiers. Françoise dormait sur les épaules du Viet qui la portait. Je faisais l'effort de mettre un pied devant l'autre, lorsque le commandant viet donna l'ordre de campement sur une digue.

Au sixième jour, lorsque le soleil se leva, j'avais très mal au genou et je boitais. Un soldat viet nous apporta une boule de riz avec un peu de concentré de tomate et du Phra hoc (pâte de crevette ou de poisson). Le commandant avait fait confectionner un hamac de toile pour transporter Françoise. L'allure fut plus rapide que la veille. Je pataugeais dans l'eau jusqu'au chevilles, aux mollets ou aux cuisses. Je glissais souvent. Souvent je tombais. Mon short, ma chemise, mon corps entier étaient couverts de boue. Ma douleur au genou devenait lancinante, insupportable. Je boitais tellement que les Viets durent encore ralentir le rythme de leur avance. Le commandant s'aperçut de ma blessure et fit monter un deuxième hamac. Je m'y blottis et tombai dans un demi-sommeil cauchemardeux.

Au septième jour, la colonne s'enfonça dans la pénombre d'une forêt claire. Françoise et moi étions portés dans nos hamacs. Vers midi, les soldats posèrent mon hamac. Après une marche d'une heure sur un sentier de terre battue, nous arrivions au Camp viet.

DE L'AUTRE CÔTÉ DU RIDEAU DE BAMBOUS

Nous avons été, ma sœur et moi, détenus essentiellement dans deux camps. Ils seront dénommés " Le grand camp " et le " camp d'intendance " par mesure de simplification. Aucun de ces deux camps n'était destiné à recevoir des prisonniers.

LE " CATÉCHISME RÉVOLUTIONNAIRE "

Ville de jungle blottie dans un coude du Mékong, le grand camp s'étalait au centre d'un petit plateau au climat relativement sain. Il était couvert d'une forêt-clairière. Son altitude variait d'environ soixante à cent mètres. Il était naturellement protégé par son isolement, et une nature hostile qui lui formait rempart. Cette ville végétale s'organisait autour de grandes paillotes normalisées, isolées ou regroupées pour former de petits hameaux. Contrairement aux maisons cambodgiennes perchées sur pilotis, elles étaient construites à même le sol, surélevées seulement d'une plateforme de terre battue de la hauteur d'une marche. Leurs toitures, en pente douce, étaient couvertes de palmes de lataniers. Aucun mur, aucune cloison, même de bambou natté, ne fermait ces maisons. Un réseau complexe et dense de sentiers de forêt reliait les paillotes entre elles. Il fallait se rapprocher de très près pour les découvrir, tant elles se confondaient avec la végétation environnante. Leur mobilier était très sommaire. Les paillotes qui servaient de campement étaient pourvues, autour d'une allée centrale, de deux rangs de bat-flanc revêtus de nattes de paille de riz tressées. Celles qui faisaient office de bureaux étaient meublées de tables, et d'un ou deux petits bat-flanc pour les gardiens. Les salles de réunions et les " écoles " étaient généralement dotées d'un tableau noir protégé des intempéries par une paroi de bambou tressé ornée d'un drapeau Issarak.

Cité interdite, le camp était protégé par des champs de mines, de grenades piégées et de fosses d'empalement qui truffaient les sentiers. Ville de jungle, ville végétale, cité interdite du communisme révolutionnaire vietnamien déjà conquérant, le grand camp était enfin organisé selon un emboîtement successif de quartiers administratifs aux fonctions variées dont les activités convergeaient vers son centre penseur où se traitait le sort des maquis de la province : le " bungalow " du commissaire politique, grand maître de l'arme absolue sans laquelle le fusil n'est rien : la propagande.

Qui était cet homme si puissant qui se faisait appeler " Ong Duc ", Monsieur Duc, et que je finis en moi-même par surnommer " Le Mandarin "? C'était un Vietnamien du centre qui se disait né à Hué, fils de lettré et représentant de l'état-major d'Ho Chi Minh au Cambodge. C'était certainement un membre influent du parti communiste vietnamien. Ce dernier, semble-t-il en 1949, avait décidé de lui confier la tâche délicate de commissaire politique en mission extraordinaire au Cambodge auprès des troupes Issarak de la province de Snoul.

Dès le soir de notre arrivée au grand camp, nous fûmes immergés dans le bain de la propagande. C'était pour moi quelque chose de totalement nouveau que j'observais avec des yeux ronds. On me fit d'abord tailler, sur mesure, une tenue de coton noir aux coutures surfilées en me disant : " *Vous allez porter maintenant la tenue noire des paysans du delta. C'est aussi l'uniforme de l'armée de libération du Vietnam* ". Françoise aussi fut habillée à la vietnamienne. Tout ceci pour assister, après un repas vietnamien où il ne manquait rien, à un grand rassemblement. Il eut lieu dans une immense clairière éclairée par des feux de bois, où se dressait une estrade tapissée d'un drapeau Issarak. En arrière-plan, sur un décor naturel de forêt, se détachaient trois grands portraits. Au centre : Ho Chi Minh flanqué du drapeau viet à l'étoile jaune. À droite, Mao triomphant. À gauche, Staline. Cette Troïka de papier doublait celle qui officiait sur l'estrade : au centre le " Colonel " Issarak, à droite le commissaire politique, à gauche le commandant viet de la région, celui qui avait attaqué le cercle de Chup. J'assistai là à ma première " grande messe " de propagande, sous les feux de la rampe diffusés par la lumière vive des lampes à acétylène qui éclairaient l'estrade.

Quelques jours plus tard, le commandant viet nous annonça que nous allions quitter le quartier du camp réservé aux soldats pour aller loger chez le commissaire politique. Situé au centre du grand camp, à environ un quart d'heure de marche des paillotes servant de campement de transit pour les troupes, le " bungalow " du commissaire politique formait un vaste T. Les matériaux qui avaient servi à l'édifier étaient ceux utilisés dans le reste du camp. Mais ils avaient été plus travaillés et élaborés avant leur pose, ce qui donnait au bungalow un caractère " coquet " qui l'apparentait à ces maisons de style colonial des plantations de thé perchées à mi-pente des contreforts de la chaîne annamitique.

Le commissaire politique vivait là avec son épouse. Le personnel de service comportait un cuisinier et trois à quatre jeunes plantons, âgés de quinze à seize ans. L'un d'entre eux était cambodgien, les autres vietnamiens.

Physiquement, malgré la rusticité des lieux, nous étions relativement bien traités et correctement nourris au regard d'un environnement de jungle plutôt hostile. Psychologiquement, il en allait tout autrement. J'y subis un martèlement constant de propagande, volontairement et insidieusement asséné dans un but qu'à l'époque je n'arrivais pas à saisir. Le commissaire politique, de par ses fonctions, recevait beaucoup. Les Viets (généralement des cadres de haut niveau) qui venaient au " bungalow " se faisaient tous un devoir de m'expliquer pourquoi le Vietnam luttait pour son indépendance. Tant qu'il ne s'agissait que de cela, je comprenais leur langage. Il reflétait alors une volonté claire : le départ des Français, au moins à titre de colonisateur. Mais une nébuleuse de mots vaporeux, aux contours flous, gravitait autour de cette expression patriotique simple. Je ne comprenais pas pourquoi certains fondaient leur revendication d'indépendance sur cette mystérieuse doctrine occidentale qu'ils dénommaient " Marxisme ", et s'empêtraient dans sa phraséologie. Ils employaient, pour me convaincre, une sorte de vocabulaire codé qui glissait sur ma mémoire comme des gouttes d'eau sur les plumes d'un canard.

Le commissaire politique s'en aperçut vite. Quitte à revenir sur le " Marxisme " plus tard, il " inventa ", à point nommé, Binh. C'était un métis de père vietnamien du sud et de mère cambodgienne catholique d'ascendance ibérique. Binh était arrivé un jour au " Bungalow " dans un hamac porté par deux cambodgiens en sarong. Il avait des moustaches noires et dures comme des poils de sanglier, était coiffé d'un chapeau de brousse kaki et tenait une mandoline dans sa main droite. Un gros pansement enveloppait son pied gauche. Sa blessure provenait d'un éclat de grenade : " *Pas les Français,* disait-il, *mais les Thaïs, en passant la frontière…* "

Par des indiscrétions successives, j'appris que cet homme, haut en couleur, jouait un rôle important dans la résistance. Il était commissaire politique adjoint et dépendait de la 8e zone du Nambô. Parlant parfaitement sept langues, dont le thaï et le birman, ses qualités de polyglotte lui valurent l'attribution par ses chefs d'une mission extraordinaire : l'achat d'armes pour les maquis et l'organisation de leur acheminement.

Binh disposait de temps libre du fait de sa blessure ; aussi, avec la complicité du commissaire politique qui passait son temps à me promettre notre libération pour le lendemain, il se proposa de commencer mon éducation politique. Les leçons particulières de Binh étaient toujours accompagnées du crincrin de sa mandoline. Cela commença, il fallait bien faire table rase du passé, par l'Internationale (en français puis en vietnamien). Puis, il y eut l'hymne vietnamien et l'hymne Issarak, les louanges chantées à l'oncle Ho, les chansons de marche des régiments… On était à des millions d'années-lumière de l'éducation des bons frères de Dalat et du " *tantum ergo…* " des heures de vêpres.

Le soir, lorsque Binh avait terminé ses leçons particulières, le commissaire politique m'imposait une " *représentation théâtrale* " quelque part dans le camp, et une re-propagande… Puis, un jour, Binh est reparti en boitillant, sa mandoline à la main. Ce n'est que bien plus tard que je pris pleinement conscience des ravages causés par la déstabilisation psychique qu'entraîna au plus profond de moi-même cette propagande insidieuse infligée à haute dose par le commissaire politique.

Les cours de propagande ont continué. Ils étaient, heureusement, de temps en temps ponctués d'intéressantes notations du colonel Issarak sur la civilisation cambodgienne. Cet homme curieux, certainement dangereux et généralement peu bavard, me raconta des histoires passionnantes sur les génies de son pays, sur le bouddhisme, la vie dans les monastères, et les bons et les mauvais Karma. Il finit par m'avouer qu'il n'était pas communiste (le commissaire politique devait le savoir) et qu'il n'aimait pas les Vietnamiens mais qu'il en avait besoin (le commissaire politique lui rendait cette haine, mais plus subtilement).

LES FRANÇAIS ATTAQUENT LE GRAND CAMP

Vers la fin du mois de septembre 1950, les Français attaquèrent le grand camp. C'est un jeune soldat, le mousqueton à la bretelle, qui vint au " bungalow " annoncer la nouvelle au petit matin. Le commissaire politique avait disparu pendant la nuit. Nous nous regroupâmes autour du soldat pour quitter le camp, le groupe que nous formions se composait d'environ dix personnes. Nous avons marché des heures sur un sentier de terre battue avant de nous heurter au mur de verdure d'une forêt très dense. Les rayons solaires ne traversaient plus l'entrelacs touffu des lianes et des innombrables épiphytes qui recouvraient les branches et les troncs d'arbres gigantesques. Il y eut un bref mais violent orage. La jungle se couvrit de vapeurs. L'air chaud et moite, sentant la moisissure et la décomposition organique, devint lourd et difficilement respirable.

D'immenses fougères arborescentes formaient des voûtes ruisselantes au-dessus de nous. Leurs feuilles s'étalaient près d'un sol spongieux, gorgé d'eau. Çà et là, quelques gigantesques palmiers perçaient ce matelas épais de verdure primaire. Notre progression se faisait de plus en plus lente. Elle était même parfois ponctuée d'arrêts lorsque nous nous heurtions à un mur de jungle. Le soldat en tête du groupe taillait alors un passage à coups de machette.

Après avoir traversé un épais bois de bambous, épuisés, nous débouchâmes enfin sur un ancien sentier à peine marqué. La marche fut moins pénible. Puis, nous avons atteint le fond d'une petite vallée. Je perçus, dans le lointain, mêlé au tintamarre des grillons et au charivari des cigales, le doux murmure de l'eau d'un ruisseau. Je mourais de soif mais le soldat m'interdit de boire car l'eau était infectée de bactéries. Il y avait bien une gourde pour le groupe. Mais il avait été décidé d'économiser l'eau. Le soldat me dit : " *Personne ne boira, ni ne mangera aujourd'hui* ".

Le camp où nous arrivâmes à la tombée de la nuit était situé au sommet d'une petite colline. Il avait dû être abandonné depuis longtemps en raison d'un climat trop humide et malsain. Au milieu d'une végétation confuse, on devinait l'existence de plusieurs paillotes délabrées, parfois envahies par la jungle. Elles étaient entourées d'une nuée de moustiques qui s'attaquèrent immédiatement à notre groupe.

Françoise fut prise de frissons, puis de tremblements. Elle réclamait de l'eau et finit par s'endormir d'un sommeil agité. Je mis cela sur le compte d'une grande fatigue. Les visages, dans le groupe, marquaient l'effort physique de la journée, l'inquiétude, la peur. Au petit jour, Françoise, prise par un violent accès de fièvre, grelottait toujours sous sa couverture. Le paludisme l'avait complètement terrassée. Inquiet, je demandai qu'on lui donne de la quinine. Il me fut répondu qu'un soldat était parti en chercher ainsi qu'un peu de riz. En milieu de matinée, le soldat était de retour avec quelques comprimés et un peu de riz cuit pour ma sœur. Tiraillé par la faim, je demandai quand je pourrais manger. Il me fut répondu que notre groupe était coupé de toutes les sources de ravitaillement.

Vers le milieu de l'après-midi, venant de l'autre rive du ruisseau, une violente explosion secoua la forêt. Elle fut suivie d'un très long silence. La nature étonnée semblait retenir son souffle. Une rafale de fusil-mitrailleur crépita. Elle fut relayée par celle d'une mitrailleuse qui dominait des tirs d'armes automatiques. Puis, les orgues de la guerre donnèrent leur pleine puissance avec le grondement sourd des explosions d'obus de mortier. Un immense remue-ménage, où l'emportait le bruit des armes, régnait dans la jungle. Les rafales s'espacèrent. Il y eut encore quelques explosions, puis un silence inquiet. Les grillons reprirent leur symphonie. Un oiseau chanta. Des macaques se querellèrent. La jungle reprit vie et la nuit tomba comme une pierre.

Deux jours se passèrent ainsi dans ce camp perdu dans la jungle. Ma sœur avait toujours de la fièvre et demeurait alitée, enroulée dans une couverture. J'éprouvais une impression de vide due au jeûne prolongé et je me demandais avec angoisse comment les Viets feraient pour transporter Françoise s'il fallait subitement quitter le camp. Le troisième jour, un soldat déboucha du sentier une mitraillette à la main. Il annonça que le groupe devait quitter le camp dans la nuit. À la tombée du jour, deux hommes arrivèrent au camp. D'un physique de montagnards, petits, trapus et musclés, ils s'exprimaient dans une langue plus gestuelle que parlée. Leur comportement frustre, presque sauvage, ne m'inspirait aucune confiance. L'un d'eux prit ma sœur sur ses épaules et nous quittâmes le camp. Exténué de fatigue et tenaillé par la faim, je suivais péniblement l'homme qui portait ma sœur. Après une heure de marche, nous débouchâmes sur une piste recouverte d'eau stagnante. Dans l'obscurité et l'air saturé d'humidité, pataugeant dans l'eau et la boue, glissant, tombant et me relevant, j'avançais péniblement. L'eau de condensation ruisselait le long de la végétation et des sangsues, par centaines, tombaient sur nos corps. Parfois, il fallait enjamber d'énormes troncs pourris, brillants comme du phosphore dans la nuit, ou traverser à la nage des zones inondées. Il fallait marcher, et marcher encore.

Soudain la piste s'ouvrit sur une vaste clairière de forêt fraîchement défrichée. Nous fûmes, Françoise et moi, séparés du reste du groupe. Les deux porteurs au physique de montagnard nous firent grimper dans une petite paillote sur pilotis à l'orée de la jungle. Elle dominait une vaste étendue de rizières et devait servir de lieu de repos aux bûcherons. Le ciel était percé par la fine clarté des étoiles. La chaleur s'exhalait encore de la terre brûlée par le soleil du jour. Un climat de guerre, une atmosphère lourde qui sentait la poudre planaient sur les lieux. Je fus, sans raison apparente, pris par un sentiment paralysant, une impression pesante d'être traqué, de côtoyer la mort. Deux hommes gravirent l'échelle. Impeccablement vêtus, ils portaient l'uniforme de toile verte des cadres du Nambô. L'un d'eux me tendit une boîte de sardines et une boule de riz. Il donna du lait concentré à Françoise. Tous deux parlaient parfaitement le français. Je leur demandai pourquoi nous avions été séparés du reste du groupe. L'un des cadres me répondit qu'on se battait encore partout et qu'il fallait nous conduire dans un lieu sûr. Puis il me dit qu'il avait été surveillant sur une plantation que mon père dirigeait au Sud-Vietnam et qu'il l'avait bien connu. Cet entretien se termina rapidement. Les deux cadres viet se levèrent et disparurent dans la nuit. Je mis cette visite courtoise sur le compte de la curiosité. L'esprit embrumé, les intestins encore dévorés par la faim et trempé jusqu'aux os, je m'endormis.

Par des gestes brusques, l'un des porteurs me réveilla en me faisant comprendre qu'il fallait partir. L'autre avait déjà pris Françoise sur ses épaules. L'homme qui portait ma sœur marchait vite. Je le suivais péniblement talonné par l'autre porteur. La nuit était froide. J'entendis hurler des chiens sauvages. L'endroit devait être bourré de pièges car nous quittions souvent le sentier pour le rejoindre l'instant d'après. Cela faisait plus d'une heure que nous marchions et je n'arrivais plus à suivre, lorsqu'au détour du sentier je remarquai une paillote faiblement éclairée par une lampe à pétrole. Elle était vide. Le premier porteur déposa ma sœur endormie sur un bat-flanc et nous marquâmes une courte pose. Lorsqu'il fallut repartir, je m'y refusai. Je tentai de faire comprendre aux deux porteurs que je ne pouvais plus marcher. Il y eut entre eux un court conciliabule. Ils me regardèrent d'un air menaçant. Puis l'un d'eux prit ma sœur toujours endormie sur son dos. Le second me tira brutalement hors du bat-flanc. Saoulé de fatigue, la peur au ventre, je me laissai traîner comme un automate. Nouveau conciliabule. Celui qui me traînait se baissa, fit le dos rond et, avec sa main droite, me fit comprendre qu'il fallait grimper sur ses épaules. La terreur me tenait éveillé. Je me persuadais (cela était dû probablement à une peur incontrôlée mêlée d'une très grande fatigue) que ces deux hommes frustres étaient d'horribles bourreaux qui nous conduisaient à une exécution certaine au fond de la jungle. Je pensais que les Viets voulaient en finir avec nous. Le sentier s'élargit et la végétation se fit moins dense.

Aux prises avec ma frayeur obsédante, je fixais la machette que tenait le porteur de Françoise et ne remarquai pas une paillote à droite du sentier. On entendit encore hurler les chiens sauvages. L'homme qui me portait s'arrêta. La peur, comme une vague de fond, revint battre mes tempes. Je focalisai mon regard sur un tas de terre fraîchement remuée que je pris pour une tombe ; en fait il s'agissait de terre provenant de l'excavation d'un puits. Le porteur fit encore quelques mètres et s'accroupit. Groggy, je mis pied à terre. Nous nous trouvions devant une paillote. Elle était coupée en deux parties par une cloison de bambou tressé. Ma sœur fut déposée sur un grand bat-flanc. Elle dormait. Trois Viets se chauffaient tranquillement les pieds devant un petit feu de braise. Nous étions arrivés au camp d'intendance et le jour se levait.

Au cours de cette simple nuit, le temps avait mis les bouchées doubles et j'avais appris à disséquer les angoisses d'une mort que j'avais crue certaine.

L'ÉPREUVE DANS L'ÉPREUVE

Le camp dans lequel nous venions d'arriver n'avait d'intendance que le nom. Il était entouré d'une forêt très dense peuplée de tribus de macaques. Le soir venu, ils s'abritaient dans les épais feuillages des cimes des arbres qui dominaient les deux paillotes qui formaient le camp. La nuit tombée, des hordes de chiens sauvages rôdaient autour de nous, leurs hurlements hantaient la jungle plongée dans l'ombre.

Je ne vis guère le chef de camp, un certain Huong, qui cumulait les fonctions d'intendant et de percepteur. Il parcourait les villages et les hameaux pour y contrôler les agents Issarak chargés de percevoir " l'impôt populaire " ou pour veiller au bon approvisionnement des troupes. Par intermittence, deux femmes venaient au camp. L'une était une pure Cambodgienne d'environ dix-huit ans. Son père était le mékhum (maire) d'un village proche. Au camp, elle se baignait lorsqu'elle ne cuisinait pas. Puis elle allait s'asseoir près de ma sœur. Isolés de tout, nous avons vécu en marge du temps dans ce camp de fin septembre à fin décembre 1950. La jeune Cambodgienne, lorsqu'elle était là, essayait de nous distraire de cette monotonie quotidienne qui nous environnait. De sang mêlé, l'autre femme était une métisse cambodgienne quadragénaire. Des Khmers, elle avait pris la couleur de peau brune, le visage rond et surtout ce sourire enchanteur des sculptures de grès. Par contre, le sang chinois dominait dans sa rouerie, son sens de l'intrigue et du commerce. Elle réussit à voir ma mère, à lui indiquer qu'elle savait où nous étions, à lui proposer de la conduire au camp – ce qui relevait d'une proposition suicidaire pour ma mère et pour elle – à tenter de nous échanger contre une paire de défenses d'éléphant. Devant ses échecs répétés, elle me proposa d'organiser notre évasion. Je réalisai que cette tentative serait vouée à l'échec et qu'elle était très dangereuse pour Françoise, elle et moi ; je refusai. Elle finit alors par me dire, en crachant sa chique de bétel, que les Viets, de toute façon, nous couperaient le cou ! Ce en quoi elle évoquait un risque potentiellement non négligeable.

Malheureusement pour nous, ces deux femmes ne faisaient pas partie du personnel permanent du camp. Son effectif se composait du sous-chef de camp et de deux soldats vietnamiens. L'un était une brute épaisse qui exécutait aveuglément les ordres du sous-chef de camp ; l'autre gardait encore l'expression quasi-enfantine de ses seize ans. Il s'ennuyait, mais son penchant naturel à vouloir sympathiser avec nous était toujours contrarié par la présence du sous-chef de camp. Ce dernier respirait la mesquinerie et la méchanceté. Il mettait son peu d'intelligence au service d'une critique acerbe des Français. Il leur vouait une haine aveugle depuis le jour où on lui refusa l'accès au noviciat. Au camp, il vivait en ascète. Ceci ne l'empêchait pas de se rendre au plus proche hameau pour s'y nourrir et y faire des emplettes.

Ce fut pour nous un véritable geôlier. Certes, il se garda bien de nous faire subir des épreuves directement liées à des sévices corporels. Je crois qu'il voulait notre mort. Mais, il entendait la voir lente, dosée par l'action insidieuse et subtile des maladies infectieuses. Pour aboutir à ses fins, sa seule intervention résidait dans un savant calcul de restrictions alimentaires. Le climat, l'eau infectée qu'on oubliait de faire bouillir, la jungle qui pourrissait tout, feraient rapidement le reste. À ceux des rares visiteurs qui s'étonnaient de notre maigreur squelettique et de notre état de délabrement physique, le sous-chef de camp répondait que nous n'avions pas à nous plaindre puisque nous étions aussi bien nourris que les autres personnes qui vivaient au camp. Il oubliait bien entendu de dire que lui-même et les deux soldats trouvaient régulièrement des compléments de nourriture au hameau voisin. À cette époque, la région de Kompong Cham, contrairement à certaines régions du Nord et du Centre Vietnam, était largement autosuffisante en nourriture, pour ne pas dire excédentaire. Tout était bon prétexte pour diminuer notre ration alimentaire : les bouchers Cham qui ne fournissaient plus de viande, les attaques françaises, les inondations de la saison des pluies… La malnutrition fit petit à petit son œuvre et je me demande combien de temps nous aurions pu tenir sous ce régime.

ON NE S'ÉVADE PAS DE L'ENFER

C'était venu comme cela, sur un coup de tête. L'isolement dans la jungle et cette vie végétative me pesaient. Je n'en pouvais plus d'entendre les sarcasmes du sous-chef de camp, et le traitement qu'il me faisait subir ne pouvait conduire qu'à une mort lente.

Ce jour-là, je n'avais pas pensé à Françoise et je m'en suis voulu par la suite. J'avais décidé de partir, de m'évader, de quitter ce lieu maudit. Un grand calme régnait sur le camp d'intendance, et la paillote qui servait de cuisine et de réfectoire était vide. Je quittai le camp par le sentier qu'empruntait la jeune Cambodgienne pour se rendre au village. Je marchai lentement quelques instants, puis j'accélérai la cadence de mes pas. Mes pieds nus mordaient de temps en temps dans le sol sablonneux ; mais j'y étais maintenant habitué et cela ne me gênait pas.

Le sentier déboucha soudain sur un chemin forestier profondément marqué par des ornières creusées par les roues de chars à bœufs. Après un moment d'hésitation, je m'engageai à droite. Quelqu'un me poursuivait. Je me mis à courir. Mon pied heurta une racine qui effleurait le sol. Je tombai, me relevai et poursuivis ma course. J'entendais maintenant derrière moi la respiration haletante du vieux gardien. L'instant d'après, je me trouvai plaqué à terre.

Le gardien me dénuda. Avec une première corde faite de liane, il me serra les poignets l'un contre l'autre. Avec une seconde corde, il me lia les pieds. En quelques instants, je ne sentis plus l'extrémité de mes membres. Le gardien se releva et me traîna jusqu'à ce qu'il trouve une branche à hauteur d'homme. Il balança l'une des extrémités de sa dernière corde autour de cette branche, en fixa l'autre entre les liens qui enserraient mes pieds qu'il hissa. Pendu par les pieds, les mains rasant le sol, je balançais mon corps nu maintenant presque inerte.

Je ne sentais plus mes jambes et le sang me descendait à la tête. Le gardien s'était à nouveau rapproché. Je distinguai à travers un voile de brume ses pieds nus et calleux. Une série de très vives douleurs au bas ventre me firent sursauter. Puis, tout devint flou.

Combien de temps je restai ainsi pendu ? Je n'en eus jamais aucune notion. Lorsque je repris connaissance, j'étais étendu sur le sol, toujours nu. Mes vêtements traînaient sur le chemin forestier près de moi. Le vieux gardien me fit signe de me relever et me reconduisit au camp.

Ce jour-là, on me confisqua mon bol de riz. Le lendemain, le sous-chef de camp me dit, en montrant le vieux gardien : " *Il a fait cela pour votre bien. De toute façon, sachez que vous n'auriez pas été bien loin* ".

DEMAIN VOUS SEREZ MORT

Un jour, le commissaire politique est venu au camp d'intendance. De grandes réunions de propagande devaient rassembler non loin de là tout ce que la région comportait d'autorités civiles et religieuses : maires des villages, bonzes, chef Chams, chinois etc... Il parut (ou fit semblant de paraître) frappé par l'effrayant état de délabrement physique dans lequel nous nous trouvions. Il fut alors décidé de nous gaver. Je suppose que notre état aurait gêné sa propagande vis-à-vis des notables khmers de la région à qui il voulait prouver que nous étions bien traités. Quelques temps plus tard, à la queue leu leu, tôt le matin, un défilé de Khmers en sarong déboucha du sentier donnant accès au camp. On m'avait donné l'ordre de sourire. De toute façon, ce manège coloré nous amusait beaucoup Françoise et moi. Le camp d'intendance devint pendant quelques jours un véritable déambulatoire de mékhums, de vieux moines fripés, de moines novices et même de bonzillons. Le commissaire politique se servait ainsi de nous comme d'une sorte d'appât, de miroir aux alouettes. En contrepartie, notre meilleure protection contre les Viets à compter de cette époque fut la population locale, et notamment les bonzes. Encore fallait-il que le commissaire politique ne perde pas la face, et il y avait toujours le danger des " accidents de la guerre ".

Plus tard, des soldats sont venus annoncer qu'une colonne de militaires français se dirigeait vers la région des camps. Le lendemain, dès l'aube, le jeune soldat qui nous gardait revint au camp d'intendance en courant. Il annonça que les militaires français étaient au hameau voisin. Ce fut le signal du départ. Nous nous enfonçâmes dans l'épaisseur de la jungle et, après quelques temps de marche, nous atteignîmes la première paillote d'un camp qui venait d'être construit, probablement pour les réunions de propagande destinées aux autorités locales cambodgiennes et aux bonzes. Une attente anxieuse commença. Notre groupe se composait de ma sœur, du sous-chef de camp, du jeune soldat et de moi. L'autre soldat guettait près d'une piste sablonneuse à quelques pas de la paillote. La matinée s'écoula ainsi.

Le sous-chef de camp marquait des signes de grande nervosité. Il y eut une violente explosion, le soldat-guetteur arriva au pas de course et annonça la présence des Français. Ils devaient longer le camp d'intendance, qui était truffé de grenades piégées. Le sous-chef du camp était blême de peur. D'un ton plein de menace, il m'ordonna de rester immobile sur le bat-flanc, d'éviter tout bruit et de veiller à ce que Françoise en fasse autant. On entendit des murmures de voix provenant de la piste sablonneuse. Seules quelques touffes végétales de jungle opaque nous séparaient des militaires, de la liberté… ou de la mort. Le jeune soldat, l'index sur la détente, avait braqué son mousqueton sur ma poitrine. Je me souviens que je fus d'abord étonné. J'observai la bouche d'acier froide et noire du canon de l'arme. Puis, mon regard se porta dans les yeux du soldat. Ils marquaient la peur, mais gardaient encore une expression enfantine que je partageais avec lui. Nous possédions en commun cette terreur intérieure des enfants qui ne sont pas faits pour négocier avec la mort. Pourtant, je savais qu'il aurait tiré. Le mince espoir d'éviter la mort par la suite l'y aurait conduit. Françoise bougea. Le canon de l'arme se déplaça vers elle. Je lui saisis fermement la main. Surprise par ce geste, elle resta immobile et le canon du fusil se dirigea à nouveau vers moi. Il y eut des murmures en français, très proches, et le bruit étouffé de pas lourds, sur l'humus. Puis, un pesant silence, comme celui de la vie qui s'arrête.

Le jeune soldat posa son arme à terre, la sueur lui perlait le front. Gêné, il détourna son regard. Le soldat-guetteur réapparut et confirma que les Français étaient partis. Nous retournâmes au camp d'intendance. Le sous-chef de camp interdit de rallumer les feux dans la cuisine. Il était surexcité par la peur et devenait brutal. La nuit tomba comme une boule de plomb. La flamme dansante d'une lampe à pétrole exacerbait les traits des visages. Une horde de chiens sauvages se mit à hurler. Soudain, le sous-chef de camp dit au vieux soldat en vietnamien : " *La présence des gosses rend notre situation intenable et nous risquons gros si les militaires français nous capturent avec eux. S'il fallait fuir, les enfants nous gêneraient* ". Le vieux soldat opina. Le sous-chef de camp poursuivit : " *Demain matin, si les Français menacent encore le camp, tu les étoufferas ; tu les tueras ! Ensuite on ira jeter leurs corps au Mékong et on dira qu'ils se sont noyés alors qu'on se repliait* ".

J'étais paralysé par une peur affreuse. Le sous-chef de camp sentit mon désarroi et poussa alors le sadisme à son comble en disant, après m'avoir regardé : " *Je crois qu'il nous comprend. Il parle vietnamien maintenant* ". Les douces rumeurs de la vie se levaient sur la jungle. Le matin apporta un jour paisible. Avant l'aube, deux soldats khmers vinrent remplacer le vieux soldat que je ne revis jamais plus.

LE MANIFESTE ET LA LIBÉRATION

Le 28 décembre 1950, nous avons quitté le camp d'intendance pour regagner le grand camp et le " Bungalow " du commissaire politique. Pourquoi cette date est-elle précise dans ma mémoire ?

Au camp d'intendance, nous avions vécu totalement isolés, hors du temps. C'est en interrogeant le commissaire politique que j'obtins cette réponse du 28 décembre 1950. Ma question l'étonna et lui parut même un peu saugrenue. C'est pourtant ainsi que je repris conscience de la marche du temps. J'appris aussi ce jour-là qu'il y avait eu une grande bataille à Cao Bang et sur toute la RC 4 ; que, selon l'expression de certains Viets, c'était " *la fin du dragon blanc* " ; qu'enfin, les troupes d'Ho Chi Minh seraient à Hanoï pour le Têt du Chat. Je fus étonné que le commissaire politique, comme à son habitude, n'évoque pas, un trémolo dans la voix, notre prochaine libération.

Le jour de l'an fut marqué par de nombreuses cérémonies et des discours de propagande. Le " bungalow " était plein de chefs viet et Issaraks. Un cadre du Nambô me remit des tracts de propagande. L'un d'entre eux était une sorte de carte de vœux spécialement imprimée par la presse viet pour les Français. On pouvait y lire : " *L'armée nationale du Viet nam – 8e zone de résistance – forme, au seuil du nouvel an 1951, le vœu ardent et sincère suivant : le soldat français et le soldat vietnamien, la main dans la main, iront fumer ensemble le calumet de la paix et boire ensemble le vin de l'amitié* ". Je crois n'avoir jamais entendu plus parler de paix qu'en temps de guerre!

LE MANIFESTE D'UN GARÇON DE 12 ANS

Le manifeste était dans l'air du temps. Encore fallait-il appliquer à un enfant cette règle qui voulait que les prisonniers du Vietminh dénoncent à l'unisson l'affreuse guerre coloniale que les Français menaient au Vietnam. La profession de foi que j'allais rédiger devait jeter chez ses lecteurs un trouble et une confusion suffisante pour que le commissaire politique puisse utiliser leur désarroi à son avantage. Il fallait, toutefois, qu'elle présente un caractère suffisamment ubuesque pour lui conférer une authenticité évitant de donner prise à des contre-manifestes humanitaires intempestifs.

Le danger était de voir la lettre que le commissaire politique voulait me faire écrire produire l'effet inverse de sa vocation première. Je pouvais aussi me cabrer. Il fallait donc soigneusement préparer l'environnement qui permettrait d'obtenir le résultat escompté, attendre avec patience et ne cueillir que le fruit mûr. J'avais vécu une affreuse expérience au camp d'intendance. Il s'agissait donc de me montrer le grand camp comme une sorte de paradis. La lassitude ferait le reste. Le commissaire politique avait aussi compris que le temps ne s'écoule pas de la même manière chez l'adulte que chez l'enfant, qui vit plus dans l'instant. Une notion d'éternité de l'enfance me conduisait à l'époque à m'attacher à des phénomènes qui auraient paru instables à un adulte. Il décida donc de me laisser une totale liberté de circulation à l'intérieur du camp. Il m'incita même à participer à ses activités. Il voulut ainsi me donner l'impression d'une complète intégration. Au début, cette liberté quasi-absolue qu'on m'accordait m'avait rendu perplexe. Pourtant, l'instinct et la curiosité de mon âge m'avaient poussé à participer chaque jour un peu plus à la vie du camp. Un matin, alors que je faisais face au commissaire politique dans la salle de réunion du " Bungalow ", celui-ci m'interrogea à brûle-pourpoint: " *Que pensez-vous de la lutte que mène le Vietnam pour sa libération?* ". J'avais la tête farcie par sa propagande et lui répondis presque mécaniquement, comme on récite une leçon: " *Je la trouve légitime. Il est normal que le Vietnam veuille son indépendance* ".

La procédure de rédaction d'un manifeste, sous forme d'une lettre à mes parents, était ainsi mise en route. Cela prit une journée d'un tête-à-tête parfois orageux qui aboutit à la rédaction d'un texte, dicté au moins trois fois par le commissaire politique. En voici la substance :

" *Cher papa, chère maman,*

J'espère que vous allez bien. Nous sommes en bonne santé Françoise et moi car nous sommes traités comme eux.

Il vaut mieux que vous repartiez en France.

Je reste ici parce que j'aime la justice. Je veux que les colonialistes qui se sont emparés des pays des autres pour leur propre intérêt et non pas pour la civilisation rentrent chez eux. C'est le cas du Vietnam et du Cambodge qui sont en ce moment assez civilisés pour être gouvernés par eux-mêmes et n'ont pas besoin de l'Union Française.

Il existe une deuxième injustice, celle envers les ouvriers qui travaillent péniblement toute la journée et ne gagnent que trois piastres par jour alors que le reste de l'argent passe dans la main des capitalistes.

J'espère que vous avez passé un bon Noël. Je regrette de ne pas avoir été avec vous, mais un jour viendra où nous nous reverrons. "

Lecture " refaite ", le commissaire politique fit approuver le texte par le commandant issarak de la région sous la forme suivante (en français) : " *Lu et accepté – À transmettre à M. Le Minor, Directeur de la plantation de Krek – Le commandant des troupes Issarak – Secteur Kompong Cham/Kratié – le 17/1/51.*

Rétrospectivement, je pense que le commissaire politique m'a fait écrire cette lettre pour quatre raisons (en dehors de l'effet de " mode ") :

– la durée de notre internement commençait à gêner terriblement son action de propagande sur la population locale et les bonzes, qui ne comprenaient pas pourquoi il continuait à détenir des enfants ;

– il avait peut-être reçu des ordres pour nous libérer (ces ordres devaient d'ailleurs être assez flous et il jouait sur la présence des Issaraks) ;

– il voulait sauver la face ;

– la lettre lui permettait enfin d'établir une tentative d'action de déstabilisation psychologique vis-à-vis de mes parents, surtout de mon père qui menait sur le plan local une campagne humanitaire, avec l'aide des bonzes, qui commençait à porter ses fruits.

Mon père répondit immédiatement à cette lettre par un texte qui, bien que m'étant adressé, était en réalité destiné au commissaire politique. Il y disait en substance (le document est resté chez les Viets) qu'il respectait mes opinions mais que, pour mon avenir, il était grand temps que je reprenne mes études et que le commissaire politique, qui lui aussi avait fait des études, devait savoir qu'il me serait plus facile de les mener à bien en France que dans le maquis.

Le commissaire politique me demanda ce que je pensais de l'argument de mon père. Je lui répondis que je devais bien reconnaître qu'il avait raison. Cette réponse était dangereuse. J'en étais conscient. Mais j'en avais assez de sa propagande et je pensais à l'époque que je n'avais plus rien à perdre.

Le 6 février 1951, jour du Têt de l'année lunaire du chat, les troupes d'Ho Chi Minh n'étaient pas dans Hanoï et le commissaire politique m'annonça que nous allions être libérés, ma sœur et moi. Pour une fois, il disait vrai.

LA LIBÉRATION OU LA DOUCEUR D'UN CAMBODGE CONVENTUEL

Nous avons quitté, Françoise et moi, le grand camp quelques jours après les fêtes du Têt, vers le 10 février 1951. Nous n'avions aucune escorte, sauf celle du commissaire politique.

Vers midi, nous avons abandonné l'obscurité des entrelacs de tunnels de verdure de la jungle qui entourait le camp. Lorsque le soleil déclina vers l'ouest, des toits de palmes se dessinèrent sur la marqueterie des rizières. Ils se blottissaient sous la masse élancée d'une cocoteraie. Un arroyo aux eaux boueuses bordait le village. Des enfants nus y barbotaient. Nous avons croisé un immense banyan dont le pied s'ornait d'un autel rustique où brûlaient des baguettes d'encens pour honorer les génies fonciers locaux. Nous avons ensuite longé des jardinets riches en légumes et en arbustes de toutes sortes. Cette simple vision d'une nature ordonnée produisit en moi une impression de douceur, par contraste avec cette force angoissante de vie et de mort que j'avais connue dans la jungle.

L'alizé touchait à sa fin. Bientôt, ce serait la période des basses eaux de mars. La terre s'était durcie et le limon des rizières se craquelait. Nous marchions sous un soleil torride qui nous brûlait la peau. Pourtant, cette avance n'était pas trop pénible car nous faisions souvent de courtes haltes. Le soir, au terme de chaque étape, au milieu des tamariniers et des manguiers, la population d'un village en fête nous attendait pour nous offrir des rafraîchissements et l'ombre de la meilleure paillote. Contrairement à ce qu'il s'était passé lorsque nous avions gagné le grand camp après l'attaque du cercle de Chup, nous n'évitions aucun hameau. Le moindre signe de vie dans la région attirait le commissaire politique. Nous étions les tambours de sa propagande. Ne fallait-il pas prouver à ces communautés qui nous accueillaient si chaleureusement chaque soir que nous avions été humainement traités pendant notre captivité ? C'est ainsi que, loin des fracas de la guerre que seul le parabellum du commissaire politique rappelait, nous avons croisé, l'espace d'un instant, la vie du paysan khmer, son harmonie avec la nature.

Un soir, nous sommes arrivés dans un village plus grand que les autres. Une large piste carrossable, œuvre de l'administration coloniale, le traversait. Nous nous rapprochions de la zone contrôlée par les Français. À la tombée du jour, nous avons rejoint notre dernier camp viet. C'est là que le Commissaire Politique nous a quittés. Il m'apprit avant de partir que le corps expéditionnaire avait gagné une bataille à Vinh Yen et que le général de Lattre commandait les troupes en Indochine. Il me dit que cette guerre ne serait plus la même et qu'ils allaient traverser une période très difficile. Le lendemain, en début d'après-midi, le commandant Issarak de la région arriva au camp. Il nous conduisit à la tombée du jour dans une sorte de petite hutte entourée d'herbes sèches. Il me tendit un pli fermé pour mon père. Cette missive contenait notre ordre de libération.

On entendait, venant de la piste défoncée, le grincement des essieux de bois d'une charrette ; puis le souffle puissant des bœufs. Un bouvier se rapprocha de la hutte de chaume. Le commandant Issarak lui donna des instructions en cambodgien. Puis, avant de disparaître, il me dit en français : " *Cet homme vous conduira à Veal Molou où vous serez libérés* ".

Après deux jours de charrette, en fin de matinée, nous étions à Veal Molou. Le bouvier arrêta ses bœufs à l'entrée du monastère. Il nous fit monter dans la sala (gîte d'étape pour les voyageurs) des fêtes et il disparut. Nous étions maintenant seuls, sous la protection du bouddha. Du centre du Vat (pagode), le gong chargé de rythmer la vie communautaire annonça l'heure du repas. Un léger pas glissa sur le parquet lisse du préau de la sala. Une Cambodgienne sans âge déposa deux bols de riz. Puis, elle s'éclipsa comme une ombre en joignant plusieurs fois de suite ses mains à la hauteur de son front. Un bonze, assis en lotus dans l'ombre près de la tiare pointue d'une aspara dorée, observait intensément nos mouvements. C'était le supérieur du monastère. Au nord, une ligne de kokis signalait la frontière du monastère. La masse sombre des hévéas de la plantation de Krek marquait, dans le lointain, l'ouest de la plaine.

Un petit nuage de poussière grise s'approcha, c'était la *jeep* blindée de mon père. Cette *jeep*, symbole de la liberté retrouvée, ébouriffa en moi les souvenirs d'une enfance heureuse à jamais disparue dans le fracas de la guerre. Le docteur Pannetier et M. de Soza furent relâchés par le Vietminh un mois plus tard, dans les environs de Saïgon. Avant de descendre au Vietnam du sud, ils passèrent trois mois de leur captivité dans un camp de jungle où, souvent humiliés et parfois torturés, ils subirent le supplice du carcan : les pieds enserrés dans une cangue, les gardes ne les libéraient qu'une fois par jour, à l'heure du repas.

LE RETOUR EN FRANCE

Comment décrire ce qui s'est passé après ma libération ? C'est un peu comme si les Viets avaient déposé dans mon cerveau un chapelet de bombes à retardement. J'ai eu l'impression en rentrant en France, en 1951, d'atterrir sur une autre planète au milieu de gens dont je ne comprenais pas le langage et à qui je parlais de choses totalement en dehors de leurs préoccupations.

Le comportement des enfants de mon âge m'était étranger, comme celui des adultes. Au fond, j'étais un étranger pour tous et de tout. Je me suis alors réfugié dans un mutisme absolu sur les événements que j'avais vécu en Indochine, tant vis-à-vis des enfants de mon âge que des adultes qui n'arrivaient pas à comprendre ce qui m'était arrivé. Cette règle du silence était telle qu'elle se traduisait physiquement par un tic qui m'amenait en permanence, au collège, à porter ma main droite contre mes lèvres comme pour me rappeler : " *Ne dis rien, ce n'est pas la peine* ". Beaucoup prenaient cela pour une extrême timidité. Personne ne pouvait soupçonner, même dans mon entourage proche, que ce qu'on appela plus tard le " lavage de cerveau " représentait de véritables tortures mentales, invisibles de l'extérieur mais qui laissaient des traces sournoises et profondes. Encore, une fois connues, fallait-il imaginer et admettre que de telles pratiques furent pratiquées sur un enfant. Je me sentais moralement sali, comme atteint directement dans ma dignité. Cette sorte d'atteinte au droit le plus profond de la personne est un véritable crime. Il devient odieux lorsqu'il est appliqué sur des enfants, et d'autant plus douloureux à vivre qu'il fallait le supporter dans la grande solitude liée à l'incompréhension et à l'indifférence générale qui m'entouraient.

Je n'étonnerai personne en affirmant que ma captivité m'a marqué à vie, puisqu'elle a rongé mon enfance. Ce n'est que vers vingt ans que j'ai à nouveau senti la vie devant moi.

***

L'HONNEUR MEURTRI

Robert Dequier

Réflexion sur une tentative de lavage de cerveau subie en Indochine par des soldats français prisonniers du Vietminh

Pendant cinq jours, du 1er au 5 octobre 1950, les légionnaires parachutistes, les goumiers, les tirailleurs marocains et les partisans vietnamiens vont subir les assauts des bataillons rebelles sans cesse renouvelés et perdre, peu à peu, toute possibilité de manœuvre dans cette jungle hérissée de pitons de calcaire où sinue la Route Coloniale n° 4.

Au sixième jour, les bataillons décimés de la colonne Le Page, privés en outre de ravitaillements en vivres et munitions que l'aviation ne peut leur fournir tant la situation au sol est confuse et parce qu'elle a été massivement engagée ailleurs, se retrouvent bloqués au sud-est de Dong Khé, dans la cuvette de Coc Xa, au bord d'un précipice de près de cent mètres de profondeur, directement soumis aux feux de l'adversaire. Ils en seront réduits à attendre le secours de la colonne partie de Cao Bang sous les ordres du colonel Charton.

Cette colonne, forte du bataillon de la Légion Étrangère qui tenait la garnison, de plusieurs compagnies de partisans vietnamiens et d'un Tabor Marocain que l'on a, tout exprès, dépêché sur les lieux par voie aérienne, a quitté Cao Bang le 3 octobre 1950.

Faute d'être correctement renseigné sur le drame qui se vit à Dong Khé, quarante kilomètres plus bas, Charton croit que les bataillons de Le Page ont pu largement déborder le secteur de Dong Khé et que la jonction des deux colonnes se fera sans problème grave à seulement 25 kilomètres de Cao Bang.

Sa colonne partie en bon ordre est malheureusement encombrée de civils qui ont fui la ville et qui ralentissent sa marche.

La RC 4, que l'on pensait pouvoir emprunter sur une bonne partie du chemin, se révèle très tôt absolument impraticable en raison des coupures multiples que le Vietminh y a creusées.

Il faut alors non seulement détruire les camions et les canons qu'on ne peut plus faire circuler, mais encore s'écarter de la route et s'enfoncer dans la montagne à la recherche d'une piste, qui figure en pointillé sur les cartes mais que la jungle a depuis bien longtemps dévorée. Harcelés très vite par des unités vietminh que l'on ne croyait ni si proches ni si nombreuses, les éléments de la colonne Charton vont accomplir une difficile et coûteuse progression de près de 30 kilomètres en trois jours.

Le 6 octobre au soir, lorsqu'ils arriveront aux abords de Dong Khé, l'accueil qu'ils espéraient s'est volatilisé. Leur sort dans cette malheureuse affaire est désormais lié à celui de la colonne Le Page.

Le 7 octobre, aux premières lueurs de l'aube, dans une ultime tentative pour rompre l'encerclement vietminh et rejoindre les unités de la colonne Charton, que l'on devine proches et que l'on croit encore fortes, les débris des bataillons de Le Page se risquent à tenter une sortie en empruntant le dangereux chemin du précipice bordant la cuvette de Coc Xa.

Tirés à vue par les Viets qui tiennent les hauteurs d'en face, ils sont incapables de riposter tant leur descente, qu'ils s'efforcent d'accomplir en s'agrippant à tout ce qui peut constituer une prise, est périlleuse. Ils vont se retrouver au pied des calcaires, une dernière fois disloqués.

Le groupement Charton, attaqué de tous côtés, ayant perdu toute possibilité de manœuvre cohérente, se fond lui aussi dans cette dislocation.

Par petits groupes, sous le commandement de gradés de rencontre, les survivants du moment vont tomber un à un entre les mains des unités de Giap.

On peut estimer que sur les 6000 combattants français des deux colonnes, 3000 au moins ont été tués ; 500 à 600, plus habiles ou provisoirement plus heureux, ont réussi à se sortir du piège et à regagner That Khé ; 2500 ont été faits prisonniers.

Je ne veux pas ici apprécier les abandons successifs et précipités des garnisons de That Khé, Na Cham et Lang Son dans les quelques jours qui suivirent la disparition des colonnes Charton et Le Page.

Je note cependant avec tristesse le sacrifice difficilement admissible d'un bataillon de parachutistes largué sur That Khé, en principe pour en faciliter l'évacuation alors que tout était consommé, et aussi le drame de ceux qui, ayant réussi à se faufiler entre les unités vietminh concentrées autour de Dong Khé, seront devancés dans leur retraite par les soldats viets parvenus sans encombre à That Khé d'abord, à Lang Son ensuite.

Capturés, ils seront pour longtemps marqués par le caractère, à leurs yeux incompréhensible, de ces abandons.

Ils transmettront, sans le vouloir, leur amertume à ceux des prisonniers de Dong Khé qu'ils rejoignent dès la fin du mois d'octobre.

L'espoir de voir le corps expéditionnaire français reprendre l'initiative s'évanouit.

L'ensemble des prisonniers constate avec inquiétude que les combattants du Vietminh ne sont plus et ne seront plus jamais cette simple poignée de rebelles isolés qu'on leur avait décrite, et qu'on pensait pouvoir défaire.

LA MISE EN CONDITION

Petit gradé au sein du Bataillon de Tirailleurs Marocains intégré dans la colonne Le Page, j'ai été l'un de ces prisonniers.

Deux fois blessé, heureusement sans trop de gravité, au cours de l'engagement final du 7 octobre, je fus relevé par les Vietminh et, sur le champ, entraîné vers leurs lignes arrières.

Supposant encore, à ce moment-là, que le gros de nos forces avait réussi à rompre l'encerclement, je croyais être l'un des rares malchanceux tombés au pouvoir de l'ennemi.

On peut sans peine imaginer les sombres pensées qui pouvaient alors m'agiter.

Mais bientôt, le fracas de la bataille s'éteignit. La jungle, peu à peu, recouvrirait les débris des armes et équipements détruits ou abandonnés, tandis qu'elle absorberait pour leur dernier sommeil les corps des malheureux tombés dans ce combat.

Nous apprîmes alors, de la bouche même des officiers vietminh, manifestement satisfaits, que notre désordre était complet et que la RC 4 toute entière allait tomber entre leurs mains.

En effet, au fur et à mesure que nous avancions dans la jungle en direction de la frontière de Chine, le flot des captifs augmentait et chacun d'entre nous pouvait mesurer l'étendue de la catastrophe.

Complètement ignorants du sort qui nous serait réservé, espérant sans trop y croire que les Vietminh négocieraient notre libération contre celle de leurs combattants détenus par les forces françaises, nous étions loin d'imaginer que nos geôliers, au mépris total des règles les plus élémentaires des lois de la guerre et du respect de la dignité humaine, n'auraient d'autre but que d'obtenir, par l'asservissement, notre soumission à leur idéologie.

Pour gagner de gré ou de force cette adhésion, ils avaient d'emblée compris que seul un endoctrinement adapté était susceptible de déboucher sur un résultat correct.

Vis-à-vis des officiers et sous-officiers de carrière, il leur faudrait convaincre patiemment, par le raisonnement.

Vis-à-vis des soldats et petits gradés, il faudrait au contraire très vite emporter cette adhésion en associant le raisonnement et les leçons à des menaces, des contraintes et même des brutalités.

Ils avaient bien senti que si nos cadres pouvaient, du fait de leur formation, de leur origine et de leur ancienneté, constituer un groupe homogène, il n'en serait pas de même des soldats qui n'avaient en commun que leur détresse du moment.

Cette troupe, en effet, se composait de Français de métropole, de tirailleurs et goumiers marocains et d'Européens de diverses nationalités appartenant à la Légion.

Tout risquait de les séparer, voire de les diviser :

– les fondements de leur vocation militaire ;

– les religions ou croyances ;

– la race ;

– les habitudes ;

– la culture ou l'instruction.

Considérant de ce fait qu'ils pourraient garder aussi longtemps qu'il leur serait nécessaire de le faire les officiers et sous-officiers supérieurs considérés par eux comme de véritables criminels de guerre, les Vietminh avaient décidé de libérer plus rapidement les soldats acquis à leur cause.

Ils savaient encore que ces soldats étaient, en raison de leur âge, de leur fragilité supposée devant les épreuves et du caractère primaire, pour beaucoup d'entre eux, de leur instruction, des candidats à une mort précoce.

Et pour qu'ils puissent, même maladroitement, porter témoignage de cette cause vietminh devant l'opinion des Français, il était nécessaire de ne pas les garder trop longtemps captifs.

Pour toutes ces raisons, sachant en outre qu'ils porteraient à son comble le désespoir des soldats prisonniers, ils séparèrent dès les premiers jours les officiers de la troupe, puis les Européens des Nord-africains.

Nous apprendrons plus tard, à propos de ces derniers, qu'une sélection d'entre eux, réputée capable de bien assimiler la doctrine anti-colonialiste, avait été libérée par le canal des pays frères de l'Est pour organiser, dans la clandestinité, les rebellions futures en Afrique du Nord.

Quant à nous, petits soldats blancs, privés de nos chefs qui auraient pu nous soutenir et nous guider, nous allions doucement glisser vers une désespérance savamment entretenue par nos gardiens.

Rien ne nous permettait de comparer notre sort à celui des prisonniers de guerre classiques :

– pas de camps avec barbelés et miradors, mais la jungle impénétrable et hostile ;

– pas d'organisation quasi militaire qui rassure même si elle est sévère, mais une surveillance silencieuse de la part de gardiens muets ou incompréhensibles ;

– pas de soins, ou si peu ;

– pas d'hygiène et pas de vêtements ;

– une nourriture enfin, très éloignée de celle que nous avions connue et dont le volume nous paraîtra bientôt de plus en plus insignifiant.

Et cela dura de longues semaines, jusqu'à la fin de 1950.

Aucun travail ne nous était commandé sinon celui d'aller, de temps en temps, chercher du riz en des lieux toujours éloignés. Nous faisions alors de 20 à 30 kilomètres au cours de la journée.

Surpris peut-être par le nombre important de prisonniers qu'ils avaient faits, les Vietminh n'avaient pas pu et sans doute pas voulu organiser de véritables camps d'internement.

Les groupes qu'ils avaient constitués étaient rassemblés soit dans des villages aux maisons en partie réquisitionnées, soit dans des baraques de bambous fabriquées et installées dans des clairières de la forêt.

Au cours de la captivité, nous connaîtrons ainsi une bonne dizaine de cantonnements différents. Tous avaient en commun leur situation en Haute Région, à proximité de la frontière de Chine.

Nous n'avons jamais su comment étaient choisis ces lieux de détention, ni pour quels motifs les autorités du camp décidaient notre départ pour un autre lieu.

Nous noterons, au passage, que le mot camp s'applique au groupe de prisonniers rassemblés, et non à une quelconque installation immobilière susceptible de les abriter.

Pour ce qui me concerne, j'ai appartenu successivement aux Camps n° 3 et n° 2.

Une chose est certaine, chaque déménagement était une nouvelle source d'ennuis, de fatigues et d'inquiétudes, car chaque fois nous avions l'impression de nous enfoncer davantage dans un pays dangereusement inconnu.

Certains avaient la conviction que notre départ faisait suite à une reconnaissance opérée par l'aviation militaire française et qu'ainsi nos ennemis pouvaient, sans risque, installer à notre place quelques-unes de leurs unités sans qu'elles aient, au moins pour un temps, à craindre d'être mitraillées ou bombardées.

En bref, nous étions chacun seul, avec nos sombres pensées, notre faim, notre crasse et notre dénuement.

Rien ne venait susciter en nous le moindre intérêt, puisque nos gardiens, sans doute à dessein, laissaient planer l'incertitude sur notre sort, quand ils ne racontaient pas que le corps expéditionnaire français subissait défaites sur défaites et qu'il avait, par là même, renoncé à se souvenir de nous.

Aux premiers jours de 1951, nous avions atteint un degré de misère difficilement imaginable.

Beaucoup étaient morts, soit des suites de leurs blessures, soit du fait des maladies, soit tout simplement parce qu'ils n'avaient pas eu l'envie ou la force de vivre.

Le sort des survivants était à ce point précaire que nombreux étaient ceux qui, n'ayant plus d'espérance, se faisaient doucement à l'idée qu'ils s'en iraient bientôt rejoindre dans un coin de rizière ceux qui les avaient précédés dans la mort.

Une vie quasi végétative s'était instaurée, animée seulement par la quête quotidienne d'un peu de nourriture mendiée, ce qui renforçait encore le sentiment d'une dégradation chaque jour accentuée.

Il m'est bien difficile d'évoquer aujourd'hui cette faim et ce dénuement.

Notre équipement vestimentaire se réduisait, pour la plupart d'entre nous, à une chemisette et un pantalon de toile.

Nous allions nu-pieds et depuis bien longtemps. Un brin de liane faisait office de ceinture en retenant sur nos hanches un pantalon chaque semaine plus large.

Quant à la nourriture, que pourrions-nous en dire ?

Elle était l'unique objet de nos conversations.

Elle était cause de discussions interminables faites de rêves et de regrets, et je crois bien que chacun d'entre nous s'engageait, pour le cas où il s'en sortirait, à faire la fortune des meilleurs restaurants.

Notre menu quotidien n'était fait que d'une poignée de riz mal décortiqué, cuit à l'eau et sans sel, et quelquefois d'un peu de brouet tiède, accidentellement salé, dans lequel les plus observateurs trouvaient des traces d'herbes inconnues, de germes de soja et de petites pousses de bambou.

Nous n'avions évidemment ni couvert ni gamelle. Les plus ingénieux avaient réussi à confectionner, avec des morceaux de bambous, une sorte de boîte à soupe et une cuillère. Les plus conservateurs s'efforçaient de préserver de la rouille une vieille boîte à conserve ou à ration.

Incapables, dans notre misère, de respecter les règles les plus élémentaires de l'hygiène, privés de savon, condamnés au port de la barbe et des cheveux longs, obligés de nous laver à l'eau claire des rivières et de nettoyer alternativement l'une ou l'autre des pièces de vêtements que nous pouvions ôter sans offenser l'esprit curieusement pudibond de nos gardiens, nous allons très rapidement nous trouver infestés par la vermine.

Nous en étions tous victimes, nous en étions forcément toujours victimes car, faute de bénéficier d'une opération d'épouillage à la fois générale, prolongée et répétée, notre misérable communauté entretenait de nouvelles colonies d'indésirables que nous n'avons, tout au long de la captivité, jamais vraiment réussi à combattre.

Affamés et vulnérables, nous étions prêts, sans même nous en rendre compte, à entendre et peu à peu à accepter ce qui nous remettrait sur le chemin de l'espérance.

L'heure de la rééducation venait de sonner.

LA RÉÉDUCATION

Au début de 1951, pratiquement sans préavis, les responsables politiques du Vietminh nous rassemblèrent dans une rizière desséchée et, pendant plusieurs heures, nous firent entendre, en alternance, des airs de musique de guinguette française joués par un accordéoniste vietminh, et des discours largement consacrés au mérite des travailleurs de la France populaire ainsi qu'à celui des femmes, nos mères et nos épouses, rendues malheureuses par notre criminel comportement.

Plusieurs jours se passèrent, peut-être même plusieurs semaines, sans qu'une suite n'ait été donnée à cette journée.

On peut sans peine imaginer le trouble de nos esprits. Pourquoi ce rappel des joies simples que nous avions connues dans les bals du samedi soir ?

Pourquoi cette démonstration d'amitié à l'égard du bon peuple de France ?

Que pouvait bien cacher ce constat du chagrin de nos mères ?

Nul ne le savait. Une vague d'espérance nous avait submergés ; le ressac l'emportait, faisant ressurgir cruellement notre isolement et notre malheur.

C'est alors que l'éducation commença.

Dans notre faiblesse morale et physique, nous n'en vîmes ni l'organisation ni la portée, car nos " instructeurs " firent en sorte que chaque étape de notre conversion revête une forme anodine, donc acceptable.

Le commissaire politique, le commandant du camp et les cadres du Vietminh entreprirent, à l'occasion de rassemblements qu'ils ordonnaient pratiquement chaque jour, de nous faire sentir le poids de nos erreurs passées.

Qui étions-nous ?

– des soldats vaincus ;

– des soldats abandonnés ;

– des enfants, fils du peuple, entraînés par la propagande dans un combat que nous n'avions pas souhaité, faute d'avoir des intérêts à y défendre ;

– des victimes, en quelque sorte, de l'impérialisme.

Où cela nous avait-il conduit ?

– à être les prisonniers d'un peuple qui aurait dû nous punir ;

– à souffrir de l'isolement, de la faim et du dénuement malgré les sacrifices que s'imposaient les forces démocratiques du Vietnam pour nous donner, dans un souci d'humanité, partie de ce qui leur était pourtant nécessaire.

Que devrions-nous faire ?

– réfléchir sur nos erreurs et nos crimes ;

– dépouiller " le Vieil Homme " égoïste et dépravé ;

– découvrir le sens de la lutte d'un peuple pour sa liberté ;

– gagner progressivement, par la libération de notre esprit, le droit d'espérer une libération physique.

Quand on est un soldat vaincu, il est très facile d'admettre que l'adversaire s'est montré le plus fort, car cela constitue une excuse à sa propre faiblesse.

Il fut donc très rapidement reconnu, sans que notre amour-propre en souffrit trop, que les Vietminh étaient courageux, organisés et motivés.

Rien ne s'opposait donc, dans le cadre de l'instruction qui nous était alors dispensée, à ce que nous acceptions l'idée que les Vietminhs n'étaient pas réduits à une poignée de " rebelles " faisant le malheur des " bons Indochinois ", mais qu'ils représentaient une fraction importante, bientôt très largement majoritaire, du peuple du Vietnam épris de liberté.

Certes, les Vietminhs reconnaissaient que quelques éléments de la population faisaient œuvre de collaboration, mais le châtiment leur serait bientôt infligé.

Pourquoi donc étions-nous venus participer à cette guerre?

Était-ce l'appât du gain? Non.

Était-ce par esprit de conquête, pour le plaisir de tuer? Sûrement pas, puisque nous étions, à priori, les fils de bons Français travailleurs et démocrates.

La réponse alors était simple. On nous avait trompés, on nous avait inculqué la haine d'un peuple tranquille, on avait fait de nous des mercenaires criminels placés sous l'étendard d'une croisade anticommuniste qui était cause de notre malheur.

Le plaidoyer en faveur des régimes socialo-communistes ne nous fut qu'assez tardivement exposé car les commissaires politiques savaient bien que, par nos origines et par le style de vie que nous avions connus en France ou en Europe occidentale, nous n'étions pas encore prêts à accepter l'idée du paradis socialiste.

Cela se fera plus tard, de la manière la plus simple qui soit, c'est-à-dire en nous mettant dans une situation de vie matérielle au niveau le plus bas qui puisse se concevoir.

Nous n'en étions pas encore tout à fait là.

Tout au long des premiers mois de 1951, l'instruction céda le pas à ce que nous pourrions appeler des travaux pratiques.

Il ne s'agissait plus, pour nous, d'écouter simplement nos éducateurs, mais de participer activement à cette rénovation de nos esprits en nous livrant au jeu particulièrement humiliant de l'autocritique.

La confession publique, douloureusement ressentie dans ses débuts, prendrait cependant très progressivement le caractère d'une évocation démesurément grossie de toutes sortes de crimes sortis de notre imagination. Cette instruction trouva naturellement sa place dans un emploi du temps qui, désormais, comportait une part importante de travail manuel.

Pour dépouiller le " Vieil Homme ", pour bien ressentir le poids de nos erreurs passées et pour animer " l'Homme Nouveau ", nous devrions, de nos mains, participer à l'effort de reconstruction du pays que nos crimes avaient détruit.

La réflexion et la sueur réunies nous conduiraient à la libération : libération de l'esprit entraînant, peut-être, la libération tout court.

Cependant, nos forces déclinaient. L'ère sans lipide durait depuis si longtemps que c'est avec infiniment de peine que nous nous acheminions vers les lieux de travail.

Il s'agissait surtout de casser des cailloux, et de les transporter aux abords des routes afin de les réparer. Il s'agissait aussi de couper du bois dans la forêt, et de ramener nos fagots jusqu'au camp distant d'une bonne dizaine de kilomètres.

Tous ces travaux s'effectuaient dans des conditions impossibles, dans la jungle, pieds nus et mal vêtus, avec de mauvais outils, sous la surveillance des gardiens impatients et souvent hargneux.

Tout retard dans l'exécution du travail, toute insuffisance dans les normes de ce travail se traduisaient par la réduction et parfois même la suppression du repas, ce qui aggravait encore une faiblesse déjà bien grande et nous exposait davantage aux maladies.

Il n'est pas facile de bien raisonner quand les ressorts physiques et moraux se brisent. Quand on est pauvre et malheureux, on envie ceux qui sont moins pauvres et moins malheureux. Alors pourquoi n'aurions-nous pas admis, l'oubli se faisant sur notre passé, que ceux qui vivent en régime socialiste étaient, somme toute, assez heureux ?

En vérité, cette sorte de descente aux enfers s'était faite progressivement et, pour l'illustrer, je voudrais vous faire part de quelques sentiments aujourd'hui bien puérils mais que j'ai éprouvés pendant cette période de ma captivité.

La faim permanente dont nous souffrions était au cœur de la plupart de nos conversations.

L'un de mes compagnons habituels de travail était un légionnaire suisse qui, ayant commis jadis quelques larcins, avait connu les prisons helvétiques. En l'écoutant raconter le régime pénitentiaire auquel il avait été soumis, il me venait forte envie de connaître, si j'en avais l'occasion, un régime aussi libéral et je me voyais volontiers commettant un délit à Genève.

Incarcéré dans une prison dont on me disait qu'elle était propre et bien chauffée, je pourrais chaque matin déguster mon café et vivre comme ces heureux détenus gras à souhait, bien vêtus, mangeant du pain blanc, de la soupe, de la viande et pouvant, par leur travail, accéder à la cantine pour y acquérir des cigarettes.

Plus tard, sans doute parce que les règles d'une quelconque discipline ne me paraissaient que peu de choses, parce que je ressentais, dans ma détresse, le besoin de revivre et de réactiver les sentiments de piété de ma jeunesse, et parce que les privations et la fatigue faisaient de la chasteté une vertu banale, je me sentais quasiment apte à me laisser enfermer dans un couvent.

J'aurais vécu dans le calme et la paix. Vêtu de bure et chaussé de sandales, j'aurais marché docilement, en silence, le long des couloirs et personne ne serait venu me harceler ou me tyranniser.

J'aurais perdu le souvenir des bons mets et saurais me contenter d'un régime alimentaire sans doute frugal, mais sûrement très satisfaisant.

Comment alors demeurer insensible aux chants des sirènes ?

On nous parlait souvent des citoyens des Pays de l'Est et de l'Union Soviétique, et nous ne savions plus reconnaître les servitudes auxquelles ils sont soumis, l'obéissance qui leur est imposée, la surveillance dont ils sont l'objet, les sanctions dont ils peuvent être victimes.

Seuls apparaissaient à nos yeux :

– les vêtements chauds dont ils étaient couverts ;

– les soins qui leur étaient prodigués ;

– le pain et les biens que leur travail leur rapportait ;

– les chants et les danses qui témoignaient de leur joie de vivre.

Car en ce temps-là nous grelottions, la nuit, dans le mince vêtement de toile qui masquait notre maigreur. Nous souffrions, du fait de la vermine, de mille plaies sur nos corps fatigués. Nous n'avions que peu de riz pour calmer notre faim permanente.

Et cependant nous chantions.

Chaque jour ou presque, il nous fallait entonner l'Internationale, sorte de prière du matin ou du soir, et ce " *Debout les damnés de la Terre* ", ou ce " *Debout les forçats de la faim* ", prenaient à nos oreilles une bien singulière résonance.

Au printemps de 1951, nous avions à peu près admis tout ce que le Vietminh nous avait enseigné :

– le peuple du Vietnam est courageux et fier ;

– la guerre qu'il menait n'était pas une rébellion, mais un combat pour sa liberté ;

– les Français souhaitaient la paix, donc nous la souhaitions ;

– la vie en régime socialiste, loin d'être un esclavage, représentait pour les masses laborieuses l'accès à la dignité, à la responsabilité et au pouvoir.

La dernière phase pouvait donc commencer qui, faisant de chacun de nous cet " Homme Nouveau " souhaité par nos " Maîtres ", allait marquer l'ultime étape de notre abandon et étouffer pour un temps les derniers soubresauts de notre fierté.

LE RENONCEMENT

Jouant de notre ignorance et de notre abattement, calomniant nos officiers prisonniers dans un camp plus éloigné, nos éducateurs nous présentèrent fin février ou début mars un texte baptisé " Manifeste ", nous demandant non seulement de l'approuver, mais encore de lui donner une existence formelle par apposition de notre signature.

Ce texte, témoignage de notre reconnaissance au président Ho Chi Minh pour les bontés qu'il avait eues à notre adresse et l'indulgence dont il faisait preuve envers notre communauté coupable de tous les forfaits comportait, bien entendu, une condamnation sans équivoque de la guerre impérialiste, injuste et criminelle que le gouvernement de la France faisait mener en Indochine par son armée, notre armée.

Convaincus de nos erreurs et nous tournant vers le bon peuple de France, nous exigions l'arrêt immédiat de cette agression coloniale particulièrement révoltante. Nous avions accepté bien des compromissions, nous avions proclamé la valeur de l'armée Vietminh, nous avions avoué des crimes imaginaires, nous avions même accepté de croire au paradis des Soviets.

Mais là, mis subitement au pied du mur et tenus de soutenir une accusation qui nous révoltait, nous ne voulions plus, nous ne marchions plus.

La vieille ganache renâclait et refusait l'obstacle.

Les Vietminh se rendirent alors compte qu'ils étaient allés trop vite, et que tout ressort moral n'était pas encore complètement brisé en nous.

Le manifeste reprit sa place dans la sacoche du commissaire politique et la rééducation prit un nouveau visage.

Les meetings furent supprimés, et avec eux les quelques heures de repos qui nous étaient accordées à l'occasion de leur tenue.

Le travail s'intensifia, tant dans sa durée quotidienne que dans sa cadence, et les contremaîtres vietminh, souvent inopérants, furent remplacés par des chefs de chantiers désignés parmi nous et responsables, sur leur vie, du rendement de notre travail.

Les dépôts de riz proches de notre camp se trouvèrent subitement vides, et nous devions aller de plus en plus loin nous approvisionner.

Malheur à celui qui oserait, dans sa faim, chaparder le moindre morceau de canne à sucre, la plus petite banane ou le plus maigre des poulets.

Bastonnade et mise au cachot lui rappelleraient que voler le peuple souverain est un crime odieux.

Traduit devant un tribunal populaire, en présence de ses camarades rassemblés, le coupable, ayant confessé ses fautes et rappelé ses crimes passés, réclamerait lui-même un exemplaire châtiment.

Les instructeurs politiques ne relâchèrent jamais leur effort.

Plutôt que de relancer globalement leur action pour la signature du manifeste, ils tentèrent de convaincre ceux d'entre nous qui leur avaient paru les plus réticents.

Il y a toujours dans une communauté des gens qui s'imposent naturellement par leur autorité, leur sens de l'organisation et leur souci de préserver le bien de tous.

Les Vietminhs n'avaient jamais accepté que l'on conserve les règles de la hiérarchie militaire, et cependant certains gradés et sous-officiers de notre camp s'étaient spontanément mis à la tête de groupes de prisonniers qui trouvaient naturel et réconfortant de les écouter et de leur obéir.

Forcément connus des gardiens et des autorités du camp, ne serait-ce que par le biais des interventions qu'ils étaient amenés à faire, ces chefs étaient, aux yeux des commissaires politiques, responsables du comportement général des prisonniers.

C'est donc eux qu'il fallait convaincre.

Renonçant à leur habituelle attitude dominatrice telle qu'elle apparaît souvent chez ceux qui sont sûrs de détenir la vérité, les commissaires vietminh, s'adressant de préférence à ces prisonniers réputés responsables et surtout écoutés, s'employèrent pendant des heures et des jours à leur faire entendre cette soi-disant vérité.

Vingt fois sur le métier remettez votre ouvrage, disait Boileau.

L'ouvrage fut remis des centaines de fois.

Je ne pense pas que nos camarades aient jamais été dupes de cette manœuvre mais, pas plus que les autres prisonniers simplement attentifs à ce qu'ils diraient ou feraient, ils éprouvaient le doute.

Ils savaient qu'en prolongeant la lutte, ils condamnaient les plus faibles d'entre nous.

Ils n'étaient plus très sûrs de ce qu'ils pouvaient ou devaient faire.

Ils entendaient dire, sans pouvoir y opposer de démenti, que nos propres officiers avaient approuvé le manifeste.

À la fin, honnêtement, ils se disaient que seul notre retour à la liberté nous permettrait de dire partout que nous avions signé l'épée dans les reins.

Le Vietminh exigeait que le Manifeste fut approuvé par la totalité des prisonniers. Les " *vipères lubriques* " qui s'y refuseraient pourriraient bientôt dans un coin de rizière.

Quoi qu'il en soit, il fallait en finir. Les jours passaient et la mortalité, qui s'était un peu ralentie au cours des premiers mois de 1951, réapparaissait avec force. Nous avions déjà perdu la moitié de nos compagnons.

La maladie, la vermine, la faim, l'excès de travail et le désespoir anéantissaient les derniers réflexes de combativité.

Et c'est ainsi qu'après une dernière réunion extraordinaire où rien ne nous fut épargné, tant en ce qui concernait les menaces qu'en ce qui touchait aux promesses, nous décidâmes de signer.

Je n'en ai pas gardé de souvenir particulier. Il n'y eut ni de véritable regret ni d'apaisante satisfaction. Je sais seulement que, par la grâce du peuple vietnamien, nous eûmes droit à une petite ration de viande.

Le reste n'avait plus beaucoup d'importance. Nous avions plié sous le joug, notre fierté s'en était allée à vau-l'eau et il nous restait une folle envie de vivre encore, de revoir notre pays, de retrouver les nôtres.

Le régime s'était amélioré, le travail adouci et les dépôts de riz proches de notre camp s'étaient trouvés à nouveau approvisionnés.

Nos gardiens eux-mêmes se risquaient à prononcer quelques mots de français et manifestaient parfois, à l'égard des plus fatigués, de touchantes attentions.

Nous avions acquis un droit à la libération.

Sans qu'on sache sur quels critères ils avaient été choisis, deux cents de nos compagnons furent un beau matin déclarés libérés.

Leur convoi, baptisé Henri Martin, du nom d'un saboteur de la Marine Nationale devenu de ce fait héros de la république démocratique du Viet nam, prit alors le chemin du sud, laissant les autres prisonniers partagés entre l'espoir d'être prochainement inscrits dans un autre convoi et la crainte d'être à jamais oubliés.

Pour ce qui me concerne, la libération devait survenir à l'automne de 1951, au sein d'un deuxième convoi baptisé Léo Figuières.

Il s'agissait cette fois d'un parlementaire communiste français qui serait allé clandestinement en Indochine pour y rencontrer les Vietminhs, les encourager dans leur lutte, et même les inciter à se montrer particulièrement actifs dans leur effort de rééducation des misérables prisonniers français.

Cette libération prit la forme d'une longue marche à travers le Haut Tonkin, d'une marche chaque jour plus laborieuse, car l'excitation née de la proximité de la liberté ne compensait que médiocrement l'épuisement physique. Nous étions environ quatre-vingts qui marchions la nuit et écoutions le jour les discours si souvent entendus.

Il fallait savoir applaudir aux morceaux de bravoure, reprendre avec ardeur et plusieurs fois de suite les vivats glorifiant les héros du communisme mondial, et surtout ne jamais se départir de la plus grande attitude attentive. Ces moments furent sans doute les plus difficiles car nous sentions qu'à la première erreur, nous reprendrions, cette fois définitivement, le chemin des camps.

Un certain soir de septembre, nous eûmes droit aux adieux officiels des gardiens et des commissaires politiques qui nous avaient escortés jusque-là, et nous fûmes confiés, après une dernière " leçon ", à une section de soldats de l'armée régulière du Vietminh en opération tout près du delta tonkinois.

Nous entamions la dernière nuit de marche. Elle nous parut bien longue car tous, nous nous sentions au bout du rouleau, à l'extrême limite de nos forces.

Nous nous trouvions à une vingtaine de kilomètres d'un poste français proche de Phu Lang Thuong, et notre escorte avait planifié notre marche pour que nous puissions être en vue de ce poste aux premières lueurs du jour.

En fin de nuit, après qu'ils nous aient, dans un dernier geste, montré la direction à prendre et à garder, les soldats du Vietminh disparurent dans la forêt.

Je vous laisse deviner notre émotion en apercevant, au petit matin, notre drapeau flottant sur la plus haute tour de ce poste, et la surprise de ses défenseurs à la vue de ce misérable troupeau sorti de la nuit et dont les premiers éléments brandissaient une banderole sur laquelle on pouvait lire, en français et en vietnamien : " *Prisonniers français – Ne tirez pas.* "

À peine capables d'y croire, en même temps qu'émerveillés, nous retrouvions les nôtres. Des visages humains se penchaient sur notre malheur. Une renaissance était en train de s'accomplir.

LA RENAISSANCE

Quelques jours plus tard, admis à l'hôpital Lanessan à Hanoï, entouré de bons soins, véritablement dorloté par l'ensemble du personnel, réconforté par les témoignages d'amitié qui me venaient des malades et des blessés en traitement, je m'engageais sur le chemin qui conduit à la guérison morale et physique.

Des officiers appartenant sans doute à l'État-Major étaient venus à mon chevet pour m'interroger.

Ils avaient sûrement le souci de s'informer en profondeur des conditions de notre détention et d'apprécier, si possible, le degré de rééducation dont j'avais été l'objet.

Ne laissant rien paraître des sentiments qu'ils pouvaient avoir sur ce sujet, ils s'efforcèrent, devant le trouble qui m'agitait encore, de dédramatiser ce qui était à mes yeux la soumission et le renoncement.

La nuit pourtant, dans un sommeil trop souvent perturbé, je revivais le cauchemar.

À demi-conscient, souvent fiévreux, j'entendais quelquefois la voix désagréablement aiguë du commissaire politique proférant des menaces et je me voyais, à nouveau captif, dévoré par les poux et toujours soumis à nos sinistres éducateurs.

L'aube seule me rendait à une certaine sérénité.

Les jours passaient, les soins et les marques de confiance et d'amitié guérissaient en même temps mon corps et mon esprit.

Je reprenais progressivement conscience de ma qualité de soldat, venu en Indochine trente mois plus tôt pour y livrer, de mon mieux, un combat que je n'avais jamais, en réalité, considéré comme injuste ou criminel.

Basé sur la misère, entretenu et développé par la contrainte et la détresse, mon endoctrinement fondait comme neige au soleil jusqu'à ne devenir qu'un simple et médiocre souvenir.

***

QUARANTE-QUATRE MOIS AU CAMP N° 1

Hubert Bapst

Saint-Cyrien et engagé volontaire en 1944, j'ai suivi les écoles d'officiers (Coëtquidan et Saumur), puis je suis parti en Indochine à la tête de mon escadron de spahis en avril 1949. Le 14 janvier 1951, alors que nous étions en opération dans la région de Vinh Yen, nous avons été envoyés au secours d'un poste, opération " banale " pour notre groupe d'intervention. Mais là, nous sommes tombés sur le gros de l'armée viet, qui avait lancé sa grande offensive sur la région de Hanoï. Certes, le général de Lattre, au bout de trois dures journées, est sorti vainqueur de cette bataille, mais mon groupe d'escadrons, qui a eu l'ensemble des troupes viet sur le dos, a subi de très lourdes pertes et moi, j'ai été fait prisonnier.

Après une marche difficile de 45 jours, j'ai retrouvé, dans la région de Cao Bang, mes camarades capturés trois mois plus tôt sur la RC 4. C'est ainsi que j'ai abouti au Camp n° 1 qui regroupait 90 à 95 % des officiers prisonniers, les autres camps comportant des sous-officiers et des hommes de troupe. L'expérience des camps d'officiers ne peut se comparer à celle des camps de troupe. Même au Camp n° 1, l'expérience des camarades capturés plus tard, qui ont été prisonniers entre deux ans et trois mois, est différente de celle vécue par ceux qui, comme moi, ont été prisonniers un peu plus ou un peu moins de quatre longues années. Je ne parlerai donc que de cette dernière expérience, qui fut la mienne.

À la différence des camps nazis, qui étaient un réservoir de main-d'œuvre constamment renouvelée, nos camps n'étaient pas des camps de travail. Pour les Viets, il s'agissait de soumettre leurs captifs, étiquetés " *criminels de guerre* ", à une action psychologique qui les transformerait, une fois libérés, en propagandistes de " *la bonne parole* ". En somme, il s'agissait de métamorphoser des " *criminels de guerre* " en " *combattant de la paix* ".

Le travail que nous effectuions, sauf cas très rares, était donc considéré, par les Viets, comme destiné à assurer notre subsistance. L'objectif étant de nous obliger à écouter les cours politiques et, ensuite, à signer les manifestes, il fallait d'abord briser nos capacités de résistance en nous affaiblissant physiquement tout en évitant les sévices apparents et les bastonnades, sauf lorsque nous étions repris après une tentative d'évasion. À une population déjà éprouvée par la dysenterie, le paludisme, le typhus de broussaille, dire : " *Pour votre ravitaillement, il faut aller chercher le riz* " ne paraît pas une brimade. Mais le riz se trouvait au bout d'une marche de 35 kilomètres, faite dans la journée, pieds nus, sur les cailloux. Déjà en état de faiblesse au départ, nous n'étions pas frais à l'arrivée au dépôt de riz. Avant de repartir, on nous donnait une boule de riz et on nous chargeait de 25 à 30 kg de riz ou de paddy à ramener au camp. Au rythme de deux " *convois-ravito* " par semaine, il ne restait plus grand chose de nous.

Pendant la première année de captivité, outre les efforts physiques accomplis pour assurer le ravitaillement, il nous a fallu subir les conséquences de maladies que nous n'avions aucun moyen de combattre. S'ajoutant à celles déjà mentionnées, les parasites intestinaux étaient sources de gros ennuis, en particulier les effroyables ascaris, vers d'un demi-centimètre de diamètre et de 5 à 6 centimètres de long, qui remontent dans le système digestif et que l'on finit par vomir. Tout cela nous menait à un état que nos camarades médecins qualifiaient de misère physiologique. Et mes camarades, morts pendant la première année de notre captivité, sont morts de cette misère physiologique. Au Camp n° 1, le problème était de savoir comment arrêter cette hécatombe car nous n'avions que très peu de chances d'être libérés. En effet, la doctrine chinoise prescrivait qu'il fallait 12 à 18 mois pour " *rééduquer* " un homme de troupe, 18 à 24 mois pour un sous-officier et au moins 2 ans et demi à 3 ans pour un officier.

Il en allait un peu différemment dans les camps de troupe car les Viets y procédaient à des libérations systématiques au bout de 18 mois. Il y fallait donc se soumettre, voire en rajouter un peu, pour tenir jusque-là. La mortalité y fut pourtant effroyable puisqu'elle atteignit entre 70 et 80 % des effectifs, s'élevant à 90 % pour les

Vietnamiens capturés en servant dans l'armée française ou dans celle de Bao Daï.

Pour les Viets, dont le but était de faire de nous, à terme, " *des hommes nouveaux* ", il fallait donc que nous écoutions leur endoctrinement, que nous participions aux meetings et que nous témoignions de notre changement par la signature de manifestes ou tout autre signe tangible. Pour des officiers, c'était absolument inacceptable et hors de question... jusqu'au jour où différents facteurs sont venus en convaincre certains puis, in fine, les irréductibles dont j'étais.

En premier lieu, les médecins qui étaient parmi nous à la fin de l'été 1951 et qui allaient terminer leur première année en captivité nous ont dit : " *À ce rythme, il n'y aura plus personne l'année prochaine. Alors, quel est le devoir d'un officier ? Crever ainsi, pour l'exemple, ou survivre pour pouvoir dire ce qui s'est passé et reprendre le combat ?* ". Raisonnement qui en a convaincu un certain nombre.

Puis, Jean-Jacques Beucler, le secrétaire du comité du Camp n° 1, qui faisait le relais entre le chef de camp, le commissaire politique et les officiers prisonniers, qui deviendra ministre et démasquera Boudarel, nous a dit : " *Réfléchissez. Certains vont, inéluctablement, céder au chantage des Viets et signer les manifestes. S'ils sont signés par 40 ou 50 % de l'effectif du camp, ils seront crédibles. Mais, s'ils sont signés par 100 % des officiers, ils seront nuls et non avenus. De surcroît, si parmi ces 100 % on trouve la signature de " têtes de lard ", répertoriées comme telles dans l'armée française, comprenez qu'on éclatera de rire en les voyant figurer parmi les signataires de telles inepties.* "

Enfin, alors que nous étions presque tous convaincus, est survenue la mort du capitaine Cazaux, commandant du 3e BCCP, pour lequel nous avions une admiration sans borne. Il nous a réunis autour de son grabat de mort et nous a dit : " *Maintenant, c'est terminé. Je vous donne l'ordre de jouer le double jeu.* "

Il est mort de misère physiologique.

C'est à partir de ce moment que nous avons signé ce que l'on a appelé LE manifeste du Camp n° 1. D'autres ont suivi et, dès lors, nos conditions de vie ont changé. Les dépôts de riz, situés à 30 kilomètres, se sont retrouvés à 5 kilomètres. Au lieu d'être soumis au gré des *bo doï* ignares pour l'utilisation du riz, nous avons pu en négocier une fraction pour aller chercher des légumes verts au marché local. L'état sanitaire général s'est amélioré et, si nous avons continué à avoir quelques graves problèmes de santé, du moins n'était-ce plus du tout un état de misère physiologique totale.

Nos camarades de captivité médecins ont pu déterminer qui était ou n'était pas capable d'accomplir telle ou telle tâche, ces choix ayant comme critère exclusif des raisons de santé. Ainsi, certains n'étaient astreints qu'à des travaux légers (ramassage du bois pour la cuisine, par exemple) ou à des travaux artisanaux utiles à tout le camp. C'est ainsi que je m'étais spécialisé dans la confection des paniers en bambou.

Nous vivions dans des cabanes construites de nos mains, voire chez l'habitant, et nous avions réussi à organiser notre travail à peu près à notre guise. Les Viets, relativement peu nombreux, n'étaient présents que pour les séances proprement politiques où il nous arrivait de traiter sérieusement de sujets très " *pointus* " comme, par exemple, l'influence désastreuse de l'impérialisme américain sur les populations françaises et vietnamiennes. Si le camp était bien dirigé par les Viets, il n'existait aucune clôture. Seuls nous séparaient de la liberté la jungle, d'une part, nos " *long nez* ", de l'autre. À l'exception de deux ou trois réussies, au moment de la RC 4 et de Vinh Yen, dans les tout premiers jours, les tentatives d'évasion (j'en ai tenté une) se sont toutes soldées par des échecs, soit que nous ayons été vaincus par la nature, soit que nous ayons été livrés par les autochtones.

C'est ainsi que nous avons survécu, au prix de ce que certains appelleraient peut-être une lâcheté. Mais si, en définitive, les survivants ont pu résister à l'épuisement et au désespoir, notre " *sauvetage* " est essentiellement dû à la solidarité, à la solidité de la camaraderie d'un groupe d'hommes qui avaient en commun un idéal et une formation de base sans faille.

Enfin, mais ce n'est qu'un sentiment personnel, sur le plan individuel, il y avait deux manières de s'en sortir :

– soit " *par le haut* ", par l'élévation spirituelle et la sublimation des difficultés matérielles. C'était réservé à quelques âmes d'élite, très armées psychologiquement et moralement. Peu y ont réussi et peu en sont sortis intacts après leur libération,

– soit de façon " *terre à terre* ". C'est l'option que j'ai prise. L'avenir à long terme dépendant d'abord de la survie à court terme, il fallait, à mon sens, limiter ses préoccupations aux considérations les plus élémentaires, du genre : " *Ah! c'est untel qui est de cuisine demain : on va avoir du riz collant* ". Ou encore : " *Le ciel est chargé ce soir. Pourvu qu'il ne pleuve pas cette nuit sinon, avec la piste glissante, demain, je vais encore me casser la gueule en allant chercher mes bambous !* "

C'est en appliquant la deuxième méthode que j'ai pu m'en sortir, notamment en évitant, par deux fois, de rester définitivement à " *l'infirmerie* " (lire : la morgue) et que, dès ma libération, j'ai repris le cours de ma vie " *comme si rien ne s'était passé* " (ou presque), sur les plans mental et psychologique personnels. Il n'en va pas de même, c'est une évidence, en ce qui concerne le souvenir des camarades disparus, l'entraide au bénéfice de ceux d'entre nous qui ont eu du mal à se réadapter, sans compter quelques séquelles physiques dont je " *bénéficie* " encore !

L'ALIMENTATION DU CAMP N° 1

Dans le cadre de la " politique de clémence " du président Ho Chi Minh, il était accordé aux *tu binhs* (prisonniers, hôtes forcés de la population vietnamienne " *si bonne et si gentille* " !) une ration identique à celle des soldats vietminh, soit 800 grammes de riz par jour.

L'importance relative de cette ration doit être pondérée par les observations suivantes :

– il ne s'agissait pas de 800 grammes de riz cru mais de 400 à 500 grammes de riz et d'un complément de nourritures diverses pour une valeur financière, en zone vietminh, équivalente à 300 ou 400 grammes de riz,

– dans cette optique, l'alimentation globale dépendait, en grande partie, de l'utilisation faite de la partie " *équivalence* ".

Lors de notre première année de captivité, avant la signature des manifestes et notre participation active aux séances de " *perfectionnement politique* ", la ration de riz ne dépassa pas 400 grammes et la partie " *équivalence* " consistait en légumes verts (zao-caï ou liserons d'eau) sans valeur financière... ni calorique, 5 grammes de sel par jour et, une fois par mois en moyenne, un canard pour 20, ou un porcelet de 7 kg vif pour l'ensemble des

100 pensionnaires du camp. C'est bien dire que viande et graisse nous étaient parfaitement " *inconnues* " à cette époque.

Par la suite, en échange des signatures et de la participation active aux séances de " *ré-éducation* ", nous avons obtenu notre " *indépendance économique* ". Notre camarade Morichère, qui parlait vietnamien, pouvait aller, sous le contrôle des *bo doï*, faire notre marché dans les villages voisins du camp, en disposant de l'équivalent financier de 300 grammes de riz, ce qui n'impliquait pas automatiquement que l'on avait réellement 500 grammes de riz à cuire.

Néanmoins, notre " *intendant* " faisait le meilleur usage possible de son pouvoir relatif en achetant des produits diversifiés, riches soit en vitamines (petites tomates, patates douces, manioc), soit en protides (soja, lentilles, œufs). La viande de porc, de volaille ou de buffle restait très exceptionnelle, compte tenu de son prix. Les quantités étaient, bien sûr, minimes mais on a pu constater qu'après quelques mois de ce nouveau régime, les états de " *misère physiologique* " étaient en net recul.

Il convient enfin de ne pas oublier que la ration du soldat vietnamien correspondait à un " *poids de corps* " inférieur d'au minimum 20 kg au nôtre. Et il n'est pas tenu compte, dans cet exposé, des effets négatifs supplémentaires, conséquences des dysenteries, du paludisme, des ictères, des vers solitaires et autres parasites, toutes affections génératrices d'inappétence (notamment du riz), avec toutes les répercussions que l'on peut imaginer.

Quelques chiffres permettront de situer la valeur de cette alimentation. La ration calorifique normalisée pour un adulte sédentaire est de 2400 à 2700, soit 2500 calories pour 65 kg de poids de corps. La ration d'un vieillard sans activités est évaluée à 1 800/2 000 calories. 100 grammes de riz moderne, parfaitement décortiqué, fournissent 340 calories alors que 100 grammes de riz *tu binh*, brisé et mal décortiqué, fournissent 300 calories. C'est-à-dire que nous disposions de 1 200 à 1 500 calories par jour.

Sur ces bases on peut estimer que le *tu binh* normal du Camp n° 1 percevait, au cours de la première période, la ration hypocalorique (non diversifiée) d'une sévère cure d'amaigrissement accélérée ; par la suite, dans le meilleur des cas, la ration normale d'un vieillard sans activité.

Mais, on se fait à tout. Les survivants, dont je suis, en sont la preuve!

Pour être complet, et bien qu'il ne s'agisse plus du Camp n° 1, rappelons que cette ration était la même dans les camps de sous-officiers et d'hommes de troupe, obligés à des travaux de force (routes, voies ferrées) qui auraient exigé une alimentation d'une valeur de 4000 calories. Ce fait, additionné aux méfaits de " *l'émulation socialiste* ", explique bien le taux de 70 à 80 % de pertes dans ces camps, notamment parmi les prisonniers capturés à la fin de 1950 et au début de 1951.

***

NB: Les anciens des camps vietminh ont été, pour l'essentiel, assimilés aux déportés en Allemagne en décembre 1989, soit trente-cinq ans après la libération des derniers d'entre eux. Cette " faveur " a été due au fait que, sur environ 35000 prisonniers, seuls un peu plus de 10000 d'entre eux ont retrouvé la liberté, soit un pourcentage de pertes de 70 %, ramené à 60 % si l'on ne considère que les Français.

CAT BI TONKIN

Jean KÉROMNÈS

Le 6 mai 1954 au soir le lieutenant de vaisseau Monguillon, chef de bord du *Preevater* 28 F 6, nous annonce pour le 7 une journée de repos pour tout l'équipage. Le 8 mai, à partir de 8 heures, tout l'équipage est au terrain : réchauffage moteurs, plein de bombes, en alerte prêt à décoller.Nous comprenons immédiatement, en voyant l'équipe de piste, que Dien Bien Phu est tombée. Peu après 9 heures 30, l'alerte est donnée. Je passe au magasin pour vérifier que les deux parachutes qui manquaient sur l'appareil étaient de retour du contrôle ; hélas toujours rien. Le maître Rigaud me signale qu'il y a là deux parachutes non contrôlés. Tant pis, je les embarque et je me précipite vers l'avion. J'explique la situation à Carpentier, mon collègue armurier, en lui précisant qu'en cas de coup dur, son pépin sera disposé le plus bas et le mien le plus haut. Un dernier contrôle de la soute à bombes, du viseur de bombardement, des différentes tourelles et " *Poste ar paré* ". Vers 10 heures, le 28 F 6 s'aligne sur la piste et décolle cap au 270 ; mission : traiter la brèche Melchior.

Quarante-cinq minutes plus tard, nous sommes sur le point à traiter. J'ai désigné Carpentier pour effectuer le bombardement avec le navigateur Le Coz. Après une première passe de deux bombes, nous effectuons encore trois ou quatre passes. L'objectif en a pris un coup ; il y aura des trous à reboucher sur la route qui s'est effondrée sur une bonne longueur. Avant la fermeture des trappes, je constate qu'il est resté une bombe accrochée sur le rail et je demande au chef de bord de reprendre l'alignement pour un largage à la main, que j'effectue juché sur la poutrelle directement au-dessus du vide. Ce n'est pas la première fois que ce genre d'accident se produit. Le matériel est usé, abîmé et il n'y a pas de pièces de rechange.

En nous rendant sur l'objectif, nous avions repéré des convois de camions faisant déjà route vers le delta. Nous assurons une veille, et soudain quelqu'un annonce des camions à 2 heures. " *Armez les tourelles* " ordonne le chef de bord.

Le chef de bord amorce une descente et nous nous trouvons dans la vallée, plus bas que les sommets. Je plonge dans mon *blister*, je ne verrouille pas le siège (les fermetures fonctionnaient très mal), l'avion se met légèrement sur la tranche et les dix mitrailleuses crachent. Nous ajustons le tir grâce aux balles traçantes. En dessous, ça n'a pas l'air d'être la fête. Tout à coup, j'aperçois des flocons, ils se rapprochent. Une secousse, l'avion se met à vibrer. À l'interphone, une voix : " *Chef, vous pouvez dégager* ".

À ce moment, j'aperçois devant l'avion la piste de Na San. J'essaie de prévenir le chef de bord : il n'y a plus d'émission ; c'est grave. Je redresse le *blister* pour le remettre dans l'axe. Le circuit hydraulique fonctionne. En quelques secondes, je suis dehors. J'ouvre la porte d'accès à la soute à bombes ; une fumée très dense, des flammes me viennent à la figure. Je repousse la porte du pied, je sens à mes côtés la présence de Carpentier. Je jette un coup d'œil par le *blister* droit : l'aile droite est en feu. Des morceaux de capot moteur se décrochent. Je crie à l'arrière : " *Il faut sauter* ". Je me saisis d'un parachute comme prévu, je l'accroche à mon harnais, et j'enjambe la trappe arrière que je viens d'ouvrir. Je me rappelle les consignes apprises ; la main sur la poignée d'extraction du parachute, je m'accroupis et pivote dans le vide. L'avion est déjà en piqué. Je tire avec force la poignée au moment où j'ai le ventre en l'air, me voilà suspendu dans le vide. L'avion continue son piqué. Soudain une explosion ; l'aile droite se détache, c'est la vrille. Le *Preevater* 28 F 6 percute le sol.

Je demande à Dieu d'accueillir mes camarades infortunés. Au-dessous de moi, j'aperçois une corolle blanche. La descente semble interminable, sauf les derniers mètres. Je traverse les fourrés. La réception au sol n'est pas terrible. Je me relève : apparemment rien de cassé. Je coupe le parachute, il pourra peut-être me servir pour me signaler à un avion venant éventuellement à notre recherche.

J'entends les cris des Viets qui, sans nul doute, sont à ma recherche ; les cris se rapprochent. Je possède un revolver et le carnet des différents chargements des bombes du 28 F 6. Je décide de m'en débarrasser. J'aperçois un petit trou ; je les enterre et je m'éloigne rapidement de cet endroit. Arrivé au sommet de la petite colline qui avait réceptionné mon atterrissage, j'entends les Viets qui se rapprochent, ils ne sont plus qu'à une dizaine de mètres. Je me redresse en levant les bras; devant moi, des gamins de douze à quinze ans. L'un d'eux tient un fusil braqué sur moi, il tremble de tout son corps. Un deuxième tient une grenade à la main. Je ne dis mot. Je pense à mes camarades, mes parents, ma fiancée; élevé dans la foi, je prie. Les cris des jeunes s'intensifient, je ne comprends rien. Tout à coup, un des gamins sort un rouleau de fil électrique. En quelques secondes, me voilà saucissonné, les bras liés dans le dos, les pieds entravés, le canon du fusil entre les épaules. Je comprends qu'il faut que je marche et suive les gamins. Il doit être environ 13 heures. Après une heure de route, nous arrivons à un campement.

Durant ce trajet, j'avais pu voir, bien camouflées, de nombreuses batteries de DCA. Je suis introduit dans une grande tente. Cela ressemble à un quartier général. Assis derrière une table, trois hommes. Là commence le premier interrogatoire. L'officier viet, qui parle un français impeccable, me demande le nombre de personnes à bord de l'avion. " *Y avait-il des Américains, quelle était votre fonction à bord* ". Je réponds: photographe. L'interrogatoire continue sur l'appareil, son origine, sa puissance, son potentiel en armement. Je reste imprécis dans mes réponses. Tout à coup arrive un soldat viet tenant une main encore sanguinolente, il me la présente. Les Viets me disent: " *Vous avez sauté à trois* ". J'en déduis que quelqu'un a donc quitté l'avion après moi. Puis ils m'annoncent qu'ils avaient capturé un radio, un blond blessé à la jambe, qu'il avait refusé d'être soigné et qu'il était mort. " *Nous n'avons pas encore capturé le troisième, mais cela ne saurait tarder* ", m'annonce l'officier et il me demande: " *Vous avez peut-être faim?* ". On me libère les mains et je prends mon premier repas en captivité: quelques grains de riz dans un bouillon tout à fait suspect. Le soir, on me ligote à nouveau les poignets et je m'étends sur le sol sous l'œil vigilant d'un gardien; la nuit sera longue… Le lendemain, l'interrogatoire continue. Je suis toujours gardé par un homme en arme, un gardien qui parle un peu le français. Nous sommes aux abords d'un village. Une activité intense y règne. Il me montre des femmes taillant le bambou et se met à sourire. Mon sang ne fait qu'un tour " *Ça y est, elles préparent la fête et je vais être l'acteur principal* ". Je suis figé et pense déjà aux souffrances que je vais endurer. Finalement, je m'aperçois que les femmes travaillent le bambou pour la construction d'une *ka nha*. Je retrouve une certaine sérénité. En soirée, les Viets m'annoncent la capture du troisième homme d'équipage. Quelques temps après, je vois arriver Carpentier.

L'interrogatoire continue. Nous avons décidé de ne pas nous contredire, mais de rester le plus évasif possible. Les Viets décident de nous transférer de secteur. Nous faisons une partie du chemin en camion, le reste à pied. Nous croisons des coolies qui rebouchent les trous de bombes sur la route. Nous nous apercevons que c'est du bluff, car la vraie route passe sous des branches plantées dans des bambous remplis d'eau ; elle est invisible de là-haut. Les ruses de la guerre sont innombrables.

Cinq jours après, nous arrivons dans un campement sur la route menant vers Yen Bay. Nous fabriquons sur le sol un jeu de dames. Carpentier se montre meilleur que moi. Nous n'avions rien à parier, que quelques bolées peut-être à notre retour…

Un matin, nous entendons le ronflement d'un moteur. Nous voyons une silhouette noire dans le ciel prenant son alignement : 4 bombes se décrochent ; l'explosion est proche. C'était un *Preevater*.

Le lendemain 19 mai, c'était l'anniversaire de l'oncle Ho. Nous avons dû avoir, je crois, un menu amélioré.

Le 20 mai au soir, nous voilà en route avec nos gardes. Après avoir escaladé quelques sentiers, nous arrivons sur la route qui nous mènera vers le nord. Après un moment arrive une colonne de prisonniers capturés à Dien Bien Phu. Nous sommes incorporés à ce convoi, le fameux convoi 42. Il y a trois officiers dont le capitaine Luciani, blessé au dos, qui est transporté sur une civière de fortune. Nous marchons toute la nuit. Au petit matin, nous nous arrêtons dans des sous-bois et préparons le repas de midi. Deux bidons à huile nous servent de chaudrons. Le menu : un bol de riz à midi, un autre le soir. Les camarades de Dien Bien Phu sont déjà très fatigués. Certains arrivent à peine à se traîner. Les gardes sont très durs. Le capitaine Luciani souffre mais il a un moral d'acier. " *Je ne veux pas crever ici, je veux revoir la France.* " Nous l'aidons au mieux. Il ne se plaint jamais, il force l'admiration. Il demande parfois à marcher, mais c'est trop dur. Alors nous le remettons sur la civière et le convoi repart. C'est ainsi toutes les nuits. Nous faisons une trentaine de kilomètres.

Le 6 juin, nous arrivons au camp : trois cabanes en bambou sur une petite colline. Les officiers sont emmenés vers un autre camp, à quelques kilomètres. Épuisés, nous passons notre première nuit au camp 42. Il y a là quelques prisonniers capturés depuis déjà longtemps, dont un légionnaire depuis quatre ans.

Le 7 au matin, rassemblement : nous sommes divisés en plusieurs groupes. L'appel est très strict. Les différentes tâches sont distribuées, mais avant de les accomplir commence le catéchisme soviétique et ce sera ainsi tous les jours : " *rendons grâce à la clémence de l'oncle Ho ; le capitalisme et l'impérialisme américain sont les oppresseurs du peuple vietnamien* ".

Dans un premier temps, je devins architecte et entrepreneur. Avec une équipe, nous coupons des bambous, nous récupérons des feuilles de palmier et nous construisons nos cabanes. Nous écrasons des bambous pour faire des nattes. De jour en jour, le camp se monte pour abriter à un moment plus de 400 prisonniers. Tous les jours, il y a des morts.

Nous les enterrons à proximité du camp. Un moment de recueillement, une prière et nous plantons une petite croix faite avec du bambou.

Tous les jours, après l'appel et la séance de " *caté* ", nous vaquons à nos différentes activités. Un matin, le commissaire politique me désigne pour prendre la responsabilité des cuisines. Nous servons la nourriture, du riz rien que du riz, dans ce que les prisonniers possèdent : des casques, des *cai bat* en bambou, un coin de chemise et aussi dans le creux de la main. Nous laissons très souvent le riz brûler en formant une croûte sur les parois du chaudron ; nous la distribuons aux plus affaiblis. Il existait également une infirmerie dans le camp. Je me souviens du flacon de teinture d'iode ; à chaque fois, on y rajoutait un peu d'eau. Les mourants avaient droit à une sardine ; la boîte était écrasée et servait ensuite de palette pour griller quelques grains de riz.

J'ai été désigné un jour avec cinq collègues pur transporter un malade à l'hôpital. Deux jours de marche, tantôt dans la rizière, tantôt par des petits sentiers à flanc de coteau.

Nous nous sommes trouvés un autre jour une quarantaine de prisonniers. Une amélioration était annoncée au menu, et je me suis vu faire le partage d'un canard entre quarante.

Nous faisions régulièrement la corvée de riz à 8 kilomètres. Nous n'avions parfois pas de sacs pour le transporter. Nous enlevions notre pantalon ; un nœud dans le bas des jambes avec une liane et nous transportions ainsi 16 à 20 kg. En déchargeant, à l'intendance, nous étranglions les jambes de pantalon un peu plus haut que le nœud. Il nous restait deux poignées de riz que nous faisions griller le soir tout en racontant des histoires, en faisant des projets d'évasion.

Un soir, j'ai vu arriver deux hommes : Pierre Schoendoerffer et Daniel Camus. Ils se sont installés à côté de moi. Un jour, Pierre m'interpelle ; il venait de voir une bête s'introduire dans un tronc d'arbre, à environ quatre mètres de hauteur. Je grimpe ; il me passe son pantalon et j'obstrue le trou. Il ne restait plus qu'à abattre l'arbre et capturer la bête pour améliorer le menu. Ce qui fut fait. Le soir, coupé en petits morceaux, l'animal rôtissait dans le fond d'un vieux casque. La veillée fut longue et le menu apprécié.

J'ai vu également un matin un homme coiffé d'un béret de marin. Ce marin, c'était Jean Ségalen, infirmier de son état. Il avait sauté avec des parachutistes sur Dien Bien Phu. Il avait accompli un travail extraordinaire au camp retranché ; il allait continuer à le faire au camp 42. Ayant réussi à dissimuler dans ses chaussettes et ses vêtements quelques cachets, il allait continuer à sauver des camarades et, avec ses grandes qualités de cœur, redonner du moral : nous en avions tous un grand besoin.

Un matin, le commissaire politique nous rassemble. Nous partons à une soixantaine, peut-être plus. Après deux jours de marche, nous arrivons dans une petite vallée. Là, nous nous trouvons 500, rassemblés pour une grande mise en scène.

Le décor était planté, par petits groupes. Nous étions réunis pour faire notre autocritique, reconnaître la grande clémence de l'oncle Ho, combattre le colonialisme et l'impérialisme américain, et promettre notre conversion au communisme, source du bonheur. Puis commença un grand défilé, devant les vainqueurs, les autorités viet savourant leur victoire devant leurs prisonniers en haillons. Tout cela devant les caméras soviétiques : quelle humiliation !

Quelques jours après notre retour au camp, le commissaire nous annonce une séance de cinéma. Le film sortait d'URSS. Tourné dans les kolkhozes, il ne montrait que des gens heureux dans leur travail, dans leur famille, dans leurs loisirs.

Le 14 juillet approchait. Nous étions invités à bien préparer cette fête contre un menu amélioré. Un terrain de *volley-ball* avait été aménagé ; nous avions mis le filet à hauteur réglementaire, ce qui était à notre avantage. Nous avons quand même laissé gagner les Viets afin d'éviter un conflit. Il n'y en avait déjà que trop.

Le 13 au matin, je m'étais aperçu que quelques prisonniers avaient disparu, des malades et des blessés. Les Viets avaient voulu faire un geste ; ils avaient libéré quelques camarades.

C'est par l'un d'entre eux que le commandant de la 28 F avait appris que j'étais au camp 42 avec un autre rescapé du même groupe. Il n'avait pas pu reconnaître Carpentier sur les photos que lui avait présentées le commandant.

Ce 14 juillet, nous étions invités à chanter une chanson révolutionnaire célébrant la Bastille. Nous avons entonné : " *À la Bastille, on l'aime bien Nini peau de chien…* ". L'effet fut concluant. Aux cuisines, c'était la grande effervescence : un buffle à découper et à cuisiner. Pour une fois, nous avions chacun un morceau de viande respectable ; il fallait néanmoins avoir de bonnes dents. En guise de légumes, nous avions fait également bouillir du liseron d'eau.

Certains après-midi, j'avais un peu de temps libre. Il m'arrivait de descendre en bas du camp où je récupérais une plante qui avait le goût d'anis ; ça changeait légèrement le goût de l'eau.

À proximité de la petite rivière, il y avait une petite cahute, " *la bibliothèque* " : quelques tables, la possibilité d'écrire, l'Humanité.

C'est là que, le 4 juillet, j'ai pu écrire une petite lettre à mes parents en leur apprenant " *un bon traitement, une bonne santé, que nous étions deux rescapés du 28 F 6 et que bientôt j'allais retourner au pays* ". Cette fameuse lettre est arrivée à mes parents le 14 août, après un long détour. Le 20 août, ils recevaient le télégramme leur apprenant ma libération.

Vers le 25 juillet, en glanant mes plants à l'odeur d'anis, je rencontrai un paysan vietnamien. Nous avons essayé de dialoguer, surtout par des gestes. Je compris que quelque chose se passait du côté de Genève, qu'une paix était en vue et que bientôt nous serions libérés. Le commissaire politique nous laissait aussi entrevoir un accord possible, mais il nous disait que les Français étaient très durs dans la négociation.

J'appris quelques jours plus tard, par le paysan vietnamien, que l'accord était signé. Je sentais en moi une grande joie mêlée de tristesse. Tant de morts pour rien, pour que le communisme s'installe au Vietnam. Ce peuple, qui croyait à sa libération, serait en fait opprimé.

Début août, le commissaire politique nous annonce la signature de l'accord de Genève, mais il souligne que nous avons encore beaucoup d'efforts à faire pour nous convertir avant notre libération. Un beau matin, à l'appel, une liste d'une soixantaine de noms de prisonniers est lue. Je figure sur cette liste. Je m'aperçois que nous sommes les plus vaillants du camp ; Carpentier n'y figure pas. Il a un très mauvais passage, il est très affaibli.

Après quelques jours de transit, tantôt à pied, tantôt en camion, nous arrivons à Viet Tri. Nous passons au casernement. Une chemise, un pantalon, vert bien sûr, une paire de chaussures, 40-41 maximum, un bol, vert lui aussi, tel était notre paquetage. Nous sentons notre délivrance proche. Le " *caté* " soviétique devient plus poussé. Les Viets veulent à tout prix nous convertir. Nous tenons bon, mais il nous faut encore faire très attention. Un après-midi, nous sommes tous rassemblés et les commissaires politiques remettent à chacun une décoration : nous recevons la colombe de la paix sur fond vert.

Le 19 août au matin, les commissaires politiques nous annoncent l'arrivée de bateaux français ramenant des prisonniers viet. Ceux-ci sont en piteux état, cela pose problème. Nous apprendrons plus tard que tout n'était qu'une mise en scène. Les Viets ordonnaient à ces prisonniers de se tordre, de se lamenter, de gémir, montrant ainsi la façon dont ils avaient été traités par les Français ; pendant tout ce temps, les caméras russes filmaient. Dans l'après-midi, les bateaux avaient remonté la rivière de quelques encablures. À proximité de l'appontement, les Viets avaient dressé des tables, sur lesquelles étaient posées quelques fleurs et des tasses blanches. Quelques jeunes filles souriantes, ondulantes dans leurs robes blanches, se pressaient autour de nous. Leur comportement laissait penser à un regret de nous voir partir, mélangé d'un peu d'affection. Elles nous servaient le thé pendant que les commissaires politiques nous ressassaient la clémence de l'oncle Ho, nous souhaitaient une bonne conversion au communisme en bannissant le colonialisme et l'impérialisme.

Durant toute cette mise en scène, les caméras russes enregistraient. Quelle mascarade !

Nous réalisions pourquoi les mieux portants, ou tout au moins ceux qui semblaient l'être, avaient été choisis.

Quelques instants plus tard, c'est l'appel. Les jeunes filles nous prennent par le bras, nous accompagnent sur le ponton, nous embrassent.

Je franchis la coupée, me retourne vers l'arrière. Au garde à vous, je salue le pavillon. Je suis libre. Je m'adresse à un membre de l'équipage : " *As-tu un coup de Cambusard?* ". Il en verse un peu dans le fond d'un quart. En me retournant vers les Viets, je bois une gorgée. À cet instant, je suis un autre homme. Je haïrai à jamais le communisme.

***

NB : " Cat Bi " était le nom de l'aéroport de Haïphong.

LE LAVAGE DE CERVEAU DANS LES CAMPS DE PRISONNIERS DU VIETMINH

Yves De Sesmaisons

CHRONIQUE DE L'HORREUR ET DU GOULAG

Mieux que moi de nombreux camarades auraient pu écrire ces lignes, en particulier ceux d'entre nous ayant séjourné des années durant au Camp n° 1, ou ailleurs. Toutefois, si ma captivité fut brève (un an dix jours " seulement "), elle me sembla interminable, comme pour nous tous.

J'eus un parcours atypique, m'amenant à séjourner dans les prisons civiles ou les camps de troupe. J'y découvris de bout en bout le processus du lavage de cerveau, qui me brisa. Je m'autorise donc à le décrire.

Le 27 janvier 1952, je suis hospitalisé à l'hôpital Lanessan, à Hanoï. Je pèse quarante kilos. Alors tombe, cruel, le diagnostic des médecins : " *Gravement cachexique ; a subi une dépersonnalisation intense* ". Telle fut, d'ailleurs, la constatation faite par les nombreux camarades venus me voir alors.

L'exposé qui suit en donne l'explication. Tous les événements cités sont authentiques. Je fus spectateur et acteur de certains d'entre eux. La plupart des autres récits émanent d'officiers, de sous-officiers ou d'hommes de troupe, mes compagnons du temps des morts.

Au préalable, je tiens à saluer ici la mémoire de tous nos frères de misère décédés en captivité, en particulier ceux qui furent fusillés, en contravention avec toutes les lois de la guerre.

Ces innombrables disparus s'inscrivent dans l'immense et douloureuse cohorte des millions de morts du communisme.

J'écris ces lignes en témoin involontaire et victime de l'un des événements majeurs du vingtième siècle: le Goulag.

Que soient remerciés ici tous les acteurs de ces temps horribles qui m'ont aidé de leur avis et conseils, ou permis d'exploiter leurs propres souvenirs.

INTRODUCTION

" *Les mensonges écrits avec de l'encre ne sauraient obscurcir la vérité écrite avec du sang.* "

Lu Xuan, écrivain chinois

Le lavage de cerveau fut-il pratiqué dans les camps de prisonniers d'Indochine? Deux thèses s'affrontent. Les uns le nient pour des raisons essentiellement politiques, accusant de " *révisionnisme* " les autres, ceux qui affirment le contraire.

Je me proclame donc " *révisionniste* ", pour en avoir été victime, comme nombre de mes compagnons rencontrés dans les camps ou par la suite, mais surtout au nom de la réalité historique.

Giap lui-même cite le " *lavage de cerveau* " dans les procédés d'action à l'intention des masses et de l'ennemi, comme instrument du " *prosélytisme populaire du communisme* ".

Si l'on se réfère tout d'abord au " *Livre noir du communisme* ", force est de constater que les vingt mille morts des camps viets prennent place dans l'immense et douloureuse cohorte des hommes tués par ce système pervers. Le " *grand frère soviétique* " avait depuis longtemps lui-même mis au point sa " *pédagogie des cadavres* ". Ainsi se trouvait-on devant " *le monstrueux paradoxe d'un grand idéal aboutissant à un grand crime* ", tel que le décrit Martin Média dans son livre: " *La tragédie soviétique* ".

Quant à la mort évoquée en tant que réalité tangible, elle apparaît, dans le mode carcéral vietminh, comme le moyen de pression le plus puissant de l'endoctrinement politique. Ce dernier créa dans les cerveaux un traumatisme inconnu jusqu'alors, la mutilation psychique, la pire des blessures. La comparaison de notre situation, pourtant peu enviable, avec celles connues par la suite par les détenus vietnamiens après la chute de Saïgon, ou chinois lors du " *Grand bond en avant* " et de la " *Révolution culturelle* ", montre que le terrorisme intellectuel de la rééducation politique atteignit son apogée plus tard, grâce à un perfectionnement constant de ses méthodes.

Tel est l'objet de cette étude qui se doit tout d'abord de remonter aux sources du marxisme léninisme, ferment de la rééducation permanente pratiquée au détriment des captifs, dont le nom vietnamien est thu binh.

Il y a lieu ensuite de décrire la manière dont celle-ci fut mise en œuvre au sein du gouvernement Vietminh par le " *Dich Van* ", organisme chargé de l'action psychologique à l'encontre de l'ennemi. De là découle naturellement le processus de son adaptation à la psychologie des prisonniers originaires d'Europe, d'Afrique ou d'Asie, sous une forme redoutable, car insidieuse et mortifère, qui a exploité le meilleur et le pire de l'être humain.

DES DOCTRINES ET DES HOMMES : DE MARX À HO CHI MINH

" *Les yeux bleus de la Révolution brillent d'une cruauté nécessaire.* "

Louis Aragon. " Le front rouge "

Si l'on veut appréhender le lavage de cerveau tel qu'il fut pratiqué dans les camps de prisonniers d'Indochine entre 1946 et 1954, il faut le replacer dans son cadre historique et idéologique. Cela implique que soit fait un bref retour aux sources du marxisme-léninisme et de l'internationalisme prolétarien, tant en furent imprégnés les événements qui le concernent et les hommes qui le mirent en œuvre.

Dans cette perspective, il y a lieu de rappeler brièvement les circonstances ayant abouti à la création du Vietminh, et de citer les influences soviétiques, chinoises et même françaises qui s'exercèrent sur lui.

Cinq hommes clés jouèrent un rôle déterminant dans l'action du Parti communiste indochinois (Lao Dong), puis dans la grande guerre de libération nationale qui parvint à chasser d'abord les Français, puis les Américains, et permit la réunification du Vietnam.

Ces hommes d'envergure furent Ho Chi Minh (Nguyen aï quoc); Pham Van Dong futur premier ministre de la République démocratique du Vietnam; Le Duc Tho le théoricien, prix Nobel de la Paix; Le Duan, secrétaire général du PCI, et évidemment, Vo Nguyen Giap, le stratège, appelé à devenir commandant en chef de l'Armée Populaire.

Dès 1930, Ho Chi Minh fait entrer au Komintern, d'obédience soviétique, le nouveau Parti communiste indochinois, lui-même issu du Than Nien (Association des camarades de la jeunesse révolutionnaire), le Lao Dong qu'il vient de créer avec l'aide du PCF (Parti communiste français). Et, en 1941, lors du VIIIe congrès du PCI (Parti communiste indochinois), lui et ses compagnons, se dissimulant sous le " *Front uni de la ligue pour l'indépendance (" doc lap ") du Vietnam* ", créent une organisation de patriotes: le " *Vietnam doc lap dong minh hoï* ", dont la branche militaire deviendra le Vietminh. En même temps, ils parviennent à phagocyter les partis nationalistes, en particulier le VNQDD (Viet Nam Quoc Dan Dang: Parti Populaire du Vietnam) et le Cao Daï.

Ainsi le PCI capte à son profit l'élan nationaliste, et par la suite il liquidera toute concurrence. Les éléments modérés, la secte politico-religieuse Hoa Hao, les trotskistes, les " *traîtres* ", le Cao Daï, le VNQDD seront successivement exterminés.

Ainsi le fameux et courageux Nguyan Binh, de son vrai nom Nguyen Phuong Thao, nationaliste venu du VNQDD, se rallia au Vietminh en 1945 et devint délégué permanent du parti au Sud Vietnam. Convoqué au nord, il fut, probablement sur ordre du Comité central, attiré dans un piège tendu par l'Armée française et tué.

Dès lors, Giap peut se consacrer à la création des forces armées et à l'élaboration d'une théorie de la guerre révolutionnaire propre au Vietnam, inspirée des écrits de Mao Tsé Tung. Il définit une stratégie militaire basée sur l'action du faible au fort, et établit les règles de la prise en main et de l'exploitation des masses populaires par la propagande. Dès ce moment apparaît le principe du " *lavage de cerveau* ", décrit comme le " *prosélytisme populaire du communisme* ". Ce dernier consiste à retourner le peuple et à l'orienter dans la bonne direction puis, après l'avoir armé spirituellement et matériellement, à le charger de détruire l'ordre ancien, qu'il s'agisse des vieilles coutumes nationales, du colonialisme français ou de l'impérialisme américain. Il affirme : " *La guerre de libération est une guerre prolongée et dure, dans laquelle nous devons compter surtout sur nous-mêmes, car nous sommes forts politiquement et faibles matériellement* ".

Combien ce principe se vérifiera auprès des prisonniers français ! Ainsi apparaissent les idées forces qui détermineront plus tard l'action menée auprès d'eux avec une redoutable efficacité.

Pour appliquer cette stratégie d'enrôlement des masses, il fallait recruter des cadres et créer une organisation. L'ouverture vers l'avenir nécessitait que soient trouvés des gens décidés, énergiques et très motivés. S'ils étaient communistes, c'était excellent. S'ils étaient animés de convictions nationalistes et anticolonialistes, ce n'était pas si mal. On verrait plus tard à les convertir au communisme. Ainsi furent créés et recrutés les " *cadres* " ou " *Can bos* " qui formèrent un noyau solide et dur. Ils devaient être moralement irréprochables et ne pas se laisser tenter ni corrompre par la vie décadente des exploiteurs. Il fallait qu'ils soient entreprenants, honnêtes, économes, droits, impartiaux, et humbles. Ils devaient vivre avec la simplicité des paysans.

S'inspirant encore de Mao Tsé Tung, qui avait défini trois types différents d'actions politiques : celle dirigée vers l'ennemi (le prosélytisme), celle visant le peuple (l'agit prop), celle concernant les forces de guérillas et leurs partisans (endoctrinement et organisation), Giap attribua des noms aux diverses activités prosélytes de ces cadres.

Il détermina le nom et la fonction de chacun : le " *dan van* " : action sur le peuple contrôlé par les communistes ; le " *binh van* " : action chez les forces militaires ennemies ; le " *dich van* " : action chez le peuple ennemi. Il va de soi que le " *dich van* " sera appelé à prendre en charge, en particulier, la population carcérale issue du CEFEO (Corps expéditionnaire français d'Extrême Orient), mais aussi les déserteurs. Les principes d'action étaient toujours influencés par Mao Tsé Tung qui en avait froidement énoncé les fondements : " *Convaincre progressivement une population neutre en recourant à un mélange de terrorisme sélectif, d'intimidation, de persuasion et d'agitation massive.* "

Le milieu de la jungle, " *où tout pourrit et où votre chair est la première à pourrir* ", allait favoriser cette action auprès des prisonniers qui ne supportaient pas ces difficiles conditions de vie car ils " *pourrissaient, attrapaient des fièvres et mouraient en pourrissant* " *(sic)*.

Le travail de propagande auprès des troupes ennemies était considéré comme une tâche stratégique et faisait l'objet d'une attention particulière. Le milieu des prisonniers était donc privilégié car, par ricochet, l'action menée à son encontre était sensée avoir des incidences à terme sur nos troupes le jour venu, lorsque certains les rejoindraient. À l'évidence, l'ensemble de ces principes et théories découle en droite ligne des œuvres de Marx et d'Engels, ce qui explique pourquoi l'univers des prisonniers *(Thu binh)* baignera dans un brouillard de matérialisme dialectique et de déterminisme historique. En un mot, les thu binh vont être immergés dans un bain de marxisme-léninisme à une époque du Stalinisme triomphant.

En effet, le Parti communiste vietnamien, alors nommé Parti du travail, inscrit dans ses statuts dès 1951 : " *Le Parti du travail reconnaît la théorie de Marx, Engels, Lénine, Staline, et la pensée de Mao Zédong, adaptées à la réalité de la révolution vietnamienne, comme fondement théorique de sa pensée et comme l'aiguille aimantée qui lui indique la direction de toutes ses activités* ".

Staline meurt le 5 mars 1953. Mais il a dissous le Komintern en 1943, créé le Kominform en 1947, engagé contre l'Occident la " *guerre froide* ", et inventé " *l'émulation socialiste* " et le " *stakhanovisme* ". Ces deux derniers principes tueront de nombreux prisonniers en les amenant à se dépasser au-delà de leurs dernières forces pour " *mériter* " leur admission dans le " *camp de la paix* " et, découlant de celle-ci, leur " *libération inconditionnelle* ", car ainsi elle apparaîtra possible à leurs cerveaux hallucinés.

Simultanément, fin 1949, va se produire un événement majeur dont les conséquences seront incalculables pour le CEFEO. Après des années de combat, les communistes chinois imposent leur pouvoir au pays en triomphant de Tchang Kaï Chek, dont l'armée en déroute se réfugie à Formose (Taiwan). Dès lors que les forces communistes chinoises bordent la frontière du Tonkin, la situation change du tout au tout pour le Vietminh, que le " *grand frère voisin* ", acquis à sa cause, va désormais pouvoir aider.

Giap reconnaît d'ailleurs la contribution chinoise lorsqu'il écrit en 1960 : " *À partir de 1950, après la victoire chinoise, notre armée et notre peuple purent tirer les leçons précieuses de l'Armée de libération du peuple chinois. Nous avons pu nous éduquer grâce à la pensée militaire de Mao Zédong. Ce fut le facteur important qui détermina la maturité de notre armée et contribua à nos victoires successives* ".

Dès 1950, la Chine reconnaît le régime d'Ho Chi Minh, et en décembre Ho Chi Minh et Giap négocient à Pékin une aide substantielle sous forme de matériels, munitions, cadres instructeurs, experts et conseillers en rééducation.

La reconnaissance par la Chine est presque aussitôt suivie par celle de l'URSS et des " *pays frères* " du bloc soviétique. À partir de ce moment va s'ouvrir une période fructueuse de batailles et de combats qui vont saigner à blanc le corps expéditionnaire français, et créer un flux continu de prisonniers. Ils vont aussitôt être l'objet des soins attentifs du " *dich van* ".

Suivant Giap lui-même commença la phase des " *grandes et petites batailles* " combinant les " *actions mobiles et la guérilla* " qui, avec le temps, devaient venir à bout des forces vives du CEFEO. Les Français étaient pressés par le temps ; pour les Viets, il ne comptait pas. Alors, par de multiples plaies, s'écoula le sang de l'armée française, chaque jour apportant son lot de blessés, tués, disparus, capturés.

Ces derniers rejoignirent les camps du nord au sud, une centaine environ, dans un flot ininterrompu, soit en isolé, soit par deux, quatre, mille ou plus. Au total 37 979 hommes tombèrent aux mains des Viets, vingt-huit pour cent seulement revinrent : 10 754.

Ainsi 71 % d'entre eux périrent dans d'atroces conditions proches de celles connues par les résistants déportés en Allemagne. Ce pourcentage fut donc du même ordre que celui observé dans les camps nazis, si l'on excepte les camps d'extermination directe. Mais il varie selon les populations concernées : totalité des prisonniers, ou prisonniers français, africains, indochinois, légionnaires, etc…

Les hauts lieux de cette saignée furent en particulier : la RC 4 dite " *boulevard de la mort* ", Dong Khé, That Khé (1947-1950), Vinh Yen et Phuc Yen, Nghia Lo (en 1951 puis en 1952), Na San, Sam Neua, les Hauts Plateaux d'Annam, Kontum, Seno, Qui Nhon, Dien Bien Phu et An Khé par la suite, pour ce qui concerne les " *grandes batailles* ".

Quant aux " *petites* ", elles englobent les milliers d'actions journalières de faible envergure : postes attaqués, embuscades, convois détruits, enlèvements, harcèlements, patrouilles anéanties jusque dans la banlieue d'Hanoï, équipages des avions abattus et des bateaux des Dinassaut (Divisions navales d'assaut) de la Marine coulés. C'était la tactique des " *essaims de guêpes* ", aux multiples piqûres, qui provoqueraient la mort du géant en dispersant ses efforts. Mais les effectifs des camps ne cessèrent jamais de fondre tant les arrivées incessantes compensaient à peine la mortalité journalière.

Pour le commandement viet, souvent dépassé par ses victoires et le nombre grandissant de ses captifs, il fallait organiser ces camps. Ce fut la tâche du " *Bureau central des prisonniers de guerre* ", département ministériel, " KHU ", intégré au Ministère de la défense et dirigé par un haut fonctionnaire et ses assistants. Il fallait surtout tirer le meilleur parti de ces " *otages* ", ces " *hôtes forcés de l'accueillant peuple vietnamien* ".

Le journaliste Léo Figuières, envoyé au Tonkin par le PCF en 1950, visita le Viet Bac (Zone de guerre au Nord) mais, dans son récit de voyage, il affirme ne pas être allé dans les camps. Il conseilla alors au gouvernement Vietminh de sauvegarder ce patrimoine humain, non par souci d'humanité, mais pour l'exploiter au mieux. Ensuite, il pourrait servir soit comme " *monnaie d'échange le jour venu* ", soit après l'avoir endoctriné, en le transformant en virus pacifiste. Ce dernier serait inoculé au corps expéditionnaire, par petites doses savamment calculées, sous forme de " *libérations inconditionnelles* ", organisées au compte-gouttes en fonction de l'évolution de la situation politique et militaire.

Ainsi serait amoindrie la force combative des troupes françaises au contact de ces " *convertis* ", et à la vue de ces revenants prouvant que la capture ce n'était pas la mort. Ceci explique l'attitude du commandement français qui chercha par tous les moyens à isoler les " *libérés* ", traités comme des pestiférés, ce qui créa chez eux un immense ressentiment. De la sorte aussi serait reconnue la " *magnanimité* " du Vietminh, et accrue son audience internationale, parce qu'il avait su " *humaniser* " la guerre. Du même coup, il se débarrasserait de bouches inutiles. Il n'avait plus qu'à organiser la " *rééducation* ", mot pudique désignant le lavage de cerveau, pour rallier les prisonniers au " *bon combat* ", celui du " *camp de la paix* ", le sien, après en avoir fait des hommes nouveaux. L'objectif était donc d'amener ces captifs à épouser la cause qu'ils étaient venus combattre. Il s'agissait de ralliement et de reniement.

LE DICH VAN

En charge de l'Action psychologique à l'encontre de l'ennemi, au sein de son dispositif, le *Dich Van* met en œuvre les méthodes d'éducation et de rééducation politiques, ainsi que celle de la persuasion morale, auprès des prisonniers de guerre.

> " *N'est pas révolutionnaire celui qui a pitié de quelque chose dans le monde.* "
>
> " Catéchisme du révolutionnaire ". Netchaïev

La doctrine du " *dich van* " envers les prisonniers demanda une longue maturation, mais dut prendre forme dès lors que les opérations de Giap provoquèrent un afflux de captifs à partir d'octobre 1950. Elle fut mise au point avec la participation déterminante du Parti communiste français, dont les représentants firent, dès cette époque, de longs séjours dans les zones contrôlées par le Vietminh.

Pour le PCF, en effet, selon J. Doillon, " *le délicat problème des prisonniers représentait un enjeu important dans le cadre de sa stratégie relative à la guerre d'Indochine. Aussi ne ménagera-t-il pas ses efforts pour contribuer à l'action du gouvernement Vietminh dans ce domaine, et il maintiendra une liaison permanente avec lui* ". À l'évidence, Maurice Thorez pensait que le sort réservé aux prisonniers, de plus en plus nombreux au fil des années, pouvait avoir une influence néfaste ou positive sur la façon dont réagirait l'opinion française face à l'évolution de la guerre. Il mesurait aussi le risque que leur rapatriement pouvait faire courir à l'engagement du PCF contre celle-ci, l'impact pouvant en être favorable ou défavorable.

Aussi le parti multiplia-t-il les contacts avec les maquis, incitant le Vietminh à pratiquer la politique de rééducation et de persuasion à l'égard des captifs en vue de leur libération. Il comptait à terme pouvoir recruter ces nouveaux convertis. Cette opération avait donc pour lui un double intérêt. Il espérait que certains de ces

" *hommes nouveaux* ", ardents " *combattants de la paix* ", seraient convaincus de la juste cause de la guerre vietnamienne et de la nécessité de son soutien par " *le camp de la paix* ", le monde socialiste. Il comptait, d'autre part, sur l'engagement à ses côtés de certains de ces " *convertis* ".

Simultanément, en France, il prit parfois contact avec les familles éplorées, leur faisant miroiter l'espoir que si elles prenaient la carte du parti, elles pourraient améliorer la situation de leur disparu. C'était un chantage. Aussi envoya-t-il de nombreuses délégations au Viet Bac (Zone de guerre Nord, recouvrant la Haute Région). Léo Figuières, André, Roland et, pour le jeune parti frère marocain, Si Marouf, visitèrent donc les maquis et parfois les camps de prisonniers.

Dès 1950, le premier vint en mission au Viet Bac, et parcourut la " *zone libérée* ". Il transita à l'aller et au retour par la Russie et la Chine, où il s'entretint avec Mao Tsé Tung, Liou Chao Chi et Tchou En Laï. Il rencontra longuement Ho Chi Minh, Vo Nguyen Giap et Pham Van Dong. Il s'inquiéta du sort des prisonniers et des possibilités de leur rapatriement. Il rendit visite à des otages, selon lui " *bien hébergés dans des colonies* ", mais ne put se rendre dans des camps de prisonniers, " *trop éloignés* ". Il s'entretint du sort des uns et des autres avec le sous-secrétaire d'État à l'Intérieur, Ton Duy Hung, et obtint même de lui la promesse que les libérations auraient lieu à court terme.

De plus il revint porteur de propositions relatives à l'échange des prisonniers de guerre. Mais à son retour, il fut l'objet d'un mandat d'arrêt pour " *démoralisation de l'armée et de la nation* " et entra dans la clandestinité. Son périple est raconté dans un livre intitulé " *Je reviens du Vietnam libre* " (Notes de voyage) paru en 1951. La foi marxiste et l'esprit de propagande y côtoient l'angélisme.

André, pour sa part, devint le délégué permanent du PCF dans le maquis jusqu'en 1954. Il y jouera un rôle modérateur et participera au " *dich van* " auprès des prisonniers, de même que son homonyme, envoyé en renfort en 1954. Tous les deux auront en plus une mission " *d'agit-prop* " au sein des troupes françaises. Leurs activités, en fin de compte, auront d'ailleurs un aspect inattendu, lors des négociations secrètes entre le gouvernement français et celui d'Ho Chi Minh, notamment à propos des prisonniers.

Quant à Roland, il ne supportera pas le climat et devra rentrer en France rapidement. Nombreuses seront les autres délégations envoyées par le PCF pour maintenir un contact étroit avec le Lao Dong. Notons en particulier l'Union des femmes françaises animée par Eugénie Cotton. En France, celle-ci menait l'action en direction des familles, leur manifestant parfois de la compassion, même si, à l'évidence, l'objectif était politique. Ainsi en témoigne la comtesse Pierre de la Rochefoucauld, dont le mari, lieutenant artilleur de la colonne Charton, disparut au cours des combats de la RC 4 en octobre 1950.

Il était normal d'accepter cette aide de la part des familles désemparées qui, en France, cherchaient par tous les moyens à savoir ce qu'étaient devenus leurs disparus et à leur porter secours. L'Union des femmes françaises, qui avait des contacts avec le Vietminh à Prague, pouvait leur fournir des informations. Comment refuser de saisir cette main secourable? Dans les camps, le nom d'Eugénie Cotton, ressassé par les *Can bos*, avait été pris en horreur.

LA LIGNE DU TONG BO

(Bureau politique du Parti communiste indochinois, le Lao Dong)

Dès la fin de 1950, puis en 51 et 52, la politique vietnamienne à l'égard des prisonniers mûrit et se précise, sous l'impulsion des conseillers chinois. Les idées majeures en sont " *la clémence du président Ho Chi Minh* " et la " *création des combattants de la paix* ".

La politique de clémence est adoptée à la suite de longs débats, par le Bureau politique et Ho Chi Minh lui-même, après une étude approfondie des rapports des camarades Marouf, Roland et André. Les deux derniers jouèrent par la suite un rôle modérateur pour que les consignes du *Tong Bo* concernant la clémence soient appliquées avec souplesse. La " *Ligne de la clémence* " insistait à la fois sur le principe marxiste de la rééducation du prisonnier et sur celui plus utopiste de la " *bonté naturelle de l'homme* ". Celui-ci, une fois débarrassé des scories du colonialisme et du capitalisme, admettrait comme évidence la justesse de la cause vietnamienne.

Cette ligne impliquait un usage constant de l'autocritique, système abscons et épuisant pour des occidentaux qui auront beaucoup de mal à s'y couler. Elle imposait aussi le principe permanent en usage dans l'armée populaire vietnamienne de la responsabilité collective, difficilement acceptable par des Européens de nature et de culture individualistes. Enfin, elle signifiait que la hiérarchie et le groupe faisaient confiance aux prisonniers, ces " *hôtes forcés* " que, par mansuétude, on n'avait pas châtiés pour leurs crimes. Toute tentative de fuite était dès lors considérée comme une trahison de cette confiance. De la sorte, l'évasion, cette félonie, était qualifiée de " *désertion déshonorante* " du camp de la paix, et par conséquent passible d'un châtiment exemplaire.

Par contre, le même jargon qualifiait de " *rallié à la noble cause de la paix* " les déserteurs de l'armée Française. Ils furent trois mille environ. La notion de responsabilité collective aboutissait en fait à la " *déresponsabilisation de l'homme* "; l'individu, une fois perdus ses repères traditionnels et son autonomie intellectuelle, étant amené à s'identifier à la masse et à se fondre en elle. Dès lors, il perdait son identité, renonçait à ses opinions personnelles, et portait ses jugements en fonction des tendances et aspirations de son entourage, qui était manipulé par le *can bo*. Ceci aboutissait à la création d'une police interne permanente.

Quant à la " *phraséologie* " et au prosélytisme idéologique des cadres chargés d'appliquer la ligne, ils représenteraient un jargon incompréhensible pour les soldats du corps expéditionnaire : les termes impérialisme, lutte des classes, dictature du prolétariat, internationalisme prolétarien, guerre populaire, libération des peuples, droit de ceux-ci à disposer d'eux-mêmes, déterminisme historique leur étaient étrangers. Le dialogue serait donc initialement impossible. Deux mondes incompatibles allaient s'affronter lors de la " *rééducation* ".

Celle-ci visait à rallier les captifs à la cause qu'ils étaient venus combattre, en s'appuyant sur la " *clémence de Cu Ho* " (l'oncle Ho). Il fallait les engager sur la voie du " *combat pour la paix* ", de la défense de la juste cause vietnamienne dont, la guerre finie, dépendait leur rapatriement. Ce dernier pouvait toutefois intervenir à terme, avant l'issue du conflit. Si les nouveaux convertis savaient montrer assez d'ardeur et de conviction, ils pourraient un jour bénéficier d'une " *libération inconditionnelle* " anticipée.

Mais elle n'était assurée pour personne, en particulier pour les réfractaires. Or tous avaient conscience de la brièveté de leur survie. Cette perspective inoculerait à certains le virus de toutes les démissions, de toutes les trahisons, de tous les reniements. Elle amènerait rapidement des hommes à la déchéance.

Le *Tong Bo* dut aussi définir des normes établissant la durée nécessaire à l'obtention d'un résultat tangible. En ce qui concerne le lavage de cerveau, travesti pudiquement sous le vocable de " *rééducation* " dont le but était de convertir les prisonniers au communisme, les Chinois savaient faire. Ils disposaient des enseignements tirés des expériences menées par les bolcheviks en 1917, puis par les soviétiques sur les Allemands à partir de 1941. Eux-mêmes, après 1949, avaient eu à appliquer ces méthodes à leurs compatriotes des armées de Tchang Kaï Chek, puis aux Américains et aux Coréens à partir de 1950.

Les spécialistes avaient fixé ainsi les normes : douze à dix-huit mois pour un homme du rang ; dix-huit à vingt-quatre mois pour un sous-officier ; deux ou trois ans pour un officier. Ils étaient conscients que dans la masse subsisterait un pourcentage de réfractaires, dits " *irréductibles* ". Ceux-ci, devenant inutiles et dangereux, devaient être éliminés (liquidés) physiquement. Ce fut le cas du capitaine Cazaux et du lieutenant Truchot, et de beaucoup d'autres. On se contenta de les laisser mourir de maladie et de faim.

" *Il n'y avait pas de chambres à gaz, le climat tuait rapidement les Européens, ni de fours crématoires, la jungle dissolvait les cadavres en peu de temps* " dit, de façon réaliste et saisissante, le lieutenant Richard resté captif cinq ans, après avoir eu un bras amputé de manière rudimentaire, car il avait été grièvement blessé lors de sa capture. Ces règles tenaient compte, semble-t-il, du niveau de formation militaire, culturelle ou politique des individus du monde occidental, dont l'analphabétisme avait pratiquement disparu, et dont les multiples moyens d'information et l'individualisme permettaient à chacun de se forger une opinion.

Pour le Dich Van, la réalité fut tout autre. D'abord l'effarante mortalité contraignit les prisonniers à céder plus vite que prévu à la pression exercée sur eux. Ensuite, du fait de cette mortalité, les normes chinoises dépassaient largement leur espérance de vie. Aussi les chiffres furent-ils revus à la baisse, et les libérés connurent-ils des détentions oscillant aux environs de neuf mois pour les hommes de troupe et les sous-officiers.

Cependant ces données doivent être pondérées car, d'une part des officiers furent libérés avant trois ans, et des sous-officiers et hommes de rang ne le furent jamais. De plus, après Dien Bien Phu, accomplissant un geste politique, les Viets libérèrent des hommes de troupe dès le mois de juillet, après deux mois de détention. Au Camp 113, en janvier 1952, des hommes capturés à Nghia Lo au mois d'octobre précédent recouvrèrent la liberté au bout de trois mois et dix jours seulement. Ils le durent en partie à l'action bénéfique de leurs camarades du " *Comité de paix et rapatriement* ".

Il y a lieu de souligner par ailleurs l'âge moyen des captifs : hommes du rang : 18 à 20 ans ; sous-officiers : 21 à 23 ; officiers subalternes : 25 à 35, alors que l'espérance de survie varie de 6 à 10 mois chez les Européens. Cela permet de mesurer l'intensité de l'épreuve subie par ces jeunes hommes que rien n'avait préparé à l'affronter à un âge où, de nos jours, le plus souvent, l'individu se trouve au début de son insertion professionnelle et n'est pas encore sorti du cocon familial. De la sorte seront mieux évalués le poids et l'ampleur des immenses responsabilités auxquelles ils eurent à faire face, seul en leur âme et conscience, à un moment de leur vie où leurs semblables d'aujourd'hui sortent à peine de l'adolescence.

Comme le rappelle J-J. Beucler : " *Nul ne peut juger de leur attitude s'il n'a lui-même pataugé dans la boue, buté sur les pierres des sentiers et des routes, connu la souffrance des pieds nus* ". Et il ajoute : " *La pénurie, le climat, la désespérance suffirent à détruire les corps les plus robustes et les âmes les mieux trempées* ".

Ainsi, tout au long du conflit les Viets vont-ils libérer individuellement ou collectivement, dans les lieux les plus divers et des conditions jamais semblables, des prisonniers de tous grades, origines ou nationalités, officiers compris.

Pour beaucoup de ceux-ci, la durée de la captivité fut de l'ordre de six à dix mois. Évidemment, le nombre de ces libérés fut très inférieur à celui des capturés. Certains, le plus souvent, mouraient en attendant cette libération et d'autres, réfractaires à ce jeu, durent attendre les accords de Genève, s'ils n'étaient pas morts entre-temps.

Ce fut le cas en particulier des hommes des unités spéciales, tel le sergent Shoeff du GCMA (Groupement des Commandos Mixtes Aéroportés) cité pour son héroïsme par le colonel Trinquier. Boudarel avoue lui-même avoir eu beaucoup de fil à retordre avec eux. Ils firent preuve d'un courage et d'une témérité au-dessus de tout éloge. Ce fut le cas aussi de ceux qui furent convaincus d'inaptitude par le *Dich Van*. Peu survécurent. Ils avaient été classés dans la catégorie des " *irréductibles* " qui devaient être liquidés.

L'ORGANISATION DU DICH VAN

Courant 51-52 arrive le moment des décisions politiques et administratives importantes au sein du gouvernement d'Ho Chi Minh. La section du *Dich Van* chargée des prisonniers est élevée au niveau d'un département ministériel, d'un " CU ", intégré au Ministère de la défense. Un haut fonctionnaire vietnamien et ses assistants sont placés à la tête de cette organisation pyramidale.

La section est divisée en " *trois départements* ". Chacun d'eux a pour conseiller un cadre étranger aidé par des Vietnamiens : André, l'envoyé du PCF, prend en charge la branche française ; Marouf, la musulmane ; Erwin Borcher les prisonniers de la Légion Étrangère.

Outre que ces cadres pourront jeter un coup d'œil aux " *ralliés* " (déserteurs), leur mission est double : veiller à l'application des directives du *Tong Bo* par les commandants de camps, et donner une formation marxiste aux prisonniers. Mais ils auront aussi le pouvoir d'inspecter les camps ; ils veilleront également à ce que les captifs soient nourris et soignés, et ne subissent pas de châtiments corporels. Respectueux des prérogatives du parti frère vietnamien, ils resteront toutefois en liaison étroite avec leur propre parti.

Ainsi, par ses envoyés, le PCF joua-t-il un rôle déterminant non seulement dans la conception, mais encore dans l'exécution du lavage de cerveau, ce qui explique à la fois le machiavélisme, mais encore la parfaite adaptation aux mentalités françaises et la redoutable efficacité des actions décrites plus loin.

BUT – MÉTHODES ET SLOGANS – FÊTES – HÉROS ET LITURGIE

Les buts permanents de l'action du *Dich Van* étaient dans leurs grandes lignes les suivants :

– amener les captifs à épouser la cause qu'ils étaient venus combattre ;

– les engager dans le combat pour la paix ;

– les convertir au communisme ;

– les convaincre que le Vietnam menait une guerre juste et humaine : de sa conclusion favorable dépendait pour eux le retour à la liberté. L'enjeu était précisé de fait, et d'emblée.

Le principe des libérations inconditionnelles visait différents objectifs :

– " inoculer " ces convertis, devenus pacifistes, dans les rangs du corps expéditionnaire ;

– donner au Vietminh une apparence magnanime aux yeux de la communauté internationale, car il avait su " *humaniser la guerre* " ;

– amoindrir les capacités combatives de nos forces en montrant que la capture ne signifiait pas la mort. En effet au début du conflit beaucoup de captifs et de blessés avaient été passés par les armes, et de ce fait les combattants français redoutaient d'être capturés ;

– se débarrasser des bouches inutiles.

En un mot, de grands bénéfices étaient escomptés de cette opération. Les méthodes, elles, avaient déjà été expérimentées avec succès par les nazis, les soviétiques, les Chinois, et même les fascistes mussoliniens, en ce qui concerne la mise en pratique des techniques d'endoctrinement, de manipulation et de conditionnement des personnes et des masses.

Citons simplement l'isolement total du reste du monde ; l'abolition des grades et des appellations qui vise à exclure et abolir l'influence des cadres ; la suppression des chaussures rendant le captif nu et vulnérable ; la délation érigée en règle : elle engendre la suspicion et coupe le captif de ses semblables ; la répétition : le supplice chinois de la " *goutte d'eau* ", les mêmes slogans étant répétés sans cesse au cours des veillées, meetings, cours politiques ; la critique et l'autocritique ; la mauvaise conscience éveillée sans cesse du fait qu'on est un criminel de guerre ; le mirage de la libération qui tourne à l'hallucination et devient un chantage permanent ; le stakhanovisme qui pousse chacun à se surpasser au-delà de ses forces pour mériter cette fameuse libération toujours promise, toujours repoussée et réservée à un petit nombre de méritants. Tout ceci aboutit à la perte des repères traditionnels.

Notons l'argument le plus redoutable, le chantage non dit à la mort : dans un environnement où journellement décèdent des camarades arrivés en bonne forme quelques semaines plus tôt, le prisonnier sait que ses jours sont comptés, que son espérance de vie est limitée.

Tout, au plus profond de lui-même, le pousse à s'accrocher à la vie, tel l'homme qui se noie à saisir la perche qu'on lui tend, et à se précipiter dans la direction qu'insidieusement lui indique le *can bo*, par simple réflexe de survie. Reste maintenant à évoquer quelques slogans grossiers, simplistes, courants dans le monde marxiste, mais efficaces. Lancinants et répétitifs, ils sont rappelés sans cesse en toutes occasions.

Le bon combat, celui du camp de la paix ; la juste cause, celle du Vietminh ; l'impérialisme (américain) oppresseur ; le capitalisme exploiteur dont les symboles sont en particulier les cotonnières de Nam Dinh, les charbonnages de Hon Gay, les caoutchoucs du Cambodge ; le colonialisme asservissant ; le fascisme totalitaire ; l'émulation socialiste ; les résultats économiques mirifiques obtenus en URSS, la grande sœur ; les crimes de guerre ; le droit des peuples à disposer d'eux-mêmes ; l'hospitalité du laborieux peuple vietnamien ; l'amitié des peuples et du parti communiste français ; l'abandon des prisonniers par la Croix-Rouge et le commandement français ; la volonté de celui-ci de les faire disparaître, au besoin par les bombardements aériens (à la suite d'une très regrettable méprise de l'aviation française) etc…

Parfois rédigés par les prisonniers eux-mêmes, ces slogans sont souvent affichés sur des panneaux constituant les " *journaux muraux* ", imités des dazibaos chinois. Chacun pourra y donner libre cours à son imagination et à sa créativité socialiste, sans perdre pour autant son sens de l'humour. On y verra donc fleurir des textes cocasses, respectant toutefois la prudence élémentaire.

Les héros de l'émancipation de l'homme, les bienfaiteurs de l'humanité sont Marx, Engels, Lénine, Staline, Ho Chi Minh et Mao Tsé Tung, les grands prêtres de ce culte nouveau. Sont cités aussi Malenkov et Béria. Mais chez nous, il y a aussi de vaillants défenseurs de la paix : Henry Martin qui a tenté de saboter un porte-avions, Raymonde Dienne qui s'est couchée sur une voie ferrée pour arrêter un train de renforts, les dockers de Marseille, Eugénie Cotton de l'Union des femmes françaises, et parfois même sont cités Gérard Philippe, Yves Montand et, à la fin du conflit, Mendès-France, " *ce bon progressiste* ". D'autres militantes du PCF, véritables égéries, s'inscrivent également dans cette longue liste des défenseurs de la paix et des prolétaires : Jeannette Vermeersch, Françoise Leclère, Andrée Viollis, Marie-Claude Vaillant-Couturier...

Sont cités aussi : Maurice Thorez, " *le meilleur des staliniens* ", Jacques Duclos, Marcel Cachin, Jules Guesde, Frédéric Joliot-Curie et son épouse. Pour sa part, André Marty est glorifié jusqu'à 1953, époque où il est exclu du PCF ; il entre alors dans la catégorie des " *vipères lubriques* ".

Sont fustigés les " *social-traîtres démagogues* " : les ministres Marius Moutet et Léon Blum. Sont glorifiés les Mutins de la Mer Noire dont faisait partie André Marty en 1919, les marins des cuirassés Aurora et Potemkine. De fréquentes références sont faites à la presse " *pacifique* " : " *l'Humanité* ", " *La vie ouvrière* ", " *Les lettres françaises* ".

Ces dogmes ont, nous l'avons vu, leurs thomistes, leurs grands prêtres, mais aussi leurs litanies (les slogans), leur liturgie, leurs fêtes commémoratives, leur catéchisme (le Petit Livre rouge de Mao), leurs symboles (la colombe de Picasso, le drapeau rouge), leurs martyrs (Lé Loï ou d'autres héros de l'histoire du Vietnam), et leur cantique : l'Internationale. Il faut continuellement entretenir la dynamique révolutionnaire par des cérémonies, des anniversaires et des repentances, des deuils (mort de Staline).

C'est ainsi que la grisaille du temps, la vie lugubre du camp, la désespérance qui guette et s'installe sont sans cesse interrompus par des fêtes et meetings à l'occasion des anniversaires : Commune de Paris, Révolution d'octobre, Prise de la Bastille, Proclamation de l'Indépendance du Vietnam, Fête française de la Fédération (1790), Soulèvement général du 19 décembre 46, révolte de Yen Bay (9.2.1930). On y annonce sans cesse l'imminence de l'offensive générale et on y proclame les succès et les prouesses de l'Armée Populaire conduite par ses chefs " *éclairés* ". Revient souvent aussi le thème du " *Grand congrès mondial de la paix* " qui donnera naissance par la suite aux rassemblements des peuples du tiers-monde, telle la conférence afro-asiatique de Bandung dans l'île de Java (1955).

L'URSS réussissait alors le tour de force d'apparaître comme le seul défenseur des peuples " *opprimés* " alors qu'elle régnait d'une poigne de fer sur un vaste empire colonial musulman de cinquante millions d'hommes aux limites du Caucase.

À ces occasions est chanté par tous, avec ferveur, un hymne dont la mélodie est indéniablement belle, l'Internationale, et sont glorifiés les noms des " *héros* " du Vietnam, ou évoqués ceux des combats légendaires, tel " *Song lo* " ou " *Lé ong phong* ". Il s'agit d'un véritable culte païen.

Tout ce rituel donne naissance à une phraséologie, parfois cocasse, résultant de la formation primaire des *can bos* et de leur mauvaise connaissance du français. Le PCF diffuse des slogans identiques sur le sol national français. Les principaux sont cités ici. Ils sont la trame de litanies et du catéchisme récités journellement. La guerre du Vietnam est sale, injuste, criminelle et contraire aux intérêts du peuple de France. Les colonialistes (français) sont avides et perfides. Les capitalistes sont cupides, internationaux, et soutiennent les trusts. Les Américains sont impérialistes, assoiffés de sang et fauteurs de guerre.

Le parti est éclairé. Le président Ho est sage, clément et vénéré. Puisse-t-il vivre mille ans: " *Ho Chi Minh muon nam!* ". On l'appelle aussi: " *Ho Chu Tich* " et même, avec respect et affection " *Cu Ho* " (L'oncle Ho). La propagande en fait un personnage affable et bienveillant. L'armée populaire est vaillante, désintéressée, invincible. Par contre: L'armée vietnamienne, au service des colonialistes, est fantoche, comme le traître Bao Daï.

Guidé par le président Ho, le peuple ne peut se tromper. La population vietnamienne est bonne, généreuse, laborieuse et hospitalière. Une femme vietnamienne est nécessairement honnête et laborieuse. La lutte du peuple vietnamien est juste. La victoire est certaine et prochaine. La contre-offensive générale ne saurait tarder. Le peuple français est pacifique, ami du peuple vietnamien, mais trompé par ses dirigeants assoiffés de sang et d'argent.

Le 19 décembre 1946, les troupes françaises ayant traîtreusement rompu le " *modus vivendi* " et déclenché les hostilités, le peuple vietnamien s'est soulevé comme un seul homme pour résister. Il faut rapatrier le corps expéditionnaire. L'accusation de " *vipère lubrique* " revient parfois. Les Can bos ont pour mission de réciter sans cesse, et tous de la même façon, ces litanies que leur inculque le *Dich Van*. Voyons maintenant qui ils sont, hommes et femmes.

On confond à tort *can bo* et commissaire politique, deux fonctions très différentes. Le *can bo* (cadre polyvalent chargé d'administrer, gérer et conseiller) doit obligatoirement appartenir au parti. Calquée sur celle des soviétiques, l'organisation viet veut que la voix d'un membre du parti prime systématiquement sur celle des autres acteurs, quels que soient leurs grades. Seul compte la fidélité au parti, et tout doit plier devant les directives émanant du *Tong bo* (Comité central). Le *can bo* doit donc être obéi sans dérive ni déviation. Il est délégué du parti pour une mission et rend compte à sa hiérarchie uniquement. C'est le système des hiérarchies parallèles.

Dans un camp de prisonniers, il a le pas sur le commandement local. Le commissaire politique (Uy Vien Chinh Tri), lui, a une mission plus globale ; il se situe au niveau des unités de combat, ou des grands ensembles. Il vérifie que les décisions sont conformes à l'idéologie du Comité central. Il assure la liaison avec les autorités régionales ou provinciales, en particulier pour l'implantation des camps de prisonniers, les réquisitions. Il peut ensuite déléguer ses pouvoirs et la responsabilité de la gestion à un *can bo*.

Pour la simplification du récit, seul sera retenu le vocable de *can bo* qui pourra au besoin être remplacé par celui de commissaire politique. Avec plus ou moins de bonheur, sectarisme souvent, haine parfois, xénophobie et anticolonialisme toujours, racisme anti-blanc dans de nombreux cas, ces hommes seront appelés à encadrer les camps de prisonniers et à procéder à l'endoctrinement de ces derniers. La plupart du temps, parlant bien français, ils réciteront de façon primaire le catéchisme marxiste, craignant avant tout les " *déviances* ", s'adaptant avec difficulté aux " *virages* " du parti, qui leur fera affirmer un jour le contraire de ce qu'ils proclamaient avec ferveur la veille.

Ils auront de la peine à saisir les méandres de l'esprit français, souvent frondeur, très critique, doté d'humour et de sens de la ruse, aimant la gouaille, prompt à relever les tics et à donner des surnoms liés à ceux-là, tel " *Tot Ca* " ou " *Le rongeur* ". Quelques-uns se targuent d'avoir été formés à Moscou, La Mecque des temps modernes.

À l'évidence, les meilleurs cadres étaient ailleurs, là où la décision serait emportée sur le terrain, dans les unités de combat. Aussi, en général, les prisonniers gardent-ils un piètre souvenir de leurs *can bo*. Souvent ils réussirent à les manœuvrer, tout en sauvant la face, c'est tellement important en Asie, sans jamais les affronter, car la partie était perdue d'avance. En voici un portrait peu flatteur.

Primaire, sectaire, sûr de lui et dominateur, raciste jusqu'au bout des ongles, le regard glacial et haineux à travers ses paupières bridés, décidant d'un mot de la vie d'un détenu sans jamais s'abaisser à le brutaliser : c'était inutile, la brousse tuait tous les jours. Il suffisait de l'aider de façon totalement imperceptible. Une corvée supplémentaire, la cage à buffle ou à singe, une privation de nourriture, un dosage constant de supplices chinois amenaient les prisonniers à résipiscence. Ils étaient vaincus par l'inertie, la haine, l'inimitié, la solitude, les pressions de tous genres faites de non-dits et de la façon la plus jésuitique de ne pas y toucher. C'était conforme à la doctrine de Mao : un savant dosage de " *persuasion et de coercition* ".

Il y eut cependant des exceptions. Ainsi, un commissaire politique, tellement convaincu de la noblesse de la cause marxiste, dévoué à son apostolat, investi dans sa mission, put apparaître comme un saint laïc. C'est le cas évoqué par l'aumônier des paras, le Père Stihlé, captif au Camp n° 1, dans son livre : " *Le prêtre et le commissaire* ".

Toutefois, comme le montre Jacques Doillon avec son ouvrage : " *Les soldats blancs d'Ho Chi Minh* ", le *Dich Van*, se trouvant à court de cadres, fit appel à de nombreux transfuges. Pour nous, c'étaient des " *déserteurs* " ; pour le Vietminh, au contraire, ils étaient des " *ralliés* " à la bonne cause, celle du camp de la paix. Il y en eut trois mille environ.

Certains, doués des qualités nécessaires et jugés dignes de cette " *noble tâche* ", furent affectés dans les camps à la rééducation des prisonniers, le plus souvent comme " *can bo adjoint* ", car la confiance restait toutefois limitée. Ces hommes étaient d'autant plus dangereux qu'ils parlaient notre langue et connaissaient notre psychologie.

Ce fut le cas, en particulier, de Georges Boudarel. Toutefois, il y eut des exceptions que la vérité historique impose de signaler. Ainsi en alla-t-il de Dugnon, au camp de Kim Ton (Nord Annam) où tant des nôtres périrent, et de Bouichout. Constatant une situation sanitaire catastrophique pour cause d'insalubrité et de sous-alimentation, le premier s'évertua à la redresser. Il créa un comité de rapatriement et se transforma en cadre itinérant, portant la bonne parole dans différents camps aux alentours. Il ira même jusqu'à dénoncer à sa hiérarchie son propre chef *can bo* qui cède à la tentation de la concussion et s'enrichit en vendant la nourriture destinée aux captifs. Cette pratique était semble-t-il assez courante, et l'on faisait croire à ceux-ci que la pénurie était due au blocus exercé sur les deltas par l'armée française, qui

" *cherchait à affamer le peuple et les prisonniers* ".

Le deuxième, Bouichout, visiblement trop favorable et indulgent à notre égard, sera vite relevé de ses fonctions et affecté à d'autres tâches, avalé par le système comme tant de ralliés. Je le connus au Camp 15. D'une façon générale, conscients de la rupture avec la France provoquée par leur désertion, ces derniers ne pouvaient s'empêcher d'envier les prisonniers qui, eux, retrouveraient la mère patrie (ce terme n'était pas ringard à l'époque) si, par chance, ils survivaient.

Le cas de Georges Boudarel (alias " *Daï Dong* " : " *Paix universelle* " ou " *Fraternité universelle* "), commissaire politique adjoint au camp 113, à Lang Kieu, non loin de Ha Giang au Tonkin à partir de 1953, mérite d'être traité à part.

" *Le 7 février 1953 arriva le commissaire politique Boudarel. Son arrivée créa une grande agitation parmi nous. Dès que nous l'avons vu, il nous fut franchement antipathique* ", écrit le sergent-chef Planche. De bonne famille stéphanoise, ancien séminariste devenu professeur au lycée de Saïgon, il rejoint le maquis vietminh de Cochinchine en 1952, au moment où il allait recevoir sa convocation pour le service militaire. Initialement, il ne sera donc pas déserteur, mais insoumis, et plus tard seulement il se trouvera inculpé de désertion.

Resté quatorze ans au Vietnam, il sera amnistié de plein droit à priori, sans jamais avoir été jugé, par la loi de 1966 consacrée aux événements d'Algérie, dont un amendement déposé par le PCF absout les faits survenus en Indochine. Il pourra ensuite rentrer en France sans encombre. Il sera même exempté de ses obligations militaires, et réintégré dans le corps enseignant. Dans son curriculum vitae, il indique pudiquement : " *1952-1954 : voyage d'études au Vietnam* ".

Pour le disculper, le PCF affirme qu'auprès des prisonniers, il eut une simple fonction " *d'éducateur* ". En effet, grâce à la magie du vocabulaire, pour les communistes, le système concentrationnaire devient une œuvre de rééducation, et les bourreaux deviennent des éducateurs appliqués généreusement à transformer des hommes dévoyés en " *hommes nouveaux* ".

La réalité fut tout autre. Son pouvoir était immense, car tous savaient que de ses jugements sur la " *maturité socialiste* " dépendaient les libérations d'hommes dont l'espoir de survie était limité de six à neuf mois en moyenne. " *Il leur suffisait de compter les décès pour connaître le sort qui les attendait.* " affirme-t-il lui-même dans son livre autobiographique.

" *En une seule journée, au Camp 113, nous eûmes dix-sept décès* " raconte le brigadier-chef Turelier. Ainsi, quoiqu'il s'en défendît, avait-il effectivement le pouvoir de vie et de mort sur tous, car il lui suffisait d'un regard, d'une phrase ou d'une décision pour anéantir l'espoir chez un détenu flageolant, et ainsi lui enlever l'envie de vivre. Dès lors, celui-ci renoncerait à lutter, à se lever, à se laver et à manger. Rester couché, c'était mourir, comme l'écrit J. Doillon : " *Si on se laissait prendre par le " à quoi bon ", le cafard, le désespoir tropical, le corps, puis l'âme flanchaient et s'éteignaient* ". De façon anodine, imperceptible, le *can bo* l'avait condamné à mort, tout en gardant un visage impassible, inexpressif, presque aimable.

Évidemment Boudarel se défend d'avoir jamais brutalisé un captif. C'est probablement vrai, c'était inutile. Il reconnaît lui-même que le climat très insalubre tuait les gens. Giap avait écrit : " *la jungle pourrissait les Européens* ". C'est vrai aussi lorsqu'il condamna des " *fautifs* " (terme couramment employé), par exemple des " *traîtres* " (évadés repris), à la cage à buffle. Il les y laissa jusqu'à ce qu'ils s'effondrent, morts d'isolement, de souffrance, d'inconfort, tués par les odeurs, la fange et les piqûres des insupportables maringouins (puces volantes attirées par l'odeur des buffles et la crasse des hommes), comme le raconte l'adjudant Thomas Capitaine.

La présence de Boudarel au Camp 113 n'était pas fortuite. En effet, celui-ci était devenu un véritable " *séminaire* " où étaient regroupés de nombreux captifs venus de diverses régions, y compris du Nord Annam, pour y subir la phase ultime de leur " *rééducation* ", préalable à leur libération. Et le *Dich Van* avait choisi ce transfuge pour lui confier ce poste de confiance, en raison de ses qualités intellectuelles et pédagogiques certaines, et de son aptitude à effectuer une judicieuse sélection.

Ainsi les moyens de pression dont disposaient les *can bos* étaient immenses et redoutables. Ils amenaient à résipiscence les plus irréductibles, vaincus et brisés, condamnés à céder et, pour ne pas mourir, à entrer dans le jeu. Tel apparaît clairement l'un des leviers les plus puissants du lavage de cerveau. Boudarel, toutefois, avoue lui-même avoir eu beaucoup de difficultés avec les cadres du GCMA (Groupement des Commandos Mixtes Autonomes), semble-t-il mieux préparés à affronter cette situation exceptionnelle. Mais les transfuges masculins ne furent pas les seuls à travailler pour les *dich van*. Des Européennes aussi s'attachèrent à cette " *noble tâche* ".

Ce fut le cas d'Isle Loewe (Islou pour ses compagnes), épouse du lieutenant Ben, le commandant du Camp 15, au nord de Tuyen Quang, lors de mon arrivée le 15 août 1951. Islou avait été enlevée comme otage avec sa mère, épouse d'un légionnaire allemand, et de nombreuses Européennes, en décembre 1946. Par la suite, elle s'était mariée avec Ben, alors chef du camp des otages féminins. Quelques années plus tard, ces personnes furent libérées, mais Islou resta avec son mari, sa mère tenant à demeurer à ses côtés. Elle fut alors recrutée par le dich van. Curieuse situation, pour les captifs du Camp 15, d'y cohabiter avec ces Françaises qui, à mon époque, leur manifestèrent plus de compassion que d'hostilité. Avec elles se trouvait aussi une eurasienne, Camille Sigonnet. Très hostile à la France, elle épousa Si Marouf, cet envoyé du parti communiste marocain chargé de la rééducation des prisonniers originaires du Maghreb.

LE PROCESSUS DU LAVAGE DE CERVEAU :

LA MISE EN APPLICATION DES PRINCIPES DU DICH VAN DANS LES CAMPS DE TROUPES

" *Convaincre progressivement une population en recourant à un mélange de terrorisme sélectif, d'intimidation, de persuasion et d'agitation massive.* "

Mao Tsé Tung

Cette étude se limite aux prisonniers français, officiers, sous-officiers et hommes de troupe, laissant à d'autres le soin de montrer comment furent traités les légionnaires. Souvent ces derniers furent condamnés à être rapatriés par " *la voie démocratique* " : Chine puis Europe de l'Est, où ils se retrouvèrent incarcérés des années durant pour avoir trahi le camp socialiste.

Cette perspective les comblait de crainte et d'horreur, et les conduisait au découragement qui, rapidement, les faisait mourir. Dans tous les camps le processus fut le même. Jean Lomer écrit par exemple : " *Les légionnaires étaient victimes d'un procédé très en vogue qui consistait à monter les gens les uns contre les autres. Les Viets leur racontaient que, s'ils travaillaient bien, on pourrait les rapatrier dans leur pays d'origine via la Chine Populaire et la Russie. Quelques-uns se laissaient prendre au piège et essayaient d'entraîner les autres. Cela créait des dissensions entre eux : le moral baissait* ".

La conséquence en était une diminution de leur résistance physique. De la sorte, ils commençaient à mourir en grand nombre, certains même au bout de trois semaines seulement. Quelques mois plus tard, un petit nombre uniquement survivait. Incarcérés dans les mêmes camps que les Français, ils cohabitèrent avec eux, et avec les Africains et les Maghrébins. Ces derniers subirent une rééducation identique, dont les objectifs furent totalement différents puisque, chez eux, il s'agissait d'inculquer les ferments de " *l'agit prop* " en vue d'en faire des agents de la décolonisation une fois rentrés chez eux.

Quant aux otages en tous genres, hommes, femmes, enfants et familles, ils suivirent des voies différentes. Elles sont décrites dans deux excellents ouvrages : " *Les oubliés du Nord Annam* " de Jacques Teisserenc, et " *Huit ans otages chez les Viets* " de René Moreau. Tous deux, enlevés à Vinh le 19 décembre 1946, restèrent captifs jusqu'aux accords de Genève en 1954 : huit ans !

Pour leur part, les " *ralliés* " (déserteurs) furent l'objet des attentions et des soins du " *dich van* ". Mais, dans ce conflit générateur de tant d'ambiguïtés, il faut distinguer chez eux deux catégories. Les uns ayant commis des " *fautes* " furent " *ravalés* " au rang de prisonniers. Les autres, initialement capturés au combat, s'étaient vus proposer le statut de " *rallié* ", ce qu'ils avaient accepté, espérant ainsi améliorer leur condition. C'était un leurre. Ce fut le cas du chauffeur du colonel Bruge, enlevé avec lui, et de certains maghrébins ou légionnaires. Mais les ralliés connurent des conditions de vie très pénibles et leur taux de mortalité fut proche du nôtre.

Vaincus par l'oppression permanente, la plupart des Français ou assimilés et des Eurasiens fidèles à la France finirent par céder au chantage et à entrer dans le jeu des *can bos*, sans même en prendre conscience, pour tenter de survivre, vainement bien souvent.

Étouffés par la camisole du système, ils furent victimes d'agressions psychologiques qui provoquèrent chez eux des traumatismes psychiques d'un genre inconnu alors. Redoutables, ces derniers détruisaient la personnalité. Ils en soufrent encore. Là réside évidemment le crime contre l'humanité de ce système hégémonique. Il s'agit bien en effet " *d'une criminalité systématique découlant directement d'une doctrine monstrueuse, appliquée par un État pratiquant une politique d'hégémonie idéologique et d'intolérance active* " comme le montre " *Le Livre Noir du Communisme* ".

Tous les éléments du génocide constituant le crime contre l'humanité, au sens de la Convention des Nations Unies du 9 décembre 1948, sont réunis : " *Atteintes graves à l'intégrité physique et mentale du groupe ; soumission intentionnelle du groupe à des conditions d'existence devant entraîner sa destruction physique totale ou partielle* ". Toutefois, des arguties juridiques permirent à nos tortionnaires de ne pas tomber sous le coup du crime contre l'humanité puisque, dans l'Affaire Boudarel, s'appuyant sur l'arrêt Touvier, la Cour de cassation proclama que cette grave infraction à la loi morale était circonscrite à l'Europe et aux puissances de l'Axe (Rome – Tokyo – Berlin), les seules qui avaient perdu la guerre. On parle dans ce cas d'arrêt " *circonstanciel* ". Le forfait n'avait pas d'existence juridique puisqu'il avait été commis en Asie, par des gens servant le Vietminh, qui n'avait pas appartenu à l'Axe. Toutefois, en même temps, par cet arrêt, la Cour pouvait avoir cherché à étouffer toute velléité de mise en accusation de l'armée Française pour les actions conduites en Algérie. Mais après tout, une question se pose : pourquoi les captifs n'avaient-ils pas tenté l'évasion ? C'est le devoir de tout combattant tombé aux mains de l'ennemi.

POURQUOI L'ÉVASION FUT-ELLE QUASIMENT IMPOSSIBLE

" *Alors s'élèvent autour d'eux les barreaux d'une prison invisible.* "

Bui Tin – Ancien membre éminent, durant quarante-cinq ans, du Parti Communiste Vietnamien, passé à l'Ouest vers 1995.

Épuisé par les combats, les marches, les nuits sans sommeil, les émotions et les conditions d'une lutte sans merci, le manque d'eau et de nourriture, parfois les blessures, le combattant fait prisonnier passe brusquement d'un environnement militaire d'entraide et de solidarité à un univers hostile, Kafkaïen. Instantanément il est plongé dans le plus total dénuement. Les Viets lui enlèvent tout ce qui peut leur servir : équipements, gamelles, couverture, moustiquaire et, le plus souvent, même les chaussures, pour l'empêcher de s'évader ; et s'il en possède une, sa boussole. Il se retrouve alors " *nu* ", vêtu parfois d'un short et d'une chemisette, souvent seul, sans nouvelles, ne comprenant pas la langue de ses gardiens, parfois les mains attachées dans le dos avec des lianes ou du fil téléphonique. Il ignore tout du sort qu'on lui réserve. Il craint d'être achevé s'il est blessé, ou fusillé, en particulier s'il appartient aux Unités Spéciales, puisqu'on le traite aussitôt de " *criminel de guerre, suppôt de l'impérialisme* ", suivant la langue de bois catéchisée à Moscou, Pékin ou Paris. Le traumatisme psychologique et physiologique est instantané.

Aussitôt commence une marche harassante très rapide, en général de nuit, en raison des risques d'attaque aérienne que redoutent ses gardiens. Le commandement Vietminh doit en effet éloigner le plus vite possible son " *butin* " de l'aire des combats pour parer à un retour en force des unités françaises toujours possible, et lui faire rejoindre une zone refuge, inexpugnable, au cœur des montagnes insalubres. Là se trouvent les territoires " *libérés* " et par conséquent les " *camps* ", si l'on peut appeler ainsi le groupe de paillotes miséreuses où seront hébergés les prisonniers.

Pour avoir des chances de réussir l'évasion, le captif doit alors la tenter dès le premier ou le deuxième jour, tant qu'il a encore des forces. Mais faut-il aussi qu'il sache où il se trouve et puisse imaginer une direction de fuite possible. Ce n'est pas le cas, la plupart du temps car, à moins de connaître la région où il a été capturé, fait très rare, il n'a aucune notion de la topographie d'ensemble. De plus, si l'opération a eu lieu " *en coup de poing* " dans la " *zone viet* ", il se trouve à des centaines de kilomètres du territoire tenu par les forces françaises, en particulier lorsqu'il y a eu aérotransport. C'est là qu'intervient un facteur psychologique capital lié à l'insidieuse propagande vietminh. Elle débute dès le premier jour. La teneur en est la suivante.

Un discours est prononcé dans un français à peu près parfait, sur un ton monocorde, impersonnel et glacé, presque courtois, par un cadre politique *(can bo)* dont les yeux expriment haine et mépris. Il accomplit sa tâche en fonctionnaire communiste consciencieux, mesurant ses effets, insensible à la misère de son auditoire médusé mais guettant ses réactions. Le lavage du cerveau et l'entreprise de dépersonnalisation commencent ainsi : " *Vous êtes des criminels de guerre au service de l'impérialisme et du capitalisme. Nous devrions vous fusiller en raison de vos exactions à l'encontre du pacifique et laborieux peuple vietnamien. Toutefois, estimant que vous êtes vous-mêmes victimes des mensonges de la propagande impérialiste, le président Ho Chi Minh, dans sa grande clémence, a décidé de vous accorder sa grâce, à condition que vous rejoigniez le camp de la paix et acceptiez de lutter pour elle aux côtés de l'amical peuple vietnamien, qui vous offre généreusement l'hospitalité et vous accueille bénévolement.*

Dès lors, si trompant cette confiance, vous essayez de rejoindre les forces bellicistes, vous serez considérés comme déserteurs du camp de la Paix, des traîtres, et serez passibles de la peine de mort. "

En 51, le *can bo* citait en exemple le commandant de Cointet, évadé de la région du Nord-Tonkin, vraisemblablement fusillé ainsi que mon camarade de Saint-Cyr Chaminadas, car plus personne n'eut jamais de leurs nouvelles. Il y eut plusieurs cas du même genre. Une enceinte psychologique presque infranchissable est ainsi dressée autour du captif, car les chances de succès d'une éventuelle évasion sont quasiment nulles et les risques immenses, les conséquences d'un échec étant redoutables. Notons que pas une fois le mot " *évasion* " n'a été prononcé, puisque celle-ci est assimilée à une " *désertion* ".

Cette muraille virtuelle est encore renforcée par la dissuasion que représentent les sanctions pratiquées à l'égard des évadés repris, et bien connues de tous : bastonnade, enfermement dans une cage à buffles ou à singes, ligotage à un arbre sous la morsure des fourmis, isolement total en cellule, port de menottes des semaines durant, privation de nourriture, simulacre d'exécution par fusillade. Tous ces cas ont été vécus. Le légionnaire Helmut Seelig raconte : " *Après mon évasion, lorsque j'ai été repris, j'ai été mis dans une cage à singe et suspendu dans un arbre pour que les gens me voient, puis on m'a enfermé dans une cellule avec les fers aux pieds, attaché à une serrure.* "

Très vite, " *radio bambou* " répandait ces nouvelles qui accroissaient l'angoisse et la crainte, dans ce milieu coupé du monde, véritable bouillon de culture. Nul ne peut juger de la conduite des prisonniers s'il n'a pas lui-même vécu ces événements.

Un complément de précautions est encore à signaler, rendant impossible toute évasion, en particulier de nuit : à la prison de Tuyen Quang, chaque bat-flanc, où les détenus dormaient serrés les uns contre les autres, était muni, à hauteur de leurs pieds, d'un carcan aux multiples entailles. Tous les soirs, les gardiens y enserraient une des chevilles des captifs, " *une seule,* disaient-ils, *pour tenir compte de leur simple statut de* " *criminel de guerre* " ; les prévenus civils vietnamiens, leurs compagnons, étaient comme " *traîtres* ", soumis au régime plus sévère des deux chevilles bloquées. J'ai vécu dans cette prison.

Dès lors s'enclenche tout le processus achevant de rendre l'évasion quasiment impossible, au moins pour le commun des mortels n'ayant pas les ressources physiques et les qualités d'audace et de témérité nécessaires. Privé de ses souliers, incapable de stocker une nourriture distribuée avec parcimonie et appelée à moisir très vite du fait de la température et de l'hygrométrie très élevée sous ce climat tropical, le captif est en plus victime de sa morphologie.

Généralement grand, blanc ou noir, suivant la nature de son unité d'origine, il est très facilement repérable dans cette population jaune, de petite taille, aux yeux bridés. Les sentinelles nous l'affirmaient souvent, disant : " *C'est la brousse qui vous garde, et votre long nez !* ". Très travaillée par la propagande vietminh, et soumise au système marxiste bien connu de la délation érigée en devoir civique, tout le monde se surveillant mutuellement, la population est tenue de se montrer hostile et de tout observer. Sanctionnée sévèrement si elle ne dénonce pas un fugitif, elle espère des récompenses si elle le capture ou le signale. Il faudrait donc, pour bien faire, que l'évadé circule de nuit, mais cela aussi est difficilement réalisable.

En effet, en raison de la suprématie aérienne totale de l'aviation française, la zone viet est constamment animée la nuit par un pullulement de porteurs, colonnes de troupe, marchands ambulants, camions, sampans etc… Tous les passages (ponts, gués, cols) sont surveillés en permanence par des guetteurs ou des sentinelles armés, et les chemins grouillent de piétons ou de cyclistes. Les chiens aboient dès que se révèle une présence ou une odeur suspecte. Dans de nombreux cas, ils furent la cause des échecs.

Que reste-t-il à l'évadé potentiel comme voie préférentielle ? D'abord les cours d'eau qui tous convergent vers les deltas, la plupart du temps tenus et contrôlés par les troupes françaises. Mais faut-il encore réussir à construire un radeau de bambous ou de troncs de bananiers, à proximité d'une rivière sur laquelle il pourrait naviguer de nuit. C'est déjà une gageure. Et même si la construction du radeau a réussi, ou si un esquif a pu être volé, il faut se laisser aller au fil de l'eau ; mais les Viets, très prévoyants, ont placé des filets en travers des cours d'eau, interdisant ainsi l'accès à la zone française. Plusieurs évadés furent repris de la sorte.

Subsiste une dernière possibilité : suivre un cap de nuit à travers la jungle en évitant les agglomérations et les passages obligés. Surgissent alors de nouveaux obstacles quasi insurmontables : l'orientation est difficile sous un ciel toujours nuageux où l'on voit rarement les étoiles ; les montagnes sont abruptes et couvertes d'une jungle impénétrable ; dans les rizières et les zones inondées, boueuses, fangeuses, remplies de sangsues, l'homme, pieds nus, glisse et s'embourbe ; les rivières sont toujours grossies par les pluies torrentielles et continuelles, surtout au moment de la mousson. Les torrents et les arroyos sont transformés en bourbiers. Les carnassiers, en particulier les tigres, qui rôdent et chassent, risquent d'attaquer l'évadé pendant son sommeil. Enfin les conditions éprouvantes du climat tropical : moiteur et chaleur accablantes, hygrométrie très élevée, pluie continuelle ou crachin, rendent pénible le moindre effort et impossible la survie en brousse pour un Européen sous-alimenté et privé de tout secours médical. En conclusion : l'éloignement, l'épuisement, la dénutrition et l'hostilité de l'environnement contribuèrent à rendre quasiment impossibles les évasions ; si de nombreuses et courageuses tentatives eurent lieu, bien rares furent les succès.

Citons à cet égard le livre de René Mary : " *Nos évadés d'Indochine* " et les cas de Morichère, Mariani, Jeantelot, Capitaine, Moreau : tous furent repris. Leduc, dit " *chtio* ", réussit à Noël 50 à force d'audace et de courage. Il y eut encore quelques réussites : Briche et Olivier, mais aussi combien de douloureux échecs : Stien, Planet, Auboin, Guillaumont en firent la cruelle expérience. Repris avec ce dernier et condamnés à l'isolement, Chasseret et Bouziat moururent dans leurs cellules au pénitencier de Thai Nguyen au début de l'été 1951.

Ainsi, après des jours et des jours d'une marche épuisante au cours de laquelle il lui a fallu brancarder les blessés, pieds nus à travers une brousse hostile et au contact de populations rendues haineuses par la propagande, le prisonnier rejoint un camp. Là, il est instantanément saisi par une vision d'horreur. Quelques paillotes miséreuses le composent. L'une abrite les Nord-africains, l'autre les Africains et les Européens, une troisième des légionnaires. Il y a aussi le " *théâtre* ", l'infirmerie (traduire: la morgue), la cuisine, la maison de la " *Direction* ", la caserne des *bo doï* (les gardes chiourmes), le tout disséminé sous les arbres entourant la " *place* " où ont lieu tous les soirs veillées et feux de camp. La population carcérale comprend environ trois cents prisonniers, parfois même des déserteurs, venant de tous les horizons. L'état sanitaire est déplorable, hormis pour ce qui concerne les Africains habitués à vivre sous un tel climat. Les détenus, hâves, jaunes, sales, barbus, loqueteux, errent sans espoir. Tels des clochards.

À l'infirmerie les malades agonisent sans soins, dans l'odeur pestilentielle de leurs excréments sanguinolents de dysentériques, qui inondent sous eux leurs grabats de bambou rugueux et souillent leurs treillis en loque. Personne n'a la force de les soigner. Une ambiance de désespérance, d'abandon, de renoncement, saisit aussitôt le nouvel arrivant à la vue de ces personnages décharnés, déguenillés, crasseux. Sa première réaction est de constater l'état physique de ces " *anciens* ", parmi lesquels il retrouve parfois des camarades, et de songer, avec froid dans le dos, que bientôt il sera comme eux. Et aussitôt germe en lui l'idée de se sortir au plus tôt de ce piège. Mais comment? Suivant l'habitude, les nouveaux arrivants sont mis " *en quarantaine* " et accueillis par les seuls membres du " *Comité de Paix et Rapatriement* " du camp, qui leur tiennent un discours abscons auquel ils ne comprennent rien, reprenant en substance ce qu'a déjà dit le can bo au cours du voyage.

LA VIE AU CAMP. NUIT ET BROUILLARD: LA MISE EN CONDITION

Quelques mois suffiront pour la mise en condition du prisonnier, s'il parvient à survivre dans cet univers kafkaïen des camps de troupes où se côtoient sans s'intégrer des groupes épars et rivaux de toutes races et nationalités. Le *can bo* attise les haines. Il exacerbe les rivalités et distille savamment les informations venues de l'extérieur.

Cette " *rééducation* " à la mode chinoise implique des séances de propagande où est requise la participation active des élèves, la division soigneusement entretenue parmi eux entre " *réactionnaires* " et

" *progressistes* ", des menaces ou des promesses, en particulier celle d'une libération. Elle s'appuie sur l'épuisement physique et psychologique des détenus.

Dans cette ambiance, le captif souffre d'un total isolement au milieu de ses pairs, auxquels il ne peut faire confiance puisque la délation est érigée en règle de vie, et la langue de bois pratiquée couramment. Tout le monde doit en user dans ce monde marxiste où personne ne croit à ce qu'il dit ou proclame. Selon René Moreau, partout " *volent les petites mouches* " qui prolifèrent sur ce fumier malodorant de suspicion, délation, dénigrement et trahison. Progressivement, et parfois même très rapidement, le nouvel arrivant perd tous ses repères.

La responsabilité collective, donnée de base du marxisme, en est la cause. En effet, chaque geste individuel peut avoir des incidences sur la vie du groupe. Ainsi tout individu qui par son comportement risque de nuire à ce dernier, doit être mis dans l'incapacité d'agir. La délation est donc un devoir pour celui qui a connaissance d'un fait répréhensible, à défaut de quoi il en devient complice. Dès lors, il est passible lui-même de sanction.

Dans ce contexte où le climat, la dénutrition et le travail épuisent même les plus forts, l'effondrement physique survient rapidement. Alors les premiers décès se produisent sans tarder, parfois quinze jours à peine après la capture, par suite de désespérance psychologique et physiologique, chez les plus jeunes surtout. La mort fait ainsi son apparition et va devenir la compagne inséparable des captifs, à tel point qu'ils finissent par la considérer, avec fatalisme, comme inhérente à leur état.

La mort va être un atout majeur du système. Il va s'appuyer sur le chantage permanent et " *non dit* " qu'est cette menace d'un décès à court terme, dans une situation où tous savent que la durée de survie est limitée ; l'espérance de vie moyenne était de six à neuf mois. Il leur suffit pour s'en convaincre de constater l'hécatombe qui se produit autour d'eux. Alors survient l'effondrement moral. Découragé, isolé dans la masse, souffrant de l'hostilité ambiante, ayant perdu ses références, comprenant que ses jours sont comptés, le tu binh ressemble à un homme qui se noie. Il est brisé, prêt à l'abandon. Or, justement, le bienveillant can bo lui tend la perche. Qui ne la saisirait ? Depuis des jours circule le bruit d'une libération anticipée dont on ignore le calendrier et les conditions, sinon qu'un petit nombre seulement en sera jugé digne. Le décor est posé. Diffusées par radio bambou, le bouche à oreille, les insinuations du Commissaire ont porté leurs fruits. Le mirage de la libération est né. Il va hanter des mois durant les cerveaux éprouvés par la misère ambiante, lancinante : la faim, les poux, la gale, les dartres annamites, la bourbouille, l'absence d'hygiène, le travail épuisant, l'inconfort des paillotes, le froid l'hiver, la touffeur l'été. La mise en condition est terminée. Les prisonniers sont devenus réceptifs, ils sont prêts à tout pour sortir de cet enfer qui risque de les engloutir. Ils vont devenir, sans même en avoir conscience, des stakhanovistes du combat pour la paix. Ils étaient condamnés à entrer dans le jeu, ce qu'ils firent la mort dans l'âme. Au Camp 15, en août 1951, des sous-officiers, animés par une éthique méritoire, refusent de signer les premiers manifestes. Mais très vite ils ouvrent les yeux sur l'aveuglante et cruelle réalité. Pour eux, dont l'épuisement anéantissait toute perspective d'évasion, signer était devenu une question de vie ou de mort. Encore fallait-il que leur captivité fut courte, en raison de la brièveté de l'espérance de vie, ce dont ils n'avaient pas encore pris conscience.

Cette réserve était fort compréhensible. En effet tous étaient imprégnés de l'esprit rigoureux des règlements de l'armée française, rendant passible de la peine de mort toute personne ayant pactisé avec l'ennemi. C'est exactement ce que demandaient les Viets.

Ainsi, raconte le brigadier-chef Turelier : " *Pendant cinq ans, j'ai tenu bon en m'opposant à toutes les tentatives d'endoctrinement. Année après année, j'ai vu disparaître mes camarades. Un très petit nombre avait été libéré après avoir " joué le jeu ", tous les autres étaient morts d'épuisement. Alors le constat s'imposa à moi, aveuglant. Pour avoir des chances de survivre, il me fallait accepter d'entrer dans ce jeu. Je devins un fervent combattant de la paix, avouant des crimes que je n'avais pas commis.*

Ceux qui refusaient de suivre les cours, ou faisaient preuve de tiédeur, étaient voués à la mort.

La sixième année, je fus libéré au seuil de la mort. J'avais perdu trente-cinq kilos. Le système avait eu raison de ma volonté, mais pas de mon âme, et j'avais sauvé ma vie. "

Il ajoute, racontant l'horrible péripétie de cette libération : " *Initialement j'avais donc été inscrit sur la fameuse liste affichée dans le camp. Quelques jours après je n'y étais plus. Avec déférence j'allai donc solliciter respectueusement une explication. Le can bo m'affirma : " Vous avez été rayé de la liste en raison de votre mauvais état de santé. La route va être longue. Si vous tombez je serai obligé, par souci humanitaire, d'abréger vos souffrances par une balle dans la tête ".*

Conscient de mon état physique, je le suppliai : " *Je suis là depuis cinq ans et, grâce à vous, je suis enfin devenu un fervent combattant de la paix. Je veux rentrer en France pour continuer la lutte aux côtés du Parti communiste. Donnez-moi ma chance. Si je tombe, j'accepte que, dans votre bienveillance, vous me tiriez une balle dans la tête* ".

Je fus réintégré sur la liste.

Le convoi partit. Deux camarades tombèrent et moururent suivant les promesses du can bo. Après dix jours d'une marche harassante, le boudin de riz de quinze kilos autour du cou, je défaillis et tombai une première fois sur la piste. Un Viet resta près de moi pour m'achever dès que la colonne se serait éloignée. Aussi épuisé que moi, mon camarade Savart fit un effort surhumain pour prendre ma charge, et m'aider à me relever et poursuivre mon chemin. Cela me sauva la vie. Je pus reprendre des forces, et porter ma charge à nouveau. Le vingtième jour j'arrivai au but. J'étais sauvé ! "

Le *can bo* n'avait pas eu à mettre en œuvre la bienveillante clémence du président Ho. Obnubilé par des concepts surannés, ignorant la guerre révolutionnaire et ses redoutables effets, le commandement ne comprit pas cette situation inédite et porta ainsi en partie la responsabilité de la mort de nombreux prisonniers tués par leur esprit de discipline.

Dès le retour des premiers libérés, il eut été possible de tirer les enseignements de cette expérience nouvelle et de se préoccuper de l'information des combattants susceptibles de tomber aux mains de l'adversaire. Ainsi leur aurait-on indiqué la conduite à suivre sans attendre que l'hécatombe se produise autour d'eux, et montré la voie à emprunter en leur âme et conscience. Comment, depuis la Révolution russe (1917), nos services de renseignements n'avaient-ils pas été en mesure de découvrir ces méthodes, et d'en tirer les enseignements nécessaires à la mise en condition psychologique de nos unités, et à la préparation de nos cadres dans les écoles ? Ainsi les prisonniers se trouvèrent-ils complètement démunis devant les agressions du lavage de cerveau, et durent-ils trouver en eux-mêmes les solutions aux problèmes que leur posait cette situation inédite et cruelle.

Pour ma part, dès 1952 j'avais expliqué aux inquisiteurs de la sécurité militaire de quoi il s'agissait. Je n'avais rencontré qu'incompréhension, culpabilisation et suspicion. J'étais trop épuisé pour faire plus, en dehors de la demande pressante de parachutages de vivres, médicaments et vêtements, sur les camps où continuaient à mourir mes anciens camarades, et dont j'avais donné les emplacements.

QU'AVAIENT-ILS À OPPOSER À CE REDOUTABLE SYSTÈME

Presque rien, en dehors de leurs convictions personnelles ou religieuses. N'ayant reçu aucune formation préventive dans une armée qui ignorait tout de la guerre révolutionnaire, ils ne pouvaient faire appel qu'à leurs seules ressources. En effet, ils étaient les soldats d'une démocratie molle et dénuée de support idéologique, en dehors de l'objectif matérialiste et peu enthousiasmant de l'élévation du niveau de vie. Piètre argument à l'égard du marxisme triomphant et du droit des peuples à disposer d'eux-mêmes.

La France pour sa part, à peine convaincue de la justesse de sa cause, avait dû faire appel à des engagés volontaires, issus pour la plupart de son " *empire* ", qu'avant tout la fidélité à l'armée ou à leurs chefs maintenait à ses côtés, en particulier les goumiers, les légionnaires ou les tirailleurs. Beaucoup avaient participé aux campagnes d'Italie, de la Libération et d'Allemagne.

Quant aux cadres, s'ils n'avaient guère confiance dans la République des combines et des partis, initialement ils avaient surtout répondu à l'appel de leur métier, de l'esprit d'aventure, et de leur vocation. Puis progressivement ils furent persuadés de lutter contre l'expansion du communisme et pour le maintien de la présence française. Mais jamais une autorité ne l'avait proclamé officiellement, tandis que la France menait en Indochine une guerre de pauvres, dont elle semblait avoir honte.

Un bref rappel des structures politiques de l'époque permet de le comprendre. Des ministres communistes avaient été au gouvernement, au début du conflit, géré ensuite par une coalition hétéroclite rassemblant Socialistes et Mouvement républicain populaire (MRP). Selon Frédéric Dupont, ancien ministre : " *Les uns traitaient en secret avec Ho Chi Minh, et les autres avec Bao Daï. Le pouvoir avait donc une attitude hésitante* ".

À Paris, le délégué officiel du Vietminh Tran Ngoc Danh a pignon sur rue. Il fait même des conférences de presse. Il transmet à son gouvernement le fameux rapport secret du général Revers, dont le commandant en chef à Saïgon apprend la teneur par la radio viet.

À la suite du désastre de la frontière de Chine, en octobre 1950, le premier ministre, Henry Queuille proclame : " *Nos soldats ne seront pas abandonnés* ", comme si cela n'allait pas de soi. Le comble est atteint lorsqu'en mai 1951, écrit F. Dupont : " *Le gouvernement MRP-Socialiste garantit à la population parisienne que le sang recueilli lors des collectes n'ira jamais aux blessés d'Indochine.* " Quel gâchis au regard du courage et de l'abnégation de ces mêmes soldats, dont beaucoup déjà se trouvent aux mains du Vietminh.

Giap l'avait écrit : " *Les occidentaux étaient forts matériellement, mais très faibles psychologiquement* ". Il lui fallait donc comme toujours exploiter cette faiblesse. Les prisonniers, en particulier dans les camps de troupe, offraient un terrain privilégié. À cet égard, Jean Carpentier remarque très justement : " *Dans ces camps, nous n'avions pas, comme les officiers, une structure à opposer aux affirmations insidieuses. Nous subissions donc avec peine ces heures trop longues du " lessivage de cerveau.* " Il souligne, comme beaucoup d'autres, les deux moyens de pression dont disposaient les *can bos* : la mort et la faim, dans une saisissante synthèse : " *Tant qu'on n'a pas été en situation de mort prochaine, on ne peut savoir ce qu'on peut ressentir lorsque la faim vous tenaille, et que l'on sait que la nourriture indispensable vous sauverait la vie* ". La nourriture est la seule chose importante, la plus grande joie, le rêve constant, en un mot la plus puissante motivation de tout système pénitencier qui, évidemment, utilise à merveille " *l'arme alimentaire* ".

L'ENDOCTRINEMENT

Le commissaire politique a créé les conditions de la bonne volonté et de la réceptivité. Chacun comprend que de son assiduité à la formation politique dépend son éventuelle inscription sur une liste de libérés, c'est-à-dire sa survie, si tant est qu'il parvienne à ne pas mourir avant. Pour tous, l'enjeu est immense. Ceci explique qu'il y aura à la fois des comportements sublimes et des attitudes méprisables.

Mais comment reprocher quoi que ce soit à quiconque, car chacun, en son âme et conscience, est seul juge de ses angoisses et de sa souffrance. Le processus débute par la création du " *Comité de Paix et Rapatriement* ". Organisme représentatif de la population carcérale, il est composé des délégués élus pour chaque groupe ethnique, lesquels à leur tour, élisent le " *secrétaire* " du comité. Chez les marxistes, il y a toujours un secrétaire, jamais de président. Outre sa fonction de liaison entre la " *masse* " et le commandement du camp, ce comité est chargé d'animer les fêtes, meetings et veillées, et de relayer et diffuser les directives de la " *Direction* ". Sont alors organisés par celle-ci les cours politiques, dont les thèmes sont choisis par le dich van. L'assiduité à ces cours, la plupart du temps primaires, rasoirs et interminables, est le gage de la bonne volonté, indispensable, pense-t-on, à une éventuelle libération. Ils ont lieu tous les après-midi suivant les thèmes habituels : l'impérialisme, le colonialisme, le socialisme, le fascisme etc...

Naturellement ils ne sont pas obligatoires mais il serait suicidaire de s'en dispenser. Et il faut y participer activement en se montrant attentif, en posant des questions et en animant le débat. Gare à celui qui se planque ou reste couché sur le bat-flanc collectif, ou fait preuve de tiédeur !

Au cours de ces séances sont élaborés les " *manifestes* " consacrés à des thèmes qui, bien entendu, ont été suggérés aux détenus. Leur rédaction réclame de nombreuses discussions et mises au point, qui permettent au *can bo* de mesurer le degré d'évolution et de conversion de l'ensemble du camp. Une liste de signatures est ouverte et placardée sous une paillote. Chacun est " *libre* " d'y apposer la sienne, mais connaît les conséquences qu'aurait pour lui l'absence de son nom sur ce document. De plus, il est évident pour tous que si ce texte parvient de l'autre côté, il permettra aux familles de savoir que leur disparu est encore en vie à la date indiquée.

Le premier manifeste du Camp n° 1 est signé le 15 août 1951 ; les officiers ont donc résisté neuf mois avant de céder devant le cruel constat qui leur montrait la voie du réalisme. Mais ils ne seront pas libérés pour autant. Celui du Camp de troupe n° 15 date de la même époque, alors que les premiers libérés du Camp n° 3, capturés en octobre 1950, ont regagné les lignes françaises en juillet. Mais au Camp n° 15 on l'ignore, car il n'y a pas de liaison entre les lieux de détention, hormis les visites du Commissaire inspecteur visiteur.

Depuis le jour de sa capture, le " *tu binh* " est coupé du reste du monde. Administrativement il a été porté disparu, présumé prisonnier, parfois même déserteur. Il ne peut ni envoyer ni recevoir de nouvelles, et son isolement est total. Seules filtrent les informations que veut bien laisser passer le " *dich van* ".

De temps en temps arrive un exemplaire de " *l'Humanité* " de six mois d'âge. Il faut en interpréter les articles au deuxième degré, selon le principe que tout thème défendu par ce journal est contraire aux intérêts de la France et à la vérité, puisque conforme aux seules directives de Moscou. Comme le rappellent de nombreux récits, outre sa fonction d'information, l'Huma était très utilisée pour " *rouler des cigarettes* " si d'aventure du tabac avait pu être " *fauché* " ; et sa BD (bande dessinée) était beaucoup plus suivie que les discours du camarade Maurice Thorez. Parfois arrive aussi la revue " *Femmes Françaises* " appréciée aussi pour la qualité de son papier avion, précieux pour rouler des cigarettes.

Seule source de renseignements " *vrais* ", les nouveaux arrivants. Ils sont aussitôt assaillis de questions, avec quelle curiosité ! Mais les nouvelles dont ils sont porteurs sont souvent vieilles déjà de quinze jours ou trois semaines. Une interrogation hante les esprits. Est-ce que les indices permettent de penser que la guerre va bientôt se terminer ? De son issue plus ou moins proche dépendent en effet les chances de survie. Ceci explique aussi pourquoi il fallait à tout prix militer pour la paix, car ce mot était, pour les captifs angoissés, le symbole de la résurrection, de la fin du cauchemar. Des mois durant vont se succéder les cours politiques pratiquement journaliers, les veillées nocturnes inspirées visiblement des chantiers de jeunesse dont ont été imprégnés à l'époque de Vichy les cadres Vietminh. J'ai vu des *bo doï* rentrer de l'exercice en chantant un hymne militaire viet orchestré sur l'air du chant de Vichy : " *Maréchal nous voilà* ". Dans cet univers de désespérance, c'était vraiment irréel.

Sont organisées aussi les fêtes décrites dans le chapitre consacré au *Dich Van*, les meetings, les séances de critique et d'autocritique, les sessions du tribunal du peuple. Il y a lieu d'évoquer plus particulièrement un certain nombre d'actions qui témoignent de la prise en main de la masse des prisonniers suivant les méthodes prônées par Mao : " *persuasion, intimidation* ".

Le syndrome de Stockholm, pur produit des cerveaux ingénieux du KGB, fit des ravages, en particulier chez nos " *intellectuels* " et autres autorités dites " *morales* ". Il s'accompagna d'un symbole pacifique qu'on vit fleurir partout : la colombe de Picasso. Le principe en était simple : il consistait à créer la mauvaise conscience dans les esprits occidentaux en affirmant que le monde communiste, sous-entendu la Grande Russie Soviétique, est le seul ferment de paix dans le monde. Il mène son combat sous la géniale impulsion du " *Petit Père des peuples* ", Staline. L'autre camp, celui des bellicistes, est placé sous l'influence néfaste des impérialistes américains, capitalistes, fauteurs de guerre, colonialistes et exploiteurs des peuples opprimés. Ainsi deux mondes s'affrontaient dans ce qu'on appelait alors la " *guerre froide* ". L'Europe était coupée en deux par le " *rideau de fer* ", derrière lequel l'URSS maintenait captifs les peuples qu'elle avait asservis. La " *guerre chaude* " était entretenue en Corée.

Le syndrome de Stockholm consista donc à amener ceux qui étaient asservis à prendre le parti de ceux qui les asservissaient, ou se proposaient de le faire à terme. On vit fleurir le slogan : " *Plutôt rouge que mort* ", symbole même du défaitisme. Une attitude identique s'empara ainsi, parfois à leur insu, de l'esprit des prisonniers vaincus par l'isolement, les souffrances, les privations et les maladies. Vaincus aussi par la lancinante, constante et insidieuse propagande viet, qui cherchait à les amener à prendre le parti de leurs adversaires. Le fondement de la réussite résidait dans le désespoir, dans la perception qu'avaient les captifs qu'ils étaient totalement, pour toujours et sans espoir, à la merci de leurs geôliers. Le piège s'était refermé sur eux. Ils allaient devoir épouser la cause de ceux qu'ils étaient venus combattre ; à défaut de quoi ils mourraient. Ce système stalinien d'oppression psychologique avait abouti à la dissolution des volontés et des forces morales.

L'ÉCUME DES JOURS

LES CAMPAGNES

Pour remuer et manipuler les masses, Mao avait inventé les campagnes basées sur un thème d'utilité publique. Ainsi en Chine, sans parler de la " *Révolution culturelle* " et du " *Grand bond en avant* ", il y eut la campagne " *des Cent fleurs* " qui tua tant de gens, et bien d'autres, telle celle des " *oiseaux nuisibles* " qui mangeaient les récoltes. On les fit disparaître et dès lors les récoltes disparurent aussi car, de leur vivant, les oiseaux se nourrissaient de l'ensemble des petits prédateurs qui anéantissaient les cultures. Copiant servilement le " *grand frère* ", les Viets inventèrent des campagnes diverses :

propreté, hygiène, poux, jardinage, joie et gaieté, mouches. Cette dernière, vraiment cocasse, fut l'une des plus sottes. Ces bestioles transportaient de nombreuses maladies, c'est vrai. Boudarel décrit lui-même " *le véritable pont aérien reliant les latrines aux cuisines* ".

Aussi décida-t-on que chacun devrait tuer des mouches et conserver les cadavres pour les contrôles, accompagnés d'une récompense en faveur des plus ardents " *stakhanovistes* " du combat contre ces diptères. Dès lors s'instaura un véritable marché noir de mouches mortes, certains captifs payant des camarades avec leur piètre nourriture pour parvenir à leur quota. L'atteindre pouvait être un atout pour la fameuse libération.

- Autocritique et critique (chef-d'œuvre de cynisme et d'oppression morale). Bien plus que les slogans et les thèmes, au demeurant fort connus car évoqués par tous les partis communistes européens d'obédience soviétique, ce furent les méthodes actives de dépersonnalisation qui vinrent à bout de la résistance désespérée, mais vouée à l'échec, des captifs.

Le régime carcéral visait en effet à briser les corps et les âmes pour rendre les hommes réceptifs à " *la réforme des idées* " et à " *l'esprit révolutionnaire* ", par la critique et l'autocritique. Cette dernière aboutit à la rééducation réciproque à l'intérieur de la collectivité, sous la houlette du *can bo*, qui use d'un savant dosage de menace et d'affabilité. On est coupable de crimes de guerre car le peuple vous a estimé tel, et il ne peut se tromper. Toute autre opinion est " *contre-révolutionnaire* ", " *rétrograde* ", et passible de sanctions. La culpabilité individuelle et collective est donc le ressort de cette méthode de rééducation. Puisqu'on a failli, on doit l'avouer en dévoilant ses fautes. C'est le fondement même de l'autocritique.

Le processus consiste pour la personne s'estimant coupable à prendre la parole en public pour dénoncer les fautes qu'elle a commises. Elle précise ses insuffisances idéologiques les ayant rendu possibles, reconnaît les conséquences néfastes engendrées pour la collectivité, et propose le juste châtiment qu'elle juge mériter. Ensuite vient le tour des membres de la collectivité. Étant les victimes, ils doivent apprécier à leur manière l'acte répréhensible avoué et le châtiment proposé. Le directeur de séance intervient alors pour porter l'appréciation finale et déterminer la " *juste punition* ". Il la diminue, la plupart du temps, pour manifester la " *générosité du peuple vietnamien et la clémence du président Ho* ".

En dernier lieu intervient à nouveau le fautif. Il veut manifester sa reconnaissance pour la leçon qui lui a été donnée, exprimer son repentir et son désir de ne plus recommencer. La critique, elle, suivait un processus identique mais consistait à présenter les méfaits des autres, puisque tout membre de la communauté en ayant eu connaissance doit le faire savoir, par devoir envers la collectivité, à défaut de quoi il en devient complice. C'était de la dénonciation pure et simple, et le système de sanctions était plus sévère.

L'ensemble renforçait chacun dans sa culpabilité, que le moindre petit écart faisait affleurer. Tous les détenus se surveillaient mutuellement et, de ce fait, chacun se murait dans sa solitude, face à l'épreuve, ne pouvant se confier à personne, même pas à celui qui avait été son meilleur ami. Cela le fragilisait encore plus. De la sorte, l'essentiel de la rééducation était assuré par la collectivité elle-même, ce qui explique la faiblesse de l'encadrement des camps.

Chaque individu représente pour autrui la masse qui, elle, est innocente. Il doit donc lui parler au nom de celle-ci, et pas en son propre nom. En l'absence de cadres et d'instructeurs, chacun se faisait le gardien et le moniteur de ses camarades, tous parlant le même langage idéologique. Toutefois cette bonne volonté n'était pas le fruit de la soumission spontanée des détenus, mais celui de la délation soigneusement entretenue par les dirigeants du camp. L'œil du parti était partout, y compris dans l'esprit des convertis qui ne savaient plus que réciter les leçons apprises. L'ensemble de ces mécanismes participait à la rééducation qui obtenait ainsi une obédience pleine et entière des individus, dont l'objectif secret était de ne pas mourir avant la fameuse et hypothétique libération. La gangrène était partout.

LE TRIBUNAL DU PEUPLE

Les Viets avaient le goût du théâtre et savaient transformer un fait anodin en événement majeur. C'était leur façon de rompre la monotonie des jours et de culpabiliser la masse, suivant le principe de la responsabilité collective. Ainsi, toute peccadille se transformait-elle en drame : vol de manioc par des thu binh affamés, geste malséant à l'égard d'une " *honnête et laborieuse* " femme vietnamienne, vol d'un objet appartenant à un paysan, tentative d'évasion, larcin aux " *cuisines* ", échec d'un évadé, mauvaises pensées etc…

À chacune de ces occasions, le camp était rassemblé, à l'appel du gong de bambou, pour juger le " *fautif* ", sous la responsabilité du Comité de paix qui devait mener les débats. Le délit était exposé. L'inculpé faisait son autocritique. Le *can bo* accusait la collectivité d'avoir été, par son attitude inamicale à l'égard du coupable, responsable de son manquement. Une sentence était proposée. Il n'y avait pas d'avocat puisque le peuple ne peut se tromper. Et il votait à main levée, en faveur de la sanction, sous l'œil vigilant du commissaire. Là encore jouait l'émulation socialiste, et les accusateurs étaient d'autant plus virulents que leur attitude, dans leur esprit au moins, augmentait leur chance de se retrouver un jour sur la fameuse liste des " *libérés* ".

À cet égard doit être souligné le moyen de pression exercé sur la masse par le vote à main levée, très prisé chez les marxistes. En effet, il soumet l'individu au jugement de la collectivité et lui impose, sous peine de sanction, de se déterminer en fonction de ce qu'elle attend de lui, et non conformément à sa conscience. Par ce moyen le commissaire conserve aisément le contrôle des prisonniers, tout en leur laissant l'illusion de leur libre détermination.

Dans un tel contexte se situe la courageuse et téméraire intervention du lieutenant Truchot. Au cours d'un jugement se déroulant au camp 113, il s'agissait de condamner un soldat qui " *avait manifesté l'intention de déserter du camp socialiste* " et avait été dénoncé par un camarade. Truchot intervint en ces termes : " *Je demande qu'on fasse connaître au peuple le nom de ce camarade méritant qui, par son action exemplaire, a permis de ramener au bercail cette brebis galeuse et égarée. Il mérite une juste récompense* ". Un silence de mort s'ensuivit et le *can bo*, impassible, une lueur de haine dans les yeux, ordonna de passer à la question suivante. Ce jour-là, Truchot s'était montré " *réfractaire* ". Il avait donc signé sa condamnation. Il mourut six mois plus tard.

Jean Lomer cite aussi le jugement des évadés repris : Planeille, Bonnafous et Martin. Après avoir subi des tortures physiques, ils furent condamnés à l'unanimité par le tribunal populaire " *avec demande de peines très sévères et justes selon la terminologie viet* ". Manipulée, la masse des prisonniers ne pouvait faire autrement. Il l'explique aisément en écrivant : " *Toute indulgence à l'égard des justiciables aurait été qualifiée de complicité et d'attitude politiquement rétrograde* ". Jean Lomer évoque aussi la dénonciation pour " *délit de mauvaises pensées* ". Celles-ci se résumaient le plus souvent à un ardent désir de " *déserter du paradis socialiste* ".

L'ANNIVERSAIRE DU 19 DÉCEMBRE :

UN JEÛNE VOLONTAIRE – LA MORT DE STALINE : UN DEUIL

Le 19 décembre était l'anniversaire du coup de force Vietminh de 1946 au cours duquel avaient été attaquées toutes les garnisons françaises, suivant la thèse du parti en réponse à nos " *provocations* ". La journée débutait par un meeting où étaient prononcés moult discours. Elle se poursuivait par un jeûne " *volontaire et expiatoire* " en souvenir de cette journée où tant de Vietnamiens étaient morts pour l'indépendance de leur patrie par la faute des colonialistes. Il est vraiment cocasse d'appeler à jeûner des hommes qui meurent de faim. L'économie de nourriture réalisée ce jour-là servira par la suite à améliorer l'ordinaire lors de la prochaine fête.

Il en fut de même pour la mort de Staline, décédé le 5 mars 1953. Elle donna lieu à des scènes de deuil où furent mêlés le sérieux, le grotesque et la candeur, permettant à l'humour français de se donner libre court, avec prudence toutefois. Simultanément, dans les " *Lettres Françaises* ", nos intellectuels réalisent une véritable anthologie de la sottise. Jean-Paul Sartre et Louis Aragon, auteurs candides égarés en politique, se surpassent. Ils décrivent Staline comme " *le guide génial des travailleurs du monde, le défenseur le plus sûr de la paix et de l'homme, le bâtisseur du socialisme* ".

L'AVEU DES CRIMES DE GUERRE

Lorsque l'imminence d'une libération se précisait débutait un processus machiavélique, visant à tester la maturité politique des captifs. La liste restait secrète jusqu'au dernier jour, mais au préalable tous les prisonniers étaient invités à faire, par écrit, la confession des crimes de guerre et des atrocités commis par eux-mêmes, ou avec leur participation active ou passive. C'était la fameuse séance des " *aveux spontanés* " s'inscrivant dans le processus de lavage de cerveau. Chacun, suivant son degré de " *maturité socialiste* ", s'évertue alors à raconter les viols, pillages, incendies, vols, atrocités auxquels il a participé. Il rivalise d'horreurs pour montrer combien il s'est amendé et mérite récompense par une libération. Il montre ainsi sa grande confiance dans la mansuétude du peuple vietnamien, qui a bien voulu lui ouvrir les yeux sur ses erreurs passées et ne pas lui en faire grief.

Au Camp 113, en décembre 1951, avant la séance, je conseille à mes camarades de ne pas citer des noms, pour le cas où les intéressés seraient capturés un jour. Et le *can bo*, " *Monsieur* " Tu, me rabroue aussitôt en ces termes : " *Vous n'avez donc pas confiance en la clémence du président Ho. Vous savez bien que s'ils sont faits prisonniers nous leur pardonnerons et leur ouvrirons les yeux, de façon à ce qu'eux aussi regrettent leurs fautes, s'amendent et rejoignent le camp de la paix* ". Quelques jours après sont proclamés les " *héros* " de cette compétition, un ou deux par ethnie ou nationalité.

L'ÉLECTION DES LIBÉRÉS

Arrive enfin le jour tant attendu, qui occupe les esprits depuis des mois. Un meeting est organisé à grand renfort de coups de gongs. Tout le camp est là, haletant, retenant son souffle. Dans un silence religieux, le commissaire annonce que, dans sa clémence, le président Ho Chi Minh a décidé de rendre à leurs familles, elles aussi victimes du capitalisme, un certain nombre de prisonniers particulièrement dévoués à la cause de la paix. Ces lauréats seront désignés par le peuple, et lui-même est mandaté pour prendre acte de cette décision. De sa sacoche il sort alors une liste et commence à donner lecture des noms, s'arrêtant à chacun pour obtenir l'avis, assentiment ou refus, du peuple. Il fallait être bien portant pour avoir des chances d'être inscrit sur cette liste fatidique.

En effet, les " *malades* " étaient éliminés systématiquement en raison de la longueur du trajet à parcourir à pied jusqu'à la zone française. En raison aussi de l'impérieuse nécessité, pour le Vietminh, de cacher l'état sanitaire déplorable des camps. Mais les captifs l'ignoraient. À l'appel de chaque nom, tous lèvent la main en signe d'acquiescement, attendant de façon haletante que soit proclamé le leur, avant que ne soit épuisé le quota. Lorsque la lecture de la liste est terminée, le *can bo* déclare benoîtement : " *Vous venez d'élire les camarades que vous jugez dignes de rentrer en France pour continuer le combat pour la paix. Je prends acte de votre juste choix et je l'approuve.* "

Ainsi vient d'avoir lieu une parodie d'élection, d'après une liste arrêtée en secret à l'avance. Effectivement, la masse populaire a été consultée, mais on lui a simplement demandé de témoigner son assentiment. Mais nul ne pouvait voter " *non* ". En effet c'était, d'une part mettre en doute la sagesse d'une décision du parti, et témoigner ainsi d'un manque de maturité socialiste, et d'autre part se montrer mauvais camarade. Mais c'était aussi condamner à mort celui qu'on aurait éliminé, car sa survie dépendait de sa libération.

De plus, c'était trop dangereux : ou bien on était sur la liste et il fallait " *s'écraser* ", ou bien on ne s'y trouvait pas et il fallait agir de même pour sauvegarder ses chances pour la prochaine fois. Il n'y avait pas d'alternatives. Le système d'oppression avait joué pleinement son rôle. Mais la séance ne s'arrêtait pas là. En effet, des camarades " *libérés* " montaient alors à la tribune pour proclamer leur reconnaissance à l'égard du président Ho et leur engagement à poursuivre le combat pour la paix dès leur retour en France. De plus, beaucoup plus paradoxal, un ou deux heureux " *élus* " se trouvant sur la fameuse liste rejoignaient aussi la tribune pour proclamer non seulement leur reconnaissance, mais encore leur volonté de rester au camp pour continuer auprès de ceux qui restaient à œuvrer pour la paix. Secrètement, les Viets leur avaient au préalable mis le marché en main, leur promettant une libération ultérieure. Ignorante, la masse les prenaient pour des fous ou des traîtres.

Enfin, l'un des maintenus prenant la parole au nom de ceux qui n'étaient pas jugés dignes d'une libération, reconnaissait la sagesse du choix effectué par le peuple et réaffirmait leur volonté de continuer à s'amender et à lutter pour la paix contre les impérialistes bellicistes. Pour mes camarades, la mort dans l'âme, j'accomplis cette tâche au camp 113 en janvier 1952. J'aurais pu dire, suivant en cela les gladiateurs romains : " *Ave, Pax! morituri te salutant!* " Tous ensemble entonnaient ensuite l'Internationale. Puis, la soirée étant avancée, ils allaient retrouver le bat-flanc communautaire où grouillaient les punaises. Dès le lendemain, les " *bons* " étaient séparés des " *mauvais* ".

Ainsi se termine cette sinistre comédie. Elle met en évidence de façon magistrale le système d'oppression psychologique broyant le prisonnier dans le cadre du lavage de cerveau culminant dans ces moments. En bons élèves de ce système, les " *marxistes* " continuent à nier cette réalité, accusant de " *révisionnisme* " ceux qui, l'ayant vécue, se permettent de la dénoncer. Voilà le calendrier typique, tel qu'il s'est déroulé au Camp 113 en décembre 1951 : À une date donnée, on annonce qu'une libération aura lieu et que les prisonniers éliront eux-mêmes les bénéficiaires de cette mesure. Tous savent que les libérés devront nécessairement avoir l'agrément de la Direction.

Le lendemain a lieu la séance des " *aveux spontanés* ". Tous sont conscients que, pour avoir cet agrément, il faudra avoir reconnu ses crimes et, partant, montré qu'on est prêt à s'amender pour devenir " *un homme nouveau* ". La lecture de ces confessions permet aux Viets " *d'affiner* " la liste des libérables qu'ils préparent en secret, et accessoirement d'alimenter leur propagande. Arrive alors la journée du jeûne expiatoire et " *volontaire, en réparation (repentance) des fautes commises* ". C'est un test de la bonne volonté générale. Nul ne pouvant prendre le risque de s'y soustraire, l'assentiment est unanime. Trois jours plus tard sont organisées les " *élections libres* " qui donnent lieu à un vote à mains levées à partir de listes établies à l'avance, et sur lesquelles a été fixé un quota d'élus. Tous comprennent qu'elles ont été arrêtées " *au mérite* " par la Direction. Apparemment, la démocratie est sauve : les prisonniers ont bien élu eux-mêmes les libérés. Pratiquement, la réalité est tout autre : ils ont été les jouets, les victimes et les complices d'une parodie d'élection démocratique. Le circuit est bouclé avec les déclarations de volontariat de ceux qui veulent rester pour poursuivre au milieu de leurs camarades le combat pour la paix.

DERNIÈRE PARODIE DE JUGEMENT

Le convoi de libérés parti, le camp retombe dans la grisaille et la désespérance, et déjà certains des maintenus, à bout de courage, commencent à se laisser mourir. La marche vers la liberté va durer une dizaine de jours et sera ponctuée de fêtes d'amitié, organisées " *spontanément* " par la population.

Un dernier événement, qui s'est produit pratiquement à chaque convoi, montre le cynisme du système. Il se traduira par le retour au camp d'un libéré, puni pour avoir commis une grave " *faute* ". La veille du jour où la colonne va arriver aux lignes françaises, soudainement, le *can bo* décrète qu'un prisonnier, ayant commis une " *faute* ", doit être jugé par le peuple qui décidera de la sanction à lui infliger. La plupart du temps, la faute est un prétexte, un petit larcin dont a été victime un " *laborieux* " paysan, un geste inconvenant à l'égard d'une " *honnête femme vietnamienne* ", etc... Dans un convoi dirigé par

Boudarel, il s'agissait d'un œuf gobé à la sauvette par un *thu binh* affamé. Dans la colonne du Camp 113, en janvier 1952, le sergent Taïbi avait fait imprudemment une " *proposition malhonnête* " à une " *laborieuse paysanne* ". Comment en était-il encore capable !

Le scénario du tribunal populaire se reproduisit à chaque fois de façon identique. Après avoir rassemblé tous les libérés, le *can bo* annonce de sa voix glaciale et impersonnelle : " *Un de vos camarade, nommé X, a commis une grave faute à l'égard du peuple vietnamien qui vous accorde si généreusement l'hospitalité, et vous a pardonné vos crimes. Vous allez le juger et décider vous-mêmes de la sanction à lui infliger* ".

Rappelons que dans ce monde marxiste, seul est admis le vote à main levée. Pour ces hommes épuisés qui sont presque arrivés au but, après des mois de double jeu et de dissimulation, il n'y a même pas de dilemme. Puisque le vote public se fait à main levée, la seule sanction possible, qu'attend d'eux le commissaire, est le retour du fautif au camp pour y parfaire son éducation socialiste. Ceci équivaut presque toujours à une condamnation à mort, car le puni a peu de chances de survivre jusqu'à un hypothétique prochain convoi. Tous ses camarades savent que lui témoigner de la mansuétude, c'est faire preuve d'esprit rétrograde et d'un manque de conviction socialiste, répréhensible et passible de la même sanction.

À chaque fois, la condamnation fut sans appel et unanime, car conforme au souhait tacite du *can bo*, qui se contenta d'acquiescer et de dire : " *Je prends acte de votre sage décision* ". Le fautif repartit au camp, où la plupart du temps il mourut. Deux prisonniers auxquels c'est arrivé : le parachutiste Legoullon et mon codétenu du Camp 113, le sergent Filleul, renvoyés au camp par Boudarel, deux fois pour ce qui est du second, m'ont affirmé : " *Je n'en veux pas à ces camarades, c'étaient eux ou moi* ". À force de courage, ils survécurent.

L'objectif était double : de retour au camp, le libéré recalé annonçait la nouvelle qui incitait ses compagnons à la sagesse et leur rappelait que rien n'était jamais acquis. Sur le convoi de libérés soufflait jusqu'à la fin un vent de terreur qui assurait la discipline.

Au moment d'être libéré, un prisonnier fut convoqué par Boudarel qui lui tint ce langage : " *Grimbert, vous êtes un garçon solide, accepteriez-vous de rester avec moi pour m'aider à parfaire la formation socialiste de vos camarades restés au camp ?* ". Pour

Grimbert, qui connaissait le système, le dilemme était le suivant : " *Si je refuse, Boudarel estimera que je manque d'élan socialiste et en tirera argument pour me renvoyer au camp parfaire ma rééducation. Si j'accepte, je repartirai au camp la tête haute, réservant mes chances pour l'avenir. Dans les deux cas, je retournerai en arrière. Blême et catastrophé, j'acceptai. Je ne pouvais faire autrement. Mes camarades me prirent pour un traître* ".

Le comble du cynisme fut atteint en 1953 dans un convoi de libérés, dont faisait partie le sergent-chef Planche. Au moment de les relâcher près d'un poste français, le *can bo* intima l'ordre aux prisonniers de rester dans la place pour y mener des actions de propagande pendant trois jours au moins, à défaut de quoi il les ferait reprendre. En un mot, il tentait une opération " *cheval de Troie* ", au cours de laquelle il prévoyait de semer le désordre dans la garnison en vue de l'attaquer ensuite.

Grâce aux libérés, qui en avertirent le chef de poste, l'opération échoua sur le plan tactique. Mais la menace fut mise à exécution, et les véhicules qui les évacuaient vers Hanoï furent l'objet d'une attaque surprise. Par chance, elle échoua, mais un sous-officier du poste fut tué dans l'affaire. On frémit en songeant aux conséquences d'un succès possible.

Au plan psychologique elle réussit à créer autour d'eux une telle défiance qu'au début ils furent traités de façon indigne par leurs camarades retrouvés, qui les soupçonnaient d'être des déserteurs. À Vinh Yen, un officier supérieur les menace de les faire fusiller. Un sergent leur ordonne : " *Mains en l'air. Le premier qui les abaisse, je le descends* ". À la citadelle d'Hanoï, ils sont mis en quarantaine. Il faut l'intervention du général de Linarès, commandant les FTNV (Forces Terrestres du Nord Vietnam), pour faire cesser cette sinistre comédie. Le sergent-chef Planche conclut : " *Assis par terre, insensibles à tout ce qui nous arrivait après tant d'épreuves, notre désespérance était à son comble* ".

La description des aspects hideux et subtils des méthodes de lavage de cerveau montre combien ce système perfide eut sur les prisonniers une emprise redoutable, dont seuls quelques hommes, doués d'un courage surhumain et d'une perspicacité à toute épreuve, purent se protéger, sauvegardant de la sorte leur autonomie intellectuelle et morale.

LA LIBÉRATION

" *Lorsqu'on est allé au bout, on voit poindre l'aurore.* "

Erwan Bergot. " Sud lointain "

Jusqu'aux accords de Genève, les Viets libérèrent des prisonniers officiers, sous-officiers et hommes du rang qui, pour certains, à leurs yeux, avaient acquis la maturité socialiste et témoigné de leur " *ardente* " volonté de s'engager dans le combat pour la paix. D'autres, pourtant loin d'être mûrs, bénéficièrent à leur propre surprise comme à celle de leurs camarades ou des Viets de cette libération. Ce fut le cas du lieutenant du Crest de Villeneuve.

Tous les six mois donc parvinrent aux zones françaises des convois baptisé de noms évocateurs : " *Henry Martin* ", " *Raymonde Dienne* " etc... Ainsi vit-on arriver par la piste ou parfois portés par un radeau, pour les plus affaiblis, tantôt des groupes, tantôt des individus, hâves, crasseux et décharnés. Véritables " *zombies* " au sens antillais du terme (morts sortis du tombeau), " *revenants* ", ils ne parlaient plus le même langage que leurs camarades du corps expéditionnaire.

Une fois dans nos lignes ils n'étaient pas au bout de leurs peines. Ils furent généralement mal accueillis car leur attitude était ambiguë. Cela accrut leur détresse. Ces hommes anéantis, détruits, déracinés recouvraient enfin la liberté après en avoir rêvé pendant des mois, parfois des années, mais se retrouvaient isolés, incompris, suspectés. En effet, à ces soldats courageux, qu'il avait engagés et sacrifiés en première ligne dans des combats épuisants, sanglants, souvent hasardeux et perdus, ce qui leur avait valu la capture, le commandement n'ouvrit même pas ses bras. Se méfiant d'eux, il ne chercha pas à les comprendre et, craignant la " *contamination* ", il en fit des réprouvés. Ce fut pour eux une nouvelle blessure.

Ils arrivaient avec des drapeaux, blancs souvent, rouges parfois, ayant reçu pour consigne soit de distribuer des tracts, soit de semer la pagaille dans les postes qui les accueillaient, soit même d'en ouvrir les portes à des attaquants. Aussi, et c'est normal, les chefs de poste étaient-ils très prudents, habitués qu'ils étaient aux traîtrises, croyant avoir à faire à des " *ralliés* " hostiles. Un regard pourtant aurait suffi à leur prouver que ces hommes en ruine n'avaient pas l'étoffe de commandos suicides. Ils faisaient donc occuper les emplacements de combat par la garnison, ne laissaient personne entrer dans la place, et traitaient parfois les libérés comme de simples prisonniers. Ils leur faisaient mettre les mains en l'air, les enfermaient dans un réseau de barbelés et, suspicion suprême, les plaçaient ostensiblement sous la surveillance de leurs mitrailleuses, bandes engagées. Pour qui connaît l'ambiance, c'était précaution élémentaire tant que l'identification n'avait pas eu lieu. Parvenus à Hanoï après avoir été transportés en camions sous la garde de sentinelles armées, ou en ambulance pour les plus malades, ils étaient mis en quarantaine, interrogés par la sécurité militaire, parqués dans des locaux isolés, interdits de contact. Mais, tout de même ils étaient lavés, équipés de neuf et nourris avec parcimonie, compte tenu du danger représenté par une nourriture abondante pour leurs estomacs atrophiés. Alors, le plus rapidement possible ils étaient envoyés dans des centres dits de repos, en vue de leur désintoxication. En un mot commençait pour eux une nouvelle rééducation psychologique inversée, dans des conditions matérielles évidemment paradisiaques, puisqu'ils n'avaient plus faim, étaient soignés, avaient des chaussures, dormaient dans des lits, et disposaient d'un cadre matériel confortable. Toutefois, le moral ne se guérissait pas. En effet, le commandement mit du temps à discerner la nature du problème qui les concernait, son ampleur et la gravité des atteintes psychologiques en découlant pour eux, les victimes.

Ainsi à Nha Trang ou à Dalat trouvèrent-ils un encadrement certes plein de bonne volonté, car choisi pour son expérience dans le domaine des mouvements de jeunes, mais totalement incompétent en ce qui concernait les nécessités du moment. Par la suite, une fois rentrés en France, ils furent l'objet d'une suspicion impliquant des contrôles, des années durant.

Et qu'advint-il des hommes capturés dans les derniers mois du conflit, ou de ceux qui, ayant survécu à plusieurs années de captivité, n'avaient jamais été libérés? Jusqu'au dernier jour, les Viets les soumirent à une " *intox* " qui les trompa sur la réalité des faits et sur leurs intentions. Le " *Dich van* " ne relâcha pas son emprise et continua son inlassable chantage. Certains, classés " *irréductibles* ", furent même, suivant le plan de la rééducation, exclus des échanges. Il fallut les menaces du commandement français pour les faire réintégrer dans les convois de prisonniers rendus aux points de passage. Les plus malades furent gardés dans l'attente de leur mort, puisqu'aux yeux des observateurs internationaux le Vietminh ne pouvait pas rendre les moribonds. On fit croire à certains que les commissions mixtes refusaient de les reprendre. Le mensonge et la duplicité régnèrent donc en maîtres jusqu'à la fin.

La remise aux autorités françaises connut le processus de propagande habituel : fêtes d'adieux organisées " *spontanément* " par la population, arcs de triomphe, hymnes patriotiques, chants des jeunesses démocratiques, chœurs des mères de combattants, cadeaux offerts aux libérés. Ces derniers s'empressaient de les jeter à l'eau sitôt franchie la passerelle des bateaux qui incarnaient la délivrance, sous les yeux médusés des comités d'adieu et des *can bos*, enfin devenus souriants conformément aux ordres du *Dich van*. Le retour à la liberté fut une explosion de joie et d'amertume. Enfin, après tant d'années de peine et de dissimulation, de " *jeu de rôles* " suivant le mot à la mode de nos jours, les captifs purent découvrir le fond de leurs pensées à leurs camarades, que la délation avait murés dans le silence et la suspicion. Beaucoup moururent encore dans les jours qui suivirent. Le *Dich van* continua à nuire au-delà de la paix. Et aujourd'hui encore, les querelles stériles opposant entre eux nombre d'anciens *thu binh* prouvent qu'il sévit toujours ; le virus n'est pas encore éradiqué, cinquante après.

Pour tous, les conséquences de ces atteintes à leur âme furent incalculables. Jamais ils ne se remirent des traumatismes psychiques subis : troubles caractériels, insomnies, idées fixes et noires, cauchemars, instabilité sont leur lot constant, parfois même démence et lubies. Ces maux sont classés sous le terme médical d'asthénie. Ils rendent difficiles leurs relations avec leurs épouses, pourtant ô combien méritantes, ou avec leurs propres anciens compagnons de misère. Leur taux de mortalité est bien plus élevé que celui de leur classe d'âge. Et pourtant il ne fut jamais question de créer pour eux un soutien psychologique, comme c'est le cas maintenant dans notre société. Dès qu'ils eurent rejoint les rangs de l'armée française, les libérés eurent le souci majeur de venir en aide à leurs camarades, qui continuaient à mourir dans les camps dont ils venaient. Deux moyens s'offraient à eux. Le premier, simple et évident, consistait à indiquer à l'état-major la localisation des camps et à demander que soient effectués à leur profit des parachutages de vivres, médicaments et vêtements. Le second, complexe et risqué, pour des gens par principe suspects : ne pas laisser se tarir la source des libérations, en accomplissant une action ostensible susceptible d'inciter les Viets à améliorer la situation des prisonniers et à poursuivre leur politique de " *libération inconditionnelle* ".

À cet égard doit être souligné le dévouement admirable à la cause de ses compagnons du lieutenant Xavier du Crest de Villeneuve. Il écrit ceci : " *Surpris par ma libération, meurtri d'y laisser mes camarades, avant même de quitter le camp ma décision était prise de faire quelque chose pour eux une fois libéré. Louis Stien, dans son livre " Les soldats oubliés " analyse sous le pseudonyme de " Murvieux " ce que fut mon cas de conscience* ". Stien est lui-même un lieutenant parachutiste resté prisonnier après l'échec de sa tentative d'évasion. S'étant entouré des conseils d'officiers avisés, qui avaient compris son cas de conscience mais l'avaient mis en garde contre les risques encourus, du Crest de Villeneuve donna à la presse une interview qui fit grand bruit. De retour en France, il fut sommé, par le chef d'état-major de l'Armée de Terre lui-même, de se dédire. Fidèle à la mission qu'il s'était donné par devoir de solidarité, il refusa. Il fut radié des Goums et resta un an sans affectation, aucun chef de corps de l'armée blindée cavalerie ne pouvant se risquer à vouloir de lui. Mais la source des libérations ne fut pas tarie. Ainsi des vies furent sauvées. Rentrés d'Indochine à la fin de la guerre, ses camarades approuvèrent le " *jeu qu'il avait joué pour tenter de leur venir en aide* ". Ce lui fut un réconfort, toutefois les séquelles demeuraient. Initialement prometteuse, sa carrière était brisée. Elle avait pourtant brillamment commencé par la traversée des Pyrénées à la barbe des Allemands, lorsqu'il avait rejoint son père en Afrique du Nord pour s'engager dans les Forces Françaises Combattantes, puis débarquer avec elles en Provence. Il quitta l'armée, la tête haute aux yeux de nous tous qui avions vécu les mêmes tourments que lui.

En ce qui concerne les familles, les rapatriés firent tout leur possible pour les contacter et leur donner des nouvelles de leur absent, tout en tentant de les rassurer. Leur précieux témoignage permettait au moins de préciser qu'à la date de leur départ du camp, il était encore en vie. Trop souvent, malheureusement, ce ne fut qu'un faux espoir, car il était mort entre-temps. Une lourde tâche les attendait ensuite. Il s'agissait des innombrables camarades morts en captivité. Chaque libéré s'évertua, à travers sa mémoire défaillante, à préciser les dates et les lieux des décès. En effet, avec prudence, l'état civil exigeait trois témoignages concomitants pour établir un acte officiel. Il fallait alors, si le courage ne manquait pas, aller visiter les familles éplorées pour leur apporter un peu de réconfort, et parler de la fin de leur être cher. Une fois encore, il fallut mentir. L'horreur et l'indicible ne se racontent pas.

Quant aux disparus, ils étaient nombreux, car dans certains camps tous les captifs étaient morts sans laisser de témoin. Les familles durent alors intenter un procès à l'État pour obtenir, avec peine, une " *attestation déclarative de décès* " permettant l'ouverture des droits à pension. Cela demanda des années, et cinquante ans après des procédures sont encore en cours. Ceci revêt en effet une grande importance depuis la promulgation de la loi de 1989, car elle accorde un supplément spécial aux veuves de prisonniers morts en captivité. Il y eut enfin le sordide. Le commandement ne manifesta guère de sollicitude à l'égard des anciens *thu binh*, et ne se soucia pas de leur éviter les tracasseries administratives. Elles valent leur pesant d'or. La solde, tout d'abord, fut versée avec tous les rappels que comportait une longue absence, mais amputée de deux manières. D'abord fut retenue, pendant toute la durée de la captivité, la " *prime d'alimentation* ", puisqu'un militaire en opération étant nourri par " *l'ordinaire* " de son unité doit lui rembourser le prix de ses repas. Cette pratique fut étendue aux anciens captifs qualifiés pourtant de " *non-combattants* ".

Lorsque je m'en étonnai, un plumitif me répondit benoîtement : " *Mais enfin les Viets vous ont nourri et pendant ce temps nous avons dû en faire autant pour les prisonniers capturés par nous* ". Il me fallut toute la philosophie d'un homme épuisé pour ne pas répliquer. On leur retint aussi une piastre par mois pour l'œuvre des tombes. C'est peu dira-t-on, mais c'est cynique de faire payer son cercueil à un soldat qui revient de l'enfer, où il a enterré ses camarades comme des chiens. On leur appliqua la réglementation des conflits européens pour le temps passé dans les camps. Il fut classé en " *campagne simple* ", alors que les gratte-papiers d'Hanoï bénéficiaient de la " *campagne double* ". Il en alla de même pour l'avancement. Après six ans de détention, le brigadier-chef Turelier, disparu en 1947, apprend à son retour en 1953 qu'il a été nommé maréchal des logis en janvier 1949 mais, précise l'avis de mutation : " *avec droit à la solde de janvier 1953* ". Ainsi dans ce conflit qui coûtait au Trésor public un milliard de francs par jour, arrive-t-on à le priver de quatre années de solde.

EN RÉACTION À L'OPPRESSION :

JOUER LE JEU POUR RECOUVRER LA LIBERTÉ

SIGNER OU MOURIR

Beaucoup de prisonniers avant les accords de Genève furent considérés comme des personnages douteux par ceux-là mêmes qui n'avaient pas connu les redoutables conditions dans lesquelles ils avaient vécu. Suivant Jean Lomer : " *Quoiqu'on fasse, un prisonnier reste un personnage déclassé* ". S'ils étaient tombés aux mains de l'adversaire, eux, au moins, l'avaient affronté de tout près ! En effet, il était plus risqué de " *ferrailler* " en première ligne que de " *scribouiller* " sous un ventilateur à Hanoï. La capture n'est jamais glorieuse, mais elle n'est pas honteuse non plus dès lors que le combattant, ayant épuisé toutes les ressources de ses armes, se retrouve seul au milieu de ses adversaires, face à son destin. On parla de libération anticipée, de troc fait avec les Viets au détriment de l'honneur. L'exposé qui précède a montré dans quelles conditions les choses se passèrent, et combien les cerveaux furent embués par le traitement qui leur était appliqué.

Certes parmi nous ceux qui tentèrent ou réussirent l'évasion par les modes traditionnels, ou résistèrent, au risque de leur vie, à toutes les formes de pression morale, sont dignes d'éloges. Toutefois il est possible d'envisager le problème de la libération dite " *inconditionnelle* " sous un jour particulier. En effet, si le règlement de l'armée française prescrit comme un devoir pour tout combattant tombé aux mains de l'ennemi de lui échapper, il est muet, et pour cause, sur les moyens à mettre en œuvre. Il lui appartient de les déterminer seul en fonction de la situation et en prenant sur lui tous les risques. Ceux d'entre nos camarades qui tentèrent l'évasion répondirent avec courage et noblesse à ce devoir, quel qu'en ait été le résultat. Certains d'ailleurs après leur échec, en tirant la leçon, cherchèrent un autre moyen et s'engagèrent sur la voie du combat pour la paix. Mais ils attendirent plus longtemps la fin de leur détention, car ils durent " *s'amender* " et purger la peine qu'ils avaient " *justement méritée* ". Mais que penser de ceux qui furent relâchés avant les accords de paix. Recouvrer la liberté avait été pour eux non seulement un impérieux devoir militaire mais aussi une nécessité vitale. Le choix du " *combat pour la paix* " en fut le moyen. Ils étaient confrontés à un système inédit et pervers qui détruisait les corps et les âmes. En effet, inconnue de la plupart, la guerre révolutionnaire s'imposait à eux dans ses formes inédites, redoutables et abjectes. L'isolement, la délation, la démoralisation, la dénutrition, et leur corollaire l'épuisement, physique d'abord, psychique ensuite favorisaient le lavage de cerveau, instrument de leur asservissement.

Le captif mettait des mois à en prendre conscience, puis à en saisir les méandres et les arcanes, enfin à en démonter les mécanismes. Alors seulement il pouvait en découvrir les failles puis, essayant de les exploiter, tenter de trouver une parade à ce système qui l'oppressait. La mortalité l'incitait à ouvrir les yeux. Cette parade consistait en fin de compte, après une longue période de réflexion et bien des hésitations, car l'éthique militaire s'y opposait, à entrer dans le jeu pour pouvoir survivre et, enfin un jour, se trouver en mesure de témoigner de l'horreur de ce système concentrationnaire marxiste. Au Camp n° 1, nos camarades officiers résistèrent initialement. Puis, confrontés à la cruelle réalité, ils mirent une année à accomplir cette révolution intellectuelle. Le décès du capitaine Cazaux fut l'étincelle qui provoqua leur décision de jouer le jeu.

Brillant officier ce dernier avait commandé le 3e BCCP (Bataillon Colonial de Commandos Parachutistes) qui, parachuté en octobre 1950 sur la Route Coloniale n° 4, avait été anéanti et avalé par " *l'enfer vert* ". Pur entre les purs, Cazaux décida de résister aux Viets qui le classèrent dans la catégorie prévue par les bolcheviks des " *irréductibles à liquider* ". Après un an de lutte, à bout de souffle mais pas de courage, il mourut. Toutefois, au préalable, rassemblant ses dernières forces, il regroupa ses camarades et leur tint ce langage : " *Je me suis trompé. Ils m'ont eu. Je vais mourir. Ne faites pas comme moi, sinon vous y passerez tous, et cette histoire n'aura pas de témoin. Je vous donne donc l'ordre d'entrer dans le jeu et de signer, pour que vous puissiez survivre et témoigner de l'horreur* ". Ce qui fut fait. Ancien goumier, le lieutenant Beucler coordonna l'action avec l'assentiment unanime de ses camarades. Grâce à cela beaucoup survécurent quatre ans durant.

Pour nous, les captifs des camps de troupe, le problème se posa dans des termes tout à fait différents. En effet, dans ces derniers végétait une masse hétérogène de sous-officiers et d'hommes du rang de toutes races, religions et nationalités : légionnaires, Eurasiens, Africains ou Maghrébins qui n'avaient pas les moyens de conduire une réflexion unanime et collective. D'ailleurs les Viets exacerbaient les clivages de ces groupes épars et rivaux. Et pourtant, très progressivement, nous arrivâmes à la même conclusion : signer ou mourir. C'était l'unique dilemme. Nous étions au fond d'un puits, sur une voie sans joie et sans choix. Ainsi, puisque le Vietminh jouait le jeu des " *libérations inconditionnelles* ", beaucoup saisirent cette occasion pour tenter de fuir le goulag par la ruse. Bien peu réussirent. En effet, le chemin à emprunter était malaisé, tortueux et très risqué du fait de la délation permanente érigée en règle de vie, et du piège constitué par le lavage de cerveau. Jouer la comédie, pendant des mois et parfois des années, n'était ni facile ni enthousiasmant. Et surtout venait le moment où, du fait de l'épuisement, de la lassitude et de la perte des repères, la frontière entre comédie et conviction s'estompait. Ainsi, tel qui avait cru tromper les Viets se prenait inconsciemment à leur jeu. Le piège s'était refermé sur lui.

Quoi qu'il en soit et quoi qu'on dise, ces libérés avaient effectivement rejoint nos forces par leurs seuls propres moyens, et donc exécuté les prescriptions du règlement. Ce n'est pas contestable. Ils avaient survécu à force de ruse et de courage, mais les dommages subis par eux étaient immenses. Ils étaient non seulement en triste état physique et moral, mais encore suspects aux yeux du commandement. Toutefois ils se trouvaient disponibles à nouveau pour leur armée et pouvaient reprendre le combat. Certains le firent aussitôt sur place en Indochine, au risque d'être fusillés s'ils étaient repris. D'autres furent maintenus sur place et réintégrés dans leurs unités, leur séjour légal n'était pas terminé. Tous étaient plus utiles vivants que cadavres dans un camp. Ils n'avaient donc pas trahi, mais avaient sauvé leur vie en exploitant au mieux les circonstances, et en tirant parti des failles du système concentrationnaire qui avait tenté de les étouffer.

CONCLUSION

" *Les révolutions, comme les arbres,*
se reconnaissent à leurs fruits. "

Ignazio Silone

" *Le lavage de cerveau est une œuvre de patience : trempages progressifs, pas de détergents agressifs, des ingrédients nuancés qui décapent lentement : les mains demeurent douces à défaut de rester blanches.* "

Jean-Jacques Beucler.

Pour conclure cette étude qui est loin d'être exhaustive, il est intéressant de se demander si le Viet minh eut réellement une volonté d'extermination, et ce mot étant prononcé, de tenter une comparaison venant systématiquement à l'esprit avec le système nazi.

Il faut tout d'abord souligner l'extraordinaire similitude des récits des prisonniers ayant vécu ces événements dans des camps différents très éloignés géographiquement et à des périodes très diverses étalées sur huit années. Cela met en évidence la redoutable emprise du parti communiste vietnamien sur l'ensemble du territoire. Cela montre aussi que le *Dich Van* coordonna l'action d'une main de fer, faisant appliquer partout les mêmes méthodes en les adaptant aux différents types de populations carcérales et à leurs psychologies diversifiées.

Cela prouve enfin que dans le système marxiste les hommes sont de simples pions, des perroquets, des robots déshumanisés. Ils sont chargés de répéter le seul catéchisme dicté par la hiérarchie, que souvent ils comprennent mal car les virages du parti sont fréquents, soudains et inattendus. Parfois, ne les ayant pas vus venir, un dévoué zélateur se trouve tout à coup rejeté du côté des " *vipères lubriques* ". Condamné par ce système même qu'il sert avec fidélité, il devra ensuite reconnaître ses déviances en faisant son autocritique. De plus, ces robots doivent mettre en œuvre des méthodes iniques faisant fi de leurs propres opinions et développant chez eux la pire des cruautés mentales. Ainsi sont-ils parfaitement insensibles à la souffrance des détenus ; souvenons-nous de " *la cruauté nécessaire de la révolution* ", chère à Aragon. Les *can bos* étaient ces pions rendus encore plus redoutables par leur " *racisme anti-blanc* ".

Dans les camps nazis, les " SS " Totenkopf (Tête de mort), imbus de la supériorité de la race aryenne, eurent une attitude identique. L'extermination fut-elle systématique ? Elle ne semble pas, en tout cas, avoir fait partie des objectifs du PCF. Toutefois, même en se voilant la face, il en fut complice. Mais elle fut la conséquence d'un défaut d'organisation et de la rigidité du système bureaucratique dans lequel toute initiative intelligente est impossible en dehors des directives du parti. Elle s'explique aussi par l'absence de médicaments, les difficultés logistiques de tous genres, les malversations de certains cadres viet, cédant à la concussion. Elle découla des travaux forcés, de l'épuisement des captifs, de la dénutrition, de la pression psychologique incessante, de la désespérance psychologique et physiologique qui entraîna un grand nombre sur la voie inéluctable de la déchéance et de la mort.

Mais la foi donna à certains un sursaut d'espérance. Elle résulta enfin de l'installation des camps dans des zones particulièrement insalubres, en principe hors de portée des actions du corps expéditionnaire. Le commandement viet fut conscient de ces données, mais il laissa mourir les prisonniers dans la plus grande indifférence. Le bilan est accablant : deux sur trois disparurent.

En général, s'ils ne furent pas maltraités, ils ne furent pas traités du tout. Et le minimum nécessaire à leur survie leur fut refusé. Là réside le crime contre l'humanité, le génocide. Nos " *intellectuels* " et nos " *autorités morales* ", si prompts à l'auto flagellation, se gardent bien de le dénoncer puisqu'il s'agit des méfaits du communisme. À cet égard s'impose à l'esprit la comparaison avec le système concentrationnaire nazi, n'en déplaise à ceux qui prônent les dogmes en vigueur. Elle m'est facilitée, car je " *bénéficie* ", si j'ose dire, de l'expérience de mon propre frère mort pour la France. Engagé dans la Résistance à dix-huit ans, il avait été arrêté et torturé par la Gestapo en 1944, puis déporté à Buchenwald. Rescapé miraculeusement de cet enfer en 1945, il fut tué en Indochine en 1948.

Au retour des camps, nous étions tous les deux dans le même état de délabrement physique. Quant au moral, c'était tout différent ! Lui se trouvait dans le camp de la victoire à laquelle il avait contribué, moi j'avais subi le lavage de cerveau et perdu mes repères. La comparaison est accablante, tant sont grandes les similitudes des modes concentrationnaires nazis et marxistes. C'est logique : tous deux totalitaires, ils sont la négation de la personne humaine dont l'effacement est requis au profit de la collectivité. Ils engendrent donc les mêmes effets, et génèrent de façon identique le crime contre l'humanité. Aussi dans les camps Vietminh la mortalité avoisina en pourcentage celle connue pour les résistants déportés dans les camps de concentration nazis, pourtant déjà considérés comme la honte de l'humanité. Enfin un point majeur mérite d'être souligné. Si les nazis hitlériens, comme les communistes vietnamiens, maintinrent les détenus dans un état d'asservissement total, de sous-alimentation généralisée et de paupérisation de masse, jamais ils ne tentèrent de leur imposer leur idéologie ni de les rallier à leur cause. Chez les Viets, ce fut tout différent. La torture physique fit place à la torture morale, et il fallut rallier la cause qu'on était venu combattre.

À Buchenwald mon frère n'eut pas à chanter le " *Deutschland Über alles* ", tandis qu'au Camp 113, avec mes camarades, pour ne pas mourir, je dus hurler *l'Internationale.*

Ce point de vue est corroboré de façon saisissante par mon camarade le colonel Éric Weinberger. De famille juive hongroise, ce dernier, après la guerre, avait réussi à venir en France et s'était engagé à la Légion Étrangère qui, par deux fois, l'avait envoyé en Indochine. Promu officier, il était devenu français " *par le sang versé* " et avait été capturé à Dien Bien Phu. C'était un témoin " *privilégié* ". En effet, vers 1943, dans sa prime jeunesse, en Hongrie occupée par les nazis, il avait été déporté pour " *motif racial* " avec sa famille, dont un membre avait disparu dans un four crématoire. Il écrit à ce propos : " *J'ai eu l'occasion de comparer les méthodes des Nazis et des Viets. Si les Nazis nous réduisaient, juifs, tsiganes, résistants de tous bords à une sous-humanité, ils ne cherchaient pas à nous convaincre. Par la faim, les privations, les Viets nous amenaient au même état que les Nazis, mais ils exigeaient en plus que nous adhérions à leur système, en reniant toutes nos valeurs, notre foi en la justice, en notre pays.* "

Quant aux conséquences physiologiques et psychologiques de la captivité, elles furent immenses. En effet, les prisonniers furent victimes de toutes les pathologies coloniales qu'aggravaient les carences alimentaires, dans un milieu qui les tuait, faute de prophylaxie préventive et curative.

Fait bien pire, le lavage de cerveau contribua à faire mourir un grand nombre et créa chez les survivants de profonds traumatismes psychiques, inconnus à l'époque. Le service de santé, le commandement et le pouvoir politique mirent des années à mesurer l'ampleur des séquelles qu'ils engendrèrent. Ceci explique que la loi portant création du " *Statut de prisonnier du Vietminh* " fut votée en 1989 seulement, et encore à la suite d'une action pressante des rescapés eux-mêmes, et des hommes politiques qui voulurent bien les aider. Il aura fallu douze ans pour amnistier les tortionnaires en 1966, et trente-cinq pour indemniser leurs victimes, en 1989. Depuis 1954, tout a été mis en œuvre pour occulter le génocide des goulags communistes d'Indochine.

L'armée française s'inspira de l'expérience vécue par tant d'entre nous dans les camps viet pour structurer ce qui devint le 5e bureau et créer des centres de préparation à la guerre psychologique et subversive, où souvent œuvrèrent d'anciens " *tu binh* ". Elle élabora une théorie de la guerre révolutionnaire et en chercha les parades. Les rescapés furent vaccinés à tout jamais contre le marxisme.

" *Le goulag n'était pas un simple reflet du système soviétique, copié par le Vietminh, mais il en exprimait l'essence : répression de masse, toute-puissance de la bureaucratie, dédain pour l'individu. L'univers concentrationnaire fut un champ clos où s'affrontèrent l'humain et sa négation. La machine à broyer les êtres fut inhumaine, car tout y était prévu, sauf leur dignité.* " Ainsi en témoigne Jacques Rossi, un ancien agent du Komintern, tombé en disgrâce.

" *Lavés, ceux qui en sont revenus ont gardé une horreur viscérale du communisme, qui demeure immuable et manie à merveille la peur, l'espoir, la naïveté, la délation, la lassitude et l'ambition.* " (J-J. Beucler). Piètre résultat pour le *Dich Van* et le PCF.

Quant à ce dernier, il donna le parfait exemple de sa sclérose. En effet, à l'Assemblée nationale, lors du débat précédant le vote à l'unanimité de la loi de 1989, son rapporteur monta à la tribune et, devant nos yeux ébahis, s'adressant aux socialistes alors au pouvoir, leur tint ce discours : " *En raison de votre politique réactionnaire et rétrograde lors de la guerre d'Indochine, vous portez une lourde responsabilité dans le sort réservé à nos soldats captifs auxquels l'État doit réparation. Aussi, nous voterons ce texte* ". Puis il fit une longue diatribe, citant mot pour mot les poncifs que récitaient, avec application, nos *can bo* quarante-cinq ans plus tôt. Belle unité de doctrine. C'était à la fois exemplaire, risible, pitoyable et redoutable. Le mur de Berlin venait de tomber. Il ne l'avait pas vu se lézarder…

Probablement avait-il subi, lui aussi, un lavage de cerveau.

***

LA CAPTIVITÉ DES OTAGES CIVILS DE VINH

Jacques TEISSERENC

" *Les civils qui se sont éteints lentement dans les camps du Vietminh sont aussi tombés pour la France. Leur sacrifice était particulièrement dur, mais il ajoute à la gloire de notre Histoire et mérite d'être connu.* "

René Moreau

Le plus grand nombre des prisonniers français en Indochine se trouvaient être des militaires. La captivité des otages civils est la plus ignorée des Français. Il faut donc considérer comme un devoir de mémoire la rédaction de quelques pages les concernant. Je les consacrerai aux prisonniers civils puisque c'est dans ce groupe que j'ai passé huit ans prisonnier des Viets.

En septembre 1948, dans le Nord Annam, sept otages de Vinh ayant presque deux ans de captivité sont enfermés nuit et jour dans une sorte de cage de bambous de quatre mètres sur trois, enchaînés chaque nuit au bat-flanc minuscule sur lequel ils ne peuvent même pas s'allonger en même temps. Ils n'ont pour nourriture qu'une boule de riz et quelques gouttes de *nuoc mam*. Nous avions ainsi été isolés pour avoir refusé de signer une motion violemment antifrançaise. Parmi nous, Jean Bianconi et René Moreau, chefs de la délégation française de Vinh. Estimant qu'en raison de leur personnalité et de leur attitude depuis le début de la captivité, ils n'avaient que peu de chances de rejoindre le reste de la communauté de Vinh, ils me chargèrent de les remplacer auprès des civils si un jour je me retrouvais avec eux, me donnant carte blanche pour agir alors au mieux, suivant les circonstances. Ce fut exactement ce qui se produisit quelques mois plus tard.

Survivant de ce groupe de sept, je me veux seulement, aujourd'hui comme autrefois en captivité, le porte-parole de Bianconi et de Moreau, deux hommes qui, tout au long d'une captivité aussi dure moralement que physiquement, furent pour les otages que nous étions le plus ferme des soutiens et le plus beau des exemples.

Ma tâche me paraît bien difficile ! Comment, en effet, résumer en quelques lignes huit années passées dans les camps vietminh, de 1946 à 1954, huit années longues, dures, terribles ! Plus terribles peut-être parce que la grande majorité des otages de Vinh n'étaient pas des militaires dans la force de l'âge, en pleine possession de leurs moyens, mais des civils, avec une forte proportion de vieillards, de femmes, d'enfants. Car à Vinh, capitale du Nghé An, une des trois provinces du Nord Annam, il n'y avait pas de force armée française. Ho Chi Minh, originaire de Nam Dan, petite localité voisine, avait obtenu du général Leclerc, lors des accords du 9 mars 1946, que sa province natale ne fût pas occupée. Il n'y avait donc à Vinh, en décembre 1946, qu'une simple délégation française composée de trois officiers, et de quelques sous-officiers et soldats, une trentaine d'hommes au total.

Le groupe des civils, une centaine de personnes, était le plus disparate qu'on puisse imaginer : quelques Françaises de souche en retraite, des Vietnamiennes mariées aux civils ou aux militaires, de nombreux Eurasiens de tous âges, et trois cadres de l'usine électrique de Ben Thuy, à trois kilomètres de Vinh, dont je faisais partie.

En raison de l'absence de toute unité combattante française, il ne pouvait y avoir le 19 décembre 1946, dans la capitale du Nghé An, de véritable combat. La délégation française essaya quand même de résister, avec beaucoup de courage. Mais la plupart des militaires étaient malades – du poison avait été placé dans leur nourriture – et ils furent rapidement débordés. Quant aux civils, ils furent arrêtés chez eux le matin du 20 décembre sans pouvoir opposer la moindre résistance.

À Vinh, la nuit du 19 au 20 décembre 1946 marqua donc, pour tous les Français qui s'y trouvaient, militaires comme civils, le début d'une captivité qui allait durer six ans pour la plupart des survivants, et presque huit ans pour sept d'entre eux, dont moi-même, soit exactement deux mille huit cent quatre jours. C'est en effet seulement le 31 août 1954, et en exécution des accords de Genève, que les sept derniers otages de Vinh furent remis aux autorités françaises. Je pense que c'est leur rendre un hommage mérité que de citer ici les noms de mes six camarades :

– Capitaine Bianconi, chef militaire de la délégation française de Vinh, hémiplégique depuis quatre ans à la suite des tortures subies lors d'une tentative d'évasion,

– René Moreau, administrateur de la France d'Outre-mer, responsable des civils à la délégation de Vinh, compagnon d'évasion de Bianconi,

– Henri Médrano, Roger Odéant, Henri Sert, Jean Sinniamourd,

– Henri Sert et moi, qui sommes les seuls encore vivants.

Notre longue détention comporta trois périodes bien distinctes :

– la première, très pénible physiquement – j'ai vu des adolescents pleurer de faim – s'étendit du 20 décembre 1946 à novembre 1949,

– la seconde fut une sorte de trêve pendant laquelle toute la communauté française de Vinh se trouva rassemblée dans un seul camp, de novembre 1949 à janvier 1952,

– la troisième enfin, de janvier 1952 à août 1954, plus supportable au point de vue physique ; les mauvais traitements et les brutalités avaient fait place à une certaine bienveillance dans un but de propagande. Mais cette période fut très dure moralement, du fait des pressions et du véritable chantage exercés sur les prisonniers à l'occasion des cours politiques, et des séances de lavage de cerveaux qui les accompagnaient.

Dès les premiers jours de captivité, alors que nous nous trouvions séparés en quatre groupes sans la moindre liaison, nous avons adopté vis-à-vis des Viets une ligne de conduite identique : lâcher du lest quand nécessaire sur les points jugés mineurs mais demeurer intransigeants sur toutes les questions touchant notre dignité et notre honneur de Français. Cette attitude sera maintenue fermement durant toute la captivité et permettra, malgré certains heurts bien compréhensibles mais passagers, de préserver l'unité de notre communauté. Ce fut, je crois, notre grande force.

Ces trop brèves indications ne peuvent donner, évidemment, qu'un bien pâle reflet de la vie que nous avons menée en captivité.

Je voudrais pourtant évoquer le martyre de ces vieillards, de ces femmes, de ces enfants, chargés d'un maigre baluchon – toute leur fortune – et traînés, la nuit, pendant des kilomètres, le long de sentiers abrupts ou de diguettes boueuses.

Je voudrais pouvoir traduire la haine de cet homme – mon ami Beaujouan – mourant faute d'un médecin que nous savions pourtant proche, et dont la dernière parole fut " ASSASSIN ! ", lancée en un suprême effort à la face du commandant viet, avant de retomber mort sur le dur bat-flanc où il agonisait depuis des jours.

Je voudrais décrire le désespoir de ces mères de famille qui, après avoir assisté au parachutage, tout près du camp, de caisses de vivres et de médicaments, ont vu celles-ci emportées jusqu'à la dernière, sans espoir de retour, alors que de jeunes enfants mouraient faute de lait, et des paludéens faute de quinine.

Je voudrais raconter le supplice de Bianconi, à moitié paralysé, atteint d'occlusion intestinale, brûlant de fièvre, et transporté à dos d'homme, sous le soleil torride ou le crachin glacial, de camp en camp, sans qu'il laisse jamais échapper la moindre plainte.

Je voudrais, en terminant, m'acquitter d'une dette. D'une dette de moi, Français de métropole, envers ces Eurasiens qui constituaient la grande majorité de notre groupe de civils, qui m'ont apporté leur soutien actif tout au long de la captivité, qui ont été parmi les plus déterminés à ne pas céder aux pressions des Viets, les plus déterminés à affronter les pires exactions pour se montrer dignes d'une France qu'ils ne connaissaient même pas !

Ces otages qui ont tout perdu le 19 décembre 1946, à qui les autorités françaises de l'époque n'ont même pas adressé, à leur arrivée en métropole après tant de souffrances, un mot de reconnaissance pour leur comportement en captivité, je crois qu'ils méritent enfin, cinquante ans après, l'hommage que je tiens à leur rendre aujourd'hui.

***

Nota : Jacques Teisserenc, qui avait relaté ses huit années de captivité dans un livre intitulé " Les oubliés du Nord Annam " (Éditions de l'Orme rond – mars 1985), est décédé en janvier 2005.

LE CAMP 113

Yves VIDAL

Le 18 octobre 1952, à 8 heures du matin, à bout de forces, à court de munitions et sur ordre de notre capitaine, nous sortons la mort dans l'âme de notre tranchée, y abandonnant du petit matériel et nos armes préalablement détériorées par nous-mêmes. Je suis vêtu d'une chemise, d'un pantalon, et chaussé de pataugas. Je dois peser dans les 75 kg.

Entourés aussitôt par des *bo doï* méfiants, nous sommes fouillés rudement. Un quignon de pain que j'avais gardé dans ma poche crée chez celui qui me fouille un court moment de panique ; il croyait que c'était une grenade. On nous dirige vers la gauche, où nous sommes interpellés par un militaire assis à une table. Il nous ordonne d'enlever nos chaussures, de les attacher l'une à l'autre avec les lacets et de les mettre autour du cou pour, dit-il, " *éviter que quelqu'un ne s'en empare* ".

Encadrés par les *bo doï*, nous partons du côté opposé. Au moment où nous franchissons le reste des barbelés, un *bo doï* juché sur un tertre, le pistolet-mitrailleur menaçant, nous invective en criant : " *Posez chaussures par terre* ". Plus tard, je fus d'abord attaché seul, par les poignets et les avant-bras, avec du fil téléphonique. Puis je fus attaché solidement, dos à dos, avec un autre prisonnier. C'est dans cette situation que nous dûmes traverser la rivière, l'autre sur mon dos, dans une position aussi inconfortable et ridicule pour l'un que pour l'autre, provoquant l'hilarité de nos vainqueurs.

Après bien des kilomètres pendant lesquels nous avons l'impression de tourner en rond, nous atteignons enfin un camp désert et désaffecté où nous prenons un peu de repos. Là, nous croisons quelques prisonniers en route vers la zone française en vue de leur libération.

Nous leur donnons nos noms et nos unités afin qu'ils puissent avertir nos familles et l'autorité militaire.

Durant ce trajet effectué à marches forcées, nous sommes nourris avec du riz cuit à l'eau, ce qui donne une sorte de soupe très claire qui ne nous apporte pas les calories dont nous aurions tant besoin. On commence à fondre.

Le transport des blessés et des malades s'effectue sur des brancards de fortune. Ce " *brancardage* " nécessite la formation d'équipes comportant chacun quatre brancardiers de tailles voisines, tout au moins par paires. La nôtre est vite constituée : Bastiani sera à mes côtés, Estime et Couetmeur se chargeront de l'autre extrémité du fardeau.

Nous partageons tout : nos joies, nos peines, nos larcins, nos corvées et aussi nos parasites. La nuit nous dormons " *en chien de fusil* ", enchevêtrés les uns dans les autres à cause du froid. Lorsque l'un d'entre nous a besoin de se tourner, il prévient les autres et tout le monde se tourne avec un ensemble parfait ; cela rendrait jaloux un maître de ballet.

C'est le " *brancardage* " qui va énormément nous souder. Il faut faire des prodiges d'équilibre pour progresser à quatre sur des diguettes glissantes et des ponts étroits. Certains jours, nos forces étaient si faibles qu'il nous est arrivé de demander à notre " *fardeau* " de faire l'effort de quelques pas pour nous soulager. Si certains y mirent beaucoup de volonté et de compréhension, d'autres au contraire, et surtout ceux qui n'étaient pas les plus atteints, refusèrent toute solidarité. Que de sentiments vengeurs, pas toujours maîtrisés d'ailleurs, avons-nous dû refouler. Ce transport de brancards dura un mois, jusqu'à notre arrivée au camp, en effectuant de nombreux détours dans une région montagneuse et en repassant parfois aux mêmes endroits.

Le Camp 113 était composé de quelques paillotes. Nous allons devoir l'agrandir jour après jour. Tout est à faire, les latrines, l'infirmerie, le cimetière (qui sera plus tard une fosse commune), les paillotes avec bat-flanc, l'escalier, la place, le " *théâtre* ", l'endroit où l'on pilera le riz et bien sûr les corvées : de bambous verts, de bambous mâles, très lourds, de bambous secs (pour la cuisine), de sel (particulièrement éprouvantes par la longueur des étapes et le poids à transporter) et de riz.

Tout cela était entrecoupé par des séances de cours politiques menées au début par le chef de camp, puis plus tard par Boudarel.

L'absence d'hygiène tient une grande place dans la cause de tous nos maux. Nous n'avons pas de savon, pas de serviette, pas même un morceau de chiffon, aucun vêtement de rechange ; rien, absolument rien. Dès que nous avons un peu de temps libre, nous le passons à nous épouiller. Parfois, le soir, après le repas, nous empruntons à la cuisine une marmite dans laquelle nous faisons bouillir notre slip, notre chemise et notre pantalon. Ce n'est pas pour autant que nous sommes débarrassés de nos poux, mais il y en a moins.

Sur le plan moral, nous subissons les délations. On se méfie les uns des autres ; les séances d'autocritique me sont pénibles. On y entend des " *déchets humains* " s'accuser des pires exactions dans l'espoir d'une hypothétique libération. Nous pensons beaucoup à cette liberté qui nous manque. Désormais, toute mon énergie va s'orienter vers elle. Elle va s'insinuer dans nos esprits, elle va devenir une obsession. Nos occupations sont une sorte d'évasion. À elle aussi nous pensons : elle aura lieu à Noël et son itinéraire passera par la Birmanie, mais ne pourra jamais commencer…

Une seule évasion a réussi. C'est celle, en février 1953, de Gentil et Aubert. C'est d'ailleurs quelques temps après qu'un parachutage de la Croix-Rouge a été effectué sur le camp. Le bruit d'un moteur d'avion et les cris des Viets, " *Tao Baï* " (cri d'alerte aux avions), mettent le camp dans une effervescence soudaine. Les *bo doï* nous ordonnent de ne pas bouger en braquant leurs armes sur nous. L'avion, qui porte la marque de la Croix-Rouge, fait deux ou trois passages au-dessus du camp, parachute sa cargaison et disparaît comme il est venu. L'agitation cesse, mais nos pensées se bousculent en désordre. Nous envions ces aviateurs qui auront la chance de pouvoir, ce soir, se défouler ou se reposer dans un coin de mess accueillant, et nous espérons que notre alimentation sera améliorée. Nous rêvons de petits déjeuners avec du café au lait. Nous jubilons aussi car Gentil et Aubert ont réussi leur évasion, ce parachutage en témoigne. Quel pied de nez à nos geôliers qui nous répètent qu'aucune évasion n'est possible ! Cela fait du bien au moral.

Hélas ! Tous les sourires qui avaient illuminés nos faces barbues, sales, amaigries et maladives (nous souffrons tous d'une ou plusieurs maladies : paludisme, dysenterie, béribéri, gale, avitaminose, boutons purulents) se figèrent bien vite lorsqu'un envoyé du commissaire politique vint nous demander de nous rendre au rassemblement pour discuter des suites à donner au parachutage. " *Surtout,* dit-il, *il est de bon ton de ne pas se réjouir, car c'est une manœuvre scélérate des forces capitalo-colonialistes* ". En effet, le commissaire politique nous tint un discours bref, mais significatif : " *Puisque la Croix-Rouge n'a pas demandé l'autorisation de parachuter, la cargaison est considérée comme prise de guerre. Néanmoins, nous allons demander confirmation au président Ho. En attendant vous n'aurez rien* ". C'est là que quelqu'un déclencha les applaudissements. Il y avait beaucoup de rage et d'amertume dans ces applaudissements. Plus tard, on nous distribuera un quart de serviette nid d'abeille et ce fut tout.

L'ami Bastiani, qui était alors chef d'équipe, me demanda un jour si je voulais être volontaire pour une corvée de sel. Bien que cette corvée soit pénible pendant le trajet du retour, elle était assez prisée. Nous quittions le camp pendant 4 à 5 jours. Je me sentais en assez bonne forme physique, et j'étais toujours volontaire pour les corvées extérieures avec Estime et Bastiani. Nos muscles ainsi ne s'atrophiaient pas, et c'est surtout pour conserver cette forme que nous étions chaque fois partants. C'était aussi pour sortir de cette ambiance puante et éviter les cours politiques. Le soir, parfois, nous faisions étape dans une ferme ; là, nous pouvions dormir au chaud (bien que sans couverture), et manger quelquefois les restes de nos hôtes. Quel festin ! Suprême luxe : notre hôte nous offrait parfois quelques bouffées de sa pipe à eau (j'entends encore le glouglou de celle-ci). Nous ramenions toujours quelques rapines (manioc, piments). Le piment nous chauffait l'œsophage et l'estomac, et nous donnait l'impression de n'avoir plus faim. Le retour était moins agréable. Nous portions chacun une charge d'environ dix kilos de sel, en plus de notre charge de riz pour les repas, dans un panier en bambou tressé tenu dans notre dos par des lanières, elles aussi en bambou, qui nous sciaient les épaules. Toujours pieds nus, nous effectuions de nombreux kilomètres pour rentrer au camp. C'était un calvaire, surtout par temps de pluie.

La libération nous est annoncée brutalement ; je ne crois pas en avoir senti les prémices. La liste nous est communiquée et nous sommes mis à l'écart immédiatement. On nous dirige vers l'île de la rivière qui longe le village de Lang-Kieu. Avant de partir, Hubert Couetmeur et moi allons voir le commissaire politique pour lui demander d'inscrire sur la liste Georges Hue. Il est très faible et nous proposons de le brancarder tout au long du chemin sans faillir. Nous ne lui cachons pas que nous craignons pour sa vie, ce fut notre ultime argument en sa faveur. Réponse : " *Il n'a pas compris, il a encore trop de verve* ". Hue a toujours défendu avec humour et brio ses idées. Hélas, il ne pourra plus le faire, car deux jours après notre isolement, on apprenait sa mort.

Nous restons sur cette île quelques temps. Un après-midi, nous avons la visite du chef de camp ; il est accompagné du commissaire politique et de ses acolytes. Il nous annonce que le convoi comporte un prisonnier de trop et qu'il nous appartient de le désigner nous-mêmes. Je serais tenté d'écrire les mots les plus grossiers du vocabulaire à l'encontre de ceux qui venaient d'inventer cette torture morale ignominieuse. Pour le vote, les Viets distribuent à chacun une plaquette en bambou, et un crayon pour tous. Ils sont surpris du résultat car chacun a inscrit son propre nom. Sommes-nous dignes de porter la parole marxiste de l'autre côté du rideau de bambou et au-delà des mers, dans cette patrie qui nous a déposés là et nous y a abandonnés ? C'est Charles Fontana qui est renvoyé au camp. Quel choc moral pour lui.

Enfin notre départ eut lieu. Les plus valides, dont je suis, vont devoir accomplir leur ultime calvaire, porter les plus faibles et les malades. Ce ne sera pas un brancard à quatre porteurs comme pour la montée au camp, mais une couverture nouée aux quatre coins et suspendue à un gros bambou que l'on porte à deux, laquelle fait office de hamac. Bien que ceux que l'on transporte ne pèsent pas lourd, la charge est dure à porter, et particulièrement sur les pistes et les diguettes étroites. Souvent le malade nous offre une partie de sa ration de riz " *pour que l'on ait plus de forces* ". Hélas ! Certains s'endorment à tout jamais dans ce hamac improvisé.

Une nuit, car nous ne nous déplaçons que la nuit, nous approchons des lignes françaises. Je suis le porteur arrière, Bastiani est à l'avant. Nous portons chaque jour et nous avons effectué entre 200 et 300 kilomètres. Soudain, je m'affaisse, usé, fatigué, vidé. Je suis au tapis. Je dis à Bastiani : " *Je ne bouge plus de là, j'en ai marre* ". Je ne me souviens plus quelles ont été ses paroles mais je pense qu'il a dû asticoter mon amour-propre, et c'est son amitié qui m'a permis de repartir, moi devant, lui derrière, me poussant comme une voiture en panne. Nous sommes dix, les plus valides du convoi. On nous a séparés du reste des prisonniers qui sont, eux, arrivés à destination. Nous avons fait quelques kilomètres en plus. Il fait nuit. Nous n'avons plus de brancards à porter, nous sommes tapis dans l'ombre. Une troupe viet nous entoure. Bastiani est désigné et part avec celui qui semble être le chef. Un long moment s'écoule. Enfin il revient et me raconte à voix basse : " *Ils m'ont emmené à proximité d'un poste français et m'ont ordonné, sous la menace, de crier " nous sommes des prisonniers français, ouvrez-nous ". Si on nous ouvrait, je devais crier " Cameun " (merci, en vietnamien) ; si on ne nous ouvrait pas, je devais crier " Maï " (demain). On ne m'a pas ouvert, j'ai donc crié " Maï ". Ça m'inquiète.* "

Nous attendons le jour, angoissés. Aux premières lueurs de l'aube, on nous dirige vers le poste, dans un village catholique fortifié. On nous ordonne de prendre des pancartes et des banderoles à la gloire du peuple, de l'oncle Ho et d'autres comportant des slogans incitant à la désertion et demandant le départ du corps expéditionnaire. Étrange cortège qui se présente devant le poste. Nous avançons les uns derrière les autres, en évitant çà et là les mines disséminées sur la piste. La porte s'ouvre et nous entrons précipitamment. Nous nous empressons de nous débarrasser de tous nos " *accessoires subversifs* ". Nous sommes enfin libres. Invités par le chef de poste à prendre un petit-déjeuner copieux, nous le mettons en garde contre un éventuel " *coup* " des Viets. Mais nous sommes sales, pleins de poux, repoussants. On nous écoute par politesse, avec suspicion.

Les camions qui viennent nous chercher s'arrêtent à environ 200 mètres du poste, car quelques jours auparavant, les Viets ont fait sauter un pont, seul accès au poste. Nous descendons vers le cours d'eau que nous passons à gué, et remontons vers les camions qui ont déjà fait demi-tour sur la piste. Nous montons dans un *Dodge* dont le chef de bord est un sous-lieutenant sympathique. Un sergent vient nous serrer la main, nous disant " *À tout à l'heure* ". C'est alors que des rafales se déclenchent. Les balles nous claquent aux oreilles. Les véhicules démarrent en catastrophe et se dégagent du piège dans lequel nous étions tombés.

Nous rejoignons la citadelle de Viet Tri où nous attendons, prostrés, notre départ pour Hanoï. Les premiers blessés arrivent, et aussi deux morts. L'un d'eux est le sergent si sympathique qui nous a accueillis et qui, maintenant, gît sur un brancard. J'aide les trois porteurs à charger la civière dans un camion. C'est mon dernier " *brancardage* ". Mes yeux sont secs.

Arrivés à Hanoï, à l'hôpital de campagne installé dans la citadelle, après un épouillage complet, les médecins nous examinent sous toutes les coutures. J'ai de la corne aux pieds d'une épaisseur anormale. C'est le 29 avril 1953. On me pèse : 46 kg.

***

LA CAPTIVITÉ D'UN AUMÔNIER MILITAIRE

Yvan HEINRICH

Le 7 mai 1954, à 17 heures 30, les armes automatiques et les canons se sont tus à Dien Bien Phu. Un peu partout, dans le dispositif militaire, on entend des bruits d'explosion : selon les ordres, on s'efforce de tout faire sauter et de mettre hors d'état de marche ce qui va tomber entre les mains de l'ennemi, car celui-ci submerge le camp retranché.

À 18 heures, les premiers soldats du Vietminh entrent dans l'antenne chirurgicale et nous obligent à l'évacuer. Nous n'allons pas loin. À cent mètres de ce qui fut l'hôpital enterré, un officier ennemi, remarquant nos " *croix rouges* ", nous commande de faire demi-tour et de rester auprès des blessés. Des ordres durent être donnés durant la nuit du 7 au 8 mai ; aucun Viet ne viendra nous importuner à l'antenne et nous pourrons continuer à nous occuper de ceux qui souffrent de leurs blessures.

Dien Bien Phu s'est vidé. Tous les hommes valides, et même les blessés qui se trouvaient éloignés des centres médicaux (il y en avait beaucoup, car ne restaient à l'antenne que les plus gravement atteints), sont partis avec les longues colonnes de prisonniers. Au sud, à " Isabelle ", le canon tonne toujours et la fusillade crépite ; le point d'appui ne sera enlevé que le matin du 8 mai 1954.

Ce jour-là, l'aube se lève sur un Dien Bien Phu triste et morne. C'est un champ de bataille vraiment hallucinant. Le silence de la mort est plus terrifiant que le fracas des armes.

Dès les premières heures, avec le médecin-lieutenant Rivier et quelques infirmiers, je me rends sur " Éliane " pour essayer de récupérer les blessés qui s'y trouvent encore. Les pères Guéry et Trinquand font le même travail sur " Claudine " et " Junon ".

Quel spectacle horrifiant ! Des cadavres en putréfaction jalonnent les bords des chemins, des tranchées. J'aperçois un Viet bondissant et figé, dans cette attitude, par la mort. Des blessés amputés se traînent littéralement vers le centre, vers l'antenne, à la recherche d'un médecin.

Les soldats viets qui bouchent les tranchées, et enterrent de cette façon les morts, m'indiquent les endroits où il y a des blessés, dans des trous, des abris démolis, des tranchées. Avec des brancardiers, avec nos bras, nous les ramenons vers l'antenne où tout le service de santé se dépense sans compter. Melle de Galard, inlassablement, soigne et donne à boire aux soldats.

Les parachutes éparpillés sont rassemblés et, avec ces derniers, on fabrique des tentes. L'aviation continue à parachuter médicaments et vivres. Les Viets nous laissent faire. Certains de ces soldats, ayant remarqué nos croix, nous viennent en aide personnellement et nous offrent des cigarettes : ce sont des catholiques du Thanh Hoa.

À ce moment-là, ne remarquant aucune hostilité, j'essaie d'entrer en contact avec un chef afin d'aller récupérer ma valise chapelle, restée dans mon abri près du poste de commandement. Avant la chute, je m'étais muni du strict minimum : les Saintes Huiles et un paquetage léger ; j'avais enterré les vases sacrés en dessous de ce qui me servait de lit. Une fin de non-recevoir m'est signifiée : on verra cet après-midi… À 15 heures, en effet, le commissaire politique arrivé sur les lieux nous rassemble : médecins, infirmiers, aumôniers.

Après s'être présenté comme " *chargé des prisonniers de Dien Bien Phu* ", il nous fait part de sa joie de notre libération du joug capitaliste : " *Vous avez jusqu'à ce jour vécu dans le mensonge ; désormais vous vivrez dans la vérité. Grâce à la politique de clémence du vénéré président " Ho ", vous serez libérés mais avant, il faut vous rééduquer puisque votre éducation première était fausse et mensongère. Désormais, nous sommes les responsables ; il n'y a plus de gradés chez vous. Si vous avez quelque chose à demander, vous vous adresserez à nous ou vous passerez par l'intermédiaire de celui que vous allez choisir en votant démocratiquement.* "

Nous choisissons le médecin-commandant Grauwin, ce qui n'a pas l'air de plaire au commissaire politique ; alors, nous l'élisons comme notre délégué. Le père Guéry, missionnaire à Lai Chau et aumônier nommé durant la bataille, connaissait bien la langue vietnamienne. Il en profite pour demander l'autorisation de récupérer nos valises chapelles. La réponse est nette et sans réplique : " *On verra plus tard* ". Nous avons compris, il était inutile d'insister. D'ailleurs, trois jours après, il était signifié aux aumôniers qu'ils devaient rester ensemble et ne pas s'éloigner de l'endroit qu'ils occupaient. Aucun autre interrogatoire n'intervint et nous en connûmes la raison : dès le dimanche, le commissaire politique était parti.

Du vendredi au jeudi 13 mai, nous sommes restés à Dien Bien Phu. Le samedi, les médecins et les infirmiers partis avec les autres prisonniers revinrent avec de nombreux blessés. Les Viets vidèrent les antennes des blessés, mais aussi des médicaments. Ils installèrent avec notre aide, sous des parachutes, des camps provisoires avec les blessés étiquetés très graves, graves ou légers.

Leurs coolies travaillèrent et nous apportèrent une aide très efficace ; ce sont eux qui, le plus souvent, portèrent les blessés. Nos médecins et nos infirmiers étaient présents, mais très rapidement ils ne purent rien faire. Les Viets voulaient soigner eux-mêmes : ils étaient vainqueurs, c'était à eux qu'incombaient le devoir et la mission de s'occuper de tous ceux qui étaient tombés entre leurs mains. Ils le faisaient généreusement, mais ils n'étaient pas compétents et leurs méthodes d'hygiène étaient rudimentaires.

Un soir, me promenant parmi les blessés, l'un d'eux me supplia d'appeler un chirurgien français tellement il souffrait. Je trouvai le médecin Vidal. Impossible lui fut d'y aller : le médecin viet qui se trouvait à ses côtés prétendait seul donner ou ordonner les soins. On ne peut nier, sans mentir, que le service de santé vietminh s'occupait de nos blessés. Par orgueil " *du vainqueur* ", certainement par ordre, il ne voulait pas que les Français apportent leur concours et beaucoup de blessés, comme plus tard beaucoup de malades dans les camps, paieront de leur vie cette attitude.

L'exécuteur n'était sans doute pas lui-même responsable. Un médecin viet reconnut que ses connaissances étaient insuffisantes, mais qu'il ne dépendait pas de lui de demander l'aide de ses confrères français. L'exécuteur, à chaque niveau, faisait ce qu'il pouvait. Nous connaîtrons, en captivité, des infirmiers dévoués et sympathiques, mais ils ne possédaient presque pas de médicaments, et leur formation était celle de petits infirmiers. Les chefs, et principalement les commissaires politiques, voilà les grands responsables de cette hécatombe, et je suis persuadé qu'ils l'ont voulue. Nos médecins seront tous dans un même camp et ne serviront presqu'à rien. Les médicaments seront refusés à la Croix-Rouge qui voulait en envoyer. Le petit infirmier vietminh sera persuadé qu'il a fait tout son devoir et ce sera vrai, mais en haut lieu on savait ce qu'on voulait. Beaucoup parmi les nôtres sont morts à cause de cette façon d'agir ; elle explique le nombre impressionnant de disparus.

Le jeudi 13 mai, à 10 heures nous reçûmes l'ordre de préparer nos sacs, nous quittions Dien Bien Phu. Seuls restaient Melle de Galard, le médecin-commandant Grauwin, le médecin-chef Le Damany, le médecin Le Pons, blessé, et une vingtaine d'infirmiers. Une journée de vivres nous fut allouée. Les sentinelles d'escorte reçurent l'ordre de nous respecter en tant que service de santé. En plein midi, nous prîmes la piste. C'est à cet instant que nous vîmes dans le ciel un hélicoptère de la Croix-Rouge. Nous devions apprendre par la suite qu'à son bord se trouvait le docteur Huard. Il venait discuter du problème des blessés.

Pendant deux jours, le rythme de marche qui nous était imposé était assez lent. Les *bo doï* (soldats) qui nous accompagnaient étaient compréhensifs. Le vendredi soir, nous nous trouvions dans un petit camp provisoire au bord de la route. Quelques blessés et quelques Marocains y étaient installés. Le samedi 15 mai, les aumôniers sont convoqués par un commissaire politique. Un pressentiment nous gagne, et il s'avère juste. Nous sommes considérés comme des commissaires politiques. Il nous est reproché d'être au milieu de soldats et de prêcher la guerre au lieu de la paix. Celui qui nous interroge doit être un spécialiste des questions religieuses. Nous le retrouverons après l'armistice, en juillet. Il commence à nous attaquer de front, et toute discussion est inutile : nous sommes dans l'erreur, et ce sera long pour nous rééduquer. Que va-t-il se passer ? Les médecins n'ont pas été interrogés, cela semble bizarre.

Le dimanche 16 mai au matin, nous avons compris. En effet, ordre était donné aux trois aumôniers présents (pères Heinrich, Trinquand et Guéry), à un sous-officier et à trois officiers blessés de faire leurs paquets. Encadrés de quatre sentinelles armées de mitraillettes et de notre commissaire politique, nous nous retrouvons sur la route, en attente du convoi. Pendant notre séjour à Dien Bien Phu, après la bataille, nous n'avions pas outre mesure prêté attention au fait qu'il nous était signifié de " *rester à part* " des autres. Ce jour-là, nous sommes mis une nouvelle fois hors circuit. Nous réalisons plus nettement que le Vietminh ne veut pas nous considérer comme des membres du service de santé, mais comme des gens dangereux, des responsables du moral, des commissaires politiques.

Les Nazis avaient pris la même attitude durant la guerre et refusaient que des prêtres puissent se trouver parmi les travailleurs requis. Le communisme vietnamien, autre forme de dictature, agissait de même. Ce que nous ne savions pas encore, c'est ce qui s'était passé durant notre isolement à Dien Bien Phu. Le médecin-commandant Grauwin nous l'apprit plus tard à la libération, lorsqu'il nous raconta qu'à la suite de ses multiples interventions pour obtenir la présence d'un prêtre auprès des blessés qui mouraient, chaque fois un refus lui fut donné et qu'à sa dernière requête, il lui fut précisé que les prêtres étaient déjà loin dans un camp.

Qu'allait-il advenir de nous ? Notre attente au bord de la piste devait durer quatre heures. Vers midi, nous vîmes arriver un convoi de camions et nous fûmes embarqués dans le dernier. Tout s'éclaircissait. Les Viets avaient commencé une sélection et, profitant d'une neutralisation de cette piste en raison des pourparlers entamés entre les deux parties pour sauver les blessés, ils évacuaient vers l'arrière, dans les camps, tous les personnages de ce drame qu'ils jugeaient dangereux.

À la première pause, après être sortis des " *Molotovas* " pour manger, nous devions connaître la " *composition humaine* " de ce convoi. Se retrouvaient dans ce groupe de prisonniers :

– le général de Castries et tous les officiers supérieurs ;

– les officiers de renseignement et de transmissions ;

– quelques officiers blessés, et quelques autres qui avaient fait une tentative d'évasion ;

– les trois reporters et les neuf interprètes vietnamiens ;

– les trois aumôniers des Points d'Appui de Dien Bien Phu, les pères Guéry, Trinquand et moi-même, mais aussi le père Guidon, fait prisonnier à la sortie d'Isabelle, et le pasteur Tissot, blessé sur ce même point d'appui. C'était une belle sélection et il y avait là une belle brochette de prisonniers.

Les étapes vers les camps vont alors se succéder, mais de nuit uniquement en raison des bombardements possibles, nos aviateurs ne pouvant distinguer ce qui se trouvait à l'intérieur des camions.

Douze heures de route pour accomplir un trajet de 60 kilomètres, en raison de l'état des pistes que des milliers de coolies réparaient sans cesse. Dien Bien Phu, Son La, Ta Koa, Yenbai et Tuyen Quang, voilà à peu près l'itinéraire principal que les habitués du Haut Tonkin qui se trouvaient parmi nous situaient avec plus ou moins de précision.

À partir de Ta Koa, et à la suite de l'évasion du reporter Péraud, que l'on ne devait jamais revoir, le commissaire politique, que nous avions connu le premier jour après la chute de Dien Bien Phu et que nous retrouvions, pourra exprimer sa haine vis-à-vis de nous. Le cinéaste Schoëndorffer, qui avait été repris, fut molesté et nous dûmes tous, après une nouvelle fouille, enlever nos chaussures et nous attacher par groupes de trois. Le tout était toujours agrémenté de la fameuse politique de clémence du président Ho qui empêchait le commissaire politique de nous faire fusiller, ce que nous méritions.

Toutes ces nuits en camion furent très pénibles, car nous étions entassés, nous ne pouvions pas bouger, nous étions éreintés par le mauvais état des routes. Nous étions enfermés dans le noir, car les véhicules étaient fermés et bouclés ; des soldats viet occupaient l'arrière afin d'empêcher toute tentative d'évasion. Et pourtant, nous étions des privilégiés. Les autres prisonniers devaient, à pied, parcourir une route de plus de 600 kilomètres, avec comme nourriture du riz et du sel, sous un climat pénible et après la fatigue consécutive aux 57 jours de siège et de combats. Beaucoup devaient y laisser leur vie, d'autres leur santé à jamais. La bataille elle-même aura coûté des milliers de morts et de blessés ; la route et les camps peut-être plus. Les chiffres des morts et des disparus seront la réponse épouvantable à ce véritable massacre.

Notre calvaire routier continuait. Au kilomètre 31, nous nous arrêtâmes une journée complète. Ce ne fut pas sans raison car une nouvelle discrimination allait être faite. Le colonel Tranquart, ancien commandant de Lai Chau, le colonel Guérin, aviateur, les aumôniers, les officiers de renseignement, les officiers de transmissions et les neuf interprètes vietnamiens quittent le groupe des officiers supérieurs et des divers blessés, et reprennent la route vers le sud. Pendant deux nuits, nos camions continuent à rouler et vient un débarquement qui nous semble définitif, car il nous est ordonné de commencer à marcher.

Après environ trois kilomètres, nous nous retrouvons au Tribunal central militaire du Vietminh à Cho Chu, à mi-chemin entre Tuyeng

Quang et Thai Nguyen. Nous étions arrivés à destination.

Le jeudi 26 mai 1954, jour de l'Ascension, à trois heures du matin, nous nous retrouvons dans une grande paillote qui ressemblait à un théâtre, que nous appellerons plus tard la " *Chapelle Staline* ". Nous nous comptons. Nous sommes 44, épuisés par ces jours ou plutôt ces nuits de route mais heureux, malgré tout, de nous sentir au terme de notre voyage. Que sera demain ? Personne ne se posait la question.

Durant ces durs moments, j'ai remarqué que Dieu nous donne les grâces nécessaires. Nous nous doutions bien que notre situation n'était pas dans la norme, qu'elle était même tout à fait différente de celle des autres prisonniers, mais nous ne réalisions pas parfaitement ce qu'il en était. Dans la nuit, on avait vaguement aperçu de grands rochers. On s'était engouffré au milieu de ceux-ci et, éclairés par des torches, par un chemin toujours plus étroit, nous étions arrivés dans une grande baraque entourée de haies de bambous. On s'était étendu sur des planches et le sommeil nous avait pris immédiatement.

Le soleil du matin allait apporter une première réponse. En nous réveillant, nous ne vîmes autour de nous que rochers et calcaires à pic. Nous nous situâmes enfermés dans un grand cirque. Sur la porte de la grande paillote, le règlement du lieu écrit en vietnamien. Le père Guéry nous le traduit à haute voix : " *Tribunal central militaire du Vietnam. Toute tentative de fuite sera punie de 10 ans d'emprisonnement. Ho Chi Minh* ". Ainsi nous, prisonniers de guerre, nous avions été transférés au Tribunal militaire de l'armée du Vietminh. Pourquoi ? Nous ne le réalisions que trop bien maintenant. Nous étions des " *criminels de guerre* ". Nous, les aumôniers, " *prêcheurs de guerre au lieu de paix* ". Nos geôliers avaient de la suite dans leurs idées. La logique vietminh se rapprochait très bien de celle de tout régime totalitaire, qui refuse aux prêtres d'être des témoins de l'Évangile. Nous devions constater par la suite que nous ne nous étions pas trompés.

Dans l'après-midi, une troisième fouille va définitivement nous enlever tout objet personnel, montre, rasoir, miroir. Les Saintes Huiles sont confisquées, mais on nous permet de garder notre croix, signe de ce que nous sommes, et nos bréviaires. J'ai pu camoufler mon rasoir et ma paire de ciseaux – j'étais un des rares – et ces derniers serviront aux camarades pendant la captivité. Immédiatement après, les deux colonels et les officiers de renseignement sont séparés de nous et envoyés ailleurs, dans le dispositif du Tribunal militaire. Le reste du groupe reste dans la baraque. Notre séjour ne sera pas long.

Dès le samedi soir, soit deux jours après, à la nuit tombante, un ordre, un cri : " *Aumôniers, interprètes vietnamiens, faites vos sacs*". Nous nous retrouvions, quelques minutes plus tard, en " *cellule* ". Les Vietnamiens rejoignaient leurs compatriotes vietminh – et nous, ceux qui nous avaient quittés le jeudi soir. Une petite allée centrale, avec au milieu un mirador, séparait deux grandes paillotes divisées en groupes de deux cellules ; devant chaque groupe de cellules, une petite cour ceinturée de bambous. Nous ne pouvions pas nous voir entre groupes, des *cai phens* (bambous tressés) étaient appliqués sur la haie de bambous. Nous avions cependant vue sur l'allée centrale, ce qui nous permettait de nous compter rapidement. Nous retrouvions nos vis-à-vis et nous reconnaissions les autres par la voix. L'ensemble ressemblait à la ménagerie d'un cirque.

29 mai – 27 juillet : nous resterons deux mois dans ces cellules. De temps à autre, nous permuterons et je serai successivement avec un officier de renseignements, puis avec l'officier de la sécurité militaire, enfin avec un autre aumônier, le père Trinquand.

Deux mois en cellule avec un petit seau et un bambou creux pour faire ses besoins. À 10 heures et à 17 heures, un prisonnier vietminh et notre préposé nous apportaient le riz, accompagné soit de quelques liserons d'eau, soit d'une grosse sardine et parfois d'un peu de viande, un morceau aussi large que l'ongle du pouce. Des feuilles de tabac nous seront distribuées quatre fois par jour ; le préposé à la garde nous donnera du feu. Je pratiquerai l'œcuménisme avec le pasteur Tissot, qui me fera passer à travers les petits trous de la haie les feuilles de son agenda de " *réflexion* " et de " *méditation* ".

Pour nous occuper, une très belle littérature nous sera proposée, l'Humanité, les Lettres Françaises, des journaux russes et des démocraties populaires rédigés en français et vieux de plusieurs mois. Langage vietminh, littérature communiste de tous les pays : toujours les mêmes mots, les mêmes rengaines. " *Ils sont les seuls défenseurs de la paix. Les autres ne sont que d'affreux capitalistes, des menteurs, des hypocrites, des fantoches.* "

Dès le début de mon incarcération, étant l'aumônier principal de Dien Bien Phu et devant le sort inique qui nous était réservé, j'adressai au chef de camp une protestation solennelle contre la violation de la convention de Genève relative au sort des aumôniers militaires tombant aux mains de l'ennemi. Aucune réponse ne me fut donnée dans l'immédiat.

Quelques jours après, par groupes de cinq détenus, on eut droit à un petit amphi politique. C'est le moment que choisit notre commissaire du peuple pour me répondre indirectement. " *Certains,* dit-il, *invoquent des lois et des conventions internationales ; je tiens à préciser que notre gouvernement ne les a pas signées, ne les reconnaît pas. Il ne les appliquerait donc que dans la mesure où elles n'iraient pas contre sa politique, où elles ne gêneraient pas son action.* " Cette réponse me suffit et me prouva une fois de plus la bonne foi communiste. Nous ne pouvions absolument pas nous entendre avec de tels gens. Désormais, j'étais décidé à opposer à tout une fin de non-recevoir, à ne pas rater une occasion de réclamer et à mettre, comme on dit vulgairement, les points sur les " i ".

Je serai traité de capitaliste, impérialiste, colonialiste; cela m'était égal. Ils savaient qu'ils ne pouvaient rien espérer de moi. Cette attitude pouvait me coûter très cher et le commissaire me le fit sentir en maintes occasions; mais la Conférence de Genève pour la paix était commencée, et pourquoi vouloir tergiverser avec eux? Ce n'était pas dans mon caractère. Ce dernier s'était déjà affirmé dans le passé et il le sera encore dans l'avenir: ce qui me permettra un jour d'entendre de la bouche d'un confrère " *que j'étais un écorché vif* ". Je n'ai jamais pu taire ce que je ressentais et, lorsque la mauvaise foi ou l'injustice était pour moi probante, tout mon être vibrait et il fallait que je m'exprime. Ce n'est peut-être pas toujours la bonne solution, mais je préfère " *être vrai* " et, s'il le faut, en subir les aléas, parfois incommodes, que de composer avec ce qui me semble ne pas être la " *ligne droite* ".

Là où je me trouvais, je ne rencontrais guère de sympathie. Le garde principal attaché à nos basques ne m'aimait pas et ne ratait pas une occasion de me le faire sentir. Il nous était interdit de parler entre groupes de cases. Ce n'était pourtant pas une haie de bambou qui pouvait s'y opposer et il était facile de se débrouiller: il suffisait de parler à haute voix et l'autre, ou les autres, entendaient. Lorsqu'on nous accusait de communiquer, on niait systématiquement; le *bo doï* de service, ne comprenant pas le français, ne pouvait pas le prouver tout en n'étant pas dupe. De cette manière, nous pouvions être au courant des nouvelles. Ces dernières nous étaient communiquées par le père Guéry, au moyen du procédé suivant.

Le soir, en raison de sa connaissance parfaite de la langue vietnamienne, il pouvait écouter les discours prononcés à l'intention des prisonniers vietminh. Pour leur propagande, les responsables n'hésitaient pas à clamer leurs victoires : victoires du peuple face à l'impérialisme. C'est ainsi que nous eûmes connaissance assez vite de faits importants pouvant avoir de grandes conséquences pour nous :

– formation du gouvernement Mendès-France ;

– désir de ce dernier d'aboutir rapidement à Genève (un mois) ;

– conférence préparatoire de Trung Gia ;

– le 25 juillet au soir, conclusion de l'armistice.

Ce dernier ne nous sera révélé que le 27 juillet, en raison de nos manifestations qui firent comprendre aux Viets que nous étions au courant. Ils ne devinèrent jamais que c'étaient leurs discours traduits par le père qui nous révélaient ce qui se passait entre parties belligérantes.

Tout prisonnier s'efforce de trouver la faille qui peut lui être utile et rendre sa vie plus normale. Nous ne faisions pas autrement avec nos gardes-chiourmes, et nous usions à l'égard de nos gardiens de l'arme qui pouvait les toucher, " *le rapport au chef de camp* ". Dans ce pays d'autocritique, dans ce régime de délation, cela marchait à tout coup. Nous avions vite saisi que, pour mieux tenir leurs troupes, les autorités se montraient intransigeantes et voulaient que celles-ci prennent conscience qu'il fallait agir suivant les principes du président Ho. Parmi ces derniers, il y en avait un qui stipulait qu'il était de règle de " *respecter* " les prisonniers : ce qui était un comble lorsqu'on subissait de la part des autorités un régime inique.

Le petit cadre, lui, accomplissait sa tâche qu'il croyait juste. Il était donc facile de le tenir et, à l'occasion de la moindre faute, de lui faire sentir qu'il n'était pas un bon citoyen de la République démocratique du Vietnam. Deux faits vécus permettront de constater combien cette arme était à double tranchant.

- À la suite de pluies assez fortes, je demandai un jour à Loyal – nous avions dénommé ainsi le chef des gardiens car nous nous considérions comme des animaux de cirque en cage – une pelle et une pioche pour arranger l'écoulement des eaux de mon réduit. Ce dernier me refusa brutalement ces instruments. Je profitai du passage de l'infirmier pour lui exprimer mon étonnement. Je ne comprenais pas qu'un peuple qui prétendait nous mener vers la voie de la justice et de la dignité, qui affirmait haut et fort qu'il était important pour nous de vivre en se respectant mutuellement, puisse tolérer cette manière de faire. La réaction fut vive et rapide : Loyal, en colère car il avait dû faire son autocritique, me fit changer de case afin de ne pas perdre la face.

- Le deuxième épisode se rapporte à l'autorisation qui nous était accordée de fumer. Plusieurs fois par jour, un gardien nous donnait du feu. Un jour, l'un d'eux que nous avions surnommé " *Bébert* " me jeta son briquet à travers la séparation de l'allée centrale, alors que d'habitude il me le donnait de la main à la main. Je trouvai cette attitude offensante et indigne, et je l'informai de mon intention d'en avertir le responsable du camp : ce que je fis. Le lendemain, le pauvre " *Bébert* ", penaud et triste, me redonna le briquet normalement et me demanda de ne plus me plaindre. Par la suite, je regrettai mon geste : je voulais lutter contre un régime qui asservissait l'homme et indirectement, pour mettre ces hommes en porte-à-faux, j'aidais les responsables à dominer, voire à écraser l'homme. Je décidai de ne plus recommencer avec le gardien qui, en fait, étant le " *petit* ", était toujours le lampiste. Bébert était d'ailleurs un vieux soldat et il avait du cœur : je devais m'en apercevoir lorsque je serai libéré. Il accompagna notre groupe jusqu'à la dernière étape et il aura les larmes aux yeux lorsqu'il nous verra partir.

Le 27 juillet, nous sommes donc avertis de l'heureuse conclusion de l'armistice. Sorti de cellule, je suis amené devant un commissaire politique. Quel n'est pas mon étonnement de me retrouver en face de celui qui avait interrogé tous les aumôniers dans le petit camp établi à 40 kilomètres de Dien Bien Phu : c'était le préposé aux " *affaires religieuses* ". Tout son discours va s'efforcer de me faire comprendre pourquoi j'ai été considéré comme un prisonnier différent des autres. Leur guerre était un combat juste et j'avais prêché, j'avais exhorté ceux qui m'étaient confiés à une lutte injuste. À ma question précise : " *Pourquoi ai-je été mis en cellule et isolé des autres camps ?,* il ne put que me répondre : *Il fallait vérifier si vraiment vous étiez aumônier. Nous avons pu nous tromper mais, dans quelques jours, vous vous retrouverez avec tous les autres prisonniers.* "

Ils savaient ce qu'ils faisaient et leurs réponses au médecin-commandant Grauwin, qui leur réclamait un prêtre pour les blessés qui allaient mourir, sont significatives et ne laissent aucun doute sur leurs intentions. " *Je vais en référer à mon autorité supérieure. Les prêtres ne sont pas autorisés à exercer leur ministère* ", avait répondu le docteur Thaï. Grauwin lui avait donné les noms des aumôniers, le père Henrich, le père Guéry et le père Trinquand. Il lui avait précisé que nous étions retenus et gardés dans un abri situé à deux cents mètres du poste de commandement de Dien Bien Phu. Ils ont été pris de vitesse par l'armistice et nous, qui devions passer en jugement devant le Tribunal du peuple, nous les embarrassions maintenant.

Cependant, ils ne changeront pas et nous maintiendront jusqu'au dernier jour dans la catégorie des pestiférés, tout en améliorant nos conditions de vie. Après l'interrogatoire de tous les " *cellulards* ", nous nous retrouvâmes seize dans la grande baraque qui avait été le lieu de notre premier repos. Les officiers de transmissions et les interprètes vietnamiens ne nous ont pas rejoints. Nous devions retrouver les " *transmetteurs* " à la libération. Ils avaient été reconduits au Camp n° 1, celui des officiers. Quant aux pauvres Vietnamiens, nous ne les reverrons jamais ; leur rééducation avait sans doute commencé et elle devait être longue.

Nous resterons en compagnie d'un commissaire sympathique, dans cet enclos, jusqu'au 30 août au soir. Le commissaire trop malléable et trop influençable fut vite éloigné. De culture française, il avait fait ses études dans un lycée d'Hanoï : il eut le malheur d'admettre que le régime capitaliste n'était pas revêtu de tous les maux, qu'il possédait à côté de ses défauts quelques qualités. C'était inadmissible ; en régime communiste, il n'est pas question de dialoguer. Si l'on veut parler, c'est uniquement à partir de faits reconnus par eux. Il ne peut y avoir quelque chose de beau, encore moins de valable chez les impérialistes.

Nous savions, toujours à l'écoute de la propagande viet auprès de leurs prisonniers par nos deux missionnaires Guéry et Guidon, que les opérations d'échange de captifs devaient être terminées le 28 août. Nous ne cesserons donc continuellement de réclamer contre notre situation exceptionnelle au Tribunal militaire, alors que nous devions être avec les autres prisonniers. Notre sort sera un peu amélioré : il nous sera permis de nous grouper pour prier ensemble et pour faire une petite promenade à la rivière voisine.

Notre nourriture variera peu, mais nous exigeons un contrôle et nous désignerons un officier martiniquais – l'Américain, comme disait les Viets – pour nous représenter, prouvant par là que la couleur de la peau ne nous différenciait pas. Nos geôliers ne comprendront jamais comment nous pouvions choisir un homme de couleur comme responsable de notre groupe : c'était impensable pour eux qui s'affirmaient pourtant épris d'égalité.

Le 30 août, ce fut le branle-bas du départ : nous quittions Cho Chu. C'est la séparation dans l'amitié ; les *bo doï* nous offrent un poulet et leurs imperméables pour parcourir trois kilomètres à pied avant de retrouver un camion, en l'occurrence un vieux *Dodge* 4x4 américain. Les haltes et les repos de la nuit se passent chez l'habitant. Nous y avons rencontré de l'amitié et, en réponse à l'humble geste de pauvres paysans nous offrant une banane, nous donnions quelques vêtements.

Le 2 septembre au matin, nous arrivâmes à Tuyeng Quang. En traversant la localité, nous situâmes rapidement un grand camp qui était le lieu de regroupement de tous les prisonniers. Nos gardes nous emmenèrent en dehors de la ville. Une fois encore, nous exprimâmes avec force notre mécontentement contre ce régime d'exception qui nous était toujours fait.

Le 3 septembre les dernières formalités sont accomplies par les geôliers au centre établi pour héberger la Commission internationale, qui ne vint jamais. Tout ce qui nous avait été pris, objets personnels et argent, nous est rendu. Les Viets vont même plus loin : sur simple déclaration sur l'honneur, ils restituent en piastres légales l'argent qui a pu être confisqué indûment et non comptabilisé.

Un repas de l'amitié des peuples, avec remise de la Colombe de la paix, nous est offert. Durant ces agapes, après les congratulations et les discours exaltant les jours meilleurs qui uniront nos pays, une photo de famille est prise. D'ennemis, nous étions devenus amis.

Avant de nous séparer, les Viets nous demandent si nous avons une déclaration à faire. Ils espéraient nous en faire signer une sur la paix et sur la clémence du président Ho Chi Minh. Nous en profitons pour leur remettre une protestation solennelle relative au sort qui nous a été réservé ; seuls les aumôniers militaires la signent, les missionnaires devant rester libres et détachés en vue de leurs missions futures. Les autorités encaissent sans sourciller.

Je devais apprendre plus tard que ce document avait fait du bruit chez les Viets car, la presse occidentale en ayant fait mention, ils ne pouvaient le réfuter. Leur fureur était d'autant plus grande qu'ils n'étaient parvenus à retirer de notre groupe que cette protestation. La voici : *Déclaration des aumôniers militaires faits prisonniers à Dien Bien Phu.*

" *Les aumôniers tiennent à exprimer leurs regrets et leurs protestations sur le fait qu'ayant été mis en cellule et isolés des autres camps de prisonniers, il leur a été impossible d'exercer leur ministère.*

La convention de Genève du 12 août 1949 prévoit pourtant qu'au cas où les aumôniers militaires seraient retenus, ils ne doivent pas être considérés comme prisonniers et doivent avoir toute liberté pour exercer leurs fonctions spirituelles au profit des prisonniers de guerre des forces armées dont ils relèvent (Art. 22).

Les aumôniers expriment l'espoir qu'à l'avenir le gouvernement de la République démocratique du Vietnam reconnaîtra la valeur du ministère chrétien. "

Le 3 septembre vers 17 heures, nous reprenons la route vers Viet tri où nous arrivons le 4 septembre à 9 heures. C'est là, depuis la fameuse sélection du kilomètre 31, que nous nous retrouvons pour la première fois avec d'autres Français : les derniers libérés officiellement, les officiers supérieurs. À midi, ce sera de nouveau un grand banquet qui doit sceller l'amitié de tous les peuples. Munis du paquetage réglementaire et complet du soldat vietminh qui nous avait été remis la veille, nous nous dirigeons vers le Song où des bateaux de la marine nationale sont amarrés. Au son d'un petit orchestre qui joue : " *J'irai revoir ma Normandie* ", et après un contrôle nominatif opéré par des officiers de notre pays auxquels se sont joints des membres de la Commission internationale, nous prenons place sur les embarcations de la marine. Rapidement le fleuve reçoit les casques viets et divers vêtements jetés par-dessus bord par ces affreux capitalistes, qui vraiment n'avaient rien compris. Le général Cogny, entouré par son état-major, nous accueillait et nous serrait la main au débarcadère d'Hanoï.

***

LE CAMP 73

Pierre Monjal

Prisonniers du Vietminh, traités de criminels de guerre, nous sommes dirigés par petits groupes avec nos blessés légers vers une vaste clairière, lieu de rassemblement. Là, le Vietminh nous sépare de nos officiers, de nos camarades africains, nord-africains et vietnamiens. Commence alors une longue marche vers l'inconnu.

La colonne 41 vit sous la pluie et marche dans la boue, principalement de nuit, afin d'éviter l'aviation française ; elle traverse ou longe des villes ou des villages que les anciens appellent Na Sam, Son La, monte le col des Méos.

Au début, une devise " *Marche ou crève* ". Pour certains, mains attachées dans le dos, sans chaussures parce qu'ils ont tenté de s'évader ; pour les autres, transport sur des civières de fortune de camarades blessés ou malades. Beaucoup vont mourir au cours de cette longue marche, d'épuisement, des suites de leurs blessures ou de sous-alimentation, car nous n'avons plus de médicaments et comme repas une boule de riz. Le commissaire politique chargé de notre colonne nous fait de longs discours de propagande : " *Criminels de guerre, impérialistes, colonialistes, vous vivez grâce aux sacrifices du peuple vietnamien qui se prive pour vous donner à manger. Seule la clémence de l'oncle Ho vous permet d'être encore en vie* ".

Nous sommes priés de remettre nos affaires personnelles, montres, bagues, photos, briquets et allumettes, contre un reçu en papier hygiénique sur lequel est portée la mention " *sera rendu à votre libération* ". Privés de feu, nous dépendons de nos gardiens et de leur bon vouloir pour allumer les foyers destinés à nous sécher, à nous réchauffer, et à faire cuire notre riz dans nos casques lourds. Lorsque nous avons la chance, au cours d'une halte, de pouvoir nous abriter dans une *ka nha*, c'est la bagarre entre nous pour avoir la meilleure place.

Après 600 kilomètres de marche forcée, toujours sous la pluie, nous n'avons plus de chaussures et nous arrivons pieds nus dans un village dont j'ignore le nom, transformé en Camp 73. Pas une seule âme alentour. Les maisons qui serviront de geôles sont vides, sans portes ni fenêtres, avec pour seul mobilier des planches qui nous feront souffrir durant toute notre captivité. Nos geôles sont très éloignées les unes des autres afin d'éviter tout rassemblement. Nous sommes répartis dans chacune d'elles par 12, avec comme responsable un homme de troupe désigné par le commissaire politique ; cela afin de dévaloriser nos sous-officiers. Le commissaire politique nous fait un long discours où, tout spécialement, il nous dit que grâce à la clémence de l'oncle Ho et à la générosité de son peuple, nos malades et nos blessés vont être enfin soignés dans l'hôpital du camp et que, si nous voulons être nourris, il faudra faire des corvées de riz et de bois.

Dès que nous emmenons nos camarades à l'hôpital, nous sommes stupéfaits de découvrir une immense salle ouverte aux quatre vents, avec des planches alignées les unes à côté des autres. Un soldat vietminh, faisant office de médecin, simule l'auscultation de nos blessés et de nos malades, et leur distribue de l'aspirine. Bien vite, nous comprenons que " *hôpital* " veut dire " *morgue* " car le Vietminh ne connaît pas ou n'a pas les médicaments les plus élémentaires pour soigner des prisonniers atteints de paludisme, dysenterie, béribéri ou de blessures reçues au combat.

UNE JOURNÉE DE PRISONNIER AU CAMP 73

Réveil dès le lever du jour, nettoyage des excréments des malades de la nuit, désignation par le responsable du groupe de " *volontaires* " pour la corvée de riz ou de bois, discours de propagande ; à la fin de celui-ci, retour dans nos geôles sous surveillance et défense absolue de parler. Nous restons assis à méditer et à penser pendant des heures en attendant la boule de riz. Cette inactivité voulue par le Vietminh est terrible, car nous vivons repliés sur nous-mêmes et cela pourrait mener les plus forts vers l'hôpital si la détention durait encore longtemps, et même créer une animosité entre nous. Lorsque nous sommes autorisés à parler, les conversations n'ont qu'un seul but

" *nourriture, soins, libération* ". Chaque nuit, nous sommes réveillés pour être comptés par nos geôliers, qui prennent un malin plaisir à effectuer ces contrôles inopinés. L'hygiène n'existe pas, le seul moyen de nous laver est une mare d'eau croupie. Chaque jour qui passe éclaircit nos rangs. Beaucoup de nos camarades, démoralisés, anémiés, ne veulent pas se résigner à effectuer les corvées de riz. Ils s'allongent, refusent de s'alimenter et vont rejoindre à l'hôpital nos camarades moribonds.

Au début, nous enterrons nos camarades avec un linceul de bandelettes blanches offertes par l'armée démocratique. Mais le stock étant rapidement épuisé, nous les inhumons à même la terre, sous la surveillance de nos gardiens qui nous brutalisent pour faire creuser le plus rapidement possible des fosses communes. Ils ont peur des épidémies, car la dysenterie fait des ravages avec son cortège d'excréments, de mouches voraces et carnivores qui volent de moribond en moribond.

Les corvées de riz se font tous les huit jours à environ dix kilomètres du camp. Nous marchons dans les rizières et nous traversons des villages où nous sommes exhibés, regardés, comme des pestiférés. À moitié nus, maigres, sales, les soldats français ont piteuse allure, et nos gardiens en profitent pour faire leur propagande. Ils ne bronchent pas quand nous recevons un caillou ou un crachat. Nous sommes surveillés de très près, non pas pour éviter une évasion, mais pour empêcher que l'on dérobe du riz dans le boudin qui nous sert au transport ; si l'on est pris, gare à la sentence : en général, suppression de nourriture pendant un ou deux jours.

Dès que nous arrivons au camp, nous déposons notre précieux fardeau à la " *cuisine* ", où nos camarades antillais essayent de faire des merveilles pour varier les modes de cuisson de notre nourriture quotidienne, constituée d'une boule de riz avec un navet ou des liserons d'eau. Les corvées de bois se font à proximité du camp ; nous ramassons des brindilles et nous cassons des branches.

Le 14 juillet, nous avons droit à un morceau de cochon, un sucre noir et à du tabac que nous fumons dans des feuilles de bananier ou de papier séché, maculés d'excréments, que nous trouvons à travers le camp. Ce jour historique est mis en valeur par le commissaire politique qui nous parle de la conférence de Genève ; mais, sur les droits des prisonniers, pas un mot. Nos camarades moribonds ont droit à compter de ce jour-là à des bananes à cochon, et à du sucre que nous leur portons et que nous essayons de leur faire avaler ; mais pour beaucoup, il est trop tard.

À la fin du mois de juillet, une dizaine de grands malades sont désignés pour être libérés. Regroupés, ils ressemblent aux déportés de la dernière guerre ; j'ignore s'ils ont rejoint la France. En nous regardant, nous réalisons que nous leur ressemblons. Nous sommes tous très maigres ; beaucoup, les yeux agrandis par la fièvre, sont dépenaillés, véritables témoins de la souffrance humaine.

Août. Il doit se passer quelque chose. Nous ne sommes plus réveillés pour être comptés, nos gardiens sont plus courtois ; certains reçoivent de la quinine, et des moustiquaires qui ne peuvent nous servir car nous n'avons rien pour les accrocher. Un matin, nous sommes tous rassemblés et le commissaire politique nous dit que grâce à l'oncle Ho, à sa générosité, sa clémence, nous allons sans doute être libérés, mais il ne sait pas quand. Il établit des listes pour les valides, pour les malades ; cela va durer huit jours. Nous sommes angoissés car, malgré l'espoir de notre future libération, la mort fait toujours des ravages.

Le grand jour arrive. Nous quittons ce camp de la mort, sans nos grands malades ; le commissaire politique ayant, suite à notre demande, refusé de les emmener avec nous. Il nous a répondu : " *Non, ils seront acheminés par l'armée démocratique* ". Est-ce que cela a été fait pour tout le monde ? Une preuve que non : l'un de nos meilleurs camarades n'a pas répondu présent à Haïphong. Est-il mort après notre départ du camp, ou pendant son transport vers la liberté ? Nous ne le saurons jamais.

Nous marchons deux jours et nous sommes amenés dans un village. Là nous sommes hébergés dans un ancien monastère. Nous avons droit à du poulet, du riz, des fruits, nous faisons un repas pantagruélique dont certains mourront quelques jours plus tard. Nous pouvons nous laver ; on nous habille avec des tenues et des sandales vietminh. Nous sommes dirigés en camions vers Sam Son. Débarqués, nous marchons encore une heure et, au bout d'une clairière, nous apercevons notre drapeau national. Quelle émotion ! Nous pleurons. Nous pensons être libres de suite. " *Non*, répond notre nouveau commissaire politique, *car il faut attendre la Commission internationale d'armistice qui constatera que vous avez été bien traités* ".

Ce jour-là, nous apprenons la fin de la guerre. Suivent des jours d'angoisse et de désespoir car, si près du but, des camarades meurent encore de fièvre et de dysenterie. Nous demandons à nos gardiens pourquoi nous sommes toujours là. Le commissaire politique nous répond invariablement : " *C'est la faute des Français qui font traîner les négociations ; peut-être ne vous veulent-ils plus* ". Cela aurait fait sourire des hommes en pleine santé, mais nous étions tellement épuisés, moralement et physiquement, que nous en étions arrivés à douter de nous-mêmes et de nos gouvernants. La politique dirigée par l'oncle Ho faisait encore des ravages sur le plan psychique.

Enfin la Commission internationale d'armistice est arrivée et nous a examinés. Nous avons encore attendu un jour. Une délégation de femmes Vietminh est venue nous apporter un message de paix, et remis un mouchoir en drap sur lequel était brodée une colombe. Jusqu'au dernier moment de captivité, l'oncle Ho aura été parmi nous. Avant d'embarquer sur les bateaux de notre marine nationale, nous avons vu les prisonniers Vietminh qui revenaient de nos prisons, bien nourris, avec des valises et certains avec des postes de radio. Libres, nous n'avons pu manifester notre joie car nos pensées étaient tournées vers ceux qui ne reverraient jamais la France, et vers les camarades qui étaient encore prisonniers dans les camps Vietminh.

Nous étions le 18 août 1954, j'avais 20 ans. On croit que le temps efface tout, mais il est des événements qu'un homme ne peut effacer de sa mémoire. J'ai l'impression que, durant cette période de ma vie, j'ai été entouré de plus de morts que de vivants.

***

LE CAMP LA 2

Aimé Martial Requet

L'EMBUSCADE

Le 27 janvier 1954, je me porte volontaire pour une mission de ravitaillement à Hué en prévision des opérations en direction du Laos. Nous empruntons la Route Coloniale n° 1, désignée sous le terme de " *rue sans joie* ", entre Quang Tri et Hué. Les accrochages étaient fréquents sur cette portion de route.

Je conduisais un camion GMC en suivant un convoi à quelque distance lorsque soudain, près du poste de Phu Trach, dernier poste important avant d'atteindre la ville de Hué, ce fut l'embuscade. Dès les premiers coups de feu, un sergent vietnamien d'une unité amie et un de mes légionnaires vietnamiens sont tués. La mitraille tombe également sur un poste en piton qui protège cette partie de la route. Devant nous, deux fusils-mitrailleurs nous arrosent. Je bloque alors le volant du camion avec mon genou gauche et je tente de dégager la route en ouvrant le feu avec mon pistolet-mitrailleur MAT 49 à travers le pare-brise. Mais, une roue avant crevée, nous avons basculé dans le fossé bordant la route.

Guy Robin, maréchal des logis, fut éjecté du camion sans blessure. Pour ma part, coincé entre le volant et le plancher du camion, je fus dégagé par une main ferme qui me tirait par le col de ma veste. Une fois redressé, je me retrouvai nez à nez avec un Viet, un poignard entre les dents. Remis à terre, je fus contraint de courir vers la jungle proche, un Viet de chaque côté me piquant les côtes avec leurs baïonnettes. Dans la jungle, je retrouvais Guy. Sans avoir le temps de nous parler, plusieurs Viets nous tombent dessus, nous attachent mains et pieds dans le dos et nous positionnent à genoux, côte à côte. Ils vident nos poches et nous dépouillent de nos affaires, montres et gourmettes. Un groupe se place devant nous, armant les fusils. Cela ressemble fort à un peloton d'exécution. J'aperçois les balles dans les chargeurs des armes braquées sur Guy, nous nous disons adieu.

Soudain, des appels retentissent venant de la jungle. Un Viet en sort en courant, faisant de grands gestes en criant dans notre direction. Après une brève discussion, le chef du groupe nous fait détacher les pieds et nous emmène en courant dans la jungle.

Dans une clairière, nous trouvons un groupe d'hommes qui s'affairent à prodiguer des soins à des blessés. Je retrouve deux de mes légionnaires vietnamiens sérieusement touchés ; l'un a reçu une balle dans l'épaule gauche, l'autre dans l'aine gauche. Je reçois pour ma part de vagues soins rapides. Un Viet me sort un éclat du biceps gauche à l'aide d'une pince en bambou, tamponne la blessure avec du mercurochrome et nous voilà repartis. Les Viets nous laissent porter le blessé à l'aine. Un long moment plus tard, à un croisement de piste, nous sommes séparés de nos blessés. Nous ne reverrons jamais nos soldats vietnamiens.

Nous continuons nos marches forcées. La nuit est maintenant tombée depuis longtemps lorsque nous nous arrêtons dans une clairière occupée par quelques " *ka nhas* " (paillotes). Conciliabule entre certains de nos geôliers, revêtus de la tenue noire sans signe distinctif, et d'autres Vietnamiens habillés de tenues vertes et coiffés d'un casque de latanier semblable à certains de ceux que nous avions remarqués depuis l'embuscade, particulièrement sur la tête de celui qui était sorti de la jungle en criant alors que nous étions attachés à genoux devant notre peloton d'exécution. Nous sommes placés à un endroit où nous tournons le dos à un grand trou qui dégage des odeurs fétides. Devant nous, un groupe de Viets jouent avec leurs armes, nous mettant en joue de temps en temps. Malgré la peur qui nous tenaille le ventre, nous ne paniquons pas et restons stoïques face à ces soldats. Après une longue attente, un Viet sortant d'une grande paillote interpelle le groupe et nous fait entrer à sa suite dans cette paillote qui nous paraît immense. Elle est remplie d'une foule disparate où sont mélangés soldats, civils, femmes et enfants.

Nous sommes détachés, placés devant un groupe d'hommes paraissant jeunes, habillés en vert et qui semblent être respectés par les autres personnes présentes. Commence alors notre interrogatoire. Je suis reconnu comme le chef de la mission, puisque j'étais en possession de l'ensemble des documents officiels. Je fus donc sur la sellette pendant la plus grande partie de l'interrogatoire. Les Viets connaissaient bien toutes les unités du secteur et cet interrogatoire se déroula sans animosité de l'assemblée. Ensuite, il nous fut proposé un bol de riz que nous n'avons pu avaler, puis nous fûmes dirigés vers une autre paillote qui semblait être un dortoir collectif. Prenant place sur un des bat-flanc, nous devons enlever nos chaussures puis nous sommes attachés l'un à l'autre, les mains reliées dans le dos.

Pendant cette première nuit de prisonniers, nous ne trouvons pas le sommeil, à cause de notre position inconfortable et de cette journée infernale. Je tire comme première conclusion que nous avons été capturés par des soldats régionaux habillés de " *pyjamas noirs* ", encadrés par des soldats réguliers habillés d'uniformes verts et de casques de latanier, ceci expliquant peut-être notre survie. Les soldats régionaux ne pouvaient s'encombrer de prisonniers.

Le lendemain matin, au lever du jour, ventre vide, nos chaussures rendues, les mains toujours liées dans le dos, nous nous enfonçons dans la brousse escortés par six Viets. Passant à gué de nombreux arroyos, nous traversons de rares groupes de paillotes qui doivent servir de camp de passage pour les troupes viets en mouvement. Les rares habitants, vieillards, femmes et enfants, nous regardent avec indifférence, même lorsque nous nous arrêtons dans un de ces villages pour prendre un repas préparé d'avance. Le soir, nous arrivons dans un village plus important, objets de la même indifférence de la part de la population. Le chef des gardes nous informe que nous resterons dans ce village en attendant notre interrogatoire par deux officiers de renseignement. Cette information nous rassure un peu car, depuis notre capture, nous appréhendions une séance de torture. Dans la région, certains prisonniers avaient eu une fin atroce. Nous sommes dirigés vers une *ka nha* et passons la nuit sans être attachés.

Le lendemain, nous pouvons enfin parler librement, et nous évaluons nos chances d'évasion. Le village est comme de coutume construit près d'un cours d'eau, mais Guy ne sait pas nager. Notre paillote, située en bordure du village, jouxte une large zone herbeuse qui n'offre aucune protection pour une fuite rapide alors que nous sommes constamment avec deux ou trois gardes dont les armes sont toujours approvisionnées. D'autres problèmes se posent, celui de la toilette intime et le besoin de soulager nos intestins, ce que nous devons faire en collectivité, et quelquefois en compagnie de notre geôlier.

Nous passons quelques jours dans ce village. Tous les soirs, nous sommes invités par obligation, comme tous les villageois, au théâtre viet, après une harangue du chef du village, qui est hargneux. Il affiche sa haine des Français et invective très souvent nos gardes. Les acteurs entrent en scène. Des soldats français investissent un village, tuent les hommes et les vieillards, violent et tuent les jeunes femmes, puis sont eux-mêmes exterminés par les valeureux guerriers révolutionnaires du Vietnam libre qui arrivent avec, en tête, le drapeau rouge à étoile jaune. Scène que nous reverrons souvent dans des villages au cours de notre longue marche vers le nord.

Enfin, les deux officiers du service de renseignement viet arrivent. Commence alors notre interrogatoire qui nous semble une formalité. Les Viets sont très bien renseignés sur nous ; les insignes peints sur nos véhicules y contribuent largement. Ils nous demandent même des nouvelles de nos officiers, de façon à bien nous faire comprendre qu'ils ne sont pas dupes de nos réponses. Après une courte délibération en privé, ils nous annoncent que nous allons être dirigés pour internement dans un camp du Nord.

Quelques jours passent avec le même programme. La zone grouillant de Viets, nous avons remis notre projet d'évasion à plus tard, comptant sur une possible opération que nous savions en cours à partir de Dong Ha, ou peut-être sur le passage près d'un poste. Un soir, le chef des gardes nous apprend que notre départ est prévu pour le lendemain. Tôt dans la matinée, un groupe d'une vingtaine de Viets se présente devant notre paillote. Le chef de nos gardes parlemente avec deux Viets qu'il nous présente plus tard comme des capitaines de l'armée révolutionnaire, et qui seront chargés de nous conduire jusqu'au camp d'internement. Nous partîmes aussitôt, n'ayant que notre tenue de combat et les poches vides.

Dès le départ, un des capitaines qui était en fait un commissaire politique, nous expliqua l'organisation du commandement chez eux. Chaque unité était commandée par un responsable militaire qui gérait l'organisation et la partie militaire, et un responsable qui supervisait l'ensemble avec une priorité sur l'endoctrinement de la troupe. Ce dernier était très ouvert avec nous. Parlant très bien le français, il était revenu dans son pays depuis deux ou trois ans, après avoir fait ses études à Paris. Nous aurions pu nous y rencontrer puisqu'à la même époque je faisais mon peloton de sous-officier à Versailles, et que nous fréquentions les mêmes quartiers des étudiants à Paris.

Cela a peut-être facilité nos relations, d'autant plus qu'il était le fils d'un chef de village de la région de Dong Ha. Quelquefois, il déjeunait au mess de garnison avec les notables de secteurs et connaissait donc beaucoup de nos officiers. Notre escorte était formée de " *volontaires* " montant en renfort dans le nord, encadrés par quelques réguliers qui ne furent jamais hargneux avec nous. Nous n'avions aucune charge à transporter. Nos repas étaient préparés soit dans des villages que nous traversions avec logement chez l'habitant le soir, soit par l'escorte le matin et parfois le soir, avec nuit à la belle étoile. Le menu était amélioré avec des serpents ou d'autres animaux chassés par les *bo doï* au cours de la journée.

Le premier jour, nous progressons attachés en couple les mains dans le dos, empruntant des chemins soit en brousse, soit en moyenne montagne. Nous franchissons de nombreux arroyos et des ponts de singes, ce qui n'est pas facile pour nous. Au cours des pauses, nous sommes détachés pour nous permettre de nous débarrasser des sangsues, aidés par nos geôliers.

Les jours suivants, nous sommes libres de nos mouvements. Nous ne serons réattachés, et nos chaussures ne seront confisquées, que pour des passages près de postes français ou de zones sensibles pour les Viets. Nous avons d'ailleurs échappé de justesse à une embuscade, probablement dans le secteur de Dong Ha. Des régionaux qui devaient couvrir notre passage en firent les frais, nos gardes nous faisant accélérer afin de nous dégager et de retrouver un chemin plus calme.

Après cette alerte, nous ne sommes plus attachés et nous retrouvons des sentiers de montagnes. Le commissaire politique se targuait de nous faire constater que, dans l'armée démocratique, l'intendance ne suivait pas mais précédait les combattants. Il faut bien reconnaître, après une telle aventure, que l'organisation était parfaite. Les villages situés près de la piste Ho Chi Minh assurent nourriture et hébergement aux convois de passage. Les villages sont prévenus par des estafettes qui précèdent la troupe, départs que nous avions remarqués certains matins, après le rassemblement et la harangue journalière du commissaire politique.

Nous marchions maintenant, toujours dans la chaîne annamitique, sur des sentiers escarpés ne permettant que le passage d'un homme. La fatigue aidant, nous avons perdu toute notion de temps et d'orientation.

Il nous est arrivé de marcher une journée entière dans une forêt, un vrai tunnel de verdure, sans voir le soleil, avec la peur d'être attaqués par un animal, tigre ou reptile, tant le sentier était étroit. Notre seule rencontre fut un *bo doï* à la croisée du seul chemin rencontré ce jour-là. Il était isolé dans cette immensité de verdure à garder je ne sais quoi. Il nous autorisa à repartir après avoir examiné l'ordre de mission, qu'il prit d'abord à l'envers et qui fut remis à l'endroit par le commissaire politique. Ce dernier nous expliqua alors, à notre grande surprise, que beaucoup de soldats de l'armée populaire étaient illettrés.

Dans cette région montagneuse, sur un piton en forme de pain de sucre tronqué, nous découvrons une grande clairière aménagée où règne une agitation fébrile. Notre groupe stationne sur un emplacement libre. Nos deux responsables se dirigent vers une hutte, et nous remarquons des wagonnets, du genre de ceux utilisés dans les mines, et des rails stockés en lisière de forêt. La présence de ce matériel lourd nous surprend, surtout en regard des chemins que nous avons empruntés pour arriver à cette clairière.

Nos deux responsables reviennent et, après de brèves explications, les hommes sont autorisés à évoluer sur le plateau. Le commissaire politique nous propose de visiter l'installation qu'il appelle le " *petit train* ". Nous approchant du bord de cette clairière, nous voyons d'abord quelques wagonnets posés sur des rails face au vide. Puis nous arrivons devant un enchevêtrement de bambous savamment disposés, sur lequel sont posés deux rails reliant la plateforme sur laquelle nous nous trouvons à une autre située en contrebas, à quelques centaines de mètres, mais séparée par une faille d'une profondeur impressionnante. Quand on connaît la cordillère annamitique, voir des rails ainsi suspendus formant un arc de cercle dans le vide sur une telle longueur nous laisse pantois. On nous explique que ce système permet de gagner un jour et demi, voire deux jours de marche.

Les wagonnets chargés, prêts au départ, sont poussés sur les rails pour prendre de la vitesse ; puis le préposé au freinage saute sur l'arrière de l'engin, et c'est la descente vertigineuse pour remonter sur la plateforme d'arrivée et terminer le parcours. Si le wagonnet est mal lancé, la remontée sur la plateforme ne peut s'effectuer ; le préposé au freinage intervient pour stabiliser rapidement le wagonnet. Les passagers utilisent alors les bambous qui tiennent lieu de traverses pour regagner la plate-forme en tirant le wagonnet. Dans le cas de transport de matériel, les villageois viennent tirer l'engin avec des cordes.

Quelquefois, un wagonnet tombe dans le vide avec son chargement. Les chances de survie étant nulles, l'accident est oublié. Les wagonnets descendus dans la journée sont remontés la nuit par les villageois, et là aussi il y a de temps en temps des accidents qui se produisent.

Notre tour arrive. Nous montons dans le wagonnet qui nous est désigné et, malgré un pincement au cœur, nous affichons un grand sourire, ce que font également nos gardes. Entassés tous ensemble dans nos engins, nous sentons la poussée du départ puis la descente vertigineuse et hallucinante qui dure… dure… Un léger choc, nous sommes arrivés ; grands éclats de rire de tous, sans animosité. Je ne me souviens pas d'avoir respiré durant cette descente qui, en fait, n'a duré qu'un laps de temps très court.

Après cet épisode, nous reprenons des chemins moins escarpés. Nous suivons même une vallée encaissée avec une route carrossable et nous remarquons des traces de pneumatiques ; des camions roulent dans la région. En quinconce, tous les trois mètres, se trouvent des trous pouvant abriter deux ou trois hommes, en prévision des attaques aériennes. Cette route est coupée par un cours d'eau ; un bac se met en place pour nous faire traverser. Le commissaire nous explique que le pont, constitué de fûts de 200 litres assemblés entre eux et recouverts d'un tapis de bambou, est coulé pendant la journée pour éviter les bombardements, et remis en service le soir pour les passages de convois. Nous sommes en fait sur une des parties de la piste Ho Chi Minh.

Durant notre parcours sur cette piste, nous sommes surpris, malgré nos découvertes récentes, par un convoi spécial. Celui-ci est constitué de bicyclettes chargées de volumineux colis qui semblent très lourds. Le cycliste marche à côté de son engin, il le dirige à l'aide d'un bambou raccordé au guidon ; un aide pousse à l'arrière ce vélo lors des passages difficiles. Nous quittons cette route taillée dans la verdure pour nous enfoncer de nouveau dans la brousse et les chemins tortueux de montagnes. Un soir, nous sommes surpris de voir des lumières au loin et d'apercevoir la mer. Nous devons être en vue de Dong Hoï et pourtant nous marchons depuis des jours et des jours. Nous n'avons fait que bien peu de kilomètres. Nous nous arrêtons dans une petite clairière d'où partent plusieurs chemins ; plusieurs groupes de civils dont de nombreuses femmes attendaient là. Soudain,

Guy et moi sommes pris à partie par un groupe de femmes qui nous crachent dessus et nous rouent de coups de bambous. Jetés à terre, nos gardes ont du mal à nous dégager.

Nous reprenons notre route, à l'opposé de la mer, sans bien comprendre quel chemin nous suivons et dans quelle direction. Le groupe emprunte cette fois une piste de montagne plus large, nous croisons des groupes de civils et de *bo doï* (soldats réguliers viet), qui se croisent sans se parler. Nous rencontrons aussi un important groupe de femmes au repos qui descendent vers le sud avec leurs balanciers et des plateaux chargés de munitions et de matériel militaire divers. Dès que notre présence est remarquée, elles se lèvent en hurlant, certaines brandissent des coupe-coupe, et se précipitent sur nous. Les cris aigus remplissent la forêt, nos gardes se mettent en protection, approvisionnent leurs armes. Le commissaire politique tire un coup de feu en l'air, ce qui calme un peu les esprits. Après un court échange de paroles, nous reprenons notre marche sous les huées de ces femmes. Notre fatigue disparaît instantanément et nous forçons presque les *bo doï* à accélérer la marche.

Nous avons maintenant regagné la région montagneuse après quelques jours sans aucune rencontre. Les *bo doï* préparaient les repas quelquefois améliorés de serpent. Nous avons passé les nuits à la belle étoile, dans des grottes ou sous des branchages recouverts de larges feuilles, serrés les uns contre les autres. Nous arrivons en vue d'un village qui semble sortir de la nuit des temps, situé sur un mamelon bien dégagé de la végétation dense du secteur et fortifié avec des bambous épointés. C'est un village construit sur pilotis, habité par une tribu restée primitive. Les indigènes sont presque nus, armés de lances et d'arcs. Seul le chef du village possède un vieux fusil à pierre qui n'est qu'un symbole. L'accueil n'est ni hostile, ni chaleureux, mais plutôt curieux. Devant les habitants du village réunis, le commissaire fait son discours habituel, traduit en partie par le chef du village. Les femmes et les enfants nous apportent des fruits, nous touchent, nous sentent. Nous sentons paraît-il la mort ; nous ne nous sommes pas lavés depuis notre capture. Les jeunes du village n'ont jamais vu d'homme blanc. Seul le chef du village et quelques anciens se rappellent avoir vu, " *il y a très longtemps* ", des blancs qui venaient chasser le tigre. Il nous explique qu'actuellement un de ces animaux rode dans la région ; des femmes et des enfants en corvée d'eau ont été attaqués et un enfant aurait disparu. Une battue est organisée par une partie de nos gardes qui ne donne rien. La nuit, nous entendons les feulements du félin qui rode autour du village. Le lendemain, nos responsables décident de rester une journée de plus pour organiser une nouvelle battue mais le félin ne se montre pas. Nous repartons le surlendemain, après deux jours de repos, en ayant bénéficié d'une nourriture simple mais copieuse.

Nous reprenons le chemin dans cette luxurieuse végétation. Au fil des jours, le terrain est moins accidenté. Nous arrivons ainsi dans un village qui semble aisé ; les paillotes sont sur pilotis, bien séparées, propres. À l'approche de notre troupe, les villageois semblent apeurés, mais suivant la coutume le village est rassemblé et le commissaire fait son discours habituel. Puis nos gardes se séparent par petits groupes pour être hébergés par l'habitant. Pour notre groupe, une vive discussion s'engage avec le villageois qui doit nous héberger et le commissaire. Les femmes prennent des vêtements et sortent, laissant le repas qui cuit. Le commissaire sort son arme et finalement le villageois quitte sa maison. Son épouse revient quelques minutes plus tard, installe la table et reste dans un coin. Pour nous, ce repas est un véritable festin. La situation se détend, nous passons la nuit sur une natte propre. De nombreux tableaux et objets de cultes catholiques ornent cette paillote.

Le lendemain matin, départ après un frugal repas. Certains villageois nous font de discrets signes de sympathie. Dans la journée, avec Guy, nous évoquons l'incident de la soirée. Certaines ethnies ne semblent pas perméables à l'endoctrinement révolutionnaire communiste. Après notre départ, les sentiers sont plus larges et plus fréquentés, nous croisons plus de monde. Lors d'une halte, un soir dans un village, les bô doï nous emmènent en bordure de la piste pour nous faire assister au passage d'une unité qui rejoint sa zone de combat. La nuit claire nous permet de distinguer les hommes vêtus de noir avec leurs armes, et le fameux petit cerceau permettant de fixer des branchages pour simuler un buisson et dissimuler la troupe en cas d'alerte aérienne. Sur la piste, large à cet endroit, ils marchent à deux de front. Pas d'exclamations ; nous n'entendons que le froissement de la soie. Le boudin de riz en bandoulière, des groupes de civils intercalés dans la colonne portent munitions et armes lourdes démontées. Nous reconnaissons même un mortier de 120 dont la plaque de base, fixée sur deux bambous, est acheminée par quatre porteurs. Le départ du lendemain étant fixé tôt, nous regagnons notre paillote sans voir la fin du spectacle. Nous continuons notre périple. Dans les villages traversés, depuis quelques temps déjà, nous avons l'impression d'être des objets de propagande, ce qui confirme que notre route n'est pas forcément la plus directe.

Nous marchons maintenant en terrain moins accidenté. Au cours d'une pose sur une colline, nous avons la surprise de découvrir une ville dans la vallée. Notre marche nous conduit dans cette direction et, à un détour de la route, nous trouvons un panneau en parfait état portant l'indication " Vinh ". Nous avançons dans les rues qui, malgré leur délabrement, semblent entretenues. Surprise, l'horloge de la cathédrale fonctionne. Après le repas habituel, couchage chez l'habitant. Le lendemain, nous avons droit à un jour de repos. Installés dans la cour d'une maison coloniale, nous sommes l'attraction de la journée ; pas de haine, plutôt de la compassion. Avec l'accord du commissaire, le déjeuner nous est offert par des femmes du quartier qui avaient travaillé pour des Français. Nous faisons un véritable festin avec, dans l'après-midi, une courte promenade en ville où nous héritons chacun d'un chapeau conique.

Le lendemain matin, deux *bo doï* étrangers à notre escorte viennent nous chercher. Avec regret, nous faisons nos adieux à ces gens avec qui nous avons passé des moments exceptionnels, malgré notre état de prisonnier, et qui ont toujours été corrects avec nous. Même le commissaire politique qui nous donna beaucoup d'explications et de conseils sans jamais chercher à nous embrigader, chacun étant resté sur ses propres convictions. Nous tournons le dos à la ville et nous reprenons le chemin des montagnes. Nous marchons environ deux jours. Après avoir franchi cette région montagneuse, nous sommes maintenant dans une plaine légèrement encaissée. Vers la fin de l'après-midi, surprise : nous faisons halte dans un espace de quelques paillotes occupées par des Européens, juste avant le dîner. Sur une table, au milieu d'une paillote, le repas est servi : riz et plats d'accompagnement sur la table. Comme les participants, nous prenons une *cai bat* (bol) et nous commençons notre repas. Les questions que nous posons sont éludées. L'un des convives s'approche et nous explique que nous sommes dans un camp de " *ralliés* " (déserteurs). Le camp de prisonniers est plus loin. Il nous conseille de prendre des forces, la vie sera difficile pour nous.

Après une nuit passée avec ces déserteurs, nous reprenons notre chemin. La traversée de Do Luong se fait dans l'indifférence totale des villageois, et l'après-midi nous arrivons près d'une pagode qui sera pour nous la première étape du camp LA 2.

Ainsi se termine cette marche qui a duré une quarantaine de jours pour un parcours de plus de 1 000 kilomètres, avec comme souvenir une étape mémorable de plus de vingt heures de marche sur la fameuse piste Ho Chi Minh. Malgré notre condition, nous avons vécu des moments inoubliables dans des paysages grandioses.

LE CAMP LA 2

Ce camp est en fait une pagode où sont parqués une centaine de militaires, presque tous faits prisonniers au Laos en décembre 1953. Cette pagode, située en bordure de village, est ouverte à tout vent. Pas de murs, pas de barbelés, quelques *bo doï* surveillent. Un adjudant, ancien du camp, qui faisait partie d'un groupe dont les membres ont été capturés individuellement au cours de diverses opérations dans le Centre Annam, nous explique les règles du camp. Ne jamais parler de " *Viets* " mais de Vietnamiens. Il n'existe plus de hiérarchie militaire au sein du camp. Il nous recommande également la prudence dans nos propos. Après cette introduction, nous sommes affectés à un groupe.

Je me retrouve dans un groupe de parachutistes, une équipe sympathique. Le responsable, Camille Morin, un sergent qui a déjà effectué deux séjours en " *Indo* ", est originaire d'une région que je connais, Le Mans. J'y étais enfant de troupe. On discute : histoire de capture, chemin parcouru, situation géographique du camp ; nous sommes un peu perdus. Capturés au Laos, leur approche a été différente de la nôtre. Je vais rendre visite à Guy dans son groupe et je reconnais des gars que j'avais connus à Dong Ha ; ils ont le moral en baisse, et nous également. Le moment du repas nous pose également problème. Guy et moi n'ayant aucun récipient, nous utilisons notre chapeau pour recevoir notre ration de riz.

Les premiers jours, je reste au camp. J'ai des plaies importantes aux pieds, tristes souvenirs des sangsues ; j'urine dessus, mais je doute de l'efficacité du remède. Je n'ai plus de chaussures, elles sont restées sur le chemin ; dans le camp, ce luxe européen a disparu. Nous couchons à même le sol, groupés en chiens de fusil afin de nous tenir chaud. Si l'un de nous se lève dans la nuit, il perd sa place ; de même, si un dormeur change de position, tout le monde suit son mouvement pour garder la chaleur. Dans la journée, après les corvées, nous découvrons également les cours politiques, véritables lavages de cerveau destinés à faire de nous des combattants de la paix.

Guy vient me voir assez souvent. Camille découvre auprès de Guy qu'il a également de la famille dans son village normand " *Le Sap* ". Tous ces liens nous rapprochent et nous formons maintenant une bonne équipe. Après deux à trois semaines, j'ai pu reprendre quelques forces. Les plaies de mes pieds se cicatrisent. Je participe aux corvées quotidiennes de ramassage de fougères pour la cuisson du riz. L'idée d'une évasion devient notre thème de discussion. Camille a obtenu des Viets une aiguille pour réparer nos hardes mais pas de fil ; les Viets, très pudiques, sont satisfaits de cette initiative.

Étant assez manuel, je demande à certains d'entre nous de me donner les poches extérieures de leurs pantalons, ce que les Viets appellent nos poches de voleurs. Je voudrais récupérer une partie du fil, et confectionner ainsi des boudins pour le transport du riz nécessaire à notre évasion, que nous volerons à chaque corvée dès la mise au point de notre projet. Dernièrement, à l'occasion d'une corvée de riz, nous avons rencontré un groupe de religieuses et de prêtres, mais les *bo doï* n'ont pas permis un début de conversation ; seuls quelques petits signes discrets ont été échangés.

Camille a réussi à entrer en contact avec le lieutenant Bianconi, capturé en 1946 à Vinh. Après plusieurs tentatives d'évasions, il est resté estropié par les coups reçus. Il a même été " *promené* " dans les villages, enfermé dans une cage à tigre posée sur une charrette tirée par un buffle.

Il nous conseille de partir dans la direction du Laos, dont nous sommes assez proches, de traverser la chaîne annamitique et, dès que nous trouverons un cours d'eau, de construire un radeau avec des moyens de fortune et de nous laisser descendre, la nuit de préférence, en nous méfiant des rapides nombreux sur le parcours, enfin de traverser le Mékong et de nous faire interner au Siam (Thaïlande), qui est un pays ami de la France. Les recherches qu'effectueront les Viets se feront plus activement dans la plaine, secteur plus peuplé, où l'armée démocratique du Vietnam tient mieux la population. Dans le secteur des montagnes, nous trouverons peut-être une ambiance différente. D'après lui, pour effectuer ce voyage, il faut compter entre quatre et cinq jours.

À l'approche de la période de Pâques, ayant vu des ecclésiastiques quelques jours auparavant, nous sollicitons la possibilité d'assister à une messe pour la fête de Pâques. Quelques jours plus tard, après la séance de cours politique et le lavage de cerveau quotidiens, le commissaire politique nous annonce que, grâce à la clémence de l'oncle " Ho ", nous aurons le privilège d'assister à une messe.

Le jour de Pâques arrive. Après le comptage du matin et la " *petite soupe* " avalée, c'est le départ. Durant quelques kilomètres, nous empruntons des chemins que nous connaissons, puis une route empierrée en construction. Nos pauvres pieds sont maltraités sur ces cailloux ; nous avons l'impression de tourner en rond, car nous retrouvons cette route à plusieurs reprises.

Nous voilà enfin dans un village avec une église en dur. La messe vient de commencer. Des villageois sont là ; malgré l'importance de notre groupe, l'indifférence est générale à notre arrivée. Sur le chemin du retour, nos points de vues se rejoignent, nous avons l'impression d'avoir été bernés. Le chemin nous paraît plus court, et nous ne retrouvons pas la route empierrée. Par contre, à notre retour, nous trouvons un repas amélioré préparé par l'équipe restée au camp et, bien sûr, cela toujours grâce à la clémence de l'oncle " Ho ". Les Viets ne manqueront jamais une occasion d'intoxication mentale.

Les jours s'écoulent entre corvées de fougères, de riz, cours politiques, chasses aux mouches et insectes nuisibles. Cette chasse a été inventée par les Viets pour créer une émulation entre les groupes. Un de nos camarades a eu ses lunettes cassées par un nouveau *bo doï*, ce dernier ne supportant pas qu'un prisonnier puisse porter des lunettes : " *C'est un signe de culture* ". Nous sommes presque prêts pour notre aventure, des bambous ont été taillés et cachés, ils nous serviront pour nous défendre en cas de nécessité. Encore un peu de riz et ce sera le départ.

Brutalement, un matin, le rassemblement se fait plus tôt que d'habitude ; nous changeons de camp. C'est la consternation et la déception ; tout le matériel préparé avec difficulté est perdu ; nous prenons la route avec amertume. Notre nouveau camp, situé dans une zone de collines à forte végétation, nous rapproche de la zone montagneuse. De grandes paillotes avec des bat-flanc qui, malgré leur délabrement, nous paraissent plus séduisantes que la pagode. Avec un peu d'aménagement, nous aurons un confort relatif. Une paillote plus grande avec des bancs, ouverte aux quatre vents, fait office d'amphi ; ce sera notre lieu de réunion. Le soir, nous sommes assaillis par les moustiques. Un feu au milieu de la paillote, avec beaucoup de fumée, les fait fuir ; mais peu après, l'atmosphère étant devenu irrespirable, nous sortons les retrouver à l'extérieur. Dans le camp, nous sommes très libres. Nous en profitons pour chaparder tout ce que nous trouvons dans les environs, principalement dans les champs d'ananas. Notre surveillance est assurée par les enfants, la population d'un village proche, et la brousse qui reste une alliée des *bo doï*.

Nous apprenons à connaître notre environnement. À l'occasion d'une corvée de riz, Camille, qui était affecté dans un bataillon de parachutistes vietnamiens, ce qui lui a permis d'apprendre quelques rudiments de la langue du pays, avait réussi à se faire donner une saucisse de chien dans une gargote du bord du chemin. Nous décidons de la partager et de la manger crue, immédiatement, sans penser aux conséquences possibles.

La vie au camp continue. Il y a de plus en plus de malades. J'ai des crises de paludisme de plus en plus fréquentes. Camille a passé quelques jours à l'hôpital. Guy, quant à lui, tient le choc. Plusieurs d'entre nous ayant des douleurs dentaires, nous demandons l'intervention d'un dentiste qui arrive quelques jours plus tard. Les malades sont appelés.

Un camarade de mon groupe passe le premier ; nous entendons quelques minutes après des hurlements. J'écarte la paille de la paillote, et j'aperçois mon camarade assis, attaché sur une chaise ; un morceau de bois sur un côté de la mâchoire lui tient la bouche ouverte. Le dentiste déchausse la dent avec un tournevis et, sur une chaise, j'entrevois le reste des instruments : une tenaille de menuisier, une pince multiple de mécanicien et un marteau. Sans attendre et malgré mon mal de dent, je quitte cet endroit avec précipitation. Plus tard, ce compagnon d'infortune nous confirmera que la dent lui a été arrachée à vif.

Le manque d'hygiène a fait apparaître les poux. Nous pratiquons nos séances d'épouillage journalières de préférence avant le bain, ce qui nous permet de laver ensuite nos hardes. Pour prendre le bain, il existe une coutume vietnamienne. Les hommes se baignent dans les eaux en amont du village. Les femmes, sensées polluer l'eau, se baignent en aval du village. Tandis que nous, prisonniers, nous devons nous laver en aval du lieu du bain des femmes.

Un jour de baignade, nous entendons un bruit assourdissant dont nous avons perdu l'habitude. Le temps de lever les yeux, la mitraille s'abat près de nous. Aux grands gestes qui sont faits, le pilote comprend son erreur et nous fait d'amples battements d'ailes. Cette visite aérienne nous donne l'idée de matérialiser notre camp. À trois, nous gravissons la colline au sommet bien dégagé et nous découvrons un spectacle grandiose. Une multitude de mamelons semblent sortir d'une mer de verdure qui s'étend à perte de vue de tous côtés, ce qui nous laisse perplexe sur nos projets d'évasion sans direction de référence précise. Nous matérialisons une croix de Saint-André avec des pierres et regagnons le camp. Nous ne reverrons jamais plus d'avions.

Nous avons maintenant abandonné notre projet de partir à trois. Je n'en ai plus la force, mon état de santé est en baisse. Camille tentera sa chance avec un gars du groupe, mais ils seront repris rapidement. Les crises de paludisme se faisant de plus en plus régulières et de plus en plus rapprochées, je me retrouve à l'infirmerie ; les Viets me font des piqûres dans les fesses. J'attends les résultats ; finalement, je retourne dans mon groupe où je rends de menus services pour ne pas devenir grabataire.

Les Viets ont annoncé, avec de multiples détails et en reconnaissant de lourdes pertes en vies humaines, la chute de Dien Bien Phu le 7 mai 1954 et l'ouverture probable de la conférence de Genève. Il me faut donc tenir ; les gars de mon groupe s'occupent de moi et me forcent à manger.

Toujours grâce à la clémence de l'oncle " Ho ", le 14 juillet 1954, nous avons droit à un repas amélioré et, pour la digestion, à un long discours sur les mérites du communisme. À la fin du discours du commissaire politique, nous devons chanter l'Internationale mais, entraîné par Camille et quelques gars du 27e Bataillon de Tirailleurs Algériens qui avaient également tenté une évasion, c'est la Marseillaise que nous entonnons. Après un court flottement, le commissaire retourne la situation à son profit. Il nous fait un exposé sur ce chant révolutionnaire et nous félicite d'être devenus des combattants de la paix. Voyant ce retournement de situation, nous chantons l'Internationale, pour ne pas voir diminuer nos rations de riz du lendemain.

Enfin du remue-ménage dans le camp. Les prisonniers du Centre Annam sont séparés de ceux du Laos. Nous quittons donc ce camp.

Au bas de la colline, un camion *Molotova* nous attend. Nous roulons sur un chemin à peine carrossable, avec un chauffeur passant les nids de poules sans ralentir. En fin de journée, il nous dépose devant une construction en dur qui devait être probablement un poste colonial d'avant-guerre, bien conservé et transformé en prison.

Nous devons être dans le Than Hoa. Des jeunes femmes armées de coupe-coupe nous prennent en charge. Loin de répondre aux plaisanteries que nous leurs adressons, elles nous menacent avec leurs armes et nous conduisent dans une salle propre avec quelques bat-flanc, où un repas nous est servi par des villageois. Libres de nos mouvements, nous visitons cette enceinte. Dans une cour, à l'arrière, nous découvrons un affreux spectacle.

Dans des cages superposées, ne pouvant ni s'allonger, ni se mettre debout, se trouvent des êtres humains, en général des femmes, qui nous présentent leurs mains décharnées pour obtenir une quelconque nourriture. Hélas, nous n'avons rien.

Les hommes ont été décapités dès leur arrestation, au début de la révolution. Il s'agissait de bourgeois et de notables. Écœurés par ce spectacle, nous fuyons cette cour et son odeur nauséabonde pour retrouver nos bat-flanc. Le lendemain matin, nous quittons cette prison escortés par deux *bo doï*. Dans la journée, nous arrivons à Sam Son.

Nous sommes logés dans une ancienne caserne où nous retrouvons de nombreux prisonniers. Les repas sont copieux, avec viande, et nous sommes servis par des jeunes femmes. Le couchage reste un peu primaire : un lit à lames métalliques recouvertes d'une planche et d'une natte. Les journées sont longues, les échanges de prisonniers étant bloqués par un désaccord à Genève. Nous patientons un certain temps dans ce qui est pour nous un univers de rêves. Nous reprenons des forces et visitons cette ville agréable et bien entretenue. Les commerces sont bien achalandés et certains prisonniers, à qui les Viets ont rendu leur bien et leur argent, offrent une bouteille de vin bouché que nous partageons entre une dizaine de gars. Dernier effet d'une propagande savamment orchestrée. Le vin bouché n'a jamais été la boisson des paysans vietnamiens.

Enfin les différends se règlent à Genève. Un général viet vient nous faire un discours et un paquetage nous est distribué, avec un quart de savonnette de l'intendance française. C'est la première fois depuis sept mois que nous pouvons nous laver avec du savon ; nous en avions perdu l'odeur et la sensation de bien-être.

Le 22 août 1954, jour de notre libération, nous prenons place dans des pirogues surchargées, où nous perdons encore un compagnon par noyade accidentelle, pour arriver enfin en bord de mer. Un rapide tri des médecins français et nous voilà embarqués dans un chaland à destination de Haïphong. Après une quinzaine de jours à l'hôpital de cette ville, un bref séjour à Nha Trang, un autre plus long à Dalat, puis un troisième à Saïgon, nous voici rapatriés sur Paris par avion où nous débarquons le 4 octobre 1954 entre une haie de CRS en armes. Une nuit à l'hôpital militaire de Paris, et le lendemain matin, dans la capitale, nous retrouvons le bien-être de la vie française.

C'est alors que nous prenons conscience que, malgré toutes ces aventures parfois humiliantes, nous avons su rester des hommes.

***

SOIXANTE-SIX MOIS PRISONNIER DES VIETMINHS

Francis TURELIER

L'ENGAGEMENT

À la déclaration de guerre en 1939, je n'ai que 13 ans mais je participe à la défense civile de Bar-sur-Seine parce que je suis Scout. Ce sera ma première expérience douloureuse. Après l'armistice, le mouvement scout interdit, nous adhérons au Touring Club de France. Quelques actions individuelles contre l'occupant (inscriptions, sabotages) ne paraissant pas profitables, je participe à la Résistance organisée.

Fin 44, ma région libérée, je m'engage pour trois ans. Appelé le 27 décembre, je rejoins l'Alsace pour prendre part aux combats de la poche de Colmar, au sein d'une unité de *Sherman* d'artillerie. Puis je participe aux combats de la forêt de Haguenau et au franchissement du Rhin. La campagne d'Allemagne me conduit jusqu'à Innsbruck.

Après avoir suivi des pelotons de brigadier et de sous-officier, je suis artilleur. Sorti parmi les quatre premiers, je suis nommé brigadier-chef. Je me porte volontaire pour l'Indochine.

Je suis deux mois d'instruction au Centre d'instruction coloniale de Fréjus (stage commando, exercices de combat d'infanterie, quelques notions sur les combats d'Indochine).

Les instructeurs sont des sous-officiers qui se préparent à embarquer avec nous. Ils n'ont jamais mis les pieds en Indochine. L'urgence des renforts se fait sentir là-bas, où les troupes françaises cohabitent tant bien que mal avec les unités Vietminhs dans toutes les garnisons du territoire, en vertu des accords du 6 mars 1946 et du " *modus vivendi* " signé en septembre 1946.

LE DÉPART

La longue traversée sur le " *Félix Roussel* " dure un mois. C'est un vieux rafiot bon pour la réforme, remis en service pour acheminer les renforts sur le théâtre d'opérations d'Extrême-Orient.

Nous débarquons à Saïgon le 25 décembre 1946, cinq jours après l'insurrection générale Vietminh. L'attaque a été déclenchée par surprise dans la nuit du 19 au 20 décembre. Toutes les garnisons françaises sont attaquées et mises en difficulté. Hanoï et Saïgon reprennent vite l'initiative. Cependant, tout n'est pas nettoyé. Nous entendons les tirs d'armes automatiques du côté de Cholon. Les Viets tiennent encore sur l'arroyo chinois (canal d'irrigation). Tourane résiste. Hué est encerclée, en grande difficulté. Le 5e RIC se bat maison par maison et se regroupe dans la citadelle et le lycée Khai Dinh, en attendant un renfort qui mettra plusieurs jours à arriver.

La Délégation d'amitié franco-vietnamienne de Vinh reçoit un ultimatum des officiers de liaison vietminh. Hanoï donne l'ordre de se rendre après avoir détruit le matériel et les documents. Cette garnison composée de trois officiers de liaison et d'un groupe d'hommes commandé par un sergent-chef n'a pas les moyens de résister. De plus, les accords du 6 mars 1946 prévoient leur remise aux autorités françaises en cas de rupture des accords et de conflit. Ils seront rejoints par les civils français de Vinh, femmes, enfants, vieillards, puis par ceux capturés à Hué. Ils resteront six ans en captivité. Les officiers seront libérés huit ans plus tard, après l'armistice qui suivra la chute de Dien Bien Phu.

PREMIERS COMBATS

Durant quelques mois, je suis affecté dans différents postes de la périphérie de Saïgon. Les moyens en armes et munitions sont insuffisants. Dans un poste que j'occupe avec des Cambodgiens, les transmissions sont assurées par un colombophile qui envoie le matin un pigeon muni d'un message à la patte relatant les événements de la nuit. Le ravitaillement se fait par un convoi mensuel qui amène les pigeons de remplacement, les munitions, les médicaments et les objets usuels de toilette que l'on ne trouve pas dans la brousse. La solde nous est versée par la même occasion. Les effectifs manquent. Tous les petits postes sont commandés par des sergents, des caporaux-chefs et parfois même des caporaux. Dans notre secteur, il y a même un soldat de " *première classe* ", de l'infanterie coloniale, qui commande des supplétifs chargés de la protection d'un village.

Les postes sont composés de deux ou trois Français et de troupes cambodgiennes. L'armement est anglais : mitraillettes *Sten*, fusils-mitrailleurs *Bren*, lance-bombes *Piat*, fusils 303 canadiens ; ces armes ont été laissées par les troupes anglaises qui ont occupé le Sud.

Les Japonais sont parqués près de l'hippodrome. Ils se gardent eux-mêmes et assurent leur ravitaillement. Ils ont quelques armes pour tenir un poste de police. L'effectif des troupes françaises ne permet pas encore de les prendre en charge. Ils assurent le déchargement des bateaux de matériels qui viennent de la métropole. Les renforts de troupes arrivent par bateaux surchargés.

Le groupement d'artillerie colonial d'Afrique occidentale française dont je fais partie est incorporé dans un élément pour une grande opération permettant de dégager Baria et les environs. Cette région est sous le contrôle d'un bataillon vietminh. Les combats sont durs, mais se terminent à l'avantage des Français qui occupent le terrain et y installent des postes.

Des unités de la 13e Demi-Brigade de la Légion Étrangère et notre groupement d'artillerie embarquent à Saïgon et débarquent à Tourane quelques jours après, pour assurer le nettoyage des villages proches de la ville. Après cette opération, je reste à Tourane pour récupérer les blessés légers et les malades qui sont à l'infirmerie. Mon unité fait mouvement sur Hué.

Une semaine après, mon camion, un *Pick-Up Chevrolet* anglais, est incorporé en queue d'un long convoi commandé par le colonel Roger. Après le franchissement du bac de Nam Ho, le convoi s'engage sur la route sinueuse, en corniche, qui mène au Col des Nuages. À gauche, c'est la falaise et la forêt, à droite, le ravin surplombant la voie ferrée, puis plus bas, la mer.

L'embuscade se déchaîne brutalement. Tout le Régiment vietminh 101, unité de la région, est là. Les mitrailleuses et les fusils mitrailleurs ennemis visent les cabines des véhicules pour neutraliser les chefs de bord et les chauffeurs. Des grappes de Viets dégringolent sur les véhicules de l'avant. C'est le corps à corps à l'avantage des Viets. Les tireurs des camions de queue ripostent pour empêcher les Viets d'arriver sur cette partie de route qui n'est pas prise dans l'embuscade. Devant nous, des camions brûlent. Mon chauffeur manœuvre pourfaire demi-tour. Des rafales arrivent sur les véhicules de queue pour essayer de les neutraliser. Il y a des blessés et des morts. Quelques véhicules arrivent à rejoindre le bac de Nam Ho où sont déjà rassemblés des éléments de la Légion. Nous remontons avec eux, laissant nos blessés et nos morts à Nam Ho. Les Viets ont disparu. Nous ramenons les morts, extrayons des véhicules les chefs de bord et les chauffeurs à demi-calcinés, et dégageons les carcasses de vingt-huit véhicules pour libérer le passage. Un ratissage de la Légion dans la forêt permet de retrouver les prisonniers égorgés ; parmi eux, le colonel commandant le convoi. Quelques blessés, qui avaient sauté dans le ravin côté voie ferrée, sont récupérés.

Deux jours plus tard, je repars avec un convoi fortement armé, encadré d'automitrailleuses à l'avant et à l'arrière. Tout se passe bien et je rejoins mon unité à Hué. Je suis affecté dans un petit poste de protection sur le bord de la Route Coloniale n° 1 entre Hué et Dong Hoï. L'effectif de mon groupe est de dix hommes. Ma mission est de garder les convois empruntant cette route après sa fermeture le soir. Un peloton du Régiment Étranger de Cavalerie, basé à une dizaine de kilomètres, est chargé de nous dégager lorsque nous sommes harcelés. Les blessés des convois stationnés dans le poste pour la nuit sont soignés par le caporal infirmier de la Légion. Il était chirurgien dans la *Waffen SS*.

Relevé par des Marocains, je rejoins avec mes dix hommes mon unité au poste de Bang Lang, au lieu-dit des Trois Rivières. C'est là que le Song Giang se jette dans la Rivière des Parfums. La batterie d'artillerie au complet est installée dans deux postes de chaque côté de la rivière. Les canons de 3,7 pouces et de 88 mm sont installés dans des alvéoles protégés par des murs de terre entre des rangées de troncs d'aréquiers dans le premier poste. Je suis affecté au deuxième poste de l'autre côté de la rivière, à l'embouchure du Song Giang, comme chef de groupe de combat d'infanterie.

L'ULTIME COMBAT

Ce matin du 5 juillet 1947, le capitaine apprend par son officier de renseignements et un agent vietnamien que neuf Viets ont assassiné les notables du village de Van Xa et brûlé la maison commune. Ils ont rassemblé la population et un commissaire politique sème sa propagande révolutionnaire parmi les paysans.

Je suis incorporé comme chef de groupe dans une patrouille composée de huit Français, cadres compris, de quatorze Cambodgiens et d'un interprète du nom de Than. Deux fusils-mitrailleurs *Bren* avec vingt chargeurs chacun, six mitraillettes *Sten* avec six chargeurs chacune, des fusils 302 avec cinquante cartouches chacun, des grenades offensives et défensives composent notre armement.

La mission est de reconnaître les alentours et le village de Van Xa, situé au Nord-Ouest de notre poste et, si possible, de neutraliser les Viets pour affirmer notre présence.

Au moment où nous arrivons aux lisières du village, dans une région de pénétration difficile au relief assez tourmenté, nous faisons une halte pour permettre aux éclaireurs de fouiller le terrain. Ils ne remarquent rien d'anormal et nous continuons la progression, les armes prêtes à tirer.

Dès que toute la patrouille est engagée, nous sommes pris à partie par une mitrailleuse, un grand nombre d'armes automatiques *Thompson*, et des fusils. Nous réussissons à prendre position derrière les aspérités du terrain sans trop de pertes. L'effectif engagé par les Viets est important : un bataillon du Régiment 101 participe à cette action. Nous ne pourrons tenir longtemps si un renfort providentiel ne vient nous dégager. J'ai su, à ma sortie de captivité, qu'il n'y a pas eu de renfort, l'effectif engagé par les Viets nécessitant un long délai de préparation et de gros moyens en troupes ; il y avait le risque de perdre beaucoup d'hommes pour ne récupérer que quelques rescapés de la patrouille.

Après une demi-heure de combat, nous sommes écrasés sous les multiples assauts lancés par des masses de Viets. Le commissaire politique relance les hommes malgré les lourdes pertes infligées par nos tirs. Nos armes font des trous sanglants dans les masses successives qui foncent en criant : " *Ho Chi Minh muon nam* " (qu'Ho Chi Minh vive dix mille ans). " *Xung phang Phap tiet* " (à l'assaut, mort aux Français).

Malgré une résistance acharnée, nous ne pouvons tenir. La retraite est coupée par des *Thu Vé* (partisans) cachés dans la végétation dense. Avec ce qui reste de mon groupe, j'essaie de me replier sur un mamelon voisin sous le tir ajusté de la mitrailleuse ennemie. Notre dernier fusil-mitrailleur est neutralisé, le tireur blessé, gravement atteint à l'épaule par une rafale. L'affolement devient général après l'explosion d'une bombe manipulée par un fil, qui disloque le peu d'hommes restant. Je me retrouve finalement seul sur le mamelon avec mon brigadier cambodgien. Quelques Viets armés de sabres et de coupe-coupe essaient de nous contourner et nous approchent au plus près. Mon brigadier a le crâne éclaté d'un coup de coupe-coupe.

Je suis seul et commence à envisager la mort. Je ne peux pas me sortir d'un guêpier pareil. Vingt et un ans, c'est jeune pour mourir ; mais lorsque je me suis porté volontaire pour l'Indochine, je connaissais les risques qu'il fallait accepter, la mort, la blessure grave handicapante pour la vie. Je n'ai jamais pensé à la captivité ; à ma connaissance, les Viets ne font pas de prisonniers. Ceux qui ont été pris ont toujours été torturés et décapités. Quelquefois, la tête de l'un d'entre eux, plantée sur un pieu de bambou, est fichée en face du poste pour abattre le moral des hommes.

Les Viets envoient des grenades en tôle de fabrication locale dans la zone où je rampe, me blessant légèrement aux jambes. Une rafale me passe au ras du corps. Je suis encerclé, assailli par un *Thu Vé* armé d'un sabre qui m'assène plusieurs coups. Blessé à la main gauche, je dois la vie sauve à l'intervention du chef de bataillon viet ; il fait reculer les *Thu Vé* qui veulent ma tête. En excellent français, il me prie de me rendre. Je lève les bras, n'étant plus en état de me défendre, à moins de courir au suicide.

PRISONNIER

Le commandant viet, coiffé d'un chapeau de brousse, armé d'un *Colt* 45 dont le cordon est une fourragère de la médaille militaire, se présente : " *Commandant Thi, chef de bataillon au Régiment 101, ancien élève de l'École Navale française et enseigne de vaisseau de première classe dans la Marine française. Je suis patriote. Pour l'indépendance de mon pays, je me suis rallié au Vietminh. Vous avez de la chance, je suis le seul à faire des prisonniers quand je peux intervenir avant le massacre. Vous êtes le deuxième prisonnier de guerre du Centre-Annam. Voici trois mois, j'ai capturé un sergent, René Savart. Blessé grièvement au crâne, nous l'avons soigné et, après son passage devant le tribunal du peuple, il a été dirigé vers la région de Vinh. Là-bas se trouvent les internés de la délégation française de Vinh, ainsi que des colons qui ont été capturés le 20 décembre 1946. Et vous, comment vous nommez-vous ?* "

Je décline mon nom, mon grade et mon unité. Il connaît mon unité, elle fait partie de son secteur. Je suis prisonnier, mais ma survie n'est pas encore assurée. Je me pose des questions. Est-ce qu'ils vont me torturer et m'exécuter ? J'ai quand même un peu d'espoir. Si je suis les traces de Savart, ce sera un bon signe pour moi de savoir qu'il n'a pas été exécuté.

J'ai appris à ma sortie de captivité que l'embuscade nous avait coûté dix-neuf morts, les blessés graves ayant été achevés. Le brigadier cambodgien n'était pas mort, la boîte crânienne ayant éclaté sans que le cerveau ne soit touché. Le tireur blessé à l'épaule avait réussi à passer à travers les Viets en emportant son arme. Les paysans racontèrent qu'ils avaient vu les Viets me torturer, m'exécuter puis balancer mon corps dans le Song Giang. Deux lignes sur mon état signalétique résument le fait : " *Disparu dans la région de Hué, le 5 juillet 1947, rayé des contrôles le 6 juillet 1947* ".

PREMIÈRES MARCHES

Les Viets me retirent mes chaussures et m'attachent les bras, coudes joints dans le dos, ce qui m'empêche de courir ou de me relever lorsque je suis allongé sur le sol. Ils se dispersent par petits groupes pour rejoindre leurs refuges dans les profondeurs de la forêt vierge, sur les flancs de la chaîne annamitique. Ils emmènent leurs morts et leurs blessés.

J'avance, escorté par un petit groupe de soldats réguliers. Après trois heures de marche, des avions de chasse apparaissent. Ils " *straffent* " en plusieurs endroits. Les Viets me font allonger sur le sol, sous un buisson. Ils se camouflent eux-mêmes sous la verdure. Après cinq heures de marche, nous attaquons les premiers contreforts. Des guetteurs se dévoilent tout au long de la piste de montagne. Ils ont certainement comme mission d'avertir le bataillon en cas d'infiltration des troupes françaises.

Enfin, nous arrivons au campement viet, bien camouflé sous le feuillage des géants de la forêt. J'y retrouve l'interprète Than. On m'attache à un pilier d'une *ka nha* (baraque en bambou recouverte de chaume). Toute la nuit, les moustiques me harcèlent. Les démangeaisons sont insupportables. Mais il est impossible de me gratter, mes mains étant entravées. Je finis quand même par m'endormir d'épuisement. Le matin, je me réveille boursouflé par les piqûres, les pieds en feu par la marche de la veille. Toute la matinée, je reste attaché et ce sont les mouches qui remplacent les moustiques. Je suis couvert de sang et cela les attire. De temps en temps, un Viet me fait boire dans une calebasse.

L'après-midi, deux *bo doï* (soldats) viennent me chercher et m'emmènent au bord du ruisseau. Une femme nettoie mes plaies à l'eau et je peux me laver de tout le sang séché que j'ai sur le corps. Ma chemise de brousse et mon short sont en lambeaux. Les Viets m'ont laissé mon casque colonial. Je nettoie sommairement mes vêtements. Je les remets et ils sèchent sur mon corps. Après ce nettoyage, je suis enfermé dans une cage. Mon voisin de droite est le frère d'un curé vietnamien qui a refusé de collaborer. À gauche, l'interprète Than, complètement amorphe, sachant que ses heures sont comptées. Il est emmené peu de temps après et exécuté au bord du ruisseau. J'entends le coup de feu. Je suppose qu'on lui a tiré une balle dans la nuque.

LE JUGEMENT VIET

Les habitants des environs du poste de Bang Lang défilent devant moi. Les Viets veulent savoir si je n'ai pas commis d'atrocités dans leurs villages. Aucun ne m'accuse. Je m'interroge sur mon sort. J'espère suivre les pas de Savart dans la région de Vinh. Toujours surveillé et attaché, l'évasion m'est impossible. Un viet me délie à chaque repas, le matin et le soir. Ils me donnent une *cai bat* (bol) de riz, ce qui est insuffisant pour mon estomac d'Européen et la faim commence à me tenailler. Pour l'eau, je ne suis pas rationné. Souvent, une sentinelle vient me faire boire. Le frère du curé est exécuté le lendemain.

Le commandant Thi vient me voir. Il dit : " *Vous allez être présenté devant le tribunal du peuple. Toutes les décisions seront prises par lui après jugement. J'assurerai votre défense. Ce ne sera pas facile. Pour obtenir les circonstances atténuantes, vous devrez reconnaître que vous êtes victime des colonialistes français et des capitalistes qui vous ont entraîné dans cette sale guerre par leur propagande.* "

Je suis présenté plusieurs fois devant le tribunal du peuple, composé d'un colonel commissaire politique qui veut ma tête, d'un capitaine du comité d'exécution qui attend la sentence et du commandant Thi. Aucune atrocité dans les villages n'ayant été retenue contre moi, je suis quand même condamné à mort comme criminel de guerre venu combattre contre la liberté d'un peuple. Je bénéficie des circonstances atténuantes, ayant reconnu avoir agi sous l'effet de la propagande des colonialistes français, ce qui me donne droit à une demande de recours en grâce auprès du président Ho Chi Minh.

Après le jugement, je ne suis plus remis en cage et je dors au milieu des viets, ma jambe reliée à la jambe de l'un d'entre eux. Ce qui pose un problème lorsque je suis pris d'une envie intenable. La journée, je reste attaché, les coudes joints dans le dos et les pieds entravés.

Ma demande de recours en grâce revient quelques jours après, certainement signée par un haut personnage Vietminh de la région, peut-être le colonel commandant le Régiment 101. Elle est ainsi rédigée : " *Le président Ho Chi Minh, dans sa grande bonté et sa haute magnanimité, reconnaissant que, fils du peuple de France, j'ai été trompé par la propagande mensongère des colonialistes français et des capitalistes internationaux, m'accorde ma grâce en me donnant les choix suivants :*

- soit passer dans l'armée populaire et faire l'instruction du tir au canon de 75,

- soit aller dans un camp de prisonniers, dans la région de Vinh. "

J'opte, comme mon devoir l'impose, pour le camp des prisonniers, même si ce n'est pas ce que désirent les Viets, même si je dois être exécuté. Je sais que ma vie ne tient qu'à un fil. J'accepte la mort pourvu qu'elle soit rapide comme pour Than et le frère du curé. Il faut que j'efface de mon esprit la famille, le bien-être, le pays, pour ne penser qu'à ma survie si elle est possible et, si l'occasion se présente, à l'évasion.

VERS LE CAMP DE VINH

Le 17 juillet 1947, soit douze jours après ma capture, je quitte le camp viet pour une longue marche qui doit me mener au camp de prisonniers de Vinh. Je suis accompagné par un sergent et dix hommes, chargé d'un boudin de quinze kilos de riz et d'un tube de bambou en bandoulière contenant ma réserve d'eau. Ce sera dur. Il faut que mes pieds prennent de la corne pour être solides. Ils sont fragiles sans chaussures et, dans la forêt vierge, la moindre écorchure se transforme en plaie suppurante et en ulcère. Déjà les plaies de mes jambes et de légères blessures suppurent et s'agrandissent. Je les nettoie à l'eau. C'est tout ce que je peux faire ; pour moi, il n'y a ni désinfectant, ni médicament.

Le sergent et les *bo doï* qui m'accompagnent sont relevés à chaque passage dans un refuge viet. Au premier village Moï, le chef de village désigne l'un d'eux comme guide. Les Moï (minorité ethnique habitant la forêt vierge) vivent dans les *Ray* (" brûlis " pratiqués dans la forêt pour installer le village et les cultures de manioc, de patates douces et de riz des montagnes). Ils élèvent des poulets, quelques cochons, et des buffles pour le travail de la terre. Les cases sont montées sur pilotis. La nuit, un tour de veille est organisé pour entretenir le feu et taper sur le gong en cas d'approche d'un tigre, qui risque d'emporter un cochon ou un jeune buffle. Ils sont vêtus d'un chiffon qui cache leur sexe. Les femmes ont les seins nus. Leurs armes sont des arbalètes, très dures à armer, mais d'une grande précision. Ils portent aussi un carquois chargé de flèches et une grande lance.

Ils sont pacifiques et ne se montrent jamais agressifs vis-à-vis de moi. Pour eux, je suis plutôt une curiosité. Ma barbe et mes cheveux ont poussé. L'homme Moï est imberbe comme l'Annamite. Il porte juste une petite barbiche et ses cheveux sont relevés en chignon tenu par des baguettes de bambou. Les femmes ont souvent des bracelets en or ou en cuivre au bas des jambes.

La piste est sinueuse. Quelquefois, j'ai l'impression de revenir sur mes pas. Il faut contourner des obstacles infranchissables et l'on fait trente kilomètres alors qu'en ligne droite, il y en a sept ou huit. Je suis très fatigué. La nourriture est insuffisante ; mon estomac n'y est pas encore habitué. Les privations me font souffrir. J'ai faim. Mes pieds sont en mauvais état. Le matin, avant le départ, il faut que je les vide de leur pus en appuyant fortement sur chacun d'eux. J'ai de plus en plus de difficulté à maintenir la cadence de marche.

Heureusement, à l'arrêt dans un village Moï, le sorcier, voyant l'état de mes pieds, propose au sergent de me soigner. Celui-ci accepte. Le sorcier vide mes pieds de leur pus, les nettoie à l'eau bouillie et les enduit d'une pâte noire tirée de l'écorce d'un arbre. J'éprouve de suite un grand soulagement. Au bout de quelques temps, mes pieds guérissent. La corne s'étant formée, je marche beaucoup mieux et avec moins de fatigue.

Le 15 août 1947, je suis remis au Régiment 95 (région Dong Hoï) vers la Route Coloniale n° 9 qui rejoint le Laos à Savannahketh. C'est le cordon ombilical pour le ravitaillement des troupes françaises en garnison au Laos. Un bataillon de ce régiment me prend en charge. Trois jours de repos me sont accordés à proximité d'un *Ray* et d'un village Moï.

Le 18 août, je suis pris d'une violente crise de paludisme. La fièvre doit dépasser quarante degrés. Je ne suis plus en état de marcher. Les Viets ne vont certainement pas s'embarrasser d'un poids mort. Ils vont m'exécuter ou me laisser mourir à petit feu. J'ai le moral en baisse. Je suis pourtant sur la bonne voie. Savart est passé dans ce lieu trois mois auparavant. Je me renseigne à chaque refuge car, si je perds sa trace, c'est qu'il a été exécuté et que la même chose va m'arriver. C'est ce qui est ancré dans ma tête.

Le sorcier de la tribu, apprenant mon état, intervient et explique aux Viets qu'il y a une médication qui peut me remettre sur pieds. Le sergent viet me demande si je veux être soigné. J'accepte, on verra bien, je n'ai rien à perdre et tout à gagner. J'ai maigri d'au moins vingt kilos. J'en faisais soixante-quinze lorsque j'ai été capturé. Ma fatigue est extrême. Les plaies de mes jambes se sont creusées sous l'effet des sangsues qui s'accrochent autour et dedans. Elles grouillent par milliers dans l'humus de la forêt vierge. Fines comme des fils, elles se gonflent en se gorgeant de mon sang. Les Viets m'ont donné un bâton, garni à son extrémité d'un chiffon rempli de savon mélangé avec du sel et de la nicotine. À chaque arrêt, il faut le passer autour de la tête des sangsues pour les faire lâcher prise. Des filets de sang coulent le long de mes jambes.

Le sorcier mâche des écorces, des feuilles et des racines qu'il réduit en bouillie et entoure de sa salive. Il me fait avaler à plusieurs reprises cette mixture. Ensuite, il m'enfonce en plusieurs endroits du corps de longues aiguilles en argent pour faire sortir le sang noir. Après une fumigation qui sent le quinquina, je me sens déjà mieux. Au bout d'une heure, la fièvre tombe. Je suis dans un état second, un peu euphorique. Peut-être y avait-il de l'opium dans ces décoctions. Je peux reprendre la marche, difficilement, mais je m'accroche. Un Viet bienveillant me soulage de mon boudin de riz. Je marche mieux. J'ai l'impression d'être monté sur des ressorts, à présent que je n'ai plus de poids sur les épaules. Le lendemain, je reprends ma charge.

Le commandant du bataillon du Régiment 95 décide de descendre dans la plaine et de marcher dans les dunes entre Quang Tri et Dong Hoï. Son bataillon a pour mission de neutraliser un poste français.

De là, comme la mer n'est pas loin, il me fera transporter par jonque jusqu'à Vinh. Je suis la colonne de *bo doï* avec mon escorte. Mes bras sont liés dans le dos, afin que je n'essaie pas de m'évader.

L'opération ne se déroule pas comme prévu. Les renforts français arrivent rapidement. Les Viets sont encerclés par trois bataillons, me dit le sergent qui me garde. Je suis allongé contre la dune. Les Viets résistent avec acharnement. Les tirs de mortier se déclenchent. Les armes automatiques crachent sans arrêt. Le sergent me dit que s'ils ne peuvent m'emmener lors de la percée qui doit avoir lieu vers une heure du matin, ils me laisseront sur place aux mains des Français, mais toute tentative d'évasion me coûtera la vie. Ce sont les ordres du chef de bataillon. Je reprends espoir. Je vais peut-être retrouver la liberté.

Nous sommes le 20 août 1947. Le sergent et mon escorte me font passer une rivière avec de l'eau jusqu'au cou. Je suis délié, mais étroitement surveillé. Il faut porter le boudin de riz sur la tête pour éviter de le mouiller.

Le matin, nous gravissons les premiers mamelons de la chaîne annamitique. Camouflés sous le couvert des arbres, nous avons droit à une petite heure de repos. Les Viets se dispersent par petits groupes, transportant leurs blessés. Une section a dû être sacrifiée pour permettre la percée.

Je me retrouve avec mes gardes sur une piste camouflée sous un tunnel de verdure. Les chasseurs français vrombissent au-dessus de nos têtes, cherchant à repérer une colonne. À la sortie d'un *Ray*, nous sommes surpris par quatre avions arrivant au ras des arbres. Un tas de bois empilé sous une case me permet de m'abriter. Les avions *straffent*. Un Viet qui s'est réfugié dans la case, croyant échapper à la vue des avions, est tué. Une rafale a traversé les chaumes. Son sang coule sur le pilier en face de moi. Le mort sera enterré par les Moïs. Il y a peut-être des blessés et des morts dans la population.

Durant deux jours et deux nuits, nous avançons dans la forêt vierge, prenant une heure de repos de temps en temps. Je dors debout. Les Viets aussi. À l'arrivée dans un village montagnard, je suis solidement attaché. Je m'endors de suite. J'ai très peu mangé depuis deux jours. Mon sommeil est agité tellement je suis épuisé. Je me réveille après douze heures de repos, les membres endoloris. Je n'ai pas entièrement récupéré. Les Moïs nous servent du riz chaud, des patates douces et même un morceau de sucre brun. C'est la première fois que j'ai droit à un tel menu. Après ce repas, je sens quelques forces revenir ; il faut reprendre la piste.

Nous approchons de la Route Coloniale n° 9 qu'il va falloir franchir de nuit. Les Viets m'attachent les bras. Vers minuit, nous sommes à deux cents mètres de la route lorsqu'arrive un convoi de véhicules français encadré d'automitrailleuses, tous phares allumés. Ils s'arrêtent face à nous. Leurs mitrailleuses sont braquées de chaque côté de la route. Des hommes se mettent en position de protection.

Le sergent me fait allonger sur le sol, un coupe-coupe sur la gorge et une mitraillette armée dans le dos. Je ne peux que regarder et écouter. Les soldats parlent entre eux. Beaucoup s'alignent au bord de la route pour uriner. La liberté est là, à portée de la main. Si je crie pour donner l'alerte, je suis égorgé et les Viets se fondront vite dans la nature pour échapper aux Français.

Au bout d'une heure, le convoi repart. Peu après, nous franchissons la Route Coloniale n° 9 et nous rejoignons la montagne. Je suis furieux d'avoir vu la liberté d'aussi près et d'avoir été réduit à l'impuissance.

Le premier septembre, je suis pris en compte par le Bataillon 57. La marche va être plus facile. Nous entrons dans la province du Nghé Anh, fief du Vietminh, inviolée depuis 1945. La capitale provinciale est Vinh. C'est dans cette région que se trouvent les internés de Vinh et René Savart.

VINH

Le 8 septembre, j'arrive à Vinh. La ville a été complètement rasée par les Viets, sauf l'église qui est intacte. La population a été regroupée dans des paillotes aux alentours. À quelques kilomètres, au bord de la rivière Song Ca, se trouve le village de Nam Dan, lieu de naissance d'Ho Chi Minh.

Le 15 septembre, au village de Cong Hoa, je suis présenté au commissaire politique du camp, le lieutenant Anh, qui me dit : " *Vous êtes le deuxième criminel de guerre de ce camp. René Savart est arrivé trois mois avant vous. Tous deux, vous n'êtes pas considérés comme des militaires de la délégation de Vinh. Vous avez du sang vietnamien sur les mains. Si nous sommes obligés de libérer les internés de Vinh, vous ne serez pas relâchés. Peut-être un jour, si l'armistice est signé, ou bien la paix mondiale, nous vous relâcherons, mais il faudra le mériter et regretter vos crimes.* "

J'entre dans la baraque, accompagné d'un *bo doï.* Une vingtaine de Français sont là, tous des militaires. Je reconnais René Savart à son bandeau sur le crâne. Lorsque je lui parle du commandant Thi, du pénible calvaire pour rejoindre le camp, il me comprend, il l'a fait avant moi. Je viens de parcourir neuf cents kilomètres en soixante et un jours, dans des conditions extrêmement difficiles. Je suis heureux de me retrouver parmi des Français. Tous me demandent des nouvelles de l'extérieur. Je peux seulement leur dire que le corps expéditionnaire se renforce, qu'en France il y a encore des tickets d'alimentation, que la politique menée sur l'Indochine est indécise.

Savart me prend sous sa protection. Nous parlons le soir de notre longue marche pour confronter nos points de passage. Je lui dis qu'il m'a servi de guide tout le long du trajet. Il me raconte les circonstances de sa capture. Son poste est attaqué un soir par le bataillon du commandant Thi. Les coolies qui travaillaient au renforcement des défenses du poste ont mis du sable dans les mitrailleuses en prévision de l'attaque. Comme Savart démonte une mitrailleuse enrayée, une grenade explose derrière lui, criblant son dos d'éclats tandis qu'il encaisse un violent coup sur la tête. Un gros éclat vient de lui fracturer l'arrière du crâne. Il perd aussitôt connaissance et ses copains l'étendent dans la paillote qui sert de poste. Cependant, au moyen de brandons enflammés, les Viets réussissent à mettre le feu à la paillote. Sous les ordres d'un sergent, les quelques survivants valides tentent une percée pour rejoindre les lignes françaises. Revenu à lui sous l'effet de la chaleur, René Savart parvient à se traîner dehors et à ramper.

Une fois hors du piège viet, il s'avance en titubant vers la diguette de la rizière, tombe, se relève, essaie de se cacher dans l'eau mais, par crainte de se noyer, remonte sur la diguette où il perd de nouveau connaissance. Il recouvre ses esprits chez les Viets. Après, il a vécu le même calvaire que moi.

René Savart est une force de la nature. C'est un ancien séminariste. Son niveau général lui permettrait de faire l'école d'officiers. Il a préféré venir en Indochine. Chasseur alpin, il est breveté premier de cordée (il y en avait très peu à l'époque) et éclaireur-skieur. Au cours des années, nous allons devenir deux frères, nous soutenant mutuellement, partageant tout, parlant le soir de nos familles, de notre jeunesse et du pays. Il me raconte Sedan et ses Ardennes. Je lui parle de mon village, du scoutisme que j'ai beaucoup pratiqué, du travail de mes parents. Son père est bûcheron, le mien aussi. Nos familles sont pauvres et vivent de leur jardin, de l'élevage de poulets et de lapins.

Souvent, je nettoie sa plaie du crâne. Avec de l'eau bouillie et un morceau de chiffon stérilisé, je dégage la croûte de pus qui bouche la fistule. La plaie propre, je peux apercevoir le cerveau par le trou. Quelquefois, un morceau d'os apparaît. Je l'extrais avec précaution à l'aide d'une pince de bambou passée à la flamme. Il bénéficie d'une endurance à toute épreuve et, malgré sa maigreur et sa blessure, sa force est encore impressionnante.

La vie au camp s'organise en différentes corvées représentant une trentaine de kilomètres par jour (riz, bois, bambou). La corvée de sel est la plus longue: plusieurs jours à la cadence de cinquante kilomètres par jour. Quelquefois, nous sommes requis pour des travaux de terrassement ou de creusements de puits. Il nous arrive même de remplacer des buffles pour faire tourner le moulin à canne à sucre, ce qui nous permet d'absorber un peu de jus. La nourriture n'étant pas suffisante, tout ce qui est mangeable est récupéré.

Le commissaire politique et chef de camp Anh nous relance, mais nous restons allergiques à la politique. Il essaie de nous faire crier des slogans auxquels nous ne répondons pas: " *À bas les colonialistes français! Vive le président Ho Chi Minh! À bas les capitalistes internationaux! Vive le grand frère Staline, père des peuples...* " Les soldats de la garde viet entonnent seuls leurs slogans pour se conserver en bonnes conditions politiques.

Nous changeons souvent de camp pour ne pas être repérés par les avions. Cela se traduit par de longues marches, lourdement chargés. Ils nous font tourner en rond pour nous faire croire que nous nous éloignons, mais des indices nous montrent que nous sommes toujours près du village de Do Luong. Nous ne nous éloignons que de quelques kilomètres de l'ancien camp.

En 1947 et 1948, les camps ne sont pas encore numérotés. Nous les baptisons suivant le lieu (Tham Dong, Quang My, Bethleem, Marie-Louise ou Camp 21, Cat Van appelé aussi Chavagneux du nom de ses anciens occupants, le tombeau...).

En 1948, deux prisonniers de guerre du commandant Thi arrivent. Il s'agit d'un gendarme nommé Pelat et d'un légionnaire, Crespel. Ils sont placés au début dans le camp des officiers. Crespel mourra après une tentative d'évasion faite par les lieutenants Moreau et Bianconi, deux officiers de la délégation de Vinh. Ils restent vingt et un jours dehors et seront repris au bord de la mer, alors qu'ils attendaient la nuit pour mettre un sampan à l'eau.

Dans le courant de l'année 1948, les Viets nous donnent une motion à lire et à signer. Cette motion nous engage trop politiquement, nous refusons de la signer. Le chef de camp Anh nous annonce des représailles si nous nous obstinons. Pour donner une bonne image de lui, il a promis à ses chefs que nous sommes mûrs politiquement et que nous signerons tous. Des pourparlers s'engagent pour changer les termes qui nous saliraient trop auprès des autorités françaises. Rien n'y fait. Anh veut absolument des signatures.

René Savart, qui fait office de responsable du camp, est enfermé dans la case japonaise, cage où l'on doit rester accroupi comme un singe ; il y est impossible de s'allonger. La journée, il y fait une chaleur horrible ; c'est une puanteur, car le prisonnier ne peut sortir pour aller faire ses besoins les plus élémentaires. Savart risque d'y mourir. Sa blessure au crâne n'étant pas nettoyée va s'infecter ; le manque d'eau et de nourriture vont l'affaiblir au point qu'il ne pourra plus remonter la pente. Nous décidons de faire la grève de la faim. Il faut faire quand même certaines corvées. Des prisonniers s'évanouissent. Nous avons tous des vertiges. Nous tenons bon. Anh nous fait apporter du riz chaud dans les paillotes. Nous n'y touchons pas. Au bout de trois jours, il est forcé de capituler devant notre obstination. Tout un camp qui meurt lui aurait posé beaucoup plus de problèmes ; il aurait eu des comptes à rendre à ses chefs.

Savard nous revient, soutenu par deux *bo doï*. Il ne tient plus sur ses jambes. En rentrant dans la *ka nha* (baraque), il nous dit : " *Merci, les copains, de ce que vous avez fait. Je n'aurais pas pu tenir plus longtemps* ". Nous le soignons et lui abandonnons chacun un petit supplément de riz pris sur notre ration. Avec sa solide constitution, il se remet rapidement.

Le 5 octobre 1949, nous quittons le camp. Nous nous retrouvons avec des civils de sexe masculin. L'un d'eux, âgé de soixante-deux ans, Beaujouan, est très malade. Le responsable du camp civil, Jacques Teisserenc, s'occupe particulièrement de lui. Ensemble, ils étaient cadres de l'usine électrique de Vinh. Beaujouan, relevé par Teisserenc, avait déjà fait rapatrier sa femme vers la métropole. Malheureusement, lors de l'insurrection du 20 décembre 1946, il a été pris comme tous les Français de la région.

Nous le brancardons. Son état empire de jour en jour. Il a du paludisme et du béribéri. Son ventre est enflé comme une outre. Dans un village, deux paillotes nous sont réservées. Les paysans ont été priés de se loger ailleurs. Beaujouan est placé dans l'une d'elles. Si nous déménageons, je ne crois pas qu'il soit transportable. Ses souffrances sont atroces, mais nous ne disposons d'aucun médicament, ni d'aucun médecin pour le soigner et le soulager ; il gémit. Vers la mi-novembre, Beaujouan tombe dans le coma. Il n'en a plus pour longtemps.

Le chef de camp et commissaire politique, que nous n'avons pas vu depuis longtemps, nous fait une visite. Il s'arrête près du bat-flanc de l'agonisant et lui demande de ses nouvelles. Beaujouan, qui était sans force, se relève sur les coudes et crie : " *Je ne veux pas vous voir ici. Laissez-moi agoniser en paix* ". Puis il tend le doigt vers Anh et crie : " *Assassin, assassin, assassin…* " et il meurt. Anh se sauve, comme poursuivi par le *Ma Qui* (démon). Nous évacuons aussitôt le mort de la paillote. Il est interdit de mourir dans une maison habitée et les paysans pourraient manifester. L'âme de Beaujouan ne pouvant sortir de la salle risquerait de hanter les lieux pendant longtemps.

Nous le posons sous un gros arbre à l'extérieur. Son ventre éclate. Une odeur atroce s'en dégage. Son ami Jacques Teisserenc, les larmes aux yeux, organise l'enterrement. Nous sommes quelques-uns à le brancarder loin du village. Il est enterré sur un mamelon. Nous lui disons un dernier adieu. Savart, moi-même et quelques autres chrétiens prions pour le repos de son âme. Nous regagnons le camp en pensant à tous ceux qui nous ont déjà quittés et nous savons qu'avant notre libération, il y en aura beaucoup d'autres. Peut-être nous-mêmes ferons partie du lot.

À la fin de l'année 1950, nous construisons un camp où les militaires et les civils seront rassemblés. Ce camp est baptisé par les Viets : Camp n° 15. Notre vie y est plus agréable. Au milieu des familles, des femmes, enfants, vieillards, nous allons pouvoir nous rendre utiles en nous chargeant des corvées à leur profit. Ils nous donnent un supplément de nourriture. Leurs rations sont calculées selon le nombre de personnes, les petits enfants ont une ration égale à celle de leurs parents. Nous reprenons du poids et des forces.

Un de nos camarades est fort mal en point. Atteint d'un béribéri très avancé, il ne devrait pas survivre très longtemps. Il tombe dans le coma, ses yeux sont vitreux. Savart, qui a été séminariste, demande à Mme Dausset, une Vietnamienne veuve d'un Français qui est enfermée avec ses deux filles et une de ses nièces, une croix qu'elle porte toujours à son cou. Il s'approche de Magescas, récite les prières et balance la croix devant son visage. Soudain les yeux de Magescas redeviennent clairs ; il suit la croix du regard, ses yeux sont pleins de larmes, puis il meurt le visage apaisé comme s'il avait reçu le réconfort d'en Haut. Les chrétiens prient beaucoup pour la communauté des prisonniers et pour eux-mêmes. C'est un soutien moral excellent. Je n'ai jamais arrêté de prier durant toute ma captivité, persuadé que c'était le dernier soutien moral qui me restait et que la prière m'aiderait à survivre.

CAMP N° 5

Après un déplacement le 13 février 1952, un groupe de militaires est transféré au Camp n° 5, une quinzaine environ. Nous devons être acheminés vers le Tonkin, dans des camps à la frontière de la Chine. Il faut compter trente-deux jours de marche et six cents kilomètres.

Le Camp n° 5 est dans un état lamentable. Plusieurs baraques permettent de séparer les prisonniers suivant leur nationalité. L'une regroupe tous les légionnaires, une autre tous les Nord-africains et quatre Africains. Dix-sept marins de l'armée de Tchang Kaï Check, ayant fait naufrage sur les côtes de Vinh, occupent une paillote, au fond du camp. Ils attendent l'ordre de rapatriement vers la Chine pour être remis aux troupes de Mao Tsé Toung. Une baraque éloignée du camp sert d'infirmerie. Nous l'appelons la morgue, car ceux qui en ressortent vont droit au cimetière. Une trentaine d'hommes de toutes races sont là en train de mourir. Les poux pullulent. Personne n'échappe à la gale. Une paillote est réservée aux Français. Nous retrouvons plusieurs prisonniers capturés en Centre Annam.

Un infirmier marocain se dévoue, soigne les plaies à l'eau bouillie, essaie d'enrayer les dysenteries avec des décoctions de bourgeons de goyave. Il soigne les béribériques, en leur faisant absorber des litres de citronnelle pour qu'ils urinent et résorbent leurs œdèmes. Il fait bouillir l'écorce des lilas du Japon pour en badigeonner les galeux et endormir les sarcoptes. Ce qui calme les démangeaisons et leur permet de se reposer la nuit. Je vais le voir pour les plaies de mes jambes, qui ne sont pas guéries et se sont beaucoup creusées. Après nettoyage, on constate que le fond est recouvert de peaux blanches et vertes qui rongent les chairs. On peut enfoncer une phalange tellement elles sont profondes. L'infirmier me dit : " *Je ne peux pas faire grand chose pour toi. Je n'ai ni médicament, ni désinfectant, ni sulfamides. Je vais essayer les asticots qui assainiront les plaies en mangeant les peaux dangereuses. C'est une méthode que m'a enseignée mon grand-père, qui a fait la guerre du Rif avec Lyautey* ". Va pour les asticots. Il faut tout essayer et guérir mes plaies avant le grand départ pour la haute région tonkinoise. Mes jambes étalées au soleil, je laisse les mouches courir sur les chairs à vif et y pondre leurs œufs. Les asticots apparaissent peu de temps après. C'est une torture, les démangeaisons sont intolérables. La nuit, ça se calme, ce qui me laisse un peu de repos.

Quelques jours plus tard, le caporal infirmier nettoie les plaies. Une pince de bambou chauffée au feu sert à extraire les asticots qui se sont logés dans des trous. Les plaies sont devenues saines, plus aucune trace de ces peaux qui rongent les chairs. Commencent alors de longues séances de compresses d'eau bouillie à l'aide de chiffons stérilisés à l'eau bouillante. Des guêtres de feuilles de bananiers, passées à la flamme pour les amollir, me protègent les jambes. Les chairs repoussent, les plaies se referment. Il faut encore les isoler quelques temps ; la cicatrisation étant récente, la peau est fragile.

VERS LE TONKIN

Le 24 juin 1952, une trentaine de sous-officiers et soldats, auxquels sont adjoints cinq officiers français qui ferment la marche, prennent la piste en direction du Tonkin. Une escorte de soldats viet et un cadre politique nous accompagnent. Chacun de nous porte un boudin de riz de dix kilos, un tube de bambou pour l'eau, et quelques hardes. Il a fallu arrimer tout cela avec des lianes pour que le port en soit plus aisé. En tête de la colonne marchent les cuisiniers et les porteurs de la marmite chinoise. Ceux-ci sont choisis parmi les plus endurants pour arriver à la halte avant le gros de la troupe afin de préparer le feu et un emplacement pour la cuisine. Ordinairement, ils transportent assez de riz pour que le repas soit prêt à notre arrivée. Le soir, nous recevons notre ration pour le lendemain midi. Nous la transportons en boule dans des chiffons mouillés.

Le premier jour, nous parcourons cinquante kilomètres et arrivons au village de Quynh Luu. Les *bo doï* crient des slogans politiques et font la critique de la journée. La plaine traversée, nous entamons la zone montagneuse le 4 juillet. Nous suivons des pistes en lacets en pleine forêt vierge. La cadence ralentit. La marche devient pénible. Nous nous fatiguons plus vite, mais le moral tient et il est bon.

Le 13 et le 14 juillet 1952, nous traversons la Rivière Noire, près de Hoa Binh, sur une barge plate qui fait plusieurs rotations. Il reste beaucoup de traces des combats qui se sont déroulés dans la région. Deux carcasses de chars calcinées gisent à l'entrée du poste de Thu Vu, sur le mont Bavi. Les bambous sont hachés par les nombreux obus tombés dans le secteur.

Les 17 et 18 juillet, passage du Fleuve Rouge sur un bac métallique dans la région de Hong Hou. La fatigue se fait durement sentir. Beaucoup désespèrent d'arriver. Les séquelles d'une dysenterie que je traîne depuis 1949 m'obligent à de nombreux arrêts au bord de la piste. Je ne suis pas le seul. Les Viets nous stimulent à coups de crosse pour rejoindre la colonne. Les étapes tombent de trente à vingt kilomètres par jour. Le soir, à chaque pause, les cours politiques servent à redonner du courage aux *bo doï*. De même, la critique des prisonniers qui croient encore aux privilèges du colonialisme tout en se plaignant de la douleur aux pieds, de la dysenterie, de la pluie et de la nourriture ! De bons combattants de la paix doivent accepter leur sort comme les soldats vietnamiens et les paysans.

Pour illustrer le courage du peuple vietnamien qui lutte pour la paix, nous avons droit, dans les villages du delta, aux hymnes patriotiques, au chœur des mères de combattants et aux chants des jeunesses démocratiques. La politique marxiste commence à resserrer son étau sur nous. Ce n'est plus le relâchement des camps de Vinh. Les officiers français, lorsqu'ils le peuvent, viennent bavarder avec nous pour nous encourager à tenir le coup. Le lieutenant Moreau et le lieutenant Pierrard ont un moral de fer. Le commandant Tiphagne, qui est déjà âgé, la quarantaine, récupère mal pendant les heures de repos. Il marche de plus en plus difficilement et perd du terrain. Il chute dans la boue et ressent de violentes douleurs au thorax. Il suit sans se plaindre et refuse toute aide pour ne pas pénaliser ses compagnons.

Nous faisons étape dans un village Moï. Le repos nous fait du bien. J'ai mal au pied droit où une esquille de bambou s'est enfoncée profondément. Je vide la plaie en faisant pression. Il me faudra renouveler l'opération avant chaque départ. Mon ami Savart et Jossillet, un copain des camps de Vinh, me soutiennent le moral. À force de volonté, je tiens ma place dans la colonne. La charge sur les épaules me paraît énorme tellement je suis fatigué. La dysenterie m'épuise. Il en est de même pour la plupart de mes camarades.

En pleine forêt, le commandant Tiphagne s'effondre. Le chef viet le laisse avec Fontaine qui souffre d'une grosse dysenterie et traîne en arrière de la colonne depuis plusieurs jours. Un *bo doï* est avec eux. Ils devront rejoindre par petites étapes. Plusieurs jours après, Fontaine rejoint la colonne. Il nous apprend la mort du commandant Tiphagne. Le Viet l'avait forcé à marcher à coups de crosse. Son dos et ses membres étaient couverts d'hématomes. Fontaine l'a enterré au bord de la piste dans un trou peu profond qu'il a recouvert de branchages.

Beaucoup de prisonniers s'écroulent de fatigue. Les *bo doï* les relèvent à coups de crosse. Au passage d'un pont de singe, un légionnaire fait une chute de plusieurs mètres dans le ravin. Nous le brancardons, ce qui ajoute à notre fatigue. Le légionnaire finit par mourir dans des souffrances insupportables. Nous l'enterrons sommairement et reprenons la piste. Nous passons dans Tuyen Quang sur la Rivière Claire. La ville est en ruine. Le crachin qui tombe sans arrêt rend la piste boueuse et la marche devient difficile.

CAMPS 114 ET 113

Le 28 juillet, sous une pluie battante, nous arrivons au Camp 114. Nous sommes répartis dans les paillotes. La pluie s'infiltre à travers les chaumes entièrement pourris. Ce camp est réservé aux ralliés (déserteurs) qui doivent bien regretter l'époque où ils étaient chez les Français. Nous y restons le temps de reprendre un peu de force et nous rejoignons le Camp 113, situé à quelques kilomètres au Nord.

Nous avons parcouru six cents kilomètres en trente-quatre jours. Nous nous sentons soulagés d'être arrivés, mais nous allons déchanter quand nous découvrirons l'état de délabrement des détenus du camp. Ce sont des squelettes. Beaucoup sont descendus au-dessous de quarante kilos. Il en meurt plusieurs tous les jours. C'est un camp d'extermination. La moyenne de survie y est de trois à quatre mois.

Le Camp 113, complètement isolé en forêt, est situé à vingt-cinq kilomètres à l'ouest de la Route Coloniale n° 2, aux environs de Nam Namh, non loin d'un ruisseau, le Song Chaï ; à soixante kilomètres au sud de la frontière de Chine, trente kilomètres au nord de Vinh Tuy et trente kilomètres au sud-ouest de Bac Giang. Un autre ruisseau coule au sud du camp. C'est dans les paillotes au bord de ce ruisseau que nous allons être installés. Ici, il n'y a ni barrières, ni miradors. C'est la forêt qui nous garde. Elle est tellement dense qu'il est difficile de s'évader. Ceux qui ont essayé ont été repris et abattus.

Les cours politiques sont obligatoires. Chaque geste, chaque corvée, chaque parole est transformée en un élément politique. Ceux qui refusent de suivre les cours ou qui font preuve de tiédeur sont voués à la mort. Aucune brimade ne nous est épargnée. Il faut extirper de nos esprits la propagande colonialiste et devenir de bons combattants de la paix.

Dans ce camp, nous retrouvons beaucoup de prisonniers des combats de la RC 4, des colonnes du colonel Charton et du colonel Le Page, d'autres pris dans différents postes. Viendront se joindre à nous les prisonniers de l'opération " *Lorraine* " lancée sur Tuyen Quang par les troupes du corps expéditionnaire français. Nous apprenons que près de la moitié des déserteurs du Camp 114 sont morts de maladie et de manque de soins.

Les légionnaires originaires de pays de l'Est sont envoyés au camp des ralliés pour y suivre des cours de politique intensifs avant d'être rapatriés, via la Chine et l'URSS, vers leurs pays d'origine. C'est un privilège qu'ils doivent à la bonté de l'oncle Ho. Ceux qui ne mourront pas en route seront enfermés plusieurs années dans les prisons de leur pays. Certains ont réussi à s'évader et à rejoindre la Légion.

Les corvées et les cours politiques se succèdent. Ceux de Vinh participent aux corvées mais restent allergiques aux cours politiques. La morgue est pleine de malades qui doivent mourir dans les jours qui suivent. Ils seront remplacés par d'autres qui, un jour aussi, prendront le chemin du cimetière.

Nous apprenons qu'il y a eu des libérations par échange, avec accord de la Croix-Rouge, mais n'en feront partie que les assidus des cours politiques qui se sont accusés de tous leurs crimes et sont devenus de bons combattants de la paix. Tous les prisonniers du convoi de Vinh sont réduits au poids de quarante kilos, certains encore plus bas. Il y en a qui sont déjà morts. Le moral baisse, il va falloir lâcher et se convertir au marxisme si nous ne voulons pas tous mourir.

L'effectif du camp diminue, malgré l'arrivée de nouveaux prisonniers. Il y a plus de monde dans le cimetière que dans le camp. Tour à tour, nous faisons partie de la corvée d'enterrement, qui est devenue une corvée normale, comme celle de bois, de riz ou de bambou. Nos forces ne nous permettent pas de creuser des trous profonds. Aussi, les morts sont enterrés au ras du sol avec une grosse butte de terre. Ils sont enterrés nus : les vêtements sont récupérés pour habiller les vivants. Les pluies torrentielles emportent la terre. Les cadavres réapparaissent. Des bras et des jambes en partie dégarnis de leur chair sortent de la terre. Il faut piocher des monceaux de terre pour recouvrir le cimetière.

Notre équipe de Vinh, Savart, Jossillet, tous les autres et moi-même, sauf Dormont, un Troyen que j'appelle " pays ", qui ne veut rien savoir, acceptons de jouer le jeu et de vendre notre âme au diable. Nous devenons assidus aux cours politiques. Nous critiquons la sale guerre menée par les colonialistes français avec l'aide des capitalistes internationaux. Nous crions à tue-tête les slogans. Nous faisons notre autocritique et nous nous accusons des pires atrocités (que nous n'avons jamais faites). Nous reconnaissons que nous sommes les victimes de la propagande des colonialistes français, qu'elle nous a amenés à perpétrer ces crimes que nous regrettons. Nous reconnaissons que, grâce à la politique de clémence du président Ho Chi Minh et à sa grande bonté, nos yeux se sont ouverts.

Le commissaire politique commence à croire que nous chassons le mauvais homme que nous portons en nous et que nous nous améliorons pour devenir de bons combattants de la paix. Peut-être pourrons-nous bénéficier de la politique de clémence et figurer sur la liste des libérables. Le moral remonte un peu. Compte tenu de notre état de santé, les corvées sont de plus en plus épuisantes. Elles nous mènent loin du camp et durent parfois plusieurs jours. Ceux qui reviennent de l'une d'elles nous apprennent que Savart et Mogin sont restés dans un village pour y mourir. Savart étant le plus mal en point n'a guère de chance de revenir.

Depuis plusieurs semaines, le béribéri dont je suis atteint fait des progrès. L'œdème monte de plus en plus haut. Mes jambes, mes bras, tout le bas du tronc sont enflés. La dysenterie m'oblige à aller de vingt à trente fois par jour à la selle. Ce n'est plus que du sang. Les crises de paludisme sont de plus en plus fréquentes. Toutes ces maladies accumulées m'épuisent de plus en plus. En apprenant la mort de Savart, je m'effondre. C'est mon frère qui disparaît. Nous partagions tout, nous nous soutenions moralement. Sans lui, c'est la fin pour moi aussi, d'autant plus que mon ami Jossillet est parti pour une longue corvée et ne peut m'aider.

Un matin, je tombe dans un semi-coma et je suis transporté à la morgue. À ma droite et à ma gauche se trouvent deux jeunes sous-lieutenants fraîchement sortis de Saint-Cyr. Engagés dans les combats dès le début, ils ont été faits prisonniers à peine arrivés en Indochine. Ils sont dans cette morgue, appelée infirmerie par les Viets. J'ai repris mes esprits. Mon corps doit conserver quelques ressources car je lutte contre la mort, mais je sais qu'elle viendra sous peu. Je décide d'aider les deux jeunes sous-lieutenants en leur faisant ingurgiter de l'eau de riz. C'est le médicament de cette morgue-infirmerie d'où l'on ne sort que pour le cimetière. Le béribéri et la dysenterie les rongent. Ils meurent à un jour d'intervalle, ce qui met fin à leurs terribles souffrances.

À la morgue, les poux pullulent, les malades sont couverts d'ulcères, les morts ont les extrémités (nez, mains, pieds, oreilles) dévorées par les rats qui ont élu domicile par dizaines dans ces lieux malsains et infects. C'est horrible à voir. Je pense que mon tour viendra bientôt. J'ai tenu pendant des années, mais je suis au bout du rouleau. La mort sera une délivrance. Je n'ai plus de ressources, ni physiques, ni morales. Jossillet, de retour de sa longue corvée, demande où je suis. Il lui est répondu : " *Turelier a été emmené à la morgue depuis une dizaine de jours. Il est certainement au cimetière* ". Par acquit de conscience, il va à la morgue, fouille dans les fougères sèches qui nous recouvrent et me voit. Il crie, pour me stimuler : " *Tutur, voilà plus de cinq ans que nous traînons notre carcasse dans la brousse. Nous avons résisté à tout. Tu ne vas pas te laisser crever ici. Je te sors, et je vais m'occuper de toi pour essayer de te requinquer. Savart n'est pas mort, il rejoint le camp. Par contre, Mogin ne reviendra plus* ". Jossillet me secoue énergiquement et me fait absorber de l'eau de riz, du riz grillé en charbon, un jus de bourgeons de goyavier pour la dysenterie. Il me fait avaler des litres de citronnelle. Sachant que Savart revient, j'ai envie de vivre, mon esprit engage la lutte contre la mort. J'ingurgite tout ce que Jossillet me fait prendre. Il fait des prodiges d'imagination et me trouve des fruits sauvages, des petits piments de montagne qui me redonnent quelques vitamines. Je récupère un peu, mais ce n'est pas brillant. Les poux et la gale me démangent atrocement. Le soir, Josillet me badigeonne le corps avec une décoction de lilas du Japon.

L'arrivée de Savart me remonte le moral. Il a failli mourir d'une crise de paludisme pernicieux. Il est d'une maigreur effrayante. Ses côtes et tous ses os apparaissent sous sa peau, mais je vois dans ses yeux qu'il a encore de la réserve. Il est décidé à lutter. Il lui reste de l'énergie.

En septembre 1952, un *Dakota* survole le camp ; sur ses ailes sont peintes les sigles de la Croix-Rouge. Il largue des colis qui tombent dans la nature alentour. Les Viets les récupèrent et prétendent qu'il n'y a pas d'accord pour ce survol, donc violation de leur espace aérien. Nous ne verrons pas la couleur de ces bonnes choses.

Le 15 novembre 1952, nous évacuons le Camp 113 devenu insalubre. Le cimetière est archi-plein. Les morts remontent en surface à chaque grosse pluie. Le ruisseau doit être également pollué. Nous sommes installés dans un camp provisoire. De nouveaux prisonniers reconstruisent un Camp 113 quelques kilomètres plus loin.

ESPOIR DE LIBÉRATION

Le 28 novembre, première lecture d'une liste de futurs libérés. Je suis dessus avec Savart, Jossillet et bien d'autres camarades. Le moral remonte à cent pour cent.

Dormont est mort du béribéri. Il avait été l'homme du camp le plus fort physiquement. Il n'a rien lâché, ni cours politiques, ni garde-à-vous devant les Viets, comme son père ancien de 14-18 le lui avait enseigné. Il aurait eu bientôt six ans de captivité.

Quelques jours après, la deuxième lecture de la liste intervient. Je n'y figure plus ainsi que certains autres. Je demande humblement au commissaire politique de me recevoir, sans abuser de son temps qui est si précieux pour animer le moral politique de tous contre cette sale guerre menée par les colonialistes. Je suis reçu. Je lui fais un grand *Laï* (salut, courbette). Je lui demande en quoi j'ai démérité pour ne plus figurer sur la liste. Il me dit : " *Vous êtes devenu un bon combattant de la paix, vous avez suivi les cours politiques assidûment et vous avez été distingué parmi les méritants pour une libération, mais votre état de santé ne vous permettra pas de supporter les vingt-huit jours de marche qui devront vous amener à proximité des postes français. La charge de riz de chaque prisonnier sera de quinze kilos. Nous ne pouvons supporter de poids morts. Celui qui tombe ne pourra être brancardé. C'est impossible. Nous mettrons fin à ses souffrances par une balle dans la tête. Vous ferez partie du prochain convoi si votre santé s'améliore* ". Si je reste, je mourrai dans peu de temps. Il faut que je le persuade que j'ai la volonté et la force de parcourir ce long trajet. C'est ma vie que je joue. Je plaide : " *Je me sens en état de parcourir cette longue distance. Ma volonté et mon moral politique, que j'ai acquis grâce à vous, me permettront d'aller jusqu'au bout. Je serai plus utile au milieu du peuple de France et à côté du Parti communiste français. Je pourrai lutter efficacement contre le colonialisme et cette sale guerre financée par les capitalistes internationaux et soutenue par les impérialistes américains. Si je tombe, j'accepte la balle dans la tête, c'est une mesure humanitaire dictée par la grande clémence du président Ho Chi Minh pour éviter aux prisonniers de souffrir* ". Ébranlé par ma conviction politique, il me remet sur la liste. Je tiendrai avec la volonté et les encouragements de Savart et Jossillet. Ils sont mal en point eux aussi, mais possèdent encore quelques réserves d'énergie.

DERNIÈRE MARCHE

Vers le 10 décembre, c'est le départ. Nous sommes le convoi " *Raymonde Diene* ", une Française du Mouvement des femmes françaises du Parti communiste qui s'est couchée devant les trains transportant le ravitaillement et les hommes vers les ports d'embarquement. Les journaux français en ont parlé. Elle est devenue une héroïne pour les Viets.

Après une dizaine de jours de marche, malgré ma bonne volonté, j'ai du mal à suivre la cadence. Je tombe pour la première fois. Déjà quelques-uns ont lâché avant moi. Le poids du boudin de riz m'empêche de me relever. La colonne passe sans qu'un seul homme lève les yeux vers moi. Je les comprends. S'ils m'aident, c'est un peu de leur vie qu'ils vont laisser. Pourtant, si un seul m'aidait à me relever, je pourrais peut-être repartir. J'ai encore de la volonté dans la tête. Un Viet de l'escorte reste à côté de moi pour m'achever lorsque la colonne se sera éloignée. Mon ami Savart me voit et s'arrête. Il prend ma charge de riz, m'aide à me relever et dit : " *Je te la porte pas plus d'un kilomètre. Je risque d'y laisser ma peau.* "

Déchargé de ce poids, je rattrape la colonne en suivant Savart pour lui reprendre ma charge à la moindre défaillance. Il a des réserves ; au bout d'un kilomètre, il ne dit rien ; je le laisse continuer, j'économise mon énergie. J'ai honte, le surpoids peut lui être fatal. Il a le cerveau à l'air depuis soixante-neuf mois. Deux ou trois kilomètres après, je reprends ma charge. J'ai récupéré suffisamment pour tenir jusqu'à la fin de l'étape. Savart me dit : " *Mon salaud, tu veux ma peau. Alors, accroche-toi, car je ne pourrai plus t'aider. Je ne veux pas laisser mon cadavre sur le bord de la piste* ". Je lui demande pardon et, stimulé, je jure d'aller jusqu'au bout de mes forces.

Voilà vingt jours que nous marchons. Deux prisonniers sont renvoyés au camp à cause d'une bagarre. Nous sommes tous comme des zombies. C'est notre tête qui nous fait marcher. Nos jambes sont comme des automates, elles obéissent à l'esprit.

Le 8 janvier 1953, soixante-six mois et trois jours après ma capture, nous arrivons près des postes français. Les Viets nous donnent une tenue verte neuve et un casque en latanier. Des tracts nous sont remis pour les distribuer aux Français et les encourager à déserter, avec la menace que si nous ne les distribuons pas, il n'y aura plus d'échange de prisonniers. Chantage jusqu'au bout. Voilà un nouveau cas de conscience qui se pose à nous.

Nous sommes répartis par groupe de vingt ou trente. Mon groupe est composé de Nord-africains et de Sénégalais. Je suis le seul Français. Nous sommes vingt. À l'approche du poste de Dinh Son près de Bac Ninh, les Viets me remettent un drapeau blanc et me disent d'attendre le jour pour rejoindre le poste. Ils nous quittent en espérant que nous ferons de bons combattants de la paix avec le Parti communiste français, la CGT et l'Union des femmes françaises.

LA LIBERTÉ

Au jour, je prends la tête de la colonne, levant bien haut le drapeau blanc. Les occupants du poste se méfient. Ils sont tous à leurs emplacements de combat. Je donne l'ordre à mes compagnons de crier le plus fort possible : " *Prisonniers libérés* ". Nous atteignons enfin le poste : la liberté ! L'adjudant-chef commandant le poste nous laisse à l'extérieur et déroule autour de nous un rideau de barbelés. Je me renseigne pour la nourriture et les soins, il me dit qu'il attend des ordres. La route n'est pas encore ouverte pour faire passer les camions qui doivent nous transporter. Nous prenons notre mal en patience. Nous sommes libres. Une grande joie se développe en moi, je vais revoir ma famille, mes amis, mon village. Les Nord-africains lâchent des tracts, ce qui nous rend suspects. Deux sentinelles sont mises en place pour notre surveillance.

Les camions arrivent. Nous sommes transportés dans un grand poste, replacés dans une zone surveillée. Un médecin vient constater notre état de santé. Il est interdit au cours du transport sur Hanoï, lors des arrêts dans les postes, d'accepter toute nourriture, alcool, tabac. Notre régime sera prescrit par le service de santé. Il nous fait servir une ration de riz avec de la sauce tomate, et un morceau de pain que nous gardons pour le dessert. Quelques-uns, n'ayant pas écouté ces conseils, mourront.

À l'hôpital, nous sommes épouillés, passés au soufre pour détruire les sarcoptes et rasés complètement pour éliminer les poux de la barbe et des cheveux. J'apprends que Savart a été évacué vers Saïgon pour y être trépané.

Je suis hospitalisé deux mois à Hanoï. Les premières nuits, je dors par terre ; le lit étant trop mou. Des soins me sont prodigués pour toutes les maladies attrapées en captivité. Le médecin-chef me dit que j'ai de la chance : il ne me restait qu'un mois à vivre. Je suis enflé par le béribéri jusqu'à la tête. Je continue à marcher pieds nus ; il me faudrait des chaussures sur mesure. Mes pieds ont été déformés par les milliers de kilomètres parcourus à travers la forêt vierge et sur les diguettes des rizières.

De Hanoï, nous partons vers le centre de repos de Nha Trang. Je suis admis dans une infirmerie-hôpital. Le repos me fait du bien. Je suis avec quelques copains de captivité. Je me baigne et reste sur la plage à regarder la mer, rêveur. Tout au loin, là-bas, c'est la France, à douze mille kilomètres. Depuis sept ans que je l'ai quittée, quels changements vais-je y trouver ? Je reçois des nouvelles de la famille. J'y apprends des mariages, des naissances et des décès. Il va falloir que je me retrempe dans la vie de tous les jours, que j'apprenne ce qui s'est passé durant cette coupure de cinq ans et demi dans mon village et ma région, en France et dans le monde, car cette période est un vide total dans ma mémoire.

Je suis évacué sur Saïgon pour les formalités administratives. Le rappel de solde de captivité est amputé de soixante-six mois de primes d'alimentation. C'est payer cher pour deux boules de riz par jour. L'œuvre des tombes est aussi déduite, une piastre par mois, comme pour tout soldat qui commence à payer son cercueil à l'arrivée. La captivité ne compte que campagne simple. Nous ne sommes pas considérés comme des combattants. Maintenant, bien nourri, bien soigné, en attente de rapatriement sanitaire à Saïgon, je fais campagne double.

Rapatrié sanitaire le 2 avril 1953, je suis admis à l'hôpital du Val-de-Grâce jusqu'à fin 1953. Puis je suis affecté en Allemagne, où je suis admis aussitôt à l'hôpital pour suite de traitement. Je reprends du service en 1954.

***

DEUX ANS CHEZ HO CHI MINH

Louis Barjot

Fait prisonnier le 13 novembre 1952, à 9 heures 15 du matin, après un combat extrêmement rapide contre des forces supérieures en nombre (deux bataillons contre une compagnie), je me retrouvai ligoté, avec trois légionnaires et trente-deux autochtones. Les autres soldats de la compagnie étaient restés sur le terrain, tués ou gravement blessés, ou avaient fui.

J'ai été amené à deux kilomètres environ du poste de commandement de mon bataillon et je suis resté là pendant huit jours, sous surveillance constante de jour comme de nuit, de sentinelles viet armées jusqu'aux dents. La rage au cœur, j'entendais, le soir, le groupe électrogène du bataillon qui se mettait en marche et, à 21 heures, je percevais également la sonnerie de l'extinction des feux.

Une tentative d'évasion dans la nuit du 19 au 20, en compagnie de mes trois légionnaires, échoua au départ, probablement à la suite de la trahison de l'un des autochtones prisonniers avec nous. En conséquence, je fus conduit le 20 au soir devant un peloton d'exécution. J'étais parfaitement calme et prêt à toutes les éventualités. Je refusai de répondre aux questions du capitaine viet qui présidait le tribunal militaire et, après un quart d'heure d'attente, je fus reconduit auprès de mes camarades.

Dans la nuit du 22 au 23, on nous fit quitter le delta et franchir le Day. J'ai traversé la Route Coloniale n° 1 à deux kilomètres de mon poste, à un endroit où j'avais souvent tendu des embuscades. Cette nuit-là, il n'y avait personne.

Sur la rive ouest du Day, aucun poste français. C'était le début de la zone entièrement contrôlée par les Viets.

À partir du 23, on relâcha mes liens et je pus enfin gesticuler à mon aise. J'étais ligoté depuis dix jours, et je commençais à m'impatienter. Jusque-là, j'avais voyagé en bateau, sauf pour traverser la route mais alors commença pour moi une longue série de marches, pieds nus (on nous avait retiré nos chaussures dès le premier jour), dans les calcaires, sur des pistes semées de silex plus ou moins pointus, sur des rochers, de jour et surtout de nuit.

Le 25, après deux jours de marche épuisante, j'arrivai à un poste viet. Le soir même, vers 22 heures, je subis un interrogatoire conduit par un colonel parlant très couramment le français. Comme je refusais de lui fournir les renseignements qu'il me demandait, il devint furieux et m'annonça qu'il me donnait deux minutes pour réfléchir. Après quoi, si je ne parlais pas, il procéderait à ma pendaison. La scène était plutôt lugubre : une petite lampe du genre " *Pigeon* " posée sur la table éclairait faiblement la pièce ; des soldats armés m'entouraient ; de plus, j'avais les bras liés derrière le dos. J'étais très fatigué par les marches exténuantes des jours précédents. J'avais les pieds en sang. Je restai muet comme une carpe, me disant qu'après tout mieux valait en finir tout de suite. À tout prendre, j'aurais préféré un peloton d'exécution, mais comme je n'avais pas le choix, je récitai mentalement mon acte de contrition et j'attendis calmement la suite des événements.

Le colonel viet regardait sa montre, et moi je le regardais. Au bout de deux minutes, il releva la tête, rencontra mon regard et dit : " *Alors ?* " Je répondis : " *Non* ". Il reprit : " *Eh bien, nous allons vous pendre* ". Encadré par des soldats, je fus mené à trente mètres de là, dans la forêt. On me ligota solidement au tronc d'un arbre, on amena une grosse corde. La lampe " *Pigeon* " avait suivi et continuait son éclairage lugubre.

Le colonel continua à me poser des questions sans succès. On me détacha de l'arbre. M'emmenant quinze mètres plus loin, on m'attacha de nouveau. Le colonel recommença à me questionner. La comédie dura deux heures ; après quoi, le colonel me dit : " *Nous reprendrons cet interrogatoire demain* ". J'eus alors le droit d'aller essayer de dormir. Le sang qui circulait à nouveau dans les veines de mes bras me faisait atrocement souffrir et je dormis très mal cette nuit-là.

Le lendemain, le colonel ne réapparut pas. Un lieutenant prit la suite, mais n'insista pas. Le soir même, nous prenions la route pour rejoindre le camp de Kim Tan, situé à la limite de l'Annam et du Tonkin, dans le Thanh Hoa.

Je suis arrivé à Kim Tan vers 22 heures, le 27 novembre. Après un interrogatoire à caractère politique par le chef de camp, je fus conduit dans un petit bâtiment où, à tâtons, je trouvai une place pour dormir sur un tas de branchages.

À la sonnerie du gong le 28 à 8 heures, je découvris le camp et je me crus à Buchenwald. Je retrouvai là neuf officiers prisonniers depuis un an environ. Il y avait en tout 250 à 300 prisonniers : légionnaires, Nord-africains et quelques Français ; tous maigres, pâles, la plupart malades. Le camp était dans un état de saleté repoussant : aucun médicament, de la vermine partout. Les hommes dormaient entassés dans une seule pièce, à même le sol, sans couverture.

Régime de travail :

6 heures : réveil et, jusqu'à 7 heures, défrichage de terrain,
7 heures : repas : 300 grammes de riz et bouillon de feuilles de navets sans graisse,
8 heures à 12 heures : travail : transport de riz (8 kilomètres), coupe et transport de bois (5 kilomètres), jardinage,
12 heures à 13 heures : repos théorique (rassemblements pour appel et contrôles divers),
13 heures à 18 heures : travail, le même que le matin,
18 heures : repas, comme le matin,
19 heures à 21 heures : réunion obligatoire : chants, cours politiques, critiques et surtout autocritiques.

Horaire inchangé, quel que soit le temps.

Chaque matin, un ou plusieurs prisonniers, épuisés par le régime et la maladie, étaient trouvés morts. On les enterrait comme des bêtes, à 200 mètres du camp. C'est ainsi que mon premier travail fut, le matin de mon arrivée, d'aller creuser une tombe pour un légionnaire mort dans la nuit.

J'assistai, dans ce camp, à une campagne de dénonciations d'atrocités commises par le corps expéditionnaire en Extrême-Orient. Pendant deux jours, le travail fut suspendu. Un " *officier politique* " fit plusieurs discours prouvant que nous étions des criminels de guerre, que nous méritions la mort, mais que le gouvernement et le peuple vietnamien, appliquant une politique de bienveillance et de clémence, nous permettaient de nous racheter si nous reconnaissions nos fautes.

À ce prix, nous deviendrions des amis du peuple vietnamien, accédant ainsi à la possibilité d'être rapidement libérés.

Pendant deux jours, le camp rédigea, en petits groupes ou individuellement, des témoignages d'atrocités à qui mieux mieux. Comme il y avait une prime de tabac pour celui qui fournirait le plus beau témoignage, il y eut des papiers inouïs dans lesquels chacun en accusait d'autres d'avoir commis des crimes invraisemblables.

Durant ces deux jours, et sans doute afin de nous donner des idées, nous avons eu en supplément un œuf dur à midi et un poisson le soir. À ce prix, la plupart des prisonniers auraient rédigé tout ce que les Viets auraient voulu leur faire écrire pendant un an. J'en ai vu s'accuser de crimes qui n'ont jamais été commis par quiconque, espérant prouver ainsi leur sincère repentir et leurs bonnes intentions aux Viets, dans le but de bénéficier d'une libération qu'on leur faisait quotidiennement miroiter. C'était la lutte pour la vie, et chacun s'accrochait par tous les moyens, sans hésiter à couler un camarade si besoin était. Les officiers, eux, étaient plus mal vus que les autres et n'avaient pas droit à la parole.

J'ai vécu là jusqu'au 25 janvier. Noël et le jour de l'An furent des journées comme les autres, sauf qu'on ne travailla pas. Par contre, nous avons eu droit à des meetings politiques, avec drapeaux et banderoles. Interdiction de chanter des chants religieux.

Le 28 décembre, deux camarades furent envoyés au Camp 5 – camp civil de représailles – sous l'inculpation de complot d'évasion. Le 2 janvier, un bon camarade, ancien officier de renseignements, suivait le même chemin. Nul ne les a jamais revus.

Le 24 janvier, on annonça aux officiers que la direction du camp avait donné l'ordre de les emmener au Viet Bac (Nord Tonkin), ainsi qu'un certain nombre de légionnaires d'Europe Centrale qui devaient être rendus à leur pays par la voie " *démocratique* " (Chine-URSS).

Nous sommes partis une centaine. Ce furent à nouveau les longues marches de nuit, pieds nus, dans la boue et sous la pluie, pendant 22 jours, avec 15 kg de vivres sur le dos. Le 16 février, nous arrivions au Camp 114 ; un légionnaire était mort en route.

Le Camp 114 était un paradis comparé à Kim Tan. La nourriture était meilleure. Certes, l'hygiène n'était pas extraordinaire et il n'y avait que très peu d'eau pour 400 prisonniers, mais il existait une infirmerie avec quelques médicaments et un infirmier vietnamien.

Nous avons touché là une tenue vietnamienne neuve et un petit morceau de savon pour huit. C'était la première fois que je pouvais me laver convenablement et me changer depuis ma capture. On nous donna deux jours de repos et, pour la première fois aussi, je me sentis absolument sans forces, faible et épuisé. Les nerfs avaient lâché et il ne restait plus rien.

Je suis resté au Camp 114 jusqu'au 7 avril, relativement tranquille, assistant simplement aux cours politiques et aux veillées récréatives, ce qui constituait déjà un sérieux exercice de patience. La mortalité était moins importante qu'au camp de Kim Tan, mais on enterra cependant au moins trois prisonniers par semaine.

Le 7 avril, je suis parti avec 13 officiers pour le Camp n° 1, où nous avons retrouvé, le 12, 120 camarades provenant des combats de la RC 4 en 1950, de Nghia Lo et du Nord-Ouest fin 1952.

Au Camp n° 1, l'ambiance était excellente. Les prisonniers étaient des officiers et quelques adjudants. Ils s'étaient organisés depuis deux ans et demi, bien que changeant souvent de place. Le service de santé et d'hygiène était aux mains d'officiers médecins prisonniers. Les médicaments, quoique rares, étaient utilisés judicieusement, et nos toubibs avaient réussi à éviter tout décès depuis deux ans.

Un chef de camp plus compréhensif que les autres avait laissé l'organisation du travail aux prisonniers, de sorte que chacun s'occupait selon ses forces, et au plus juste pour faire vivre le camp. Amaigri, miné par le paludisme, je fus très sérieusement soigné par un toubib qui, en deux mois, me remit sur pied. Je dévorai alors ma ration de riz et récupérai à vue d'œil.

Il y avait " étude politique " tous les après-midi, mais il était facile de s'en abstenir. Le soir, on nous laissait libres. Les menus comprenaient, à part le riz, soit un légume local (courge, liseron d'eau), soit du porc (une fois tous les dix jours), soit du poisson, soit de la volaille (un poulet pour 50 en moyenne, on a vu le canard faire 100 rations).

Nous arrivions à vivre ainsi dans un confort relatif. Nous habitions dans des maisons en bambou (*ka nha*) construites par nos soins. Nous avions de petits jardins qu'on surveillait avec tendresse, dans l'espoir de pouvoir un jour améliorer l'ordinaire. En attendant, nous récoltions du tabac, ce qui nous procurait mille délices. Nous n'avions pas de papier pour rouler les cigarettes, mais on se débrouillait pour faire de la fumée. Le moral était bon. Nous recevions une lettre par mois. C'était trop beau, ça ne pouvait pas durer.

Le 21 septembre, neuf camarades étaient libérés. Précédemment, il y avait eu 21 tentatives d'évasion ; tous les évadés avaient été repris. Le commandement du camp fut relevé, et nous avons été pris en charge par des hommes nouveaux qui ne cachèrent pas leurs sentiments à notre égard. Le camp déménagea le 22 pour se transporter à 15 kilomètres de là.

Le nouveau camp fut installé dans un village où nous logions chez les civils, des paysans montagnards qui, d'une manière générale, nous étaient favorables. Mais la surveillance accrue de la garde et les conseils prodigués à nos " *propriétaires* " les rendaient très méfiants à notre égard. Malgré tout, nous entretenions de bonnes relations avec eux en leur rendant de menus services lorsque nous le pouvions.

Le service santé fut repris par les Viets, de même que l'organisation du travail. Les travaux forcés recommencèrent et le nombre des malades augmenta. La discipline se resserra et les cours politiques disparurent. Seules quelques informations, soigneusement choisies pour briser notre moral, nous étaient communiquées. Le régime alimentaire baissa également.

Je passai là mon deuxième Noël de captif et tombai malade en janvier : paludisme. Le 4 février, le camp déménagea à nouveau pour se transporter à trois jours de marche par des pistes invraisemblables. J'arrivai complètement épuisé et ne pus manger pendant quatre jours. Peu à peu, je me rétablis, mais la nourriture était trop insuffisante. Le travail augmenta car on nous fit construire un camp. J'appartenais à une équipe de coupeurs de bambous dans la forêt ; ce travail me plaisait et mes forces revenaient peu à peu. Armé d'un coupe-coupe, j'ai ainsi coupé des bambous pendant des mois. Puis, des cuisiniers étant tombés malades, je devins cuistot, me spécialisant dans la cuisson du riz. Mais ce métier était trop pénible, et je fus malade une fois de plus.

Le 8 mars, nous avions appris que la conférence de Genève n'ouvrirait que le 20 avril. Un léger espoir ne cessa de nous soutenir à partir de ce moment-là, malgré les séances de démoralisation auxquelles nous étions soumis chaque jour.

La nouvelle de la chute de Dien Bien Phu nous causa beaucoup de peine. On vit alors arriver 250 camarades prisonniers qui nous donnèrent des informations récentes. L'attitude de nos gardiens changeait notablement, en s'adoucissant. Nous tenions le bon bout, mais quatre camarades moururent en une semaine et ce n'était, hélas, pas les derniers.

Le 27 juillet nous apprenions que l'armistice était signé. Je piquai une nouvelle crise de paludisme. Heureusement, je reçus le même jour une lettre à laquelle étaient joints six comprimés de *klavoquine*. J'en absorbai trois et je me mis en route pour la liberté le 1er août, quittant définitivement cette vallée que nous avions appelée le camp de la fin (ou de la faim, orthographe à volonté).

Les Viets nous avaient dit que nous serions libérés le 7. En fait, notre marche fut arrêtée bien souvent et nous avons fait des séjours intermédiaires dans des camps déjà vides de leurs occupants. Nous sommes restés cinq jours dans un camp de légionnaires capturés à Dien Bien Phu. En trois mois, sur un effectif de 400 hommes, 115 étaient morts. Nous avons pu compter les tombes sur lesquelles les croix avaient été arrachées par les Viets, et les noms effacés ou brûlés. Ce camp se trouvait à 3 kilomètres au nord-ouest de Kiem Hoa. Nous sommes restés enfin dix-huit jours près de la rivière Claire et de là, scindés en plusieurs groupes, nous avons rejoint le kilomètre 31, au nord de Tuyen Quang. Les marches étaient terminées. C'est sans doute la raison pour laquelle les Viets nous ont gracieusement distribué une paire de chaussures à semelles épaisses en caoutchouc, un sac à dos en toile, une tenue neuve, du savon et du tabac à profusion. En huit jours, nous avons plus reçu que les anciens de la RC 4 en quatre ans.

Les camions *Molotova* nous ont pris en charge au kilomètre 31. Le 1er septembre, nous étions à Tuyen Quang, où nous avons vu se poser un hélicoptère venu chercher des blessés dans un hôpital installé à côté de nous. La vue de ces cocardes tricolores nous impressionna. Un capitaine était mort le matin à l'hôpital. Quant à nous, nous avions perdu deux camarades au cours de nos marches accablantes du mois d'août. J'avais une nouvelle crise de paludisme, mais c'était la dernière.

Le premier au soir, nous embarquions à nouveau dans les *Molotova* et nous roulâmes toute la nuit. Arrivés le 2 au matin à Viet Tri, il nous fut donné d'assister à un meeting grandiose en l'honneur de l'indépendance de la République Démocratique du Vietnam. Le spectacle était pénible, car il était facile de s'apercevoir que toutes ces vieilles paysannes ne levaient le poing et hurlaient des slogans que contraintes et forcées. D'ailleurs, l'encadrement des forces armées était imposant.

À midi, le gouvernement et le peuple nous offraient un repas amélioré, allant jusqu'à nous donner une goutte d'alcool de riz comme digestif. Pour ma part, je n'ai pu assister au banquet ; j'étais épuisé et j'ai dormi sur un bat-flanc. Dans l'après-midi, on nous annonça que nous serions rendus le soir même. À 18 heures, après un appel auquel il ne manquait personne, nous avons été gratifiés d'une boule de riz gluant, la dernière, et d'un paquet de Gauloises offert par le gouvernement populaire. Nous avons pris l'un et l'autre, car il ne faut rien laisser perdre, et après avoir parcouru 500 mètres, nous arrivâmes en vue de l'embarcadère. Un orchestre viet jouait " *Le petit vin blanc* ". Des bols de thé nous furent offerts. Une infirmière viet en tenue blanche proposait ostensiblement ses soins à chacun. Pendant ce temps, des cinéastes démocratiques filmaient la scène. Le jour tombait, et c'est avec un immense soulagement que nous avons franchi la barrière qui nous séparait du bateau où flottait le pavillon tricolore. Des mains, blanches cette fois, nous accueillaient. Nous étions libres, enfin. Avec un ensemble parfait, nous avons jeté à l'eau les chapeaux que les Viets nous avaient donnés trois jours auparavant, ainsi que les colombes de Picasso remises à Tuyen Quang. Les cinéastes " *démocratiques* " n'ont pas filmé la scène.

Ce fut la traversée jusqu'à Trung Ha, l'accueil de la Croix-Rouge, l'envoi de télégrammes aux familles et le retour en ambulance ou en GMC jusqu'à Hanoï, à l'hôpital Lanessan, où nous avons reçu un accueil inoubliable. Malheureusement, trois prisonniers sur quatre n'auront pas connu ce bonheur.

J'ai passé quatre ans en Indochine : deux ans d'un côté de la barrière, deux ans de l'autre. J'en conclus impartialement que je préfère de loin le GMC au *Molotova*. On se sent incontestablement plus à l'aise dans le premier que dans le second.

***

Le capitaine BARJOT est décédé en 2000 à l'hôpital Desgenettes, à Lyon. Son témoignage a été communiqué par Eric STERNANDEL.

PRISONNIER DES JAPONAIS

Jean C*OLOMBANI*

" *Les guerres prennent naissance*
Dans l'esprit des hommes,
C'est dans l'esprit des hommes
Que doivent être élevées les défenses de la paix. "

Après plusieurs mois de résistance dans la brousse, je suis arrêté à Hué le 10 juillet 1945 au matin. Des badauds, se bousculant sur la chaussée, me regardent passer. Quelques personnes, m'ayant reconnu, me font un petit signe de la main. Sous l'œil vigilant de mes gardiens vietnamiens, je traverse le pont Clémenceau.

Il est onze heures lorsqu'on me fait franchir la grille de la Kempeitai, la gendarmerie japonaise. À l'entrée des bureaux, on me plante au bas des marches, en plein soleil. Au bout d'un quart d'heure, un des agents revient avec un Japonais en uniforme. Celui-ci me fait entrer dans la salle d'attente. À midi, on m'apporte un bol de riz garni d'un morceau de poisson. Encore sous le choc de ma capture, je n'ai aucune envie de m'alimenter. Vers quinze heures, on m'introduit dans une grande pièce. Derrière le bureau s'installe un Japonais en uniforme qui semble être l'officier de renseignements.

Assis à sa droite, un jeune interprète vietnamien me regarde avec un air méprisant. Le Japonais me fusille du regard et grogne dans sa langue barbare. N'ayant pas compris ce qu'il voulait dire, je me tourne vers l'interprète qui reste de marbre. De rage, le Japonais se lève et saisit le nerf de bœuf sur la table pour me distribuer une pluie de coups. Éberlué de cette colère subite que rien ne justifie, je m'adresse à l'interprète : " *Pouvez-vous m'expliquer ce qu'il veut ? Et que signifie cette brutale réaction ?* ".

Je n'obtiens toujours pas de réponse. Heureusement, le planton japonais me fait un signe de la main, effectuant un mouvement de haut en bas. J'ai très vite compris qu'il fallait que je m'asseye par terre. Pendant trois heures, on me presse de questions sur les effectifs des militaires français en brousse, leur armement, leurs refuges, les noms des officiers. Je m'applique à développer les réponses aux questions posées, en évitant soigneusement les plus embarrassantes.

J'avoue avoir, chaque jour, préparé mentalement cette confrontation. Cela aide, mais c'est insuffisant. Écrasé sous le feu roulant des questions accompagnées de gifles, de coups de poing, de pied, de nerf de bœuf, mes déclarations n'ont pas changé d'un iota. On voulait tout savoir sur ma famille, sur ma naissance. Tout y passait. On revenait principalement sur la date de mon retour à Hué. J'avais très bien senti que l'on ne croyait pas mes bobards. On m'en faisait baver, mais je tenais bon en encaissant durement.

Un Japonais moustachu, véritable " *armoire à glace* ", surgit dans la salle. Après avoir échangé quelques mots avec l'officier de renseignements, il s'approche de moi, me saisit brutalement les épaules et m'envoie un coup de genou dans le bas-ventre. Je me plie en deux, le souffle coupé. D'un coup de botte dans les reins, il m'étale sur les carreaux. Un soldat japonais me fait sortir du bâtiment et traverser la cour pour arriver devant les dépendances de l'immeuble. À l'intérieur, je découvre une sorte de cage d'un mètre de haut et de deux mètres de côté, faite de barreaux. Un Vietnamien s'y trouve déjà. Il est assis tout recroquevillé dans un coin, les genoux au menton. À quatre pattes, comme un chien, je me glisse à l'intérieur par la petite porte; le geôlier s'empresse d'abaisser le loquet derrière moi. Mon codétenu engage la conversation, cherchant à savoir la raison de mon incarcération:

— *Je suis un soldat français appartenant à la Résistance. Et vous?*

— *Communiste, condamné à mort*, me dit-il laconiquement. Puis il ajoute après quelques secondes de réflexion: " *Les Japonais vont peut-être nous exécuter en même temps.* "

C'est possible, après tout. Mais je préfère ne pas lui répondre. Cette question me fait penser aux tracts invitant les militaires français à se rendre fin avril au plus tard. " *Seront passibles de la peine de mort tous ceux qui seront pris après ce délai.* "

Pendant que le camarade s'endort, on me fait sortir de la cage pour un second interrogatoire. Je me retrouve à nouveau dans la salle où mes tortionnaires m'attendent.

Je m'accroupis par terre devant le bureau et l'interrogatoire reprend. Aux mêmes questions, j'apporte inlassablement les mêmes réponses. Mon interlocuteur commence à s'énerver. Il me flanque des coups de pied dans les côtes, des coups de poing dans l'estomac et dans la figure. Je saigne du nez et des lèvres. Il me tire les cheveux, m'écrase les pieds puis les mains avec le talon de ses chaussures cloutées. Cette séance d'une heure et demie m'a paru interminable. On me fait réintégrer ma cage, complètement " *groggy* ". J'ai senti une douleur aiguë dans le cou, juste derrière l'oreille droite. En y posant la main, je me suis rendu compte que ma blessure saignait. Je m'allonge sur le sol, dans l'obscurité.

Il doit être minuit lorsqu'on vient me tirer de la cage. Cette fois, je découvre une nouvelle équipe, mais la méthode de travail est identique. C'est une équipe spécialisée composée de gens qui ont le génie du sadisme. Ils me tuent à petites doses. Une séance d'une heure, et on me renvoie dans ma cage. Quelques heures plus tard, on recommence avec la même équipe. Une absence remarquée : l'interprète. L'officier japonais conduit l'interrogatoire en français. J'apprécie beaucoup ce contact direct. Après avoir passé en revue toutes les questions précédemment posées, il insiste pour savoir si je n'ai pas quelques détails à ajouter à mes déclarations. L'interrogatoire se déroule, cette fois, sans brutalité aucune. Je ne perdais rien pour attendre, car les prochaines séances ne seront pas de tout repos. Je retourne dans la cage pour finir ma nuit en compagnie du communiste révolutionnaire.

Au réveil, je sens des douleurs partout, notamment au cou et à la joue gauche. Mon visage est tuméfié, mes lèvres sont enflées d'une façon démesurée, ma bouche est déformée, et mon corps couvert de bleus. L'os métacarpien de l'index droit est tordu, j'ai du mal à fermer la main. Vers huit heures, on vient chercher le communiste. Plus jamais je ne reverrai cet éphémère camarade. Je suis resté enfermé dans cette " *cellule pour chien* " pendant six jours, et j'ai subi une vingtaine d'interrogatoires, à des heures impossibles. Toujours la même rengaine cruelle, le même acharnement, la même fureur. Tout était bon pour fatiguer la bête blessée. Le parcours était difficile, mais il fallait, coûte que coûte, que je tienne bon.

Le 16 juillet 1945, contrairement aux jours précédents, il n'y a pas d'interrogatoire. Après m'avoir fait sortir de la cage, vers dix heures du matin, on me fait asseoir par terre dans le couloir, devant la salle de torture. Un gradé japonais vient me chercher, une heure plus tard, pour me faire sortir dans la cour. Il me conduit directement jusqu'à un side-car, près duquel un conducteur attendait. Une fois installé dans le panier, il me fait signe de monter derrière le conducteur. Et le side-car démarre.

J'ai beaucoup réfléchi depuis que j'ai quitté ma cage. Suis-je en train de vivre mes dernières heures sur cette terre? Cette question m'obsède et me perturbe. J'essaie de faire le vide dans mon esprit, mais sans succès. Le side-car s'engage sur le pont Clémenceau. Mon cœur bat très fort, car j'ai l'intime conviction qu'on m'emmène sur le lieu d'exécution. Pendant une fraction de seconde, l'idée de suicide m'a traversé l'esprit. Je ne voudrais pas mourir d'un coup de sabre japonais.

Au bout de la rue Paul-Bert, le side-car vire à gauche en direction du Mang Ca. Je n'ose pas encore trop y croire. J'ébauche un timide sourire à l'instant où il franchit le mirador Dix. J'en ai été quitte pour la peur. On me fait mettre pied à terre et on me conduit au bureau du chef de camp. " *Vous pouvez aller rejoindre vos camarades. Mais attention! Il faut que vous sachiez qu'il est interdit de répandre au camp des idées tendancieuses.* "

C'est avec une joie immense que je retrouve mes compagnons d'arme qui sont, pour la plupart, des amis de longue date. Ils me donnent sac de couchage et couverture. Louis Ravet m'entraîne dans la pièce qu'il partage avec une trentaine d'autres camarades. Il a pu me faire une petite place à côté de lui. Je m'installe par terre comme tous les copains, les Japonais ayant déménagé tous les lits et les matelas qu'ils réservent à leur usage.

Le soir même de mon arrivée, un message me parvient, du camp des officiers, me fixant rendez-vous à l'infirmerie. Je m'inscris à la consultation, le lendemain matin, pour rencontrer l'officier anonyme. Dans le cabinet du médecin-commandant Valésie, j'ai eu un entretien d'une demi-heure avec un homme dont je ne connais ni le nom, ni le grade. Les questions qu'il me posa étaient nettes et précises. Je n'ai pu que lui retracer l'itinéraire du parcours de mon détachement, jalonné d'attaques japonaises, et les échecs successifs de parachutages. À sa demande, j'ai cité les noms de mes chefs dans la résistance. Après quoi, nous nous sommes quittés simplement.

Sous le régime Mikado, la nourriture n'est pas terrible et très insuffisante. Ce n'est pas une surprise. Alors pour améliorer l'ordinaire, trois d'entre nous prennent le risque de faire le mur, une fois par semaine, entre minuit et deux heures du matin, pour se rendre en ville. Ils ont là des contacts avec la famille ou des amis qui leur fournissent diverses denrées alimentaires. Un jour, ils m'ont convié à partager un civet de lapin. Quel régal ! " *Sais-tu ce que tu viens de manger ?* me dit Guiguin, après le dîner.

— *Du lapin.*

— *Pas du tout, c'est du chat. On a attrapé un chat de gouttière hier soir. Avoue que c'est aussi délicieux que...* "

Cette révélation m'a fait vomir. Depuis cette soirée, je ne veux plus jamais entendre parler de lapin.

Depuis mon arrivée au camp, les crises de paludisme reprennent. J'ai alors réalisé qu'elles avaient disparu pendant mon séjour passé dans la geôle de la Kempeitai. Phénomène curieux, qui ne peut s'expliquer que par les séances japonaises d'électrochoc.

Afin de me permettre de changer d'atmosphère, mes amis m'ont enrôlé, un matin, dans leur équipe de corvée de marché. En raison de ma santé déficiente, je suis chargé de pousser la charrette, à charge pour mes amis de s'occuper des manutentions dont je suis incapable. Je ne pèse plus que 35 kg ; j'en pesais 65.

Nous sortons sous la bonne garde d'un demi groupe de soldats japonais. Après l'arrivée chez les fournisseurs de la rue Gia Long, les charrettes de ravitaillement restent alignées sur un côté de la chaussée. La corvée proprement dite commence. Pendant que mes amis vont chercher des caisses de marchandises, je feins de ranger celles déjà chargées dans la voiture. Ayant compris ce manège, un Japonais vient vers moi en me faisant comprendre par de grands gestes qu'il faut que je me mette au travail comme les autres. Docile, je m'exécute. La vendeuse me désigne un panier de bananes. Je fais un effort monstre pour le soulever de terre. Mais je suis déséquilibré par le poids trop lourd, le panier m'entraîne en laissant répandre sur le trottoir les beaux régimes. Furieux, le Nippon me gratifie d'un grand coup de pied au derrière. Un ami vient vite à mon secours. Des passants vietnamiens me jettent un regard de mépris pendant que les gamins de la rue me bombardent de cailloux. Ils sont rapidement dispersés par le Japonais qui ne semble pas apprécier leur agressivité gratuite.

Depuis une semaine, des bruits circulaient avec persistance. Nous serions transférés incessamment au camp de Pak Song, sur le plateau des Boloven, au Laos. À cette occasion, les familles sont autorisées à envoyer, par l'intermédiaire de la Croix-Rouge Française, des colis aux prisonniers. Mon père m'a envoyé trois de ses vieilles chemises. Cela m'a fait rudement plaisir. D'une certaine manière nous avons, par la pensée, renoué le contact.

Le 8 août, on nous signifia qu'il fallait nous préparer à quitter le camp de la concession dans l'après-midi. Vers 17 heures, nous étions environ 250 prisonniers à sortir de la concession par la porte sud, solidement encadrés par une section de soldats japonais. Une demi-heure plus tôt, 150 officiers prisonniers étaient dirigés vers la gare de Hué. Sur les bas-côtés de la route, une masse humaine se bousculait pour voir passer un être cher : un fils, un ami, un concubin. À la gare de Kim Long, on nous entassa dans des wagons de marchandises. Puis le train s'ébranla.

Après un laborieux transbordement à Quang Tri, situé à 60 kilomètres au nord de Hué, le convoi s'arrêta à Dong Ha vers minuit. À pied, nous primes la route de Cam Lo, qui nous accueillit vers 6 heures du matin. Sur un terrain vague, au bord de la Route Coloniale n° 9, on nous permit de faire une halte. Des marchandes ambulantes de soupes et de sandwiches arrivèrent sur les lieux. Elles s'installèrent sur les bas-côtés de la route, gardant entre elles et nous une distance respectable. Ce fut l'occasion pour les prisonniers " *argentés* " de s'offrir un petit déjeuner. Les autres vendaient, qui leur chemise, qui leur couvre-pied, pour se payer un bon casse-croûte. La deuxième pause à Khe Sanh terminée, on attaqua le col de Lao Bao dans lequel deux de nos camarades s'évanouirent d'insolation et d'épuisement. Nous nous trouvions dans l'impossibilité d'avancer plus vite, malgré les harcèlements des Japonais. Il y avait, parmi nous, bon nombre de malades et d'éclopés.

À coups de crosse, les Nippons nous frappèrent dans le dos. Fou de colère, Louis Guiguin intervint, provoquant un sérieux accrochage avec un des " *chiens de garde* " pour faire cesser ses brutalités et ses arrogances. Cela avait failli dégénérer en rixe.

Profitant de cet incident, quelques camarades prirent le large. Ils avaient tort de s'enfuir dans la brousse, car aucun des fuyards n'en sortit vivant. Nous avons passé six jours dans l'ancien bagne de Lao Bao, où nous avons dormi sur des " *lits* " en ciment, au pied desquels se trouvaient encore des fers médiévaux destinés à enchaîner les condamnés politiques.

De Lao Bao, nous sommes partis pour Savannakhet où le téléphone " *bambou* " fonctionnait à merveille. Ainsi apprenions-nous la reddition inconditionnelle du Japon. Vrai ou faux ? Les confirmations ne sauraient tarder.

Dans l'après-midi du 28 août, un *Dakota* survola notre camp. Après son troisième passage, il parachuta des tracts par milliers. Tout le monde se précipita pour les ramasser. Mais les Japonais étaient là, prêts à nous refouler dans les baraquements. La même opération recommença le lendemain. Avec son culot habituel, Louis Guiguin avait réussi, cette fois, à tromper la vigilance des gardes. Il parvint à ramasser un tract rédigé en anglais et en chinois, annonçant en substance : " *Le Japon a capitulé. Tous les prisonniers français doivent être acheminés impérativement sur Saïgon, sous les responsabilités exclusives des autorités japonaises.* "

Ce fut, dans nos rangs, une explosion de joie. On nous rassembla dans la cour où un officier japonais nous annonça, officiellement, l'armistice. S'avançant vers les officiers français pour leur serrer la main, il se heurta à un refus général. L'humiliation avait changé de camp. À partir de ce jour, les mauvais traitements cessèrent. Plus de coups de crosse, ni de coups de ceinturon ou de coups de pied. Ce n'était pas trop tôt.

La bombe atomique nous avait épargné l'internement au " *camp dur* " de Paksong et, par la suite, la solution finale imaginée par les " *honorables* " Nippons.

Notre voyage vers le sud ira à son terme. Les parcours à pied furent plus courts, mais pas moins épuisants, surtout pour les malades et les prisonniers décharnés. La nourriture était un peu plus correcte qu'auparavant. Nous avons voyagé en camion jusqu'à Paksé. Puis, de Paksé à Kinak, en chaloupe à moteur. Pour nous rendre à Venkhang, nous avons dû faire appel au courage et à l'énergie de nos jambes fatiguées. Le trajet de Venkhang à Kratié en passant par Stung Treng a été effectué tantôt en chaloupe, tantôt à pied. Les brutalités étaient désormais exclues, mais les Japonais continuaient de veiller sur nous comme sur des " *mauvais anges* ".

À l'arrivée à Kratié, nous sommes logés pendant trois jours dans un campement misérable. On nous fait coucher sur une espèce de bat-flanc en bambou, en grande partie pourri par l'humidité.

L'état de santé de mon compagnon Mirebeau se dégrade dangereusement. Il était déjà très malade au départ de Hué. N'arrivant plus à s'alimenter ces derniers jours, il souffre de la jaunisse et de violents accès de paludisme. Impuissants, nous assistons à cette agonie silencieuse. Son moral extraordinaire, qui lui a permis, jusqu'à ce jour, de résister aux épreuves de la captivité et de la longue marche, semble vouloir l'abandonner. En s'installant à côté de moi sur ce bat-flanc sordide, il a eu, avec des larmes dans la voix, ces mots qui m'ont brisé le cœur : " *Je crois, ami, que je n'en ai plus pour longtemps.* " Ce sont ses dernières paroles. Il s'est éteint, devant mes yeux, dans la nuit précédant notre départ pour Phnom Penh. Très tôt le matin, nous l'enterrons au pied d'un pont, à quelques mètres seulement de la bicoque à rats que nous quittons sans regret.

À Phnom Penh nous sommes accueillis par des membres de la Croix-Rouge Française qui montent à bord de la chaloupe pour nous offrir des sandwiches. J'ai souffert, ce jour-là, de douleurs de l'estomac que je ne suis pas prêt d'oublier. En temps normal, ingurgiter deux petits pains avec des saucisses, c'est une plaisanterie pour un jeune homme de 22 ans. Mais, après six mois de privation, l'estomac ne peut plus supporter un tel festin.

Nous entrons dans Saïgon au début de l'après-midi du 9 septembre, achevant cette dernière étape qui met un point final à six mois de cauchemar. La liberté et la dignité n'ont pas de prix, et le bonheur de les recouvrer est incommensurable. En traversant la ville, je fus frappé par l'absence du drapeau français. Alors que, partout, flottent au vent ces étranges bannières rouges frappées, au centre, d'une étoile jaune. On ne tarde pas à savoir que ce sont des drapeaux vietminh. À la caserne Martin-des-Pallières, où sont entassés quelques milliers de prisonniers de guerre français, nos camarades nous apprennent que les Américains ont largué, sur le Japon, deux bombes atomiques. On nous apprend aussi qu'à l'issue du coup de force du 9 mars 1945 et à la demande des Japonais, Bao Daï proclame l'indépendance du Vietnam. Au Cambodge, Norodom Sihanouk rompt, à son tour, les liens avec la France.

Lorsque le Japon capitula, le 14 août 1945, l'Indochine japonaise était déjà sur le déclin. Avant de se retirer, laissant le pays en pleine anarchie, les Nippons font distribuer des armes aux éléments révolutionnaires. Armés de piques de bambou, nous renforçons le dispositif de notre propre défense à l'intérieur de la caserne. De l'autre côté du mur, des révolutionnaires exaltés s'époumonent à nous invectiver du matin au soir. La situation étant explosive, et afin d'éviter des échauffourées avec ceux que nous appelons, désormais, les Viets, le quartier est consigné jusqu'à nouvel ordre.

Remis aux mains des autorités françaises le 16 septembre 1945, les prisonniers venus de Hué se présentent à la visite médicale. Le médecin-lieutenant Cléret me fait monter sur la balance : 32 kg.

***

DES ANTI-CONVENTIONNELLES ÉPREUVES DE GUERRIERS

Jean ARRIGHI

Ce texte est dédié à : – tous mes " compagnons de galère ", blessés, malades ou déjà affaiblis par des séjours tropicaux, " torturés " au-delà du possible, sous le joug de souffrances inhumaines et atroces causées par des marches et contremarches forcées et sans fin, ayant pour but de nous anéantir physiquement et moralement.

– tous ceux qui en moururent, le long des pistes.

– ces autres, dans les camps, qui n'en revinrent jamais.

– tous ceux qui, depuis, en sont morts.

25 juin 1954, quelque part en brousse, sur les hauts plateaux du Centre Annam.

… Nous sommes une trentaine, regroupés dans le fond d'un petit thalweg, sous les arbres touffus. Un Viet nous fait déchausser pour éviter les fuites. Deux hommes nous attachent par grappes de quatre, chacun par un poignet. Jusque-là, l'étonnement et la vitesse dans lesquels nous a plongés la réalité nous a fait oublier l'heure. La notion de temps elle-même n'existe plus. La nuit, progressivement, va nous surprendre, sournoise, plus lourde de menace que la précédente. Que nous réserve l'avenir ? Nous n'allons pas tarder à le savoir, car les Viets ont, semble-t-il, achevé le regroupement de tous les petits éléments qu'ils avaient postés afin d'intercepter les derniers isolés de nos unités dispersées. Puis un ordre fusa.

Constitué d'un long chapelet humain, escorté par de nombreux *bo doï*, nous fûmes mis en marche. Une compagnie ennemie en position de combat nous fut adjointe en passant. Nous ne constations aucune agressivité à notre égard, même pas le moindre mouvement de curiosité à notre passage. Cette unité s'est ajoutée à l'escorte et la marche a repris plein sud. Nous sommes entravés douloureusement par nos liens qui, ajoutés à la fatigue, annulent toute velléité de fuite.

C'est, nous ne le savons pas encore, le début d'une invivable marche qui, suivant les catégories de personnels dans lesquelles nous classent les Viets, va nous " *balader* ", durant près de dix jours aux alentours d'An Khé, sur une distance de quatre cents kilomètres environ.

Je fais partie d'un groupe de plusieurs blessés. L'adjudant devant moi a une balle dans l'épaule, le jeune derrière moi en a une dans la cuisse, le sergent Kubzyck, une vingtaine d'éclats dans le corps et j'ai été touché à la face et en plusieurs parties du corps par des éclats de mortier. La liste serait longue à énumérer.

Comment allons-nous marcher, là est la question. Nous marchons, c'est l'essentiel et nous n'allons pas tarder à comprendre ce qui nous attend. La nuit à présent nous enveloppe entièrement. En colonnes lentes et pénibles, ce convoi pénètre dans la souffrance.

Courbée, abondante, la végétation agace inlassablement toutes nos plaies meurtries. Le combat de la veille s'est tu, mais un silence oppressant lui succède ; le silence d'un grand effort rompu et disloqué, entrecoupé au fil des heures et des pistes par nos plaintes étouffées.

Nous n'entendons plus la marche inhumaine, activée de place en place par les rappels rauques et pressants de nos sentinelles, gardiennes vigilantes qui deviennent superflues. Les torches de résine, allumées et portées par les Viets, balayent nos pâles visages. Cette marche, qui multiplie les heures, se prolonge finalement toute la nuit, avec un trop bref arrêt avant le petit jour. Nos jambes ne répondent plus et, au matin, lorsque le soleil brille, une nouvelle épreuve nous attend ; ses rayons implacables brûlent nos chairs meurtries et, sous l'effet de la chaleur, on trébuche, on titube.

Certains, malgré les conseils, se précipitent sur tous les points d'eau possibles, absorbant par faiblesse et inconscience tout un " *peuple* " de parasites qui activeront, s'ajoutant aux blessures existantes, l'infection, la maladie, la mort.

Quelques jours après, nous avons souffert des glissades harassantes sur le sol humide des pistes abruptes montagneuses où l'on se retrouvait plus d'une fois sur les genoux. C'est là que, malgré l'extrême dénuement et l'épuisement, les plus valides essayèrent comme ils le pouvaient, sinon de soutenir ou de porter, du moins d'accompagner et d'encourager ceux qui, déjà, étaient sur le point d'abandonner. Ce que l'on redoutait en pareille situation, c'étaient les hallucinations, les vertiges soudains, les accès de faiblesse brutale qui nous feraient chanceler ou tomber d'un seul coup, quand l'esprit se dissout complètement, devient impuissant devant l'extrême faiblesse de l'organisme.

Et la marche se poursuit, encadrée par nos commissaires " *molosses* ". Il s'est mis à pleuvoir, le froid nous tenaille et, pour certains, c'est " *l'accès de fièvre* ". Nous savons que ce soir et probablement durant toute la nuit, nous ne cesserons de grelotter et de lutter, de nous user inutilement. Tenir, toujours tenir, pour vivre et ne pas périr, pour ne pas sombrer définitivement.

Au petit jour, à nouveau, c'est le réveil pour repartir à l'épreuve. Les douleurs sont si fortes, nos normes oubliées. Nos sens se mélangent, nous avons l'impression d'être aux portes du néant. Il pleut encore, sans discontinuer, comme seul le ciel sait le faire dans ces régions. Des jours et des nuits se suivent sans trêve, et notre " *troupeau* " d'invalides perdus poursuit sa route délirante. Curieusement, nous semblons détachés de tout ; seul nous anime notre instinct de survie.

Chez certains, des blessures restées non soignées suppurent. Chez d'autres, la fièvre ronge les corps lentement. Les orbites ressortent de nos faces creuses. Transpirant abondamment sous tant d'efforts, la poignée de sel administrée tous les jours par ceux qui nous tiennent ne suffit plus à enrayer la déshydratation. L'avitaminose et la dysenterie vident les plus fragiles et, pour ceux-là, les jours sont comptés.

Notre colonne a couvert chaque jour de quarante à cinquante kilomètres en tous terrains, sur des centaines de kilomètres. Ces marches aveugles étaient faites pour la plupart en forêt, en tous sens et souvent diamétralement opposés, suivant des zigzags hallucinants, sans but apparent pour nous. Cela avait l'avantage, pour nos geôliers, sans que nous-mêmes nous en rendions compte, de multiplier par deux, voire par trois les distances parcourues. Il nous a fallu ainsi marcher, toujours marcher, avaler un kilomètre, puis un autre et encore un autre. Nous devions, nous disait-on, grâce à la " *clémence* " et à la " *générosité* " incommensurables du président Ho Chi Minh, atteindre les camps de la plaine, plus au nord, là où la nourriture est bonne et satisfaisante, là où le lit serait accueillant.

Chaque fois, on se demandait : comment allons-nous endurer cette nouvelle étape, en sortir vivant, alors que nos bourreaux escorteurs s'acharnaient savamment à nous stopper, puis à nous faire repartir en changeant de direction. Nous ne savions jamais où nos pas allaient nous conduire.

Il serait difficile de citer des chiffres, mais la mortalité relative à ces déplacements dans la jungle des hauts plateaux fut élevée. Les gardiens de l'escorte se contentaient de laisser sur place, dans ces terrains impossibles, ceux qui ne pouvaient plus suivre le rythme et dont le sort, hélas, était plus qu'aléatoire. Mais dans le genre implacable, les Viets firent plus fort encore. De tous ces blessés survivants qui, depuis des jours, étaient devenus des loques vivantes en mouvement, habillées de haillons et habitées de courage – dont on ne sait trop, dans ces moments, où l'on va le puiser – il est un homme qui nous surpassa tous dans l'horreur et le désespoir. Il imprima dans nos mémoires un souvenir indélébile.

N'ayant pas connu son nom, je le nommerai Nguyen. Il avait vingt ans. Il était vietnamien. Sa blessure était horrible : toutes les chairs de son épaule droite étaient arrachées au niveau de la tête humérale, dégageant toute la surface articulaire du bras. Un trou béant, dans lequel un poing entier aurait pu se loger, mettait à nu les os de l'articulation et les tendons s'y rattachant. Je ne sais comment ce martyr put se maintenir parmi nous une semaine environ, sans soin ni médicament aucun ; mais il vécut, et ce fut là vraiment le dépassement dans l'horreur. Sans une larme, sans une plainte, avec la seule beauté des traits de son visage émacié, sublimé par l'épreuve ; on ne surprenait de détresse et d'abandon, par instant, que dans l'absence de tout éclair dans son regard éteint, exprimant toutes les supplications. Intérieurement que ressentait-il face à l'océan de détresse au bord duquel il se tenait ? Il entrevoyait certainement les frontières des mondes tout proches, mais quel éternel l'attendait ? Il savait que le moment d'entrer dans la nuit approchait et qu'un dernier effort le libérerait de cette enveloppe dérisoire qui le déchirait, dont son âme allait enfin se détacher.

Il était enveloppé d'une couverture imprégnée de sang séché ; son visage était cireux, très pâle, et des cernes immenses mangeaient ses yeux. On devinait la mort refermer ses cercles autour de lui.

Il souffrait comme savent souffrir les bêtes, en silence, au rythme de ses pulsations, accompagnant le mal par un effort constant de sa volonté sur sa pensée vacillante, sans à-coup. Parfois, ne sachant plus que faire pour calmer sa douleur, il se courbait et appuyait sa tête contre une vieille souche d'arbre durant un court instant. Il tentait ainsi d'oublier ses souffrances en sommeillant, mais le pouvait-il encore ? Puis il se redressait à nouveau effaré, cherchant à se dégager de ce cauchemar. Face à ce drame, nous avions tous conscience de découvrir là le visage de l'enfer.

C'est au cours d'une de ces journées, où nous usions nos forces dans ces déambulations épiques et stériles, que les Viets décidèrent d'abandonner Nguyen au cours d'une halte. Il y avait une motivation profonde, à caractère politique, qui poussait les Viets à délaisser volontairement ce malheureux : il était vietnamien et n'était pas dans leur camp. Il était courageux au-delà du possible ; il devenait un martyr, un symbole potentiel et cela était impardonnable, car il aurait pu être des leurs. Idéologiquement, pour eux, c'était chose inacceptable et il fallait l'éliminer. Aussi, ils déposèrent près de lui de l'eau, quelques provisions, une couverture et le confièrent au vide... Décision sans appel qui nous glaça. Malgré notre propre souffrance, ce qui nous marqua le plus dans cet abandon, c'était le contraste entre la souffrance physique du martyr, et la dignité avec laquelle ce condamné accueillait son sort, sans nul doute effroyable, avec le stoïcisme du spartiate.

Nguyen mesurait certainement le poids du châtiment que réclamait son état de soldat et de guerrier : il faut dire qu'il n'est pas d'usage courant, même à la guerre, de laisser des corps vivants et démolis exposés aux rayons du soleil, au survol des rapaces, aux assauts des insectes et aux outrances des bêtes fauves, ou à l'égorgement possible d'un chasseur Rhadé. Quel sort atroce ! Il fut confronté, dans sa douleur et pour cette ultime épreuve, à l'indifférence de ses geôliers aveuglés par le fanatisme, mais aussi à la lâcheté involontaire de ses compagnons de souffrance, à la solitude.

Après notre libération des " goulags " indochinois, des rêves persistants hanteront nos mémoires de survivants ; des cauchemars étranges et lancinants reviendront plusieurs fois visiter nos nuits de convalescents.

Chaque fois que l'un de ces drames survenait, nous étions complètement conscients du sort que l'on nous préparait. Puis la vie reprenait son cours, sœur de cette fatigue extrême. Aussi le soir, chaque fois qu'une halte nous était " *octroyée* ", nous nous affalions complètement vidés, sans force, sans autre désir que celui d'oublier : dormir comme une bête qui ne cherche même pas d'abri. Alors, sous la fraîcheur ambiante et à même le sol, le sommeil nous emportait, si profond, si vrai, si nécessaire et pesant qu'il semblait définitif.

Et toujours cette fuite des jours et ses tourments. Nous ne savions pas encore que plus au nord, d'autres " *marches à la mort* ", à travers la jungle et à des centaines de kilomètres de là, se déroulaient dans des conditions aussi atroces que les nôtres ; que d'autres frères d'armes, aussi horriblement abîmés et délaissés, souffraient le martyre au-delà de tout ce qu'un être humain peut imaginer ; que d'autres pistes recevaient l'agonie lente et désespérée de malheureux : des êtres dont le seul et unique ressort était : " *vivre* ".

Quelle désespérance ! Qui peut se souvenir de cet Algérien au visage éclaté, mâchoire affaissée, ayant vécu ainsi, sans soin, de longs mois de captivité ; de ce légionnaire au bras déchiqueté qui endura son cauchemar durant un mois avant d'être enfin opéré ; de ce para, l'os de la cuisse brisé, qui fut transporté par ses compagnons dans d'atroces circonstances, sur des centaines de kilomètres, avant d'être sauvé ; de ce tirailleur marchant durant des semaines en appuyant un linge sur les bords de sa plaie, avec l'espoir de la faire ainsi cicatriser ?

Une nouvelle stratégie sembla se dessiner à notre égard. Après nous avoir " *trimbalés* " dans tous les azimuts de la forêt, nos irréductibles " *convoyeurs* " nous firent ressurgir, sur la Route Coloniale n° 19, à notre point de départ. Comme numéro d'humour macabre, il serait difficile de faire mieux.

Sur ces lieux, les Viets avaient monté, en bordure de route, nos propres tentes récupérées dans le convoi de nos véhicules abandonnés et avaient installé un bivouac au centre duquel s'étalaient au sol des panneaux de la Croix-Rouge, afin que nos avions ne nous mitraillent pas. Nous retrouvâmes ainsi, dans un état indescriptible, quelques camarades très grièvement blessés ou affreusement malades, qui n'avaient pas pu être emmenés ni évacués après la terrible embuscade montée contre le GM 100 (Groupement Mobile 100) le 24 juin 1954 (1 000 morts et disparus). Ils avaient été gardés sur place et sans soin par les milices locales. C'était un univers putride environné de mouches. Ils étaient étendus sur des paillasses crasseuses. Non loin de là s'égrenaient les ferrailles tordues ou incendiées de véhicules explosés avec, aux alentours, des corps gonflés et méconnaissables.

Je me souviens notamment de ce jeune soldat qui n'avait pas vingt ans, et dont le sourire pâle et amer en disait tant. Il était arrivé de France avec le dernier détachement de renfort ; il nous avait parlé longtemps de sa mère et, lorsque sa jambe broyée, " *rongée* " par la gangrène, le faisait trop souffrir, il l'appelait en vain. Il y avait cet autre compagnon, un bras coupé net au-dessus du coude par un éclat de SKZ ; il me tendait chaque matin son pauvre membre dévoré par les asticots. Il me fallait, à l'aide d'une pointe de bambou bien taillée, enlever une partie des vers qui grouillaient sur la plaie, mais en laisser suffisamment pour que ceux-là se nourrissent de ce qui pouvait devenir source de putréfaction. " *Fais attention, ça pourrait saigner* " me recommandait-il très calmement ; une hémorragie, dans ces conditions, ne pardonnait pas.

Ces séances improvisées de pseudo soins réalisés par les " *infirmiers* " de fortune, maladroits et inexpérimentés, que nous tentions d'être, nous amena même à extraire à la pince et sans ménagement, sur certains camarades, des éclats que leurs corps rejetaient. Il n'y avait pas d'anesthésique, peu de pansements et juste une pincée de sulfamide ; c'était si peu par rapport à de telles souffrances.

C'est au milieu de cette ambiance de désolation que j'ai pu, de visu, vivre deux amputations de bras pratiquées sur des autochtones par des chirurgiens vietminh ; elles furent accomplies avec des outils chirurgicaux très rudimentaires et avec une certaine brutalité : le patient allongé sur un lit en bambou était à moitié endormi par quelques bouffées de substances anesthésiantes, vaporisées au ras du nez à l'aide d'une " *bombe* ".

Pour tous ces infirmes, les limites de la résistance humaine reculaient un peu plus chaque fois. Quel implacable destin était imposé, à nous impuissants, de souffrir en silence ; seuls les forts résistaient. Tous alors, éclopés et malades, face à nous-mêmes, assistions du regard ces fins de vie douloureuses, ces destins balayés, tous ceux qui des jours durant avaient été des cibles innocentes.

Au terme d'une dizaine de jours, une surprise nous attendait : ce fut encore un détour en brousse, mais pour nous retrouver à An Khé. Là, pour quelques temps, nous occupâmes le bâtiment de l'ancienne antenne chirurgicale du GM 100. Le Vietminh, dès lors, commença en ces lieux la mise en application de ses méthodes particulières d'intoxication idéologique.

Nous allions désormais subir l'endoctrinement rudimentaire auquel il tenait tant. Cela faisait partie de toute la stratégie de conditionnement appliquée par l'ennemi aux prisonniers du corps expéditionnaire. En effet, à l'étape première brutale et éliminatoire, faite de toutes ces marches forcées, succédaient à l'arrêt des méthodes plus " *dosées* ", bien que primaires. À la dégradation et à la liquidation physiques des plus faibles au cours des déplacements se substituait, à la halte, des sollicitations diverses : former le plus rapidement possible des " *comités de la paix* ", des " *comités de rapatriement* ", aux seins desquels la délation était encouragée et recherchée, avec promesse pour " *les plus méritants* " d'être rapidement rapatriés en France.

Les plus récalcitrants d'entre nous ne tarderont pas à subir les effets de toute une panoplie de sanctions, régime disciplinaire endurci et corvées à l'arrêt ou dans les camps. Les heures de travail s'intensifieront ; les séances d'endoctrinement, de jour comme de nuit, se répéteront ; les entretiens personnels et les séances d'autocritiques en groupe devant le commissaire politique se succéderont, inlassablement. Pire encore, les rares médicaments de l'infirmerie s'épuiseront brusquement sans explication. Ces pressions sur nous n'allaient plus, dorénavant, se relâcher.

La singularité des traitements inhumains qui nous furent infligés se caractérisait par le fait que toutes ces actions se déroulaient en silence, à l'abri des vues, d'une manière continue, sans l'aide d'aucun moyen technique, et ne laissaient ni trace ni preuve de cette monstrueuse violation des droits. Pour mener à bien ce processus subtil " *d'assassinat collectif* ", rien n'était plus efficace que nos marches silencieuses en brousse et nous sûmes rapidement à quel point, là-bas, il ne fut nul besoin de fours crématoires. Les étapes " *insensées* " qui nous furent imposées jour après jour avec la collaboration du soleil, de l'eau croupie, du temps et des moustiques se suffisaient à elles-mêmes : la jungle pourvoyait à son lot permanent de cadavres.

Ce mode d'élimination, sans brutalité physique apparente, institué cependant en véritable supplice organisé, le fut avec lucidité et détermination par les cadres politiques de " *l'oncle Ho* ". Mais afin que leurs exécutants ne se sentent absolument pas impliqués dans ce processus d'anéantissement de la personne, les autorités viet morcelèrent les responsabilités de chacun des leurs ; c'est ainsi que nos gardiens, et les commissaires politiques qui encadraient ces " *marches macabres* ", s'éclipsaient après chaque halte pour être remplacés par d'autres. Chaque geôlier ne devait connaître qu'une partie de notre itinéraire, mais jamais sa totalité, ni encore moins notre destination finale.

On peut dès lors se poser la question de savoir comment se nomme l'organisation d'un tel programme, appliqué avec tant d'énergie et de résolution sur des prisonniers de guerre dont beaucoup, de surcroît, étaient blessés et laissés sans soins. Tout cela porte un nom : " *crimes de guerre* ". Depuis que l'on sait que cette notion repose sur l'idée qu'il existe encore des lois et des usages à respecter, même à la guerre, pour éviter, malgré l'horreur des luttes armées, qu'on ne respecte plus rien. Le tribunal de Nuremberg qualifia de " *crimes de guerre, les violations des lois et coutumes de la guerre, notamment :* " *… les assassinats et les mauvais traitements des prisonniers* ".

À leur libération, les plus atteints d'entre nous donnèrent au monde, parfois injustement indifférent, l'impression de surgir d'on ne sait quelles ténèbres. On vit alors apparaître, hagards, de véritables squelettes ambulants aux regards vides, qui disparaissaient aussitôt à l'intérieur des ambulances en attente. Est-ce que ces choses s'oublient. " *… Pour beaucoup de ces hommes, il n'est point besoin de mémoire, car lorsqu'au cours de votre vie " le cercle de l'enfer " s'est un jour refermé sur vous, même si vous en êtes sorti, sachez qu'on est toujours dedans…* ".

***

N. B. : Ce témoignage est également relaté dans l'ouvrage intitulé " L'épreuve du guerrier ", paru chez INDO ÉDITIONS*, en 2003.*

LA DÉSHUMANISATION

Jean LOMER

" *Parle, si tes mots sont plus forts que le silence. Sinon, tais toi.* "

Euripide

L'ORGANISATION DU CAMP " A " DE TROISIÈME INTERZONE

De septembre 1953 à juin 1954, ce camp était situé dans la province de Than Hoa du Nord-Annam, près du village de Dong Tram, sur la rive sud du fleuve Song Ma. En juillet 1954, il fut installé dans une ancienne plantation, à Phuc Dia, entre les fleuves Song Ma et Song Chu ; puis en août, il fut itinérant sur la rive sud du Song Chu jusqu'au lieu de libération, qui était la plage de Sam Son.

Les prisonniers ne formaient pas dans le camp un ensemble cohérent, mais une juxtaposition plus ou moins importante organisée suivant les directives générales établies par les services du gouvernement viet minh responsable de la direction des camps de prisonniers militaires. Le principe de séparation était basé sur l'appartenance aux ethnies. Les ressortissants du Maghreb étaient regroupés sous l'appellation de masse marocaine, ceux de l'Afrique noire constituaient la masse sénégalaise ; les légionnaires de toutes origines, sauf ceux qui se disaient français, formaient la masse légionnaire. Les dénominations marocaines et sénégalaises découlaient d'une logique vietminh sans doute basée, pour ce qui concerne les Marocains, sur les noms des unités ayant fourni au début de la guerre les plus forts contingents de prisonniers. Les Nord-africains du camp étaient en grande majorité d'origine algérienne. Le reste des captifs, métropolitains, pieds-noirs, ressortissants des actuels Dom-Tom, Pondychériens, métis ayant du sang vietnamien, composait la masse européenne.

Un tel fractionnement des prisonniers simplifiait la gestion. Il était utile également pour l'instruction politique qui était ainsi facilitée, les commissaires politiques pouvant bien entretenir les rivalités et les dissensions entre groupes. Le rassemblement de l'ensemble des masses ne se faisait que pour des événements importants comme les jugements, les annonces de sanctions, les proclamations de succès viet minh ou des séances au cours desquelles une diffusion de directive politique devait être commune à tous les groupes. Les rivalités provoquées entre les masses s'avéraient pénibles pour celles des légionnaires et des Européens, car les Viets s'ingéniaient, sur ordre de leur instance supérieure, à démontrer le caractère colonialiste patent des deux masses, avec en plus pour les Européens un côté exploiteur et capitaliste.

LE COMPORTEMENT À L'INTÉRIEUR DES MASSES

La masse marocaine

Cette masse montrait une réelle unité due à l'appartenance à la religion musulmane et à la langue arabe. Les rapports entre commissaires politiques et prisonniers nord-africains se faisaient par l'intermédiaire d'interprètes susceptibles de bien comprendre la langue française. Les interprètes, pratiquement tous sous-officiers, après annonce de leur candidature, étaient élus par leurs coreligionnaires et acceptés par les Viets. Ces derniers avaient une bonne connaissance de l'ardeur démontrée par les personnes agréées pour transmettre leur bonne parole car il ne manquait pas, parmi les prisonniers, d'individus comprenant les deux langues et prêts à signaler tout manquement à la bonne diffusion de la pensée politique édictée par les responsables du camp. Il n'y avait aucune relation des appartenants de cette masse avec les autres prisonniers, même avec les Européens qui avaient été leurs compagnons d'arme dans les unités de tirailleurs. La masse marocaine a été séparée de la masse légionnaire et de la masse européenne début août pour connaître une libération complète, mais échelonnée, jusqu'au premier septembre 1954.

La masse sénégalaise

Cette masse est celle qui a donné le plus de fil à retordre aux Viets durant la période des mois de mai et juin 1954. Elle comportait en son sein des sous-officiers ayant de nombreuses années de service, très patriotes, respectant le drapeau qu'ils servaient et auquel ils montraient la plus grande fidélité. Ils avaient vite compris la façon d'agir pour empêcher la propagande viet de montrer sa nocivité envers leurs compagnons d'infortune. Toutes les religions étaient représentées chez ces tirailleurs. Du fait de leur recrutement sur tous les territoires de l'Afrique noire, il y avait entre eux une grande diversité de peuples et, par conséquent, de langues d'origine, mais ils formaient une masse homogène. La multiplicité des langues d'origine donnait l'occasion de l'emploi de plusieurs interprètes simultanément au cours des séances d'instruction dispensées par les Viets. Ceci aboutissait, malgré le respect de la discipline de parole souhaitée par les commissaires politiques, à une bruyante pagaïe bien entretenue par les interprètes et leurs élèves liés par une évidente complicité, car tous avaient de bonnes bases de la langue française. Les Viets n'ont jamais réussi à vaincre ce mode de résistance, et ils ont été bernés par les Africains; la question est de savoir s'ils s'en sont bien rendu compte. Il s'établissait des relations entre quelques Africains et certains Européens mais en se cachant des autorités du camp. Ces relations, toujours empreintes de sympathie réciproque, s'établissaient entre ceux dont l'attitude montrait une certaine résistance à la volonté doctrinaire des Viets. Les Africains se débrouillaient fort bien pour tirer parti de toutes les ressources disponibles dans l'environnement et pour survivre dans les meilleures conditions possibles. Ils ont quitté le camp dans les derniers jours de juin, nous n'avons jamais connu leur destination. Les commissaires politiques laissaient entendre qu'ils étaient partis construire un camp plus " *confortable* ". Jamais nous n'avons revu nos compagnons d'infortune africains. Les Viets considéraient les Africains comme une main-d'œuvre corvéable à merci et les exploitaient pour les plus durs travaux.

La masse légionnaire

Les légionnaires provenaient de nombreux pays. La majorité d'entre eux était d'origine germanique. Un grand nombre avait fait ses premières armes sous l'uniforme allemand entre 1939 et 1945, et ils provenaient surtout de l'Allemagne de l'Ouest, le rideau de fer étant un obstacle pour les candidats à l'engagement de l'Allemagne de l'Est. Il y avait quelques Slaves, survivants des combats menés aux côtés des alliés ou venus des camps de personnes déplacées ou de travailleurs forcés établis sur le territoire allemand. Deux ou trois

Belges ou Suisses, et quelques originaires du sud de l'Europe, Italiens et Espagnols, complétaient l'effectif. Leur instruction politique était normalement confiée à des légionnaires déserteurs, des ralliés suivant la terminologie viet, mais ce genre de personnel faisait défaut à cette époque. Seul un déserteur chargé de la gestion du ravitaillement en eau et se disant d'origine norvégienne allait de temps à autres leur porter la " *bonne parole* ". Ce déserteur, d'apparence sans envergure, avait été un redoutable auxiliaire des commissaires politiques dans un autre camp, appelé camp de KimTon, où il avait montré un zèle criminel, portant atteinte à la vie des prisonniers. Nous avons compris par la suite qu'il se complaisait dans un rôle de mouchard en espionnant la masse européenne.

De toute façon, l'instruction politique ne pouvait pas exercer une grande prise sur les anciens soldats germaniques, surtout soucieux d'être libérés au plus vite. Seuls des légionnaires hispaniques paraissaient porter une oreille attentive à la propagande marxiste. Les Italiens résistaient mieux au matraquage doctrinaire, du moins les plus âgés.

Les Viets avaient saisi dans le désir de libération des légionnaires allemands et slaves l'opportunité d'accroître leur pouvoir sur cette partie de la masse légionnaire. Ils leur tenaient le discours suivant : " *Vous êtes des soldats enrôlés de force par un pays colonialiste et capitaliste qui vous oblige à combattre un peuple ami et valeureux qui veut sa liberté, au seul motif d'épargner la vie de ses propres soldats. Le président Ho Chi Minh, dans sa grande bonté, est prêt à organiser votre rapatriement par les pays démocratiques frères, la Chine, l'Union Soviétique et la République Démocratique d'Allemagne. Mais auparavant vous devrez effacer vos erreurs passées en vous montrant les plus ardents travailleurs dans ce camp qui vous prépare à la liberté* ". Cette proposition recevait un réel écho chez certains, surtout les plus jeunes, et il s'ensuivait de vives discussions avec ceux qui refusaient l'offre ; le moral de tous s'en trouvait affecté. Certains parmi eux, originaires d'URSS ou des républiques satellites, savaient fort bien que leur engagement à la Légion serait considéré dans ces pays comme une désertion du " *camp démocratique* ", et qu'il s'ensuivrait pour eux une rééducation avec toutes les sanctions cachées par ce terme. Les anciens de la Wehrmacht se doutaient bien qu'un transit par l'URSS serait pour eux synonyme des plus grands dangers.

Ceux qui acceptaient de se plier au jeu des Viets commençaient à démontrer leur ardeur stakhanoviste en se chargeant au maximum au cours des corvées de riz, en allant chercher loin en forêt les plus gros fagots de bois sec pour la cuisine, et en allant laver les grosses et pesantes touques à cuire le riz au fleuve, où il fallait les récurer avec des petits graviers et du sable pour faire briller l'intérieur et enlever les traces de suie à l'extérieur. Ces travaux étaient très pénibles pour ces originaires de l'Europe du nord sous-alimentés et très peu habitués au riz distribué parcimonieusement. Ils s'affaiblissaient rapidement et le moral était atteint par les divisions provoquées par la manœuvre psychologique des Viets. Ces candidats au rapatriement démocratique devenaient des proies faciles pour les maladies qui les conduisaient vite en terre, et des légionnaires arrivés relativement en bon état ne survivaient que quelques rares semaines. Ceux qui résistaient étaient les anciens de la guerre 1939-1945 restés sourds à l'offre du retour démocratique, qui avaient des souvenirs communs de très dures épreuves ; ils ramenaient la cohésion dans leur groupe par des chants allemands de cette époque auxquels les jeunes ne restaient pas insensibles.

C'est la masse " *légionnaire* " qui a eu le plus fort pourcentage de pertes durant les mois de juin, juillet et août 1954, mais ses membres avaient gardé, pour la plupart, la certitude qu'ils étaient des soldats d'élite, différents des autres, et devant avoir une spécificité très particulière. Ils n'avaient aucune relation avec les Nord-africains, et des relations très rares avec les Africains, peu suivies avec les Européens et assimilés parmi lesquels ils n'acceptaient des interlocuteurs qu'en fonction de critères dont il était difficile de cerner la base. À partir du mois d'août, les deux masses, légionnaire et européenne, furent rassemblées en une seule jusqu'à la libération sur la plage de SamSon.

La masse européenne

Cette masse était très diversifiée en raison des origines géographiques de ses membres, de l'étalement des grades (le plus élevé à partir du mois de mai était celui de lieutenant), des âges (de dix-neuf ans à trente-cinq ans environ). Mêlés aux militaires se trouvaient des civils, un cadre français d'une grosse compagnie internationale, un aviateur, personnage d'une qualité exceptionnelle abattu aux commandes d'un petit avion commercial assurant la liaison entre Hanoï et une petite ville du delta tonkinois, qui avait été presque lynché au moment de sa capture, et quatre garde-voies dont trois métropolitains et un métis franco-vietnamien. La masse européenne comportait plusieurs petits groupes dont la constitution était basée sur des affinités diverses. Elles pouvaient être dues à une origine géographique commune, à l'appartenance à une même arme ou à une même unité, aux anciennes activités professionnelles, aux combats menés et aux épreuves subies ensemble, ou tout simplement à des sentiments de sympathie. Celui qui arrivait seul dans le camp devait accepter une place dans un groupe, même s'il eût préféré en rejoindre un autre ; le refus d'intégration équivalait à être condamné à une fin de vie à brève échéance.

Les grades avaient peu d'importance. Les Viets en interdisaient toute référence et usage, et imposaient le tutoiement. Compte tenu des circonstances, l'observation de ces règles ne posait aucun problème ; les cadres politiques du camp auraient été trop heureux d'y constater un manquement, par eux-mêmes ou par délation.

L'âge des prisonniers jouait un grand rôle dans le comportement et l'adaptation pour pouvoir survivre aux vicissitudes de leurs conditions d'existence. Il était possible de distinguer deux fractions parmi eux, l'une intéressant les hommes de moins de vingt-cinq ans et l'autre les hommes de vingt-cinq à trente-cinq ans. La première fraction regroupait ceux qui avaient vécu leur enfance et leur adolescence durant les années de privations de la guerre et de l'après-guerre ; leur résistance physique était amoindrie. Ces garçons n'avaient connu avant la captivité que l'école, l'apprentissage ou un emploi d'ouvrier agricole, sous l'autorité de leurs vrais parents, de parents nourriciers (pour ceux de l'assistance publique), des instituteurs, des employeurs, et une plus ou moins longue période militaire, encadrés par leurs gradés. Ils avaient perdu leurs repères et se trouvaient livrés à eux-mêmes, sans aucune idée de ce que l'avenir leur réservait, sujets au désespoir. Ils devenaient une proie facile pour les agressions de la maladie, et pour les agressions psychologiques des commissaires politiques qui voyaient là un bon terreau pour la propagande. Il existait quand même parmi ces jeunes des éléments résistant mieux à ces agressions ; ils se trouvaient en particulier parmi les gens issus des milieux ruraux et les anciens enfants de troupe.

La deuxième fraction comptait dans ses rangs ceux qui avaient eu des commandements, donc des responsabilités, qui avaient dû prendre des initiatives pour mener leur vie professionnelle ou militaire, qui avaient parfois des charges de famille. Ils se rendaient compte de la nécessité de réagir contre le désespoir et de tout faire pour s'en sortir. Il y avait parfois de sévères mésententes entre ces prisonniers âgés qui donnaient naissance à de profondes antipathies ; mais paradoxalement ce sentiment entraînait un motif de réaction, qui était salutaire pour leur faire oublier leur condition. Ils étaient plus résistants à la maladie que les jeunes, mais un risque certain existait pour eux, c'était le coup de cafard en pensant à leur famille, qui détruisait en eux le nécessaire ressort de résistance ; ils devenaient alors une cible privilégiée pour les affections endémiques et les multiples parasitoses avec une issue fatale inéluctable. Lorsque les autres captifs s'apercevaient de cet état, il fallait réagir tout de suite en employant la moquerie, l'ironie et même les menaces de contraintes physiques pour entraîner chez l'intéressé une salutaire colère et une réaction le ramenant à la réalité.

Tous les prisonniers, jeunes ou âgés, avaient été confrontés aux théories marxistes, du fait de leur environnement familial ou de leur engagement dans des maquis FTP. Les Viets comptaient sur cet état de fait pour aider à la compréhension de leur enseignement politique. Mais leur espoir était en grande partie déçu car il existait un réel sentiment de rejet, surtout chez les prisonniers âgés, à l'encontre des théories politiques affichées par Marx et ses successeurs. Malheureusement, quelques-uns se sont laissés séduire par la propagande, surtout les plus désemparés. Il est néanmoins permis de penser que cette réceptivité politique fut pour certains la parfaite démonstration de talents de comédiens, et que la plupart des autres convertis oublièrent très vite, une fois libérés, les leçons des commissaires politiques.

Beaucoup de prisonniers avaient reçu une éducation religieuse chrétienne. Si, parmi eux, quelques-uns se raccrochaient à cette éducation pour trouver le secours moral attendu dans leur situation, ils devaient se garder de faire état de toute action ou de toute parole démontrant leur foi, car ils étaient aussitôt repérés par les commissaires politiques qui exerçaient une surveillance constante et efficace, ou ils étaient l'objet d'une dénonciation. Les Viets montraient une véritable haine pour la religion catholique.

LA " TOILE D'ARAIGNÉE "

De nombreux textes ont décrit la façon dont les Viets organisaient et menaient la formation politique des prisonniers, mais la pression psychologique était nettement plus néfaste que les résultats strictement politiques.

Leur but, tel qu'ils le définissaient eux-mêmes, était de former de parfaits combattants de la paix qui devront d'abord lutter pour demander le rapatriement du corps expéditionnaire français, " *qui opprime le pacifique peuple vietnamien, frère du peuple de France abusé par des politiciens colonialistes et corrompus* ", et qui, ensuite, lutteront pour l'entente avec les démocraties populaires, et éviteront de servir de valets à la puissance américaine capitaliste et impérialiste. Toute résistance active à l'acceptation des doctes paroles des commissaires politiques pouvait amener des sanctions brutales ou, au contraire, plus anodines et étalées dans le temps, prenant l'allure d'une reprise en main, soigneusement élaborées par les responsables du camp dans le respect des instructions données par l'administration générale des camps, et mises en œuvre avec une machiavélique intelligence et une redoutable efficacité.

La faute la plus grave était la tentative d'évasion. Une telle tentative devenait à la fois trahison et désertion du camp démocratique. De toute façon, les évadés devaient savoir qu'ils risquaient leur vie s'ils étaient repris par des *du kich*, milices armées locales, ou par des simples villageois si les cadres politiques de la milice ou des villageois en décidaient ainsi. L'aventure fut tentée en février 1954 par un groupe de quatre hommes, sous la conduite d'un lieutenant arrivé depuis peu au camp, qui avait un beau passé de combattant. De retour au camp, les candidats malheureux à l'évasion ont été maltraités, battus et torturés par pendaisons par les bras devant l'ensemble des prisonniers rassemblés. Très rares furent ceux qui compatirent au sort de ceux qui étaient livrés en spectacle, car toute démonstration de compassion était assimilée à de la complicité. Après eut lieu le jugement, avec un souci majeur de casser la cohésion du groupe en désignant un coupable principal, c'est-à-dire le lieutenant, et d'utiliser ses compagnons d'évasion comme témoins à charge, ce qui a marché plus ou moins bien suivant le degré de résistance des individus à la volonté des commissaires. Le coupable principal ainsi désigné et jugé fut envoyé dans un camp de rééducation, le Camp n° 5 du Thanh Hoa, où mouraient à petit feu des civils vietnamiens coupables de déplaire au régime, et quelques militaires du corps expéditionnaire. Heureusement certains ont survécu, dont le lieutenant.

Une faute à ne pas commettre était d'avoir une attitude injurieuse à l'égard d'un *bo doï* (soldat régulier vietminh) préposé au service de garde ou à l'égard d'un cadre du camp (commissaire politique ou déserteur chargé de fonction d'intendance). Ce qui était d'une extrême gravité était l'insulte faite au peuple vietnamien, en acte ou en parole. Grâce à leurs réseaux de renseignements bien structurés, les Viets se montraient capables de connaître certains faits ou actes commis par des prisonniers, avant et après leur capture, portant atteinte à la dignité de représentants de la population ; un acte de délation pouvait aussi instruire les Viets de tels faits. Ce délit, aux yeux des Viets, pouvait être un geste déplacé, une attitude équivoque ou malsaine au regard des mœurs pudibondes affichées par le régime, une plaisanterie grossière ou des paroles paraissant injurieuses.

Des larcins entre prisonniers touchant la nourriture, les réserves de tabac ou de vêtements (seuls biens matériels qui pouvaient faire l'objet de vols) occasionnaient des rassemblements généraux où il était démontré que ces actions étaient dues aux défauts de la société capitaliste, qui n'avait pas su éduquer les auteurs de tels faits, et qu'il appartenait à tous de remettre les coupables dans le droit chemin. La punition consistait en quelques corvées supplémentaires. Par contre, si un vol était commis au détriment d'un paysan ou si une destruction de riz, même accidentelle, se produisait alors que le riz était considéré comme le bien du peuple, l'auteur des faits serait considéré comme un criminel et subirait la sanction appropriée, les commissaires politiques avaient bien fait la leçon à ce sujet.

À défaut d'avoir créé un système basé sur la vie associative chère au système démocratique et populaire, les Viets avaient monté un jeu de comités censé encourager la participation des prisonniers à la vie du camp. Le comité de libération n'ayant pas encore été activé, il existait un comité d'hygiène chargé de donner des directives pour la propreté du camp et de veiller à leur bonne exécution. Un comité des journaux muraux eut une éphémère activité. Quand les rations de riz diminuaient, soi-disant à cause de pénurie dans les dépôts, et que ces mêmes dépôts s'éloignaient de plusieurs kilomètres, quand il fallait recommencer la pénible corvée de lavage du riz, quand le lieu de prélèvement de bois sec en forêt s'éloignait et que les corvées devenaient plus nombreuses et fatigantes, les prisonniers comprenaient qu'une punition collective était en cours. La raison n'en n'était jamais expliquée mais ils comprenaient que la direction du camp jugeait que leur zèle démocratique et révolutionnaire avait besoin d'un coup de fouet. Un intérêt marqué pour les cours avec une plus large participation aux débats et l'affichage d'idées très progressistes permettaient la levée de la sanction générale.

LES FICHIERS DE L'INTERNATIONALE COMMUNISTE

Malgré la très mauvaise qualité du papier mis à leur disposition, équivalent en texture à du papier toilette, les gestionnaires du camp étaient atteints de la frénésie de production de fiches et de rapports dans la tradition de la célèbre paperasserie de démocratie populaire. Envoyés à leur administration centrale, ces documents permettaient une gestion rigoureuse de l'ensemble des prisonniers et provoquaient, de la part de cette administration, les instructions pour les traitements à appliquer pour l'ensemble des captifs et le traitement de certains cas particuliers. Les très rares cas d'usurpation d'identité ou de grade qui ont existé ont dû poser des problèmes à la redoutable et efficace bureaucratie populaire. Elle échoua néanmoins en deux occasions. La première se situe après les combats de 1950, dans la Haute Région du Tonkin : les services chargés de la gestion des prisonniers n'étaient pas opérationnels, et leur mise en place au moment de l'afflux des prisonniers et de l'obligation d'organiser des camps eut pour conséquences les lourdes pertes durant les premières semaines de captivité. La deuxième occasion apparut lors de la chute de Dien Bien Phu : les Viets n'avait pas su préparer le traitement d'un tel nombre de prisonniers ; ils ont été pris de court pour les rassemblements, le recensement, le tri, et l'organisation des convois et des camps de recueil de la haute Région et du Thanh Hoa.

Les pertes furent terribles, mais elles servaient peut-être le dessein des vainqueurs, et leur inorganisation fut équivalente à un programme d'extermination réfléchi. Les listes des captifs, avec leurs lieux de stationnement, étaient archivées à Prague au sein d'un organisme où s'élaboraient les doctrines et directives relatives au traitement des prisonniers de guerre des démocraties populaires, dont le Vietnam d'Ho Chi Minh. Les listes étaient transmises aux bureaux centraux nationaux des grands partis frères de façon à leur faire prendre connaissance des noms de leurs compatriotes aux mains du Vietminh. Plusieurs anecdotes confirment cette diffusion des informations relatives aux captifs. En France, dans le Sud-Ouest, des prisonniers libérés de retour dans leur famille ont eu la surprise d'apprendre que leurs parents avaient été approchés par des représentants du " *Grand Parti* ", qui leur avaient fait miroiter l'amélioration des conditions de vie de leur fils en captivité, et peut-être une libération anticipée, en échange d'une adhésion à la cellule locale.

La mère d'un officier prisonnier entretenait des relations amicales avec une vieille institutrice, véritable pasionaria. La vieille demoiselle eut des propos rassurants sur le sort du prisonnier " *bien traité dans un camp confortable et maintenant à l'abri de tous les dangers des combats* ", et laissa entendre qu'elle était susceptible de lui faire parvenir rapidement une lettre par l'intermédiaire de la délégation vietnamienne de Prague. La lettre envoyée en juin ne parvint en Indochine qu'après la libération du destinataire; elle fut remise à la commission d'armistice qui la dirigea vers le service français du courrier des prisonniers et elle parvint, à l'issue d'un circuit administratif compliqué, à celui qui devait la recevoir en 1955. La lettre portait une mention écrite à l'encre verte et rédigée en vietnamien. La traduction de la mention permit de savoir que l'auteur était un fonctionnaire de la délégation vietminh de Prague; elle indiquait la zone du camp du prisonnier (preuve de la possession de renseignements sur les prisonniers et leur localisation) et l'obligation de rendre compte à la délégation de la remise de la lettre.

UN MONDE À PART

Au cours de la marche vers le camp, les prisonniers s'entendaient dire par le cadre vietminh accompagnateur qu'ils allaient arriver dans un endroit agréable où se trouvaient des médecins qui, malheureusement, n'avaient pas suffisamment de médicaments à cause du blocus exercé par les méchants Français, qu'ils seraient nourris comme les héroïques soldats de la valeureuse armée populaire, qu'ils pourraient jouer au *volley-ball* et qu'ils auraient tout le loisir de s'adonner à leurs chères études (sic).

L'arrivée au camp était un désastre pour le moral de ceux qui devraient y séjourner. Ils ne croyaient évidemment pas aux promesses, mais la réalité qui s'affichait à leurs yeux était effrayante. Ils étaient attendus par un troupeau humain, dont la plupart des représentants avaient un teint jaune cireux et affichaient une maigreur qui faisait saillir leurs côtes et ressortir de grosses boules osseuses à l'emplacement des genoux et des coudes. Les pommettes étaient proéminentes et les yeux enfoncés dans les orbites montraient un regard sans expression. De très rares individus paraissaient en état à peu près convenable. D'autres montraient des œdèmes avec enflure démesurée des jambes et du bas du corps. De toute évidence, les docteurs n'étaient pas présents à l'effectif.

La première réaction des arrivants était de se dire qu'ils feraient tout pour ne pas en arriver là mais, malgré la résistance qu'ils essayaient de montrer, ils tombaient pratiquement tous victimes du désastre sanitaire tout puissant dans le camp. De vilaines plaies s'envenimaient en même temps que se révélaient des attaques de gale, des maladies de peau et des abcès dus à des piqûres d'insectes. Les ictères, le paludisme, le typhus de brousse, les maladies pulmonaires et les parasitoses intestinales pouvaient vite réduire les plus robustes des arrivants au stade du malade affaibli et voûté, modèle courant du prisonnier. Ceux qui subissaient l'amaigrissement du seul fait de la malnutrition étaient très peu nombreux.

L'attitude à prendre pour résister aux maux endémiques consistait à montrer la plus grande prudence en ce qui concernait la boisson, à résister au dégoût du riz et à bien en avaler la maigre ration, à éviter les contacts avec des insectes et les blessures par éclats de bambou, à s'astreindre au lavage, même avec l'eau du fleuve peu engageante d'aspect, des ustensiles utilisés pour prendre les repas et des hardes servant de vêtements. Il fallait aussi tout faire pour conserver un bon moral, dans la mesure du possible, en cherchant les occasions de rire. Quelques-uns étaient passés maîtres dans les séances de dérision, non dénuées d'humour, au détriment d'autres captifs et surtout des gestionnaires du camp et du régime qu'ils représentaient. Pour éviter de s'affaiblir, il fallait agir avec la pensée constante de ménager ses forces. Sans nuire aux autres prisonniers, les corvées acceptées ne devaient pas entamer le capital personnel de résistance, mais cette attitude était difficile à gérer sous le régime de la surveillance des bons éléments progressistes.

L'entraide pratiquée était un fait établi. En étaient exclus les pleurnichards et les geignards qui étaient vite affectés d'un sentiment d'antipathie ; les captifs jugeaient que ces personnages étaient bien souvent capables de se suffire à eux-mêmes, mais de réels cas de détresse pouvaient exister et provoquer des injustices dramatiques.

En captivité, les émotions étaient vite oubliées au regard de la maladie et de la mort et, malgré l'entraide et le dévouement de certains au bénéfice des malades, il régnait dans le camp une cruelle indifférence envers les mourants et les morts, que seuls accompagnaient dans leur départ les pensées et les regrets des compagnons de leur groupe. Lorsqu'un homme déclinait, il commençait par avoir un timbre de voix à la fois aigu et chevrotant, son dos se voûtait encore plus, sa lèvre supérieure se retroussait, laissant apparaître les incisives, et tous les autres savaient que ces signes annonçaient l'issue fatale devant laquelle ils ne pouvaient rien. Le stade comateux survenait quand le prisonnier, allongé sur le dos ou en position fœtale, ne bougeait plus et que sa bouche se remplissait de mouches. Il y eut des cas miraculeux où, après quelques heures de coma, le malade se réveillait et reprenait vie. Plusieurs de ces miraculés ont pu connaître la joie de la libération. Le désintérêt relatif aux morts apparaissait dans la façon dont les vivants n'hésitaient pas à dépouiller un cadavre de tout ce qui pouvait paraître utile, et ensuite dans l'indifférence affichée pour le corps roulé dans une natte qui attendait dans un coin du camp l'équipe de fossoyeurs. En mai et juin, c'étaient des Africains qui, lors des arrêts, s'asseyaient parfois sur la natte contenant le corps pour discuter ou se reposer. Tous ces faits se passaient sous le regard impassible des Viets, peut-être satisfaits de voir disparaître un individu sur lequel ils n'avaient pu compter pour faire un combattant de la paix.

Ce monde était impitoyable.

***

Le développement qui suit est tiré de l'ouvrage intitulé : " *Indochine 1954, Prisonnier dans le Than Hoa* ", de Jean Lomer préfacé par le général Yves de Sesmaisons.

LE CAMP "A"

Nous traversons le Camp B, qui se compose de paillotes sur le bord du débarcadère ; en fait ces hommes logent chez l'habitant, puisque ce sont des pré-libérables. Nous suivons une petite piste entre les rizières et nous arrivons le 19 mai au Camp A, au bord du fleuve, à quelques kilomètres en amont du Camp B. Il y a une zone de rizières entre le Camp B et le Camp A ; derrière ce dernier s'élèvent des collines couvertes d'une jungle impénétrable. Celle-ci est très bruyante et résonne sans cesse de cris d'animaux, des singes et des oiseaux.

Nous passons devant une paillote où des Noirs confectionnent des petits pains avec une pâte très nauséabonde. Ce sont des pains de soja, qui seront séchés, puis envoyés pour nourrir les troupes vietminh. Nous tournons à gauche, et arrivons au pied d'une colline déboisée sur laquelle se trouvent plusieurs constructions.

Dans le fond à gauche, un très grand bâtiment sert de cantonnement à une partie des Nord-africains et aux Sénégalais. Quelques dizaines de mètres avant cette baraque, une paillote est réservée à la " *masse européenne* ". Un peu sur la gauche, une autre paillote, à peu près de même taille, est destinée à la " *masse légionnaire* ". En face du pignon de la grande *ka nha* des Sénégalais et des Nord-africains, quelques petites baraques servent de magasins pour le camp et contiennent du riz et quelques ustensiles. Elles sont sous la haute main de trois déserteurs s'appelant Tano, un ancien aviateur, Serve et Hernandez.

Près de la baraque des légionnaires se trouve la *ka nha* où logent les commissaires politiques et quelques *bo doï* de la garde. Presqu'à l'entrée du camp, à droite, une grande paillote sert de cuisine. Les points de cuisson sont des foyers en terre de rizière, sur lesquels sont posées les bassines à cuire le riz ou le " *bouillon* ". À une trentaine de mètres de la cuisine, un peu plus à droite, se situe l'infirmerie (le mouroir), sur le bord d'un fossé à l'eau stagnante : c'est une *ka nha* toute en longueur où les prisonniers malades vont pour se reposer et guérir, mais en fait pour mourir, faute de soins. Face à l'entrée, deux gros bidons de deux cents litres, sous un auvent en feuilles de latanier, servent à faire bouillir l'eau de boisson dans laquelle infusent toujours des débris végétaux. Un peu plus loin sur la droite, une *ka nha* sert aux Nord-africains, près de laquelle se trouve une porcherie.

À notre arrivée, nous sommes regroupés et triés devant la baraque des Européens : les Nord-africains s'en vont d'un côté, les Noirs qui nous avaient suivis depuis le début s'en vont d'un autre. Notre ami Bauch va rejoindre ses camarades légionnaires, parmi lesquels il retrouve quelques survivants de l'embuscade où lui-même avait été capturé.

DU RIZ AU LISERON D'EAU

Le réveil des prisonniers ne se déroulait pas au coup de sifflet. Il y avait plutôt, dès le matin, une certaine agitation dans le camp animé par les chants des Africains qui, d'ailleurs, chantaient tout le temps. Nous conservions rarement de la nourriture de la veille car des bestioles l'auraient dévorée pendant la nuit, et nous n'avions pas non plus d'eau chaude parce que les feux sous les bidons n'avaient pas encore été allumés. Il fallait donc commencer les journées par les corvées.

L'équipe chargée d'approvisionner le camp en bois se rendait dans la forêt, chaque jour de plus en plus loin, pour ramasser du bois sec qu'elle apportait à la cuisine. Là, un prisonnier responsable contrôlait la qualité du bois et, s'il y avait du bois vert, il le signalait aux Viets.

La corvée d'eau consistait à aller chercher de l'eau dans une petite rivière où l'eau était claire – nous ne savions cependant pas ce qu'elle avait drainé auparavant – à l'aide de tubes de bambous femelles. Ces derniers ne contenaient que quelques litres d'eau, mais ils étaient très difficiles à remplir et à porter. Les gros bidons qui servaient à préparer la boisson étaient remplis d'eau et on allumait le feu dessous. Les gens attendaient avec impatience que l'eau arrive à ébullition, surtout ceux qui souffraient de fièvres, paludisme ou autre, ou bien ceux qui s'étaient déshydratés en allant trop souvent aux feuillées. La soif était terrible pour ces malades qui guettaient les premiers bouillonnements pour se précipiter afin d'obtenir de l'eau. La distribution était surveillée par un gars, vraisemblablement bien vu des Viets car il pouvait faire montre de son autorité.

Une équipe nettoyait la *ka nha*. Une autre partait, équipée d'outils, de petits outils de fabrication locale, pour aller réparer la piste entre le Camp A et le Camp B. Il y avait un ou deux passages traversés par des petits ruisseaux qu'il fallait aménager. Mais la quantité de terre remuée était vraiment très peu conséquente à la fin de la journée. Parfois, la corvée consistait à préparer un terrain pour recevoir du maïs ou en semer. D'autres groupes partaient pour les corvées de la cuisine. La corvée de riz consistait à aller d'abord chercher les grains, que donnait l'un des déserteurs au magasin. Puis il fallait aller le laver à la petite rivière. Le riz était rincé à plusieurs eaux, et c'était très lourd. Il fallait ensuite le ramener à la cuisine pour le faire cuire. Le riz était mis dans des touques et recouvert d'eau. Lorsque celle-ci commençait à frémir, le cuisinier arrêtait la cuisson et recouvrait les bassines de vieilles serpillières ou de vieilles nattes d'une propreté douteuse. Le riz finissait de cuire ainsi.

Le ravitaillement en riz se faisait par des corvées qui allaient le chercher dans des dépôts éloignés de cinq à vingt kilomètres. Les gars partaient avec leurs pantalons de treillis ou ceux d'autres prisonniers. Une fois dans les dépôts, les Viets remplissaient de riz les pantalons, ligaturaient les jambes en haut et en bas et les prisonniers portaient leur charge en mettant l'enfourchure du pantalon sur la nuque, les deux jambes pendant sur le devant. Parfois, les Viets remplissaient les pantalons à ras bord et il fallait alors se mettre à deux pour les porter, ce qui était assez pénible.

Un jour, le riz est arrivé par sampan, à quelques centaines de mètres du camp. Les Viets avaient décidé d'appliquer le même système des pantalons. J'avais alors suggéré de faire la chaîne, en utilisant tous les ustensiles disponibles et des panières en bambou tressé pour vider le sampan et transporter le riz jusqu'au magasin. Cette solution avait été acceptée par les Viets, mais ils ne s'étaient pas privés de ricaner en disant que, puisque c'était l'idée d'un vil colonialiste et par surcroît ancien lieutenant, elle allait certainement échouer. Toujours est-il que le transbordement s'est fait avec un minimum de temps et de fatigue. Les Viets n'en ont plus jamais reparlé ; je suppose que cela les avait vexés.

Vers le milieu de la journée avait lieu le repas. Chaque équipe avait droit à une panière de riz avec quelquefois, à côté, une calebasse contenant ce que nous appelions pompeusement le bouillon, à base de liserons d'eau et de quelques petites courgettes, patates douces ou petites aubergines de la grosseur d'une noix ; en fait, un liquide qui aidait à faire passer le riz. Les légumes étaient récupérés chez des paysans du voisinage par des équipes de corvée, composées le plus souvent de Sénégalais. Les Viets semblaient faire travailler les Africains de préférence aux légionnaires et aux Européens.

J'avais la chance d'avoir récupéré en cours de route une *cai bat* en terre cuite ; certains avaient fait des gamelles avec des bambous femelles ; d'autres mangeaient leur riz dans de simples feuilles de bananiers. Nous utilisions des baguettes en bambou, matière première principale pour la fabrication des ustensiles qui servaient à la vie du camp.

La nourriture était un gros sujet de discussion et chacun donnait ses recettes de cuisine. Curieusement, c'était souvent la façon de préparer les omelettes qui revenait sur le tapis : omelettes avec des piments, des lardons, de la pomme de terre. Comme les gars étaient très nettement sous-alimentés, parler de ces choses était nuisible pour le moral. Mais c'était pratiquement maladif, et cela leur permettait de rêver aux nourritures qu'ils retrouveraient de " *l'autre côté* ".

Les Viets distribuaient du tabac, en petite quantité mais de qualité acceptable. Il était haché très fin, un peu gras, vraisemblablement un mélange de tabac normal et de tabac à pipe à eau, qu'ils confectionnaient eux-mêmes pour leurs troupes. La difficulté consistait à pouvoir le fumer. D'abord se posait le problème du stockage. La plupart du temps, les blagues à tabac étaient fabriquées avec des doublures de poches de treillis.

Ensuite, il fallait trouver de quoi rouler les cigarettes. Il y avait bien les feuilles de l'Humanité, mais les Viets les comptaient et vérifiaient qu'elles étaient bien entières lorsqu'on leur rendait le journal. Nous ne pouvions, par conséquent, en prélever que très peu. Des petits malins repêchaient des bouts de papier dans les feuillées, les lavaient et les échangeaient contre un peu de tabac ou de nourriture. La meilleure solution consistait à se procurer des enveloppes d'épis de maïs, mais se posait alors le problème de la fermeture des cigarettes. Nous les ligaturions avec des fils prélevés sur des petits bouts de tissus. Au fur et à mesure que nous fumions ces espèces de cigarillos, nous reculions le lien. À la fin, tout dégringolait, lorsque le fil s'enflammait au contact du bout de la cigarette.

Une dernière solution consistait à fabriquer des pipes avec un morceau de bambou mâle que nous coupions à proximité d'un nœud, et auquel nous fixions une petite tige de bambou mâle en guise de tuyau. Nous n'avions pas d'outil pour tailler ces morceaux de bambou. Mais il y avait dans le camp une baraque où se trouvaient quelques Vietnamiens, prisonniers ou en rééducation politique. Ceux-ci avaient des outils, serpes, scies, etc... qui étaient utilisés pour construire des baraques ou aménager de nouveaux cantonnements. On flattait un peu ces prisonniers afin d'obtenir les instruments nécessaires à la fabrication de nos pipes. La fumée était toujours très âcre et très brûlante parce que le tabac se consumait en même temps que le bois. Mais finalement, les fumeurs invétérés trouvaient toujours le moyen de satisfaire momentanément leur désir.

Après le repas, nous allions laver la vaisselle dans le fleuve, à trois ou quatre cents mètres du camp. Les Viets nous laissaient y aller sans trop contrôler nos mouvements. Nous allions aussi à ce fleuve pour nous laver car nous avions tous commencé assez vite à souffrir de maladies de peau tenaces et douloureuses, qui étaient soulagées par l'eau froide.

Il y avait ensuite quelques rites : les malades allaient se présenter à un Viet pour être admis à l'infirmerie. Nous tentions de les en dissuader, mais les gens avaient toujours un certain espoir de recevoir des soins. Il faut dire que les pensionnaires de l'infirmerie bénéficiaient de menus spéciaux, avec patates douces et bananes. Je ne sais pas si ce régime avait des qualités nutritives exceptionnelles, mais très peu de malades ont survécu. Il s'y passait des choses sordides : il y avait toujours des prisonniers pour aller voler la banane d'un mourant.

GLOIRE À L'ONCLE HO : AUTOCRITIQUE ET RÉÉDUCATION

L'après-midi se déroulaient des discussions dirigées par les chefs de groupe. Le commissaire politique venait lancer une idée à développer. Elles étaient souvent sensationnelles, dans le genre : " *En Russie, à l'inverse de la France, il y a beaucoup de pédiatres ; c'est pour cela que les Russes n'ont pas mal aux pieds* ". On s'empressait naturellement de développer longuement de tels sujets, en insistant sur le canular, et les Viets étaient contents. Un autre exemple d'affirmation à développer : " *Un train français met trois jours pour aller de Lyon à Paris, alors que les trains russes relient Moscou à Kiev en quelques heures* ". Tout tournait autour de l'admiration béate que les Viets manifestaient pour tout ce qui touchait l'URSS.

Certains chefs de groupe tentaient d'être bien vus afin d'être libérés le plus tôt possible. Ils s'arrangeaient pour que quelques membres du groupe apparaissent comme de mauvais débateurs, avec de mauvaises idées politiques ; cela tombait d'ailleurs toujours sur les sous-officiers et les officiers. Nous n'étions pas beaucoup de gradés dans le camp et les Viets nous avaient habilement mélangés avec les hommes de troupe. Il y avait quelques adjudants-chefs, adjudants, sergents-chefs, sergents et, comme officiers, le sous-lieutenant Laporte, le lieutenant Hamelin, assez âgé, et moi. Les Viets choisissaient comme chefs de groupe ou d'équipe des hommes qu'ils sentaient malléables, de façon à bien asseoir leur autorité sur eux et à agir sur le groupe.

On peut se demander pourquoi il y avait si peu d'officiers dans ce Camp A de troisième interzone. J'ai appris, par la suite, que les Viets attendaient d'avoir un certain nombre de gradés pour former des convois à destination des camps du Nord Tonkin, en particulier du Camp n° 1. Par ailleurs, les Viets se débrouillaient pour envoyer les officiers au Camp n° 5, de rééducation par le travail, où régnaient des normes particulières : les prisonniers étaient maintenus près de leur poste de travail. Comme ils étaient entravés, ils ne travaillaient pas assez pour être nourris et mouraient.

Les Viets envoyaient aussi au Camp n° 5 les prisonniers qui tentaient de s'évader. Nous savions qu'il y avait eu une tentative d'évasion du Camp A en février, avec Bonnafous, Planeille, Martin et un métis vietnamien. Elle avait échoué et Bonnafous avait été envoyé au Camp n° 5, d'où les gens ne revenaient pratiquement jamais. Bonnafous, Planeille, Martin et le jeune métis ont été torturés physiquement et ont fait l'objet d'une condamnation pratiquement unanime de la part des autres prisonniers, avec demande de peine très sévère et "*juste*", selon la terminologie viet.

Les commissaires politiques étaient au nombre de quatre ou cinq. Je me souviens de deux noms. Il y avait Mai, qui n'était pas vraiment antipathique, un ancien militaire qui avait eu des responsabilités mais qui avait dû faire quelque chose qui avait déplu.

Il y avait eu aussi Thy, un gars qui devait être originaire du centre Annam, parce qu'il se plaignait toujours qu'étant jeune, il avait reçu des obus du Richelieu. Or le Richelieu avait effectué des bombardements sur cette région dans les années 1945-1946. Il avait fait un voyage en France et connaissait la région de Bordeaux. Thy était grand, très autoritaire, assez rigide, mais je ne l'ai pas vu commettre des exactions.

Un autre commissaire se disait instituteur : il était pédant, très politisé, mais pas trop mauvais bougre.

Ils vivaient entre eux dans une *ka nha*. Dans la journée, ils faisaient un petit tour dans le camp ; ils buvaient du thé. Ils avaient de quoi se soigner, en particulier de la nivaquine ou de la paludrine. De temps en temps, le soir, quand ils s'ennuyaient, ils faisaient venir un prisonnier. C'est tombé une fois ou deux sur moi. Je me rendais alors dans leur *ka nha*, et ils me demandaient de leur décrire comment se déroulait la vie en France et dans les autres pays capitalistes. Je leur répondais que tout était totalement différent, que tout le monde vivait bien et mangeait à sa faim. Ils me disaient alors que ce n'était pas vrai et voulaient que je leur donne des détails plus précis, par exemple sur l'habitat. Nous pouvions tenir avec eux ce genre de discussion, mais ils restaient ancrés sur leur idée qu'en France, rien ne marchait, que les trains mettaient trois jours de Paris à Lyon, que les femmes des PTT ne touchaient pas assez d'argent pour faire vivre leur famille, des choses aberrantes qu'ils tiraient de journaux comme l'Humanité ou Femmes Françaises.

Dès le début de notre captivité, les autorités politiques viet nous ont fait part de la clémence d'Ho Chi Minh. Nous en avions fait des plaisanteries entre nous en parlant de " *Tonton* " et de sa femme *Clémence*. Ho Chi Minh avait, paraît-il, donné des directives pour que les vils suppôts du colonialisme et du capitalisme, les criminels de guerre que nous étions, soient tout de même traités avec bonté par le peuple vietnamien, qui devait nous faire regretter nos erreurs et faire en sorte que nous devenions de parfaits combattants de la paix. Cette clémence nous était rappelée continuellement. Parfois, en nous donnant une *cai bat* de riz, le commissaire politique nous disait que c'était grâce à la bonté d'Ho Chi Minh que nous bénéficions de la même ration de nourriture que le *bo doï* qui, lui, défendait la liberté et la vie de son peuple. Il y avait même des petites affichettes représentant la colombe de Picasso avec les mots " *Ho Chi Minh* " et " *clémence* ".

Le soir avait lieu les réunions obligatoires, avec discussion de ce qui avait été fait dans la journée et désignation du meilleur travailleur. Quelquefois, nous avions de la " *littérature* ". Celle-ci, destinée à nous imprégner des bonnes théories et à nous fournir des idées pour les discussions de l'après-midi, était à base de très vieux numéros de l'Humanité, de la revue Femmes Françaises, et de quelques rares extraits d'une revue, imprimée en Tchécoslovaquie et à l'usage de tous les prisonniers des démocraties populaires, aussi bien nous, Français en Indochine, qu'Allemands croupissant dans les camps en Sibérie. Les numéros de l'Humanité étaient très recherchés. Tout d'abord pour leur papier : des feuilles disparaissaient pour servir de papier à cigarettes, malgré le contrôle des Viets qui vérifiaient le nombre de pages. Ensuite, pour les Aventures de Pif : lorsque les Viets nous demandaient de trouver un article à commenter dans l'Humanité, nous nous empressions de choisir cette bande dessinée comme sujet de discussion. Cela ne semblait pas du goût des Viets, mais nous fournissait une petite distraction.

Ces réunions comportaient aussi des séances de critique et d'autocritique. La première était relativement facile car certains " *spécialistes* ", généralement des hommes de troupe, s'empressaient de critiquer les membres de l'assistance, s'en prenant souvent aux sous-officiers ou aux officiers. Par contre, j'ai rarement vu des gens s'accuser en se frappant la poitrine d'avoir commis des méfaits et d'avoir tous les défauts du monde capitaliste.

Les séances débutaient et se terminaient, sur injonction viet, par un chant choral. Les chants exécutés étaient au nombre de deux : " *Les montagnards* " et " *Lily peau de chien* ". À un commissaire qui demandait qui était Lily peau de chien, il avait été répondu que c'était une brave fille, appartenant au milieu prolétaire, comme il se doit.

Vers le mois de juin, un commissaire politique a décidé d'apprendre aux prisonniers un chant joyeux accompagné de danses folkloriques. Nous avons eu droit à une démonstration du chant et des danses par les *bo doï* de garde dirigés par le commissaire politique ; ce n'était pas triste. Quelques gars parmi nous ont essayé, par dérision, de singer les danses. Quant aux paroles vietnamiennes, qui devaient évoquer la joie du moissonneur devant les épis de riz bien gonflés ou autre sujets du même goût, elles ont donné lieu, prononcées par un Français, à des interprétations assez folkloriques. L'expérience a été très vite abandonnée, vu le peu d'attirance des prisonniers pour la chorégraphie et les chansons vietnamiennes.

C'est vers la mi-juin également que les Viets ont été saisis de la frénésie des journaux muraux et des slogans sur panneaux de *cai phen*. Nous avons été deux ou trois désignés pour écrire des slogans sur le *cai phen*, avec des blaireaux en guise de pinceaux et de l'encre violette. Le résultat a été jugé si minable que l'opération est pratiquement mort-née. Il n'y a pas eu de réaction trop néfaste.

Vers la même époque, nous avons eu droit, au titre des actions de propagande, à un film présenté par un service de cinéma aux armées du Vietminh. Un soir, ceux d'entre nous qui étaient valides et qui pouvaient marcher ont été rassemblés. Nous avons suivi le petit chemin qui menait au Camp B, nous avons franchi le Song Ma sur des barcasses, et, après quelques quarts d'heure de marche, nous sommes arrivés dans un gros village. Là, un écran était tendu entre deux perches de bambou et nous avons assisté à un film de propagande soviétique qui se passait à la fin du XIXe siècle.

C'était une histoire de marins, avec d'abominables américains dont un, à qui il manquait une jambe, marchait avec un pilon. Ils maltraitaient de pauvres noirs, martyrisant en particulier un petit négrillon. Cette histoire arrachait des cris de douleur et d'effroi à tous les villageois vietnamiens qui se trouvaient avec nous. Puis arrivaient de beaux marins russes à l'uniforme impeccable, qui aussitôt prenaient la défense des pauvres noirs, et le petit négrillon se retrouvait parfaitement heureux auprès de ses amis russes.

Après cette dernière séance, un ou deux prisonniers, épuisés par le trajet, sont morts d'une crise de paludisme. Les Viets ont réquisitionné des paysans pour les ramener. Le jour suivant, à la veillée du soir, nous avons dû résumer et commenter le film. Nous devions évidemment dire que les Américains étaient ignobles et faire la louange des Russes, qui étaient les alliés des peuples opprimés.

Ces séances de cinéma avaient lieu dans une ambiance particulière en raison du risque d'attaque aérienne. Des guetteurs étaient postés autour du village pour avertir de toute incursion d'avion et faire arrêter immédiatement le groupe électrogène. J'ai appris ce détail par un commissaire politique. Il insistait sur la méchanceté des colonialistes qui n'auraient pas hésité à mitrailler de braves villageois en train de se distraire.

Nous couchions dans des *ka nha*. C'étaient des bâtisses construites à partir de poteaux supportant une charpente de bambous femelles, recouverte de paille de riz et de feuilles de latanier. Les murs étaient constitués de panneaux de lamelles de bambou tressées, appelés *cai phen*. Les bat-flanc servant au couchage étaient également constitués par des panneaux de cai phên, disposés sur des bâtis en bambou à environ quatre-vingts centimètres du sol.

Le coucher avait lieu relativement tard, précédé d'un rite quotidien : les Viets, par souci d'hygiène, passaient rapidement une espèce de torche sous les *cai phen* pour tuer les poux et différents insectes.

À la fin juin 1954 sont arrivées des moustiquaires. Les Viets les ont installées avec un grand tralala, insistant sur la clémence du président Ho Chi Minh, qui prenait soin des vils capitalistes et des tortionnaires du corps expéditionnaire. Et le soir, après la cérémonie du brûlage des dessous de *cai phen*, les commissaires politiques vérifiaient que chacun était bien sous sa moustiquaire. Le procédé n'était guère efficace, car les insectes volants parvenaient à nous piquer en passant sous les *cai phen.*

Chacun se couchait à sa place. Une ambiance particulière envahissait alors le camp. Tout devenait silencieux et chacun s'enfermait dans ses pensées. Nous nous disions intérieurement : pourvu que ce ne soit pas moi qui y passe cette nuit, car il n'était pas rare de retrouver le lendemain un gars mort pendant la nuit.

Les feuillées se trouvaient assez près des baraques. Fin 1953, les feuillées étaient un peu plus éloignées, à la lisière de la jungle. Mais une nuit, un prisonnier qui était malade, n'avait pas été retrouvé et les Viets avaient dit qu'ils avaient repéré des empreintes de tigre. On avait donc ramené les feuillées à l'intérieur du camp. Il y en avait une à environ vingt-cinq mètres de la baraque des Européens. Elles avaient été creusées une fois pour toutes dans le courant de mars 1954 et n'étaient jamais vidées. C'étaient les insectes et toute la faune coprophage qui se chargeaient de leur nettoyage. Le niveau montait peu à peu, mais comme elles étaient assez profondes, nous n'avons pas eu d'invasion de vers à travers le camp. Elles consistaient en une tranchée creusée dans la terre, avec un tronc d'arbre sur lequel les gens posaient les pieds, et un autre, en hauteur, qui permettait de s'accrocher. Les prisonniers se retrouvaient souvent à plusieurs aux feuillées, en raison des ravages de la dysenterie et du typhus.

Les nouveaux arrivants au camp avaient, en général, conservé sur eux quelques vestiges de la civilisation, parmi lesquels des enveloppes de paquets de cigarettes et d'autres morceaux de papier. Les premières fois qu'ils allaient aux feuillées, ils se servaient de ces papiers et les jetaient dans la tranchée. Il y avait alors des prisonniers qui allaient les rechercher, les lavaient à la rivière, les faisaient sécher et ensuite les vendaient ou les échangeaient comme papier à cigarettes.

Les maladies étaient nombreuses. Le béribéri, conséquence d'une avitaminose, provoquait un œdème des jambes et entraînait souvent la mort par déshydratation, à la suite de troubles digestifs. Le paludisme donnait des crises de fièvre très violentes, avec une forte transpiration. Dans les deux cas, les malades atteints mouraient souvent d'une crise cardiaque au cours d'un accès. Un genre de typhus faisait se vider complètement et se déshydrater les malades. La dysenterie se différenciait du typhus par des selles sanguinolentes. Les maladies de peau provoquées par les insectes et les acariens étaient fréquentes.

Il n'y avait aucun médicament dans le camp, sauf du permanganate de potassium que les Viets mettaient dans de l'eau, et qu'ils utilisaient pour faire des lavements. Un Viet, affecté à cette tâche, faisait mettre en rang les prisonniers qu'il jugeait atteint de dysenterie et leur infligeait un lavement. Une fois, très fatigué, je m'étais dit qu'après tout le permanganate pourrait me désinfecter et j'en avais avalé avec la boisson chaude qu'on nous donnait. Je n'ai pas vu de changement.

Il y avait tout un tas de remèdes de bonne femme. Certains allaient chercher des braises sous les touques, en faisaient du charbon de bois et le mâchouillaient en guise de désinfectant intestinal. D'autres faisaient griller un épi de maïs volé dans un champ, afin d'obtenir, eux aussi, une sorte de charbon. D'autres encore flattaient les cuisiniers pour avoir les plaques de riz qui avaient attaché au fond des récipients de cuisson.

Certains prisonniers avaient des blessures, soit de guerre et datant de leur capture, soit reçues au cours de la vie dans le camp (par éclat de bambou, par exemple) ou causées par le fait que nous devions marcher constamment pieds nus. Ces blessures guérissaient mal et suppuraient. Certains pratiquaient des applications de pétales de fleurs afin de favoriser la cicatrisation.

Un gendarme souffrait de lacérations aux jambes. Les vers qui s'étaient développés dans les plaies avaient migré dans la peau saine à quelques millimètres des lacérations et avaient causé des boursouflures. Il souffrait beaucoup et j'avais essayé, à l'aide d'une pointe de bambou durcie au feu, de lui enlever des vers. Ce gendarme n'est pas mort de cela, mais il est resté là-bas.

Il y avait aussi des gars qui avaient une force de caractère peu commune. Un nommé Jonasse, un pilote civil, avait été abattu avec son avion, un bi-plan de la compagnie Autrex, alors qu'il faisait un transport au-dessus de la région de Nam Dinh. Il avait essayé de se cacher dans une rivière, mais les Viets l'avaient trouvé et frappé à coups de coupe-coupe sur la tête. Il avait donc des cicatrices sur le cuir chevelu et sur la face, en particulier sur les paupières. Ces cicatrices s'étaient boursouflées et le gênaient beaucoup à chaque mouvement des paupières, le faisant souffrir et l'empêchant de bien voir. Jonasse avait décidé de supprimer ces excroissances, ce qu'il réalisa lui-même, car personne n'avait voulu le lui faire, à l'aide d'une vieille lame de rasoir et d'un fragment de miroir qu'il avait emprunté à un commissaire politique.

Les infirmeries des camps étaient, en général, des mouroirs. Mais les Viets possédaient tout de même des hôpitaux et certains d'entre nous y sont passés. Les critères pour y être admis dépendaient entièrement de l'appréciation des Viets et ils étaient très subjectifs : des prisonniers qui n'avaient pratiquement rien se retrouvaient hospitalisés, tandis que d'autres, très malades, se voyaient renvoyés de l'hôpital pour venir finir leurs jours au camp. Cependant très rares étaient ceux qui en revenaient. Nous avons vu arriver, vers le mois de juillet, quelques gars qui sortaient de ces hôpitaux et qui avaient été, non pas soignés, mais nourris à peu près correctement et surtout laissés au repos, ce qui leur avait redonné un peu de santé. Il s'agissait souvent de blessés à la face, dont les blessures n'étaient pas d'une gravité extrême, même si elles entraînaient des mutilations, et de soldats qui, blessés aux pieds, ne pouvaient pas marcher.

Nous étions envahis par les poux. Il y avait les poux de tête et les poux de corps. Les seconds étaient assez gros, blanchâtres ou grisâtres, et se mettaient volontiers dans les coutures des vêtements. Pour les enlever, il fallait se déshabiller et les rechercher un par un. Il y avait des zones préférentielles : coutures de la ceinture et de l'entrejambe.

Il y avait, à proximité de notre baraque, des fourmis rouges de belle taille, de huit à dix millimètres de long, très voraces. On repérait leurs fourmilières par des petits dômes de débris végétaux. Quand nous avions la malchance de marcher sur une de ces fourmis, et en dépit de la corne assez épaisse qui recouvrait nos plantes de pied, nous ressentions une morsure suivie de brûlures assez pénibles. Je m'étais dit : si elles ont un tel goût pour la viande, pourquoi pas pour les poux ? Je décidai de les utiliser pour épouiller mon gilet de corps et les restes de ma veste de treillis, ce dont elles s'acquittèrent fort bien.

On s'épouillait dans la journée mais, en se recouchant le soir sur les *cai phen*, les poux venant de gars qui s'étaient moins bien épouillés se faisaient un plaisir d'aller coloniser les autres prisonniers. C'était d'ailleurs ainsi que se transmettait le typhus, répandu dans tout le camp, heureusement sous une forme pas trop virulente.

La mort était constamment présente. On discutait un soir avec un gars et, le lendemain matin, il était décédé. Un autre partait le matin pour une corvée de bois ou de riz, et quelques quarts d'heure après, le bruit courait dans le camp qu'il était mort, soudainement.

Les morts étaient toujours enterrés de la même façon : ils étaient enroulés dans un *cai phen* et emportés dans un cimetière, situé entre le Camp A et un camp de ralliés qui se trouvait à quelques kilomètres en amont. Auparavant, certains prélevaient sur le prisonnier décédé des vêtements ou des objets qui pouvaient leur servir : la moindre aiguille, épingle de nourrice ou autre objet métallique, était un trésor.

Il y avait un roulement dans la composition de l'équipe chargée d'aller au cimetière, souvent constituée de Sénégalais. À défaut de savoir où se trouvaient les tombes de chacun, nous connaissions à peu près la position du cimetière. Un jour, un corps partait pour être enterré, suspendu à un bambou porté sur les épaules de deux gars. Un commissaire viet, qui se trouvait là, nous dit : " *Vous ne trouvez pas que, dans ces camps, c'est la renaissance, et que vous y ré-apprenez à vivre ?* "

La masse sénégalaise n'a pratiquement eu aucun décès, car la nourriture et le climat leur convenaient. Les pertes des Nord-africains ont été assez faibles, moins de dix pour cent. La mortalité était, par contre, très forte chez les légionnaires. Quant à la durée de vie moyenne d'un Européen, elle était de trois à quatre mois. Pendant la période durant laquelle je suis resté au camp, environ un tiers des prisonniers sont décédés ou ont disparu.

Au point de vue vestimentaire, les gars arrivaient au camp avec ce qu'ils avaient sur le dos au moment de leur capture, pieds nus, ou avec des débris de chaussures que les Viets confisquaient tout de suite. Certains prisonniers, surpris dans les attaques de postes, arrivaient parfois en pyjama ou même vêtus d'un simple *kékouan*, caleçon vietnamien en toile noire, et d'une chemise. Les Viets leur donnaient une tenue : pantalon et veste verts avec des boutons roses, bleus ou jaunes, et pratiquement une taille unique pour tous les prisonniers. Les autres gardaient ce qu'ils avaient sur eux à leur arrivée.

On utilisait au maximum les vêtements pour aider à la vie de tous les jours. Personnellement, j'avais, en plus du pantalon, un gilet de corps, une chemise et une veste de treillis. La chemise, je l'avais démontée au bout d'un mois de captivité : les manches me servaient de petits sacs dans lesquels je mettais ma *cai bat*, mes baguettes et les boules de riz pour les protéger des insectes. Nous étions sans cesse harcelés par les mouches, ce qui était très désagréable, surtout pour les gens qui avaient des abcès ou des blessures. J'avais également décousu les poches latérales de mon pantalon de treillis pour me faire des lanières de tissu et ligaturer les sacs en manche de chemise. Les Viets ont tout de même distribué aux prisonniers, fin juillet, un caleçon verdâtre, ce qui a permis à certains, qui n'avaient plus que des loques de pantalon et pratiquement plus de sous-vêtements, de cacher leur nudité.

Le village où se trouvait le Camp B s'appelait Dong Tram, et nous nous trouvions dans la zone de Vu Ky. En amont de Song Ma et à une distance égale à celle qui séparait les Camps A et B se trouvait le camp des déserteurs, que les Viets appelaient les ralliés. Il y avait là des Européens, une vingtaine environ. Quelques-uns avaient déserté à cause de *congaïs* qui les avaient entraînés dans cette aventure ; d'autres avaient commis de sales coups et n'avaient pas la conscience tranquille. Le moral des déserteurs était très atteint : les Viets ne leur accordaient pas les avantages promis, grades et sinécures, et ils n'étaient guère mieux traités que les autres prisonniers. De plus, ils n'avaient pas d'espoir de libération et savaient que s'ils rejoignaient " *l'autre côté* ", comme disaient les Viets, ils risquaient de connaître un mauvais sort.

Nous avons fait des corvées de bois dans les camps des " *ralliés* ". Une fois, j'ai vu arriver une *congaï* assez jolie. Elle me dit : " *C'est vous moyen conoï?* ", ce qui signifie lieutenant en vietnamien. Je lui répondis que oui. " *Si c'est conoï, si c'est gentil avec moi et donner beaucoup yat* (piastres), *moi moyen ramener conoï de l'autre côté* ". Proposition intéressante, mais qui méritait réflexion. Après mon retour au camp, j'en ai parlé à deux ou trois gars. Nous avons conclu que la fille n'était pas certaine d'être payée après avoir organisé mon évasion ; elle avait, en revanche, un avantage certain à me livrer aux Viets. Je ne l'ai jamais revue et je n'ai donc pas donné suite à ses offres de services.

Parfois, je quittais le Camp A et je rejoignais quelques paillotes dans la périphérie de Dong Tram. Je m'asseyais à la porte de l'une d'elles et j'attendais. À défaut de pitié, les paysans vietnamiens du coin, soit en raison d'un bon souvenir des " *vils colonisateurs français* ", soit pour se débarrasser de moi, me donnaient presque toujours quelque chose : deux bananes et même, une fois, du *nuoc mam*, dans une bouteille de bière bouchée avec une feuille de bananier.

Les buffles, qui étaient les animaux de trait dans les rizières, se montraient très agressifs envers les Européens. Une charge de buffle était extrêmement dangereuse et il n'y avait pratiquement que le fusil-mitrailleur ou une série de balles de Mas 36 pour l'arrêter. Après notre capture, au fur et à mesure que les jours passaient, ces animaux ont fini par nous tolérer, probablement parce que nous avions pris progressivement l'odeur des Vietnamiens. Au bout d'un certain temps, on pouvait entrer dans une étable ou traverser un troupeau de buffles sans aucun problème. Un jour, au cours de nos marches dans le Tonkin, une Vietnamienne a voulu me faire parvenir une bougie. Afin que les sentinelles ne la voient pas, elle l'a jetée entre les pattes d'un buffle. J'ai pu aller la récupérer sans que l'animal ne réagisse.

Par contre, les chiens aboyaient toujours à notre approche. Quelques amis m'ont raconté que ces animaux ont souvent été les obstacles majeurs aux évasions, car toute marche de nuit à proximité d'un village était trahie par leurs hurlements. Les villageois se mettaient alors à la recherche des évadés pour les remettre aux autorités politiques.

LE CAMP DE LA PLANTATION

Le 1er juillet, les légionnaires, les Européens et les Nord-africains ont quitté le camp de troisième interzone pour descendre vers le sud. Les Sénégalais étaient partis quelques jours auparavant pour préparer des camps dans lesquels nous serions mieux, selon ce qu'avaient dit les Viets. Nous avons déménagé tous les ustensiles : gamelles, bassines, touques, mais nous n'avons pas transféré les magasins à vivre. Les quelques travailleurs forcés vietnamiens n'étaient pas avec nous.

En cours de route, nous avons cantonné dans un village. Nous sommes arrivés dans une plantation dans la région de Phuc Dia, à proximité d'une route qui avait dû être entretenue. Il y avait, pas très loin, un petit pont métallique sur un arroyo. Le camp de la plantation se composait de bâtiments en dur entourant une cour centrale. On pénétrait dans la cour par un grand porche et, sur la droite, après un poste de garde, se trouvaient de grandes salles servant de dortoirs où logeaient les Européens et les légionnaires. On y avait creusé deux ou trois grands trous appelés pompeusement puits car de l'eau y parvenait. Elle était douteuse et nous nous en servions pour la toilette. De nombreux prisonniers en ont bu. Un jour, j'ai retrouvé l'ami Laporte, en train de mourir à côté d'un de ces puits pendant une poussée de fièvre. Nous l'avons ramené, complètement inconscient. Il a eu la chance de s'en sortir. De l'autre côté de la cour se trouvaient les cuisines, les logements des commissaires politiques et des *bo doï*, et celui des Nord-africains.

Ces derniers ont bénéficié, en arrivant à la plantation, de cours de politique dispensés par un instituteur tunisien qui avait transité par la Tchécoslovaquie, la Russie et la Chine. L'instruction semblait porter ses fruits : il fallait voir la façon dont les prisonniers nord-africains, qui bénéficiaient de nombreux avantages par rapport à nous, nous traitaient. Il était prudent d'éviter toute friction, voire même toute relation avec eux. C'est dans ce camp qu'est mort Bauch, ainsi que Renard, un sous-officier de la coloniale, du 6e RIC. Ce dernier, très grand, d'une forte corpulence, était particulièrement choyé par les Viets. Je suppose qu'ils voulaient s'en servir comme élément de propagande lors de la libération. Un vieil adjudant-chef, qui parlait souvent de ses deux filles, est mort d'une façon horrible, noyé dans la fange en tombant dans les feuillées.

Nous avons reçu, début juillet, quelques lettres. J'ai eu la chance d'en avoir une, accompagnée d'une photo de mes enfants, que ma femme m'avait envoyée. Elle l'avait confiée à un médecin, le docteur Thimel, qui se rendait à un congrès de médecine en Tchécoslovaquie. Les Viets ont fait certaines difficultés pour me la donner ; ils étaient persuadés qu'elle n'avait pas pu être écrite par une femme française, tellement arriérée et inculte. J'ai eu beau leur dire que les femmes en France faisaient des études et arrivaient à des niveaux supérieurs, ils ne m'ont jamais cru.

Une autre lettre est arrivée de Troyes pour le lieutenant William Chaney. Elle provenait de sa mère. Cette pauvre femme, croyant bien faire, vantait les mérites d'un de ses parents qui s'occupait d'une cellule communiste à Troyes. Les Viets nous ont lu cette lettre avec beaucoup de componction, alors que le pauvre gars était mort au Camp n° 5.

Nous avons passé le 14 juillet à cet endroit. Les Viets nous ont dit : " *Il faut faire une grande fête, monter des saynètes et chanter* ". On a essayé de retrouver les paroles du refrain de la Marseillaise " *Liberté, liberté chérie* ". Nous avons obtenu l'autorisation d'écrire un petit mot aux familles, mais à condition de louanger le peuple vietnamien et de glisser quelque chose à la gloire du Vietminh et de sa clémence. Après discussion, nous avons fini par accepter leurs conditions afin de donner des nouvelles à nos proches. Nous avions espéré un parachutage, surtout de médicaments, pour ce 14 juillet et nous avions fait une croix avec des débris de briques devant le porche, en dehors de la surveillance des Viets. Ces derniers s'en sont un peu doutés car ils nous riaient au nez en disant : " *Voyez, vous êtes complètement abandonnés. C'est commandement se foutre de vous* ". Pour les saynètes, nous n'avons trouvé aucun auteur parmi les pensionnaires du camp et les Viets en ont été pour leurs frais.

Le lendemain, j'ai été transféré dans un nouveau camp, dit Camp des Européens. Il se composait d'une grande baraque toute neuve, relativement propre, à côté d'une mare où nous pouvions aller nous laver. Nous étions une dizaine. Les Viets nous avaient dit : " *Vous êtes malades. Ça, c'est l'infirmerie* ". Je ne me rappelle plus dans quel état de santé je me trouvais, mais nous n'étions tout de même pas des mourants car nous pouvions aller jusqu'à la mare à côté. Nous nous traînions même jusqu'au petit pont métallique, près duquel se trouvait un endroit où nous pouvions descendre pour nous laver. C'est d'ailleurs dans ce camp que nous avons reçu pour la première fois un morceau de savon, de la taille d'une boîte d'allumettes. Chaque fois qu'on entrait dans l'eau, on était assailli par une bande de petits poissons qui picotaient les jambes. La rivière était très jaune à cet endroit, mais l'eau paraissait tout de même plus engageante que celle qui croupissait dans la mare, et il y avait moins de sangsues.

Un jour, des Vietnamiens sont arrivés avec une belle valise portant des inscriptions en alphabet cyrillique. Tout était écrit en russe et les Viets se posaient des questions sur la nature des produits à l'intérieur de la valise. Il s'agissait d'ampoules de médicaments. Les Viets ont choisi quelques gars parmi nous, dont moi, ont rempli des seringues et nous ont généreusement injecté le produit dans le bras. Ni mes camarades, ni moi n'avons ressenti d'effets secondaires, à part quelques démangeaisons dans la zone de la piqûre.

Nous sommes restés là cinq ou six jours, puis on nous a ramenés au Camp de la Plantation, ainsi nommé car il était environné de caféiers. C'était d'ailleurs très joli de voir toutes les branches garnies de petites boules orange. Les Viets nous avaient autorisés à en cueillir. Nous le faisions griller comme nous pouvions, et nous obtenions un café buvable. À un moment, les Viets ont distribué trois ou quatre boîtes de lait condensé, pour les malades disaient-ils, et je me souviens que ces derniers ont pu ainsi boire un peu de café au lait.

Nous avons alors appris la signature des accords de Genève, qui avait eu lieu le 22 juillet et qui mettait fin aux combats en Indochine.

Seuls les Viets ont montré un enthousiasme délirant en louant Mendès-France, " *bon progressiste* ". Nous avons évoqué entre nous la fin de nos misères, mais sans manifestations.

À cette époque-là, les premières libérations de prisonniers avaient dû commencer, car les Viets m'avaient chargé de faire un recensement des Nord-africains et de relever leur nom, prénom, date de naissance et leurs différentes maladies.

Tous les rescapés qui ont vécu la redoutable expérience des camps de prisonniers du Vietminh ont continuellement avec eux les souvenirs de cette période de leur vie. Leur environnement familial et leurs activités professionnelles n'ont pu les effacer, et ils ressuscitent avec acuité lorsque s'avance l'âge de leurs détenteurs. Ils resteront perpétuellement plus ou moins meurtris.

***

CAMP 114

Michel Cruciani

C'était le 18 novembre 1952 dans le poste de Ban Hoa, dans la région de Na Sam. J'étais de garde. Lorsque j'ai entendu craquer le réseau construit avec des bambous secs, j'ai tiré en direction du bruit, je suis remonté dans la tranchée, et je me suis dirigé vers le chef de section, le sergent Perrin, qui dormait. Je l'ai secoué, et je lui ai raconté ce que j'avais entendu. Le chef de section s'est levé immédiatement ; il est allé faire un compte-rendu au commandant d'unité. L'alerte donnée par le coup de fusil avait provoqué une ruée de l'ensemble des soldats dans la tranchée ; chacun était à son poste, et scrutait dans la nuit. Le lieutenant Pierret, qui était arrivé la veille par hélicoptère pour remplacer notre capitaine tué le 3 novembre, était debout au-dessus de la tranchée. Il a posé la question suivante : " *Qui a entendu ces bruits et a tiré ?* ". J'ai répondu : " *C'est moi, mon Lieutenant* ". Il m'a dit : " *Mon petit, tu te fais des illusions ; tu peux aller te coucher, on va te remplacer* ". Il devait être environ 4 heures 30. Je suis allé me coucher, très contrarié que personne ne semblait me prendre au sérieux, mais aussi inquiet car la situation était vraiment dangereuse.

À 4 heures 50, les Viets tiraient le premier coup de mortier sur le centre du piton. En un clin d'œil, chacun était à son poste et tirait dans la nuit en direction des assaillants. Au bout d'une demi-heure de combat acharné, l'ennemi réussit une infiltration et pénétra dans le poste, déferlant en nombre impressionnant par des brèches créées dans les réseaux de protection. Notre compagnie, qui avait la protection de la piste principale d'accès au poste, fut la première à être submergée. Nos pertes étaient lourdes, cependant difficiles à évaluer, en pleine nuit, dans la très grande confusion qui régnait. Chez l'ennemi, elles étaient encore plus sévères mais, guidés par leur fanatisme, indifférents à nos tirs, les Viets montaient sur le poste en très grand nombre.

Plusieurs des nôtres étaient déjà prisonniers. Un tirailleur marocain vint de droite en disant : " *Mon Lieutenant, les Viets ont pris la queue de la première section* ". Un autre vint de gauche en disant : " *Mon Lieutenant, les Viets ont pris la queue de la compagnie* ". C'est alors que j'ai vu avancer les tirailleurs de droite et de gauche poussés par les Viets ; c'en était fini pour notre compagnie, il n'y avait plus rien à tenter. Dans cette nuit obscure, nous ne pouvions retrouver nos gradés. Profitant de cette confusion, à la faveur de la nuit, j'imitai quelques cadres qui tentaient de quitter le poste, où on avait l'impression que l'apocalypse venait de commencer.

En quelques enjambées, j'ai franchi les trois réseaux de protection, non sans laisser quelques lambeaux de pantalon et de peau aux pointes acérées des barbelés. Les tirs continuaient de toutes parts. Jusqu'ici, j'avais eu la chance de m'en sortir sans aucune égratignure. Quelques tirailleurs marocains m'avaient imité ; ils descendaient sur ma gauche lorsqu'ils se sont trouvés face aux Viets qui montaient, et ils ont été capturés. J'ai tout juste eu le temps de me dissimuler dans une crevasse du terrain située sous un tronc d'arbre abattu. Je me suis recouvert avec les grandes herbes à éléphant qu'on avait coupées quelques jours plus tôt, au moment de notre installation dans le poste, pour avoir la vue bien dégagée. Une petite antenne de Viets, peut-être trois ou quatre, s'est installée à quelques mètres de moi. De ce fait, j'étais coincé ; pas question de bouger sous peine de me faire repérer. Ils étaient à ma hauteur, et nous étions à une dizaine de mètres en dessous des réseaux de protection. Soudain, un obus de mortier tomba entre les Viets et moi ; j'ai ressenti de vives douleurs. Des éclats d'obus m'avaient blessé à la hauteur du coude gauche et au-dessus du talon gauche. Dans la position inconfortable où je me trouvais, j'ai sorti le pansement individuel que je gardais toujours sur moi et j'ai entrepris le bandage de mes blessures, heureusement peu profondes. Les Viets, plus à découvert que moi, avaient été atteints plus sérieusement ; l'un d'eux notamment, dont les plaintes faisaient mal au cœur. J'ai été contraint de passer toute la journée dans cette position. Lorsque je risquais un regard du côté de la piste d'accès au poste, je voyais les Viets qui montaient et descendaient ; ce n'était pas le moment de faire des imprudences. Lorsque le jour fut bien levé, il devait être entre huit et neuf heures, des avions sont venus survoler le poste, puis ils sont repartis. Ce n'est qu'à la nuit tombante que j'ai pu redescendre la pente pour prendre la piste par laquelle on était arrivé. Je pris la direction de Na Sam mais, à peine avais-je fait quelques centaines de mètres sur cette piste que j'ai dû me dissimuler sur le bas-côté; une patrouille arrivait avec des flambeaux allumés. Elle dépassa mon emplacement, mais ne tarda pas à revenir et à se mettre en place sur la piste, à sept ou huit mètres de moi. J'ai dû encore passer la nuit dans mon emplacement. Le manque de sommeil et la fatigue ont eu raison de mon inquiétude. Je me suis endormi et le lendemain matin, avant l'aube, je me suis réveillé. Les Viets étaient toujours là et parlaient doucement entre eux. Reposé, je me suis mis à ramper doucement en pénétrant dans la brousse, afin de m'éloigner le plus rapidement possible de cet endroit. C'était le 19 novembre 1952. Dès le début de la matinée, j'ai dû changer de direction, les Viets étaient partout. Alors j'ai pris la direction inverse, celle du poste de Balay, tenu par la 10e compagnie de notre bataillon avec les supplétifs thaïs. Ce poste était situé à une dizaine de kilomètres de celui de Ban Hoa; c'était le plus avancé avant la zone entièrement contrôlée par l'ennemi.

Ma progression ne pouvait être que très lente pour ne pas me faire repérer. Les Viets sillonnaient toute la brousse de long en large. Le soir, à la tombée de la nuit, fatigué, je me suis couché dans un ravin asséché, sous un gros rocher. Les pensées se bousculaient dans ma tête, je n'arrivais pas à les contrôler. Les chacals poussaient leurs plaintes lancinantes et lugubres, comme pour rendre ce lieu de désolation encore plus sinistre. Affamé et fatigué, je me suis endormi.

Dès l'aube le lendemain matin, j'ai repris ma lente progression. Nous étions le 20 novembre. C'était déjà le troisième jour que j'errais seul dans la nature, sans manger, inquiet et constamment sur les nerfs. Après avoir évité les Viets à de multiples reprises, je suis arrivé au lieu de l'embuscade dans laquelle nous étions tombés le 3 novembre. À partir de là, j'ai emprunté le même chemin que celui de notre repli dix-sept jours plus tôt. Je suis passé à l'endroit où j'avais laissé tomber mon sac à dos. J'ai pu récupérer une couverture et un short m'appartenant, que les Viets avaient laissés après avoir vidé le sac et pris les objets qui les intéressaient. Cet endroit était parsemé d'une multitude d'objets provenant des sacs laissés sur place lors de notre débâcle. Supportant très mal l'évocation de ces tristes souvenirs, j'ai repris rapidement ma progression et, en quelques instants, je me suis retrouvé au pied du piton du poste de Balay. Avant d'attaquer la pente raide qui conduisait dans l'enceinte de la place, j'ai bu au ruisseau dont l'eau limpide coulait tranquillement. Il devait être environ quinze heures. Complètement hébété, je gravissais cette pente. J'étais incapable de constater les anomalies que présentait le poste, pourtant très visibles. Sur le poste, debout, il y avait des Viets qui me regardaient monter, mais je pensais qu'il s'agissait de supplétifs thaïs. La seule chose qui comptait pour moi était de rendre compte au commandant d'unité des revers du poste de Ban Hoa, d'être avec des camarades, de me sentir en sécurité, de me restaurer, et surtout de me détendre, me reposer et dormir.

Lorsqu'enfin je me suis trouvé dans le poste, j'ai vu dans la tranchée des Viets qui m'ont fait signe de me coucher, car à cet instant précis un avion français exécutait une mission de reconnaissance sur les lieux. Dès que je me suis trouvé dans la tranchée, ils ont commencé à me parler en vietnamien. Ne comprenant pas ce qu'ils me disaient, je leur dis : " *con biet* " (je ne comprends pas). Un d'entre eux est allé en chercher un autre qui parlait français. Ce dernier m'a posé cette question, en français correct : " *D'où venez-vous ?* ". J'ai répondu : " *Du poste de Ban Hoa, qui est tombé le 18 novembre* ". Il m'a dit, comme si c'était évident : " *Celui-là est tombé le 19 novembre* ". C'est alors que j'ai compris qu'ils n'étaient pas des supplétifs thaïs, mais des Viets, et que j'étais prisonnier sans avoir combattu. Alors que le 18 novembre, sur le poste de Ban Hoa, je m'étais battu jusqu'à la limite des possibilités de mon unité sans me laisser capturer.

J'ai demandé à boire. L'interprète m'a fait donner un peu d'eau dans une *cai bat* en bambou. Lorsque j'ai demandé à manger en expliquant que cela faisait trois jours que je ne mangeais rien, il m'a dit qu'il fallait aller au village situé en bas du piton. Il est parti devant et m'a demandé de le suivre. Je réalisais très mal que j'étais prisonnier. Cependant, comme les nerfs commençaient à se détendre, j'ai ressenti des douleurs aux pieds ; ils étaient serrés dans des chaussures qui avaient été détrempées par des marches prolongées dans des ruisseaux, puis desséchées par de longues marches. J'ai alors demandé à mon geôlier de marcher plus lentement, et de bonne grâce il a ralenti son allure.

Arrivé dans le village, il est allé me chercher une boule de riz qu'il m'a donnée. C'était du riz non décortiqué et non salé. Malgré la privation de nourriture depuis trois jours, j'ai eu beaucoup de peine à en avaler quelques bouchées. De là, il m'a emmené chez un commissaire politique, à une centaine de mètres à l'écart du village. Ce dernier était assis sur une grosse racine d'arbre qui formait une banquette ; un prisonnier qui lui faisait face était lui aussi assis sur une racine.

Le commissaire politique, me voyant arriver, a immédiatement renvoyé le prisonnier et m'a fait asseoir à sa place. Un grand nombre de prisonniers des trois unités du poste de Ban Hoa et de l'unité du poste de Balay étaient à quelques mètres. Ils étaient tous ensemble, tous grades confondus, tous logés à la même enseigne, assis à même le sol et pieds nus. Tout en parlant avec le commissaire politique, je grignotais ma boule de riz en faisant la grimace. Il s'en est aperçu et me donna deux cachets de sel en me disant : " *Avalez-les toutes les fois qu'on vous en donnera, l'organisme a besoin de sel, et vous verrez que malheureusement on ne pourra pas vous en donner très souvent* ". Je n'en ai jamais plus eu durant toute ma captivité. Puis il a commencé son questionnaire :

— *De quelle unité étiez-vous ?*

— *De la 11e Compagnie du 1er Régiment de Tirailleurs Marocains.*

— *Comment s'appelait le commandant d'unité ?*

— *Je ne sais pas, il était arrivé la veille et je ne l'ai pas vu.*

— *C'était le lieutenant Pierret. De quelle région êtes-vous ?*

— *De Corse.*

— *La Corse ! Le pays de Napoléon ! De quelle région en Corse ?*

— *Du côté de Bastia.*

— *Bastia ! Savez-vous que les impérialistes américains voulaient acheter la plage de l'Arinella, et que le maire de Bastia a heureusement refusé ? La France, pour faire la guerre au Vietnam, emprunte de l'argent aux impérialistes américains. Elle a envers eux des dettes colossales et ceux-ci, pour se faire rembourser, achètent tout ce qui peut être vendu. Savez-vous qu'ils ont acheté à Orléans une statue sur son piédestal dans un carré de terre enclos en pleine ville, et ceci pour se faire rembourser un peu d'argent que la France leur devait ?*

Ce terrain, en plein centre de la France, est maintenant américain. Vous, les Français, vous venez au Vietnam pour nous coloniser pendant que les impérialistes américains vous colonisent chez vous. Eux, ce qu'ils veulent, c'est que des guerres soient entretenues pour vendre leurs armes. "

Puis, en me regardant de la tête aux pieds, il me dit en arrêtant son regard sur mes jambes : " *Vous avez été blessé ? Je vois du sang à travers vos guêtres.* "

En effet, mes guêtres étaient imprégnées par du sang provenant de blessures diverses : écorchures de barbelés, petites blessures que je n'avais pas pansées par manque de moyens, et deux petites plaies laissées par des sangsues. Il m'a demandé d'enlever mes guêtres et mes chaussures, et me les a fait poser près de lui. Je ne les ai jamais plus revues. Après avoir examiné sommairement mes jambes encroûtées par le sang séché, il m'a envoyé me laver à la rivière toute proche. Lorsque je suis revenu, mes jambes avaient un meilleur aspect, mais subsistaient les plaies. Les pansements sommaires de mon bras et de mon pied auraient dû être changés, et les blessures désinfectées. Mais rien de tout cela n'était possible, les Viets ne prodiguaient aucun soin et ne distribuaient aucun médicament.

Le commissaire politique continuait de parler et semblait vraiment croire ce qu'il disait. Il agissait avec beaucoup de courtoisie, et avait l'art et la manière de mettre en confiance ses interlocuteurs. Je risquai une question qui me tenait à cœur :

— *Combien de temps doit-on rester prisonnier ?*

— *Cela dépend de vous, de votre compréhension, de votre attention, de votre travail, de votre comportement. Dès votre arrivée au camp, vous aurez des cours de rééducation. Il faudra être très attentif, et vous verrez que la politique de notre vénéré président Ho Chi Minh est la meilleure, la plus simple et la plus efficace. Pour l'instant, on ne peut pas vous envoyer dans un camp ; nous avons engagé une grande campagne pour la libération de la région de Na Sam. Nghia Lo est tombé au mois d'octobre, novembre a vu tomber les postes tenus par votre bataillon, et bien d'autres. Avant Noël, nous espérons avoir pris tous les postes y compris Na Sam.*

J'étais pieds nus comme tous les autres prisonniers. Il me dit d'aller les rejoindre. Certains, notamment ceux de ma compagnie, sont venus me voir pour savoir ce que j'avais fait pendant ces trois jours, comment j'avais pu évoluer dans cette jungle grouillante de Viets, et comment je m'étais fait capturer. Je leur racontai mon évasion du poste, mes multiples difficultés, mes blessures, mon inquiétude, et la faim qui me tenaillait.

Nous étions libres de nos mouvements. Nos geôliers savaient très bien que la jungle qui nous entourait était plus efficace que les barbelés et les miradors. Les postes français étaient trop éloignés, la nature et la population hostiles, les chances d'évasion nulles.

J'ai su que sous des baraquements, non loin de cet endroit, il y avait des blessés. J'ai décidé d'aller leur rendre visite. Arrivé sur place, j'ai découvert la déchéance humaine dans toute son horreur. Les blessés étaient couchés à même le sol, recouverts de sacs de riz dont la saleté aurait repoussé des porcs. Leurs tenues de combat étaient imprégnées de sang séché, d'urine et d'excréments ; une horrible puanteur se dégageait de ces lieux. Un des blessés, en se traînant, essayait d'allumer un feu pour préparer des compresses d'eau bouillie. Je l'ai aidé à allumer son feu, et à chauffer de l'eau dans son casque.

Lorsqu'il a roulé son pantalon pour appliquer une compresse sur sa blessure, ce que j'ai vu restera à jamais gravé en moi. Il n'avait plus de mollet, sa plaie béante était de couleur verte, et pleine de vers qui grouillaient. Il avait été blessé à Nghia Lo lors de sa capture, le 18 octobre 1952, et ses blessures n'avaient reçu aucun soin depuis plus d'un mois. J'essayai de le réconforter avec quelques mots d'encouragement et d'espoir. Je me suis aperçu rapidement que ce camarade, malgré son état très sérieux, avait un moral d'acier. Combien étaient-ils sous ces baraquements ? Je ne peux le dire. Dans quel état se trouvaient leurs blessures et quels étaient les soins à prodiguer ? Seuls des médecins auraient pu le dire. Ce camarade au mollet arraché s'appelle Édouard Audiffren. Après avoir fait tout le trajet pour arriver au Camp 114, il a été libéré en même temps que moi le 28 avril 1953. Durant toute sa captivité, il n'a reçu aucun soin autre que les compresses d'eau bouillie qu'il préparait lui-même. Je ne connais rien de plus horrible que des blessés sans soins, livrés à eux-mêmes dans une saleté aussi répugnante, sans personne pour les soigner ou les réconforter, au moins moralement. J'en ai été profondément bouleversé.

Pendant plusieurs jours, les Viets nous ont fait marcher sans que nous connaissions notre destination. Il nous arrivait de partir pour une corvée de riz avec un groupe de valides, et de rejoindre le gros des effectifs à un autre endroit. Je pense qu'ils attendaient la chute de Na

Sam pour nous regrouper tous et nous acheminer vers des camps.

Nous logions à la belle étoile, sous la pluie ; nous pataugions en permanence dans la boue. Un soir, alors qu'il m'avait été impossible de trouver un coin pas trop humide, je me suis couché sur des rondins de bambous. Impossible de dormir, ni de décrire la nuit que j'ai passé ainsi installé, avec le crachin pour compagnon. Nous vivions constamment dans une insalubrité totale, un environnement hostile, agressés par les moustiques, les mouches, les microbes et les parasites de toutes sortes.

Un jour, nous sommes partis pour une corvée de riz, à une bonne quinzaine de kilomètres de notre lieu de stationnement. À notre retour, avec nos vingt kilos de riz dans une couverture pliée pour en faire un boudin, nous avons reversé le riz dans un grand sac. Avec deux camarades, nous avions décidé de constituer discrètement une petite réserve. C'est ainsi qu'en vidant le riz, nous avons pris soin d'en garder une petite poignée, en le serrant avec la main dans le fond de la couverture. À destination, nous avons mis le riz dans nos poches, et nous sommes partis dans la forêt pour le faire cuire dans les petites boîtes à conserve qui servaient à cet usage. Nous avons donc allumé un feu, et nous avions déjà fait cuire et mangé le contenu d'une de nos boîtes lorsque nous avons vu venir à nous le père Stihle. Il avait participé à la corvée de riz avec nous mais, en bon chrétien, il ne pouvait garder un peu de riz, ce qui pour lui aurait constitué un vol. Il nous a demandé où on avait eu ce riz ; nous lui avons expliqué notre stratagème et nous lui en avons offert une boîte, qu'il a mangée immédiatement…

Nos déplacements nous avaient conduits sur un plateau boisé où subsistait une clairière, avec quelques vieilles paillotes désaffectées. Je ne sais à quel usage elles avaient servi, mais nous les avons utilisées pour nous abriter de la fraîcheur des deux ou trois nuits que nous avons passées dans ce lieu. Comme d'habitude, les plus valides partirent en corvée de riz. Arrivés au dépôt, on nous dit qu'il n'y avait plus de riz ; toutefois, il restait un silo de maïs pilé. Nous serions assurés d'un changement de menu. Mais ce maïs était vert de moisissure, et nous n'avons rien gagné à l'échange.

Durant cette période de nomadisme, notre ration nous était servie crue et nous la faisions cuire par groupe, soit dans des casques, soit dans des boîtes métalliques carrées d'une contenance d'environ trois ou quatre litres. En contrebas du plateau de notre stationnement, il y avait un ruisseau dans lequel coulait un mince filet d'eau. Nous avions remarqué qu'il y avait des petits poissons d'environ trois ou quatre centimètres, des petits crabes de rivière et des grenouilles. Nous attrapions toute cette faune aquatique, nous la rincions à l'eau claire, et la mélangions à notre riz ou notre maïs pour la faire cuire et donner un peu de goût à notre pitance.

En cette fin de journée, nous étions regroupés autour des feux par affinités. Tout à coup, le tam-tam résonne et les Viets crient : " *to bay, to bay* " (avion, avion), signal auquel tout le monde devait éteindre le feu, le recouvrir, avec une couverture afin d'éviter que les flammes ne soient aperçues par les avions. Or, un retour de flamme est venu du feu d'un groupe d'officiers juste au moment du passage de l'avion : ces prisonniers avaient négligé de tenir la couverture au-dessus du feu. L'avion a aperçu la lueur des flammes, heureusement étouffées immédiatement. Cependant, l'avion a fait demi-tour, est repassé dans notre direction, à trois cents mètres sur notre droite, et il a largué deux bombes. Les Viets n'étaient pas tranquilles. Après avoir sermonné le groupe négligent, ils nous ont regroupés et, le soir même, nous avons quitté ces lieux pour aller dans une cuvette deux kilomètres plus loin. La nuit était noire et fraîche, et l'interdiction d'allumer du feu était de rigueur. Nous nous sommes couchés comme d'habitude à même le sol ; on ne pouvait choisir un emplacement pour dormir qu'en tâtonnant. Nous avons passé la nuit dans cet endroit sans trop savoir où nous étions. Lorsque nous sommes revenus au campement le lendemain matin, nous avons constaté que l'emplacement de notre foyer était labouré en enfilade par des balles de mitrailleuse.

Décembre était déjà bien entamé lorsqu'il fut décidé de nous diriger vers les camps. C'est à raison d'une quinzaine de kilomètres par jour que notre horde de prisonniers se dirigea vers les Camps 113, 114 et 115, ce dernier étant plutôt réservé aux prisonniers nord-africains.

Un groupe de quinze hommes valides a été constitué pour accomplir une mission spéciale. J'étais du nombre avec mon ami Charles Borla. Un matin, au départ de notre lieu de stationnement, nous avons pris une autre direction que les autres prisonniers. Nous ne le savions pas mais notre destination était le poste de Nghia Lo. Combien de temps avons-nous mis pour atteindre ce poste, je ne m'en souviens pas mais, par une belle journée de décembre 1952, nous sommes arrivés sur ce piton d'où on dominait les alentours.

Dans ce groupe, il y avait aussi bien des sous-officiers que des hommes de troupe. Un adjudant-chef s'est vu remettre les galons correspondant à son grade ; on devait nous filmer, et lui devait tenir le rôle de chef de poste. Les autres représentaient le personnel de la section. Nous avons été filmés en simulant la défense du poste pendant que les Viets montaient à l'assaut. Nous avions reçu des armes sans culasse et, avec de la terre argileuse, on nous avait fait confectionner des boules qui devaient nous servir de grenades. Ces boules de terre, dès qu'elles atteignaient le sol, éclataient. Le film terminé, nous avons repris le chemin du camp.

C'est en cours de route que mon ami Borla, à qui revenait le tour de porter une caissette de munitions, a refusé de le faire. Borla était certainement fatigué ; par ailleurs, cette caissette n'avait rien de plaisant à être portée sur l'épaule, qui ne tardait pas à être endolorie. Son refus, quoique justifié à nos yeux, ne l'était pas du tout aux yeux des Viets.

C'est alors que le chef de détachement est intervenu énergiquement en armant sa mitraillette et notre ami, pour ne pas créer d'incident grave, a préféré reprendre la caissette. Notre marche de la journée s'est arrêtée dans la forêt, aux abords d'un village, en fin d'après-midi. Nous nous sommes installés pour y passer la nuit ; c'était celle du 24 décembre 1952.

Le chef de détachement viet est venu nous annoncer que, pour la nuit de Noël, le vénéré président Ho Chi Minh, dans toute sa clémence, voulait que le menu de cette nuit chrétienne soit amélioré pour tous les prisonniers. " *Nous avons*, dit-il, *pensé à acheter un cochon chez les paysans du village voisin.* " En entendant parler de viande, chacun salivait en pensant à un rôti bien appétissant. Mais, comme les Viets avaient l'art de démoraliser leurs captifs par le système de la douche écossaise, ils sont revenus quelques instants après pour nous annoncer qu'ils n'avaient pas trouvé de cochon et qu'ils le regrettaient beaucoup. Quelques minutes plus tard, ils sont revenus, et ils ont demandé qui voudrait manger du chien. À l'exception de deux sous-officiers pieds-noirs, nous avons tous accepté ; la viande nous manquait trop, nous aurions pu manger celle de n'importe quel animal.

C'est ainsi que le soir, en plus de notre ration de riz, nous avons eu droit à un morceau de couenne de chien cuite à l'eau d'environ 4 cm^2, et d'un morceau de saucissette de chien d'une longueur d'environ

3 cm, le tout sans sel. Notre maigre repas terminé depuis quelques heures, les Viets reviennent en pleine nuit pour nous annoncer qu'ils avaient réussi, avec beaucoup de persévérance, à trouver un cochon, et nous avons eu droit à un petit morceau d'environ 4 cm^2 de cochon cuit à l'eau, et sans sel. Ma part a été un morceau de lard, bien blanc et bien gras. C'est ainsi que s'est achevé notre réveillon de Noël 1952 chez les Viets, sans guirlandes, sans lumières, sans chansons ni musique.

Le Camp 114 était situé dans le bassin de la Rivière Claire, à Bach Sa, dans une forêt de bambous. Pour y accéder, il fallait traverser un petit ruisseau et on se trouvait dans le camp au milieu d'une clairière, qui était le résultat d'une coupe systématique des bambous.

En face de l'entrée, à quelques mètres, il y avait une paillote, poste de commandement des autorités du camp. Sur la droite, les cuisines, avec l'infirmerie des consultants du jour à proximité ; en face de la cuisine, une grande esplanade, lieu de rassemblement, et sur les trois autres côtés les paillotes qui servaient de dortoirs ; puis, tout à fait à l'écart, l'infirmerie des grands malades et des blessés qui ne pouvaient se déplacer eux-mêmes. Pour un " *valide* " comme moi, la vie du camp était faite des corvées et des cours de rééducation politique. Nous étions organisés par groupe de douze prisonniers et représentés par un chef de groupe pris parmi nous. Au début, nous logions entassés dans de vieilles paillotes, relativement petites. Outre les corvées de riz, il fallait construire des baraquements beaucoup plus grands destinés à remplacer les vieilles paillotes, inadaptées et insuffisantes. Ce travail était organisé par équipes. Il y avait celles de la coupe des bambous, celles de leur transport et celles de la construction. Dès la charpente terminée, des équipes étaient affectées à l'arrachage et au transport de la paille de riz provenant des rizières desséchées.

Les corvées de riz duraient généralement une journée, rarement deux jours. Le riz était transporté soit dans une couverture pliée, soit dans les jambes d'un pantalon. Le transport dans le pantalon était plus facile, le poids étant équilibré et porté en besace. Dans notre camp, ces corvées étaient effectuées par les volontaires. Plutôt que de rester dans le camp et de broyer du noir, comme le faisaient quelques-uns d'entre nous, j'étais toujours volontaire.

Nos repas étaient composés essentiellement de riz, parfois d'un peu de viande de buffle. Il y avait aussi ce qu'ils appelaient la soupe ; elle était composée uniquement de bananes vertes, appelées bananes cochon, cuites à l'eau sans sel, qui donnaient à l'eau une couleur mauve, tirant sur le violet. Nous avions droit à deux repas par jour, un à midi, l'autre le soir ; généralement, ils étaient identiques. Le matin, on ne mangeait rien. Lorsqu'ils tuaient un buffle, on avait droit le premier jour au sang cuit à l'eau et découpé en cubes. Le deuxième jour était celui de la viande, et le troisième jour on mangeait la peau transformée en pâté de tête, coupée très grossièrement.

Mes blessures, peu profondes, étaient déjà cicatrisées, et je n'y pensais plus. Ce qui était le plus dur pour moi était de savoir que mes parents n'avaient plus de nouvelles, et qu'ils avaient reçu le télégramme de l'armée leur annonçant ma disparition. Connaissant leur affection, j'étais certain du désespoir dans lequel ils devaient se trouver. Mes problèmes personnels venaient loin derrière.

Chaque soir, tous les chefs de groupes se réunissaient chez le chef de camp. Ils lui remettaient le nom du prisonnier de leur groupe qui avait travaillé le mieux et, s'il y avait une corvée de riz prévue pour le lendemain, ils donnaient également les noms des volontaires pour la faire. Le lendemain matin, il y avait toujours le rassemblement, avant d'aller au travail. Sur l'emplacement destiné à cet effet, il y avait plusieurs rangées de bancs, construits avec des rondins de bambou femelle, sur trois côtés de la place. Le tam-tam annonçait le rassemblement. Comme dans l'armée, chaque groupe gagnait immédiatement son emplacement. Le chef de camp et le commissaire politique arrivaient lorsque tout le monde était en place. Un *bo doï* ordonnait alors le garde à vous " *banïtu nïme* ", puis le même *bo doï* commandait le repos, " *toï nïa* ". Alors tout le monde s'asseyait sur les bancs de bambou. Le commissaire politique intervenait à ce moment-là, appelait les noms de la liste des prisonniers qui avaient travaillé le mieux la veille. Ceux-ci sortaient des rangs et se mettaient en ligne face au rassemblement. Simulant l'enthousiasme, le commissaire politique disait : " *Je vous présente les brillants du jour* ", que tout le monde applaudissait. Généralement suivaient les remontrances et les recommandations, et enfin tout le monde allait à son travail.

Dès que je suis arrivé dans le camp, j'y ai rencontré des camarades de mon unité. J'y ai également trouvé François Marchetti, un Corse arrivé au camp quelques jours avant moi. Il me dit qu'il y avait dans le camp une infirmerie " A ", réservée aux petits malades, c'était son expression. Il y avait également une infirmerie " B ", où l'on envoyait les malades ou les blessés les plus atteints. Je m'y suis rendu, pensant pouvoir donner mon aide à ces malheureux, mais je me suis aperçu que c'était inutile. Ce n'était pas une infirmerie, elle n'en portait que le nom ; c'était un mouroir, où l'on déposait sur des bat-flanc des morts-vivants, décharnés, la plupart avec de grosses blessures reçues depuis plusieurs mois sans avoir eu aucun soin. Maintenus dans une saleté qu'il est difficile de concevoir, les yeux hagards, ils n'avaient même plus la force de se plaindre. Ils n'avaient plus qu'à fermer les yeux. Aussi la mort visitait-elle cette parodie d'infirmerie tous les jours. Je ne sais pas qui était chargé des inhumations, car je n'ai jamais été sollicité pour effectuer cette tâche ingrate. Mon bouleversement a été tel que je n'ai pas renouvelé ma visite.

Nous ne dormions pas à la belle étoile, mais l'environnement était le même que pendant notre période nomade. L'hygiène n'existait pas. Le temps passant, sans soins, une nourriture très déficiente et très mal équilibrée a provoqué des troubles digestifs, le scorbut, le béribéri, l'avitaminose. Sans protection, nous étions assaillis constamment par les moustiques, les mouches, les poux, et toutes sortes de parasites. À tout cela, il faut ajouter la torture morale, avec les tentatives d'endoctrinement.

Un jour où nous étions de corvée de paille de riz pour couvrir de chaume nos baraquements neufs, je cheminais à l'aller avec un camarade de camp qui n'était pas du groupe. Tout en marchant, j'ai aperçu dans un fourré, en contrebas de la piste, les feuilles d'un plant de manioc. Mon expérience de campagnard et d'agriculteur ne s'y trompait pas, mais je me suis bien gardé d'en parler à mon camarade de travail. Notre situation étant très délicate, il fallait se méfier de tout le monde. Je décidai de m'y arrêter au retour. Bien que ce plant de manioc soit dans la broussaille, les Viets auraient été trop heureux de m'accuser de vol s'ils apprenaient que j'avais pris du manioc. La prudence était de rigueur. Aussi, à mon retour, arrivé à la hauteur du fourré, j'ai dit à mon camarade de continuer, que j'avais un besoin urgent à satisfaire. J'ai pénétré dans le fourré pendant qu'il s'éloignait et j'ai baissé mon pantalon, au cas où quelqu'un m'aurait aperçu. Je me suis accroché à la tige de manioc avec les deux mains, j'ai tiré avec toute ma force, la tige est venue à moi avec un très gros tubercule. Ma surprise a été aussi grande que l'était le tubercule ; cependant son transport posait problème, comment faire pour ne pas me faire remarquer ? Je décidai de mettre mon manioc au centre de la botte de paille. Ma botte de paille sur l'épaule, j'ai repris le chemin du retour. Avant d'arriver au camp, il fallait passer sur une diguette assez étroite entre deux rizières, puis on traversait le ruisseau et on se trouvait dans le camp. Lorsque je suis arrivé au début de la diguette, j'ai aperçu à l'autre extrémité, avant le ruisseau, un prisonnier qui s'y tenait debout. Sa présence à cet endroit m'intriguait un peu, mais je ne me doutais pas qu'il accomplissait une vile besogne. Lorsque je me suis trouvé à sa hauteur, je me suis rendu compte que c'était un légionnaire italien prisonnier du camp. Il me dit en italien " *Devo frugarti* " (je dois te fouiller). Je lui ai répondu dans sa langue : " *Si tu me touches, je te balance dans la rizière* ". Il m'a quand même tâté la chemise à la hauteur de la ceinture. D'un revers de bras, je l'ai bousculé dans la rizière, tout en maintenant ma botte de paille sur l'épaule. Arrivé au camp, je me suis dirigé immédiatement vers la paillote où je couchais, j'y ai caché le manioc sous le bat-flanc, puis je me suis dirigé vers le chantier du baraquement en construction pour y déposer ma botte de paille. Le soir, après avoir fait griller le produit de mon chapardage dans les braises, je l'ai partagé et mangé avec les autres prisonniers du groupe.

Au rassemblement, le lendemain matin, après l'appel des brillants du jour et les applaudissements qui leur étaient destinés, le commissaire politique a appelé une autre liste d'une vingtaine de prisonniers. Deux noms de cette liste sont restés gravés dans mon esprit, Marchetti et Meyer. Lorsque tous les prisonniers appelés ont été en ligne devant lui, le commissaire politique les a accusés en ces termes : " *Je vous présente une brochette de voleurs* ". Ont suivi les critiques habituelles : " *Ces voleurs étaient des vampires, suceurs du sang vietnamien, ils n'avaient encore rien compris, il fallait certainement intensifier leur rééducation* ". Puis ce fut le tour des voleurs de faire leur autocritique ; chacun s'exprimait selon ses moyens.

Mon ami Marchetti, joignant le geste à la parole, dit : " *J'ai pris, dans les déchets à l'extérieur d'un jardin, un petit bout comme ça* ". Aujourd'hui encore, il est appelé le petit bout. Meyer, lui, s'est exprimé autrement, voici ce que j'ai retenu de son autocritique : " *Vous dites que prendre un morceau de manioc ou de patate douce dans les déchets, à l'extérieur d'un jardin, est un vol ; chez moi, on n'appelle même pas cela un larcin. Ces déchets étaient destinés à leur pourriture complète, ou à la nourriture des rats. On ne peut donc pas parler de vol, mais puisque chez vous c'en est un, je veux bien reconnaître que j'ai volé* ".

Cette parodie de justice était le résultat de la vile besogne du légionnaire italien, qui la veille avait fouillé tout le monde au passage et avait dénoncé au chef de camp ceux sur lesquels il avait trouvé quelque chose.

Au Camp 114, lorsqu'on n'était pas occupé à un travail, il y avait des cours de rééducation politique auxquels il fallait assister. Ce que j'en ai retenu, c'est la vie du Président Ho Chi Minh lorsqu'il était étudiant à Paris, le froid qu'il supportait mal, la brique pour lui servir de bouillotte.

Des sketchs, sur lesquels il fallait réfléchir, méditer, et que nous devions interpréter à deux ou trois, voire plus, étaient nos divertissements. Il y avait également les chants ; ceux-ci étaient beaucoup plus fréquents. La chanson préférée des Viets était intitulée, en vietnamien : " *ké douane thiou tha la somaï* " ; il y avait aussi le " *chant des Partisans* ", " *l'Internationale* ", et d'autres chansons dont je ne me rappelle plus les titres. Quelquefois, ils demandaient si parmi nous certains savaient chanter. On pouvait alors interpréter la chanson de son choix. C'est ainsi que Meyer, grand et large d'épaules, a chanté plusieurs fois " *Je suis le maître à bord* ". Il la chantait très bien ; son allure et sa carrure correspondaient au personnage.

Le groupe d'Africains du Camp 114, voulant faire plaisir aux autorités du camp, avait décidé de composer une chanson. Un jour, leur chef de groupe est sorti des rangs lorsqu'on devait chanter, et il a dit au commissaire politique que son groupe avait composé une chanson en l'honneur du président Ho Chi Minh. Ce dernier, visiblement satisfait, a répété à haute voix : " *Le groupe africain va vous interpréter une chanson composée en l'honneur du président Ho Chi Minh* ". Le groupe au complet se leva alors et commença à chanter : " *Président Chi Minh, président Chi Minh, trouvez-nous un moyen d'aller voir nos parents. Président Chi Minh, président Chi Minh, trouvez-nous un moyen d'aller voir nos pays.* "

Dix fois, et peut-être même plus, ils ont répété ces deux lignes en chantant. Lorsqu'ils ont terminé, tout le monde les a applaudis, mais les Viets ne leur ont jamais plus demandé de chanter.

Les feuillées du camp étaient située au-dessus de nos baraquements, mais comme notre nourriture provoquait une diarrhée permanente, il nous était impossible, surtout dans la nuit, de nous retenir jusqu'aux feuillées. Ces matières fécales ainsi dispersées attiraient des multitudes de mouches. Les Viets, qui cherchaient une solution, ont décidé de demander aux prisonniers de tuer le plus possible de mouches. Comme pour tout ce qu'on faisait, c'était un concours, dont les résultats seraient pris en compte pour la libération. Tout donnait des points, les bonnes actions envers les paysans, le volontariat au travail, et maintenant le nombre de mouches tuées. Chacun essayait de trouver une méthode pour en tuer le plus possible ; un morceau de bambou écrasé et formant palette s'est avéré le moyen le plus efficace pour exterminer l'insecte indésirable. Le soir, les chefs de groupe, après avoir compté les mouches de chaque prisonnier, allaient les compter devant les autorités du camp. Ce travail supplémentaire a duré plusieurs jours ; mais des mouches, il y en avait toujours autant.

Il n'y a jamais eu de courrier, à ma connaissance, qui soit parvenu au camp pendant ma captivité. Courant février 1953, le président Ho Chi Minh, " *dans sa grande clémence* ", a bien voulu permettre aux autorités du camp de nous fournir de quoi écrire à nos familles. Le papier pelure qui nous a été fourni était tellement fin qu'il fallait faire attention de ne pas le déchirer avec le crayon à mine très dure qu'on nous avait fourni. Nous savions très bien que nos lettres seraient passées au crible avant d'être acheminées par ce qu'ils appelaient " *la voie démocratique* ". Donc nous avons écrit ce qu'on désirait nous voir écrire.

Personnellement, je disais à mes parents que j'étais en bonne santé, que notre nourriture était la même en tout point, qualité et quantité, que celle des soldats vietnamiens. Que nous étions bien traités, que j'espérais être bientôt libéré, et qu'ils ne se fassent pas de souci pour moi. Cette lettre est arrivée chez mes parents six mois après ma libération ; et je l'avais écrite environ trois mois avant mon départ du camp.

Le 5 mars 1953 est mort Staline. J'étais au Camp 114 depuis plus de deux mois. Le lendemain, nous avons eu la surprise de voir le drapeau en berne. *Radio bambou* portait en première dépêche, d'un groupe à l'autre, que c'était Ho Chi Minh qui était mort. C'était pour nous une très mauvaise nouvelle, car notre captivité avec Giap aurait été encore pire. Finalement, c'est au rassemblement que le commissaire politique, en adoptant le ton de circonstance, a annoncé que le grand Staline était mort. Il nous a fait l'éloge du grand homme, profitant des circonstances pour nous faire un cours de rééducation supplémentaire. Quelques instants plus tard, des chiffons noirs ont été distribués par groupe, et chacun a dû en attacher un à sa chemise.

Le 20 mars 1953, les Viets nous ont rassemblés pour nous dire que le président Ho Chi Minh, sur l'intervention des veuves et des femmes des combattants vietnamiens, avait décidé de libérer un certain nombre d'entre nous. Dans la région où nous étions, il y avait trois camps, le 113, le 114 et le 115. Nous étions environ 300 prisonniers dans chaque camp, et il y aurait 100 prisonniers par camp qui seraient libérés. Tous les prisonniers libérables se retrouveront à la première étape, et feront route ensemble jusqu'à un poste occupé par les Français, où ils seront libérés. " *Un détachement précurseur partira demain matin ; quant au autres libérables, ils partiront après-demain.* ", nous ont-ils dit.

Ce que tout le monde attendait, en espérant y être inscrit, c'était la liste des libérables. Je ne sais pas pourquoi, je ne m'attendais pas à en faire partie. Soudain, j'ai entendu mon nom. Le lendemain matin, le détachement précurseur est parti, il était principalement composé de ceux qui devaient préparer les repas. Dans le courant de l'après-midi, le tam-tam a résonné, annonçant le rassemblement des libérables. Sans tarder nous nous rendîmes à notre emplacement. Quelle a été notre déception en nous entendant dire que le détachement précurseur était de retour et qu'on ne partirait pas dans les délais prévus, les dépôts de riz étant insuffisamment approvisionnés, mais qu'il n'y avait pas lieu de s'en faire. " *Dès l'approvisionnement mis en place, vous partirez* ", nous dit le commissaire politique. Une nouvelle fois, la douche écossaise venait perturber nos esprits.

Il a fallu plusieurs jours avant d'entendre résonner à nouveau le tam-tam annonçant le rassemblement des libérables. " *Les dépôts de riz ne sont toujours pas suffisamment approvisionnés,* nous a annoncé le commissaire politique, *mais notre vénéré président Ho Chi Minh, dans toute sa clémence, a décidé que la libération ne pouvait être retardée plus longtemps. Tous les libérables vont partir, mais il faudra scinder le nombre de cent prisonniers en deux ; cinquante partiront dès demain, et les cinquante autres partiront un peu plus tard* ". Une nouvelle liste avait été préparée. Par bonheur, j'y figurais encore. La déception a été grande chez ceux qui n'y étaient plus. Le convoi suivant n'est parti que huit mois plus tard… Mon ami François Marchetti m'avait demandé, avant mon départ, de donner des nouvelles à son épouse. Il m'avait donné son adresse sur un morceau de papier qu'il avait dû chaparder aux Viets. Vers le 7 ou 8 avril, nous avons quitté le Camp 114. Ceux qui sont restés nous regardaient partir, le cœur gros de ne pouvoir être du nombre. Parmi les cinquante prisonniers libérables, il y avait un groupe d'Africains qui semblaient être en meilleur état que nous. Un des leurs avait une jambe blessée et devait être brancardé par ses camarades. Il y avait également un jeune Allemand qui avait une jambe coupée, et devait être brancardé par des Européens.

Nous étions trois valides à pouvoir faire cet effort, les autres, à des degrés divers, étaient tous plus ou moins malades. Un deuxième libérable, enflé par le béribéri, n'ayant pas trouvé de porteur a dû rester au camp. Le jeune Allemand avait une paire de béquilles de fabrication locale; il avait beaucoup de volonté et il était très courageux. Il marchait le plus possible pour nous éviter au maximum de le porter. Pour ce faire, nous avions une couverture attachée aux deux extrémités. On passait un bambou suffisamment solide dans ces attaches, et lui se mettait dans la couverture. Nous le portions à deux, le troisième porteur suivait. De temps en temps, notre blessé demandait à marcher "*pour sortir d'une position qui lui était pénible* " disait-il. Après un certain temps, nous nous sommes aperçus que c'était pour nous éviter une fatigue supplémentaire.

À notre rencontre avec ceux du Camp 113, nous avons fait la connaissance de Robert. Il était mieux en chair que nous. C'est lui qui représentait les prisonniers lorsqu'on s'arrêtait dans un village et que les notables de la localité étaient là, convoqués par les Viets. Au cours d'une de ces réunions, les Viets ont projeté le film dont j'étais un des acteurs sur le poste de Nghia Lo.

C'est aussi au cours d'une de ces réunions qu'une petite fille, au nom de son école, a offert à Robert un bouquet de fleurs pour les prisonniers libérables en disant: " *Lorsque vous arriverez de l'autre côté de la barrière, vous direz aux aviateurs français de ne plus venir bombarder les écoles des enfants vietnamiens* ".

Robert a pris le bouquet, a remercié la petite fille, l'a levée dans ses bras, et l'a embrassée. C'est alors que notre ami Allisio a dit: " *Embrasse la maman* ". Heureusement, les Viets n'ont pas entendu; ceux qui étaient à ses côtés lui ont rappelé que nous n'étions pas encore libérés. Des expressions comme celle-là étaient considérées par les Viets comme insultantes, et pouvaient lui coûter son retour au camp.

Avec notre jeune Allemand, nous étions toujours en queue de colonne. Un jour où nous cheminions péniblement, nous avons eu la surprise de voir venir vers nous, sur la même piste, un Européen avec un *colt* à la ceinture et deux gardes du corps de type chinois, grands et larges d'épaule. Arrivés à notre hauteur, ils nous ont priés de nous arrêter, et l'Européen nous a demandé si nous le connaissions. Lui ayant répondu que non, il nous a dit qu'il était colonel chez les Viets.

À la dernière étape, avant d'atteindre le poste de Vinh Yen, nous nous sommes arrêtés dans un village, à une trentaine de kilomètres de notre destination. Les Viets ont alors décidé qu'il fallait nous reposer pendant quatre jours pour arriver en pleine forme chez les Français. Nous aurions tous préféré marcher et arriver plus tôt en sécurité. Ces quatre jours n'en finissaient plus. Pour moi, ils ont été néfastes. Je n'avais jamais été vraiment malade pendant ma captivité et là, j'ai eu une crise de paludisme, que seul un traitement efficace à l'hôpital d'Hanoï a enrayé. Je n'avais aucune envie de manger ma ration de riz et, pour la première fois, j'ai eu droit à une banane. Nous avons également eu droit à quatre cigarettes chacun, avec recommandation de ne les fumer qu'à notre arrivée dans le poste, pour montrer aux Français que nous avions même des cigarettes. Radio bambou annonçait que nous devions être fouillés avant le départ de cette dernière étape. Gare à ceux qui auraient des adresses de camarades sur eux, ils seraient bons pour reprendre le chemin du retour. J'ai alors appris par cœur l'adresse de l'épouse de mon ami Marchetti, puis j'ai détruit le morceau de papier. C'était un faux bruit, nous n'avons pas été fouillés.

Avant d'entreprendre la dernière étape, les Viets ont dit à Robert qu'il fallait qu'il retourne au camp pour parfaire sa formation politique. Premier cas : il était d'accord et il avait bien compris l'esprit dans lequel étaient retenus les prisonniers ; dans ce cas, il aurait un traitement de faveur et il serait libéré dès que son " *stage* " serait terminé. Deuxième cas : il n'était pas d'accord ; c'est qu'il n'avait pas bien compris ; dans ce cas, il fallait également qu'il retourne, mais pas dans les mêmes conditions de traitement que dans le premier. Bien sûr, il a été volontaire pour retourner.

Le 28 avril 1953, nous sommes partis plus tôt que d'habitude, l'étape étant plus longue. Je regrettais beaucoup de ne plus pouvoir participer au transport de notre ami, le légionnaire allemand. Notre petite équipe, transporteurs et transporté, s'était liée d'amitié et on s'entendait très bien. J'avais la fièvre, une crise de paludisme qui ne semblait pas vouloir me quitter. Je me traînais comme je pouvais mais c'était très dur, et avec un *bo doï* je fermais la marche. À un certain moment, il nous fallut traverser un ruisseau dont l'eau nous arrivait aux genoux. J'étais tellement faible que l'eau me déséquilibrait ; c'est le *bo doï* qui m'a soutenu et m'a aidé à traverser.

De loin, je voyais sur la route un car, des militaires et des libérés. Il me semblait que ce chemin ne voulait pas finir. Enfin, je suis arrivé devant le car. J'étais le dernier. Dès que tout le monde a été installé, le car a démarré en direction du poste de Vinh Yen. Arrivés sur place, nous sommes descendus du car. Les militaires du poste nous regardaient comme si nous étions des curiosités rares. Nos pieds nus, nos barbes, nos cheveux longs non peignés, sales, et notre maigreur squelettique devaient donner de nous une vision impressionnante. À cela venait s'ajouter la fatigue physique : environ 300 kilomètres en vingt jours, pieds nus, avec des charges sur le dos et, pour moi, malade de surcroît.

Pendant ma captivité, j'ai beaucoup marché pieds nus. Les longues marches pendant presque deux mois avant d'arriver au camp, les multiples corvées, de riz et autres, auxquelles il faut ajouter les 300 derniers kilomètres de la libération, je crois que je peux compter plus de 2 000 kilomètres de marche pieds nus.

Un officier du poste nous avait commandé de nous mettre en rang pour nous compter ; un sous-officier était chargé de faire exécuter cet ordre. Mais c'était trop nous demander. Beaucoup d'entre nous avaient fait un grand effort au cours de cette longue marche de la libération. Tenir debout sans bouger était impossible, il y en avait toujours un qui tombait. Finalement, le dénombrement a été effectué en nous emmenant au réfectoire où nous devions prendre notre premier repas. Comme tout le monde, je me suis assis à table. Les haricots blancs et le petit pain posé devant moi donnaient l'impression de quelque chose d'irréel. Cependant, il m'était impossible de pouvoir y goûter ; la fatigue et la fièvre m'avaient mis complètement à plat. Ne pouvant plus tenir sur cette chaise, j'ai demandé à pouvoir me coucher. Le serveur à qui je m'étais adressé n'étant pas en mesure de me renseigner, j'ai quitté le réfectoire et je suis allé me coucher sur le trottoir du bâtiment. Quelques instants après sont passés deux lieutenants, dont un était médecin. Ils ont dit, entre eux : " *En voilà un autre* ". Ils m'ont pris chacun par un bras, m'ont emmené à l'infirmerie et m'ont demandé si je voulais manger quelque chose. À ma demande, ils m'ont fait apporter un peu de lait.

J'ai bu mon lait et je me suis couché sur le lit, sans me déshabiller. Bizarrement, il m'était impossible de me reposer. Les poux dont nous étions infestés et qui logeaient principalement dans les parties étroites de nos habits ne voulaient pas me laisser tranquille. D'habitude, pourtant, j'arrivais à dormir ; mais là, c'était impossible. Les démangeaisons étaient tellement fortes que j'ai dû me lever et me déshabiller, pour enfin trouver un peu de sommeil réparateur.

Il était environ 8 heures lorsqu'une ambulancière et une infirmière sont venues me chercher pour me conduire à l'hôpital d'Hanoï. Je n'ai aucune notion du temps qu'on a pu mettre pour effectuer le parcours, mais dès que je suis arrivé à l'hôpital Lanessan, j'ai été tout de suite pris en charge par une équipe du personnel soignant. Le lit sur lequel on m'avait couché était dans une salle commune, où il y avait d'autres camarades libérés. Ma fièvre était tellement étourdissante que je ne réalisais même pas ce qui se passait autour de moi. Je ne me suis même pas aperçu qu'on m'avait rasé, coupé les cheveux, lavé et qu'on m'avait mis une perfusion. Quelques instants après, cette dernière m'avait tellement engourdi le bras que je me suis réveillé. J'ai demandé à ce qu'on me la retire, mais c'était impossible ; il fallait soigner le paludisme viscéral, c'était une perfusion de plasma et de quinine.

En un peu moins de six mois de captivité, j'avais perdu 18 kg. Je pesais 52 kg pour 1 mètre 80.

***

PRISONNIER DES JAPONAIS

Abel Bourbon

Le 9 mars 1945, la tragédie débutait par un massacre en règle perpétré par les Japonais. Les autorités françaises furent débordées par l'événement.

Le soir du 9 mars, vers 20 heures, les soldats français qui se trouvaient en ville furent agressés sans sommation ; beaucoup y laissèrent leur vie. D'autres, qui se trouvaient dans les trains, furent capturés ou massacrés selon l'humeur de leurs futurs geôliers. Ma compagnie se trouvait à Dinh Ka, dans les calcaires de la haute Région. Je fus pris dans l'autorail Haïphong-Hanoï. Je rentrais d'une courte permission à Kuang Yen, où j'étais allé voir mon épouse.

Dans la nuit, l'autorail fut stoppé par les Japonais à l'entrée du pont qui traverse le fleuve. Devant Haïdong, une de nos batteries d'artillerie se mit à tirer sur l'autorail. Des obus de 75 sifflaient au-dessus de nos têtes. Puis le tir cessa ; mauvais signe pour nos artilleurs. Ils venaient de succomber à l'attaque japonaise.

Sous la garde de quelques soldats japonais, les voyageurs de l'autorail furent rassemblés pour la nuit dans une *ka nha* du village proche du chemin de fer. L'aventure était commencée pour 6 mois, et quelle aventure !

Le matin du 10 mars, tous les militaires capturés dans la nuit furent dirigés sur Haïdong. Nous fûmes rassemblés dans un bâtiment de la garde indochinoise. Là se trouvaient déjà nos artilleurs valides et les blessés légers. Les plus gravement atteints avaient été achevés à la baïonnette. Les blessés légers camouflaient tant bien que mal leurs blessures pour ne pas subir le sort de leurs camarades sauvagement achevés.

Dans ce rassemblement de soldats au regard apeuré et impuissant, je me trouvais attaché avec un nommé Andrieu, sergent comme moi ; c'était un excellent joueur de rugby. Brusquement, un mandchou de l'armée japonaise a commencé à faire sauter, à l'aide de sa baïonnette, les boutons dorés de nos vestes. J'ai dit à Andrieu : " *Adieu, je crois que nous allons y passer* ". Nous nous sommes serrés la main. Subitement, un coup de sifflet a retenti et notre tailleur est parti.

Dans la soirée, le gendarme japonais qui nous gardait a fait apporter quelques plats de riz. Nous nous sommes cru sauvés. Le 11 mars, sous la garde d'une section de soldats japonais, nous avons été rassemblés à la prison d'Haïdong, dans une dizaine de cellules de deux mètres sur six, logés à vingt par cellule. Nous allions vivre un cauchemar. L'air était étouffant, et il était impossible de s'allonger sur le bat-flanc.

Quatre heures après notre incarcération, nous avions déjà un mort. Dans cette prison se trouvait un Charentais comme moi, Michel Peyremaure. Les sentinelles n'avaient pas le sourire et elles étaient menaçantes ; il ne fallait pas broncher.

La nourriture venait de l'extérieur. Elle était faite par les cuisiniers des civils internés dans la prison, et composée de quelques ragoûts.

Le commissaire de police enfermé comme nous était marié à une métisse japonaise. Le Japonais qui commandait avait exigé que cette dame reste au commissariat et il abusait d'elle. Chaque matin, elle arrivait en pleurs à la prison et se jetait dans les bras de son mari.

Nous sommes restés là une quinzaine de jours, puis les civils ont été dirigés vers diverses prisons. Les militaires furent conduits à Kheman, à côté d'Haïphong.

Nous étions logés dans l'école. Nous couchions à même le sol carrelé, sans couchage et nous n'avons pas été trop maltraités dans un premier temps. La nourriture était presque nulle. Nous étions utilisés pour transformer des emplacements de mitrailleuses.

Le matin, en partant à la corvée, les Japonais nous autorisaient à acheter des casse-croûte aux Vietnamiens qui se trouvaient sur notre parcours ; les Japonais faisaient de même.

Un soir, au retour de corvée, quelle ne fut pas notre surprise. Autour du poste de garde, des Vietnamiens étaient pendus dans les arbres, d'autres interrogés en subissant le supplice de l'entonnoir.

Nous ne tarderons pas à connaître la cause. Les " *fameux casse-croûte* " que les Vietnamiens nous vendaient étaient confectionnés avec la viande des fesses de leurs frères morts du choléra. Une semaine après cet événement, nous étions transférés à la citadelle d'Hanoï.

Dans cette citadelle devaient se trouver rassemblés quatre à cinq mille hommes. Les repas étaient très simples, un peu de bouillon douteux ou de la mélasse, et un morceau de pain de 150 grammes fabriqué avec des ersatz. Nous le touchions vers 11 heures ; ce qui en restait, dans l'après-midi, se transformait en champignons.

Les rassemblements étaient effectués sous l'autorité d'un sergent japonais, surnommé Akouré. C'était une brute sanguinaire, toujours armée d'une barre de moustiquaire en fer qu'il nous flanquait sur la tête sans motif.

Qu'il fasse froid ou chaud, nous couchions sur les planchers des combles ou sur les carreaux d'anciennes chambres, sans couverture. Nous effectuions des corvées multiples en particulier en ville. Elles consistaient à établir des points de défense dans les carrefours d'Hanoï, en utilisant du ciment, de la terre et nos anciennes literies en fer.

Souvent, nous passions sur la route du poste de garde où se trouvait un de nos officiers, attaché à un poteau, tête nue en plein soleil. Il avait refusé d'exécuter un ordre des Japonais. Coups de pied dans les fesses, coups de crosse de fusil étaient courants. Vers la mi-juillet 1945, certains furent rassemblés pour former un groupe dont je faisais partie. Nous ne connaissions pas notre destination ; ce n'est qu'en cours de route que certains paysans nous l'apprirent : Hoa Binh.

Comme nous étions déjà dans un état de santé déficient, la marche fut pénible. Nos gardiens n'étaient pas trop rigoureux dans l'ensemble.

Nous sommes arrivés dans la nuit. Les effectifs pour les divers camps furent répartis. Nous fûmes dirigés vers un camp situé au kilomètre 30 de la piste de Vu Ban. Juste à côté de nous se trouvait une grande tente remplie d'officiers français, prisonniers comme nous.

Nous sommes restés là jusqu'en septembre. Seule la bombe atomique nous sauva la vie.

Au cours de notre détention, nous effectuions des transports de madriers pour étayer des tunnels creusés dans la montagne autour de Hoa Binh. Notre vie fut sinistre. Harcelés par la dysenterie, le paludisme, nous couchions dans une paillote dont la toiture était faite de palmes. Nous dormions à même le sol, une branche de latanier comme matelas. Nos shorts étaient déchirés, nous étions presque nus.

La nourriture était très insuffisante : un quart de riz cuit à l'eau par jour, sans viande ni légume. Les Japonais laissaient pourrir la viande avant de nous la donner.

Nous étions gardés par des soldats qui avaient été blessés au cours des combats. Ils nous distribuaient sans raison des coups de crosse. Nous étions dans un état sanitaire et moral épouvantable. Nous vidions littéralement nos corps, nous n'avions plus de force, nous attendions la mort. Les corvées devenaient un calvaire. Nous avions à peine la force de nous traîner sur le chantier. Nous travaillions souvent avec des lieutenants, car eux aussi participaient aux corvées.

Pendant les corvées de nuit, nous étions tellement amorphes que certains chefs d'escorte japonais nous apportaient une gamelle de patates douces. Une nuit, le camarade qui couchait à côté de moi, le caporal-chef Girardot, s'est tranché la carotide avec une lame de rasoir. Nous l'avons enterré le lendemain en présence d'un officier japonais, dans la brousse. Ses os doivent s'y trouver encore.

Nous étions si malheureux.

Dans notre secteur, il y avait un camp commandé par un officier. Un soldat français, mourant de faim, achète une banane à un habitant. Les Japonais s'en aperçoivent. Il est aussitôt attaché à un poteau et coupé en morceaux à coups de sabre avant d'avoir le cou tranché. Leur forfait terminé, ils sont allés se saouler en chantant. Les blessés de la tête, à coup de pelle ou de pioche, furent innombrables.

Le 6 et le 9 août 1945, les bombes atomiques tombent sur le Japon et nous sauvent la vie. Nous l'apprenons par des Vietnamiens qui passent sur la piste en autocar. Tout devient calme dans le camp. Plus de bousculades, plus de corvées ; les Japonais sont invisibles.

En septembre, nous recevons l'ordre de quitter les camps de la " *mort lente* " pour être rassemblés à Hanoï. Mais les Viets font sauter les digues, toute la plaine de Hoa Binh est inondée. Japonais et Français restent quelques jours sans vivres.

Le troisième jour, les eaux s'étant retirées par endroits, nous sommes rassemblés et embarqués dans des camions bâchés pour ne pas être pris à partie par les Vietnamiens. Nous sommes ramenés à la citadelle d'Hanoï. Le cauchemar venait de se terminer.

Pendant quelques semaines, tous les matins, nous avions encore un ou deux morts. Le béribéri faisait son œuvre.

Pendant cette détention, nous avions perdu jusqu'à trente kilos, nous étions devenus des squelettes vivants. Le moral était si bas que la mort devenait certaine. Isolés dans la brousse, maltraités, crevant de faim, nous ne pensions plus à la vie.

La libération fut un don de Dieu.

***

LE LÉGIONNAIRE PRISONNIER

Helmut SEELIG

L'évacuation de Hoa Binh commença le 23 février 1952.

La 12e Compagnie de la 13e Demi-Brigade de la Légion étrangère fut désignée comme arrière-garde. Le capitaine Gilles la commandait.

Nous sommes partis de nos positions vers 10 heures du matin. Il y avait à peu près 7 kilomètres à parcourir jusqu'à l'endroit désigné pour traverser la Rivière Noire. Nous avons tout de suite essuyé le feu des tireurs d'élite viet minh. Quand nous avons traversé la piste d'atterrissage, à deux kilomètres du point de départ, le capitaine Gilles reçut deux coups de fusil, une balle dans l'épaule gauche, l'autre dans la tête. Nous avons mis le corps du capitaine sur un brancard ; quatre légionnaires ont été chargés de le brancarder, deux du groupe du caporal-chef Primmer et deux du groupe du caporal-chef Seelig, sous le commandement du sergent Wilpanner. Désignés comme arrière-garde, nous avons progressé lentement en direction de la rivière, en contact permanent avec les Viets. Une section se trouvait en embuscade au bord d'un marécage. Le sergent fut tué d'une rafale de mitrailleuse en pleine tête, et mon groupe s'est retrouvé jusqu'aux genoux dans la boue, à découvert. Nous nous sommes dit que c'était la fin, et nous avons pensé au suicide. Nous avons réussi à jeter nos armes dans les marécages avant que les Viets nous fassent prisonniers. J'ai demandé l'autorisation d'enterrer le corps de notre sergent ; cela fut refusé. Le groupe du caporal-chef Primmer avait pu échapper à cette embuscade, en continuant de transporter le corps du capitaine Gilles. Mais, un kilomètre plus loin, il tomba dans une nouvelle embuscade ; le corps du capitaine fut perdu et deux légionnaires furent faits prisonniers.

Le lendemain, nous avons été regroupés avec deux de nos supplétifs, et 40 à 50 soldats d'autres unités. La première chose que les Viets ont faite fut de nous enlever nos souliers et de nous fouiller. Sans chaussures, nous ne pouvions pas marcher correctement.

Pendant la nuit du 23 février, on nous a emmenés entre les collines, à 5 kilomètres de la cuvette, dans un camp temporaire. Là, nous fûmes interrogés par un officier viet qui parlait très bien le français. Nous étions huit légionnaires et nos deux supplétifs, dont l'un avait une balle dans la cuisse, et les 50 soldats précités. J'avais honte d'être prisonnier car, quand on est légionnaire, on ne doit pas se faire prendre. Mais, dans le cas présent, il y avait deux choix : mourir sur place, ou être fait prisonnier, peut-être s'évader un jour et combattre à nouveau. J'ai choisi la deuxième solution.

Au mois de janvier 1952, les Viets avaient capturé un capitaine de l'artillerie, plusieurs Sénégalais et un de nos camarades légionnaires. Nous les avons retrouvés dans les collines. On ne voyait pas le capitaine mais on l'entendait, car il fut torturé. Les soldats viets n'étaient pas méchants mais leurs officiers l'étaient. On nous emmena vers l'arrière, par étapes d'un jour de marche.

Le supplétif blessé était obligé de marcher sans aide. J'ai demandé de pouvoir l'aider, mais cela fut refusé. La nourriture était mauvaise, et parfois nous n'avions rien du tout à manger. La nourriture consistait en du riz mal cuit et rien d'autre, une boule de riz d'environ 200 grammes. On nous donna un sac à dos rempli de rations françaises à porter. Pendant un repos dans la brousse, j'ai ouvert mon sac et j'ai mangé une boîte de fromage, et des biscuits que j'ai partagés avec les légionnaires. Naturellement, les Viets nous ont insultés en nous disant que ces rations étaient destinées à leurs officiers.

On nous a fait marcher vers le haut Tonkin, d'abord en direction du fleuve Rouge, puis vers la rivière Claire et la région de Tuyen Quang. Quand nous sommes arrivés, nous étions épuisés. Dans un camp de jungle, nous avons retrouvé les prisonniers capturés sur la RC 4 en 1950, des légionnaires, des parachutistes et des Africains. Ils étaient en très mauvaise santé, et ils étaient très mal habillés. Très rapidement, nous avons attrapé des poux, des puces, et la dysenterie apparut. Presque tous les jours, il y avait des morts, de maladie ou de faim. On les enterrait dans la brousse, sans croix ni signe de respect.

Les Viets nous emmenaient chercher le riz dans les dépôts, dans des villages à une dizaine de kilomètres. La ration de riz était de 400 grammes par jour. J'étais toujours volontaire pour la corvée de riz, car on pouvait trouver quelque chose à manger dans les villages et je cherchais l'occasion de m'évader. Une fois, je me suis éloigné de la corvée et j'ai essayé de prendre la route en direction du delta. Après plusieurs kilomètres, j'ai été rattrapé et remis sur la route du camp. Je me suis expliqué en disant que je m'étais égaré.

Vers la fin de l'année 1952, je suis tombé malade comme les autres. Il y avait la dysenterie, le paludisme, le béribéri, les ascaris, et je crois même le choléra. Un infirmier italien, déserteur, parlait vietnamien. Il était utilisé comme interprète et infirmier. Cet homme nous soignait bien et il essaya de nous remonter le moral.

Il y eut une épidémie dans le camp. On nous a emmenés dans un autre endroit plus ouvert, à côté d'un ruisseau, dans des baraques mieux construites. Ceux qui étaient trop malades pour marcher ont été portés par des Sénégalais. L'infirmier italien est resté avec nous ; je l'ai rencontré dans tous les camps où j'ai été jusqu'en 1954. Les Viets avaient commencé le lavage de cerveau depuis les premiers jours de notre capture. Ils nous faisaient des lectures sur le communisme, le capitalisme, le colonialisme, les droits des peuples, et nous parlaient de la clémence de l'oncle Ho. On nous faisait apprendre des chansons vietnamiennes et des chansons pour la liberté des peuples.

Vers la fin de l'année 1952, j'ai vu un parachutage de colis de la Croix-Rouge, mais ils furent confisqués par les Viets. Les commissaires politiques commencèrent aussi à séparer les légionnaires originaires des pays de l'est des autres prisonniers. Je voulais rester avec les soldats français et je dis que j'étais naturalisé français. Mais on ne me crut pas et je fus mis avec les légionnaires de nationalité allemande.

Au début de l'année 1953, un nouveau commissaire politique est arrivé ; il avait une femme française, qui était accompagnée d'une amie, elle aussi française. Ces deux femmes ne voulaient pas entrer en conversation avec les prisonniers. Il y avait aussi un commissaire venu d'Allemagne de l'est pour préparer le renvoi de prisonniers dans leurs pays d'origine. Pendant tous ces mois d'endoctrinement, les prisonniers moururent par manque de nourriture et de médicaments.

Vers le mois de mai 1953, le dernier de mes légionnaires est mort, le légionnaire Möller. Avant de mourir, il m'a appelé et il m'a dit :

" *Caporal-chef, je n'en peux plus* ". Il avait souffert d'une blessure au pied, et des vers grouillaient dans la plaie. Il avait aussi le béribéri. Je ne me rappelle plus les noms de tous mes camarades qui sont morts là, sauf ceux des légionnaires Möller et Jegat, qui ont été les derniers. Après l'enterrement du légionnaire Möller, j'ai décidé d'assister, avec les autres, aux séances de doctrine politique. J'ai réalisé que c'était le seul moyen de survivre. Je ne voulais pas crever là, dans un camp vietminh.

Parmi les légionnaires, j'avais un camarade, le caporal Gleinert. Nous faisions les corvées de bois et de riz ensemble, et nous avons commencé à faire des plans d'évasion. Nous avons mis un peu de sel de côté, ainsi que des médicaments, de la paludrine que l'infirmier italien nous donnait quelquefois. Au mois de juin, ou juillet, les Viets ont fait partir un groupe de légionnaires et des déserteurs vers la Chine et la Russie, pour être libérés en Allemagne de l'est. Parmi les déserteurs il y en avait quelques-uns qui portaient des décorations vietnamiennes.

Au début de l'année 1953, plusieurs dizaines de prisonniers arrivèrent ; parmi eux, il y avait des parachutistes. Ils étaient encore en bonne santé et bien disciplinés. L'un d'eux avait servi à Moscou, entre 1940 et 1945, et il avait reçu une décoration soviétique. Les Viets ont fait venir cette décoration, et cet homme a été obligé de porter cette médaille.

Au cours des années 1952-1953, on nous a souvent fait changer de camp. Nous étions tous ensemble : Africains, Algériens, Tunisiens et Français. Il y avait des commissaires, et des commandants de temps en temps. Parmi eux, il y en avait un plus grand de taille que les Vietnamiens. Je devais le rencontrer lors de ma libération à Viet Tri ; il n'était pas trop mauvais, il nous donnait de la viande de temps en temps. Il achetait un vieux buffle qu'il fallait tuer et découper avec un coupe-coupe, mais la plus grande partie de la viande était destinée aux Viets. On nous donnait la peau et les intestins. La peau était coupée en petits morceaux, mise à bouillir pendant des heures ; cela ressemblait à du caoutchouc. Mais, pour nous, c'était de la viande.

Nos baraques étaient construites par les prisonniers, toutes en bambou. Mon copain et moi, nous essayions d'obtenir de la nourriture supplémentaire auprès des paysans. De temps en temps, ils nous donnaient un paquet de riz, des fruits, du manioc.

Vers le mois de juillet 1953, les légionnaires des pays de l'Est ont été mis en route vers la frontière de Chine, pour être rapatriés dans leurs pays d'origine. Mon camarade le caporal Gleinert et moi, nous avons décidé que, si nous en avions l'occasion, nous nous évaderions car nous étions des soldats de la France, et nous ne voulions pas devenir communistes. La parole de la Légion est " *Honneur et Fidélité* ". Après deux jours de marche, nous sommes arrivés au bord de la rivière Claire, nous avons passé la nuit dans un village. Alors, mon camarade et moi avons pris un sampan et nous avons dérivé dans le courant du fleuve. Au lever du jour, nous étions à 10 kilomètres du village. Nous avons alors quitté le sampan, et gagné la brousse pour nous cacher jusqu'à la tombée de la nuit. Deux nuits plus tard, nous sommes arrivés dans un camp de coupeurs de bambou. La nuit suivante, nous avons pris un de leurs radeaux et nous avons descendu la rivière jusqu'au matin. Nous avons débarqué ; la brousse était plus dense que celle que nous avions rencontrée auparavant. Nous n'avions que du riz cru à manger, et quelques fruits que nous trouvions dans la brousse. Nous avons dû traverser un village, mais tous les chiens se mirent à aboyer. Après une fuite éperdue, je n'ai plus vu ni entendu le caporal Gleinert, je me suis retrouvé tout seul. J'avais perdu mon compagnon, mon ami. Mais j'étais déterminé à continuer seul jusqu'à la fin.

Chaque nuit, je marchais jusqu'au petit matin et, pendant la journée, je me cachais dans la brousse. Une nuit, j'ai volé un sampan et je me suis laissé porter par le courant. Au petit matin, j'ai abandonné le sampan, mais j'étais trop près d'un village. Les pêcheurs m'ont pris et emmené au village. J'ai été mis dans une cage à singe, et suspendu dans un arbre.

J'étais en route depuis 15 jours. Pendant ce temps-là, je n'avais mangé que du riz crû et quelques fruits verts. J'étais très faible. Le soir, on me descendit de l'arbre et le chef de village me donna à manger. Le lendemain, un Viet m'a emmené dans un camp militaire où on m'a interrogé pendant plusieurs jours puis remis entre les mains de la police locale.

Le voyage, depuis le camp militaire jusqu'à Tuyen Quang, a pris deux jours. J'avais repris des forces et j'étais presque en bon état. Les policiers me faisaient nettoyer leurs baraques. Je devais cuire mon riz moi-même dans un bambou vert. Il fallait aller chercher du bois tous les jours ; j'étais bien gardé.

J'étais là depuis une dizaine de jours lorsque, pendant une nuit, je fus mis dans une cellule, les fers aux pieds et attachés avec une chaîne au mur. Un légionnaire qui avait été dirigé vers la Chine a été mis avec moi. Il avait attrapé le béribéri et il n'avait pas pu continuer la marche. On m'a demandé de faire la cuisine pour cet homme. Il fallait que j'aille chercher du bois encore plus souvent, et plus loin dans la brousse. Ce légionnaire est mort plus tard après qu'il ait été envoyé dans la haute montagne.

Un jour, une escadrille de chasseurs a mitraillé la rivière sur toute sa longueur. Alors, on m'a remis des fers et un des policiers m'a battu avec un bambou. Dix jours plus tard, un soldat viet est venu me chercher pour me ramener au camp de départ. En route, ce Viet n'était pas trop mauvais, il partageait sa nourriture avec moi et, tous les soirs, il nous trouvait un bon logement chez les paysans. Nous avons mis environ six jours pour rejoindre le camp. Quand nous sommes arrivés, on m'a mis dans une cage à chien et on m'a donné seulement une demi-ration de mauvais riz, puis on m'a fait écrire une lettre à l'oncle Ho, implorant sa clémence.

Après une dizaine de jours, on m'a autorisé à retourner dans la baraque de mes camarades, et je fus surpris d'y retrouver mon bon camarade, le caporal Gleinert, en bonne santé. Il travaillait à la cuisine. Il avait été pris dans le village où nous avions été séparés. Quant à moi, mon escapade avait duré deux mois. Mes camarades croyaient que j'avais réussi à rejoindre un poste français. Pendant mon absence, d'autres prisonniers étaient arrivés au camp. Certains d'entre eux étaient gravement blessés, amputés des deux bras, blessés à la face.

Vers la fin de l'année 1953, on nous a fait changer de camp. Je crois avoir rencontré un commissaire politique de nationalité française nommé Boudarel. Nous avons encore été interrogés sur nos unités. Ce commissaire venait tous les matins se laver à la rivière ; je me lavais en même temps que lui. Parfois, il me prêtait son savon. Il me posait des questions sur mon état, sur la ville de Saint-Etienne car j'avais déclaré que j'habitais cette ville et que j'étais naturalisé français.

Parmi les nouveaux prisonniers, il y avait un sergent-chef de la légion qui venait avec moi faire la corvée de bois. Comme il avait une blessure ouverte à la jambe, je le portais souvent sur mon dos à travers la boue et les ruisseaux. Nous sommes devenus de bons camarades pendant ce travail.

Vers la fin de l'année 1953, les Viets nous firent élire des hommes pour partager un repas avec eux. Je fus élu par les légionnaires. Naturellement les Viets ne voulurent pas m'accepter. Alors, il y eut un deuxième vote ; les légionnaires et les parachutistes votèrent encore pour moi car j'avais beaucoup travaillé et on me savait bon camarade. Cette fois-ci, je fus accepté par le commandant. Il y avait à manger et à fumer ; comme je ne fumais pas, je pus rapporter un peu de tabac pour les copains.

Au début de 1954, je me trouvais encore en bonne forme. Mais, vers le mois de mars, ma santé a commencé à décliner, mon moral aussi. L'infirmier italien me donna de la paludrine et j'arrivai à tenir le coup. Après deux années aux mains des Viets, je me sentais à bout. J'avais attrapé le paludisme, le béribéri, la dysenterie, la gale ; j'avais aussi des ulcères tropicaux, je souffrais d'une bronchite et d'un mal de reins. Sans compter les poux et les puces. Tous mes camarades de la 13e Demi-Brigade de la Légion étrangère étaient morts.

Depuis quelques temps, on entendait des rumeurs sur une grande bataille décisive à la frontière du Laos. Il arrivait des prisonniers légionnaires. Ils venaient de Dien Bien Phu dont la cuvette était attaquée. Il me fallait tenir encore. Je me suis présenté tous les jours devant le médecin viet pour obtenir de la paludrine ; l'infirmier italien interprétait. Une fois, alors que ce médecin venait de dénoncer ma fainéantise, je me suis mis en colère. Je lui ai dit que j'étais le dernier survivant de mes camarades et que, si je crevais ici, j'allais demander à mes vers de manger toutes les racines de leurs plantations de riz. Après cela, je fus mis dans une cabane isolée, et on interdit aux autres de communiquer avec moi.

Vers la fin du mois de mai, on commença à libérer les prisonniers. On nous avait informés des négociations de Genève. Quelques malades et moi fûment transportés dans un village isolé. La nourriture était un peu meilleure, on nous donnait même des légumes. Avec ce régime, nous reprenions un peu de santé.

Vers la fin du mois d'août, on nous a emmenés à Tuyen Quang, puis on nous a embarqués sur des camions russes et on nous a transportés à Viet Tri. Là, il y avait une commission internationale pour régler la libération.

Nous sommes arrivés le 1er septembre. On nous a donné des vêtements neufs et un chapeau de paille. On nous a demandé ce qu'on nous avait enlevé lors de notre capture et on nous a offert une montre et de l'argent. J'ai pris 500 piastres. On m'avait volé plus que cela, mais la liberté était plus précieuse que tout.

Nous avons appris que le colonel Charton était présent avec nous. Alors, tous les gradés se sont présentés devant lui ; il était très ému.

Le 2 septembre, nous avons été présentés devant la commission de contrôle internationale, les autorités françaises et vietnamiennes, et dirigés vers les bateaux de la marine française.

Parmi les Viets, il y avait un commissaire politique qui m'a reconnu. Il m'a tendu la main en me disant : " *Monsieur Seelig, vous êtes encore là !* ". J'ai refusé de lui serrer la main, mais je l'ai salué militairement.

Quand nous sommes montés sur le bateau, nous avons vu le drapeau français, bleu blanc et rouge. Les larmes nous montèrent aux yeux. Quand le bateau s'est mis en route, nous avons tous poussé un grand cri et tous les chapeaux ont été jetés en l'air et sont tombés à l'eau.

Nous sommes arrivés à Hanoï tard dans la soirée. Il y avait un général pour nous accueillir, des infirmières. Ensuite, on nous a transportés dans un hôpital. Le lendemain, nous avons été examinés et nettoyés. Je fus classé malade à rapatrier.

Je fus soigné, bien nourri et on m'a donné des vêtements propres. Je fus dirigé sur un hôpital près de Haïphong, puis vers Dalat et enfin vers Saïgon. À Saïgon, j'ai été embarqué sur le Pasteur comme rapatrié sanitaire et dirigé vers Bel Abbes, où nous sommes arrivés le 15 novembre 1954.

Cinq années plus tôt, en novembre, je débarquais à Saïgon.

***

UN MÉDECIN MILITAIRE AU VIETNAM EN 1954

Jacques CHÊNEAU

Détaché au 3e BPVN (Bataillon de Parachutistes Nord-Vietnamiens), je me trouvais à Bahn Hinh Siu, au Laos, le 9 janvier 1954. Vers les trois heures du matin, des rafales éclatèrent en contrebas, dans le fossé. Je me levai pour demander s'il fallait y aller. On me répondit que l'on m'apporterait les blessés. Je ne vis rien venir. Plus tard, j'ai cru comprendre que les " *sonnettes* " avaient été tuées ou capturées. Les ennemis s'étaient alors installés le long du fossé.

Peu avant l'aube, une mitrailleuse tira sans discontinuer. Les balles passaient à quelques centimètres au-dessus de ma tête. Heureusement, j'étais provisoirement protégé par la crête du pré. Les obus de mortier éclataient de toutes parts. Après un temps qui me parut très long, un blessé m'appela, le lieutenant G. Je rampai vers lui. Il demandait un garrot. Je l'examinai à la seule lueur des balles traçantes qui passaient sans arrêt, tout près. Je vis que son bras, bien que déchiqueté par une balle de mitrailleuse, ne saignait pas. En pleine nuit, au milieu du combat, j'aurais placé un garrot s'il avait été utile. Mais un pansement, comment le chercher, comment le placer ? Un pansement, à l'encontre du garrot, n'est jamais urgent à quelques minutes. Je présentai mes excuses au lieutenant de ne pouvoir rien pour le moment. Il continua à donner ses ordres : " *Mortier de 80, tir numéro un !* "

Dans l'impuissance où je me trouvais, je sortais la tête de temps en temps de mon trou-abri. Une fois, j'entendis une détonation toute proche, à deux ou trois mètres. Mon casque résonna comme une cloche sur laquelle on aurait jeté une volée de gravier. Je poussai un cri. Mon visage était criblé d'éclats. L'un d'eux avait percé le pavillon de mon oreille. Les autres sont restés sous la peau quelques semaines. Ils y ont fait un peu d'infection. Je les ai retirés un par un avec mes ongles sitôt que, centrant le petit abcès que chacun avait créé, ils sont devenus accessibles.

Brusquement, tout bruit cessa. Mes infirmiers vietnamiens détalèrent sous mes yeux vers le fort. Nous verrons que cela ne les a pas servis. Je ne savais que penser et, naïvement rassuré, me demandais que signifiait cette "*paix*". Mon inexpérience du combat était totale. À ma gauche, le lieutenant blessé cria : " *Mortier de 80, tir numéro un!* ". Mais il semble que ses hommes avaient déguerpi. Il cria quelque chose comme " *On s'en va!* " et partit lui aussi vers le fort.

Pourquoi avais-je été placé en première ligne? Bien évidemment, en cas d'attaque comme elle s'était produite, je n'avais qu'une chance très mince de survivre et aucune d'échapper à la captivité. Mais le fort était très petit. Les six cents combattants ne pouvaient y tenir sans se gêner mutuellement. Par ailleurs, une telle concentration d'hommes dans si peu d'espace aurait constitué une cible pour le tir concentré des mortiers et des mitrailleuses. Les pertes auraient été beaucoup plus considérables. Il est probable que les nôtres auraient perdu la bataille. Notre chef a assumé ses responsabilités en exposant de façon particulièrement dangereuse un certain nombre de ses hommes sur le pré. Le sort lui a donné raison puisqu'il a gagné la bataille, à un contre vingt. Je n'ai pas à lui vouer de rancune, car l'essentiel était cette victoire. Nos camarades ne sont pas morts pour rien. Ils ont sauvé le bataillon.

À ce stade, j'aurais pu partir aussi. Mais j'avais reçu l'ordre de rester sur place. Le chef de bataillon m'avait précisé que tout repli gênerait les combattant du fort. Personne ne m'avait donné d'ordre de repli. Je restai donc. Quand je tournai la tête de la direction du fort vers celle du pré, je vis une ligne d'une dizaine de silhouettes demi-couchées. Au milieu, la mitrailleuse, alors silencieuse. À côté, celui qui devait être le chef de l'attaque. À côté de lui, un téléphoniste. Tous parlaient à haute voix. Je me souvins encore de la particularité de la langue vietnamienne. Elle ne peut pas être chuchotée.

Je me levai et fis deux ou trois pas. J'entendis ce que je pris pour une explosion. La terre parut monter vers mon visage et je me retrouvai couché. Dans une première fraction de seconde, je crus que j'avais sauté sur une mine. Je revis les principaux épisodes de ma vie. Je passai en revue ce qui allait survenir si par extraordinaire je survivais. Cela dura au maximum une seconde. Puis je me rendis compte que je n'avais pas sauté sur une mine. C'est un soldat qui m'avait tiré deux balles un peu au-dessus du genou. Le soldat, ou un autre du groupe des assaillants que je voyais distinctement demi-courbés, à présent arrivait. " *Di di maulen!* " (dégage, et vite!) me dit-il en me désignant la direction du fossé. " *Khong di, duoc! Bi tuong. Xuong Gai!* " (je ne peux pas marcher, je suis blessé, os cassé). " *Di di* ", répéta-t-il en montrant son fusil. Je lui dis d'attendre, que probablement un ami me porterait. Incroyable mais vrai, le soldat attendit quelques secondes. Puis le fusil se rapprocha de ma tête. J'allais être achevé, comme tant d'autres. À l'assaut, on ne laisse pas derrière soi un ennemi vivant. Même gravement blessé, il peut avoir conservé son arme et s'en servir. À ce moment, on entendait de toutes parts " *Lai day!* " (viens ici). Cette expression, je l'avais apprise peu avant. Je ne l'oublierai jamais, ni les tons sur lesquels je l'ai entendue prononcer plusieurs fois à ce moment. Ceux qui venaient alors, c'était mon ordonnance, d'autres infirmiers et des PIM (soldats vietminh prisonniers des Français). Je criai à mon ordonnance: " *Porte-moi, mon vieux* ". Les PIM accoururent vers le soldat et dirent: " *Ong Doctor! Ong tot lam!* " (c'est le médecin, il est très gentil!). Le soldat releva son fusil. " *Vous le voulez, prenez-le!* ". J'étais provisoirement sauvé.

À quatre, deux infirmiers et deux PIM, un à chaque membre, me portèrent le long du pré jusqu'au fossé. La douleur était atroce. Arrivé dans le fossé, je remerciai les porteurs.

Le jour avait point et s'était fait rapidement plus clair, comme c'est habituel sous les tropiques. Un soldat m'arracha mes galons. Il me demanda mon portefeuille, et je le lui remis. Un officier de renseignement, qui parlait français sans la moindre pointe d'accent, me demanda: " *Combien de compagnies?* ". Je lui répondis que je venais juste d'arriver, qu'étant médecin je ne connaissais rien à tout ce qui était militaire. Ce n'était pas vraisemblable et n'était qu'à moitié vrai. J'avais peur d'être torturé. Il aurait suffi de remuer un peu ma jambe. Mais l'officier n'insista pas et partit. Le sol était sableux, très propre et sec, eu égard à la saison. Je restai dans le fossé, surveillé par un soldat qui allait et venait. La douleur était intense et je gémissais. Le soldat me dit en français, en montrant son fusil: " *Tranquille!* ". Je me tus.

Des groupes de prisonniers, Européens et Vietnamiens, passaient. Le sergent P. avait un éclat dans la gorge et me demanda de lui faire les premiers soins. Je répondis que je le ferais volontiers, mais qu'il me fallait un minimum de moyens et l'autorisation. Plus tard, j'appris que l'ennemi ne donnait pas cette autorisation. Je savais par ailleurs que les moyens étaient très limités. J'ai su quelques temps après que le sergent P. était mort sur le chemin. Si j'avais pu m'en occuper, il est probable que cela n'aurait rien changé. Les blessures du larynx sont souvent infectées, surtout dans un pays comme l'Indochine. Il faut des moyens chirurgicaux pour les guérir.

À mesure que le combat se terminait, je fus transporté de fossé en fossé. Au cours d'une de ces haltes, je demandai à un combattant, sans doute officier, si l'on pouvait me faire un pansement provisoire. Il fit venir un infirmier, qui lia trois baguettes de bambou par une bande de tissu de coton de fabrication locale. L'" *attelle* " était parfaitement inefficace. Mais je savais les difficultés de pratiquer des soins au front, si loin des bases. Par ailleurs la gravité de ma blessure la rendait très peu accessible à une immobilisation quelle qu'elle soit. Je remerciai, mais je dus enlever cette " *attelle* " le soir même pour éviter qu'elle ne fasse garrot et ne provoque l'ischémie. C'est également depuis un de ces fossés où j'avais été laissé purement et simplement seul que je vis passer devant moi la longue file des brancardiers qui acheminaient morts et blessés. Les Vietnamiens de l'armée insurrectionnelle ne laissaient jamais de blessés ni de morts sur le terrain, en dehors des zones inaccessibles car occupées par les troupes de Bao Daï et françaises. J'évaluai alors à trois mille morts ou blessés graves le nombre de corps que j'ai vus passer, et ce chiffre m'a été confirmé par la suite. Ces pertes étaient très lourdes pour l'ennemi. Notre régiment comptait quelques six cents hommes, dont dix-huit Européens. Le combat s'était déroulé loin de l'artillerie, un peu trop éloignée, quinze kilomètres alors que sa portée était limitée à treize. L'aviation elle aussi était restée silencieuse. Elle n'avait sans doute pas eu le temps d'intervenir. À armes égales, dans un fort détruit, notre régiment avait remporté une victoire à un contre vingt.

Je connaissais déjà beaucoup de détails sur la vie des prisonniers de cette guerre. Je les avais recueillis dans la presse française et franco-vietnamienne. Le magazine qui m'avait donné le plus d'informations avait pour titre " *Indochine Sud Est Asiatique* ". À cette occasion, je dois rendre un hommage reconnaissant aux journalistes qui ont su me renseigner, en pleine guerre, sur la logistique Vietminh et la manière dont ils traitaient les prisonniers, ainsi que sur leurs principaux ressorts psychologiques. Je n'ai eu que des surprises de détails, de circonstances. Une grande partie de ce qui m'est arrivé en captivité, je le prévoyais au fur et à mesure en fonction de ce que j'avais lu.

Le soir de ce premier jour, un jeune homme vint me trouver. Il parlait d'une voix douce. " *Je viens m'occuper de toi. Ne crains rien. Ici, il n'y a pas de tigre* ". J'avoue que je n'avais pas pensé au tigre, mais c'est une menace réelle pour un blessé dans un pays où ces fauves sont nombreux. Il m'expliqua que je serais évacué sur des bases de soins, que l'on traiterait ma blessure. " *Les blessés vietnamiens auront priorité, bien entendu.* "

À la nuit tombée, j'entendis un tam-tam. Très bas, très lent. Que signifiait-il ? Message ? Repos d'un combattant le soir d'une dure journée ? En tout cas, il signalait la présence d'un groupe d'hommes tout près de moi, à vingt ou trente mètres. Je remarquai que je n'entendais pas le bourdonnement sonore ponctué de " *Im* " (silence) qui, la nuit tombée, avait toujours accompagné l'armée franco-vietnamienne. L'armée insurrectionnelle savait se faire oublier.

Le lendemain, je fus relevé avec beaucoup de douceur par deux porteurs de l'armée insurrectionnelle. Ils me portèrent sur quelques centaines de mètres, peut-être un ou deux kilomètres, sur un brancard de branchages. Il faisait plein jour. On entendit le vrombissement d'un avion. Les porteurs gardèrent le brancard, me laissèrent tomber et disparurent. Je devais rester là trois jours.

Le paysage avait un peu changé. J'avais quitté une sorte de désert. Je me trouvais à présent dans un bocage, très sec en cette saison. Le hasard avait voulu que je sois largué sous un arbre. Cela m'a épargné la dure morsure du soleil et le mitraillage des avions qui s'étaient réveillés entre-temps. L'artillerie aussi s'était rapprochée. Je m'en suis aperçu et j'en ai eu confirmation plus tard. Elle pilonnait très durement, souvent très près de moi. Dans la matinée, un soldat passa. Il me montra une grenade pour m'inciter à la sagesse et la posa à côté de lui. Puis il m'enleva mes chaussures. Je savais par la presse que c'était le signe de l'état de prisonnier. Les Européens et les soldats de l'armée Bao Daï avaient de vraies chaussures. Les soldats insurrectionnels possédaient des sandales habilement et très simplement confectionnées avec des pneus découpés, percés et équipés de lanières faites avec des chambres à air. Les habitants et les prisonniers étaient pieds nus. Durant ces trois jours, j'étais paniqué à la pensée que ceux qui me détenaient pouvaient, à l'occasion d'un mouvement de troupes, de l'anéantissement de l'unité de ceux qui connaissaient mon existence, ou de tout autre motif, me laisser sur place. Cela aurait signifié ma mort sous trois ou quatre jours. Souvent, j'appelais, notamment lorsque j'entendais une patrouille dans les environs. Les soldats se déployaient alors en éventail, armes pointées, courbés pour offrir le moins de prise possible à un tireur éventuel. Parvenus à faible distance, ils se rendaient compte que le " *Thaï* " (Européen, ne pas confondre avec le même mot désignant les populations de la haute région. L'accent, donc la prononciation, ne sont pas les mêmes.) était inoffensif, blessé, sans chaussures donc prisonnier. Ils s'approchaient. Un dialogue s'engageait avec les quelques racines vietnamiennes que je commençais à connaître. L'un me donnait à boire, l'autre coupait en deux sa boule de riz. Celle-ci était la nourriture exclusive du combattant de " *l'autre armée* " au front. Cette sorte de riz " *nep* ", gluant, était mis en cuisson un peu à l'arrière et transporté sous forme de boudin dans ce qui ressemblait à du jersey chirurgical. Plus en avant des lignes, le boudin était réparti en boules, chacune nécessaire pour nourrir au plus juste un homme pendant un jour. Tout cela, je le savais déjà par la lecture du magazine " *Indochine Sud Est Asiatique* ". Au cours de ces contacts entre moi, blessé sous un arbre, et les patrouilles, un soldat me demanda ma montre et je la lui donnai. D'autres me demandèrent mon alliance, mais je refusai. Je m'attendais à la voir arracher par la force ou la menace. Ni au front ni à l'arrière on ne m'y obligea. Neuf mois après, je réintégrai les lignes françaises avec mon alliance. Je tiens à rendre cet hommage à ces soldats, gens simples, qui savaient respecter même la volonté de leurs ennemis. Au cours d'une de ces rencontres avec les patrouilles, après un pilonnage particulièrement dur, je demandai au chef du groupe de me porter un peu plus à couvert. On m'aida, entre deux soldats, à gagner un fossé où coulait un tout petit ruisseau. C'était un bien et un mal. Un bien parce que la soif commençait à se faire durement sentir. Un mal parce que cette eau était polluée. Je devais quelques jours plus tard expier, tordu de dysenterie, d'avoir bu cette eau. Pourtant, il m'était impossible de faire autrement. Un mal aussi était le danger de l'artillerie. Les obus explosent au moindre froissement de branches. Les arbres étaient hauts à ce niveau. Nous n'étions plus dans la forêt clairière, mais dans la forêt tout court. Heureusement, le pilonnage le plus rapproché ne tomba qu'à une cinquantaine de mètres.

La mort de tant de camarades, soldats européens et vietnamiens, me hantait. J'étais hanté aussi par la mort de ma fille, que je n'ai jamais connue. Au troisième jour, les combats s'étaient éloignés. Les patrouilles étaient moins nerveuses. Plusieurs fois, je me suis entretenu avec des militaires, apparemment officiers (les grades n'étaient pas portés de façon apparente, dans l'armée insurrectionnelle). Certains étaient probablement en mission de renseignement. Plusieurs d'entre eux parlaient un français parfait. L'un d'eux me questionna sur ma vie personnelle et me dit en conclusion : " *Vous rentrerez chez vous en paix, vous aurez d'autres enfants* ". Cette sorte de fraternité d'hommes au combat, même entre soldats qui avaient lutté les uns contre les autres, je l'ai constatée constamment au front. Personne n'a fait le moindre geste hostile. Ces hommes faisaient leur devoir comme j'avais fait le mien, sans haine apparente. Il n'en a pas toujours été de même plus tard, à l'arrière, où j'ai reçu injures et coups de bâton. J'entendais alors les soldats qui me gardaient inciter la population aux manifestations hostiles. Je comprenais alors le vietnamien beaucoup mieux qu'ils ne le croyaient.

Après le troisième jour, je fus relevé et porté sur des brancards d'étape en étape, d'un lieu de rassemblement des blessés à l'autre. Les quinze premiers jours, j'ai bénéficié de la protection invisible de mes ex-PIM. Je n'en aurais rien su si l'incident suivant ne l'avait pas révélé. J'étais étendu sur un bat-flanc de bambou. Un homme s'approcha de moi et me dit d'un air coléreux : " *Moi ancien PIM, Français pas bons* ". Immédiatement, un autre Vietnamien sortit du couvert, invectiva l'homme et disparut de nouveau. Le premier se mit au garde-à-vous et me dit : " *Pardon mon Lieutenant. Cet homme est un de vos anciens PIM. Il m'a dit que vous êtes très bon* ". Quelques jours après, mes anciens PIM libérés me quittaient. Je ne pourrai plus profiter de leur protection occulte. Ils ont tous défilé devant moi, et chacun m'a demandé : " *Ça va?* ". C'était la courte phrase que je prononçais avant le combat chaque fois que je passais devant eux. Ils avaient retenu ces seuls mots de français. On leur en avait expliqué le sens et la bienveillance. Ils avaient sollicité et obtenu la permission de me manifester à leur tour cette bienveillance.

Dans chaque centre de rassemblement de blessés (ils les appelaient " *hôpitaux de brousse* "), j'ai eu les rapports les plus courtois avec les officiers de santé qui ont assuré mes soins. Ils ont fait ce qu'ils ont pu avec leurs connaissances et leurs moyens. Ils ont réduit mes fractures, très habilement, sans anesthésie et moyennant beaucoup de douleur. Puis ils ont immobilisé ma cuisse par des attelles de bambou et des bandes. Il aurait été probablement possible, avec mes connaissances à moi et les mêmes matériaux, de confectionner une attelle mieux adaptée, dite " *de Brown* ". Cet appareil très simple, en plan incliné genou fléchi, aurait maintenu genou, jambe et pied en ligne avec mon corps, en long comme en rotation. Il était compatible avec les séjours sur le sol et sur les bat-flanc, lits primitifs en tresses de bambou. Il n'aurait pas empêché le transport en brancard. Les attelles qui avaient été placées ne pouvaient pas maintenir la rotation. Le bras de levier ne s'y prêtait pas. Le serrage et les arêtes de bambou arrêtaient la circulation. Il me fallut tout enlever. Un jour, un officier de santé me demanda : " *Content couper ?* ". Je refusai l'amputation et bien m'en a pris. La fracture resta réduite quelques jours, en longueur seulement. En rotation, les forces mises en jeu par le poids du pied étaient trop considérables et le seul moyen que j'eus de limiter la rotation a été d'accumuler les branchages et les feuilles sous ma fesse gauche, opposée au côté blessé, pour faire tourner le tronc par rapport au moignon dans le sens correcteur. Puis un jour, je sentis un ressaut considérable. La douleur fut intense. Le genou gonfla. Je compris que la portion inférieure de la fracture avait trouvé un chemin entre les faisceaux musculaires, et qu'il y avait chevauchement des fragments. Le raccourcissement était considérable, quelques huit centimètres, et la rotation d'environ 45°. Mais les fragments étaient bloqués. C'est dans cette position qu'ils consolidèrent, assez vite.

Dans les centres de rassemblement des blessés, j'ai eu des rapports excellents avec mes voisins, soldats vietnamiens insurrectionnels blessés. J'apprenais le vietnamien à grande vitesse. À la prise de contact, la phrase qui revenait toujours était : " *An com, chua?* " (as-tu déjà mangé du riz?). Un jour, un officier de santé s'approchant, je me hasardai à lui demander : " *An com chua?* ". Il eut un large sourire et me répondit : " *An com roi* " (j'ai déjà mangé du riz). Plus tard, on m'a expliqué le sens de ces phrases. Avant la présence française, la société vietnamienne, surpeuplée, a évolué pendant des siècles au milieu des famines. La meilleure formule à adresser à un ami était de lui souhaiter d'avoir bien mangé. Il y a très peu de temps, j'ai constaté à la vue de documentaires sur la Chine que ce genre de formules est toujours en usage actuellement, et qu'il l'est également en Chine. Revenu en Occident, j'ai préféré ne pas parler de la même manière à un Vietnamien occidentalisé. Une telle expression, ai-je pensé, lui ferait sentir ses origines modestes et l'offenserait. L'usage de la langue vietnamienne m'a également réservé d'autres surprises, souvent désagréables. Certaines expressions usuelles du côté français étaient perçues comme colonialistes de l'autre. Ainsi, j'ai reçu des insultes et des coups dont je n'ai pas toujours compris le sens.

L'acheminement vers le camp de prisonniers définitif s'est fait par portage sur un brancard. Les étapes étaient d'une trentaine de kilomètres. Les porteurs ne marchaient pas. Ils couraient. Lorsque deux porteurs étaient fatigués, deux autres les remplaçaient. Un cinquième coureur ne portait rien. Il parlait un français impeccable. Quel était son rôle ? Officier politique, sans doute. Un jour, bercé par le balancement du brancard et par l'apparence de paix environnante, je me surpris à fredonner. On ne s'habitue peut-être pas à tout, mais à beaucoup de choses, même dans ces circonstances où il ne me restait que peu de chances de survie. En 1945, peu après la libération, j'avais fait partie d'une chorale. Les chants russes étaient alors en vogue. Sur mon brancard, je fredonnais à mi-voix un chant russe. L'officier politique, qui était tout près, me dit : " *Vous connaissez des chants russes. Connaissez-vous Souliko ?* ". Je connaissais Souliko, qu'avec ma chorale j'avais chanté à la radio.

" *Mais,* dis-je, *je ne voudrais pas offenser ces jeunes gens qui s'exténuent à me porter.*

" *Au contraire,* me dit-il, *ce sera de votre part un remerciement.* " Je chantai " *Souliko* " aux balancements du brancard. Après le dernier couplet, les porteurs me déposèrent, très doucement. Ils défilèrent, chacun en me serrant la main, pour me remercier d'avoir chanté pour eux. J'étais surpris par cette attitude, agréable mais inattendue. Je n'avais rien lu de tel dans " *Indochine Sud Est Asiatique* ". J'appris plus tard la signification de tout cela. En pays communiste, chanter correspond à exprimer sa joie, sa satisfaction. J'étais censé exprimer ma satisfaction d'être prisonnier d'un État dont la mansuétude s'étalait.

Nous traversions tantôt des régions désertiques, tantôt la clairière, tantôt la jungle à trois étages. Il arrivait que nous soyons bombardés. C'était particulièrement fréquent et dangereux dans les défilés entre les montagnes, points de passage obligé. Alors, nos porteurs accéléraient l'allure. L'angoisse se lisait sur leurs visages.

Au cours des cent premiers kilomètres de portage, j'ai eu plusieurs alarmes d'un autre type. Une fois, les porteurs civils prirent un air hostile et se mirent à discuter entre eux avec de plus en plus de véhémence. Je ne comprenais encore que des bribes de leur discussion, qui se déroulait dans un dialecte peu familier, mais il était clair que j'étais leur sujet de conversation, leur charge. Ils ne comprenaient pas pourquoi on les obligeait à porter ainsi un ennemi. Il aurait été plus rapide de l'achever ou, plus simplement encore, de l'abandonner en route. Je serais mort de soif sous quelques jours ou achevé au passage d'une colonne de soldats. Ils auraient alors pu s'attacher à des actions plus utiles, par exemple porter du riz. L'officier, un moment absent, revint. Il parla d'une voix douce. Les porteurs et les quelques autres civils qui les entouraient écoutaient en silence. Peu à peu, ils baissèrent la tête. Une heure après, l'étape était finie et la marche, plutôt la course, reprit.

Au cours de la station dans les centres de rassemblements des blessés, j'eus d'autres alarmes. Une fois, la dysenterie était tellement sévère que la toile de tente qui me servait de couverture était toute rouge du sang contenu dans mes selles. Je ne voyais pas de possibilité de survivre avec une telle faiblesse. Malgré toute ma bonne volonté et un moral qui n'avait pas faibli, il m'était devenu impossible d'avaler la moindre bouchée de riz. Je le dis, doucement, au soldat qui m'apportait ma nourriture. Peu après, le chef du camp arriva. Les médicaments manquaient, mais il avait en main des comprimés anti-infectieux et un bocal d'olives, aliment très rare alors. Je lui dis que je ne méprisais pas son riz, que je ne lui en voulais en aucune manière, qu'il faisait son devoir au mieux avec les moyens dont il disposait, mais que je pensais ne pas survivre la nuit. Il me pressa doucement de manger, une olive, une bouchée de riz, une autre olive, etc... Quel sursaut ont bien pu provoquer ces gestes simples? Le lendemain, la dysenterie se calma progressivement. Je recommençai à manger le riz. Une autre fois, il plut, sans discontinuer, plusieurs jours. Au début, ce ciel couvert était bienvenu, car il empêchait les avions de nous repérer. Mais au bout de trois jours, la peau de mes doigts avait gonflé. Transi, car même sous les tropiques le thermomètre descend bas, notamment la nuit, je voyais les limites de mes forces arriver. Les villages avaient été désertés par leurs habitants pour fuir les bombardements. Pour la même raison, il était interdit aux militaires de cantonner dans ces villages, même abandonnés. À ma demande, le chef du centre de rassemblement, voyant mon état pitoyable, transgressa cet interdit. Nous passâmes quelques nuits dans un village abandonné, quelques anciens soldats vietnamiens de mon bataillon et moi. Ma santé s'améliora. Le danger s'éloigna.

Ces menaces, ces dangers de tous les jours, n'étaient pas mes seules craintes. J'avais lu des détails sur l'invasion du Laos de l'année précédente. La saison des pluies était alors arrivée brusquement, avant que l'armée insurrectionnelle ait terminé le repli prévu à cet effet. Coupés de leurs bases et de tout ravitaillement, " *les coolies mouraient par centaines* ", écrivait alors " *Indochine Sud Est Asiatique* ". J'eus de la chance. La saison des pluies n'arriva cette fois qu'après le repli. Il est probable que le grand état-major avait, cette fois, mieux prévu la saison des pluies dans son plan de repli.

Après une centaine de kilomètres et trois camps de regroupement des blessés, les porteurs civils me quittèrent. Je les remerciai longuement. Je fus alors confié à des prisonniers cambodgiens venus de l'armée de Bao Daï. Les conditions restèrent les mêmes. Nous sommes sortis du Laos au col de Ban Naphao, abandonné par l'armée française lors de l'invasion. Commença alors une longue marche d'un village vietnamien à l'autre. Combien de kilomètres furent ainsi parcourus, je ne sais. Peut-être six cents, peut-être encore davantage. Il y avait au moins quatre cents kilomètres à vol d'oiseau entre les lieux du combat et le camp fixe. Un membre de notre escorte nous précédait dans les villages et organisait les huées et des manifestations hostiles. J'ai appris plus tard que les convois de prisonniers étaient menés en zigzag dans les villages et exhibés pour la propagande. Fin février, nous sommes arrivés au camp. Je remerciai chaleureusement mes compagnons, les porteurs cambodgiens. Une nouvelle vie, terne, languissante, faite de petits faits, de menus incidents et de perpétuelles disputes, commençait.

Rien n'est plus banal que la description de la vie des prisonniers de guerre, de tous les pays et de toutes les époques. L'ennui règne. Il y a les corvées. Celle du bois de chauffage se dit " *Ley couy* ". Cette phrase nous faisait rire parce qu'elle se prononce comme une expression grossière en français. Aller chercher de l'eau se dit " *Ley nuoc* ", et se laver " *di tam* ". Que le vietnamisant nous pardonne les fautes de langue. Nous n'avions ni papier ni crayon. Notre étude de la langue a été uniquement auditive, et principalement faite entre nous, Européens. Nous n'avions que très peu de relations avec les gens du village, car nos gardiens veillaient à nous séparer le plus possible d'eux. Peu de temps après mon arrivée au camp fixe, un petit groupe d'officiers prisonniers arriva. J'appris alors que j'avais été donné pour mort. Un de nos soldats vietnamiens capturé depuis quelques minutes avait entendu un soldat de l'autre armée se vanter de m'avoir coupé la tête. Puis il s'était enfui et avait rejoint nos lignes. Après le combat, les troupes franco-vietnamiennes de Bao Daï relevant les morts avaient cru me reconnaître devant un corps sans tête.

Après quelques jours, mes compagnons officiers valides furent dirigés vers un camp du nord. C'était là que le Haut Commandement concentrait les officiers. Les insurgés ne mélangeaient pas les officiers et la troupe. Je vins rejoindre quatre autres prisonniers, restes d'un camp d'internement qui avait été important et où les détenus avaient été nombreux. La région avait été occupée sans discontinuer par les insurgés dès la rupture entre Ho Chi Minh et les Français, huit ans auparavant. Tous les Français et métis pro-Français avaient été capturés et enfermés dans ce camp. Beaucoup moururent. Des rescapés furent relâchés. Il en restait au moment de mon arrivée quelques uns que je n'ai jamais rencontrés, et deux prisonniers avec lesquels je devais passer deux mois et quelques jours. Il y avait le lieutenant B. Ce n'était pas un officier de carrière. Il avait été mobilisé en 1939 et s'était retrouvé en fin de guerre, je ne sais comment, chef d'un poste dans les environs de Vinh. Il avait fait plusieurs tentatives d'évasion, dont une avec violence. Mordu par un cobra pendant la fuite, puis repris et bastonné, il était resté paralysé. Il est probable que la paralysie avait régressé spontanément. Mais ces états laissent habituellement des raideurs articulaires et des rétractions musculaires qui maintiennent l'invalidité si des soins appropriés ne sont pas donnés. Malgré son état, il n'avait pas été libéré en raison de son attitude ferme et de ses évasions. Mon deuxième nouveau compagnon était un civil, Md., métis d'un père français et d'une mère chinoise. Il avait fait du renseignement pour les Français. Les insurgés détestaient cela, et c'est vraisemblablement pourquoi il n'avait pas été libéré avec tant d'autres. Lui aussi était invalide. Il devait mourir peu après sa libération, à la fin de la guerre. Deux autres prisonniers, plus frais ceux-là, complétaient les cinq occupants de la case où j'arrivai. L'adjudant K. et le caporal M. avaient été pris quelques mois auparavant au combat. Ils avaient fait une tentative d'évasion. C'est par punition qu'ils avaient été affectés à notre case, comme soignants de nous trois, invalides.

Les jours passaient sans que l'on puisse les compter. Nous avions parfois des livres, en langue étrangère. Mais B. et moi connaissions bien l'anglais et l'allemand, ce qui nous permettait de lire et de raconter aux autres. C'est ainsi que je lus " *le-génial-ouvrage-de-Joseph-Staline-Economic-laws-of-Socialism-in-the-USSR* ". Cette phrase s'énonce d'un seul tenant dans la dialectique du lieu et de l'époque.

Elle faisait partie de l'auto-admiration béate que l'Union soviétique avait réussi à faire partager par beaucoup de dupes, à l'intérieur et à l'étranger. Nous avons également bénéficié d'un roman de guerre soviétique, version anglaise, et d'une pièce de théâtre en allemand. Nous recevions aussi parfois l'Humanité, qui nous emplissait de rancœur par la mauvaise foi des articles contenus.

En mai, le chef de camp vint nous lire le communiqué annonçant la chute de Dien Bien Phu. Nous nous y attendions, mais ce fut un choc très rude.

Le camp où nous étions avait été jadis aussi dur que les autres. Beaucoup de détenus étaient morts. Mais à l'époque où je m'y trouvais, le camp était bien tenu et bien organisé. Nos gardiens manifestaient de la bonne volonté. Nous étions un camp de troupe et non d'officiers, ce qui pour l'ennemi était une incitation à une bienveillance relative. Tout cela faisait que nos conditions de vie étaient à la limite de l'acceptable.

Nous avons changé plusieurs fois de camp. Lorsque la distance n'excédait pas deux à quatre kilomètres, j'effectuais le déplacement à pied grâce à mes béquilles. Pour les lieux plus éloignés, nous étions transportés en jonque sur le Song Ca (rivière aux poissons) et les canaux. Plus tard, la paix approchait. B. et Md. furent convoyés à l'hôpital de Vinh.

Après leur départ, je ne revis plus non plus K. ni M. Ma blessure se stabilisait. Je n'avais plus besoin de nourrice. Le commissaire du camp m'interrogea sur B. Je l'avais vu écrire des pamphlets et des poèmes qui ridiculisaient nos gardiens et leurs concitoyens. On me demanda : " *B. écrivait quand vous étiez avec lui?* ". Je n'ignorais pas que nos gardiens recoupaient les renseignements et je cherchai à m'en tirer avec une pirouette. " *Oui, il écrivait les comptes de riz* ". En effet, B., excellent administrateur, avait organisé par l'intermédiaire de K. et de M. une sorte de troc avec les gens du village voisin. On prélevait une partie de notre ration, caloriquement abondante mais déséquilibrée, et on l'échangeait contre des denrées qui pouvaient être un minuscule morceau de viande ou de poisson, un œuf pour nous cinq ou un autre produit. Rigoureux, B. écrivait tout cela sur de minuscules morceaux de papier obtenus par la même voie. Ce n'était pas le plus gradé ni le plus âgé d'entre nous, puisque Md. était, à 50 ans, assimilé au grade de capitaine. Mais il régnait indiscutablement sur nous par sa valeur et ses mérites. Je m'attendais à ce que ma réponse : " *Il écrivait des comptes de riz* " soit prise comme une injure. Pas du tout, le commissaire s'en est contenté. J'ai toujours ignoré s'il savait réellement à quoi s'en tenir. Peut-être a-t-il apprécié que je ne trahisse pas mon compagnon. Peut-être était-il heureux de pouvoir inscrire une réponse qui le couvrait vis-à-vis de ses supérieurs. Ou plus simplement, il comprit parfaitement et en déduisit que j'étais irrécupérable. Une fois de plus, je fus soulagé de ne pas avoir parlé.

Le jour suivant, je me rendis appuyé sur mes béquilles dans un autre camp, réservé à la troupe. Une vie un peu différente commençait. Ma position était difficile, seul officier. La moindre petitesse risquait de prendre des proportions énormes. Tous nos faits et gestes étaient rapportés à nos gardiens par des hommes qui espéraient ainsi monnayer une libération plus rapide. Les gardiens n'attendaient que l'occasion de dresser les hommes contre l'officier. Des erreurs, des maladresses, j'en ai commises. Mais tous les matins, levé le premier, je m'astreignais sur mes béquilles à accomplir les tâches les plus humbles, comme balayer l'infirmerie et les latrines. Loin de me nuire, cette attitude d'humilité volontaire m'a attiré la sympathie des autres prisonniers et des gardiens.

Alors que la paix était visiblement proche, les deux camps décidèrent d'échanger les prisonniers les plus atteints. Il était certain que le moins valide du camp, c'était moi. Il y avait un autre blessé, J., amputé d'un bras. Mais ce sont deux hommes parfaitement sains de corps qui partirent, à pied, sac sur le dos. Ils revinrent quelques jours après. Les pourparlers avaient échoué. Pourquoi ce choix aberrant ? D'une part, les deux hommes choisis avaient été particulièrement dociles envers nos gardiens. Être docile signifiait souvent se livrer à la délation. D'autre part, nos gardiens voulaient probablement prouver qu'ils soignaient bien les gens les plus gravement blessés, puisque ceux qu'ils rendaient étaient en bonne santé. De plus, en ce qui me concerne, ma " *qualité* " d'officier me desservait.

Lorsqu'à Genève, la paix fut signée, nous n'en avons pas été informés immédiatement. Ce genre de mystère était habituel à nos gardiens. Mais une rumeur courait, basée sur l'effervescence et la mine épanouie des habitants. Au cours d'une marche vers la rivière où nous nous lavions, je croisai un enfant d'environ neuf ans. " *Co hoa binh khong?* ". Est-ce que la paix est signée? L'enfant respecta le mort d'ordre et ne répondit pas, mais eut un hochement de tête à peine perceptible et non ambigu. Nous savions à présent. Ce n'est que plusieurs jours plus tard, avant notre départ pour le lieu d'échange de prisonniers, que l'on nous annonça la " *nouvelle* " officiellement, avec tous les détails sur les conditions d'armistice.

Depuis quelques jours, un bruit nouveau ronronnait à une proche distance. Des camions passaient régulièrement sur des chemins dont nous ne savions pas encore qu'ils étaient très bien faits et entretenus. Bien évidemment, ils n'étaient pas goudronnés, mais bien galbés et recouverts de fin gravier. Ces camions avaient été cantonnés jusqu'à présent en haute région pour soutenir le siège de Dien Bien Phu. Après la paix, ils étaient répartis dans les régions contrôlées. La nécessité des longues cohortes de coolies éclairés par des torches formées par des faisceaux de brins de bambou s'éloignait. Peu de jours après, nous embarquions dans ces camions. Ils ressemblaient à des " *Bedford* " d'avant-guerre. Mais les inscriptions en caractères cyrilliques ainsi que les informations données par ceux d'entre nous qui s'y connaissaient nous firent savoir que c'était leur réplique soviétique, de type " *Molotova* ".

Le voyage s'effectua sur des pistes secrètes érigées par les autorités insurrectionnelles pour les besoins de la guerre. La route coloniale avait été coupée en maints endroits. Souvent, notre convoi traversait des rivières sur des radeaux de bambou. Nos gardiens nous décrivaient comment, à chaque alerte aérienne, les radeaux étaient repliés à couvert. Dans les villages, la population nous lançait des quolibets que nous ne comprenions pas toujours. Md. nous incitait à ne pas répondre et nous ne le faisions pas. Peu après le départ, nous avons revu un Français rallié. Marié à une Vietnamienne et père, il croyait alors pouvoir continuer et achever sa vie dans ce pays. J'ai su plus tard que le racisme poussé à l'extrême des gens du lieu a fait qu'il a été expulsé sitôt qu'il n'a plus été d'aucune utilité pour eux. À mon arrivée au camp, j'ai su qu'il avait coutume de se mêler aux nouveaux prisonniers pour dénoncer aux dirigeants du camp les éventuels propos séditieux. Lorsque nous nous sommes vus pour la dernière fois, il tentait de conserver son attitude un peu arrogante et protectrice. Mais le jeu ne prenait plus. Nos compagnons lui faisaient sentir par leur attitude méprisante et distante que son temps était passé. Pour moi, je gardai la même relation neutre que j'avais toujours adoptée. Je ne lui avais jamais demandé aucune faveur. Je n'avais aucune rancune particulière à son égard, car il n'avait pas nui gravement. D'autres événements étaient plus positifs et divertissants, comme celui du gardien qui, momentanément gêné par son fusil, le confia pour quelques minutes à un prisonnier. Cela s'est passé dans tous les pays, à la fin de toutes les guerres, peu avant la libération. Quel prisonnier, à quelques jours de sa restitution aux autorités de sa patrie, aurait l'idée saugrenue de se livrer à une menace ou une violence quelconque sur un de ses gardiens ?

Notre convoi faisait halte dans des villages. Une fois, nous avons assisté à des séances de cinéma : des documentaires sur l'armée chinoise de Mao Tsé Tung pendant la guerre civile. Il y avait plusieurs mois que nous n'avions pas vu d'éclairage électrique. Une autre fois, notre convoi s'était arrêté pour la nuit à la lisière d'un village. Des boutiques ambulantes offraient des denrées diverses, entre autres du lait en poudre. Le lait, très prisé des Européens, est rejeté par les Asiatiques. " *Mua gi?* " (que m'achètes-tu ?) me demanda une marchande ambulante. " *Khong mua, khong co dong bac* " (je n'achète rien, je n'ai plus d'argent), répondis-je. J'avais dépensé le peu d'argent mis de côté pendant le " *règne* " sage de B. pour régaler mes compagnons à l'annonce de la paix. D'autres étals étaient gratuits. D'énormes quantités d'une excellente nourriture étaient disposées dessus, à notre disposition. Une jeune fille se tenait à côté. " *Chiao em* " (bonjour mademoiselle, mot à mot " *petite sœur* "), dis-je. Je m'attendais à une non-réponse et à une mine renfrognée. " *Chiao anh* " (bonjour, petit frère), entendis-je, accompagné d'un sourire. Nos gardiens devenus nos hôtes voulaient nous laisser la meilleure impression possible. " *Ita oe dau?* " (où puis-je voir un infirmier ?). On me conduisit à une infirmerie où je reçus de menus soins pour une petite maladie tropicale de peau. La brusque surabondance d'aliments délicieux allait nous être particulièrement néfaste. J'avais étudié les conditions de rapatriement des détenus dans les camps d'extermination allemands. Beaucoup étaient morts au cours de la transition entre la disette et l'abondance. Il aurait fallu adopter une réalimentation progressive. Je prévins mes compagnons, et tentai de me retenir de tout abus. Mais nous avons tous succombé à la tentation, et l'avons payé cher en troubles digestifs et en un supplément d'amaigrissement. Lorsque je passai plus tard, rendu aux autorités françaises, la visite médicale de libération, on me dit que j'avais maigri de vingt-quatre kilos par rapport à mon poids d'avant la captivité. Au cours d'une autre halte, nos " *hôtes* " nous présentèrent un excellent groupe folklorique.

Notre convoi arriva enfin au séminaire de Thanh Hoa. C'était le seul édifice en dur de la région. En effet, par ordre du Haut Commandement insurrectionnel, les habitants avaient dû, au commencement des hostilités, détruire leurs maisons. Elles auraient pu, d'après le commandement, être utilisées par les " *colonialistes* " comme forteresses en cas de reconquête. Par ailleurs, il y avait une volonté d'égalisation par la base, bien connue dans les pays du bloc de l'est. Les habitants avaient érigé à la place des cabanes en clayonnages de bambou. Seuls les édifices religieux avaient échappé à la règle de destruction. Le commandement voulait montrer qu'il respectait les religions. Au moment de notre venue, le séminaire était le siège d'une grande concentration de prisonniers, tous européens. Il y eut des retrouvailles, notamment avec quelques-uns de mes anciens soldats. Tous me croyaient mort. On mit des coiffeurs à notre disposition, nous qui jusque-là ne pouvions nous soigner les cheveux que tous les mois en moyenne. Ce pourquoi nous avions tous dû laisser pousser notre barbe. On nous fournit un équipement militaire complet de l'armée chinoise pour remplacer les hardes que nous portions depuis la capture. Mais ces vêtements rétrécissaient de façon imprévisible, si bien que nous avions un aspect grotesque. Mieux valaient les hardes. C'est dans cette tenue que, tous, nous avons été rapatriés peu après.

Nous sommes restés plusieurs semaines à Thanh Hoa. Nos hôtes-gardiens rendaient aux autorités françaises les prisonniers capturés au Vietnam, mais contestaient ceux provenant du Laos. Ils prétendaient les ramener dans ce pays. Cela aurait encore entraîné des centaines de kilomètres sur des pistes incertaines, à travers des rivières difficiles à franchir et moyennant de nombreuses haltes. Notre libération aurait été fortement retardée. Ajoutons l'incertitude liée à la mauvaise foi de ceux que nous appelions les Vietminhs. Depuis toujours, à tous les échelons, ils avaient constamment tiré prétexte d'incidents, souvent provoqués délibérément, pour rompre leurs engagements. J'ai eu de la chance. Je fus rendu aux autorités françaises après environ trois semaines. Quelques compagnons durent attendre jusqu'à trois mois. Aucun, fort heureusement, ne dut retourner au Laos.

Du séminaire, on nous reprit en camion vers le lieu d'échange des prisonniers. Deux ou trois jours avant, on nous concentra dans de grandes tentes au bord de l'embouchure d'une rivière. Il y eut des mises en scènes, comme une main que l'on me demanda de serrer devant les caméras. Mais le reporter s'était embrouillé avec sa pellicule, et la poignée de main se prolongea. L'effet, sur le moment, était comique. Si j'ai accepté ce rôle, c'est parce que la paix était signée. Tout geste d'amitié ne pouvait, pensais-je, que contribuer à la réconciliation indispensable. Je l'avais fait parce que je n'avais pas de rancœur envers mes hôtes, ex-geôliers. Il est probable que je ne l'aurais pas fait si j'avais connu les conditions de détention des officiers au nord.

Sur la chaloupe qui nous menait en mer vers les bateaux français, plusieurs de mes compagnons jetèrent leur paquetage chinois. C'était pour répondre à un geste théâtral fait par nos homologues, les prisonniers vietnamiens (vietminh) détenus par les Français et en voie de libération. Je ne voyais pas, pour ma part, en quoi ce geste était utile. Je ne le trouvais pas digne. Il correspondait à la mentalité vietminh, pas à la nôtre. Je ne l'ai pas fait.

Sur le navire français, notre joie était indicible. Elle n'était réduite que par notre état de santé. Nous avions tous ou nous avions tous eu des maladies tropicales, vers intestinaux, paludisme, dysenterie, spirochétose. Cette dernière infestation est transmise par les rats, nombreux dans ce pays humide. Dans sa forme bénigne, elle ressemble à un état grippal. Plus grave, elle atteint le foie. Il y a alors formation d'un ictère, plus populairement appelé jaunisse. Gravissime, elle se manifeste par des hémorragies dues à la privation d'un facteur de coagulation fabriqué par le foie. J'ai vu plusieurs compagnons en mourir, mais nous en avons tous eu une forme plus ou moins grave.

Encore plus grave était notre malnutrition aggravée par la suralimentation sauvage qui avait immédiatement précédé la libération. Je crois savoir que certains d'entre nous en sont morts. D'autres se plaignaient de la privation que le commandement leur faisait suivre dans un but de réalimentation progressive. Je m'appliquai à la justifier, et plusieurs compagnons l'ont compris. Dans les semaines qui ont suivi, au fil des hospitalisations, la santé est revenue peu à peu. Par ailleurs, j'ai acheté un dictionnaire vietnamien. En le feuilletant, je reconnaissais des phonèmes que je n'avais pas pu identifier faute de moyens sur le moment. J'apprenais ainsi des dizaines de mots par jour, car seul le sens m'en était nouveau. Quarante-trois ans après, je regrette d'en avoir oublié beaucoup. Mais depuis, la langue a changé. Si je revenais, il me faudrait réapprendre sur de nouvelles bases.

Le retour en Métropole s'est effectué dans la même allégresse que la libération. Des compagnons se sont plaints plus tard d'un mauvais accueil qu'ils auraient reçu. Ce n'est pas mon cas. Les camionneurs s'arrêtaient aux passages protégés pour laisser passer ce militaire péniblement appuyé sur sa canne. Un jour, attablé à la terrasse d'un restaurant, j'apaisai une dispute entre un Vietnamien et un Français qui débitait des injures racistes. Dans sa langue, j'incitai le Vietnamien à ne pas en tenir compte. Nous nous sommes serré la main. Peu après, j'appris que le Français était un escroc qui avait esquivé entre autres le règlement de sa note de restaurant. Le soir, je le revis et le fis prendre.

Après quarante-sept ans, les ex-prisonniers se sont regroupés. Une grande amitié règne. Un militaire heureux serait un militaire vainqueur. Ce n'est pas notre cas. Nous nous réconfortons à la pensée que nous n'avons pas abandonné nos compagnons vietnamiens. Tous ceux qui l'ont voulu se sont repliés avec nous dans le sud. D'autres sont en France et se sont admirablement adaptés. Nous faisons des efforts pour renouer des relations les plus fraternelles possibles avec ce pays que nous aimons tant. Et ceux qui y retournent reçoivent souvent les plus émouvants des témoignages d'une amitié partagée.

***

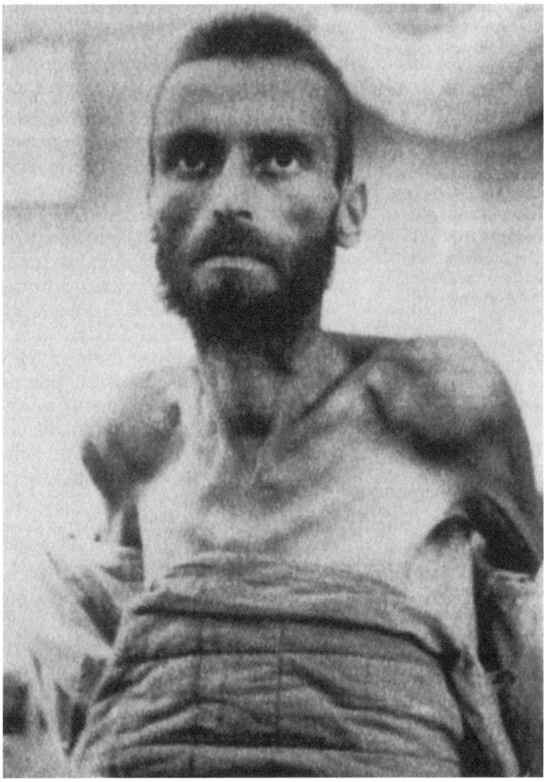

© ECPA

DOCUMENTS ANNEXES

Dessin de captivité de MASSARI

Graphiques des disparus et d'une extermination

Carte de situation de l'implantation
des camps du Vietminh
Photo aérienne du village de Ban Ca du Camp n° 1
Carte de nomadisation du Camp n° 1

Photos du capitaine CAZAUX
et du lieutenant DU CREST DE VILLENEUVE

Photographies des auteurs
par ordre d'apparition de leur témoignage

Dessin de captivité réalisé par MASSARI.

ÉTAT DES DISPARUS

Par le médecin commandant Martin, agrégé du Corps de Santé Colonial et médecin consultant des forces armées en Extrême-Orient

	Disparus et présumés prisonniers à la date du 20 octobre 1954 (depuis 1945)	Libérés entre le 14 juillet et le 20 octobre 1954
Français	6449	2587
Légion	6328	2567
Nord-Africains	6695	3369
Africains	1748	796
Autochtones	15759	1435
Total	**36979**	**10754**
Pour mémoire: libérés depuis 1945, jusqu'au 14 juillet 1954		

UNE EXTERMINATION

TAUX DE MORTALITÉ DANS QUELQUES CAMPS DE PRISONNIERS
(source SIRPA)

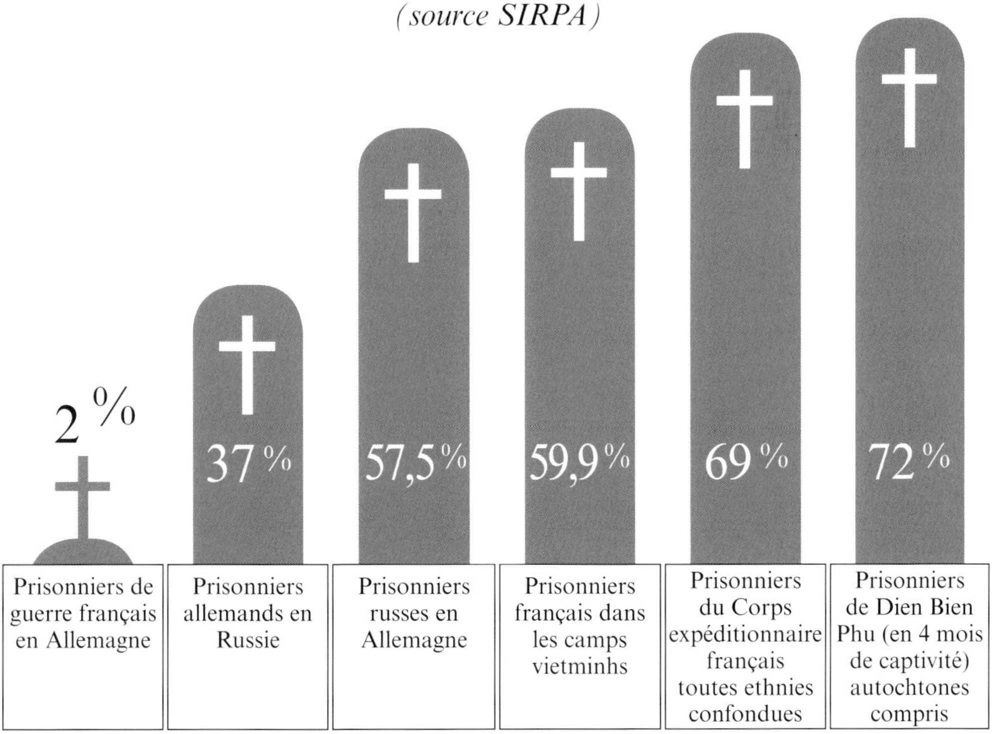

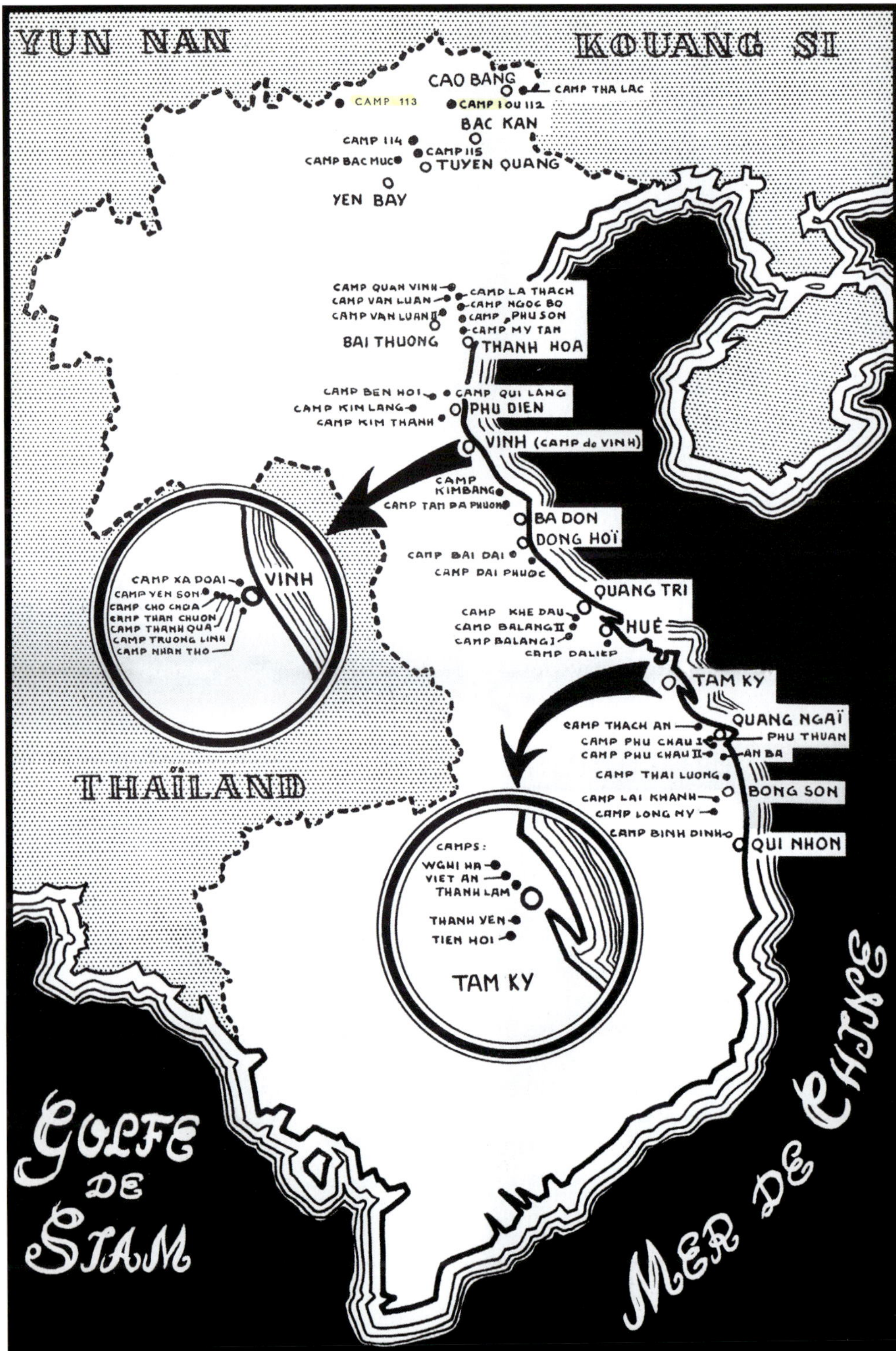

© DR

Carte de l'implantation des camps d'internement des prisonniers français par le vietminh.

Le village de Ban Ca, commune de Bong Son, où fut implanté le Camp n° 1 de juillet à décembre 1951. À droite, au milieu des rizières, “l'île d'Amour” où le vietminh fit subir des séances quotidienne de rééducation et d'endoctrinement politique.

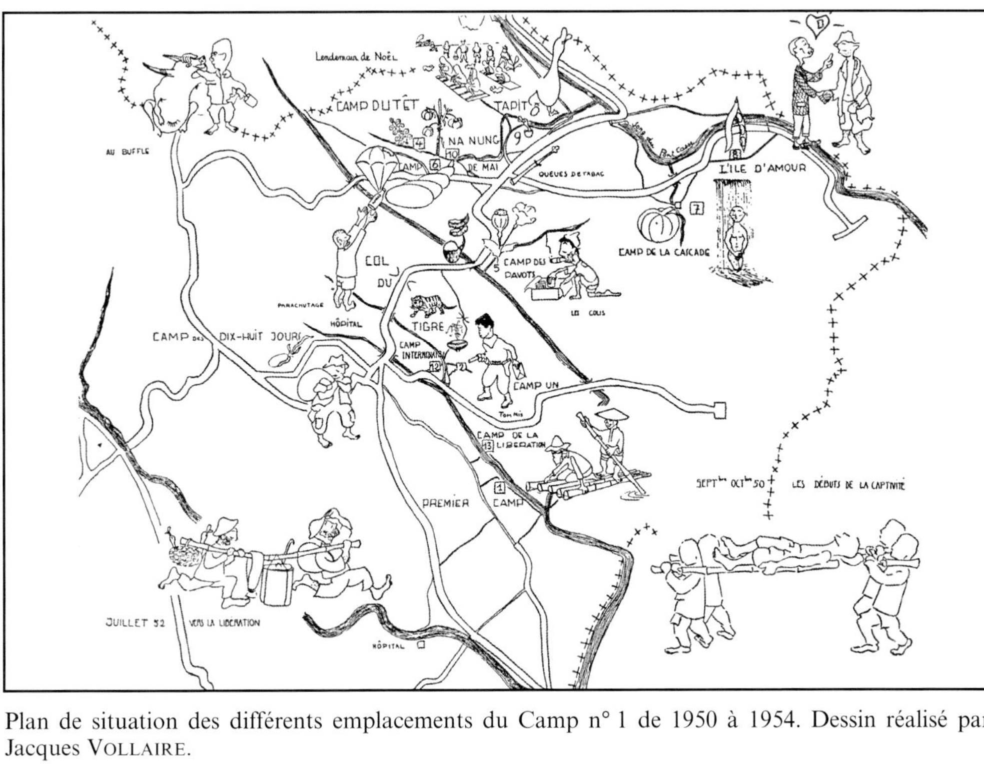

Plan de situation des différents emplacements du Camp n° 1 de 1950 à 1954. Dessin réalisé par Jacques VOLLAIRE.

Le capitaine Paul Cazaux du 3e BCCP. Capturé sur la RC 4, le 15 octobre 1950, interné au Camp n° 1. Son refus de composer avec le Vietminh le condamnera a une mort par épuisement, à Ban Ca, le 9 octobre 1951.

Le lieutenant Xavier du Crest de Villeneuve, officier adjoint du 59e Goum du 1er Tabor Marocain. Capturé à Coc Xa, le 8 octobre 1950 et interné au Camp n° 1. Libéré en juillet 1952.

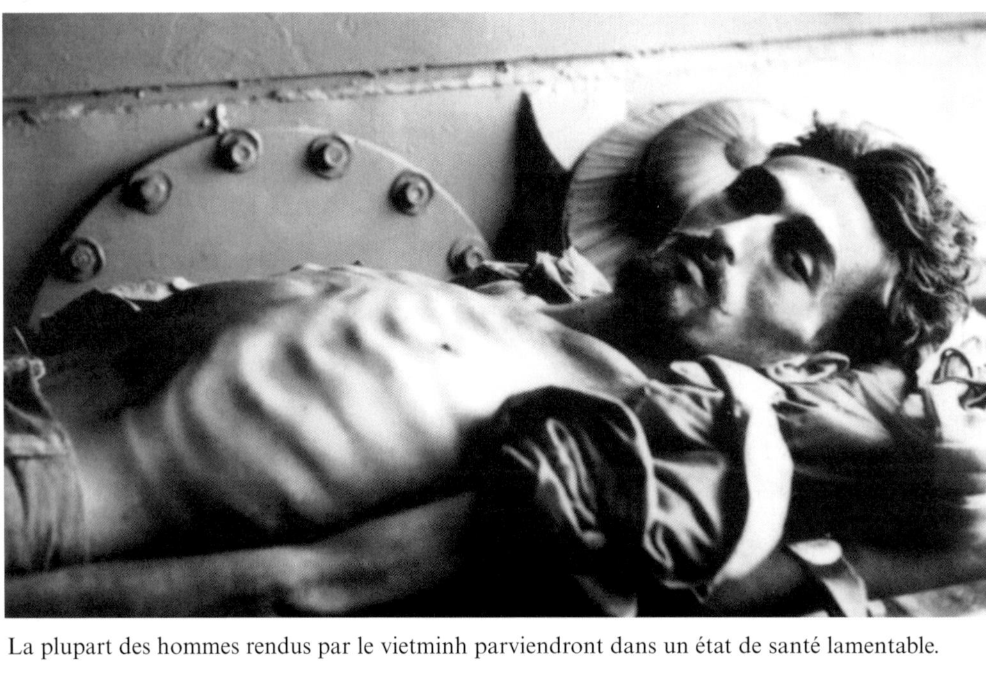

La plupart des hommes rendus par le vietminh parviendront dans un état de santé lamentable.

© COLLECTION DE SESMAISONS

Yves de SESMAISONS. Lieutenant au 2e Bataillon du 6e RTM. Capturé à Vinh Yen, le 17/1/51. Interné aux Camps 15, 113 et 25. Libéré à Phu Moï, le 27/1/52.

© COLLECTION JAUBERT

Jacques JAUBERT. Lieutenant au Bataillon de Marche du 8e RTM. Capturé à That Khé, le 14/10/50. Interné au Camp n° 1. Libéré à Viet Tri, le 28/8/54.

© COLLECTION CHABRIER

Yves CHABRIER. Sergent au 1er BPC (Bataillon Parachustiste Colonial). Capturé à Dien Bien Phu, le 7/5/54. Interné au Camp 75. Libéré à Sam Son, le 20/8/54.

© COLLECTION TAFANELLI

Ignace TAFANELLI. Matelot-Mécanicien dans la Marine de Phat Diem. Capturé sur le fleuve Day, le 2/2/54. Interné au Camp A (3e interzone dans le Thanh Hoa). Libéré à Sam Son, le 31/7/54.

© COLLECTION LELAISE

Guy Lelaise. Caporal à la 9e Cie du 3e Bataillon Thaï. Capturé sur le PA "Isabelle" de Dien Bien Phu, le 8/5/54. Interné au Camp n° 70 dans le Than Hoa. Libéré à Sam Son, le 31/8/54.

© COLLECTION CARPENTIER

Jean Carpentier. Second-Maitre à la 28e Flottille *Prevateer* de l'Aéronautique Navale. Abattu à Tuan Giao, le 8/5/54. Interné au Camp 42. Libéré à Viet Tri, le 20/8/54.

© COLLECTION GRIMALDI

Georges Grimaldi. Caporal au 27e BMTS. Capturé à Hoang Duong, le 28/8/52. Interné aux Camps n° 14 et 113. Libéré à Vinh Yen, le 3/1/54.

© COLLECTION GALLET

Robert Gallet. Sergent-Chef au 7e BCL. Capturé au sud de Houa Muong (Nord-Laos), le 21/4/53. Interné au Camp LA. Libéré à Viet Tri, le 2/9/54.

Patrick Le Minor. Né le 7/9/38 à Saïgon. Interné le 12/8/50 au Cambodge, secteur de Kompong à Kratié (sud-est du Cambodge). Libéré le 4/3/51 au Cambodge.

Patrick Le Minor et sa sœur Françoise en captivité. Photographie prise au Cambodge en 1950 dans un camp du Vietminh.

Robert Dequier. Caporal-Chef au 8e RTM. Capturé à That Khé, le 7/10/50. Interné au Camp n° 3. Libéré à Phu Cang Thuong, le 12/10/51.

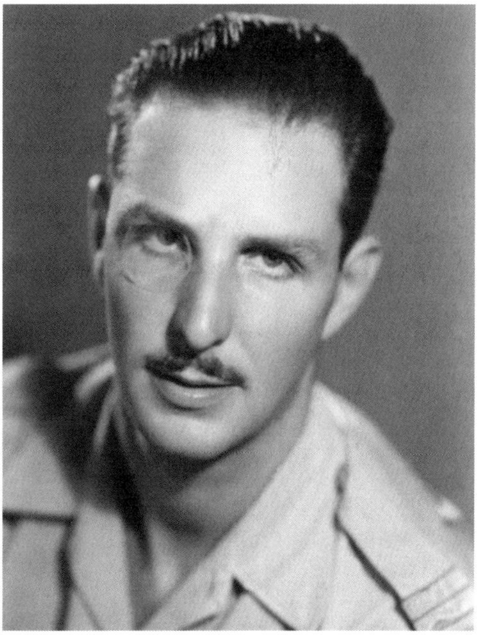

Hubert Bapst. Lieutenant au 8e GSAP (Groupe de Spahis Algériens à Pied). Capturé à Vin Yen, le 14/1/51. Interné au Camp n° 1. Libéré à Viet Tri, le 3/9/54.

Jean KEROMNES. Second-Maitre à la 28e Flottille Prevateer de l'Aéronautique Navale. Abattu à Tuan Giao, le 8/5/54. Interné au Camp 42. Libéré à Viet Tri, le 19/8/54.

Jacques TEISSERENC. Maréchal des Logis. Capturé à Vinh, le 20/12/46. Interné dans les camps du secteur de Vinh. Libéré à Sam Son, le 31/8/54.

Yvan HEINRICH. Aumônier principal à l'État-Major du PC Gono de Dien Bien Phu. Capturé à Dien Bien Phu, le 7/5/54. Interné à Cho Chu. Libéré à Viet Tri, le 4/9/54.

Pierre MONJAL. 2e Canonnier au CIANV. Parachuté volontaire à Dien Bien Phu, affecté au 2/4e RAC. Capturé le 7/5/54. Interné au Camp 73. Libéré à Sam Son, le 18/8/54.

Aimé Martial REQUET. Maréchal des Logis à la 2e Cie de Réparation de la Légion Étrangère. Capturé sur la RC 1 au poste de Phu Trak (Nord de Hué), le 27/1/54. Interné aux Camps de Do Luong et LA 2. Libéré à Sam Son, le 22/8/54.

Francis TURELIER. Brigadier-Chef au GACAOF (Groupement d'Artillerie Coloniale d'Afrique Occidentale Française). Capturé dans la région de Hué, le 5/7/47. Interné au Camp de Vinh, Camps n° 5, 114 et 113. Libéré dans la région de Bac Ninh, le 8/1/53.

Jean ARRIGHI, sergent à la 8e Cie du 2e Régiment de Corée. Blessé, capturé au PK 16 sur la RC 19, secteur de An Khé, le 25/6/54. Interné aux Camps 3, 6 et 1. Libéré à Qui Nhon, le 31/8/54.

Jean LOMER. Lieutenant au 61e Bataillon du Génie, 3e Cie, 2e Section. Capturé sur la RC 5 au PK 24, le 27/3/54. Interné aux Camps A, 3e inter-zone, Dong Tram, Phuc Dia, Nam Gam, Than Hoa. Libéré à Sam Son, le 1/9/54.

Michel CRUCIANI. 2e classe à la 11e Cie du III/1er RTM. Capturé au poste de Ba Noï, le 18/10/52. Interné au Camp 114. Libéré à Vinh Yen, le 28/4/53.

Abel BOURBON. Sergent à la 7e Cie du 9e RIC. Capturé à Hai Duong, le 9/3/45. Interné au KM 30 (piste de Vu Bauh) et Hoa Binh. Libéré à Hoa Binh, le 18/9/54.

Jacques CHÊNEAU. Médecin-Lieutenant au 3e BPVN. Capturé à Bahn Hinh Siu (Laos), le 9/1/54. Interné au Camp LA 2. Libéré à Tanh Hoa, le 1/9/54.

Avant-Propos 7
Préambule 9
Préface 11
Introduction 13

Les témoignages

Cai bat et cai phen, Yves de SESMAISONS 17
Le Camp n° 1, Jacques JAUBERT 48
La captivité après Dien Bien Phu, Yves CHABRIER 71
Un marin au camp A, Ignace TAFANELLI 77
Camp 70, Guy LELAISE 95
Voilà…, Jean CARPENTIER 106
Camp 113, Georges GRIMALDI 141
Le Camp LA, Robert GALLET 148
L'enfant prisonnier, Patrick Le MINOR 161
L'honneur meurtri, Robert DEQUIER 192
Quarante-quatre mois au Camp n° 1, Hubert BAPST 210
Cat Bi Tonkin, Jean KEROMNÈS 217
• Le lavage de cerveau, Yves de SESMAISONS 226
La captivité des otages civils de Vinh, Jacques TEISSERENC 286
Le Camp 113, Yves VIDAL 290
La captivité d'un aumônier militaire, Yvan HEINRICH 297
Le Camp 73, Pierre MONJAL 311
Le Camp LA 2, Aimé REQUET 316
Soixante-six mois prisonnier des Vietsminhs, Francis TURELIER 333
Deux ans chez Ho Chi Minh, Louis BARJOT 362
Prisonnier des Japonais, Jean COLOMBANI 370
Des anti-conventionnelles épreuves de guerriers, Jean ARRIGHI 379
La déshumanisation, Jean LOMER 388
Camp 114, Michel CRUCIANI 419
Prisonnier des Japonais, Abel BOURBON 440
Le légionnaire prisonnier, Helmut SEELIG 445
Médecin militaire au Vietnam en 1954, Jacques CHENEAU 453

Documents annexes 473

Table des matières 485
Remerciements 486

La Société INDO ÉDITIONS remercie :

Xavier DU CREST DE VILLENEUVE
Nicolas AUBRUN
Julian BONDROIT
Jean-Charles CHALINE
Ariane BONDROIT
Michel GOELDLIN
Cyril BONDROIT

L'ANAPI

Association Nationale des Anciens Prisonniers
Internés et Déportés d'Indochine

(Groupement n° 171 de la Fédération Nationale André Maginot)

www.anapi.asso.fr

Autre ouvrage de l'ANAPI disponible :

" ANAPI, notre histoire, 1985 - 2003 "

ISBN 2 912671 17 5

ATLANTE ÉDITIONS

430, bureaux de la Colline
92213, Saint-Cloud Cedex

Ouvrages parus dans la Collection " Histoire "

3e BCCP, Indochine, 1948-1950
Cyril BONDROIT

Commandos Nord-Vietnam, 1951-1954
Jean-Pierre PISSARDY

Les Insignes de l'Aéronautique Militaire Française jusqu'en 1918
Philippe BARTLETT

Les Combats de la RC 4
Généraux Georges LONGERET et Jacques LAURENT, Cyril BONDROIT
Grand Prix 2005 des Écrivains Combattants
Prix Honneur et Patrie 2005 de la Légion d'Honneur

Gendarmes-Parachutistes en Indochine, 1947-1953
Jean-Christophe BRUNET
Prix Histoire 2006 de la Gendarmerie Nationale

Ouvrages parus dans la Collection " Mémoires "

La Route Morte - RC 4 - 1950
Charles-Henry DE PIREY
Prix 2003 de l'Académie Française
Prix 2003 de l'Académie des Sciences Morales et Politiques

Médecin sur la RC 4
Henri ESTÈVE

Vandenberghe - Le Commando des Tigres Noirs
Charles-Henry DE PIREY

L'Épreuve du Guerrier
Jean ARRIGHI

L'Indochine ne répond plus
L.H. AYROLLES

Les soldats perdus
ANAPI

Ouvrages parus dans la Collection " Portrait "

Souvenirs d'un colonel Vietminh
Dang Van VIET

Grand Écart
Édouard TERZIAN

Ouvrages parus dans la Collection " Contre-enquête "

Le Rendez-Vous Manqué
Serge DESBOIS

Le fuyard de Lang Son
Louis CONSTANS

Indochine, les mensonges de l'anticolonialisme
Paul RIGNAC

Ouvrages parus dans la Collection " Roman-Vécu "

Pour l'Honneur et par Fidélité
Philippe SCHAUT

Ouvrages à paraître

Il y a la Légion...
Pierre CHARTON

Lieutenant en Pays Thaï
Alexandre LE MERRE

Le 5e Renfort
René DRELON

Paras d'Indochine, 1944-1954
Jean-Pierre PISSARDY

Aumôniers parachutistes en Indochine
François CASTA

En mémoire de nos Pères
Cyril BONDROIT

Au Champ d'Honneur
Étienne et Franck SEGRÉTAIN

Mourir sur la RC 4
Cyril BONDROIT

Médecin-Capitaine au combat
Georges ARMSTRONG

Voyage autour d'un paquetage
Cyril BONDROIT

À paraître, Collection " Bande Dessinée "

Cao Bang - L'Enfer Jaune - Béret Rouge
Cyril BONDROIT

Grand Prix 2005 des Écrivains Combattants
Prix Honneur et Patrie 2005
de la Légion d'Honneur

Prix 2003 de l'Académie Française
Prix 2003 de l'Académie
des Sciences Morales et Politiques

Prix Histoire 2006
de la Gendarmerie Nationale

Version Métropole

Version Nouvelle-Calédonie

Pour toute commande contacter:

INDO ÉDITIONS
61, rue de Maubeuge
75009 - Paris
Tél./Fax: 01 42 85 05 58
e-mail: info@indoeditions.com
site: www.indoeditions.com

Ouvrage réalisé par la société INDO ÉDITIONS
Achevé d'imprimer par Imprimerie CHIRAT,
42540 Saint Just la Pendue
N° d'imprimeur: 7634 Dépôt Légal: décembre 2007
Imprimé en France

ISBN 978-2-914086-24-0